KB236945

1984년 · 동물농장

조지 오웰

일신서적출판사

1984년 · 동물농장

차례

■ 1984년 ············ 7
■ 동물농장 ······ 323

1984년

제 1 부

1

4월 어느 날, 날씨는 쌀쌀하고 화창했다. 벽시계가 13시를 알렸다. 윈스턴 스미드는 쌀쌀한 바람을 막으려고 턱을 가슴에 틀어박고 승리(勝利) 맨션의 유리문 안으로 재빨리 들어갔다. 그 바람에 미처 막을 틈도 없이 모랫바람이 안으로 불어닥쳤다.

복도에서는 양배추 끓이는 냄새와 넝마로 짠 낡은 매트리스 냄새가 났다. 복도 한끝 벽에는 실내용으로는 어울리지 않게 큰 컬러 포스터가 붙어 있었다. 이 포스터에는 폭이 1미터가 넘는 커다란 얼굴이 그려져 있었는데, 마흔 댓 살쯤 되어 보이는 그 남자는 텁수룩하고 검은 수염에 멋지게 생겼다는 걸 알 수 있었다. 윈스턴은 계단 쪽으로 다가갔다. 엘리베이터는 있으나마나였다. 호황기에도 움직이지 않았는데 지금은 대낮이라 전기가 들어오지 않았다. 이것은 증오주간(憎惡週間)에 대비하기 위한 절약운동 때문이었다. 그의 방은 7층에 있었다. 그는 나이 39살에 오른쪽 발목에 정맥류성 궤양을 앓고 있었기 때문에 도중에 몇 번이나 쉬어 가며 천천히 올라가야만 했다. 층계참마다 엘리베이터 맞은편 벽에서 커다란 얼굴의 포스터가 노려보고 있었다. 그 초상화는 교묘하게 그려져 있어 사람이 움직이는 대로 그 눈초리도 따라 움직이는 것만 같았다. '대형(大兄)이 그대를 주시하고 있다.'라는 글이 그 밑에 씌어 있었다.

아파트 안에서는 선철(銑鐵) 생산에 관계되는 무슨 수표를 읽는 텁텁한 목소리가 들렸다. 이 소리는 오른쪽 벽면의 일부를 차지하고 있는, 흐릿한 거울처럼 생긴 장방형의 금속판에서 흘러나오는 것이었다. 윈스턴이 스위치를 돌리자 그 목소리는 좀 작아졌지만 여전히 또렷하게 들렸다. 보통 '텔레스크린'이라고 하는 이 금속판은 소리를 작게 할 수는 있지만 완전히 꺼버릴 수는 없게 되어 있다. 그는 창문 쪽으로 다가갔다. 당(黨)의 푸른 제복 때문에 그의 작고 연약한 얼굴과 초라한 몸집이 더욱 허약하게 보였다. 머리칼은 깨끗했지만 얼굴은 원래가 붉은빛이었고, 피부는 나쁜 비누와·무딘 면도날을 사용하는데다가 이제 겨우 물러간 겨울 추위 때문에 거칠기만 했다.

창 밖은 닫혀진 유리를 통해 보아도 아직 추운 것 같았다. 거리 저편에 한줄기 바람이 일어 먼지를 치솟게 하고 종이 조각들을 휘날렸다. 태양은 빛나고 하늘은 몹시 맑았다. 그런데도 사방에 붙어 있는 포스터 말고는 색채라고는 전혀 눈에 띄지 않았다. 검은 수염을 기른 얼굴이 시선이 닿는 구석구석 어디에서나 내려다보고 있었다. 바로 맞은편 집 앞에도 그 포스터가 붙어 있었다. '대형이 그대를 주시하고 있다.'라고 적힌 글과 함께 그 검은 눈이 윈스턴의 눈을 뚫어지게 노려보고 있었다. 저 아래쪽 길모퉁이에선 또 하나의 포스터가 찢겨져 바람결에 펄럭이며 '영사(英社 : INGSOC, England Socialism〈영국사회주의〉의 새로운 약어)'라는 단어를 가렸다 드러냈다 하였다. 멀리서 헬리콥터 한 대가 지붕 사이를 낮게 스치며 쇠파리처럼 잠시 동안 빙빙거리다가 방향을 바꾸어 날아가버렸다. 창문으로 사람들을 엿보는 경찰기였다. 그러나 이런 순찰쯤은 별문제가 되지 않았다. 문제는 사상경찰(思想警察)이었다.

윈스턴의 등뒤에서는 텔레스크린이 선철과 제9차 3개년 계획의 초과 달성에 대해서 지껄이고 있었다. 텔레스크린은 수신과 송신을 동시에 하고 있었다. 윈스턴이 내는 소리는 아무리 낮은 소리라 해도 다 기계에 걸려든다. 뿐만 아니라 그가 이 금속판의 시계(視界) 안에 들어 있는 한, 그의 일거수일투족은 다 들리고 보인다. 그러나 언제 감시를 받는지는 알 수 없는 일이다. 사상경찰이 한 개인에 대한 감시를 어떤 계통으로, 또 얼마나 자주 행하는지는 그저 추측할 수밖에 없다. 모든 사람들을 언제나 감시하고 있다고 볼 수도 있다. 아무튼 그들은 하고 싶으면 언제라도 감시할 수가 있다. 그래서 사람들은 입 밖에 내는 소리는 모두 들리고 캄캄할 때를 제외하고는 자신의 모든 동작이 감시받고 있을 거라는 생각을 하며 살아가야 했고 또 그것이 본능처럼 습관화되어버렸다.

윈스턴은 텔레스크린에 등을 돌리고 있었다. 물론 등을 돌리고 있다고 해서 안 보이는 건 아님을 잘 알고 있었지만, 그래도 그 편이 안전하다고 생각했다. 1킬로미터 저쪽에 그의 사무실인 진리성(眞理省)이 있다. 그 건물은 침침한 풍경 위로 희뿌연 자태를 보이며 높다랗게 솟아 있었다. 그는 막연하나마 씁쓸한 기분으로 생각했다. 이것이 제 1공대(第一空帶)의 중심지며 오세아니아에서 세번째로 인구가 많은 런던이라고. 런던이 옛날에도 지금과 같았을까 하고 어린 시절의 기억을 더듬어보았다. 그때도 지금처럼 낡은 19세기 가옥들이 늘어서 있고, 벽들은 나무로 떠받쳐놓았으며, 창문들은 마분지로 덕지덕지 바르고 지붕의 함석판은 쭈그러들고 뜰을 둘러싼 담은 들쭉날쭉했던가? 그리고 포탄이 떨어진 자리에는 횟가루 먼지가 풀썩거리고 버드나무 잎사귀가 돌더미 위에 뒹굴었던가? 그리고 포탄이 큰 거리를 쓸어버린 자리에 닭장같이 너절한 판자촌이 들어섰던가? 그러나 부질없는 일이다. 그는 이런 장면을 기억해낼 수가 없었다. 그의 유년 시절에 관해서 떠오르는 생각이란 밑도 끝도 없는, 그저 환한 일련의 정경뿐이었다.

오세아니아의 공용어로 '진성(眞省)'이라고 하는 진리성은 겉모양은 다른 건물들과 아주 판이하다. 흰색 콘크리트로 번쩍이는 이 거대한 피라밋형(型) 건물은 층층마다 비탈식으로 쌓아올려져 공중으로

3백 미터나 높이 솟아 있었다. 하얀 건물의 전면에는 윈스턴이 서 있는 곳에서도 알아볼 수 있도록 당의 세 가지 슬로건이 멋진 글씨로 씌어져 있었다.

전쟁은 평화
자유는 예속
무지는 힘

진리성에는 지상에 3천 개의 방이 있고 지하에도 그만한 수의 지청(支廳)이 있다고 한다. 런던에는 외형이나 규모로 볼 때 이와 비슷한 다른 세 개의 건물이 있다. 이들 건물 때문에 주위의 다른 건물들은 형편없이 작게 보였고 승리 맨션의 지붕에서는 이들 네 건물을 한꺼번에 볼 수 있었다. 이 건물들이 모든 정부기관을 다 수용한 네 개의 청사다. 즉, 보도, 연예, 교육 및 예술을 관장하는 진리성, 전쟁을 관장하는 평화성(平和省), 법과 질서를 유지하는 애정성(愛情省), 그리고 경제 문제를 관장하는 풍부성(豊富省)이 있다. 이 이름들은 신어(新語)로 진성(眞省), 화성(和省), 애성(愛省), 부성(富省)이라 했다.

애정성은 그야말로 굉장한 곳이었다. 그 건물에는 창문이 전혀 없었다. 윈스턴은 애정성에 들어가보기는커녕 그 근처에도 가본 적이 없었다. 그곳은 공무(公務)로만 들어갈 수 있는데, 설사 들어가더라도 가시 철조망과 철문과 기관총이 감춰져 있는 삼엄한 미로를 통과해야만 했다. 건물 외곽을 둘러싼 방책으로 통하는 길에서조차 검은 제복에 곤봉을 찬, 고릴라처럼 생긴 보초병들이 을러댔다.

윈스턴은 갑자기 돌아섰다. 그는 침착하면서도 유쾌한 표정을 짓고 있었다. 텔레스크린을 마주 대할 때는 이런 표정이 유리한 것이었다. 그는 방을 가로질러 작은 부엌으로 들어갔다. 이 시간에 사무실을 나오느라고 식당에서 점심을 들지 못했던 것이다. 그는 내일 아침에 먹으려고 남겨둔 흑빵 한 덩어리 외에는 아무것도 없다는 것을 알고 있었다. 그는 선반에서 '승리주(勝利酒)'라는 흰 레텔이 붙은 무색의 술병을 꺼냈다. 그것은 마치 쌀로 빚은 중국의 화주(火酒)처럼 느글느글한 냄새가 났다. 윈스턴은 찻잔에 찰 정도로 따라서 약을 마시듯이 상을 찡그린 채 단숨에 꿀꺽 삼켜버렸다.

그의 얼굴은 곧 붉어지고 눈물이 핑 돌았다. 이 술은 질산(窒酸) 같아서 마실 때는 고무 곤봉으로 뒤통수를 한 대 맞은 듯한 기분을 준다. 그러나 다음 순간 화끈거리던 뱃속이 가라앉고 다시 명랑한 기분이 된다. 그는 '승리연(勝利煙)'이라고 표시된 구겨진 담뱃갑에서 담배 한 개비를 꺼내 무심코 만지작거리다가 담배 가루를 마룻바닥에 흘렸다. 그는 또 한 개비를 꺼내서 가루가 떨어지지 않도록 조심하며 입에 물고 거실로 돌아가 작은 책상 앞에 앉았다. 책상은 텔레스크린 왼쪽에 놓여 있었다. 서랍에서 펜대와 잉크병, 그리고 뒷장은 붉고 앞장은 대리석 색깔로 된 두꺼운 사절(四切) 노트를 꺼냈다.

이 거실의 텔레스크린이 보통과 다른 위치에 있는 것은 그 나름대로의 이유가 있었다. 일반적으로 텔레스크린은 방안을 다 볼 수 있도록 벽 끝에 설치되지만 이 거실에는 창문 맞은편 긴 벽에 놓여 있었다. 이 벽 한쪽 끝에 윈스턴이 지금 앉아 있는 움푹 들어간 곳이 있는데, 아마 이 방을 만들 때 책장을 놓기 위해서 이렇게 설계한 것 같았다. 이 구석에 앉아 몸을 잘 감추기만 한다면 텔레스크린의 감시망을 벗어날 수 있었다. 그가 내는 소리는 물론 들리겠지만 지금처럼 구석에 앉아 있는 한 눈에 띄지는 않을 것이다. 그가 이제 시작하려는 일의 동기는 부분적으로 이 방의 구조가 독특하게 생겼다는 데 있었다.

하지만 서랍에서 지금 꺼낸 노트에도 그 동기가 있었다. 그것은 유난히 아름다운 노트였다. 부드럽고 크림색 나는 이 노트 종이는 오래되어 약간 누렇게 변색되었지만, 적어도 지난 40년 동안에 만들어진 것은 아니었다. 그러니 이 노트는 40년 전에 만들어진 것이라고 추측할 수 있었다. 이 도시의 어느 빈민가(지금은 그 이름을 잊었다)에 있는 곰팡내 나는 어느 작은 고물상의 진열장에서 이걸 발견하자, 그는 당장 갖고 싶은 마음에 견딜 수가 없었다. 당원(黨員)은 일반 상가('자유 시장 거래'라고 불렀다)에는 출입하지 못하게 되어 있었지만, 이 규칙은 엄격하게 지켜질 수 없었다. 왜냐하면 달리는 도저히 살 방도가 없는 구두끈이나 면도날 같은 여러 가지 물건들이 이런 상점에 있었기 때문이었다. 그는 거리를 슬쩍 훑어보다가 재빨리 들어가서 이 노트를 2달러 50센트에 샀던 것이다. 그때만 해도 이 노트를 어떤 특별한 목적이 있어서 갖고 싶어했던 것은 아니었다. 그는 죄라도 지은 것처럼 그것을 가방 속에 넣어가지고 왔다. 그 노트 속에는 아무것도 적혀 있지 않았지만 충분히 의혹을 받을 만한 것이었다.

그가 지금 하려고 하는 일은 일기를 쓰는 것이다. 이것은 불법은 아니다(법이라는 게 없으니 불법이라는 것도 있을 수 없다). 그러나 발각되면 사형, 아니면 적어도 강제 노동 25년 형을 받을 것이 틀림 없었다. 윈스턴은 펜촉을 펜대에 꽂고 펜 끝의 기름기를 닦아냈다. 펜은 서명에도 거의 사용되지 않는 구식 필기도구지만, 그 나름대로 노심초사해서 은밀하게 구한 까닭이 있었다. 그건 다름 아닌 이 멋진, 크림색 종이에는 볼펜으로 끄적거리는 것보다 진짜 펜촉으로 쓰는 것이 어울릴 것이란 생각 때문이었다. 실상 그는 손으로 글을 쓰는 데 익숙지 못했다. 아주 짧은 글 외에는 모든 걸 구술기록기에 불러주는 것이 상례였지만, 지금은 물론 그걸 써먹을 수 없었다. 그는 펜을 잉크에 적시고 나서 잠시 머뭇거렸다. 전율을 느꼈기 때문이다. 종이에 글을 쓴다는 건 중대한 행위였다. 그는 작고 서투른 글씨로 다음과 같이 썼다.

1984년 4월 4일

그는 몸을 뒤로 젖혔다. 완전한 무력감이 그를 짓눌렀다. 우선 올해가 1984년이라는 확신이 서지 않았다. 그의 나이가 39세라는 게 확실하고 태어난 해가 1944년인가 1945년이라고 기억되니까 틀림없이 그쯤 될 것이다. 그러나 요즈음은 1, 2년 내의 어떤 날짜도 정확하게 꼬집어 말할 수 없었다.

누구를 위해 이 일기를 쓰는가? 그는 갑자기 의아한 생각이 들었다. 미래를 위해서, 아니면 아직 태어나지 않은 후세를 위해서 쓰는 것인가? 그는 잠시 일기장에 쓴 그 의심스러운 날짜에 관해서 망설이다가 '이중 사고(二重思考)'라는 신어가 문득 떠올랐다. 그가 지금 하고 있는 일이 엄청난 것이라는 걸 처음으로 실감했다. 어떻게 사람이 미래와 소통할 수 있단 말인가? 그것은 본질적으로 불가능한 일 같았다. 미래가 현재와 비슷하다면 내 말에 귀를 기울이지 않을 것이고, 다르다면 수난의 기록은 아무 의미도 없게 될 것이다.

그는 얼마 동안 멍하니 노트를 바라보며 앉아 있었다. 텔레스크린에서 귀에 거슬리는 군악이 흘러나오고 있었다. 그는 이상하게도 자신을 표현할 능력을 상실했을 뿐만 아니라 애초에 무얼 말하려고 했는지조차 잊어버린 것 같은 생각이 들었다. 지난 몇 주일 동안 그는 바로 이 순간을 위해서 준비해왔고 용기만 있으면 무슨 일이든 할 수 있다고 철석같이 믿어왔다. 글을 쓴다는 것 자체가 쉬운 일이 아니다. 그는 글자 그대로 지난 수년 동안 그의 머릿속을 스쳐간 수많은 독백을 종이에 옮기기만 하면 되는 것이다. 그러나 이 순간 그런 독백마저 고갈되어버렸다. 게다가 정맥류성 궤양이 참을 수 없이 근질거리기 시작했다. 그는 그걸 긁을 수가 없었다. 긁기만 하면 늘 벌겋게 부어오르기 때문이었다. 시계의 초침이 똑딱거리고 있었다. 그가 의식하는 것이란 고작 앞에 놓여 있는 노트의 공백, 발목 위 피부의 가려움증, 그리고 요란하게 울리는 군악 소리와 약간의 취기뿐이었다.

그는 갑자기 낭패감 속에서 글을 쓰기 시작했다. 그러나 자기가 무얼 하고 있는지는 거의 의식하지 못한 상태였다. 그는 어린애같이 삐

뚤삐뚤한 작은 글씨로 종이를 메워나갔는데, 첫자를 대문자로 쓰는 것과 문장 끝에 종지부를 찍는 것도 잊어버리고 있었다.

　1984년 4월 4일

　'어젯밤엔 영화관에 갔다. 모두가 전쟁 영화. 지중해 어디선가 피난민을 가득 실은 배가 폭격당하는 장면이 가장 볼 만했다. 뚱뚱한 체구의 사내가 자기를 추격하는 헬리콥터를 피해 헤엄치다가 사살되는 장면에 이르러 관중들은 갈채를 보냈다. 처음에는 그 뚱뚱보가 돌고래처럼 물 속에서 허우적거렸고 그 다음에는 헬리콥터의 총구로 그 사내가 나타났다. 그러다가 그 사나이의 몸뚱이는 구멍투성이가 되고 그 근처 바닷물은 분홍색으로 물들었다. 그는 구멍 속으로 물이 들어찬 것처럼 되어 갑자기 바닷속으로 가라앉았다. 관중들은 그 뚱뚱보가 가라앉자 폭소를 터뜨렸다. 그런 다음 아이들을 가득 태운 구명 보트가 나타났는데, 그 위를 헬리콥터가 빙빙 돌고 있었다. 뱃머리에는 유태인으로 보이는 중년 부인이 세 살쯤 된 사내아이를 안고 앉아 있었다. 그 꼬마는 놀라 비명을 지르며 엄마의 품속에 머리를 처박았는데, 얼마나 몸부림을 치는지 엄마의 몸 속으로 뚫고 들어가기라도 할 듯한 기세였다. 그 부인 역시 공포로 새파랗게 질려 꼬마를 끌어안은 채 달래고 있었다. 그녀는 양팔로 아이를 끌어안고 있으면 총알도 피해갈 것으로 믿는 듯, 계속 꼭 껴안고 있었다. 그러자 헬리콥터는 20킬로그램짜리 폭탄을 배 위에 떨어뜨렸다. 무시무시한 섬광이 번쩍하더니 보트는 산산조각이 나고 말았다. 폭탄을 맞은 한 아이의 팔이 공중으로 치솟았다. 헬리콥터가 기수에 카메라를 달고 추적해서 올라가며 사진을 찍은 것이 분명했다. 그러자 당원석(黨員席)에서 요란한 박수 갈채가 터져나왔다. 그러나 앞자리의 노동자석에 앉아 있던 한 부인이 갑자기 소란을 피우면서 그런 걸 아이들 앞에서 보여줘서는 안 된다, 그건 잘못이다라고 소리소리지르다가 경찰에 끌려 밖으로 나갔는데, 그녀에게는 아무 일도 없을 것이다. 아무도 무산자가 떠드는 데는 신경을 쓰지 않기 때문이다. 무산자의 전형적인 반발에 대해서도 그들은 결코……. '

　원스턴은 경련이 나기도 해서 글 쓰는 걸 중단했다. 그는 무엇 때문에 이런 너절한 소리를 늘어놓았는지 알 수가 없었다. 그러나 신기하게도 그가 쓰기를 중단하고 있는 동안 전혀 엉뚱한 기억이 선명하게 떠올라 그걸 써두어야만 할 것 같은 기분이 들었다. 그가 갑자기 오늘 집에 와서 일기를 쓰기 시작하기로 결정하게 된 것은 바로 이 사건 때문이라는 사실을 이제야 비로소 깨달았다.
　이런 사소한 일도 사건이라고 할 수 있다면, 그건 바로 그날 아침 사무실에서 일어난 것이었다.
　11시쯤 되었을까, 원스턴이 일하는 기록국(記錄局)에서 맞은편에 거대한 텔레스크린이 있는 사무실 가운데로 의자들을 끌어모아 놓고, '2분간 증오(二分間憎惡)'를 준비했다. 원스턴이 막 가운데 줄에 자리를 잡았을 때 얼굴만 알 뿐 얘기 한 번 해본 적이 없는 두 사람이 갑자기 방으로 들어왔다. 그중 한 여자는 가끔 복도에서 지나친 적이 있는 사람이었다. 그녀의 이름은 모르지만, 창작국(創作局)에서 일하고 있다는 것은 알고 있었다. 기름 묻은 손으로 스패너를 들고 다니는 것을 가끔 본 적이 있으니, 아마 그녀는 소설 제작기를 담당하고 있으리라. 나이는 27세쯤 되어 보이고 머리숱이 많으며, 얼굴에는 주근깨가 있고, 행동이 운동선수처럼 민첩하고 대담해보이는 여자였다. '청소년반성동맹'의 휘장인 좁은 진홍색 띠를 바지 허리에 여러 겹으로 감아 엉덩이 모양이 아주 맵시있게 보였다. 원스턴은 그녀를 처음 본 순간부터 싫어했다. 그는 그 이유를 알고 있었다. 그것은 그녀를 보면 하키 운동장이나 냉수욕이나 단체 하이킹의 분위기가 되살아나고, 청결하게 보이려고 애쓰는 것 같은 인상을 받게 되었기 때문이었다. 그는 거의 모든 여자들을 싫어했는데, 특히 얼굴이 아름다운 젊은 여성들을 더 싫어했다. 요지부동으로 당에 충실하거나 슬로건을 곧이곧대로 믿어버리거나 아마추어 스파이나 이단자의 낌새를 귀신같이 맡는 것은 거의 여자들, 특히 젊고 아름다운 여자들이었기 때문이다. 그런데 이 별난 여자는 다른 여자들보다 더 위험하다는 인상을 주었다. 한번은 복도에서 서로 지나칠 때 그녀가 슬쩍 곁눈질을 했는데, 그것이 꼭 자기 속을 꿰뚫어보는 것 같아서 그는 얼마 동안 무서운 공포에 사로잡혔었다. 심지어는 그녀가 사상경찰일지도 모른다는 생각마저 들었다. 사실은 그렇지 않을 것이다. 그래도 그는 그녀가 어디고 자기 주변에 있기만 하면 적의와 두려움이 뒤섞인 묘한 불안감에 사로잡히곤 했다.

또 한 사람은 오브리언이란 '내부당원(內部黨員)'이었는데, 윈스턴이 잘 알지 못하는 아주 중요한 직위에 있는 남자였다. 검은 복장을 한 내부당원이 다가오자, 일순간에 조용해졌다. 오브리언은 몸집이 크고 건장한데다 목이 굵고 우락부락하며, 우스꽝스럽고 야비해 보였다. 외모는 험상궂었지만 매력적인 데도 분명히 있었다. 그는 콧잔등으로 내려오는 안경을 치켜올리는 버릇이 있었는데, 그걸 정확하게 어떻다고 말할 수는 없었지만 묘하게 세련되어서 어쩐지 마음을 놓게 만든다. 그의 제스처는 마치 18세기의 귀족이 손님에게 담뱃갑을 내놓는 듯한 인상을 연상시킨다고나 할까? 윈스턴은 최근 몇 년 동안 오브리언을 아마 열두어 번 보았을 것이다. 그는 그에게 상당히 끌리고 있었다. 그것은 그의 도회인다운 태도와 직업 권투선수 같은 몸집에 대한 흥미 때문이 아니라 오히려 그의 정치적 교조(敎條)가 불완전하리라는 은밀한 신념, 아니 그렇게 되어주기를 바라는 희망 때문이었다. 그의 얼굴에서는 어쩔 수 없이 그런 걸 느끼게 된다. 어쩌면 그의 얼굴에 쓰여 있는 것은 이단(異端)이 아니라 단순한 지성일지도 모른다. 그러나 아무튼 그는 텔레스크린을 속이고 단둘이 만날 수만 있다면 말을 걸어볼 수 있을 것 같은 사람이었다. 윈스턴은 이런 상상을 실증해볼 생각은 추호도 하지 않았다. 사실은 그렇게 해볼 방도가 없었다. 그때 오브리언은 11시가 다 된 것을 알고는 '2분간 증오'가 끝날 때까지 기록국에 머물러 있기로 작정한 것 같았다. 그는 윈스턴으로부터 두 자리 건너 같은 줄에 자리를 잡았다. 윈스턴의 다음 책상에서 일하는, 연한 갈색 머리카락의 몸집이 작은 여자가 그들 사이에 앉아 있었다. 까만 머리의 여자는 바로 그 뒤에 앉아 있었다.

다음 순간, 소름이 끼치도록 무시무시한 굉음이 마치 기름이 떨어진 거대한 기계가 돌아가듯 방 끝에 있는 커다란 텔레스크린으로부터 터져나왔다. 그 소리에 이가 악물리고 목 뒤의 머리카락이 곤두섰다. '증오'가 시작된 것이다.

여느 때처럼 인민의 적인 임마누엘 골드스타인의 얼굴이 화면에 나타났다. 여기저기서 관중들의 성난 소리가 터져나왔다. 연한 갈색 머리카락의 그 작은 여자는 두려움과 혐오감이 뒤섞인 비명을 질렀다. 골드스타인은 오래 전(얼마나 오래 되었는지 기억하는 사람은 없지만) 당의 지도급 인물 중 하나로 거의 '대형' 자신과 비슷한 지위에 있었으나, 반혁명 활동에 가담했다가 사형 선고를 받고 기적적으로 탈출해서 감쪽같이 사라진 변절자요 반동분자였다. '2분간 증오'의 프로그램은 날마다 다르지만, 골드스타인이 중심 인물로 나타나지 않은 적은 한 번도 없었다. 그는 최초의 반역자요, 맨 먼저 당의 순수성을 모독한 인물이었다. 그 후에 일어난 모든 반당죄, 즉 모든 반역과 파업행위, 이단, 탈선은 바로 그의 교사로 인하여 생겨난 것이었다. 그는 지금도 어느 곳엔가 생존하여 음모를 꾸미고 있을 것이다, 어쩌면 바다 건너 어디선가 외국인 물주의 보호를 받고 있을지도 모른다, 아니 바로 이 오세아니아의 어떤 은신처에 숨어 있다는 등의 소문이 간간이 들려왔다.

윈스턴은 오싹했다. 그는 골드스타인의 얼굴을 볼 때마다 고통스러울 정도로 기분이 착잡했다. 이 유태인의 얼굴은 비쩍 말랐고 보풀 같은 흰머리카락이 후광처럼 넘실거리며 짧은 염소 수염이 지혜롭게 보이기는 했지만, 칼날같이 길쭉한 콧날에 안경을 걸친 모습이 마치 노인들에게서나 볼 수 있는 우매함이 엿보이고 어딘가 선천적으로 야비한 데가 있다는 인상을 주었다. 그는 염소를 빼박은 모습에 목소리도 염소를 닮았다. 골드스타인은 항상 당의 강령에 독설을 퍼부었는데, 그것이 너무 과장되고 독설적이어서 어린애들까지도 그의 허위성을 훤히 들여다볼 수 있었다. 그러나 그의 주장은 하도 그럴 듯해서 보통 이하의 머리를 가진 사람들은 거기에 넘어가기도 할 것이었다. 그는 '대형'을 비난하고 당의 독재를 공격하며 유라시아와의 평화협상을 당장 체결하라고 요구했다. 그리고 언론의 자유, 출판의 자유, 집회의 자유, 그리고 사상의 자유를 외치며 혁명이 배신당했다고 분노에 찬 소리를 지르는 것이었다. 이 모든 독설은 빠른 속도로 다음절(多音節)을 사용하는 연설조였는데, 그것은 당의 웅변가들이 즐겨 쓰는 수법을 흉내낸 것이었다. 그리고 그는 신어(新語)들을 사용했는데, 그것은 당원들이 일상생활에서 쓰는 것 이상의 어휘였다. 이러는 동안 인기를 끌기 위한 골드스타인의 그럴듯한 말이 가리고 있는 진실성에 대해서 의구심을 가질까 봐 텔레스크린에 나타난 그의 머리 뒤쪽에서는 유라시아 군대의 대열이 끊임없이 행진해 나오는 것이었다. 그런데 그들은 무표정한 얼굴에다 굳은 모습으로 열을 짓고 있었는데, 같은 대열들이 번갈아가면서 화면에 나타났다가는 사라지곤 하는 것이었다. 둔하게 되풀이되는 군화 소리는 골드스타인의 염소 우는 소리의 배경 음악 같은 구실을 하였다.

'증오'가 시작된 지 30초도 못 되어 방에 있는 사람들 중 절반 이상이 참을 수 없다는 듯이 분노를 터뜨렸다. 스크린에 나타난, 자만심에 찬 염소 같은 얼굴과 그 뒤에 보이는 유라시아군의 소름 끼치는 병사들을 보면 참을 수가 없는 것이다. 게다가 골드스타인을 보거나 심지어는 생각만 해도 저절로 공포감이 생기고 분노가 일어나는 것이다. 그는 유라시아나 이스트아시아보다 더한 증오의 대상이 되었다. 오세아니아가 이 두 나라 중의 어느 한 나라와 전쟁을 하면 다른 한 나라와는 대개 평화를 유지하게 마련이기 때문이었다. 그러나 알다가도 모를 일은, 골드스타인이 모든 사람으로부터 경멸과 증오를 받고 하루에 수천 번씩이나 연단에서, 텔레스크린에서, 신문과 책 속에서 그의 이론이 공박당하고 부인되고 비웃음을 당하며 하찮은 헛소리라고 대부분 색안경을 쓰고 보는데도 불구하고 그의 영향력은 결코 줄어드는 것 같지 않다는 것이다. 항상 그에게 유혹되어 넘어가는 사람들이 생겨나게 마련이었다. 매일 그의 지령에 따라 움직이는 스파이와 태업자(怠業者)들이 사상경찰에게 발각되지 않는 때가 없었다. 그는 거대한 비밀 군대의 사령관일 뿐만 아니라, 국가를 전복시키는 데 몸을 바치는 지하조직 음모자들의 두목이기도 했다. 그 조직의 이름은 '형제단'이라고 했다. 또한 골드스타인이 지은, 모든 이단론을 기록한 무시무시한 책이 있는데, 그것이 여기저기로 비밀리에 돌려지며 읽혀진다는 귓속말도 있었다. 그 책은 제목도 없었다. 사람들은 그것을 그저 '그 책'이라고 했다. 그러나 아것도 단지 희미한 소문으로만 알려진 사실이었다. 일반 당원들은 될 수 있는 한 '형제단'이니 '그 책'이니 하는 말을 삼갔다.

2분째가 되자 '증오'는 광적으로 되었다. 사람들은 스크린에서 나오는 그 미칠 것 같은 염소 소리를 잡아먹을 듯 그 자리에서 펄쩍펄쩍 뛰며 목청을 가다듬어 고래고래 소리를 지르는 것이었다. 엷은 갈색 머리의 몸집이 작은 여자는 홍조를 띠고 입은 오무렸다 벌렸다 하는 것이 마치 뭍에 오른 물고기 같았다. 오브리언의 우락부락한 얼굴마저도 뻘개졌다. 그는 의자에 꼿꼿이 앉아 파도에 버티기라도 하는 것처럼 넓은 가슴을 벌떡거렸다. 윈스턴의 뒷자리에 앉아 있던 까만 머리의 여자는 "돼지! 돼지! 돼지!" 하고 소리를 지르더니 느닷없이 묵직한 신어 사전을 집어들어 스크린에 내팽개쳤다. 사전은 골드스타인의 코를 맞히고 떨어졌다. 아우성은 끊임없이 계속되었다. 얼핏 제정신을 차린 윈스턴은 자신도 다른 사람들과 어울려 고함을 지르고 발뒤꿈치로 의자의 가늠대를 맹렬하게 차고 있다는 사실을 알게 되었다. 이 '2분간 증오'가 생각만 해도 끔찍한 것은 사람들이 의무적으로 가담해야 한다는 것이 아니라 스스로 거기에 휘말려들어가 간다는 사실이다. 30초도 안 되어 어떤 가식도 필요없게 된다. 공포와 복수심에의 무시무시한 도취, 커다란 쇠망치로 때려죽이고 싶고 고통을 주고 싶고 얼굴을 형편없이 망가뜨리고 싶은 욕망이 모든 사람들에게 전류처럼 퍼져서 생각지 않은 사람조차도 오만상을 찌푸리고 소리소리 질러대는 미친 듯한 상태로 빠져버리는 것이었다. 그러나 이런 사람들이 느끼는 분노란 등잔의 심지 불꽃처럼 상대를 주관도 없는 사람으로 바꿔놓을 수 있는 추상적이고 방향 감각도 없는 감정이었다. 따라서 윈스턴의 증오는 한순간 전혀 골드스타인에 대한 것이 아니고 반대로 '대형', '당' 그리고 '사상경찰'에 대한 것이었다. 그리고 이런 순간에는 스크린에 나타나 있는 외롭고 조소당하는 이 이단자, 허위가 판치는 이 세상에서 진실과 각성을 지닌 유일한 수호자에게 호감이 가는 것이었다. 그러나 다음 순간, 그는 주위에 있는 사람들과 하나가 되어 골드스타인에 관한 말들이 하나같이 진리로 여겨지게 된다. 그런 때는 '대형'에 대한 은밀한 역겨움이 찬양으로 바뀌고 '대형'은 아시아의 유목민에 대적해서 바위처럼 버티고 선, 힘세고 대담한 수호자로 보이고 골드스타인은 외롭고 무력하고 그 생존 여부마저도 의심이 가지만, 단지 목소리의 힘에 의해서 문명사회를 멸망시키려는 뱃속 시커먼 마술사로 보이는 것이었다.

사람은 종종 의식적으로 증오의 대상을 바꿀 수 있는 법이다. 윈스턴은 악몽의 굴레로부터 벗어나려고 애쓰는 사람처럼 갑자기 격렬하게 몸부림을 치면서 자기의 증오의 대상을 스크린의 얼굴로부터 뒷자리에 앉은 까만 머리의 여자에게로 돌렸다. 아름다운 환상이 뚜렷하게 머릿속을 스쳐갔다. 그는 고무 방망이로 그녀를 죽도록 때려주고 싶었다. 그녀를 벌거벗겨 말뚝에 붙들어맨 다음, 성 세바스찬(3세기 로마의 군인, 선교사. 고난 속에서도 신앙을 포기하지 않았기 때문에 나무에 묶인 채 수많은 화살을 맞고 피살되었다가 되살아나 나중에 곤봉에 맞아 죽었다고 함)처럼 온몸에 화살을 쏘아 죽이고 싶었다. 그녀를 겁탈해 절정의 순간에 목을 조르고 싶었다. 그는 비로소 왜 그녀를 그토록 증오하게 되었는지 알 것 같았다. 그가 그녀를 증오하는 이유는, 첫째 그녀가 젊고 예쁜데다 섹스에 냉담한 듯했기 때문이고, 둘째 그녀와 자고 싶지만 결코 응하지 않을 것이라는 것 때문이며, 셋째 안아달라는 듯 날씬한 곡선미에 매혹적인 허리 둘레에는 전적으로 순결을 나타내는, 밉살스럽기만 한 진홍색 띠가 감겨 있기 때문이었다.

'증오'는 절정에 달했다. 골드스타인의 목소리는 실제로 염소 소리로 둔갑했고 한때는 얼굴마저 염소의 그것으로 변했다. 그러다 염소 얼굴은 사라지고 유라시아 군인의 모습으로 바뀌었는데, 그는 무서운 거인처럼 기관총을 드르륵거리며 전진해와 마치 스크린 밖으로 뛰쳐나올 것 같았기 때문에 앞줄에 앉아 있던 사람들은 움찔하며 제자리에서 뒤로 물러섰다. 그러나 그 순간 원수의 모습은 사라지고 대신 검은 머리에 검은 수염을 기른, 권력과 신비스런 정적에 싸인 '대형'의 얼굴이 나타났다. 사람들은 그제야 비로소 안도의 한숨을 푹 내쉬는 것이었다. '대형'의 얼굴은 어찌나 큰지 화면을 거의 다 차지했다. 아무도 그의 말에 귀를 기울이는 사람은 없었다. 그의 말은 두서너 마디의 일종의 격려사였는데, 그 말을 하나하나 알아들을 수는 없었지만 그의 말을 듣고 있다는 사실 하나만으로도 신의를 되찾을 수 있는, 마치 전쟁의 북새통에서 지시를 듣는 듯한 그런 격려사였다. 잠시 후 '대형'의 얼굴이 사라지고 대신 당의 세 가지 슬로건이 대문짝만하게 나타났다.

전쟁은 평화
자유는 예속
무지는 힘

그러나 '대형'의 얼굴은 스크린에 몇 초 동안 그대로 남아 있는 것 같았다. 마치 사람들의 눈에 미친 충격이 너무 생생하면 당장에 없어지지 않는 것처럼. 엷은 갈색 머리의 작은 여자는 자기 앞의 의자 등걸이에 몸을 풀썩 기대었다. 그리고 떨리는 소리로 "나의 구세주여!"라고 중얼거리면서 스크린 쪽을 향해 두 팔을 벌렸다. 그런 다음에는 두 손으로 얼굴을 감쌌다. 기도를 드리고 있는 것이 분명했다.

바로 그때 모든 사람들은 "대-형!…… 대-형!…… 대-형!"하는 낮고 느리고 음악적인 찬가를 여러 번 천천히 웅얼거리기 시작했는데, '대'와 '형' 사이를 길게 늘이면서 읊는, 이 묵직한 합창 소리는 마치 야만인들이 맨발로 춤을 추며 북을 쳐대는 소리를 뒤에서 듣는 듯한 기분을 주었다. 그들은 그것을 30초 동안 계속했다. 이것은 감정을 도저히 주체할 수 없는 순간에 흔히 들을 수 있는 일종의 후렴이었다. 이것은 어느 정도 '대형'의 지혜와 위엄에 대한 일종의 찬송이기도 했지만, 그보다는 리드미컬한 소음으로 교묘하게 의식을 말살시키는 자기최면의 행동이었다. 윈스턴은 오장이 얼어붙는 것만 같았다. '2분간 증오' 때는 그도 다른 사람들처럼 흥분하지 않을 수 없었지만, "대-형!…… 대-형!"하는 비인간적인 노래를 할 때는 늘 오싹할 정도로 온몸에 소름이 끼쳤다. 물론 그도 다른 사람들과 함께 노래를 불렀다. 그럴 수밖에 없으니까. 자신의 감정을 속이고 얼굴을 가장하여 다른 사람들의 하는 짓을 따라 한다는 것은 본능적인 반사작용이다. 그러나 눈의 표정이 자신의 위장을 폭로하는 찰나적인 순간이 있는 법이다. 바로 이때 사건이라면 사건이랄 수도 있는 중대한 일이 일어난 것이다.

그는 순간적으로 오브리언과 시선이 마주쳤다. 오브리언은 선 채로 안경을 벗고 있다가 그 특유의 제스처로 다시 끼려고 하고 있었다. 바로 그때 그들의 눈이 마주친 것이다. 윈스턴은 오브리언도 자기와 같은 생각을 하고 있다는 것을 알아챘다. 그렇다, 그는 분명히 그것을 알아차린 것이다! 확실히 이심전심이 된 것이다. 두 사람은 마음의 창문을 열고 서로의 생각을 눈으로 전달하고 있는 것 같았다. "나는 자네 편이야. 자네가 뭘 생각하고 있는지 정확히 알지. 자네가 어떤 것을 경멸하고 미워하고 싫어하는지 다 잘 알고 있다니까. 그렇지만 염려 말게. 난 자네 편이니까!"라고 오브리언은 말하는 것 같았다. 그런 다음 오브리언의 지성적인 눈빛은 사라지고 다른 사람들처럼 알 수 없는 표정이 되어버렸다.

이것이 사건의 전모였고, 그래서 그런 일이 일어났었는지의 여부조차 분간할 수 없었다. 이런 사건은 어떤 결과도 불러일으키지 않는다. 그들 사이에 있었던 일은 다만 자신 말고 또 다른 당의 적이 있다는 믿음을, 아니 희망을 줄 뿐이다. 어쩌면 대규모의 지하음모가 있다는 소문이 사실일지도 모른다. 실제로 '형제단'이 있을지도 모른다! 체포와 자백, 그리고 처형이 끊임없이 계속되고 있었지만, 그렇다고 '형제단'의 존재가 신화가 아니라고 확신할 수는 없었다. 그는 어느 때는 그 존재를 믿었고 또 어느 때는 믿지 않았다. 명백한 증거가 있는 것도 아니었다. 다만 어떤 의미가 있는 것도 같고 없는 것도 같은, 슬쩍 쳐다보는 것도 같았다. 즉, 무심코 들은 이야기, 화장실 벽에 희미하게 끄적거린 낙서, 낯선 두 사람이 마주칠 때 서로 알고 있다는 듯한 표정의 작은 손놀림 따위가 있을 뿐이었다. 그러나 이런 것들은 모두가 추측이요, 상상에 맡길 수밖에 없는 일이었다. 윈스턴은 오브리언을 더 이상 쳐다보지 않고 자기 책상으로 돌아왔다. 그들이 순간적으로 접촉을 한 사실에 대해서 더 깊이 생각해볼 마음은 거의 없었다. 설령 그렇게 할 수 있는 방법을 알고 있다 하더라도 그것은 매우 위험한 일이었다. 그들의 애매한 시선이 마주친 것은 1,2초 동안이었고 또 그것이 이 이야기의 끝이었다. 그러나 사람이 혼자만의 고독 속에서 살아가야만 하는 경우에는 이런 것도 기억해둘 만한 사건이다.

윈스턴은 몸을 꼿꼿이 하고 앉아 있었다. 트림이 나고 뱃속의 술이 넘어오려고 했다.

그는 노트를 내려다보았다. 그는 무기력하게 생각에 잠겨 있는 동안 자신도 모르는 사이에 글을 쓰고 있다는 사실을 문득 깨달았다. 그런데 이번에는 전처럼 서투른 졸필이 아니었다. 그는 펜으로 부드러운 종이 위에 큼직한 대문자로 맵시있게 써내려갔다.

대형을 타도하자
대형을 타도하자
대형을 타도하자
대형을 타도하자

같은 말을 되풀이해서 반 페이지를 채웠다.

그는 공포로 인한 고통을 느끼지 않을 수 없었다. 그러나 이런 고통은 지금으로선 부질없는 것이었다. 그 특이한 낱말을 썼다는 것보다 일기를 쓰기 시작했다는 행위가 더 위험한 것이다. 한순간 그는 노트장을 찢어버리고 일기 쓰는 일마저 포기하고 싶은 생각이 들었다.

그러나 그는 그마저 부질없다는 것을 깨닫고 그렇게 하지 않았다. 그가 '대형을 타도하자.' 하고 썼든 혹은 쓰지 않았든 아무런 차이가 없었다. 그가 계속해서 일기를 쓰든 혹은 안 쓰든 그건 별문제가 아닌 것이다. 사상경찰은 그를 똑같이 취급할 것이다. 그가 펜을 들지 않았다 하더라도, 그는 이미 다른 모든 죄까지 포함하는 본질적인 죄를 저지른 것이다. 그게 곧 '사상죄(思想罪)'라는 것이다. 사상죄는 언제까지나 은폐하기는 힘들다. 얼마 동안은, 아니 몇 년 동안은 그럭저럭 피할 수 있을지 모르지만, 머지않아 반드시 발각되게 마련이다.

그것은 늘 밤에 시행되었다. 즉, 사상범 체포는 어김없이 밤에만 행해졌다. 갑자기 잠을 깨워 흔들기도 하고 우악스런 손이 어깨를 잡고 뒤흔들기도 하는가 하면 불빛을 눈에 갖다대기도 하고 험상궂은

얼굴들이 침대를 빙 둘러싸기도 하는 것이었다. 대개는 재판도 하지
않고 체포에 대한 보고도 하지 않았다. 사람들은 언제나 밤중에 그냥
사라져버린다. 이름은 호적에서 빠져버리고 그에 관한 모든 기록도
사라져버리는 것이다. 이렇게 되면 그 존재가 언제 있었느냐는 식으
로 부인되고 마침내는 망각 속에 파묻히고 만다. 그는 없어져 멸종된
다. 이런 것을 두고 흔히 '증발되었다.'고 한다.

그는 잠시 동안 신경질이 났다. 그는 난필로 서둘러 쓰기 시작했
다.

그들은 나를 총살하겠지만 괜찮다.
그들은 목 뒤에서 나를 쏘겠지만 그것도 괜찮다.
대형을 타도하자. 그들은 언제나 목 뒤에서 쏜다. 하지만 괜찮다.
대형을 타도하자…….

그는 몸을 의자에 기댔다. 그리고 약간 창피함을 느끼며 펜을 놓았
다. 다음 순간 그는 깜짝 놀랐다. 노크 소리가 났기 때문이다.
벌써! 그는 생쥐처럼 조용히 앉아서, 누구든 한두 번 두드려보고
꺼져버렸으면 좋겠다는 부질없는 생각을 했다. 그러나 그렇지 않았
다. 계속해서 노크 소리가 났다. 지체하는 것은 지극히 불리하다. 그
의 가슴은 북을 치는 것처럼 방망이질을 했다. 그러나 얼굴만은 오랜
습성 탓인지 무표정했다. 그는 일어나서 문 쪽으로 무거운 발걸음을
옮겼다.

2

문고리를 잡는 순간, 윈스턴은 문득 테이블 위에 일기장을 펴두었
다는 사실을 깨달았다. '대형을 타도하자.'라는 글이 일기장을 가득
채웠는데, 얼마나 크게 썼는지 방 이쪽에서도 다 보였다. 대단히 바

보 같은 짓을 한 것이다. 그러나 두려움 속에서도 잉크가 마르기 전에 일기장을 덮어 부드러운 종이를 더럽히고 싶지 않다는 생각이 들었다.

그는 숨을 몰아쉬고 문을 열었다. 그 순간 훈훈한 안도감이 스쳐 갔다. 찌든 듯한, 혈색 없는 얼굴의 한 여자가 문 밖에 서 있었는데, 머리카락은 듬성듬성하고 얼굴에는 주름이 많이 져 있었다.

"아, 동무. 돌아온 소리를 들은 것 같았어요. 건너와서 부엌 수채 구멍 좀 봐주시겠어요? 막힌 모양이에요. 그런데……."

그녀는 속이 상한 듯 코막힌 소리로 말했다.

그는 파슨스 부인으로, 같은 층 옆집에 살고 있었다(당에서는 '부인'이라는 단어를 못 쓰게 했다. 따라서 누구든 '동무'라고 불러야 한다. 그러나 어떤 여자들에게는 본능적으로 이 말을 쓰게 된다). 그녀는 서른 살쯤 되었지만 훨씬 더 늙어보인다. 얼굴 주름살 사이에 때가 낀 것 같았다. 윈스턴은 그녀를 따라 복도로 나왔다. 이런 사사로운 수리작업은 거의 매일 겪어야 하는 골칫거리다. 승리 맨션은 1930년경에 세워진 낡은 아파트로서 지금은 허물어져가고 있는 중이다. 천장과 벽에서는 횟가루가 끊임없이 떨어지고 수도관은 얼 때마다 터지고 지붕은 눈만 오면 새며 난방장치는 절약한다는 핑계로 사용하더라도 으레 반밖에 틀지 않았다. 이런 수리는 자신이 하지 않을 경우엔 멀리 떨어져 있는 당국의 허가를 받아야 하는데, 창문 하나 고치는 데도 2년이란 세월이 걸리는 것이 보통이었다.

"마침 톰이 집에 없어서요."

파슨스 부인이 힘없이 말했다.

파슨스의 방은 윈스턴의 방보다 컸지만 어딘지 모르게 어수선했다. 마치 어떤 커다랗고 난폭한 짐승이 휩쓸고 간 듯, 모든 것이 마구 짓밟혀 망가져 있었다. 운동 용구들, 즉 하키 스틱, 권투 장갑, 터진 축구공, 땀에 젖어 뒤집힌 운동복 등이 마룻바닥에 흩어져 있고, 테이블 위에는 지저분한 접시들과 다 떨어진 운동 서적들이 흩어져 있었다. 청년동맹과 스파이단의 깃발, '대형'의 커다란 포스터가 벽에 붙어 있었다. 건물 전체에서 늘 풍기는 양배추를 끓이는 냄새가 났고, 어쩌다 코를 훌쩍이면 꼬집어 말은 못 해도 이내 알 수 있는, 구역질나는 지독한 땀내가 났다. 그 냄새는 지금은 여기에 없는 사람의 냄새였다. 옆방에서는 누군가가 빗살로 종이를 그으며 텔레스크린에서 흘러나오는 군악 소리에 장단을 맞추고 있었다.

"아이들 짓이에요. 오늘은 나가지 않았어요. 물론……."

파슨스 부인이 약간 신경이 쓰이는 듯 문을 흘끗 쳐다보며 말했다.

그녀는 말을 하다가 중간에 끊는 습관이 있었다. 부엌 수채 구멍에는 더럽고 시커먼 물이 가득 차 있어 양배추보다 더 지독한 악취를 풍겼다. 윈스턴은 무릎을 꿇고 앉아서 파이프의 모난 이음새를 점검했다. 그는 손을 쓰는 일을 좋아하지 않았다. 그리고 몸을 구부리는 일도 싫어했다. 몸을 구부리면 언제나 기침이 나왔기 때문이다. 파슨스 부인은 시름없이 쳐다보기만 했다.

"톰이 집에 있으면 금방 고칠 텐데. 그이는 이런 일이라면 신이 나서 하거든요. 손재주가 있으니까요."

그녀는 말했다.

파슨스는 윈스턴과 함께 진리성에 근무하는 동료였다. 그는 몸은 뚱뚱하지만 매우 활동적이었는데, 무력할 정도로 어리석고 아둔할 정도로 열성적인 위인이기도 했다. 당은 사상경찰보다 더 완전하게 당을 믿고 충성을 다하는 이런 류의 인간에게 의존하는 것을 마음 든든하게 생각하고 있다. 그는 35세 때 본의 아니게 청년동맹에서 쫓겨난 적이 있었다. 그리고 청년동맹에 가입하기 전에는 규정 연한을 넘어 1년간이나 '스파이단'에서 일을 했었다. 그는 진리성에서는 머리를 쓰지 않아도 되는 하급 직에서 일했지만, 다른 한편으로는 '체육위원회'라든지 단체 행군, 자발적인 시위, 저축 운동, 그리고 일반적으로 자발적인 활동을 조직하는 갖가지 위원회의 지도적 인물이기도 했다. 그는 파이프를 뻐끔뻐끔 빨면서 은근히 자랑삼아 "나는 지난 4

년 동안 저녁마다 '공회당'에 나갔었다구." 하고 이야기하는 것이었다. 그는 왕성한 활동력을 무의식적으로 시위라도 하듯 어디를 가나 땀냄새를 물씬 풍겼는데, 그가 떠나고 난 후에도 그 지독한 냄새는 코를 찌른다.

"스패너 있습니까?"

모서리의 이음새 나사를 만지작거리며 윈스턴이 물었다.

"스패너요? 글쎄요. 아마 애들이……."

파슨스 부인이 맥빠진 어조로 말했다.

쿵쿵 신발 소리가 나더니 애들이 거실로 들어가서 빗살을 가지고 소란을 피우는 소리가 났다. 파슨스 부인이 스패너를 가지고 왔다. 윈스턴은 물을 빼고 상을 찌푸리면서 파이프 구멍에 막혀 있는 사람의 머리카락 뭉치를 꺼냈다. 수도에서 나오는 냉수로 손을 깨끗이 씻고 옆방으로 들어갔다.

"손들엇!"

거친 목소리였다.

단단하면서도 귀엽게 생긴 아홉 살짜리 사내아이가 테이블 뒤에서 불쑥 튀어나오며 장난감 자동 권총으로 그를 위협했다. 그보다 두 살 아래인 여동생도 막대기를 가지고 제 오빠 흉내를 냈다.

두 아이는 푸른 바지에 회색 샤쓰를 입고 빨간 머플러를 둘렀다. 그것은 스파이단의 제복이었다. 윈스턴은 머리 위로 손을 들었는데, 기분은 조금 꺼림칙했다. 그 소년의 태도가 너무 혹독해서 전혀 장난으로 여겨지지 않았기 때문이다.

"반역자! 사상범! 넌 유라시아의 스파이야! 널 총살시킨다. 널 없애버릴 거야. 소금 광산으로 보낼 거라구!"

그 꼬마가 소리쳤다.

꼬마들은 갑자기 그를 둘러싸고 깡충깡충 뛰면서 "반역자! 사상범!" 하고 소리를 질렀다. 여자아이는 오빠가 하는 짓을 그대로 따라 했다. 그들의 행동은 자라서 사람들을 잡아먹을 호랑이 새끼들이 날뛰는 것만 같아서 어딘가 모르게 섬뜩한 데가 있었다. 윈스턴을 차고 때리고 싶어하는 욕망이 너무도 뚜렷했고 자라서는 충분히 그렇게 할 것이라는 생각도 들었다. 그 녀석이 들고 있는 것이 진짜 권총이 아니어서 다행이라는 생각마저 들었다.

파슨스 부인의 당황한 시선은 윈스턴으로부터 아이들에게로, 다시 윈스턴에게로 움직였다. 밝은 거실에서 보니 그녀의 얼굴 주름살 사이에는 정말로 때가 끼어 있어, 그는 쓸쓸하게 그것을 바라보았다.

"아이들이 너무 소란을 피우는군요. 교수형 구경을 못 가서 저러는 거예요. 저는 너무 바빠 애들을 데리고 가지 못하거든요. 그리고 톰은 제 시간에 못 올 거구요."

그녀는 말했다.

"우린 왜 교수형 구경 안 가는 거야?"

소년이 큰소리로 외쳤다.

"교수형 보고 싶어! 교수형 보고 싶다니까!"

꼬마 계집애가 떠들어대며 깡충깡충 뛰었다.

윈스턴은 유라시아의 포로 몇 명이 그날 저녁 전범(戰犯) 혐의로 공원에서 교수형을 받기로 되어 있다는 것을 기억해냈다. 이런 일은 한 달에 한 번쯤 일어났기 때문에 이제는 별다른 구경거리가 아니었다. 그러나 아이들은 늘 그런 걸 보고 싶어 안달을 했다. 그는 파슨스 부인 곁을 떠나 문 쪽으로 갔다. 그러나 복도를 따라 여섯 발자국도 떼어놓기 전에 무엇인가가 목덜미를 되게 후려쳤다. 마치 뻘겋게 달군 철사로 찔린 듯한 기분이었다. 그가 휙 돌아선 순간, 파슨스 부인이 자기 아들을 문 안으로 잡아끌고 있었고 그 녀석은 고무총을 주머니에 쑤셔넣고 있었다.

그가 나오고 문이 닫혀지자 소년이 소리를 질렀다.

"골드스타인!"

그러나 윈스턴의 마음에 더 큰 충격을 준 것은 어머니의 창백한 얼굴에 나타난 걷잡을 수 없는 공포의 빛이었다.

자기 방으로 돌아온 윈스턴은 재빨리 텔레스크린을 지나 다시 책상 앞에 앉아 목을 쓰다듬었다. 텔레스크린에서 나오던 음악은 그쳐 있었다. 그 대신 짤막한 군대식 말투가 방금 아이슬랜드와 패로 제도 사이에 정박 중인 새로운 부동(浮動)요새의 장비에 관해 미친 것처럼 설명하고 있었다.

'저애들 때문에 불쌍한 저 여자는 평생 공포 속에서 떨어야 할 거야.' 하고 윈스턴은 생각했다. 1, 2년쯤 지나면 그애들은 이단의 기미를 알아채고 그녀를 밤낮으로 감시할 것이다. 오늘날에는 아이들 모두가 무서운 존재다. 무엇보다도 악질적인 것은 스파이단과 같은 조직체에 의해서 그들을 어떻게 해볼 도리가 없는 소(小)야만인으로 변화시키는 것이다. 그들에게선 당의 규율에 반발하는 경향을 전혀 찾아볼 수 없다. 반발하기는커녕 반대로 당과 당에 관계되는 모든 것을 찬양한다. 군가, 깃발, 등산, 모의총 훈련, 슬로건 복창 및 '대형' 숭배 —— 이런 것들은 모두 다 그들의 영광스런 놀이의 일종이었다. 아이들은 국가의 적, 외국인과 반역자들, 파업자들, 그리고 사상범들에게 모든 잔인성을 드러내고 있었다. 서른 살을 넘긴 부모들은 자기 자식들을 두려워하는 것이 거의 관례로 되어 있었다. 그런데 여기에는 그럴 만한 이유가 있었다. 아이들(흔히 '어린 영웅'이라고 했다)이 부모들의 대화에서 어떤 위험한 말을 슬쩍 엿듣고는 사상경찰에 밀고했다는 기사가 일주일에 한 번씩 〈타임즈〉에 살리지 않는 적이 거의 없었기 때문이다.

고무 총알로 인한 얼얼한 아픔은 가셨다. 그는 내키지 않는 마음으로 펜을 들고 혹시 일기장에 쓸 것이 있는가를 생각해보았다. 그러다 문득 오브리언에 대한 생각이 다시 떠올랐다.

몇 년 전 —— 얼마나 되었을까? 아마 7년은 되었으리라. 그는 어느 캄캄한 방안을 거니는 꿈을 꾸었다. 그런데 누군가 그 옆에 앉아 있던 사람이 그가 지나갈 때 말했다.

"우리는 어둠이 없는 곳에서 만날 거요."

그 목소리는 조용하면서도 꾸밈이 없었는데, 명령이 아니라 그냥 하는 말이었다. 그는 쉬지 않고 계속 걸었다. 묘하게도 그때 꿈속에서는 그 말이 그다지 인상 깊게 들리지 않았다. 그러나 나중에 점점 그 말이 의미심장해졌다. 그가 오브리언을 처음으로 본 것이 그 꿈을 꾸기 전인지 후인지는 정확하게 기억나지 않았다. 그리고 언제부터 그 목소리가 오브리언의 것이라고 생각했는지도 기억이 나지 않았다. 그러나 아무튼 그 목소리의 정체가 드러난 것이다. 어둠 속에서 그에게 말한 사람은 오브리언이었다.

윈스턴은 오브리언이 자기 편인지 적인지 확인할 길이 없었고, 심지어는 오늘 아침 시선이 마주치고 난 후에도 그것을 확인할 수가 없었다. 그것은 별로 중요한 것 같지 않았다. 그들 사이에는 우정이나 당파심보다 더 중요한 '이해심'이 생긴 것이다.

"우리는 어둠이 없는 곳에서 만날 거요."라고 그는 말했었다.

윈스턴은 그 말이 무엇을 의미하는지 명확하게 알지 못했다. 다만 그 말이 어쨌든 실현될 것이라는 것만 알 따름이었다.

텔레스크린에서 흘러나오던 소리가 멈췄다. 맑고 아름다운 트럼펫 소리가 침울한 분위기를 깨뜨렸다. 그러더니 이어서 거친 목소리가 흘러나왔다.

"알립니다! 귀를 기울여주십시오! 방금 말라바 전선에서 들어온 긴급 뉴스입니다. 우리 군대는 남인도에서 영광스러운 승리를 거두었습니다. 지금 전하는 이 작전으로 인해서 머지않아 전쟁이 종식될 것입니다. 긴급 뉴스를 말씀드렸습니다……."

윈스턴은 '불길한 뉴스가 나오겠군.' 하고 생각했다. 아니나다를까, 유라시아 군대를 전멸시켰다는 상보(祥報)와 함께 막대한 사살자와 포로 숫자를 늘어놓고 나서 다음 주부터는 초콜릿 배급을 30그램에서 20그램으로 줄이겠다는 발표가 있었다.

윈스턴은 다시 트림을 했다. 술이 깨면서 허전한 기분이 들었다. 승전을 축하하기 위해서인지, 아니면 초콜릿 배급이 줄어든 데 대한 미련을 무마하기 위해서인지, 텔레스크린에서는 별안간 〈오세아니아, 그대를 위해〉가 요란하게 흘러나왔다. 모두가 감시받고 있을 것이다. 그러나 그는 지금 텔레스크린이 볼 수 없는 위치에 있다.

〈오세아니아, 그대를 위해〉에서 경음악으로 바뀌었다. 윈스턴은 창가로 가서 텔레스크린을 등졌다. 여전히 차갑고 맑은 날씨였다. 어딘가 멀리서 로켓탄이 둔하고 무거운 반향을 일으키며 터졌다. 최근에는 일주일에 2, 30개씩이나 런던에 떨어졌다.

거리 저쪽에는 '영사'라는 글자를 가렸다 드러냈다 하는 찢겨진 포스터가 바람에 나부끼고 있었다. '영사', '영사'의 거룩한 강령, 신어(新語), 이중 사고, 지나간 날의 무상함, 그는 이상야릇한 세계 속에서 스스로도 괴물이 되어 길을 잃고 해저의 숲속을 헤매고 있는 듯한 기분이었다. 그는 혼자였다. 과거는 이미 죽었고 미래는 생각조차 할 수 없었다. 현재 살아 있는 자 중 단 한 명이라도 자기 편이 있다고 확신할 수 있을까? 그리고 당의 통치가 '영원히' 지속될 수 없다는 것을 어떻게 알 수 있단 말인가? 그에 대해 대답이라도 하듯, 진리성의 흰 건물에 붙어 있는 세 개의 슬로건이 눈에 들어왔다.

전쟁은 평화
자유는 예속
무지는 힘

그는 주머니에서 25센트짜리 동전 하나를 꺼냈다. 거기에도 작은 글씨로 똑같은 슬로건이 선명하게 새겨져 있었고 그 뒷면에는 '대형'의 초상이 새겨져 있었다. 동전 속의 '대형'의 눈이 그를 주시하고 있었다. 동전, 우표, 책표지, 깃발, 포스터, 그리고 담뱃갑——어디에서나 '대형'의 눈이 주시하고 있었다. 늘 그 눈이 감시하고 그 목소리가 따라다녔다. 잘 때나 깨어 있을 때나, 일할 때나 식사할 때나, 집 안에있을 때나 밖에 있을 때나, 목욕을 할 때나 침대에 누워

있을 때나 —— 아무래도 그로부터 피할 수가 없었다. 몇 제곱센티미
터의 해골 속에서만 자기 자신을 찾을 수가 있었다.

해의 위치가 바뀌자 진리성의 수많은 창문에는 더 이상 햇빛이 비
치지 않아서 마치 요새의 총구멍들처럼 무시무시해졌다. 그 거대한
피라밋 건물에 눈이 간 순간 가슴이 철렁했다. 그것은 너무 튼튼해서
비바람에도 문제없이 견뎌낼 것 같았다. 로켓탄 수천 개로도 이 건물
을 파괴하진 못하리라. 그는 다시, 누구를 위해 일기를 쓰는지 생각
해보았다. 미래, 과거 혹은 상상할 수 없는 시대를 위해인가? 그의
앞에는 죽음이 아니라 무(無)가 있을 뿐이다. 일기장은 재로 변해버
릴 것이고 자신은 증발해버릴 것이다. 단지 사상경찰만이 그 기록을
말살하기 전에 한 번 읽어 볼 것이다. 자신의 흔적도, 심지어는 종이
에 끄적거린 무명의 글씨마저 실물로 살아 남을 수 없는데 무슨 수로
미래에 하소연할 수 있단 말인가?

텔레스크린이 14시를 알렸다. 10분 안에 출발해야 한다. 14시 반까
지 사무실로 돌아가야 했다.

이상하게도 시간을 알리는 종소리가 기분을 새롭게 해주었다. 그
는 아무도 들어주지 않는 진실을 토하는 외로운 유령이었다. 그가 진
실을 말하는 한, 그 발언은 어떻게든 계속될 것이다. 그것은 그의 말
에 의해서가 아니라 그가 인간의 유산으로 남길 건전한 정신을 보존
함에 의해서일 것이다. 그는 책상으로 돌아가 펜에 잉크를 찍어 글을
쓰기 시작했다.

미래, 혹은 과거를 향해, 사고가 자유롭고 인간의 개성이 서로 다
를 수 있으며 고립되어 살지 않을 시대를 향해, 그리고 진실이 존재
하고 일단 이루어진 일은 없어질 수 없는 시대를 향해.

획일성의 시대, 고독의 시대, '대형'의 시대, 이중 사고의 시대로
부터 축복이 있기를 !

그는 자신은 벌써 죽은 것과 다름없다고 생각했다. 그는 자신의 사상을 체계화시킬 수 있고 과감하게 밀고 나가야 할 때가 바로 지금이라고 생각했다. 모든 행위의 결과는 그 행위 자체 속에 있는 것이다. 그는 썼다.

사상죄는 죽음에 해당되는 것이 아니라, 죽음 그 자체이다.

자신이 벌써 죽은 것과 다름없다는 것을 깨달은 이상, 가능한 한 오래 사는 것이 중요했다. 오른손의 두 손가락에 잉크가 묻었다. 사람을 함정에 빠뜨리는 것은 바로 이런 사소한 실수다. 냄새 잘 맡는 사무실의 그 열성당원들(연한 갈색 머리카락의 작은 여자나 창작국의 그 검은 머리카락의 여자 따위 말이다)이 점심 시간에 왜 글을 썼는가, 왜 옛날식의 펜을 사용했는가, 또는 어떤 것을 썼는가를 의심해서 당국에 슬쩍 일러바칠 것이다. 그는 목욕탕으로 가서 조심스럽게 서걱거리는 암갈색 비누로 잉크를 지워버렸다. 살갗에 닿을 때 꼭 사포(砂布)로 문지르는 것 같은 이런 비누가 이런 때는 제법 쓸모가 있었다.

그는 일기장을 서랍에 넣었다. 물론 이런 걸 숨기겠다는 건 전혀 쓸데없는 짓이지만, 최소한 일기장이 있다는 게 발각되었는지 아닌지는 확인할 수 있다. 일기장 끝에 머리카락 하나를 붙여두면 단박에 알 수 있다. 그는 손가락 끝으로 허연 먼지 덩어리 하나를 집어 겉장 구석에 알아볼 수 있도록 올려놓았다. 만일 일기장을 누가 움직이기만 하면 먼지도 제자리에 붙어 있지 않을 것이다.

3

윈스턴은 어머니 꿈을 꾸었다.

그의 어머니가 사라진 것은 그가 열 살인가 아니면 열한 살 때였다. 어머니는 키가 크고 우아했으며 행동은 침착하고 머리카락이 멋있었으며 말이 없었다. 희미한 기억에 의하면 아버지는 검고 여윈 분이었는데, 늘 검은 양복을 깨끗하게 차려 입고(윈스턴은 특히 아버지의 얇은 구두창을 잊을 수 없었다) 안경을 썼다. 그 두 분은 50년대의 제1차 대숙청 때 희생된 것이 틀림없었다.

꿈속에서 어머니는 그가 있는 곳 아래쪽 깊숙한 곳에 앉아 어린 여동생을 팔로 안고 있었다. 누이동생에 대해서는 작고 허약한 애로서 언제나 커다란 눈망울을 깜박이고 말이 없었다는 것밖에는 기억이 나지 않았다. 어머니와 동생이 그를 쳐다보고 있었다. 그들은 땅 속 어딘가에 있었다. 즉, 샘바닥이나 무척 깊은 무덤 속 같은 데 있었다. 그리고 그곳은 이미 그와 멀리 떨어져 있는데도 자꾸만 계속해서 아래로 내려가고 있었다. 그들은 침몰하는 일등 선실에 앉아서, 어두운 물을 통해 그를 올려다보고 있었다. 그 선실에는 여전히 공기가 차 있었고 그들은 그를, 그는 그들을 서로 볼 수 있었지만, 그러는 동안에 그들은 푸른 물 속으로 계속 가라앉아 곧 시야에서 영원히 사라질 것 같았다. 그는 빛과 공기가 있는 바깥 세상에 있었지만, 그들은 죽음 속으로 더욱 깊이 빠져들어가고 있었다. 그가 바로 높은 이 자리에 있기 '때문에' 그들은 바다 속 깊이 빠져들어가는 것이었다. 그가 그것을 알고 있는 것처럼 그들 역시 그 사실을 알고 있었다. 그러나 그들의 얼굴이나 마음속에서 원망의 빛은 찾아볼 수 없었다. 다만 그가 살아 남기 위해 자기들이 죽어야만 하고 이것이 피할 도리 없는 사리(事理)라는 것을 알고 있는 듯했다.

그는 꿈속에서 무슨 일이 일어났는지는 기억할 수 없었으나, 아무튼 그들이 자기 때문에 희생당했다는 것은 알 수 있었다. 꿈에서 깬 후에도 잊혀지지 않는 이런 장면은 자기의 생각 속으로 파고들어 그 장면을 기억하는 한, 언제나 새롭고 가치있는 사실과 생각을 깨우쳐 준다. 지금 문득 윈스턴의 마음을 치는 것은, 거의 30년 전에 어머니는 다시는 그런 일이 없을 정도로 비참하고 슬프게 돌아가셨다는 사실이었다. 비극이란 과거의, 사생활과 사랑과 우정이 있고 한 가족이 따질 필요없이 서로 의지하던 시대에나 있었던 것이라고 생각되었다. 그는 어머니를 생각하면 가슴이 찢어질 것처럼 아팠다. 왜냐하면 어머니는 죽는 날까지 그를 사랑해주셨고 그 당시만 해도 그는 너무 어리고 이기적이어서 그 사랑에 보답하지 못했기 때문이다. 그리고 어떻게 그렇게 되었는지는 모르지만, 어머니는 달리 어쩔 도리가 없는 희생정신으로 자신을 불태웠기 때문이다. 그런 일은 오늘날에는 일어날 수 없다고 그는 단정했다. 오늘날은 공포나 증오, 그리고 고통만이 있을 뿐이며 감정의 존엄성이나 깊고 복잡한 슬픔따위는 존재하지 않는다. 이런 모든 것을 그는 수백 길이나 되는 푸른 물속으로 빠져들어가면서 자기를 올려다보던 어머니와 누이동생의 눈망울 속에서 읽은 것 같았다.

장면이 별안간 바뀌어서 햇빛이 비스듬히 들이비치는 어느 여름날 저녁, 그는 짧게 깎은 푹신한 잔디밭에 서 있었다. 그의 눈앞에 펼쳐진 경치는 꿈속에서 너무 자주 보았기 때문에 실제 세상에서 이런 경치를 보았는지 못 보았는지 알 수 없을 정도였다. 잠을 깨어 생각할 때는 이곳을 '황금의 나라'라고 불렀다. 이곳에는 토끼가 풀을 뜯는 오래 된 목장이 있고, 오솔길이 나 있으며, 여기저기에서 두더지 굴도 보였다. 들판 건너편 엉성한 울타리 안에서 느릅나무 가지들이 산들바람에 흔들리고 잎사귀들은 여자의 머리카락처럼 날리고 있었다. 보이지는 않지만 어딘가 가까이에 조용히 흐르는 맑은 시내가 있어 그 냇가 버드나무 밑 웅덩이 속에서는 황어떼가 헤엄을 치며 놀고 있었다.

그 검은 머리의 여자가 들판을 가로질러 그가 있는 쪽으로 걸어오고 있었다. 그녀는 단 한 번의 동작으로 옷을 벗어 옆으로 휙 던져버렸다. 그녀의 몸은 하얗고 매끄러워보였으나, 그는 아무 욕망도 느끼지 않았다. 사실이지 그는 거들떠보지도 않았다. 그 순간 그가 감탄한 것은 그녀가 옷을 벗는 솜씨였다. 그 동작은 우아하면서도 거리낌없어, 마치 모든 문화와 모든 사상체계를 무색하게 만드는 것 같고 대형이나 당이나 사상경찰이 단 한 차례의 화려한 팔의 동작에 무시당하는 것만 같았다. 이것 역시 옛날에 속하는 행동이다. 윈스턴은 잠을 깨면서 "셰익스피어!" 하고 중얼거렸다.

텔레스크린에서 귀를 찢을 듯한 호각 소리가 났는데, 같은 소리가 30초나 계속되었다. 7시 15분, 관리들이 일어나는 시간이었다. 윈스턴은 몸을 비틀면서 잠자리에서 일어났다. 벌거벗은 채였다. '외부당'의 당원에게는 해마다 의복비로 겨우 3천 달러가 할당되는데 잠옷 한 벌에 6백 달러였다. 그는 의자에 걸쳐놓은 때묻은 내복과 바지를 주워 입었다. 3분 후면 체조가 시작될 것이다. 다음 순간 그는 허리를 구부리면서 발작적으로 심한 기침을 했는데, 아침에 일어나면 곧 거의 언제나 이런 기침을 했다. 심한 기침 때문에 허파가 텅 빈 것 같아 등을 펴고 몇 번이나 계속 심호흡으로 헐떡거린 다음에야 제대로 숨을 쉴 수가 있었다. 기침을 하느라고 힘을 주었기 때문에 핏줄이 툭 튀어나오고, 그렇게 되면 정맥류성 궤양이 근질거리기 시작하는 것이었다.

"3, 40대 그룹! 3, 40대 그룹! 자리를 잡아요, 3, 40대 그룹!"
째지는 듯한 여자의 목소리가 흘러나왔다.

윈스턴은 텔레스크린 앞으로 뛰어가서 차렷자세를 취했다. 그 영상에는 여위긴 했지만 근육이 발달한 젊은 여자가 튜닉에 운동화 차림으로 벌써 나타나 있었다.

"팔을 앞으로 구부려 뻗쳐! 내 구령에 맞춰 하나, 둘, 셋, 넷! 하나, 둘, 셋, 넷! 동무들, 따라 해요! 힘있게! 하나, 둘, 셋,

넷! 하나, 둘, 셋, 넷!······."

그녀는 구령을 외쳤다.

윈스턴은 발작적인 기침의 고통 속에서도 꿈속의 인상을 지우지 못했는데, 구령에 맞춰 체조를 하다 보니 또다시 떠올랐다. 그는 체조시간에 어울린다고 생각되는 즐거운 표정을 지은 채 양팔을 기계적으로 앞뒤로 뻗으면서, 어린 시절의 희미한 기억을 더듬어보려고 안간힘을 썼다. 그것은 참으로 힘든 일이었다.

50년대 전의 일은 모두 사라져버렸다. 실증할 만한 물적 증거가 없으면 자신의 생애마저 선명한 윤곽을 잃어버리고 만다. 엄청난 사건이 있었다는 기억은 나는데 어떻게 보면 아예 그런 일이 없었던 것 같기도 하고 아주 사사로운 일은 생각이 나지만 그때의 분위기는 기억할 수가 없어 아무것도 확인할 수 없는 오랜 공백 기간이 생기는 것이다. 모든 게 그때와는 달라졌다. 예를들면 '제1공대'는 그 당시에는 이름도 없었다. 그때는 '잉글랜드'나 '브리튼'이라고 했다. '런던'은 여전히 '런던'이었다고 분명히 기억되지만.

윈스턴이 알고 있는 한 이 나라는 늘 전쟁을 하고 있었다. 그러나 그가 어렸을 때는 꽤 오랫동안 평화로운 때가 있었던 것이 분명했다. 왜냐하면 한 번 공습이 있었던 기억이 나는데, 그때 사람들이 모두 깜짝 놀랐던 것이다. 아마 그 공습은 원자폭탄이 콜체스터에 떨어졌을 때일 것이다. 그로선 공습 자체는 기억할 수 없었지만 아버지가 그의 손을 꼭 잡고 서둘러 지하실 깊숙이, 디딜 적마다 삐걱거리는 소리가 나는 나선형 계단을 맴돌아 내려갔던 일은 분명히 생각났다. 그때 그는 다리가 너무 아파서 울음을 터뜨렸는데, 그 바람에 가족들이 쉬었던 일도 생각났다. 어머니는 꿈속을 헤매듯 멀리 떨어져 느릿느릿 따라왔다. 어머니는 갓난 여동생을 안고 있었는데 ── 아니, 어쩌면 담요 뭉치를 안고 있었는지도 모른다. 왜냐하면 그때 여동생이 태어났었는지 여부가 확실치 않기 때문이다. 이윽고 그들은 사람들이 많이 모여 몹시 소란스러운 지하철 정류장에 도착했다.

그때 사람들은 돌바닥에 앉아 있기도 하고 쇠로 만들어진 대합실 의자에 몇 명씩 포개 앉아 있기도 했다. 윈스턴과 그의 부모는 바닥 한구석에 자리를 잡고 앉았는데, 그들 옆에는 할아버지와 할머니가 의자에 나란히 앉아 있었다. 그 할아버지는 단정한 검은 양복에 검은 모자를 백발 위에 눌러쓰고 있었는데, 얼굴색은 붉고 파란 눈에는 눈물이 가득 고여 있었다. 그의 몸에서는 땀냄새 대신 술냄새가 나는 것 같았는데, 얼핏 보기에는 그의 눈에서 솟아나오는 것이 진짜 술인 듯한 착각을 일으키게 했다. 그러나 그는 조금 취하기는 했지만 억제하기 어려운 슬픔을 곱씹고 있었다. 윈스턴의 어린 생각에도 어떤 무서운 일, 즉 용서할 수도 없고 돌이킬 수도 없는 일이 방금 일어났다는 것을 알 수 있었다. 그게 어떤 일인가도 알 것 같았다. 노인이 사랑하는 누군가가, 어쩌면 손녀가 죽었는지도 모른다. 노인은 몇 분마다 계속해서 같은 말을 되풀이했다.

"그들을 믿지 말았어야 하는데. 내가 그렇게 말했잖소? 그들을 믿으면 이 꼴이 된다구. 내가 언제나 그렇게 말해왔는데, 그 미친 놈들을 믿은 게 잘못이지."

그러나 윈스턴은 그들이 믿지 말았어야 했다는 그 미친 놈들이 누군지 지금은 기억할 수 없었다.

그 이후로 전쟁은, 엄밀하게 말해서 언제나 똑같은 전쟁이라고는 말할 수 없지만 글자 그대로 꼬리를 물었다. 그가 어렸을 때 몇 개월인가는 바로 런던에서 어수선한 시가전이 있었는데, 그 가운데 몇 장면은 지금도 선명하게 떠올랐다. 그러나 그 동안의 역사, 즉 누가 언제 누구와 전쟁을 했는가 하는 것을 알아내는 것은 도저히 불가능했다. 왜냐하면 현존하는 것 외에는 달리 정리된 기록이나 언급이 전혀 없기 때문이다. 예를들면 1984년(올해가 1984년이라면)에 오세아니아는 유라시아와 전쟁 중이고 이스트아시아와는 동맹을 맺고 있다. 공사(公私)간에 이들 3대 강국이 어느 땐가는 노선을 달리했었다고 말할 수는 없다. 그런데 윈스턴도 잘 알고 있듯 사실은 4년 전만 해도 오세아니아는 이스트아시아와 교전 중이었고 유라시아와는 동맹한 사이였다. 그러나 이런 사실은 윈스턴이 당의 통제에 쉽게 굴복하지 않았기 때문에 슬쩍 알아낼 수 있었던 지식의 일부였다. 공식적으로는 동맹국이 바뀌는 일이 전혀 없었다. 따라서 오세아니아는 언제나 유라시아와 전쟁 중이었다. 그 순간의 적은 항상 절대악(絶對惡)이며 과거나 미래에 그와 타협한다는 것은 있을 수 없는 일이었다.

놀라운 일은——윈스턴은 양어깨를 아프도록 뒤로 젖히면서(양손을 엉덩이에 대고 허리에서 몸통을 돌리는 체조인데 등의 근육에 좋다고 했다) 수만 번은 생각했는데——그것이 모두 사실일지 모른다는 것이다. 만일 당이 과거에까지 손을 뻗쳐 이런 저런 사건을 가리키면서 "이런 건 절대로 없었던 거야."라고 말한다면 그건 단순한 고문이나 죽음보다 더 무서운 일일 것이다.

오세아니아는 결코 유라시아와 동맹을 맺은 적이 없다고 당은 말했다. 윈스턴 스미드는 오세아니아가 겨우 4년 전에 유라시아와 동맹을 맺었다는 사실을 알고 있었다. 그러나 이런 지식은 도대체 어디에 존재한단 말인가? 여차하면 없어져버릴 수도 있는 바로 그의 의식 속에만 존재할 뿐이다. 그런데 만일 다른 사람들이 당이 하는 거짓말을 믿는다면, 그리고 모든 기록들이 그렇게 되어 있다면 그 거짓말이 역사가 되고 진실이 되고 마는 것이다. '과거를 지배하는 자는 미래를 지배한다. 현재를 지배하는 자는 과거를 지배한다.'라는 것이 당의 슬로건이다. 하지만 과거는 본질적으로 변경될 수 있음에도 한 번도 변경된 일이 없었다. 현재 진실한 것은 영원토록 진실한 것이다. 지극히 간단했다. 모든 사람이 자신의 기억을 끊임없이 말살시키는 것이 필요할 뿐이다. 그들은 이것을 가리켜 '현실통제'라고 했다. 신어로는 '이중 사고'다.

"편히 쉬엇!"

여교사가 조금 부드럽게 소리쳤다.

윈스턴은 양팔을 축 늘어뜨리고 천천히 심호흡을 했다. 그의 생각은 이중 사고의 미궁 속으로 빠져들어갔다. 알면서 모른다는 것, 완전한 진실을 알면서 교묘하게 날조한 거짓말을 한다는 것, 말살된 두 가지 견해를 동시에 갖고 모순되는 줄 알면서도 그 두 가지를 믿는다는 것, 논리를 사용하여 논리에 대항한다는 것, 도덕을 주장하면서 도덕을 거부하는 것, 민주주의가 불가능하다고 하면서 당은 민주주의의 수호자라고 믿는 것, 망각할 필요가 있다는 것은 무엇이든 망각하고 필요할 때는 다시 기억 속으로 끌어들였다가 다시 잽싸게 망각하는 것, 그리고 무엇보다 그 과정 자체에다 똑같은 과정을 적용한다는 것——이런 것들은 알다가도 모를 요지경 속이었다. 의식적으로 무의식 상태에 빠졌다가는 다시 자신이 방금 행한 최면행위에 대해서까지 무의식이 되는 것이었다. 이중 사고라는 말을 이해하는 데조차도 이중 사고를 사용해야 한다.

여교사는 그들에게 다시 차렷을 시켰다.

"자, 그럼 누가 발끝에 손을 댈 수 있는가 해봅시다! 엉덩이로부터, 동무들, 하나, 둘! 하나, 둘!……."

그녀는 열을 내어 소리쳤다.

윈스턴은 이 체조를 싫어했다. 발뒤꿈치로부터 엉덩이까지 짜릿짜릿하게 결리고 그러다가는 자칫하면 다시 발작적인 기침이 일어나기 때문이었다. 혼자만의 생각에 잠기는 즐거움이 반쯤은 사라져버렸다. 과거는 단순히 변경되었을 뿐만 아니라 사실상 파괴된 것이다. 자신의 기억 말고는 전혀 기록이 없는데, 가장 명백한 사실이라도 어떻게 증명할 수가 있겠는가? 그는 대형에 대해서 최초로 들은 것이 언제였는지 생각해보았다. 그것은 분명 60년대의 언제쯤이라는 생각이 들었다. 그러나 확인할 수는 없었다. 당사(黨史)에 따르면, 물론 대형은 혁명 초기부터 당의 지도자이자 수호자로 되어 있다. 그의 활동시대는 점차로 거슬러올라가, 원통처럼 생긴 이상한 모자를 쓴 자본가들이 번쩍거리는 대형 승용차나 유리창이 달린 역마차를 타고 런던 거리를 달리던 40년대와 30년대까지 엉뚱하게 소급되었다. 이런 신화가 어디까지 사실이고 또 어디까지가 조작한 것인지는 알 길이 없었다. 윈스턴은 당 자체가 언제 생겼는지조차 모르고 있었다. 그는 1960년 이전에는 영사(英社)란 말을 들어본 적이 없는 것 같았다. 그러나 옛날 말로 해서 '영국사회주의'란 말은 그 이전에도 통용되었었다. 모든 컷이 안개 속에 있는 것처럼 희미해져버렸다. 간혹 명백한 거짓말을 꼬집어낼 수 있었다. 예를들면, 당사에서 주장하는 바와 같이 당이 비행기를 만들어냈다는 것은 사실이 아니었다. 그는 아주 어렸을 때부터 비행기를 본 기억이 났다. 그러나 그걸 증명할 수가 없었다. 아무런 증거가 없다. 그는 생전에 단 한 번 역사적 사실을 날조한, 명백한 증거 문서를 입수한 적이 있었다. 그런데 그 경우…….

텔레스크린으로부터 찢어지는 듯한 소리가 새어나왔다.

"스미드! 6079 스미드! 맞아, 당신! 좀더 굽혀요! 더 잘할 수 있을 텐데 하지 않는군! 더 굽혀요! 좋아요, 동무. 자, 편히 쉬어요. 여러분, 그리고 나를 봐요."

윈스턴의 온몸에는 더운 땀이 흘렀다. 그의 얼굴은 완전히 무표정이었다. 질린 표정을 보이지 말자! 화난 표정도 짓지 말자! 눈 한 번 깜빡거려도 끝장이다. 그는 여교사가 양팔을 머리 위로 올리고——그 모습은 우아하다고는 말할 수 없었지만, 절도있고 생기가 넘쳤다——몸을 구부린 후 손가락 첫마디를 발가락 아래까지 갖다대는 것을 바라보고 있었다.

"자, 동무들! 나를 따라 해봐요. 다시 보세요. 나는 서른아홉 살에 아이도 넷이나 있어요. 자, 보세요." 그녀는 다시 몸을 구부리면서 말했다. "나는 무릎을 굽히지 않았어요. 여러분도 하려고만 하면 할 수 있어요." 그녀는 몸을 쭉 펴면서 말을 이었다. "마흔다섯 살 아래는 누구든지 발가락에 손을 댈 수 있어요. 우리 모두 일선에 나가 싸울 특권을 가질 수는 없지만 최소한 건강만은 지켜야 합니다. 말라바 전선에 있는 우리 젊은이들, 그리고 부동 요새에 있는 해병들을 생각해봐요! 그들이 대결하고 있는 게 뭔지 생각해봐요. 자, 다시 합시다. 많이 좋아졌어요, 동무. 아주 많이 좋아졌어요.”

그녀는 윈스턴이 있는 힘을 다해 몸을 휘둘러 무릎을 구부리지 않고 몇 년 만에 처음으로 발가락에 손이 닿은 것을 보고 격려하듯 말했다.

4

일과가 시작될 때는 텔레스크린은 조용한데도 자신도 모르는 사이에 한숨이 나왔다. 그는 구술기록기를 끌어당겨 주둥이 부분의 먼지를 털고 안경을 썼다. 그런 다음 책상 오른쪽에 있는 압축 전송관에서 어느 새 툭 떨어진 4개의 작은 종이말이를 풀어 한데 매었다.

칸막이 방 벽에는 구멍 세 개가 있었다. 구술기록가 오른쪽에는 기록문서를 보내는 작은 압축 전송관이 있었고 왼쪽에는 신문을 보내는 커다란 전송관이 있었다. 그리고 윈스턴이 쉽게 손을 뻗을 수 있는 옆 벽에는 쇠창살로 막은 장방형의 커다란 구멍이 있었다. 마지막 것은 휴지를 버리는 곳이다. 이와 비슷한 구멍들은 건물 전체에 천 개, 아니 수만 개는 있는데, 각 방들 뿐만 아니라 복도 중간중간에도 있었다. 무슨 까닭인지 이 구멍들은 기억통(記憶筒)이라고 불렸다. 누구든 당연히 폐기 처분해야 할 문서라든지, 부근에 떨어진 휴지를 보면 으레 그것들을 집어서 가까운 기억통의 뚜껑을 열고 넣어버리는 것이다. 그러면 이것들은 뜨거운 기류(氣流)에 휘말려 이 건물 한 구석 어딘가에 숨겨진 커다란 아궁이 속으로 들어간다.

윈스턴은 자신이 풀어놓은 네 장의 기다란 종이를 조사해보았다. 각 장마다 한두 줄의 메시지가 쓰여 있었는데 뜻을 알기 힘든 약어로——전부는 아니지만 대부분 신어로——구성되어 있었다. 그것은 성(省) 내부의 목적을 위한 것으로, 다음과 같이 적혀 있었다.

〈타임즈〉 84. 3. 17, 대형 아프리카 연설 오보 수정
〈타임즈〉 83. 12. 19, 3개년 계획 83년 3/4분기분 예보 인쇄 오류 금일호 확인
〈타임즈〉 84. 2. 14, 풍부성 초콜릿 인용 오보 수정
〈타임즈〉 84. 12. 3, 대형 일일 명령 극불량 무인(無人) 언급 메시지 재기(再記) 사전 제출

은근히 만족감이 솟는 것을 느끼며 윈스턴은 네번째 메시지를 옆에다 따로 놓았다. 그것은 복잡하고 책임을 져야 할 일이므로 맨 나중에 처리하는 편이 좋을 것 같았다. 두번째 것은 수표를 한참 뒤적여보아야겠지만, 아무튼 나머지 세 개의 메시지는 언제나 해오던, 판에 박힌 일들이었다.

텔레스크린에 부착된 배번(背番)을 돌려서 〈타임즈〉의 해당호를 요청했다. 그러자 그것은 단 몇 분도 안 되어 압축 전송관으로 빠져나왔다. 그가 지금까지 받아 온 메시지들은 이런저런 이유로 변경, 공식 용어로 말할 것 같으면 수정할 필요가 있다고 생각되는 논문이나 뉴스 기사에 관계되는 것들이었다. 예를들면 〈타임즈〉 3월 17일자는 대형이 전날 행한 연설에서, 남인도 전선은 평온하겠지만 기세가 오를 대로 오른 유라시아군이 머지않아 북아프리카로 공격을 개시해 들어갈 것이라고 예언했다고 보도했다. 그러나 실제로는 유라시아군 최고 사령부는 남인도로 공격을 개시해 들어갔고, 북아프리카는 그대로 내버려두었던 것이다. 그래서 대형의 연설 중에서 실제로 일어났던 일들을 예언한 것처럼 고쳐 쓸 필요가 있었다. 또 한 가지 예를 들면, 12월 19일자 〈타임즈〉는 1983년 4/4분기, 즉 제 9 차 3개년 계획의 제 6차 분기에 있어서의 각종 소비품 생산량을 공식적으로 보도했었다. 그런데 오늘 신문에 실제 생산고가 발표되었는데, 거기에 의하면 그전에 예보한 것과는 엄청난 차이가 있었다. 윈스턴이 할 일은 처음 숫자를 나중 것과 일치하도록 수정하는 일이었다. 세번째 메

시지는 아주 간단한 오류로서 2, 3분이면 뜯어 고칠 수 있었다. 바로 얼마 전 2월에 풍부성은 1984년 중에는 초콜릿 배급량을 줄이지 않겠다고 약속(공식어로 '절대서약')했었다. 하지만 실제로는 윈스턴이 알고 있듯 초콜릿 배급량은 이번 주말부터 30그램에서 20그램으로 줄어드는 것이었다. 따라서 애초에 약속했던 것을 4월 어느 때쯤 배급량을 감소할 필요가 있게 될지도 모른다는 예고로 바꿔놓기만 하면 되는 것이다.

윈스턴은 이들 메시지에 대한 처리를 끝내자마자, 〈타임즈〉의 해당호에 구술기록기로 정정한 것을 첨부하여 그것들을 전송관 속으로 밀어넣었다. 그런 다음 거의 무의식적인 행동으로 메시지의 원본과 자신이 쓴 초고를 구겨서 화염 속으로 휩싸여 들어갈 기억통 속으로 떨어뜨렸다.

전송관을 통해 보이지 않는 미로 속으로 들어간 이후로는 어떤 일들이 생기는지에 대해 그는 자세히는 몰랐지만 대충은 알고 있었다. 특정한 날짜의 〈타임즈〉에 필요한 모든 정정문을 모아서 대조해보고, 수정된 신문을 다시 인쇄하고 처음 것을 없애는 대신 수정된 신문을 철하는 것이다. 이런 수정의 과정은 끊임없이 파급되어 신문뿐만 아니라 서적, 정기 간행물, 소책자, 포스터, 삐라, 영화, 녹음 테이프, 만화, 사진 등, 정치적 또는 사상적 의미가 있는 것이라면 문학이든 기록이든 가릴 것 없이 어디에나 적용되는 것이었다. 그리하여 나날이, 거의 순간순간 과거는 현재가 되어버리는 것이었다. 이런 방법으로 당이 예언한 모든 것들은 문서상으로 틀림없다고 증명이 되고, 때때로 필요없는 뉴스나 의견의 표시는 어떤 것이든 기록에서 삭제되는 것이다. 모든 역사는 필요에 따라 이따금 깨끗하게 지우고 다시 고쳐 쓰는 양피지와 똑같은 것이었다. 일단 이와 같이 완전무결하게 행해지고 나면 어떤 경우에도 거기에 허위가 섞여 있다고 주장할 수가 없게 된다. 윈스턴이 일하고 있는 사무실보다 훨씬 큰 기록국의 대부분의 부서 사람들은 수정해서 없애야 할 서적, 신문 및 다른 문서들을 찾아내서 정정하는 임무를 맡고 있었다. 정치적 서열의 변동이라든가, 대형이 잘못 예언함으로써 열두 번도 더 고쳐쓴 〈타임즈〉의 상당한 부수가 원래의 날짜로 신문에 철해져 있었다. 그리고 그것과 모순되는 다른 기록은 존재할 수가 없었다. 이와 마찬가지로 서적들도 다시 회수되어 몇 차례나 뜯어 고쳤지만 한결같이 변경되었다는 말은 한 마디도 없이 재발간하는 것이었다. 윈스턴이 받아서 처리하고는 곧 없애야 하는 성문(成文)의 지시사항에조차도 위조행위를 하라는 언급이나 암시는 결코 들어 있지 않았다. 정확성을 기하기 위해서 언제나 필요한 오식이나 오자(誤字), 미스프린트, 그리고 잘못 인용된 것들을 바로잡는다는 것이었다.

그는 스스로 풍부성의 숫자를 재조정하면서, 그러나 이것은 사실상 위조라고는 할 수 없다고 생각했다. 이것은 다만 하나의 넌센스를 다른 하나의 넌센스로 바꿔놓는 것에 지나지 않는다. 그가 다루고 있는 대부분의 자료는 현실 세계 안의 어떤 것과도 아무 관계가 없으며, 심지어는 노골적인 거짓말만큼도 상관이 없었다. 처음에 발표된 통계도 수정된 통계만큼이나 황당무계한 것이었다. 이런 것을 이해하기 위해서는 제법 시간이 걸릴 것이다. 예를들면 풍부성은 4분기의 구두 생산고를 1억 4천 5백만 켤레로 예상했었다. 그런데 실제 생산고는 6천 2백만 켤레였다. 그러나 윈스턴은 예상을 기록함에 있어서, 할당량이 초과 달성되었다고 떠들어댈 것을 감안해 5천 7백만 켤레로 고쳐서 기록했다. 그렇다고 해서 6천 2백만이란 숫자가 5천 7백만이나 1억 4천 5백만이란 숫자보다 더 실제 생산량에 가깝다는 것은 아니다. 아마 구두는 한 켤레도 생산되지 않았다는 편이 더 사실에 가까울 것이다. 아무도 구두가 얼마만큼 생산되었는지 알 수 없으며, 누구 하나 거기에 관심을 갖지 않았다고 하는 것이 정확한 표현일 것이다. 모두가 알고 있는 것이란 기껏해야 매 4분기마다 천문학적인 숫자의 구두가 서류상으로 생산되지만 오세아니아 인구의 반수는 맨발로 다닌다는 사실이었다. 기록된 사실은 크든 작든 간에 모두가 이런 식이었다. 모든 것이 어둠 속으로 사라져버리고 결국은 날짜를 헤아리는 것조차도 불확실하게 되는 것이다.

윈스턴은 사무실을 둘러보았다. 맞은편 책상에선 작은 체구에 빈틈이 없어보이며 검은 턱수염이 난 틸로천이라는 남자가 무릎 위에 신문을 접어놓고 구술기록기의 부리에다 입을 아주 가까이 댄 채 열심히 일을 하고 있었다. 그는 텔레스크린과 비밀을 주고받느라고 애를 쓰는 표정이었다. 일하다 말고 고개를 쳐든 그는 윈스턴 쪽을 향해서 안경 너머로 적의에 찬 시선을 보내왔다.

윈스턴은 틸로천에 대해 거의 알지 못했고, 그가 무슨 일을 하고 있는지 짐작조차도 할 수 없었다. 기록국 직원들은 자신들이 하는 일에 대해서 드러내어 얘기하려 들지 않았다. 창문 하나 없는 기다란 사무실에는 책상이 두 줄로 놓여 있고, 서류를 뒤적이는 소리와 구술기록기에 대고 중얼거리는 소리들이 끊이지 않았는데, 같은 사무실에 있는 사람들 중 날마다 복도에서 서둘러 오가며 만나고 ‘2분간 증오’ 때 아우성치는 것을 보면서도 이름조차 모르는 사람들이 12명은 되었다. 그의 옆자리에서 일하는 갈색 머리의 작은 여자는 이미 증발되어 과거에 존재했었다고 할 수도 없는 사람들의 명단을 출판물에서 찾아내어 말소시키는 일을 날이면 날마다 열심히 하고 있다. 그녀의 남편이 2, 3년 전에 증발되었기 때문에 그녀가 이런 일에 종사하는 것은 적격이었다. 몇 개의 책상을 지나면, 온순하고 나약하며 마치 꿈을 꾸는 듯한 앰플포드라는 사내가 있었는데, 그는 귀에 솜털이 잔뜩 나 있었고 시의 운율을 맞추는 데 비상한 재주가 있어서 사상적으로는 불온하여도 아무튼 시집에는 수록해두어야 하는 시들을 추려서 손질하는 일 —— 그들은 이런 것을 결정판이라고 했다 —— 을 맡고 있었다. 일하는 사람이 50명쯤 되는 이 사무실은 말하자면 굉장히 복잡한 기록국의 일개 분과에 불과했다. 이 사무실의 위에도 아래에도 건너편에도 상상할 수 없이 많은 부문에 종사하는 다른 부류의 노동자들이 있었다. 커다란 인쇄소에는 활판 기술자 및 위조 사진을 만드는, 설비 좋은 촬영소 따위가 있었다. 텔레스크린 편성과에는 기사와 제작자 및 특히 성대 묘사에 재능이 있어 뽑힌 성우들도 있었다. 하는 일이라고는 회수해야 할 정기 간행물이나 서적의 목록을 작성하는 것이 고작인 한 무리의 참고서기들도 있었다. 수정된 서류를 보관하는 널찍한 창고도 있었고 원본을 태워버리는 용광로가 눈에 띄지 않는 곳에 숨겨져 있었다. 그리고 어디에 있는지, 그 정체가 무엇인지 전혀 알 길이 없지만, 모든 작업을 조정하고 과거의 단편 가운데에서 보존해야 할 것과 위조해야 할 것, 그리고 근거까지 없애버려야 할 것 등을 구분해서 정책 노선을 결정짓는 지도급 인물들이 있었다.

아무튼 기록국 자체는 진리성의 한 기구에 불과한데 주업무는 과거를 재건하는 것이 아니라 오세아니아의 시민들에게 신문, 영화, 교재, 텔레스크린, 프로그램, 연극, 소설 등──조상(彫像)으로부터 슬로건, 서정시로부터 생물학의 논문, 어린아이들이 배우는 글씨 교본으로부터 신어 사전에 이르기까지 거의 모든 분야에 걸친 정보, 교육, 오락 등──을 제공하는 것이었다. 그리고 당의 온갖 요구를 다 들어주는 일뿐만 아니라 프롤레타리아를 위해서 거기에 맞도록 수준을 낮춰 모든 작업을 되풀이하기도 했다. 일반적으로 프롤레타리아를 위해 문학, 음악, 연극, 오락 등을 취급하는 국들이 따로 있었다. 이곳에서는 스포츠, 범죄 및 점성술에 관한 기사가 실린 형편없는 신문과 소설 및 섹스가 난무하는 선정 영화, 그리고 작시기(作詩器)로 알려진 독특한 만화경에서 기계적인 수법으로 작곡한 감상적인 노래 따위를 만들어냈다. 심지어는 소분과(小分課)──신어로는 춘화계(春畵係)──라는 것이 있는데, 여기서 제작된 것들은 밀봉하여 소포로 발송하기 때문에 이 일에 종사하는 사람 이외에는 당원들도 볼 수가 없었다.

윈스턴이 일하고 있는 사이에 압축 전송관을 통해 세 가지 메시지가 발송되었다. 이 정도 일은 간단한 것이었으므로 그는 2분간 증오로 인해 일이 중단되기 전에 완전히 처리를 하였다. 2분간 증오가 끝나자 그는 자기 자리로 돌아와 책장에서 신어 사전을 꺼내고 구술기록기를 한쪽으로 밀어놓은 다음 안경을 닦고 이날 아침의 주된 임무를 시작했다.

생활하는 가운데 윈스턴이 가장 즐거움을 느끼는 때는 작업을 할 때였다. 대부분의 작업은 지루하고 판에 박은 듯한 것이었지만, 지나치게 어렵고 복잡해서 수학 문제를 풀 때와 마찬가지로 깊이 몰두하느라 자신을 잊는 때도 있었다. 그것은 '영사'의 강령에 대한 지식과 당이 자기에게 요구하리라고 생각되는 것을 추리한 결과만으로 위조를 해야 하는 복잡미묘한 일이었다. 윈스턴은 이런 일에 능력이 있었다. 간혹 그는 순전히 신어로 쓰여진 〈타임즈〉 사설을 수정하는 일까지 위임받았다. 그는 아까 옆으로 밀어놓았던 메시지를 펼쳤다. 그것은 다음과 같았다.

〈타임즈〉 83. 12. 3, 대형 일일 명령 극불량 무인(無人) 언급 메시지 재기(再記) 사전 제출

이것은 고어(즉, 표준 영어)로는 다음과 같은 것이다.

〈타임즈〉지 1983년 12월 3일자에 보도된 대형의 일일 명령에 관한 기사는 아주 불만스러운 것이며, 존재하지 않는 사람에 대해 언급하고 있다. 그것을 완전하게 수정해서 그 원고를 철하기 전에 고위당국에 제출하라.

윈스턴은 문제의 그 기사를 전부 읽어보았다. 대형의 일일 명령은 주로 부동요새에 있는 해병들에게 담배와 기타 위문품들을 공급하는 FFCC란 기구의 사업을 치하하는 것이었다. 그중에는 내부당의 고위 인물인 위더스 동무에 관하여 특별히 언급하고 2등 특수 공로훈장

이 수여되었다는 기사가 실려 있었다.

석 달 후 FFCC는 별안간 어떤 분명한 이유도 없이 해체되었다. 사람들은 위더스와 그의 지지자들이 숙청된 것으로 추측했으나, 신문이나 텔레스크린에서는 이 일에 관해 보도가 없었다. 정치범이 재판을 받거나 공개 비판을 받는 일은 드물기 때문에 그것은 있을 법한 일이었다. 자신들의 범죄 사실을 비참하게 자백하고 후에 처형되는 반역자들 및 사상범들에 대한 공개 재판과 함께 수천 명이 관련되는 대대적인 숙청은 2년에 한 번 정도나 있을까말까 한 특별한 구경거리였다. 대개는 당의 미움을 산 사람들은 행방불명이 되어 다시는 소식조차 들을 수 없었다. 아무도 그들에게 무슨 일이 생겼는지, 실낱 같은 단서도 잡을 수가 없었다. 그들은 죽지 않았을 수도 있었다. 윈스턴이 개인적으로 알고 있는 사람만 해도 부모를 제외하고 이력저력 자취없이 사라진 사람이 30명은 되었다.

윈스턴은 종이 집게로 자신의 콧등을 살짝 두드렸다. 건너편 책상에는 틸로천 동무가 아직도 구술기록기에 비밀 얘기나 하는 것처럼 몸을 웅크리고 앉아 있었다. 그는 잠시 머리를 쳐들고 다시 안경 너머로 적개심 넘치는 시선을 던졌다. 윈스턴은 틸로천 동무가 자신과 똑같은 일에 종사하지 않을까 생각했다. 충분히 그럴 수 있는 일이었다. 그렇게 교묘한 일은 결코 한 사람에게만 맡길 수는 없을 것이며, 그렇다고 그 일을 위원회에 넘긴다면 그건 날조행위를 공개적으로 인정하는 것이 될 것이다. 열두 명쯤 되는 사람들이 지금 대형이 실제로 행했던 연설 원고의 수정에 경쟁을 벌이고 있을 가능성이 충분히 있는 것이다. 그래서 얼마 후 내부당의 지도급 인물 몇몇이 그 가운데 적당한 것을 추려서 재편집하고, 복잡하고 까다로운 참조 과정을 거친 다음, 여기서 선택된 거짓말이 영구 문서에 기록되어 진실이 될 것이다.

위더즈가 어째서 숙청되었는지 윈스턴은 그 이유를 알 수가 없었다. 혹시 부정이나 무능력 때문인지도 모른다. 아니면 그가 지나치게 인기가 좋은 부하라서 대형이 제거했을지도 모른다. 또는 위더스나 그의 지지자 중 누군가가 이단적 경향을 가졌다는 혐의를 받았는지도 모른다. 아니, 그보다 숙청이나 증발이 권력기구의 유지에 불가피한 수단이기 때문에 단지 그렇게 했을지도 모른다. 위더스가 이미 죽었다는 것을 나타내는 유일한 단서는 '무인 언급'이란 말이다. 체포된 것만으로는 결코 이런 말을 사용하지 않는다. 이따금 체포된 자가 석방되어 1, 2년쯤 자유를 누린 후에 처형되는 수도 있다. 어떤 때는 예전에 죽었다고 믿은 사람이 공개 재판에 유령처럼 등장하여 증언을 함으로써 다른 수백 명의 사람들을 연루시킨 다음, 이번에는 영원히 사라지는 경우도 있었다. 하지만 위더스는 이미 '무인'이다. 그는 존재하지 않으며 결코 존재한 적도 없었다. 윈스턴은 단순히 대형의 연설 내용을 바꾸는 것만으로는 부족하다고 판단을 내렸다. 원래의 주제와 관련이 없는 것으로 다루는 것이 좋으리라고 생각했다.

그 연설을 반역자나 사상범에 대한 상투적인 비난으로 바꿀 수도 있지만, 그건 너무 뻔하고, 그렇다고 전선에서의 승리나 제9차 3개년 계획을 성공적으로 초과달성했다는 것으로 꾸며대면 기록이 지나치게 복잡해질 우려가 있다고 생각했다. 필요한 것은 완전한 조작이었다. 문득 최근에 전선에서 영웅적으로 이름을 떨치고 죽은 오길비 동무의 모습이 마치 준비라도 해놓은 것처럼 머릿속에 떠올랐다. 대형은 일일 명령을 통해, 그 생애와 죽음을 본받을 만한 가치가 있는 초라한 하급 당원의 명복을 빌어주라고 한 적이 몇 차례나 있었다. 오늘 그는 오길비 동무의 명복을 빌어주기로 했다. 실은 오길비 동무라는 사람이 존재하지 않았지만, 몇 줄의 글과 두어 장의 위조사진이면 능히 그를 실존했던 인물로 만들 수 있으리라.

잠시 생각에 잠겨 있던 윈스턴은 곧 구술기록기를 자기쪽으로 끌어당기고 대형과 비슷한 말투로 불러주기 시작했다. 대형의 말투는 군대식이고 현학적(衒學的)인 동시에 질문을 했다가 곧 답변을 하는 (예를들면 '동무들, 우리는 이 사건에서 어떤 교훈을 얻는가? 그 교훈이란…… 영사의 기본 원칙 중의 하나인데…… 그것은…….' 하는 식이다) 기교를 부리기 때문에 흉내내기가 수월했다.

오길비 동무는 세 살 때 북과 기관총, 모조 헬리콥터 외의 다른 장난감은 다 싫다고 했다. 여섯 살 때 —— 특별한 배려로 규정보다 1년 빨리 —— 스파이단에 가입해서 아홉 살 때 단장이 되었다. 열한 살 때는 불온한 경향이 있다고 느껴지는 숙부의 대화를 엿듣고 그를 사상경찰에 고발했다. 열일곱 살 때는 청소년반성동맹의 지역 조직책이 되었고, 열아홉 살 때는 수류탄을 고안했는데, 평화성이 그걸 채택하여 첫 실험으로 유라시아 포로를 단 한 방에 서른한 명이나 죽였다. 스물세 살 때 그는 전사했다. 중요 문서를 지닌 채 인도양을 비행하던 중 적군 제트기의 추격을 받자 기관총을 둘러메어 체중을 무겁게 한 다음 모든 중요 문서와 함께 헬리콥터에서 깊은 바다로 뛰어들었다. 대형의 칭찬에 의하면, 그는 선망심 없이는 생각조차 할 수 없는 최후를 맞은 것이다. 대형은 오길비 동무의 일생은 순결하고 성실했었다고 몇 마디 덧붙였다. 그는 금주, 금연의 충실한 실천자였으며, 날마다 체육관에서 한 시간 동안 운동하는 것이 단 하나의 오락이었다. 그리고 그는 결혼을 하면 가정에 신경이 쓰여 하루 스물네 시간을 당에 모두 바쳐 임무에 헌신할 수 없다고 생각하여 독신으로 살 것을 맹세했었다. 그는 대화의 주제를 '영사'의 강령에서 벗어나지 않도록 했고, 그의 삶의 유일한 목표는 유라시아의 격퇴, 그리고 스파이, 태업자, 사상범 및 반역자들을 모조리 잡아 없애는 일이었다.

윈스턴은 오길비 동무에게 특별훈장을 줄 것인가에 대해 생각해 보았다. 그런데 그렇게 되면 부질없이 까다로운 대조를 해야 하기 때문에 주지 않기로 결정을 내렸다.

그는 다시 한 번 맞은편 책상에 앉아 있는 라이발을 힐끗 쳐다보았다. 문득 틸로천도 자기와 똑같은 일에 열중하고 있을 것 같은 생각이 들었다. 누구의 원고가 채택될지 알 도리는 없지만, 자기 것이 뽑힐 거라는 확신이 섰다. 한 시간 전만 해도 생각조차 못 했던 오길비 동무의 존재가 지금 와서는 사실이 되었다. 죽은 사람은 만들어낼 수 있지만 산 사람은 그런 일이 불가능하다는 것이 묘한 충격을 주었다. 결코 존재한 적이 없는 오길비 동무가 지금에 와서는 과거 속에 존재하고, 일단 위조행위가 잊혀지면 그는 샤를마뉴 대제(大帝)나 율리우스 케사르처럼 확실한 증거 위에 분명히 존재하게 되는 것이다.

5

지하 깊숙한 곳에 있는, 천장이 낮은 식당에서 점심식사를 하려는 사람들의 줄이 느릿느릿 앞으로 움직였다. 어느 새 식당은 꽉 차서 귀가 멍멍할 정도로 소란스러웠다. 스튜의 김이 시큼한 냄새를 풍기며 카운터 창구에서 쏟아져 나왔으나, 승리주 냄새가 훨씬 더 지독했다. 식당 저편에는 벽에 구멍을 낸 듯한 작은 판매대가 있었고 한 잔에 10센트씩 술을 팔았다.

"찾고 있는 사람이 바로 여기 있군."

누군가 윈스턴의 뒤에서 말했다.

윈스턴은 몸을 돌렸다. 조사국에서 일하는 그의 친구 사임이었다. 아니, 정확하게 말하면 '친구'란 것은 적합한 표현이 못 될 것이다. 요즘 세상에는 친구란 건 없고 동무가 있을 뿐이다. 하지만 동무들 사이에도 남보다 좀더 친한 동무가 있는 법이다. 사임은 언어학자로서 신어의 전문가였다. 그는 현재 신어 사전 제11판을 편집하는 명망 있는 전문위원의 일원이었다. 그는 윈스턴보다 체격이 작고 검은 머리에 크고 툭 튀어나온 눈을 하고 있었는데, 그 눈은 슬픈 것 같기도 하고 비웃는 것 같기도 했다. 그는 말을 할 때면 상대편의 얼굴을 뚫어지게 바라보는 습관이 있었다.

"면도날이 있는지 물어보고 싶었네."

그가 말했다.

54

"하나도 없어." 윈스턴은 죄라도 지은 것처럼 서둘러 대답했다. "백방으로 구해봤지만, 구할 수가 없더군."

누구든지 사람을 만나면 면도날을 얻으려고 했다. 사실 그는 아직 사용하지 않은 면도날 두 개를 감추어두었다. 지난 몇 달 동안 면도날 흉년이 들었다. 어떤 때는 당원용 상점에서조차 생활 필수품을 구할 수가 없었다. 그것이 단추일 때도 있고, 기움용 털실이나 구두끈일 때도 있었는데, 최근에는 그것이 면도날인 것이다. 아무튼 그것은 '자유' 시장에서 은밀하게 구걸을 해야 가까스로 살 수 있는 것이었다.

"나는 6주 동안이나 같은 면도날을 사용하고 있다네."

그는 거짓말을 했다.

줄이 앞으로 움직이다가 멈추자, 그는 다시 사임 쪽으로 몸을 돌렸다. 그들은 둘 다 카운터 끝의 찬장에서 가져온 기름기 묻은 금속 쟁반을 들고 있었다.

"어제 포로들 교수형시키는 데 가보았나?"

사임이 물었다.

"나는 일을 했어." 윈스턴은 관심없다는 듯 대꾸했다. "영화로 볼 수 있겠지."

"영화로는 별로 실감이 안 날 거야."

사임이 말했다.

비웃는 듯한 그의 두 눈이 윈스턴의 얼굴을 훑어보았다. '나는 너를 알고 있어.' 그 눈이 이렇게 말하는 것 같았다. '나는 네 마음속을 훤히 꿰뚫어보고 있어. 네가 어째서 포로들이 교수형당하는 걸 구경하러 가지 않았는지 잘 알고 있단 말이야.' 사임은 사상적으로 열렬한 정통파였다. 그는 적의 마을에 대한 공습이라든지, 사상범들의 자백 및 재판, 애정성 감방에서 행해지는 처형 따위를 표면적으로는 못마땅해하는 척하면서도 내심으로는 아주 통쾌하다는 듯이 떠들어대곤 했다. 그와 이야기할 때는 되도록 그런 화제를 피해서, 가능하면 그가 권위를 가지고 있고 흥미롭게 생각하는 신어 제작의 전문적 방법에 대해 이야기해야 했다. 윈스턴은 약간 고개를 돌려 그의 쏘아보는 듯한 커다랗고 검은 눈을 피하려 했다.

"멋진 교수형이었어." 사임이 회상에 잠긴 듯이 말했다. "놈들의 발을 묶지 않았더라면 좋았을 텐데. 발버둥치는 걸 보고 싶었거든. 어쨌든 나중엔 혓바닥을 쑥 빼물었는데 퍼렇더군——아주 시퍼래. 그 장면이 내게는 가장 인상적이었어."

"다음 분 !"

하얀 앞치마에 국자를 든 종업원이 소리쳤다.

윈스턴과 사임은 쟁반을 조리대 밑으로 내밀었다. 각각의 접시 위에는 규정된 음식이 재빨리 올려졌다. 금속 접시에 담은 거무스름한 스튜, 빵 한 덩어리, 치즈 한 조각, 우유를 타지 않은 승리 커피 한 잔, 그리고 사카린 한 알이었다.

"저기, 텔레스크린 아래 자리가 있네." 사임이 말했다. "가는 길에 술이나 한 잔 갖고 가자구."

술은 손잡이 없는 찻잔에 따라주었다. 그들은 사람들로 가득 찬 식당 안을 헤치고 가 자리를 잡고 금속판을 씌운 탁자 위에 쟁반을 내려놓았다. 누가 흘렸는지 식탁 한구석에 더러운 스튜 국물이 쏟아져 있어 구역질이 날 것 같았다. 윈스턴은 술잔을 들고 잠시 숨을 모았다가 기름냄새 나는 진을 꿀꺽 들이켰다. 눈에서 눈물이 나와 깜박거리다보니 갑자기 배가 고파졌다. 그는 스튜를 퍼먹기 시작했다. 그것은 질퍽한 것이 고기라고 들어 있는 것은 해면(海綿)처럼 흐물흐물하고 분홍빛이 도는 건더기였다. 두 사람은 각자 접시를 비울 때까지 아무 말도 하지 않았다. 윈스턴으로부터 뒤쪽으로 조금 떨어진 왼쪽 식탁에서는 누군가 거의 오리가 꽥꽥거리는 것 같은 거친 목소리로 끊임없이 떠들어대고 있었는데, 온 식당 안의 소란보다 더 시끄러웠다.

"사전은 어떻게 되어 가고 있나 ?"

56

윈스턴은 소음을 누르려는 듯 목소리를 높여서 물었다.

"그런 대로." 사임이 말했다. "내가 맡은 건 형용사인데, 그건 무척 재미있어."

신어 이야기가 나오자 금방 얼굴빛이 환해졌다. 그는 스튜 접시를 한쪽으로 밀어놓고 섬세한 손 한쪽에는 빵 한 덩이를, 다른쪽에는 치즈를 들고 소리를 지르지 않고도 말할 수 있도록 식탁 앞으로 몸을 수그렸다.

"제11판이 결정판이지." 그가 말했다. "우리는 신어를 마지막으로 손질하고 있는데, 그러면 다른 말을 쓰지 않아도 될 거야. 이 일이 다 끝나면 자네 같은 사람들은 처음부터 다시 배워야 하네. 자네는 우리들의 주임무가 새로운 말을 창조하는 걸로 생각하겠지. 하지만 천만에! 우리는 낱말을 없애고 있다네. 날마다 수십 개 내지는 수백 개를. 말을 뼈만 남도록 잘라내는 셈이지. 제11판에는 2050년 이전에 없어질 낱말은 단 한 마디도 수록하지 않았다네."

그는 허기진 듯 빵덩어리를 덥석 물어뜯어 두어 번 꿀꺽 삼키고 나서 다시 현학자가 열성적으로 떠들어대는 식으로 말을 이었다. 마르고 가무잡잡한 그의 얼굴에는 생기가 돌았고, 눈에는 비웃는 표정이 사라지고 거의 환상을 그리는 듯했다.

"말을 없애버린다는 건 멋진 일이야. 물론 버려야 할 말은 동사와 형용사에 많지만 명사에도 수백 개는 있지. 없애야 할 말은 동의어뿐 아니라 반의어도 있어. 도대체 한 낱말이 다른 낱말의 반대만을 뜻한다면 무슨 소용이 있겠는가? 한 단어는 그 자체 내에 반대 의미를 포함하고 있다네. '좋은(good)'이라는 말을 생각해보자구. '좋은'이란 말이 있다면 '나쁜(bad)'이란 말이 무엇 때문에 따로 필요하겠나? '안 좋은(ungood)'으로 충분하지. 아니, 이것은 오히려 다른 낱말이 가질 수 없는 정확한 반대어니까 더 좋단 말일세. 또한 '좋은'이란 말을 더 강조하고 싶을 때 '뛰어난(excellent)'이라든지 '멋진(splendid)' 따위의 말들이 쓸데없이 수두룩하게 있다 한들, 그게 무슨 소용이 있겠는가? '더 좋은(plusgood)'이란 말이면 충분하고, 더욱 강조하고 싶으면 '더욱더 좋은(doble plusgood)'이라고 하면 되지. 물론 이런 형태의 단어는 벌써부터 쓰고 있지만 신어 사전의 결정판에는 이 말 한 마디만 남을 걸세. 결국 좋고 나쁜 것에 대한 모든 개념은 다만 여섯 개의 낱말로 충분히 표현될 거야. 실제로는 단 한 개의 낱말로 표현되는 거지. 윈스턴, 멋지다고 생각지 않나? 물론 이건 원래 대형의 아이디어지."

그는 생각난 것처럼 덧붙였다. 대형에 관한 말이 나오자 윈스턴의 얼굴에는 흥미없다는 빛이 스쳐갔다. 하지만 사임은 윈스턴이 신어에 대한 열의가 없는 것으로 생각하는 듯했다.

"자네는 신어의 진가를 모르고 있군." 사임은 거의 슬픈 기색을 보이며 말했다. "심지어 신어를 쓰고 있는 동안에도 구어를 생각하고 있는 거야. 나는 〈타임즈〉지에 자네가 쓴 기사를 몇 번 읽어봤네. 썩 훌륭했지만 번역에 불과해. 자네는 마음속으로 의미가 막연하고 쓸데없는 뜻까지 섞여 있는 구어에 집착하고 있는 거야. 자네는 단어를 잘라내는 그 멋을 이해하지 못해. 세계에서 신어만이 매년 어휘 수가 줄고 있는 유일한 언어라는 걸 알고 있나?"

윈스턴은 물론 잘 알고 있었다. 그는 말을 하는 대신 동조한다는 듯 미소를 지었다. 사임은 거무스름한 빵을 다시 한입 베어물어 얼른 씹고는 말을 이었다.

"사고의 영역을 좁히는 것이 신어의 목적이라는 걸 자네는 모르는가? 우리는 결국 사상죄도 문자 그대로 불가능하게 만들 걸세. 왜냐하면 그것을 표현할 낱말이 없어질 테니까. 필요한 모든 개념은 정확히 단 하나의 단어로 표현될 것이고 그 의미는 엄격히 제한되며 다른 보조적 의미는 제거되어 잊혀지게 될 걸세. 우리는 제11판에서 벌써 그 정도로 해놓았어. 하지만 그 과정은 자네나 내가 죽은 후에도 오랫동안 계속될 거야. 한 해 한 해 갈수록 낱말 수는 자꾸만 줄어들고, 그럼으로써 의식의 한계도 계속 좁아지게 될 거야. 물론 지금도 사상죄에 대한 이렇다할 이유나 구실이 있을 수는 없어. 그건 오직 자기 훈련이나 현실 통제의 문제니까. 하지만 결국 그나마 필요없게 될 거야. 혁명은 언어가 완성될 때 더불어 완수될 거야. 신어가 영사고 영사가 신어야." 그는 은근히 만족감을 보이며 덧붙였다. "늦어도 2050년까지 지금 우리가 쓰는 말을 이해할 수 있는 사람이 단 한 명이라도 살아남을 것 같은가?"

"글쎄……."

윈스턴은 대꾸를 하려다가 그만두었다.

'프롤레타리아를 제외하면'이라는 말이 혀끝까지 나왔으나, 이런 말이 어떤 의미에서는 비정통주의적인 말이 되지나 않을까 하는 생각이 들어 그만둔 것이다. 그렇지만 사임은 윈스턴이 얘기하고자 하는 것을 귀신같이 알아차렸다.

"프롤레타리아들은 인간이 아니야." 그는 거리낌없이 내뱉었다. "2050년까지는, 아마 그 이전이 되겠지만 구어에 대한 지식은 모두 자취를 감추게 될 거야. 과거의 모든 문학도 사라지고. 초서, 셰익스피어, 밀턴, 바이런 같은 이들은 다만 신어역(新語譯)으로만 남을 걸세. 그것도 다른 내용으로 바뀌는 정도를 지나 사실상 원래의 뜻과 반대되는 내용으로 변할 걸세. 당의 문학조차도 변할 거야. 슬로건까지도 바뀌겠지. 자유라는 개념이 없어졌는데 '자유는 예속'이라는 슬로건이 있을 수 있겠는가? 모든 사상적 분위기도 달라질 걸세. 사실상 우리가 현재 알고 있는 사상 따위는 존재하지 않을 거야. 정통주의는 생각하지 않는 것을 뜻하지. 생각할 필요가 없는 거야. 무의식 바로 그것이거든."

머지않아 사임은 증발될 것이다. 윈스턴은 문득 그런 확신이 들었다. 그는 지나칠 정도로 지적이다. 그는 너무 정확하게 관찰하고 분명하게 이야기한다. 당은 이런 사람들을 좋아하지 않는다. 그는 언젠가 사라질 것이다. 그의 얼굴에 그렇게 씌어 있다.

윈스턴은 빵과 치즈를 먹어치웠다. 그는 의자에서 조금 옆으로 물러앉아 커피를 마셨다. 왼쪽 식탁에 앉아 있던 목소리 큰 사내는 아직도 거리낌없이 떠들어대고 있었다. 그의 비서처럼 보이는, 윈스턴에게 등을 돌리고 앉은 젊은 여자는 그의 이야기에 귀를 기울이며 그가 떠드는 소리는 모두 옳다는 듯 열심히 동의하고 있는 것 같았다. 윈스턴은 이따금 "선생님 말씀이 옳아요. 제 생각도 선생님과 같아요."라는, 청순하다기보다는 차라리 바보 같은 목소리로 맞장구를 치고 있는 여자의 말을 들을 수 있었다. 하지만 그녀가 말을 하는 동안에도 다른 목소리의 주인공은 끊임없이 지껄여댔다. 윈스턴은 창작국의 어떤 요직에 있다는 것 이상은 그에 대해 아는 바가 없었지만 안면은 있었다. 그는 서른 살쯤 된 목이 굵고 입이 큰, 변덕스러워 보이는 위인이었다. 그는 머리를 뒤로 약간 젖힌데다가 앉아 있는 각도 때문에 안경이 빛을 받아 윈스턴 쪽에서는 두 눈 대신에 허연 두 개의 유리알만 보였다. 그의 입에서 청산유수처럼 흘러나오는 이야기를 단 한 마디도 알아들을 수가 없어서 약간 두려운 생각이 들었다. 윈스턴은 얼핏 한 구절을 주워들었다. '골드스타인주의의 결정적 제거'라는 말이었다. 그 소리는 매우 급하게, 마치 한 줄 전체가 한꺼번에 인쇄되어 나오듯이 쏟아져나왔다. 나머지는 오리가 꽥꽥거리는 듯한 소음으로 들렸다. 그러나 그의 이야기를 실제로 들을 수는 없었지만, 대부분의 내용에 관해선 어떤 의심도 품을 여지가 없었다. 그는 아마 골드스타인을 비난하고 있거나, 사상범 및 태업자들에 대한 더욱 강력한 조치를 주장하고 있거나, 아니면 유라시아 군대의 잔악성에 격분하고 있을 것이다. 그러나 어떤 것이든 마찬가지다. 그것이 무엇이든 그 말 한 마디 한 마디가 순수한 정통파이며 순수한 영사인 것만은 틀림없다. 윈스턴은 이 눈없는 얼굴이 턱만 아래위로 재빨리 움직이는 것을 보다가, 그건 실제 사람이 아니라 일종의 허수아비가 아닌가 하는 이상스런 느낌이 들었다. 말을 하고 있는 것은 사람의 머리가 아니라 바로 그 목구멍이다. 그가 지껄이는 것은 낱말로 이루어져 있었지만, 그건 진정한 의미에서는 말이 아니었다.

그것은 오리가 꽥꽥거리는 것처럼 무의식적으로 나오는 소음이었다.

사임은 잠시 잠자코 있다가, 스푼 손잡이로 스튜 국물에다 무엇인가 그림을 그리고 있었다. 옆 식탁에서는 주위가 소란스러운데도 불구하고 계속해서 빠른 말투로 지껄이고 있었다.

"신어에 이런 말이 있다네." 사임이 말했다. "자네도 알고 있는지 모르겠네만, '오리 소리(duck speak)'란 오리처럼 꽥꽥거린다는 뜻이지. 이건 두 개의 상반된 뜻을 갖고 있는 재미있는 낱말 중의 하나야. 반대편에게 사용하면 비난이 되고, 이편에 대해 사용하면 칭찬이 되는 거라네."

윈스턴은, 사임은 분명히 증발될 것이라고 다시 생각했다. 그는 비록 사임이 자기를 경멸하고 약간은 미워하며, 만약 그럴 듯한 꼬투리를 잡기만 하면 충분히 자기를 사상범으로 몰아 고발할 사람이라는 것을 알고 있었지만, 그가 증발되리라는 것을 생각하면 서글펐다. 사임에게는 뭔가 잘못된 것이 있었다. 그가 갖추지 못한 것은 신중성과 무관심과 일종의 우매성이다. 그를 비정통파라고 얘기할 수는 없었다. 그는 참으로 줄기찬 열성과 외부당원들이 입수하지 못한 최근 정보를 갖고 '영사'의 원칙을 신봉하고 대형을 경배하며, 승리의 소식에 기뻐하고 이단자들을 증오했다. 하지만 그에게는 언제나 약간 좋지 못한 평이 붙어다녔다. 그는 하지 말아야 할 말을 지껄여대고 책을 너무 많이 읽고, 미술가, 음악가들이 단골로 드나드는 체스트넛 트리 카페에 자주 들렀다. 성문(成文)으로든 불문(不文)으로든 체스트넛 트리 카페에 다니지 말라는 법은 없었지만, 그곳은 어쩐지 불길하다. 당의 불신임을 받은 늙은 지도자들이 나중에 숙청당하기 전에 그곳에 자주 모이곤 했었다. 소문에 의하면 골드스타인도 10여 년 전 이곳에 이따금 나타났었다고 한다. 사임의 운명을 예측하는 것은 어려운 일이 아니었다. 그러나 사임은 단 3초 만이라도 윈스턴의 본성, 즉 윈스턴이 마음 깊은 곳에 있는 생각들을 알고 있다면 당

장 사상경찰에 고발할 것이다. 다른 작자들도 마찬가지겠지만 이런
일에 있어서는 사임이야말로 누구보다 확실하다. 열성만으로는 안
된다. 정통성이란 무의식적이기 때문이다.

"저기 파슨스가 오는군." 사임이 바라보며 말했다.

그의 말투에는 '저 형편없는 바보 녀석'이라는 비난이 감춰져 있
었다. 승리 맨션 윈스턴의 이웃에 세들어 사는 파슨스가 정말 식당을
가로질러 걸어오고 있었다. 통통한 중키에 금발, 얼굴은 개구리처럼
생겼다. 서른다섯 살인데 벌써 목덜미와 허리에 군살이 붙었지만,
동작은 민첩하고 소년처럼 생기가 있었다. 외모 전체가 마치 몸집만
큰 소년과 같아서, 정복을 입었는데도 푸른색 바지에 회색 샤쓰를 입
고 빨간 머플러를 두른 스파이단을 연상케 했다. 그의 모습을 떠올릴
때면, 언제나 바지 무릎이 봉긋 나오고 소매를 통통한 팔목까지 걷어
붙인 꼴이 연상되었다. 사실 파슨스는 단체행군이나 어떤 다른 육체
활동을 할 때 양해를 구하고 반바지로 바꿔 입었다. 그는 그들 두 사
람에게 "어이, 여보게들!" 하고 유쾌하게 인사를 하더니 땀냄새를
물씬 풍기며 의자에 앉았다. 그의 불그레한 얼굴에는 온통 땀방울이
송글송글 솟아 있었다. 그는 지독한 땀보였다. 공회당에서 그가 탁
구를 치면 배트 손잡이가 언제나 축축하게 젖어 있었다. 사임은 글씨
가 잔뜩 쓰여 있는 긴 종이 쪽지를 꺼내어 손가락 사이에 볼펜을 끼
운 채 그것을 읽어나갔다.

"점심시간에도 일하는 꼴 좀 보게." 파슨스가 윈스턴을 툭 치면서
말했다. "열심인데? 여보게, 도대체 뭘 하고 있는 거야? 나 같은
사람에게는 무척 골치 아픈 일이겠지. 스미드, 난 자네를 찾고 있었
네. 나한테 낼 기부금을 안 주었거든."

"무슨 기부금이야?"

윈스턴은 자기도 모르게 주머니를 더듬으면서 말했다. 월급의 4분
의 1 가량을 자진해서 의연금으로 바쳐야 하는데, 그 종류가 너무 많
아서 일일이 기억하기가 어려웠다.

"증오주간을 위한 기부금이지. 그 왜 집집마다 다 내는 거 있잖아. 내가 우리 구역 담당일세. 지금 온 힘을 다 기울이고 있는데…… 굉장한 전시(展示)가 될 거야. 유서 깊은 승리 맨션이 다른 데보다 더 많은 깃발을 달지 못한다면, 미리 말하지만 그건 내 잘못이라고 할 수 없지. 자넨 2달러를 내겠다고 했지."

윈스턴이 주머니를 뒤져 때묻고 구겨진 지폐 두 장을 꺼내주자, 파슨스는 무식쟁이답게 작은 수첩에 꼼꼼한 글씨로 적어넣었다.

"그런데 여보게." 하고 파슨스가 말했다. "어제 짓궂은 우리 애들이 자네에게 고무총을 쐈다면서? 눈물이 쑥빠지게 혼내줬네. 다시 그런 짓을 하면 고무총을 빼앗아버리겠다고 으름장을 놓았네."

"처형장에 못 가서 화가 났던 모양이야."

윈스턴이 말했다.

"아, 그 정신만은 바르게 박힌 거지. 두 녀석 다 말썽꾸러기이긴 하지만 똑똑한 녀석들이거든! 그애들이 생각하는 건 스파이단하고 전쟁뿐일세. 지난 일요일에 대원들과 버크햄프스테드로 행군을 나갔을 때 우리 딸년이 무슨 짓을 했는지 아나? 다른 계집애 둘을 데리고 대열을 살짝 빠져나와 오후 내내 수상한 자를 뒤쫓았다네. 그애들은 두 시간 동안이나 그자의 뒤를 따라 숲속으로 들어갔다가 애머샴에 접어들자 경찰에 넘겼다는 거야."

"무슨 이유로 그랬다던가?"

윈스턴은 좀 망설이다가 물었다. 파슨스는 신바람이 나서 이야기를 계속했다.

"그자가 적의 정보원이라고 생각한 거지. 낙하산이라도 타고 왔을 거라고 말일세. 그런데 요점은 바로 이거야. 처음에 걔가 그자의 뭘 보고 그런 생각을 했는지 아나? 그자의 이상한 구두를 점찍은 거야. 전에 그런 구두 신은 사람을 본 적이 없었거든. 그래서 그자가 외국인이라고 생각한 거야. 일곱 살짜리치고는 꽤 똑똑하다고 생각하지 않나?"

"그 사람은 어떻게 됐나?"

윈스턴이 물었다.

"그건 나도 몰라. 하지만 이렇게 되었더라도 놀랄 건 없지."

파슨스는 총을 겨누는 동작을 취하더니 혀로 총소리를 냈다.

"좋아."

사임은 종이 쪽지에서 눈을 떼지 않은 채 말했다.

"물론 우리는 그렇게 할 수 없지."

윈스턴은 어쩔 수 없이 동의했다.

"내가 말하고 싶은 건 전쟁이 계속되고 있다는 거야."

파슨스가 말했다.

그 말에 동조라도 하듯 바로 그들 머리 위에 있는 텔레스크린으로부터 힘찬 나팔 소리가 울렸다. 하지만 이번에는 군대의 승리가 아니라 풍부성의 공지사항을 알리는 것이었다.

"동무들!" 열성적인 젊은이의 목소리였다. "동무들, 주목! 여러분에게 영광스런 소식이 있습니다. 우리는 생산 전선에서 승리를 거뒀습니다. 이제 막 완료된 각종 비품 생산 통계에 의하면 생활수준이 작년에 비해 20퍼센트 이상 향상되었습니다. 오늘 아침 오세아니아 전역에 걸쳐 억제할 수 없는 자발적 시위가 있었습니다. 많은 공장과 직장에서 쏟아져나온 노동자들이 깃발을 흔들면서 거리를 행진할 때 탁월하신 영도로 우리에게 새롭고 행복한 삶을 베풀어주신 대형에게 감사를 드린다고 목소리를 높여 외쳤습니다. 여기 완성된 통계 몇 가지가 있는데, 식량은……."

'새롭고 행복한 삶'이라는 구절이 몇 차례나 반복되었다. 이 구절은 근래 풍부성에서 즐겨 쓰는 말이었다. 파슨스는 나팔 소리에 넋을 잃고 있다가 지루함을 참으며 진지한 표정으로 귀를 기울이고 있었다. 그는 그 통계숫자를 이해할 수 없었지만, 아무튼 만족할 만한 명분이 된다는 걸 알고 있었다. 그는 벌써 까맣게 탄 담배가 반쯤 차 있는 더럽고 커다란 파이프를 꺼내들었다. 일주일에 1백 그램씩 지급되는 담배로는 파이프를 가득 채우기가 어려웠다. 윈스턴은 승리 담배를 조심해서 반듯하게 들고 피우고 있었다. 내일이나 되어야 담배가 배급되는데 그에게 남아 있는 담배는 오직 네 대뿐이었다. 그는 잠시 멀리서 들리는 소음을 막고 텔레스크린으로부터 흘러나오는 자료 발표를 경청했다. 심지어는 일주일에 초콜릿 배급량을 20그램으로 올려준 것에 대해서 대형께 감사드리는 시위까지 있었던 모양이다. 바로 어제 초콜릿 배급량을 일주일에 20그램으로 '줄인다'고 방송하지 않았는가? 단 스물네 시간이 지난 후에 그런 사실을 밥먹듯 어길 수 있단 말인가? 그렇다, 그들은 잊어버린 것이다. 파슨스는 짐승처럼 둔해서 쉽게 잊어버렸다. 옆 식탁의 그 눈없는 작자도 지난주 초콜릿 배급량은 30그램이었다고 말하는 자는 색출해서 증발시켜버리겠다는 듯한 열의로 그 사실을 까맣게 잊고 있었다. 사임 역시 이중 사고를 통해 보다 복잡하게 그걸 잊고 있었다. 그러면 그 '혼자만'이 그걸 기억하고 있단 말인가?

텔레스크린에서는 계속 터무니없는 통계가 쏟아져나왔다. 작년에 비해서 식량도 의복도 주택도 가구도 조리용 용기도 연료도 선박도 헬리콥터도 책도 유아들도 모두 다 늘어났다. 질병과 범죄와 정신병을 제외하고는 모든 것이 다 늘어났다. 해마다 시간시간 사람도 물건도 모두 급성장하는 소리가 들리는 것 같았다. 사임이 했던 것처럼 윈스턴도 스푼을 들어 식탁 위에 떨어진 허연 국물을 찍어서 기다란 줄을 그어 그림을 그렸다. 현실 생활의 구조를 생각하니 그는 울화가 치밀었다. 예전에도 항상 이랬었던가? 음식맛도 항상 이 꼴이었고? 그는 식당 안을 둘러보았다. 천장이 낮은 식당은 사람들로 우글거리고 벽은 수많은 사람들의 손때가 묻어 더럽기 짝이 없었다. 찌부러진 철제 식탁과 의자들은 너무 좁게 놓아 앉으면 서로 팔꿈치가 부딪쳤다. 스푼은 휘어졌고 쟁반은 우그러졌다. 허연 싸구려 잔들은 모두 겉에 기름기가 묻고 갈라진 틈마다 때가 끼어 있었다. 질 나쁜 술, 값싼 커피, 쇠냄새 나는 스튜, 더러운 옷, 모두 한데 뒤섞인 시큰한 악취가 코를 찔렀다. 뱃속과 피부에선 언제나 일종의 거부감이 일었고, 뭔가 마땅히 누려야 할 권리를 사기당한 기분이 들었다. 그가 옛날엔 결코 이렇지 않았다고 회상할 거리가 없는 것은 사실이었다. 그가 정확히 기억할 수 있는 시절엔 언제나 먹을 것이 부족했고, 사람들은 구멍이 송송 뚫린 양말과 내의를 입었으며, 가구는 찌그러지고 일그러져 있었다. 방은 춥고, 지하철은 만원이었고, 집은 다 쓰러져갔다. 빵은 흑빵뿐이었고, 홍차는 멀겠고, 커피는 맛이 없었고, 담배는 모자랐다. 합성주 말고는 무엇 하나 값싸고 남아도는 것이 없었다. 물론 사람의 몸뚱이는 나이가 들면 늙게 마련이다. 하지만 만약 마음이 불안과 굴욕과 궁핍으로 찌들고, 끊임없는 겨울의 추위와 끈적끈적한 양말, 언제나 고장나 있는 엘리베이터, 차가운 물, 모래처럼 꺼칠꺼칠한 비누, 부스러기가 되어버리는 담배, 그리고 지독한 악취가 나는 음식 따위로 인해 병들게 된다면, 이런 것도 자연의 섭리라고 할 수 있을까? 지난날이 현재와 달랐다고 기억할 수 없는데 왜 이런 것들을 견디지 못하는 것일까?

윈스턴은 다시 식당 안을 휘둘러보았다. 거의 모두가 추해보였다. 만일 푸른 제복을 걸치지 않고 다른 옷을 입었다 하더라도 역시 꼴사납게 보이리라. 저쪽 식탁에 혼자 앉아 있는 딱정벌레처럼 생긴 작은 사내가 커피를 마시면서 이쪽저쪽을 불안한 눈초리로 쏘아보고 있었다. 만약 사람들이 이런 몰골들을 보지 않는다면 당이 이상형으로 떠벌이는 신체형 —— 남자는 키가 크고 근육이 발달하고, 여자는 금발이며 명랑하고 피부는 햇볕에 그을러 건강하고 젖통이 오똑한, 그런 이상형의 체격이 절대적으로 많다는 사실을 쉽게 믿을 수 있을 것이라고 윈스턴은 생각했다. 그러나 사실상 그가 판단하는 한, 제1공대의 사람들은 대부분 체격이 작고 검은데다가 일그러져 있었다. 저런 딱정벌레 같은 인간들이 어떻게 정부기관에서 증식되어 가는지 이상하다. 일찍부터 옆으로 퍼진 땅딸보, 다리는 짧고 행동은 민첩하며, 눈이 아주 작은데다 살까지 쪄서 표정을 읽을 수 없는 얼굴을 가진 작자들이 말이다. 이런 형이 당의 지배체제 밑에서 가장 출세하는 인물이다.

풍부성의 방송이 또 한 번의 나팔 소리로 끝나고 징을 두드리는 것 같은 음악이 나왔다. 파슨스는 엄청난 통계숫자에 감격했는지 입에 물었던 파이프를 뺐다.

"풍부성은 올해 멋진 일을 했어." 그는 무엇을 알기나 하는 듯 고개를 끄덕이며 중얼거렸다. "그건 그렇고 여보게, 혹시 면도날 가진 것 있나? 좀 빌려주게."

"하나도 없네." 윈스턴이 말했다. "면도날 한 장 가지고 6주일을 썼네."

"그래? 그냥 해본 소리네."

"미안해."

윈스턴이 말했다.

옆 식탁에서 오리처럼 꽥꽥거리던 작자는 풍부성의 방송 중에는 잠시 조용하더니 다시 아까처럼 시끄럽게 떠들어대기 시작했다. 무슨 까닭인지 윈스턴은 문득 머리칼이 성글고 얼굴의 주름살에 때가 끼어 있는 파슨스 부인을 생각했다. 2년도 안 되어 그 자식들은 그녀를 사상경찰에 고발할 것이다. 파슨스 부인은 증발할 것이다. 사임도 증발할 것이다. 윈스턴 자신도 증발할 것이다. 오브리언도 증발할 것이다. 그러나 파슨스는 결코 증발하지 않을 것이다. 오리처럼 꽥꽥거리는 목소리의 주인공인 눈없는 저 작자도 절대로 증발되지 않을 것이다. 저 미로 같은 정부기관의 복도를 종종걸음으로 뛰어다니는 딱정벌레 같은 작은 친구들——그들 역시 절대로 증발되지 않을 것이다. 창작국의 검은 머리 여자——그녀도 증발되지 않을 것이다. 그는 살아 남기 위해 어떻게 해야 하는지 쉽게 말할 수는 없었지만, 본능적으로 누가 살아 남고 누가 사라질지 그것은 알 것 같았다.

바로 그 순간, 그는 갑자기 공상에서 깨어났다. 옆 식탁에 앉은 여자가 몸을 약간 돌려 그를 바라보고 있었다. 바로 검은 머리의 여자였다. 그녀는 곁눈질로 그를 쏘아보았다. 호기심으로 가득 찬 시선이었다. 그녀는 그와 시선이 마주치는 순간 고개를 돌렸다.

윈스턴의 등에서는 땀이 흘렀다. 심한 공포의 전율이 온몸을 스쳐갔다. 그것은 곧 사라졌지만, 아직 불안의 여운이 남았다. 그녀는 왜 나를 보고 있는가? 왜 나를 감시하고 있는가? 불행하게도 그는 자신이 식탁에 앉기 전에 그녀가 먼저 와 있었는지 아니면 그 후에 왔는지 기억할 수가 없었다. 하지만 어쨌든 어제 2분간 증오 때 반드시 그래야 할 이유가 없었는데도 그녀는 그의 바로 뒤에 앉아 있었다. 그녀의 진짜 목적은 그의 이야기에 귀를 기울이고 그가 크게 소리를 내는가 확인하려는 데 있었던 것이 분명했다.

전에 했던 생각이 다시 떠올랐다. 어쩌면 그녀는 사상경찰이 아닐지 모른다. 하지만 가장 위험한 아마추어 첩보원임에는 틀림없을 것이다. 그는 그녀가 얼마 동안이나 자기를 쳐다보고 있었는지 알 수 없었지만 아마 5분쯤은 되었을 것이고, 그 동안에 자신의 표정이 흐트러졌을 가능성도 있다. 공공장소나 텔레스크린이 미치는 범위 내에서 자기 생각에 잠긴다는 것은 아주 위험한 일이었다. 지극히 하찮은 일로 정체가 드러날 수도 있다. 얼굴에 일어나는 경련, 자기도 모르는 사이에 나타내보이는 근심의 표정, 혼자 중얼거리는 습성 등, 추호라도 비정상적으로 보이는 것은 무엇인가를 감추려는 것을 암시해서 끝장을 초래하는 것이다. 어떤 경우든 얼굴에 마땅치 않은 표정을 지으면(예를들면 승전 뉴스가 방송될 때 미심쩍은 표정을 짓는 것) 그것이 곧 처벌받을 반동감이 되는 것이다. 이런 것을 나타내는 신어가 생겼는데, 그것이 이른바 '표정죄(表情罪)'라는 것이다.

그녀는 다시 그에게 등을 보였다. 어쩌면 그녀는 그를 쫓는 것이 아닐지도 모른다. 그녀가 이틀 동안 계속해서 그와 가까이 앉게 된 것은 우연의 일치일 수도 있다. 그는 담배를 꺼서 조심스럽게 식탁가에 놓았다. 그곳에 담배를 놓아두면 작업 후에도 그걸 마저 피울 수 있을 것이다. 옆 식탁에 있는 인물은 분명히 사상경찰 정보원이고, 그래서 그는 3일쯤 애정성에 있는 감방에 감금될지도 모르지만 담배 꽁초를 버릴 수는 없었다. 사임은 종이 쪽지를 접어 주머니 속에 쑤셔넣었다. 파슨스가 다시 지껄이기 시작했다.

"내가 자네에게 말한 적이 있던가?" 그는 파이프를 만지작거리며 킬킬거렸다. "우리 집 말썽꾸러기 녀석들이 늙은 장사치 여편네가 대형의 포스터에 소시지를 싸들고 가는 걸 보고 그 치마에 불을 질렀던 일 말이야. 녀석들은 살금살금 뒤로 가서 성냥으로 불을 그어댔지. 아마 심한 화상을 입었을걸. 작은 녀석들이 맹랑하지? 하지만 고추처럼 매워! 요즘엔 스파이단에서 그런 식으로 철저한 훈련을 시킨다구. 우리 때보다 더 나아. 자넨 그애들이 요즘 지급받은 게 무언지 아나? 열쇠 구멍으로도 도청할 수 있는 귀나팔이라는 걸 받았다네. 딸년이 요 전날 밤 집에 가져왔는데 그것으로 시험해봤더니, 그냥 귀를 구멍에 대고 듣는 것보다 두 배나 잘 들리더란 거야. 물론 그건 장난감에 불과해. 하지만 멋진 아이디어 아닌가?"

그때 텔레스크린에서 찢어지는 듯한 호각 소리가 들려왔다. 작업을 다시 시작하라는 신호였다. 세 사람은 벌떡 일어나 승강기 주위로 몰리는 무리 속에 합류했다. 그 바람에 윈스턴의 담배 꽁초는 터져버리고 말았다.

6

윈스턴은 일기를 쓰고 있었다.

3년 전, 캄캄한 밤이었다. 커다란 기차역 근처의 좁은 골목길에서 그녀는 불빛도 거의 없는 가로등 아래 문 가까이에 서 있었다. 그녀는 짙은 화장을 한 젊은 여자였다. 가면을 쓴 것처럼 하얗게 분을 바르고 입술에 루즈를 새빨갛게 칠한 것이 아주 매력적이었다. 부녀당

원은 결코 얼굴에 화장을 하지 않는다. 거리엔 그녀 말고는 아무도,
텔레스크린조차도 없었다. 그녀는 2달러를 요구했다. 나는…….

거기에 이르자 계속하기가 힘들었다. 그는 연달아 떠오르는 그 장
면을 떨쳐버리려는 듯 두 눈을 감고 손가락으로 눈을 꾹 눌렀다. 그
는 큰소리로 욕을 퍼붓고 싶은, 거의 억제하기 힘든 충동을 느꼈다.
머리를 벽에 부딪치고 싶기도 했고, 책상을 발로 걷어차고 싶기도 했
으며, 창 밖으로 잉크병을 내던져버리고 싶기도 했다. 자신을 괴롭
히고 있는 기억들을 없애기 위해서 어떤 격렬한 짓을 하거나 시끄러
운 소리라도 지르고 싶었던 것이다. 가장 무서운 적은 바로 자신의
신경조직이라는 생각이 들었다. 어떤 순간이든 내면의 긴장은 쉽사
리 바뀌어서 눈에 띄는 한 증세가 되게 마련이다. 그는 몇 주 전 길거
리에서 스쳤던 한 남자를 생각했다. 지극히 평범하게 보이는 당원 같
았는데 나이는 서른댓이나 마흔쯤 되어 보였으며, 키가 크고 마른데
다 작은 서류가방을 들고 있었다. 몇 미터 앞으로 다가왔을 때 그 사
내의 왼쪽 뺨이 갑자기 경련으로 일그러졌다. 그런 현상은 그들이 막
스쳐 지날 때 또 일어났다. 카메라의 셔터가 찰칵 하는 것처럼 빠른
한순간의 경련이었지만 분명히 습관화된 것 같았다. 그는 그때 참 가
없은 친구로군 하고 생각했다. 거의 무의식적으로 그런 일이 일어난
다는 게 놀라웠다. 무엇보다도 위험한 것은 잠꼬대였다. 그것은 도
저히 어떻게 해볼 재간이 없는 것이다.
    그는 숨을 들이쉬고 다시 써나갔다.

    나는 그녀와 함께 문으로 들어가 뒤뜰을 가로질러 지하실 부엌으
로 들어갔다. 벽 쪽으로 침대가 있고 탁자 위에는 등잔이 있었는데,
심지는 아주 낮춰져 있었다. 그녀는…….

    그는 이를 악물었다. 침을 뱉고 싶었다. 지하실 부엌에서 그녀와

함께 있으려니까 아내 캐더린이 생각났다. 윈스턴은 이미 결혼한 몸이었다 —— 적어도 결혼한 석이 있었다. 아내가 죽지 않고 살아 있는 이상 그는 아직도 결혼 중이었다. 그는 들끓는 빈대와 더러운 옷가지, 천한 싸구려 화장품 냄새가 뒤섞인 악취로 가득 찬 지하실 부엌의 후끈거리고 숨이 막히는 냄새를 다시 맡는 듯했다. 그럼에도 불구하고, 당의 부녀당원들은 화장품을 쓰지 않았고 그럴 생각도 못했기 때문에 상당히 마음이 끌렸다. 오직 무산자들만이 화장품을 썼다. 그의 속에서 그 냄새가 불가피하게 욕정과 뒤엉켰다.

여자와 관계를 맺은 것은 2년여 만에 처음이었다. 물론 창녀와의 관계는 금지되어 있지만 배짱만 있으면 가끔 그 규칙을 어길 수도 있었다. 이 범죄는 위험했지만, 생사가 달려 있는 문제는 아니었다. 창녀와 관계한 것이 발각되면 다른 죄가 없는 한 5년 간 강제노동수용소에 가 있는 것으로 끝이다. 발각되지만 않는다면 해볼 만한 짓이다. 빈민가에는 몸을 파는 여자들이 벌떼처럼 우글거렸다. 심지어 어떤 동네에서는 진 한 병으로도 몸을 살 수 있었다. 무산자들은 감히 맛볼 수도 없는 술이었기 때문이다. 당은 억제하기 힘든 본능의 분출구로서 매춘을 은근히 장려하는 경향이 있었다. 단순한 탈선은 비밀리에, 그리고 향락만을 추구하지 않고 오직 빈민과 천민 출신의 여자들과 관계하는 이상 별로 문제가 되지 않았다. 용서할 수 없는 죄는 당원들간의 풍기문란이었다. 그러나 —— 비록 이 죄가 대숙청 때마다 예외없이 죄인이 자백하는 죄목 중의 하나지만 —— 실제로 그런 일이 일어난다고 생각하기는 어려웠다.

당의 목적은 단순히 남녀간에 당이 통제하기 힘든 애정관계가 이루어지는 것을 방지하는 데 있기도 하지만 겉으로 드러내지 않은 진실한 목적은 성행위로부터 얻어지는 모든 쾌락을 제거시키는 데 있었다. 결혼한 사이든 아니든 죄악시하는 것은 음행(淫行)보다는 오히려 사랑이었다. 당원들간의 결혼은 이런 목적을 위해 모두 선출된 위원회의 승인을 얻어야 하고 —— 원칙을 명백하게 밝히지는 않지만

—— 결혼 당사자들이 육체적으로 서로 끌리고 있다는 인상을 풍기면 그 결혼은 허가되지 않았다. 결혼을 승인하는 유일한 목적은 당에 봉사할 아이들을 낳게 하려는 데 있었다. 성교는 마치 관장(灌腸)을 하는 것처럼, 약간 역겨운 처리로 간주되었다. 이런 관념은 결코 노골적인 말로 가르치지 않았지만 간접적인 방법으로 어린 시절부터 당원이 될 때까지 끊임없이 주입시킨다. 그래서 남자든 여자든 전적인 독신 생활을 권장하는 청소년반성동맹과 같은 단체까지 생겨났다. 아이들은 모두 인공수정 —— 신어로는 '인수(人受)' —— 으로 낳고 공공기관에서 기른다는 것이다. 윈스턴은 이것이 심각한 문제라고 생각하지는 않았지만, 당의 보편화된 이데올로기와 맞아들어간다는 것을 알고 있었다. 당은 성본능을 말살시키려고 애썼으며, 만약 말살되지 않으면 그때는 그걸 왜곡시키거나 더러운 것으로 만들려고 했다. 그는 왜 그렇게 만드는지 그 이유는 알 수 없었지만 그것이 당연한 일로 느껴졌다. 여자들에 관한 한, 사실 당의 노력은 거의 성공적이었다.

그는 다시 캐더린에 대해 생각했다. 그들이 헤어진 지 9년이나 10년, 아니 11년은 되었을 것이다. 그는 이상하게도 그녀에 대해서 거의 생각지 않고 있었다. 어떤 때는 며칠 동안이나 자신이 결혼했다는 사실을 잊고 지냈다. 그들은 겨우 15개월 정도 부부 생활을 했을 뿐이다. 당은 이혼을 허가하지 않았지만, 아이가 없는 경우에는 오히려 별거를 권장했다.

캐더린은 금발에 몸매가 날씬하고 키가 큰데다 몸가짐이 멋있었다. 이목구비가 뚜렷하고 독수리형이어서 그 마음속을 들여다보기 전에는 누구든지 고상하게 생겼다고 말할 정도였다. 결혼 초기에 그녀를 보다 잘 알게 되자 그는 그녀야말로 누구보다 멍청하고 저속하며 머리가 텅 빈 사람이라는 사실을 알게 되었다. 그녀의 머릿속에 든 것이라고는 슬로건뿐이었다. 저능한 정도를 넘어 당이 주는 거라면 무엇이든지 사양하지 않고 삼켜버리는 여자였다. 그는 마음속으로 그녀에게 '인간 녹음기'라는 별명을 붙였다. 하지만 단 한 가지, 성문제만 아니었으면 그는 어떻게든 참고 지냈을 것이다.

그가 손을 대기만 하면 그녀는 곧 몸을 움츠리고 굳어졌다. 그녀를 포옹하면 마치 나무로 만든 조각을 안는 듯한 기분이었다. 이상한 것은 아내가 그를 껴안을 때조차 한편으로는 있는 힘을 다해 밀어내고 있는 듯한 기분을 느꼈다. 그녀의 근육이 뻣뻣해져서 그런 느낌을 받은 것이리라. 그녀는 그저 눈을 감고 반항도 협조도 하지 않고 '좋을 대로 하라.'는 듯 누워 있었다. 이것은 윈스턴을 몹시 당황하게 만들었고 나중에는 소름끼치게 했다. 그렇지만 그때라도 성관계없이 지내기로 합의했다면 참고 그녀와 지낼 수도 있었을 것이다. 그러나 놀랍게도 그런 생활을 거부한 것은 바로 캐더린이었다. 그녀는 가능하면 어린애를 가져야 한다고 우겼다. 그래서 사정이 허락하는 한 일주일에 한 번씩은 규칙적으로 그 일을 치렀다. 그녀는 때로 밤에 치러야 할 일을 잊지 말라는 듯 아침부터 미리 일러주곤 했다. 그녀는 그 일에 대해 두 가지 명목을 내세웠다. 하나는 '아기를 만드는 일'이고 또 하나는 '당에 대한 우리의 의무'(그렇다, 그녀는 대개 이 말을 썼다)였다. 일을 치를 날이 가까워지면 그는 점점 더 심한 공포감에 사로잡혔다. 하지만 다행히도 아이는 생기지 않았고 결국 그녀는 그런 짓을 포기하는 데 동의하고 그 후 그들은 곧 헤어졌다.

윈스턴은 가만히 한숨을 쉬었다. 그리고 펜을 들고 다시 써내려갔다.

그녀는 침대에 몸을 던졌다. 그리고 망설이지 않고 지극히 상스럽고 징그럽게 스커트를 들어올렸다. 나는 그만……

그는 희미한 등불 밑에서 빈대와 싸구려 화장품 냄새를 코끝으로 맡으며, 그 순간에도 마음속으로는 당의 최면으로 인해 영원히 얼어붙은 캐더린의 흰 몸뚱이를 생각하며 좌절감과 분노를 간직한 채 서

있었다. 왜 언제나 이 모양 이 꼴이란 말인가? 왜 몇 년에 한 번씩
이런 추잡한 씨름을 하는 대신 자기 여자를 가질 수 없을까? 하지만
진정한 사랑은 거의 생각조차 할 수 없었다. 부녀당원들은 모두 마찬
가지다. 순결은 당에 대한 충성의 상징으로 마음속 깊이 박혀 있었
다. 학교와 스파이단과 청소년 반성동맹 등에서 주입시키는 쓸모없
는 훈육으로, 학습, 행진, 노래, 슬로건 및 군가 등으로 인간의 자연
스러운 감정은 축출되고 말았다. 그는 이성적으로는 예외가 있을 것
이라고 생각했지만 마음은 그걸 용납치 않았다. 그들은 당이 의도했
던 것처럼 확고부동했다. 그가 사랑받는 것 이상으로 원하는 것은 일
생에 단 한 번만이라도 그 덕성(德性)의 벽을 무너뜨리는 것이었다.
만족을 느끼는 성행위는 반역이었다. 정욕은 사상죄에 해당되었다.
그가 용케 캐더린을 일깨워 만족스러운 성행위를 할 수 있었다 하더
라도 그것은 자기 아내를 유혹한 죄를 짓는 것이 되었다.

　아무튼 다음 이야기를 마저 써야 했다. 그는 다시 썼다.

　나는 등잔의 심지를 올렸다. 불빛에서 그녀를 보니…….

　어둠이 짙어져서인지 희미한 파라핀 등의 불빛도 꽤 밝아보였다.
그는 처음으로 그 여자를 제대로 볼 수 있었다. 그는 그녀 쪽으로 한
발짝 다가가다가 곧 밀려드는 욕정과 공포로 멈칫했다. 이곳에 들어
온 위험을 고통스럽게 느끼고 있었다. 어쩌면 경찰은 그가 나갈 때
덜미를 잡을지도 모른다. 그렇다면 바로 이 순간에 문 밖에서 기다리
고 있을지도 모른다. 이곳에 와서 하려고 했던 짓을 못 하고 그냥 나
간다면…….

　계속해서 써야 한다. 고백해야 한다. 그가 불빛 아래서 문득 깨달
은 것은 그녀가 '늙었다.'는 사실이었다. 얼굴 화장을 지나치게 두껍
게 해서 마치 마분지로 만든 가면처럼 금이 갈 것만 같았다. 머리털
에는 희끗희끗 새치도 섞여 있었지만, 더 소름 끼치는 것은 헤벌린

입 속이 마치 동굴처럼 시커멓다는 점이었다. 그녀는 이빨이라곤 하나도 없었다.

그는 어지러운 글씨로 급하게 썼다.

불빛 아래서 그녀를 보니 꽤 나이가 들어보였다. 적어도 쉰 살은 되었을 늙은이였다. 하지만 나는 거기에 신경 쓰지 않고 그 일을 해치웠다.

그는 다시 손가락으로 눈꺼풀을 눌렀다. 드디어 다 썼지만 쓰나 안 쓰나 다를 게 없었다. 이 처방은 효험이 없었다. 마음껏 욕지거리를 하고 싶은 충동이 여느 때보다 강하게 일었다.

7

희망이 있다면 프롤레타리아뿐이다 —— 라고 윈스턴은 썼다.

희망이 있다면 그것은 반드시 프롤레타리아들이다. 왜냐하면 오세아니아 인구의 85퍼센트나 차지하는 저 우글거리는, 경멸당하고 있는 대중만이 당을 분쇄할 힘을 낼 수 있기 때문이다. 당은 그 내부에서는 전복될 수 없게 되어 있다. 만약 당의 적이 있다 할지라도, 그들은 함께 모일 수도 없고 또 적들 스스로의 신분을 알아낼 길도 없다. 설령 그 전설적인 형제단이 있다 하더라도 두서너 명 이상의 단원이 한 자리에 모일 수 없을 것이다. 반란이란 눈짓, 목소리의 변화, 아니면 기껏해야 귓속말을 의미할 따름이다. 그러나 프롤레타리아들은 어떤 방법으로든 자신들이 가지고 있는 힘을 인식할 수만 있다면 모의할 필요조차 없는 것이다. 할 생각만 있으면, 그들은 내일 아침에라도 당을 산산조각내버릴 수가 있다. 머지않아 그런 일이 일어나야만 한다. 하지만……

그는 언젠가 사람들이 우글거리는 거리를 지나가고 있을 때 길 저편에서 수백 명은 되는 여자들의 커다란 함성이 일어났던 것을 기억했다. 그것은 분노와 절망의 무시무시한 절규였으며, 마치 종이 울리는 것같이 '우우우!'하는, 폐에서 울려나오는 외침이었다. 그의 가슴은 뛰었다. '시작이다!' 하고 그는 생각했었다. 폭동이다! 그가 그 소리나는 지점에 이르렀을 땐 시장거리의 노점상 주위에서 2, 3백 명의 여자들이 마치 침몰하고 있는 배에 운명을 건 승객 같은 비통한 표정을 한 채 우왕좌왕하고 있었다. 하지만 그 순간 전체적인 절망감이 수많은 개인적인 분쟁에 의해 압도당하고 있었다. 그 노점상들 중의 한 가게에서 양은 냄비를 팔고 있었던 모양이었다. 그 냄비들은 모양도 보잘것없고 견고하지 못한 것들이었지만, 어떤 종류의 취사 도구든 언제나 구하기가 힘들었다. 그런데 지금 뜻밖에 취사 도구가 나온 것이다. 용케 그걸 산 여자들은 다른 여자들에게 부딪치고 밀리면서 냄비를 가지고 빠져나가려 하고 있었고, 수십 명의 다른 여자들은 가게 주위에서 주인에게 아는 사람에게만 팔았다느니 다른 데 숨겨두고 내놓지 않은 냄비가 더 있을 것이라느니 하며 욕을 퍼붓고 있었다. 또다시 아우성이 터졌다. 그악스러워 보이는 두 여자 중 하나는 머리카락을 흐트러뜨리고 있었는데, 그들은 냄비 하나를 서로 차지하려고 아귀다툼을 벌이고 있었다. 한동안 서로 끌어당기더니 손잡이가 떨어져나갔다. 윈스턴은 상을 찡그린 채 그들을 쳐다보았다. 그러나 한순간이나마 단 수백 명의 목구멍에서 나온 소리가 얼마나 놀랄 만한 힘을 가지고 있는가! 그런데 어째서 그들은 중대한 일에 대해서는 그런 함성을 지를 수 없는 걸까?

그들은 의식이 들기 전에는 결코 반란을 일으키지 않을 것이다. 하지만 그들은 반란이 일어나기 전에는 의식을 가질 수 없을 것이다.

이 구절은 당의 교재 중에서 복사한 것 같다는 생각이 들었다. 물론 당은 프롤레타리아들을 속박으로부터 해방시켰다고 주장했다. 혁명 전에는 노동자들은 자본가들에게 극심한 탄압을 받았고 굶주린 채 채찍질당했고 여자들도 탄광에서 노동을 해야 했으며(사실 여자들은 여전히 탄광에서 일하고 있다) 아이들은 여섯 살 때부터 공장의 노동자로 팔려가야 했다고 한다. 하지만 동시에, 이중 사고의 원리에 따라 당은 프롤레타리아들은 열등한 족속으로 타고났기 때문에 동물들처럼 단순한 몇 가지 규율만을 적용시켜 복종케 해야 한다고 가르쳤다. 현실적으로 노동자들에 관해 알려져 있는 사실은 별로 없었다. 많이 알 필요도 없었다. 그들이 일을 하고 자식을 낳아 기르는 한, 그들의 다른 행동은 그다지 중요하지 않았다. 마치 아르헨티나의 초원에 놓아먹이는 소떼처럼 내버려두면 그들은 자신들에게 맞는 생활 양식, 즉 원시 생활로 되돌아간다. 그들은 빈민굴에서 태어나 열두 살이 되면 노동을 시작하고 아름다움과 성을 좇는 잠깐 동안의 사춘기를 거쳐 스무 살에 결혼, 서른 살에 중년이 되며, 대부분 예순 살에 죽는다. 격심한 육체 노동, 가정과 아이들에 대한 걱정, 이웃과의 사소한 말다툼, 영화, 축구, 맥주, 그리고 무엇보다도 도박이 그들의 마음속을 차지하고 있었다. 그들을 지배하는 것은 쉬운 일이었다. 몇 명의 사상경찰 정보원이 늘 그들 사이에 끼어들어 유언비어를 퍼뜨리고 위험한 존재가 될 가능성이 있다고 판단되는 사람들은 잡아서 없애버리면 그만이었다. 그러나 그들에게는 당의 이데올로기를 주입시킬 필요는 없다. 무산자들이 강한 정치 의식을 갖는다는 것은 바람직하지 못한 일이기 때문이다. 그들에게 요구되는 것은 필요할 때마다 연장되는 노동시간과 더 줄어드는 식량을 감수하게 하는 데 이용할 수 있는 원시적인 애국심뿐이다. 그리고 그들은 전에도 몇 차례 그랬던 것처럼 불만이 있더라도 일반적인 사상이 없기 때문에 그 불만을 달리 처리하지 못하고 엉뚱하고 시시한 투정으로 쏟아버린다. 그들은 언제나 큰 죄악을 알아차리지 못했다. 대부분의 노동자들 집에는 텔레스크린조차도 없었다. 심지어는 사상경찰까지도 그들에 대해선 거의 간섭하지 않았다. 런던은 온갖 범죄의 소굴이었다. 즉, 절도, 노상 강도, 창녀, 뜨내기 약장수, 각종 사기꾼들이 들끓는 세계였다. 그러나 이런 범죄들은 모두 노동자 자신들 사이에서 일어나기 때문에 큰 문제가 되지 않았다. 도덕적인 문제에 있어서 그들은 조상 대대로 내려오는 관례에 따랐다. 당의 성적(性的) 청교도주의도 그들에게는 적용되지 않았다. 간통도 처벌되지 않았으며 이혼도 허락되었다. 이렇게 볼 때 노동자들이 필요로 하거나 원하는 기색만 보였다면, 그들에게는 종교적 숭배까지도 허용되었을 것이다. '노동자와 동물은 자유다.'라는 당의 슬로건이 말해주듯 그들은 의혹을 받지 않았다.

윈스턴은 팔을 아래로 뻗쳐 정맥류성 궤양 부위를 조심스럽게 긁었다. 또다시 가려워지기 시작했던 것이다. 답답한 것은 혁명 전의 생활이 실제 어떠했는가를 알 수 없는 것이었다. 그는 서랍에서 파슨스 부인에게서 빌려온 아동용 역사 교과서를 꺼내 한 부분을 일기장에 옮겨 쓰기 시작했다.

옛날, 저 영광스러운 혁명 이전에는 런던은 현재 우리가 살고 있는 것처럼 아름다운 도시가 아니었다. 대부분의 사람들이 배불리 먹지 못하고, 수많은 가난한 사람들이 신고 다닐 신발이 없었으며, 어떤 사람들은 들어가 잘 방마저 없는, 어둡고 지저분하고 비참한 곳이었다. 여러분과 비슷한 또래의 아이들은 일을 천천히 한다고 채찍질을 하고, 그러면서도 썩은 빵부스러기와 물 이외에는 먹을 것을 주지 않는 잔인한 주인을 위해 하루에 열두 시간씩 노동을 해야만 했다. 그러나 이 혹독한 가난뱅이들 사이에 부자들이 사는 몇 채의 굉장히 크고 아름다운 집들이 있었는데, 이들은 시중드는 하인을 30여 명이나 거느리고 살았다. 이들 부자들은 자본가라고 불렸다. 그들은 맞은편 페이지의 그림에서 보는 바와 같이 사악한 얼굴을 가진, 뚱뚱하고 추악한 사람들이었다. 이 그림에서처럼 그들은 프록코트라는, 기다란 검은색 코트를 입고 중절모라고 하는 난로 연통 모양의 이상하고 번쩍거리는 모자를 쓰고 다녔다. 이것이 자본가들의 제복으로, 자본가가 아닌 다른 사람들은 이 옷을 입지 못하게 되어 있었다. 자본가들은 세상의 모든 것을 다 소유했으며 다른 사람들은 모두 그들의 노예였다. 그들은 모든 땅, 모든 집, 모든 공장, 모든 돈을 다 소유했다. 누구를 막론하고 그들에게 불복하는 사람은 감옥에 처넣거나 일자리를 빼앗아 굶겨 죽일 수도 있었다. 보통 사람이 자본가에게 말을 할 때는 굽신거리며 절을 해야 했고 모자를 벗고 '나리'라고 불러야 했다. 모든 자본가의 우두머리는 왕이라고 불렸다. 그리고……

그러나 그는 다음 이야기를 알 수 있었다. 론사(紗) 소매를 단 옷을 입은 주교(主敎), 흰 담비털로 만든 옷을 입은 법관, 죄인에게 씌우는 칼, 죄인의 발목에 채우는 족쇄, 발로 돌리는 수레, 아홉 개의 끈을 단 채찍, 시장 나리의 오찬(午餐), 그리고 교황의 발등에 키스하는 관습 등에 관한 얘기일 것이다. 그리고 아동용 교과서에는 맞지 않는 '초야권(初夜權)'이란 것까지 언급되어 있었다. 이것은 모든 자본가는 그의 공장에서 일하는 어떤 여자와도 동침할 권리가 있다는 법을 말한다.

이런 것들이 어디까지가 거짓인지 무엇으로 알 수 있겠는가? 오늘날의 보통 사람들이 혁명 이전보다 더 나은 생활을 한다는 것은 사실일지도 모른다. 하지만 그렇지 않다는 오직 하나의 증거는 뼈에 사무친 무언의 항변, 즉 현재의 생활 상태를 참을 수 없다든지 옛날에는 분명히 지금과는 달랐을 것이라는 본능적인 느낌뿐이었다. 현대 생활의 참다운 특징은 잔인함과 불안전함이 아니라 단순히 적나라함, 무관심, 그리고 냉혹함이라는 사실이 그를 놀라게 했다. 주위의 현실을 둘러보면 삶은 텔레스크린에서 쏟아져나오는 거짓말은 물론, 당이 성취하려고 하는 이상과도 닮은 점이 없다. 생활의 대부분의 영역은 심지어 당원에게조차도 중립적이고 비정치적인 지루한 일을 열심히 하는 것, 지하철에서의 자리다툼, 구멍난 양말을 꿰매는 것, 사카린을 얻으러 다니는 것, 담배 꽁초나 잘 간수한 것 등이다. 당이 내세운 이상은 보다 더 거대하고 빛나고 가공할 만한 것이다. 즉, 강철과 콘크리트의 세계, 괴물 같은 기계와 무시무시한 무기의 세계다. 완전통일을 향해 행군하고 모두 똑같은 생각을 하고 똑같은 슬로건을 외치고 끊임없이 일하고 싸우고 승리에 도취하고 이단자를 박해하는, 모두 똑같은 얼굴을 한 3억의 인민이 사는, 전사와 열광자들로 구성된 나라이다. 그러나 현실은 영양실조에 걸린 사람들이 다 떨어진 신발을 신고 어슬렁어슬렁 걸어다니고, 임시로 땜질한 19세기식 집안에서는 언제나 양배추와 더러운 화장실 냄새가 나는, 황폐해가는 지저분한 도시다. 그는 거대하고 황폐한 1백만 개의 쓰레기통으로 이루어진 런던의 전경을 보는 듯했으며, 이 전경 속에서 얼굴은 주름살투성이고 머리칼이 성기게 난 파슨스 부인이 막힌 수채 구멍을 처량하게 매만지는 모습도 보였다.

그는 손을 아래로 뻗쳐 다시 발목을 긁었다. 텔레스크린은 밤이나 낮이나 오늘날의 국민들은 50년 전에 비해 더 잘 먹고, 더 잘 입고, 더 좋은 집과 더 많은 오락시설을 가지고 있고, 더 오래 살고 일은 적게 하고, 체구가 더 크고 더 건강하고, 더 강하고 더 행복하고, 더 지성적이며 더 좋은 교육을 받고 있다는 것을 증명하는 통계숫자를 떠들어댔다. 이런 통계는 하나도 증명될 수도, 부정될 수도 없었다. 예를들면 당은 오늘날 성인 노동자의 40퍼센트가 문자 해독자인 데 반해 혁명 이전에는 15퍼센트만이 문자를 해독할 수 있었다고 주장했다. 그리고 지금은 유아 사망률이 1천 명당 1백 60명이지만 혁명 이전에는 3백 명이었다고 주장했다. 이것은 마치 두 개의 미지수를 가진 등식과 같은 것이었다. 역사책의 모든 기록이, 누구도 의심하지 않고 받아들이는 사실들조차도 순전히 환상이기 쉽다. 그가 알기로는 초야권 같은 법률이나 자본가 같은 사람, 중절모 같은 것은 결코 존재하지 않았을 것 같았다.

모든 것이 분명치 않았다. 과거는 지워져버렸고 그 지워졌다는 사실마저 잊혀져 거짓이 진실이 되어버렸다. 그의 생애에 꼭 한 번——그 사건 후였는데 그것이 중요하다——그는 날조행위에 대한 구체적이고 움직일 수 없는 증거를 잡았었다. 그는 그 증거를 30초 동안쯤 손에 꼭 쥐고 있었다. 1973년이었던가, 아무튼 그와 캐더린이 헤어질 무렵이었다. 하지만 실제 일어난 날짜는 그보다 7, 8년 전이었다.

이 이야기는 혁명의 최초 지도자들이 일시에 전멸당한 대숙청 기간인 60년대 중반에 시작된다. 이 숙청으로 1970년까지 대형 자신을 제외하고는 최초 지도자들 가운데 한 사람도 남지 않게 되었다. 이때까지 다른 모든 지도자들은 반역자로, 아니면 반혁명분자로 몰렸다. 골드스타인은 달아나 숨어버려 그의 행방을 아는 사람이 없었고 몇몇은 그냥 실종되어버렸으며 나머지 대다수는 구경거리가 될 만한 공개 재판에서 스스로의 죄를 자백한 후에 처형되었다. 최후까지 남은 생존자들 가운데 존스, 아론슨, 러더포드라고 하는 세 사람이 있었다. 이들이 체포된 것은 1965년이 틀림없다. 늘상 그렇듯이 그들은 1년 이상 사라져 소식을 몰랐다가 상투적인 수법대로 갑자기 나타나 죄상을 자백했다. 그들은 자신들이 적과(그 당시에도 역시 유라시아가 적이었다) 내통했으며, 공금을 횡령했고, 여러 명의 충실한 당원을 살해했고, 혁명이 일어나기 오래 전부터 시작된 대형의 지도 노선에 반대하는 음모를 꾸몄으며, 수백 수천 명의 사람들을 죽음으로 몰아넣은 태업행위를 했다고 자백했다. 이런 죄상을 자백한 후에 그들은 사면되어 다시 당에 복위됐는데, 실제로는 한직(閑職)이지만 허울만 좋은 자리에 앉았다. 이 세 사람은 〈타임즈〉 지에 스스로의 과오를 분석하고 개과 천선할 것을 약속하는 구차하고 장황한 글을 기고했다.

그들이 석방된 지 얼마 안 되어 윈스턴은 체스트넛 트리 카페에서 그들 세 사람을 보았다. 그는 강렬한 호기심을 가지고 그들을 슬쩍 쳐다보았던 것이 기억났다. 윈스턴보다 훨씬 나이가 많은 그들은 구시대의 유물이었으며 당의 영웅적 초창기부터 일해온 마지막 거물급들이었다. 그때는 이미 그들에 관한 사실과 연대들이 희미해지고 있었지만, 그는 그가 대형의 이름을 알게 된 것보다 몇 년 전에 그들의 이름을 알고 있었다. 하지만 그들은 역시 범죄자요 적이며, 접근할 수 없는 존재고 1, 2년 내에 완전히 없어질 운명에 처한 사람들이었다. 일단 사상경찰의 수중에 들어간 사람은 누구를 막론하고 그 종말을 피할 수 없었다. 그들은 무덤으로 돌려보내기를 기다리고 있는 시체나 마찬가지였다.

그들의 테이블 근처에는 아무도 앉아 있지 않았다. 남의 눈에 드러나게 그런 사람들 가까이에 있는 것은 현명한 짓이 아니었다. 그들은 그 카페의 명물인 정향(丁香)나무 향기가 나는 진이 담긴 잔을 앞에 놓고 묵묵히 앉아 있었다. 셋 중에서 윈스턴에게 가장 인상깊은 사람은 러더포드였다. 그는 한때 유명한 풍자 만화가였다. 그의 격렬한 만화는 혁명 이전과 혁명 기간 동안 여론을 선동하는 데 큰 공헌을 했다. 지금도 어쩌다 한 번씩은 그의 만화가 〈타임즈〉지에 실리고 있었다. 하지만 지금의 만화는 단순히 그의 초창기 작품의 모방으로 생기가 없고 설득력이 없었다. 그것들은 항상 옛날의 주제였던 빈민굴, 굶주리는 아이들, 시가전, 중절모를 쓴 자본가들(심지어 바리케이드 위에서도 그들은 중절모를 쓰고 있었다) 따위를 재탕하여 끊임없이 과거로 돌아가려고 애쓰는 것이었다. 그는 말갈기 같은 회색 머리칼에 기름을 바르고, 얼굴은 늘어진데다 주름이 졌으며 입술은 툭 튀어나온 괴물 같은 사람이었다. 한때는 굉장히 강인한 사람이었음이 분명하지만, 이제 그의 육중한 몸은 여기저기 처지고 늘어지고 부풀어오르고 무너져 내리고 있었다. 그는 산이 무너지듯 사람들이 보는 앞에서 허물어져가고 있는 것만 같았다.

때는 15시, 한적한 시간이었다. 윈스턴은 자기가 어쩌다 그런 시간에 그 카페에 갔었는지 지금은 기억해낼 수가 없었다. 카페 안은 거의 텅 비어 있었다. 텔레스크린으로부터 양철 훈드는 소리와 같은 음악이 흘러나오고 있었다. 그 세 사람은 한쪽 구석에서 거의 움직이지도 않고 말도 없이 앉아 있었다. 시키지도 않았는데 웨이터가 새로운 술 세 잔을 갖다놓았다. 그들 옆 테이블에는 장기판이 놓여 있고 장기알도 놓여 있었지만 실제 장기를 두는 사람은 없었다. 그런데 약 30초쯤 지났을 때, 텔레스크린에서 무언가가 일어났다. 연주 가락이 바뀌더니 음악의 곡조까지 바뀐 것이다. 어떤 음악인지 묘사하기가 힘든 것이었다. 그것은 특이하여, 무엇인가 깨지는 소리 같기도 하고, 당나귀 우는 소리 같기도 하고 비웃는 소리 같기도 했다. 하지만 윈스턴이 듣기에는 선정적인 곡조였다. 그 뒤를 이어 텔레스크린에서 노랫소리가 흘러나왔다.

　　우거진 밤나무 아래에서
　　난 그대를 팔고 그대는 나를 팔았네.
　　그들은 누웠네.
　　우리들도 여기 누웠네.
　　우거진 밤나무 아래.

그들 세 사람은 미동도 하지 않았다. 하지만 윈스턴이 러더포드의 늙어가는 얼굴을 다시 쳐다보니 그는 눈물을 흘리고 있었다. 그때 처음으로 그는 아론슨과 러더포드가 눈물을 숨기려고 코를 푸는 척하는 것을 보고 전율을 느꼈다. 무엇 때문에 전율했는지는 알 수 없지만.

얼마 후에 그들 셋은 다시 체포되었다. 그들은 석방된 직후부터 새로운 음모를 꾸몄다는 것이 밝혀졌다. 두번째 재판에서 그들은 새로 지은 죄는 물론이고 전에 지은 죄까지 다시 자백했다. 그들은 처형되고 그들의 운명은 후세의 경고로서 당사(黨史)에 기록되었다. 이로부터 약 5년 후인 1973년, 윈스턴은 압축 전송관으로부터 그의 책상 위로 떨어진 서류뭉치를 펴다가 다른 서류들 속에 끼어 잊혀져버린 게 분명한 종이 쪽지 하나를 발견했다. 그 종이 쪽지를 펴본 순간, 그는 그 쪽지의 내용이 중요하다는 것을 알았다. 그것은 약 10년 전의 〈타임즈〉 지에서 찢어낸 것이었는데(위쪽 절반이었기 때문에 날짜를 알 수 있었다), 뉴욕에서 열린 당의 어떤 행사에 참석한 대표들의 사진이 수록되어 있었다. 그 대표단 가운데 존스, 아론슨, 그리고 러더포드의 모습이 뚜렷이 보였다. 그들이 분명했다. 사진 밑의 설명에도 그들의 이름이 있었다.

문제는 두 번의 재판에서 그들 세 사람이 그날 유라시아 땅에 있었다고 자백한 점이었다. 그들은 캐나다의 비밀 비행장에서 시베리아의 어딘가에 있는 회합 장소로 날아가 유라시아의 군참모들에게 중요한 군사 기밀을 제공했다고 고백했었다. 그날은 우연히도 성(聖)요한 제일(6월 24일)이었기 때문에 윈스턴의 기억 속에 뚜렷하게 박혀 있었다. 하지만 그 이야기의 전모는 헤아릴 수 없이 많은 다른 곳에도 역시 기록되어 있을 것이다. 가능한 결론은 오직 한 가지뿐이었다. 즉, 그 자백이 모두 허위라는 것이었다.

물론 이 자체는 새로운 발견이 아니었다. 그 당시에도 윈스턴은 숙청으로 제거당한 사람들이 고발당할 만한 죄를 정말로 저질렀다고는 생각지 않았었다. 하지만 이것은 움직일 수 없는 증거였다. 이것은 마치 잘못된 지층에서 발굴되어 지리학설을 뒤엎어버릴 화석처럼 말살된 과거의 파편이었다. 어떤 방법으로든 이걸 세상에 공포하여 그 중요성을 알릴 수만 있다면 당은 여지없이 산산조각날 것이다.

그는 일을 계속해나갔다. 그는 그 사진이 무엇이고 그것이 무엇을 의미하는지를 알아보자마자 다른 종이 쪽지로 그것을 가렸다. 다행히도 그가 그것을 폈을 때 텔레스크린에서 볼 때 그 쪽지는 뒤집혀 있었다. 그는 잡기장을 무릎 위에 놓고 가능한 한 텔레스크린에서 멀리 떨어지도록 의자를 뒤로 밀었다. 얼굴을 무표정하게 꾸미는 것은 어렵지 않다. 그리고 호흡도 노력하면 마음대로 조정할 수 있다. 그러나 가슴이 두근거리는 것은 어떻게 할 수가 없었으며 텔레스크린은 이 가슴의 고동을 쉽게 잡아낼 수 있을 만큼 정교했다. 그는 대략 10분 정도를 그렇게 보내면서, 그 사이 줄곧 어떤 사고로—— 예를들면 갑자기 바람이 분다든지 해서—— 발각되지 않을까 하는 두려움에 떨었다. 그러다가 그는 그것을 다시 펴보지도 못하고 다른 휴지와 함께 기억통 속으로 던져버렸다. 1분도 안 되어 그것은 재로 변해버렸을 것이다.

그것이 10년, 아니 11년 전의 일이었다. 아마 지금 같으면 그 사진을 보관했을 것이다. 손가락으로 그걸 집어보았다는 사실이 그 사진 자체나 그 기록된 사건이 단지 기억으로만 남아 있는 지금까지 중요하게 생각되는 것은 이상한 일이었다. '더 이상 존재하지 않는 증거의 조각이 한 번 나타났다 해서 과거에 대한 당의 지배력이 약화되었다고 할 수 있을까?' 하고 그는 생각했다.

하지만 그 사진이 잿더미 속에서 재생된다 하더라도 지금 와서는 증거물이 될 수 없을 것이다. 그가 그 사진을 발견했을 때는 이미 오세아니아는 더 이상 유라시아와 전쟁을 하지 않고 있었으며, 따라서 그 세 사람이 나라를 팔아먹은 상대는 분명히 유라시아의 정보원이었을 것이다. 그 이후 전쟁 상대국은 또 변경되었는데, 두 번인지 세 번인지 도대체 몇 번이나 변했는지 기억할 수도 없었다. 틀림없이 그 자백들은 몇 번이고 고쳐 쓰여져서, 마침내는 원래의 사실과 날짜는 티끌만큼의 중요성도 갖지 못하게 되었을 것이다. 과거는 이미 변했을 뿐만 아니라 앞으로도 계속 변할 것이다. 악몽처럼 그를 괴롭히는 것은 왜 그렇게 거대한 사기극이 행해져야 했는지 분명하게 이해할 수 없는 점이었다. 과거를 날조하는 데 따르는 즉각적인 이점(利點)은 분명했다. 하지만 궁극적인 동기는 이해하기 어려운 것이었다. 그는 다시 펜을 들어 썼다.

나는 '방법'은 이해한다. 하지만 '이유'는 모른다.

그는 전에도 몇 번이나 그랬던 것처럼 자신이 미친 것이 아닌가 하고 생각해보았다. 어쩌면 정신병자는 전체 중 예외적인 소수파일지도 모른다. 한때는 지구가 태양의 주위를 돈다고 믿은 사람들이 정신병자 취급을 받았다. 그리고 오늘날에는 과거는 움직일 수 없다고 믿는 사람이 정신병자로 몰린다. 이러한 신념을 갖고 있는 사람은 그 혼자뿐일지도 모른다. 만일 그 혼자만 그렇게 믿고 있다면 그것만으로도 그는 충분히 정신병자라고 할 수 있다. 하지만 그는 그런 생각 때문에 괴롭지는 않았다. 다만 두려운 것은 자기 역시 틀린 신념을 갖고 있지 않나 하는 것이었다.

그는 아동용 역사책을 들고 속표지에 있는 대형의 초상화를 들여다보았다. 최면을 거는 듯한 두 눈이 그의 눈을 쏘아보았다. 마치 어떤 거대한 힘이 압박해오는 것 —— 머릿속을 뚫고 들어오는 것 —— 같았다. 그리고 두뇌를 난타하고 위협하여 그의 신념을 몰아내고 설득하며 자신의 감각으로 확신하는 증거를 거부하게 하려는 듯했다. 결국 당은 둘 더하기 둘은 다섯이라고 발표하여 사람들에게 그것을 믿게 만들 것이다. 머지않아 그들이 그러한 주장을 하게 되리라는 건 필연적이었다. 그들의 논리가 그러한 주장을 필요로 하고 있었다. 체험의 타당성뿐만 아니라 외적 현실의 존재마저 그들의 철학에 의해 교묘하게 부인될 것이다. 이교(異敎)의 이설(異說)이 정상적이다. 그런데 무서운 일은 그들이 자기들과 다르게 생각하는 사람들을 죽일 것이라는 것이 아니라 그들이 옳을지도 모른다는 사실이었다. 도대체 우리는 둘 더하기 둘은 넷이라는 것을 어떻게 아는가? 중력이 작용한다는 것은? 과거는 변경시킬 수 없다는 것은? 만일 과거와 외적 세계 모두 오직 정신에만 존재한다면, 그리고 그 정신 자체를 지배할 수 있다면 어떻게 될 것인가?

그러나 아니다! 갑자기 용기가 저절로 용솟음치는 것 같았다. 별다른 관련없이 오브리언의 얼굴이 떠올랐다. 그는 전보다 더 확고하게 오브리언은 자기 편이라고 생각하게 되었다. 그는 오브리언을 위해서, 아니 오브리언에게 일기를 쓰고 있다. 그것은 마치 아무도 읽을 수 없는 편지와 같았다. 하지만 어느 특정 인물에게 끊임없이 보내는, 그리고 두 사람을 한편으로 만드는 편지와도 같았다.

당은 눈으로 보고 귀로 들은 증거를 부정하라고 명령한다. 이것이 당의 최종적이고도 본질적인 명령이었다. 그는 대답은커녕 이해할 수도 없는 미묘한 문제를 놓고 당의 지성인들이 논쟁으로 자신을 쉽게 굴복시킬 수 있으리라는 데 생각이 미치자 마치 앞에 거대한 힘이 버티고 있는 것처럼 힘이 빠졌다. 하지만 내가 믿고 있는 것은 옳다! 그들이 틀렸고 내가 옳다. 명백한 것, 순결한 것, 진실한 것은 지켜야 한다. 자명한 것은 진실이며, 이것을 목숨 걸고 지켜야 한다! 세계는 굳건히 존재하며 이 세계의 법칙은 변화하지 않는다. 돌은 단단하고 물은 축축하며 허공에 뜬 물체는 지구의 중심을 향하여 떨어진다. 그는 오브리언에게 말을 하고 있는 기분으로, 그리고 중요한 원리를 발표하고 있는 기분으로 글을 썼다.

자유란 둘 더하기 둘은 넷이라고 말하는 것이다. 만일 이것이 용납된다면 그 밖의 것은 모두 이에 따르게 마련이다.

8

길 아래 어디에선가 커피 끓이는 냄새가 났다. 승리 커피가 아니라 진짜 커피였다. 윈스턴은 저도 모르게 걸음을 멈추었다. 그는 잠시 동안 반쯤 잊혀진 유년 시절로 돌아갔다. 그때 문이 쾅 닫히더니 그 커피 냄새도 무슨 소리처럼 갑자기 사라져버렸다.

길을 따라 몇 킬로미터를 걸었을 때 정맥류성 궤양이 쑤셔왔다. 그가 공회당 야간 집회에 빠진 것은 3주 동안 이번이 두번째였다. 공회당에서 출석 회수를 철저하게 조사할 것이 분명하기 때문에 집회에 빠진다는 것은 어리석은 짓이었다. 원칙적으로 당원에게는 여가시간이 없으며 잠잘 때를 제외하고는 어떤 일이 있어도 혼자 있을 수 없었다. 당원은 일하거나 식사하거나 잘 때 말고는 각 단체의 오락에 참가하게 되어 있었다. 즉, 고독의 기미가 풍기는 것은, 심지어 혼자 산보를 나가는 것조차 위험한 짓이었다. 이에 대한 신어가 있는데, 개인주의와 기벽(奇癖)을 의미하는 것으로서 '독생(獨生)'이라 한다. 하지만 오늘 밤 사무실을 나선 그는 4월의 향기로운 대기에 유혹되었다. 올들어 보아왔던 어떤 때보다 오늘 밤의 하늘이 유난히 따스하고 푸르렀기 때문에 갑자기 길고 시끄러운 공회당의 저녁 집회나 지루하고 피로를 느끼게 하는 게임이나 강연, 술로 맺어지는 엉성한 우정 따위를 견뎌낼 수 없을 것 같았다. 그는 충동적으로 버스 정류장에서 방향을 돌려 런던 시내의 그 복잡한 길을 방황했다. 처음에는 남쪽으로, 다음에는 동쪽으로, 그리고 또다시 북쪽으로 걷다가 이름도 모르는 거리에서 길을 잃고 어느 방향으로 가고 있는지 개의치 않고 돌아다녔다. '희망이 있다면 그것은 프롤레타리아들밖엔 없다.'고 그는 전에 일기에 썼었다. 신비롭게도 명백한 진리면서도 불합리한 이 말이 새삼스럽게 떠올랐다. 그는 한때 세인트 판크라스 역이 있었던 동북지역의 지저분하고 어둠침침한 빈민가에 와 있었다. 그는 문이 곧장 길가 쪽으로 나 있어 마치 쥐구멍처럼 보이는 낡은 이층집들이 있는 자갈길을 걷고 있었다. 여기저기 자갈 틈새에 더러운 물이 괴어 있는 웅덩이들이 있었다. 출입문의 안과 밖에, 그리고 양쪽으로 뻗어 있는 좁은 골목 아래에 놀랄 만큼 많은 사람들 —— 입술에 루즈를 진하게 칠한 성숙한 여인들, 그 여자들의 꽁무니를 쫓아다니는 젊은이들, 10년 후면 그 여자들이 이런 꼴이 된다는 것을 보여주듯 뒤뚱거리는 뚱뚱한 부인들, 마당발을 질질 끌며 걸어다니는 허리 굽은 늙은이들, 웅덩이 속에서 놀다가 어머니의 화난 목소리에 뿔뿔이 흩어지는 지저분한 맨발의 어린아이들이 우글거렸다. 거리 쪽으로 난 창문의 4분의 1 정도는 깨져 판자를 대신 갖다붙였다. 그들은 대개가 윈스턴을 거들떠보지도 않았다. 몇 사람이 경계하는 듯한 호기심으로 그를 보았을 뿐이었나. 몸집이 큰 두 여자가 팔짱 낀 검붉은 팔을 앞치마 위에 얹고 출입문 앞에 서서 이야기를 하고 있었다. 윈스턴은 그 앞을 지나가면서 그들의 이야기를 몇 마디 들었다.

"난 그 여자에게 '그거 아주 잘됐군.' 하고 말했다우. 그리고 '만일 네가 내 입장이 된다면 너도 나처럼 했을걸. 남을 흉보긴 쉽지만 너도 내가 당했던 것처럼 당해보라구.' 하고 말해주었지."

"물론 그렇지. 글쎄, 꼭 그렇다니까."

다른 여자가 맞장구를 쳤다.

그 커다란 말소리가 갑자기 뚝 멈췄다. 그 여자들은 그가 지나갈 때 입을 다물고 적의에 찬 눈길로 그를 찬찬히 살폈다. 그러나 정확하게 말하자면 그것은 적개심이 아니라 마치 낯선 짐승이 지나갈 때와 같은 일종의 경계심이었고, 순간적인 긴장감이었다. 당의 푸른색 제복은 이런 거리에서는 흔히 보기 힘든 것이었다. 사실 별다른 용무 없이 이런 곳에 다니다가 남의 눈에 띄는 것은 현명한 일이 못 되었다. 경찰의 눈에 띄기만 하면 불러세워서 "동무, 신분증 좀 봅시다. 여긴 무엇하러 왔소? 사무실에서는 몇 시에 나왔습니까? 집으로 가는 길이오?" 등등의 질문을 할지도 모른다. 평소에 집으로 가는 길이 아닌 곳으로는 다니지 말라는 규칙은 없었다. 하지만 사상경찰이 이런 이야기를 들으면 분명히 주목할 것이다.

온 거리가 별안간 소란스러워졌다. 사방에서 조심하라는 외침이 터져나왔다. 사람들은 토끼처럼 출입문 안으로 뛰어들어가고 있었다. 한 젊은 여자가 윈스턴의 조금 앞쪽 출입구에서 후다닥 뛰어나오더니, 웅덩이에서 놀고 있는 어린아이를 잡아채 앞치마로 둘러 싸가지고 다시 뛰어들어갔다. 같은 순간, 주름진 검정 양복을 입은 한 남자가 옆골목에서 튀어나와 하늘을 가리키며 흥분된 어조로 소리쳤다.

"기선이오! 주의하세요, 나리! 머리 위에서 터질 거요. 빨리 엎드려요!”

 ‘기선’이란 나름대로의 몇 가지 이유로 노동자들이 로켓탄에 붙인 별명이었다. 윈스턴은 재빨리 엎드렸다. 노동자들이 이런 경고를 할 때는 거의 언제나 정확하게 들어맞았다. 로켓탄이 소리보다 더 빠르긴 하지만, 그들은 몇 초 후에 로켓탄이 날아오리라는 것을 말할 수 있는 직감이 있는 것 같았다. 윈스턴은 팔로 머리를 감싸 쥐었다. 길바닥이 흔들릴 정도로 굉장한 소리가 나더니 가벼운 파편들이 소나기처럼 그의 등 위에 떨어졌다. 일어나보니 근처의 창문에서 날아온 유리 조각들이 그를 뒤덮고 있었다.

 그는 계속 걸었다. 2백 미터쯤 북쪽에 있는 집 두 채가 폭탄에 부서졌다. 검은 연기가 하늘로 치솟아올랐고 그 아래 횟가루 먼지가 자욱한 폐허 주위에는 이미 사람들이 모여들고 있었다. 그의 앞 보도 위에도 횟가루가 쌓여 있었는데 그 한가운데 선홍색 줄이 눈에 띄었다. 가까이 다가가서야 그는 그것이 팔목이 잘린 사람의 손이라는 것을 알았다. 피로 얼룩진 부분만 제외하곤 그 손은 석고상처럼 완전히 하얗게 되어 있었다.

 그는 그 손을 도랑 속에 던져버리고 사람들을 피해서 오른쪽 골목으로 접어들었다. 3, 4분쯤 지나 그는 폭탄의 피해를 입은 지역을 벗어났다. 거리의 그 우글거리는 무리들의 생활은 아무 일도 없었던 것처럼 계속되고 있었다. 20시가 거의 다 되어서인지 노동자들이 자주 가는 술집엔(그들은 선술집이라고 불렀다) 손님들이 우글거리고 있었다. 쉴새없이 열렸다 닫혔다 하는 지저분한 문틈으로 지린내, 톱밥 냄새, 신 맥주 냄새가 풍겨나왔다. 전면이 툭 튀어나온 집 모퉁이에 세 남자가 바짝 붙어 있었는데, 그들 중 가운데 있는 사람은 신문을 펴고 양 옆에 있는 사람들은 어깨 너머로 그것을 들여다보고 있었다. 윈스턴은 얼굴 표정을 보지 않아도 그들이 얼마나 열중하고 있는지를 알 수 있었다. 그들이 읽고 있는 것은 어떤 중요한 뉴스임에 틀림없었다. 그가 몇 발짝 그들을 지나치자, 그들은 갑자기 서로 떨어지더니 그중 두 사람이 거칠게 말다툼을 하기 시작했다. 금방이라도 주먹다짐이 벌어질 것만 같았다.

"내 말을 못 알아듣겠어? 지난 14개월 동안 7자로 끝나는 숫자가 당첨된 적은 없다고 말했잖아!"

"아냐, 있었어!"

"없었어, 없었다구! 나는 지난 2년 동안 당첨번호를 종이에 꼬박꼬박 적어왔어. 시계처럼 꼬박꼬박 그걸 적었단 말이야. 그런데 7자로 끝나는 숫자는 없었어."

"아냐, 7자도 당첨됐었어! 나는 그 숫자를 자신있게 말할 수 있어. 4 아니면 7로 끝났어. 2월이었어. 그래, 2월 둘째주야."

"2월이라구? 맙소사! 내가 똑똑하게 적어놓았는데 그런 숫자는 없었어."

"다들 그만둬!"

세번째 사람이 말했다.

그들은 복권 때문에 다투고 있었다. 윈스턴은 30미터쯤 가다가 뒤를 돌아보았다. 그들은 여전히 핏대를 세워가며 다투고 있었다. 매주 큰 상금을 내거는 복권은 노동자들이 굉장히 관심을 기울이는 유일하고 공공연한 사건이다. 아마도 복권을 삶의 유일한 목적은 아니더라도 중요한 것으로 여기는 노동자들이 수백만은 될 것이다. 복권은 그들의 기쁨인 동시에 어리석게 만드는 것이었으며, 진통제인 동시에 지적 흥분제였다. 복권에 관한 한, 가까스로 글자를 읽고 쓰는 데 눈이 뜨인 사람들까지도 복잡한 계산을 할 수 있고 대단찮은 기억력을 내세우는 것 같았다. 적중표나 예상표나 행운의 부적을 팔아 생계를 유지하는 족속들도 있었다. 윈스턴은 풍부성에서 관리하는 이 복권 발매와는 아무 관련도 없었지만, 그 당첨자의 대부분은 가공인물이라는 것을 알고 있었다(당원들은 모두 알고 있었다). 실제로 지불되는 것은 소뿐이고 대상의 당첨자들은 실제로 존재하지 않는 인물들이었다. 오세아니아의 한 지역과 다른 지역간에는 실질적인 교류가 없기 때문에 이런 일을 꾸미는 건 어렵지 않다.

그러나 희망이 있다면 그것은 노동자들이다. 여기에 매달릴 수밖에 없다. 이런 말을 할 때는 합당한 것처럼 들리지만, 길거리에 지나다니는 인간들을 보면 이 말은 일종의 신념이 되어버린다. 그는 내리막길로 들어섰다. 언젠가 이 근처에 와본 적이 있고 멀지 않은 곳에 신작로가 있었다는 느낌이 들었다. 앞쪽 어디에선가 희미한 외침 소리가 들렸다. 길은 급하게 꺾여 한층 낮은 골목으로 내려가는 층계가 있었으며 그 골목에는 시든 채소를 파는 노점상들이 있었다. 그제야 윈스턴은 자기가 있는 곳이 어딘가를 알 수 있었다. 그 골목은 신작로로 연결되는 길이며 5분쯤 가서 다음 모퉁이를 돌아 내려가면 지금 일기장으로 쓰고 있는 노트를 산 고물상이 있다. 그리고 거기서 멀지 않은 문방구점에서 그는 펜대와 잉크병을 샀던 것이다.

그는 계단 꼭대기에서 잠시 동안 멈췄다. 그 골목 맞은편에 작고 지저분한 선술집이 있었다. 그 창문에는 성에처럼 먼지가 끼어 있었다. 새우 수염같이 앞으로 뻗친 하얀 콧수염을 기른, 허리는 구부러졌지만 정정해보이는 한 노인이 문을 밀치고 안으로 들어갔다. 윈스턴은 멈춰서서 그 장면을 바라보면서 적어도 여든 살은 되었을 저 노인은 혁명이 일어났을 때는 벌써 중년이 넘었을 것이라는 생각을 했다. 그 노인과 그 또래의 몇몇 노인들이 사라져버린 자본주의 세계와 현존하는 세계를 연결해주는 마지막 고리였다. 당 내부에도 혁명 이전에 형성된 사상을 가지고 있는 사람은 몇 안 되었다. 구세대는 50년대와 60년대의 대숙청 때 거의 제거당했으며 생존해 있는 몇 사람도 오래 전에 위협에 못 이겨 지적으로 완전히 항복하고 말았다. 금세기 초반의 실정에 대해 참된 설명을 해줄 만한 살아 있는 사람이 있다면 그것은 노동자들 뿐이다. 문득 일기장에 옮겨 썼던 역사책의 구절이 윈스턴의 머리에 떠올랐다. 그와 함께 광적인 충동이 그를 사로잡았다. 그는 선술집으로 들어가서 그 노인과 사귀어 그에게 질문을 하고 싶은 충동이 일었다. "당신의 어린 시절에 대해 이야기해 주시오. 그 시절의 생활은 어떠했습니까? 지금보다 나았나요, 아니면 나빴나요?"라고 물어보고 싶었다.

그는 두렵다는 느낌이 들기 전에 해치우려는 듯 허겁지겁 층계를 내려가서 좁은 길을 건넜다. 말할 것도 없이 그것은 미친 짓이었다. 일반적으로는 노동자들에게 말을 건넨다든지 선술집에 드나들지 말라는 명백한 규칙은 없었지만, 그것은 너무 뜻밖의 행동이어서 남의 눈에 띄지 않을 수 없었다. 경찰이 나타나면 별안간 어지러워서 그랬다고 변명을 할 수도 있지만, 그들은 아마 그 말을 믿어주지 않을 것이다. 그가 문을 밀고 들어서자 신 맥주의 지독하게 역겨운 냄새가 얼굴에 확 풍겨왔다. 그가 들어가자 시끄러운 소리가 반쯤 줄었다. 등뒤로 모든 사람이 자기의 푸른 제복을 바라보고 있음을 느낄 수 있었다. 저쪽 구석에서 하고 있던 화살던지기 놀이도 한동안 중단되었다. 그가 따라 들어간 그 노인은 판매대 앞에 서서 체격이 크고 살이 찐데다가 매부리코에 굵은 팔뚝을 가진, 술 파는 젊은 사람과 말다툼을 하고 있었다. 다른 몇몇 사람들은 손에 술잔을 든 채 그 광경을 구경하고 있었다.

"내가 자네에게 잘못한 게 뭔가?" 노인은 어깨를 뒤로 젖히면서 말했다. "그래, 이 빌어먹을 놈의 술집에는 1파인트짜리 술잔이 없단 말인가?"

"도대체 그 파인트라는 게 뭡니까?"

술 파는 사람이 손가락으로 계산대를 받치고 몸을 앞으로 내밀며 말했다.

"이 답답한 친구야! 파인트가 뭔지도 모르면서 술을 파는 건가? 1파인트는 1쿼트의 반이고 4쿼트가 1갤런이란 말이야. 다음에는 A, B, C를 가르쳐줘야겠군."

"그런 말은 들어본 적이 없는데요." 술 파는 젊은이가 딱 잘라 말했다. "1리터와 반 리터, 이게 우리가 쓰는 전부예요. 여기 선반 위의 잔들을 보세요."

“나는 1파인트짜리 잔이 좋아.” 노인은 고집을 부렸다. “자네라면 쉽게 구해올 수 있을 텐데. 내가 젊었을 때는 이 빌어먹을 리터 잔은 안 썼어.”

“아저씨가 젊었을 때면 우리는 모두 나무 꼭대기에서 살고 있었겠군요.” 술 파는 젊은이가 다른 손님들 쪽으로 시선을 돌리며 말했다.

웃음이 터지고 윈스턴이 들어와서 생긴 어색함도 가신 것 같았다. 흰 수염이 난 그 노인은 얼굴이 빨개졌다. 그는 돌아서서 혼자 중얼거리다가 윈스턴과 마주쳤다. 윈스턴은 노인의 팔을 부드럽게 잡으며 말을 걸었다.

“제가 술 한 잔 사 드릴까요?”

“당신은 신사로군.” 노인은 다시 어깨를 젖히며 말했다. 그는 윈스턴의 푸른 제복을 보지 못한 모양이었다. “파인트로!” 그는 술 파는 사람에게 대들듯 덧붙였다. “맥주 1파인트.”

술 파는 사람은 계산대 아래에 있는 물통에다 헹구어낸 반 리터짜리 두꺼운 유리잔 두 개에 암갈색의 맥주를 따랐다. 노동자들이 선술집에서 마실 수 있는 술은 맥주뿐이었다. 노동자들은 사실 진도 쉽게 구할 수 있었지만 마시지 않는 것 같았다. 화살던지기 놀이는 다시 시작되었고 판매대 앞에 앉아 있는 사람들도 복권에 대해 떠들기 시작했다. 윈스턴의 존재를 잊어버린 것이다. 윈스턴과 그 노인은 남이 엿들을까 염려하지 않고 이야기할 수 있는 창 아래 테이블에 자리를 잡았다. 이것은 참으로 위험한 일이었다. 하지만 이 술집 안에는 어쨌든 텔레스크린이 없었다. 이 점은 술집에 들어오자마자 확인한 것이었다.

“1파인트짜리 잔에 따라 줄 수 있을 텐데.” 그 노인은 잔을 앞에 놓고 앉으며 투덜거렸다. “반 리터짜리는 성에 차지 않아. 1리터짜리는 너무 많고. 값은 고사하고 오줌통이 야단나지.”

“노인장이 젊었을 때하고 많이 달라졌지요?” 윈스턴이 슬쩍 물었다.

그 노인의 창백하면서도 푸른 눈이 화살 과녁판에서 판매대로, 판매대에서 문 쪽으로 마치 술집 안에서 달라진 것을 찾기라도 하듯 두리번거렸다.

"맥주가 좋았지." 이윽고 그가 말했다. "그리고 값도 쌌고! 내가 젊었을 때는 윌럽이라는 순한 맥주가 있었는데, 1파인트에 4펜스였지. 물론 전쟁 전이지만."

"전쟁이라니, 어떤 전쟁 말씀입니까?" 윈스턴이 물었다.

"어떤 전쟁이든 다지." 노인은 막연하게 대꾸했다. 그는 잔을 들고 다시 어깨를 쭉 폈다. "당신 건강을 위해 건배!"

긴 목에 툭 튀어나온 목젖이 위아래로 빠르게 움직이더니 맥주가 싹 없어졌다. 윈스턴은 판매대로 가서 반 리터짜리 두 잔을 더 가져왔다. 그 노인은 1리터를 마시면 안 된다던 조금 전의 말을 잊어버린 것 같았다.

"노인장은 저보다 훨씬 연장이신데요." 윈스턴이 말했다. "제가 태어났을 때는 벌써 성인이셨을 겁니다. 그렇다면 혁명 이전의 구시대가 어떠했는지 기억하실 수 있겠지요. 저희들 또래는 그 시대에 대해 정확하게 아는 게 없어요. 그 시대에 관해서는 겨우 책을 통해서만 알 수 있는데, 책에 적혀 있는 것들은 사실이 아닐지도 모르거든요. 그래서 그 시대에 대해 노인장의 말씀을 좀 듣고 싶습니다. 역사책에는 혁명 이전의 생활이 지금과는 전혀 달랐다고 씌어 있습니다. 그 시대에는 우리가 상상할 수도 없이 지독한 압제와 부정과 빈곤이 있었다고 하던데요. 런던에서도 대부분의 사람들이 태어나서 죽을 때까지 충분히 먹지 못했고, 그들 중 절반은 신발마저 없었다구요. 그들은 하루에 열두 시간씩 노동을 하고 아홉 살까지만 교육을 받았으며 한 방에서 열 명씩 잠을 잤다구요. 그런데 한편에는 부유하고 세도가 있는—— 자본가라고 하는—— 아주 극소수, 즉 불과 몇천 명의 사람들이 있었다고 하더군요. 그 사람들은 갖고 싶은 것은 모두 가지고 하인을 30명이나 거느리고 커다란 저택에서 살았으며, 자동

차나 사두마차(四頭馬車)를 타고 다니고 샴페인을 마시고 중절모를 썼다면서요?"

노인의 얼굴이 갑자기 환해졌다.

"중절모라!" 그가 말했다. "당신이 그런 소리를 하니 우습군. 나도 그와 똑같은 생각을 바로 어제 했었지. 어째서 그런 생각이 났는지는 모르지만 그냥 생각이 나더군. 나는 최근에는 그 중절모를 못 보았어. 이제는 없어졌어.. 내가 마지막으로 그걸 썼던 것은 형수의 장례식 때였지. 그렇지, 확실하게 말할 수는 없지만 15년 전인 것 같아. 물론 장례식 때 잠깐 빌려 쓴 것이었지만."

"중절모는 그리 중요한 문제가 아닙니다." 윈스턴은 끈질지게 말했다. 중요한 것은 그 자본가들과 그들이 먹여 살리던 몇 명의 법률가, 사제들이 땅의 주인이었다는 겁니다. 모든 것이 그들의 이익을 위해 존재했죠. 노인장 같은 평민들과 노동자들은 그들의 노예였구요. 그들은 자기들 하고 싶은 대로 사람들을 마구 부려먹었습니다. 그들은 사람들을 소처럼 배에 실어 캐나다로 보내기도 하고 원하기만 하면 골라잡은 남의 집 딸들과 동침을 할 수도 있었습니다. 그들은 끝이 아홉 가닥으로 갈라진 채찍으로 사람들을 때리라고 명령할 수도 있었지요. 그리고 그들이 지나갈 땐 모자를 벗어야만 했습니다. 자본가들은 하인을 여러 명 데리고 다녔다는데……."

노인의 얼굴이 다시 환해졌다.

"하인이라!" 그가 말했다. "참으로 오랜만에 들어보는 말이야. 하인이라! 그러니 생각나는군. 생각이 나. 아주 오래 전의 일이야. 나는 일요일 오후에 가끔 하이드 파크에 가서 그 녀석들이 떠들어대는 소리를 듣곤 했지. 구세군이니 로마 가톨릭이니 유태인이니 인디언이니 하는 자들의 연설이었지. 그중 한 녀석이 있었어. 그래, 이름은 알 수 없지만 정말 굉장한 연사였지. 그 녀석은 제 이름도 대지 않았어. '하인들!' 하고 그가 말했지. '부르주아의 하인들! 지배계급의 아첨자들!' 하고 말이야. 기생충이라고도 했지. 그리고 욕심쟁이 —— 그래, 분명히 욕심쟁이라고 불렀어. 물론 그건 노동당보고 한 말이었지만 말이야.”

윈스턴은 자기들이 지금 동문서답식의 대화를 하고 있다고 느꼈다.

“제가 진정으로 알고 싶은 건 말입니다, 노인장은 옛날보다 지금 더 자유를 누리고 있다고 느끼는가, 그때보다 더 사람 대접을 받는다고 생각하는가 하는 겁니다. 구시대의 부자들, 상류계급 사람들이…….”

“상원(上院) 말이군.” 노인은 회상하듯 말했다.

“상원이라고 해도 좋아요. 제가 알고 싶은 것은 그들이 부자고 노인장이 가난하다는 이유로 그들이 노인장을 우습게 여길 수 있었느냐 하는 것이에요. 예를들면 그들을 ‘나리’라고 부르고 그들이 지나갈 때는 모자를 벗어야 했다는 게 사실인가요?”

노인은 깊이 생각하는 눈치였다. 그는 대답하기 전에 맥주를 4분의 1 가량 마셨다.

“그래, 그들은 자기들이 지나갈 때 우리가 모자를 벗는 걸 좋아했어. 그것은 존경의 표시였으니까. 난 그걸 좋아하지 않았지만 종종 해야 했어. 자네 말처럼 하지 않으면 안 되었지.”

그는 말했다.

“그리고 역사책 속에 씌어 있는 대로라면, 그들은 흔히 하인들을 길가 시궁창에 처넣기도 했다던데요.”

“나도 한 번 처박힌 적이 있었지.” 노인이 말했다. “바로 어제 있었던 일처럼 기억이 나는군. 보트 경기를 하던 날 밤이었지. 보트 경기를 하는 날 밤에는 사람들이 아주 거칠게 굴곤 했지. 나는 샤프츠베리 가(街)에서 한 젊은 녀석과 부딪쳤지. 그 녀석은 제법 신사였어. 샤쓰를 입고 중절모를 쓰고 검은 외투를 입고 있었으니까. 그는 비틀비틀 걷고 있다가 나와 우연히 부딪친 거지. 그가 내게 말하더군. ‘왜 똑바로 보고 다니지 않는 거야?’ 그래서 나는 ‘당신이 이

길을 다 샀소?'라고 대꾸했지. 그러자 그는 '또 그러면 목을 비틀어 버릴 거야.'라고 말하더군. 나는 다시 '당신 취했군. 당장 경찰을 부를 거요!'라고 말했지. 그러고는 당신이 믿을지 모르지만, 그가 내 가슴에 손을 대고 미는 바람에 나는 버스 바퀴에 깔릴 뻔했지. 그때는 나도 젊었기 때문에 한 방 먹이려고 했었는데……."

일종의 무력감이 윈스턴을 사로잡았다. 그 노인의 기억은 자질구레한 쓰레기에 불과했다. 하루 종일 물어봐도 진짜 얘기는 못 들을 것 같았다. 당의 역사가 어느 정도는 진실일지도 모른다. 아니, 어쩌면 완전한 진실일지도 몰랐다. 그는 마지막 시도를 해보았다.

"제가 분명하게 말씀을 못 드린 것 같은데요." 그가 말했다. "제가 말씀드리고자 하는 것은 이겁니다. 노인장은 꽤 오래 사셨어요. 인생의 절반을 혁명 이전에 사셨습니다. 예를들면 1925년에 노인장은 벌써 성인이셨어요. 노인장의 기억으로 보아 1925년의 생활이 지금보다 더 좋았는지 나빴는지 말씀해주세요. 만일 노인장께 고르라고 하면 그때를 고르시겠습니까, 아니면 지금을 고르시겠습니까?"

노인은 생각에 잠긴 얼굴로 화살 과녁판을 바라보았다. 그는 아까보다 훨씬 천천히 맥주를 마저 마셨다. 그리고 마치 맥주에 취한 듯이 너그럽고 철학적인 태도로 말했다.

"내가 무슨 말을 해주기를 바라는지 알겠소." 그가 말했다. "당신은 내가 곧 다시 젊어졌으면 하고 말하길 바라는데, 사람들이란 대개 다시 젊어지고 싶다고 말하지. 젊어야 건강하고 힘도 쓰니까. 당신도 내 나이가 되면 별수없을 거야. 난 이제 발이 아프고 오줌통도 말을 잘 안 들어. 하룻밤에 예닐곱 번씩 일어나야 하지. 그러나 한편으로는 늙으면 커다란 이점도 있지. 걱정거리가 없거든. 여자와 그 짓을 안 해도 된다는 것만도 커다란 이점이지. 당신이 믿을지 모르지만, 나는 거의 30년 동안 여자를 모르고 지냈어. 욕망도 없었어."

윈스턴은 창틀에 등을 기댔다. 계속해봐야 소용없는 일이었다. 그가 술을 몇 잔 더 사 오려고 하는데 노인이 갑자기 일어나서 구석에 있는 냄새가 고약한 소변기 있는 쪽으로 급히 갔다. 반 리터를 넘은 것이 벌써 요동하는 모양이었다. 윈스턴은 자기가 마신 빈 잔을 내려다보면서 1, 2분 동안 앉아 있다가 자기도 모르게 다시 거리로 걸어나왔다. 기껏해야 20년도 안 되어 "혁명 전의 생활이 지금보다 나았습니까?"라는 거창하지만 그만큼 단순한 질문도 영원히 대답할 수 없는 문제가 될 것이라고 그는 생각했다. 그러나 사실상 이 문제는 지금도 구시대부터 살아온, 여기저기 흩어져 있는 생존자들이 한 시대와 다른 한 시대를 비교할 수 있는 능력이 없기 때문에 대답을 얻을 수 없다. 그들은 수없이 많은 자질구레한 일 —— 직장 동료와 말다툼을 했다든가, 잃어버린 자전거 펌프를 찾아다녔다든가, 오래 전에 죽은 누이의 얼굴 표정을 설명한다든가, 70년 전 어느 바람 불던 날 아침 먼지가 회오리쳤었다든가 하는 따위만을 기억하고 있었다. 중요한 문제들은 전혀 떠오르지 않았다. 그들은 커다란 것은 보지 못하고 작은 것만을 볼 수 있는 개미와 같은 존재다. 그리하여 기억은 없어지고 기록된 자료마저 날조될 때 이런 일이 일어났다. 인간의 생활조건이 개선되었다는 당의 주장은 이것을 검증할 수 있는 기준이 없고 또한 앞으로도 결코 있을 수 없기 때문에 그대로 인정해야만 하는 것이었다.

여기서 그의 사고는 급작스레 멈췄다. 그는 걸음을 멈추고 둘러보았다. 그는 주택들 사이에 작고 침침한 가게들이 있는 좁은 길에 서 있었다. 그의 머리 바로 위에는 도금했던 칠이 벗겨진, 쇠로 만든 공 세 개가 달려 있었다. 그는 그곳이 어딘지 알 것 같았다. 그렇다! 그는 전에 일기장을 샀던 그 고물상 앞에 서 있었다.

두려움으로 인한 고통이 밀려왔다. 애초에 그런 노트를 산다는 것이 아주 경솔한 행동이었으므로 그는 다시는 여기 오지 않겠다고 결심했었다. 하지만 생각이 이리저리 헤매는 순간, 발길이 저절로 그를 이곳으로 끌고 왔던 것이다. 그가 일기를 씀으로써 자신을 보호하려고 했던 것은 분명하게 말하자면 자신의 이러한 자살적인 행동을 막으려는 것이었다. 이와 동시에 그는 21시가 가까웠는데도 그 가게가 아직까지 열려 있다는 것을 알았다. 이렇게 길거리에 멍하니 서 있는 것보다는 안으로 들어가는 게 의심을 덜 받을 것이라는 생각이 들어 그는 출입문을 넘어 안으로 들어갔다. 만일 누가 물으면 면도날을 사러왔다고 당당하게 말할 셈이었다.

가게 주인은 막 석유등에 불을 붙였는데, 탁하기는 했지만 정겨운 냄새가 풍겼다. 그는 예순 살쯤 된 노인으로, 약하고 허리가 구부러졌으며 길고 인자하게 생긴 코와 도수 높은 안경 때문에 일그러져보이는 순한 눈을 가지고 있었다. 머리칼은 거의 반백이 되었지만 눈썹은 숱이 많고 아직도 검었다. 그의 안경, 점잖으면서도 부산스러운 행동, 그리고 검정 우단으로 만든 조끼 따위가 막연하게나마 지성적인 분위기를 풍겨서 그는 마치 작가나 음악가처럼 보였다. 그의 목소리는 힘이 없지만 부드러웠고 그 억양은 대부분의 노동자들에 비해 가라앉아 있었다.

"당신이 길에 서 있는 것을 보았소." 그가 불쑥 말했다. "젊은 여자의 기념 앨범을 사간 분이시지요? 그건 참 부드러운 종이로 만든 것이었지요. 보통 '크림' 바른 종이라고 부르지요. 아마 한 50년 동안은 그런 종이가 안 나왔을 겁니다." 하고 그는 안경 너머로 윈스턴을 살펴보았다. "뭐 필요한 게 있으신가요, 아니면 그저 구경이나 하러 오신 건가요?"

"그저 지나가던 길에 들러본 겁니다." 윈스턴이 막연하게 말했다. "뭐 특별히 필요한 것은 없어요."

"괜찮아요." 주인이 말했다. "당신 맘에 들 만한 게 없을 테니까요." 그는 손바닥을 펴면서 미안하다는 몸짓을 했다. "보시다시피 가게는 텅 비어 있습니다. 이제는 팔아먹을 골동품도 없어요. 찾는 사람도 없고 팔 물건도 없어요. 가구나 중국 도자기나 유리그릇이나 다 조금씩 부서진 것들 뿐이지요. 물론 쇠로 만든 것들도 대부분 녹아버렸지요. 요즘에는 놋쇠 촛대도 구경을 못 하겠어요."

사실 비좁은 가게 안은 불편할 정도로 물건이 꽉 차 있었지만 조금이라도 가치있는 것은 거의 없었다. 사방 벽에는 먼지 낀 사진틀이 잔뜩 쌓여 있었기 때문에 마루도 좁았다. 창가에는 볼트와 너트가 담긴 그릇, 낡은 끌, 날이 빠진 주머니칼, 가는 것 같지도 않은 녹슨 벽시계, 그 밖에 다른 잡동사니들이 놓여 있었다. 그런데 구석에 있는 작은 테이블 위에는 옻칠한 담뱃갑, 마노(瑪瑙) 브로치 등 흥미를 유발시키는 물건들이 쌓여 있었다. 윈스턴은 테이블 위를 둘러보다가 램프 불빛 아래에서 빛나는, 둥글고 매끄러운 물건이 눈에 띄어서 그것을 집어들었다.

그것은 커다란 유리 덩어리로 한쪽 면은 곡선이고 다른 한쪽 면은 평평한 반구체였다. 그 색채나 구조가 빗방울처럼 유난히 부드러웠다. 둥근 표면에 의해 확대되어 보이는 유리 한가운데에 장미 같기도 하고 말미잘 같기도 한 분홍색의 이상하게 둘둘 말린 물체가 있었다.

“이게 뭐죠?” 윈스턴은 넋을 잃고 물었다.

“산호라는 겁니다.” 그 노인이 말했다. “아마 인도양에서 나온 것일 겁니다. 보통 유리 속에 박아두는 거지요. 모양으로 봐서 아마 백 년이나 그 이상 된 것일 겁니다.”

“아름답군요.” 윈스턴이 말했다.

“아름다운 물건이지요.” 노인이 감상하듯 말했다. “하지만 요즘에는 아름답다고 말할 만한 물건이 많지 않아요.” 그는 기침을 했다. “사고 싶으면 4달러만 내면 됩니다. 예전에는 이런 물건이 8파운드 정도 했지요. 8파운드라, 글쎄, 계산하기도 힘들군요. 아무튼 굉장한 돈이지요. 하지만 요즘은 진짜 골동품에 관심을 갖는 사람도 없어요. 하긴 그런 물건은 거의 남아 있지도 않지만.”

윈스턴은 당장 4달러를 지불하고 그 탐나는 물건을 호주머니에 넣었다. 그가 이 물건에 욕심을 낸 것은 아름다울 뿐 아니라 현재와는 전혀 다른 시대에 속한 물건을 갖는다는 그런 느낌 때문이었다. 매끄

럽고 빗방울 같은 이 유리는 지금껏 그가 본 적이 없는 것이었다. 이
것은 옛날에는 문진(文鎭)으로 사용된 것 같지만, 지금은 아무 쓸모
가 없다는 데 더 큰 매력을 느꼈다. 그것을 호주머니에 넣으니 아주
묵직했지만 다행히 불룩 튀어나오지는 않았다. 당원이 이런 물건을
갖는다는 건 이상한 일일 뿐만 아니라 화를 자초하는 일이었다. 오래
된 것은 무엇이나, 그리고 아름다운 것은 무엇이나 항상 의심을 받게
마련이다. 노인은 4달러를 받아 쥐고는 눈에 띄게 유쾌해졌다. 윈스
턴은 그가 3달러, 아니 2달러에도 그것을 팔았을 것이라고 생각했다.

"당신이 관심을 가질 만한 방이 2층에 또 하나 있소." 그는 말했
다. "많지는 않지만 물건이 몇 가지 있지요. 올라가보시겠다면 불을
켜 드리지요."

그는 다른 램프에 불을 켜서 들고는 낡고 가파른 계단을 허리를 구
부린 채 천천히 올라갔다. 그리고 좁은 복도를 지나 방으로 들어갔는
데, 그 방에서는 거리 쪽은 보이지 않고 자갈이 깔린 뜰과 여기저기
솟은 굴뚝들만 보였다. 그 방은 사람이 거처하고 있었던 것처럼 가구
가 잘 정돈되어 있었다. 바닥에는 양탄자가 깔려 있고 벽에는 그림이
한두 장 걸려 있었으며 벽난로 옆에는 볼품은 없으나 푹신한 안락의
자가 하나 놓여 있었다. 시간이 12시간으로 표시된 구식 유리 벽시계
가 벽난로 위에서 소리를 내며 가고 있었다. 창 아래에는 방 전체 면
적의 4분의 1 가량을 차지하는 커다란 침대가 놓여 있었는데, 아직
요가 깔려 있었다.

"아내가 죽기 전까지는 여기서 살았지요." 노인이 변명하는 것처
럼 말했다. "이 방에 있던 가구를 조금씩 팔았어요. 이건 참 아름다
운 마호가니 침대라오. 빈대가 나올 정도지만요. 하지만 빈대를 잡
기는 좀 힘들 겁니다."

그는 램프를 높이 들어 방 전체를 비추었다. 그러자 따뜻하고 희미
한 불빛에 싸인 그 방이 이상하게도 마음을 끌었다. 위험을 무릅쓸
각오만 되어 있다면 1주일에 몇 달러만 주면 이 방을 빌리는 것은 어

렵지 않을 것이라는 생각이 윈스턴의 머리를 휙 스쳐갔다. 그것은 어리석고 불가능한 생각이었기 때문에 당장 떨쳐버려야만 했다. 그러나 그 방이 윈스턴에게 일종의 향수를, 옛 기억을 되살려주었다. 이런 방안에 불을 피워놓고 벽난로 옆의 안락의자에 앉아 발을 난로대에 얹고, 난로 위에 물주전자를 올려놓고 혼자서 편안하게, 감시하는 사람도 뒤쫓는 소리도 없이 오직 주전자의 물 끓는 소리와 벽시계의 똑딱거리는 소리만을 들으면서 앉아 있는 기분이 어떠하리라는 것은 알 만했다.

"여기에는 텔레스크린이 없군요." 윈스턴은 자기도 모르게 중얼거렸다.

"아, 나는 그런 물건은 가져본 일이 없어요. 너무 비싸거든요. 게다가 그것이 필요하다고 느끼지도 않고. 저쪽 구석에 다리를 접었다 폈다 하는 멋진 책상이 있지요. 물론 사용하려면 경첩을 새로 달아야겠지만." 노인이 말했다.

다른쪽 구석에는 작은 책장이 놓여 있었는데, 윈스턴은 벌써 거기에 마음이 끌리고 있었다. 그 안에는 잡동사니들만 있었다. 다른 지역과 마찬가지로 이 노동자 구역에서도 책은 모두 몰수하여 철저하게 파기시켜버렸다. 오세아니아 어디에도 1960년 이전에 출판된 책은 존재하지 않는 것 같았다. 노인은 여전히 램프를 들고 침대 맞은편 벽난로 옆의 벽에 걸린 장미나무로 만든 액자 앞에 서 있었다.

"당신이 고화(古畵)에 관심이 있다면……." 하고 그는 은근하게 말했다.

윈스턴은 방을 가로질러 가서 그 그림을 자세히 들여다보았다. 그것은 장방형의 창에, 앞쪽에 조그만 탑이 있는 타원형의 건물을 그린 판화였다. 건물 주위에는 철책이 둘러쳐져 있었으며 뒤쪽에는 동상 같은 것이 서 있었다. 윈스턴은 얼마 동안 그것을 들여다보았다. 그 동상이 누구의 것인지 기억해낼 수 없었지만 어느 정도는 낯이 익었다.

"이 액자는 벽에 고정되어 있는 겁니다. 하지만 사시겠다면 떼어 낼 수도 있어요." 노인이 말했다.

"저 건물을 알겠어요. 지금은 없어졌지만. 정의궁(正義宮) 앞 거리의 가운데에 있었지요." 마침내 윈스턴이 말했다.

"그렇소. 법원 바깥 길이죠. 몇 년 전에 폭격을 당했지요. 한때는 교회였는데, 성 클레멘트 데인이라고 했죠." 그는 실없는 소리를 했다는 듯 겸연쩍게 미소를 띠며 덧붙였다. "오렌지와 레몬이여, 성 클레멘트의 종이 말하네!"

"그게 뭡니까?" 윈스턴이 물었다.

"아아, '오렌지와 레몬이여, 성 클레멘트의 종이 말하네!' 이건 우리가 어렸을 때 불렀던 노래랍니다. 그 다음은 기억이 안 나지만, 끝 구절은 알고 있어요. '그대 침실 밝혀줄 촛불이 오네. 그대 목을 자를 도끼가 오네.'로 끝나지요. 일종의 댄스곡이죠. 팔을 쳐들고 있으면 그 아래로 사람들이 지나가지요. 하지만 '그대 목을 자를 도끼가 오네.'라는 대목에 이르면 팔을 내려 그 아래 지나가는 사람을 붙잡지요. 가사는 거의 교회 이름으로 런던 시내의 큰 교회 이름은 다 나오지요."

윈스턴은 그 교회가 몇 세기에 있었던 것인지 알 수 없었다. 런던에 있는 건물이 세워진 연대를 알아내는 것은 어려운 일이었다. 크고 훌륭한 건물은 어떤 것이든 겉모양만 깨끗하면 혁명 이후에 지은 것이라고 우겨대고 그보다 오래 된 것이 분명하면 어떤 것이든지 중세라는 애매한 시기로 밀어붙였다. 자본주의 시대에는 도대체 가치있는 것이라곤 하나도 없었다고 주장했다. 그래서 책을 보고 배울 수 없듯이 건축물을 보고도 역사를 배울 수 없게 된 것이다. 동상, 비문, 기념비, 그리고 거리의 이름 등 무엇이든 과거에 대해 빛을 비춰주는 것은 다 체계적으로 변조되었다.

"그 건물이 교회였다는 것은 전혀 몰랐는데요." 그는 말했다.

"실은 남아 있는 교회 건물도 꽤 많이 있지요." 노인이 말했다.

“다른 데 사용되고 있기는 하지만. 그건 그렇고, 그 노래가 어떻게 나가더라? 옳지! 생각났다! ‘오렌지와 레몬이여, 성 클레멘트의 종이 말하네. 그대는 나에게 서 푼 빚을 졌지, 성 마틴의 종이 말하네…….’ 여기까지밖에는 기억이 안 나는군요. 한 푼이라는 것은 작은 구리 동전인데, 지금의 1센트와 같은 거지요.”

“성 마틴 성당은 어디에 있었죠?” 윈스턴이 물었다.

“성 마틴 성당 말인가요? 아직도 남아 있지요. 승리 광장 옆에 있어요. 그 미술관 쪽으로, 입구는 삼각형으로 되어 있고 전면에는 기둥이 여러 개 있으며 기다란 층계가 있는 건물이지요.”

윈스턴은 그곳을 잘 알고 있었다. 그곳은 여러 종류의 선전 자료들, 즉 로켓탄과 부동요새의 축소 모형, 적의 잔인성을 보여주는 납인형 등을 전시하는 박물관이었다.

“보통 ‘광야(曠野)의 성 마틴 성당’이라고 했죠. 그 근처에 무슨 벌판이 있었는지는 알 수 없지만.” 노인이 보충 설명을 했다.

윈스턴은 그 그림을 사지 않았다. 그것은 유리 문진보다 간수하기가 곤란했고 분해하기 전에는 집으로 가져가기도 불편했다. 하지만 그는 몇 분 동안 더 머뭇거리며 그 노인과 이야기를 했고, 그래서 노인의 이름이 가게 앞에 걸려 있는 간판을 보고 짐작했던 위크스가 아니라 채링턴이라는 것을 알았다. 채링턴 씨는 예순세 살의 홀아비로 이 가게에서 30년 동안 살아왔다고 했다. 그 동안 간판에 적힌 이름을 고치려고 했지만 결국 고치지 못하고 말았다는 것이었다. 그런 이야기를 하고 있는 동안에도 윈스턴의 머릿속에는 반밖에 기억하지 못하는 그 노래가 떠나지 않았다. ‘오렌지와 레몬이여, 성 클레멘트의 종이 말하네. 그대는 나에게 서 푼 빚을 졌지, 성 마틴의 종이 말하네!’ 기이하게도 혼자서 그 구절을 중얼거리다보면, 어딘가 여전히 남아 있거나 아니면 변형되고 잊혀진, 사라져버린 런던의 종소리가 실제로 들리는 것 같은 착각이 들었다. 차례차례 늘어서 있는 유령 같은 뾰족탑으로부터 울려퍼지는 종소리를 듣고 있는 것만 같았다. 하지만 아무리 생각해보아도 살아 생전에 교회의 종이 울리는 소리를 실제로 들어본 적이 없었다.

그는 채링턴 씨와 작별하고 혼자 층계를 내려왔다. 문 밖으로 나오기 전에 거리를 살피는 모습을 노인에게 보이고 싶지 않았기 때문이었다. 그는 얼마 후, 그러니까 한 달 후쯤 이 가게에 다시 와보아야겠다고 이미 결심했다. 그것은 공회당의 야간 집회에 빠지는 것보다 더 위험한 일은 아닐 것이다. 가장 어리석은 짓은 일기장을 산 후 처음으로, 게다가 가게 주인이 믿을 수 있는 사람인지 어쩐지도 모르고 여기에 다시 왔다는 것이다. 그러나…… !

그렇다, 그는 다시 이곳에 와야겠다고 생각했다. 그 멋진 잡동사니들을 더 사고 싶었다. 성 클레멘트 데인을 그린 판화를 사서 틀을 떼어내고 제복의 조끼 안에 숨겨가지고 오고 싶었다. 채링턴 씨의 기억으로부터 나머지 가사를 끌어내고 싶다. 가게 이층방을 빌리겠다는 광적인 계획도 다시 그의 머리에 번개처럼 스치고 지나갔다. 이런 생각이 그를 약 5초 동안 방심하게 만들었다. 그래서 그는 창문을 통해 미리 살펴보지도 않고 거리로 나왔다. 그는 즉흥적인 곡조를 붙여 흥얼거리기기까지 했다.

오렌지와 레몬이여, 성 클레멘트의 종이 말하네.
그대는 나에게 서 푼 빚을 졌지, 성……

갑자기 그는 심장이 싸늘해지고 오장육부가 녹는 것 같았다. 푸른 제복을 입은 사람이 10미터도 안 떨어진 곳에서 이쪽으로 오고 있었다. 그는 바로 창작국에 근무하는 그 검은 머리의 여자였다. 주위의 불빛이 희미했지만 그녀를 알아보는 데는 별 어려움이 없었다. 그녀는 그의 얼굴을 빤히 쳐다보았다. 그러더니 마치 그를 보지 못한 것처럼 재빨리 지나가버렸다.

윈스턴은 몇 초 동안은 맥이 빠져서 몸을 움직일 수가 없었다. 그는 오른쪽으로 돌아 얼마 동안 길을 잘못 든 것도 모른 채 무거운 발걸음을 옮겼다. 아무튼 한 가지 의문은 풀렸다. 그 여자가 자기를 감시하고 있었다는 데는 더 이상 의심의 여지가 없었다. 그녀는 그를 뒤쫓아 여기까지 온 게 분명했다. 왜냐하면 단순한 우연으로 같은 날 밤 당원 거주지역으로부터 몇 킬로미터나 떨어진 으슥한 골목길을 그녀가 걷는다는 것은 있을 수 없는 일이기 때문이었다. 우연의 일치라고 하기에는 좀 지나친 것 같았다. 그녀가 사상경찰의 정보원이든 아니면 비공식적으로 활동하는 풋내기 스파이든 그것은 문제가 되지 않았다. 그녀가 그를 감시하고 있었다는 것으로 충분했다. 아마 그녀는 그가 선술집에 들어가는 것도 보았을 것이다.

걷는 것이 힘들었다. 호주머니 속에 든 유리 덩어리가 걸음을 옮길 때마다 넓적다리에 부딪쳤다. 그래서 그것을 꺼내 내던져버릴까 하는 생각이 들기도 했다. 그런데다가 배가 몹시 아팠다. 한 2분 동안 금방 화장실에 가지 않으면 죽을 것 같은 느낌이 들었다. 그러나 이런 빈민지역에는 공중변소가 없었다. 그러다가 겨우 경련이 지나가고 나른한 통증만 남았다. 막다른 골목이었다. 윈스턴은 걸음을 멈추고 어떻게 할까 망설이며 몇 초 동안 그대로 서 있었다. 그러다가 뒤로 돌아서 왔던 길로 다시 걸어갔다. 그 순간 그 여자를 만난 것이 단 3분밖에 안 되었으므로 뛰어가면 따라잡을 수 있을 것이라는 생각이 문득 떠올랐다. 어디 조용한 장소에 이를 때까지 그녀의 뒤를 쫓아가서 돌로 그 머리를 후려칠 수도 있을 것이다. 호주머니 속에 든 유리 덩어리는 그 일을 충분히 할 수 있을 만큼 무거웠다. 하지만 그는 몸을 움직여 어떤 힘든 일을 한다는 것은 생각하는 것조차 견딜 수 없었기 때문에 그 방법은 곧 단념했다. 그는 지금 뛸 수도 없고 한 대 후려칠 수도 없었다. 게다가 그녀는 젊고 억세므로 자신을 방어할 것이다. 그는 급히 공회당으로 가서 문을 닫을 때까지 거기에 머물러 있음으로써 그날 밤에 대한 부분적인 알리바이를 마련해놓을까 하는 생각도 했다. 그러나 그것 역시 불가능했다. 그는 몹시 피곤했고, 그래서 얼른 집으로 가서 조용히 앉아 있고 싶은 생각뿐이었다.

그가 집으로 돌아온 것은 22시가 넘어서였다. 전기는 대개 23시 30분에 나갔다. 그는 부엌으로 가서 승리주를 한 잔쯤 마셨다. 그런 다음 구석에 있는 책상으로 가 앉아서 서랍 속의 일기장을 꺼냈다. 하지만 그는 바로 일기장을 펴지는 않았다. 텔레스크린에서 째지는 듯한 여자의 목소리가 국가를 꽥꽥 불러대고 있었다. 그는 일기장의 대리석 빛깔로 된 표지를 바라보면서 그 노랫소리를 듣지 않으려고 애썼지만 허사였다.

그들이 오는 것은 밤이다. 언제나 밤이었다. 가장 좋은 방법은 그들에게 체포당하기 전에 자살하는 것이었다. 실제로 몇 사람은 자살을 했다. 실종자들 중 많은 사람들이 실제로는 자살을 한 것이었다. 하지만 자살을 하기 위해서는 대단한 용기가 필요했다. 총이나 재빨리 효능을 나타내는 극약을 구하기 힘들었기 때문이다. 그는 공포와 고통에 대한 생리적 무용성(無用性)과 특별한 노력이 필요한 순간에 무기력하게 얼어붙어버리는 인간 육체의 배신행위에 대해 일종의 경악감을 느꼈다. 만일 그가 재빨리 행동했더라면 그 검은 머리 여자의 입을 막을 수 있었을지도 몰랐다. 그러나 정확히 말하면 그는 극도의 위험에 처해 있었기 때문에 행동할 힘을 잃고 만 것이었다. 위기의 순간에 싸우는 것은 외부의 적이 아니라 바로 자신의 육체라는 생각이 떠올랐다. 술기운에도 불구하고 지금은 복부의 나른한 통증 때문에 생각을 계속할 수가 없었다. 표면적으로는 영웅적인, 혹은 비극적 상황 속에서라도 다 똑같다는 것을 알았다. 전쟁터에서나 고문실에서나 난파선에서나 정말 싸워야 할 상대는 항상 잊어버린다. 왜냐하면 육체가 부풀어올라 전 우주를 가득 채우고, 고통으로 인한 놀람이나 절규로 육체가 마비되지 않았을 때에도 생명이란 굶주림, 추위, 졸림에 대한, 그리고 복통이나 치통에 대한 끊임없는 투쟁이기 때문이었다.

그는 일기장을 폈다. 무엇이든 쓰는 게 중요했다. 텔레스크린의 여자가 다른 노래를 부르기 시작했다. 그녀의 목소리는 날카로운 유리 조각처럼 그의 머리를 쑤시는 것 같았다. 그는 오브리언을 생각하려고 했다. 그를 위해서, 그리고 그에게 일기를 쓰고 있는 것이다. 하지만 그는 엉뚱하게 자기가 사상경찰에게 잡힌 뒤에 오브리언에게 일어날 일을 생각하기 시작했다. 그들이 잡아가서 즉시 처형하는 것은 문제가 아니다. 즉각적인 처형은 그저 희망사항일 뿐이었다. 하지만 처형당하기 전에(아무도 이런 말을 하는 사람은 없지만 누구나 다 알고 있었다) 겪어야 할 자백의 과정이 있었다. 바닥에 꿇어 엎드려 살려달라고 비명을 지르고 뼈 부러지는 소리가 나고 이빨은 으스러지고 머리칼에는 피가 엉기게 될 것이다. 종말은 다 똑같은데 어째서 그런 일을 겪어야 하는가? 어째서 자기 생애 중 며칠, 혹은 몇 주일을 잘라버릴 수 없는가? 어느 누구도 수색을 피한 사람은 없었으며, 자백을 안 한 사람도 없었다. 일단 사상죄로 찍히기만 하면 지정한 날짜에 죽음을 당한다는 것은 자명하다. 그런데 왜 아무것도 변화시킬 수 없는 공포가 앞에 가로놓여 있어야 하는가?

그는 오브리언에 대해 조금 전보다 더 잘 생각할 수 있었다. "우리는 어둠이 없는 곳에서 만날 거요."라고 오브리언이 그에게 말했었다. 그는 그 말의 의미를 알았다. 아니, 안다고 생각했다. 어둠이 없는 장소란 아무도 본 적이 없지만 예지(叡智)에 의해 신비롭게 참여할 수 있는 상상 속의 미래였다. 하지만 귀를 따갑게 하는 텔레스크린의 소리로 인해 더 이상 생각을 계속하기가 힘들었다. 그는 담배를 입에 물었다. 담뱃가루가 반이나 혓바닥으로 쏟아져나와 쓸쓸했지만 다시 뱉어내기도 어려웠다. 오브리언의 얼굴 대신 대형의 얼굴이 떠올랐다. 그는 며칠 전처럼 호주머니에서 동전을 꺼내어 들여다보았다. 그 얼굴은 엄숙하고 조용히, 그리고 보살펴주겠다는 듯 그를 응시했다. 하지만 검은 콧수염 속에 감추어진 그의 미소는 어떤 것일까? 마치 무거운 조종(弔鐘)처럼 다시 슬로건이 떠올랐다.

전쟁은 평화
자유는 예속
무지는 힘

제 2 부

1

　아침 나절에 윈스턴은 화장실에 가기 위해 사무실을 나왔다. 누군가 환하게 불이 켜진 길다란 복도 끝에서 그의 쪽으로 걸어오고 있었다. 검은 머리의 여자였다. 그날 저녁 고물상 앞에서 우연히 마주친 이후 나흘이 지났다. 가까이 다가오자 그녀의 오른팔에 붕대를 감은 것이 눈에 띄었다. 멀리서는 붕대의 색깔이 제복의 색깔과 똑같았기 때문에 알아볼 수 없었던 것이다. 아마 소설의 줄거리를 꾸미는 커다란 만화경(萬華鏡)이 돌아가는 데 손이 걸려 다친 모양이었다. 이런 일은 창작국에서 흔히 있는 사고였다. 둘 사이의 거리가 4미터쯤으로 가까워졌을 때 그 여자는 비끗하더니 마룻바닥으로 푹 쓰러지며 날카로운 비명을 질렀다. 다친 팔 쪽으로 넘어진 게 틀림없었다. 윈스턴은 그 자리에 멈춰섰다. 그 여자는 무릎을 짚고 일어섰다. 얼굴은 누런 우유빛으로 변한 데 반해 입술은 전보다 더 붉어졌다. 그리고 눈은 고통이라기보다는 공포처럼 보이는 애원하는 표정으로 그를 똑바로 쳐다보았다.

　묘한 감정이 윈스턴의 가슴속에서 꿈틀거렸다. 바로 앞에 자기를 죽이려고 하는 적이 있다. 그런데 그도 따지고 보면 뼈를 삔 채 괴로워하고 있는 한 인간이기도 했다. 본능적으로 그는 그녀를 도우려고 앞으로 다가갔다. 그녀가 팔에 붕대를 감은 채 넘어지는 순간, 마치 자기 몸이 고통을 당하는 듯한 느낌이었다.

"많이 다쳤소?" 그가 물었다.

"아뇨, 팔을 약간. 조금 있으면 나을 거예요." 그녀는 가슴이 설레는 듯 말했다. 확실히 그녀의 얼굴은 창백했다.

"어디 삔 데는 없소?"

"아니, 괜찮아요. 잠시 아팠을 뿐이에요. 이젠 괜찮아요."

그녀는 성한 손을 그에게 내밀었다. 그는 부축해서 그녀를 일으켰다. 얼굴빛이 좀 회복되니 훨씬 나아진 것 같아 보였다.

"괜찮아요." 그녀는 간단히 말했다. "손목에 조금 충격을 받았을 뿐이에요. 고맙습니다, 동무!"

그리고 그녀는 정말 아무렇지도 않다는 듯 힘차게 걸어가버렸다. 이 모든 일은 기껏해야 30초도 안 걸렸을 것이다. 얼굴에 감정을 나타내지 않는 것이 본능적인 습관이 되어 있었으므로 어떤 일이 일어나더라도 그들은 텔레스크린 앞에서는 꼿꼿이 서 있을 수 있었다. 그럼에도 불구하고 순간적인 경악감을 감춘다는 것은 몹시 힘든 일이었다. 왜냐하면 그가 그녀를 도와서 일으켜세우는 그 3초 동안에 그 여자는 그의 손 안에 무엇인가를 떨어뜨려주었기 때문이다. 그녀는 의식적으로 그런 짓을 한 것이 분명했다. 그것은 작고 납작한 것이었다. 그는 화장실 문을 열고 들어갈 때 호주머니에 그것을 집어넣고 손가락 끝으로 만져보았다. 네모나게 접은 종이 쪽지였다. 소변을 보면서 그는 손가락을 좀더 움직여 그 종이 쪽지를 펼쳤다. 분명히 무엇인가 글씨가 쓰여 있을 것이다. 그는 대변소로 들어가서 그 쪽지를 읽어보고 싶은 충동을 잠깐 느꼈다. 하지만 그것이 얼마나 어리석은 짓인가 그는 잘 알고 있었다. 대변소야말로 텔레스크린이 밤낮을 가리지 않고 감시하고 있는 곳이었다.

자기 자리로 돌아와 앉은 그는 그 종이 쪽지를 무심하게 다른 서류들 사이에 던져놓고 안경을 낀 후 구술기록기를 잡아당겼다. '5분, 5

분이면 충분해.'라고 그는 생각했다. 두려움으로 인한 심장의 고동 소리가 밖에서도 들릴 것만 같았다. 다행히 지금 그가 하고 있는 일은 긴 수표를 수정하는 단순한 일이어서 그다지 주의를 기울이지 않아도 괜찮았다.

그 쪽지에 적혀 있는 것이 무엇이든 간에 어떤 정치적 내용을 갖고 있을 것이 분명했다. 그가 생각할 때는 두 가지 가능성이 있었다. 아주 가능성이 짙은 한 가지는 그가 두려워했던 대로 그 여자는 사상경찰의 정보원이라는 것이다. 사상경찰이 그들의 메시지를 전달하는데 왜 이런 방식을 택했는지는 알 수 없지만, 그들 나름대로의 이유가 있을 것이다. 그 쪽지에 쓰여진 내용은 협박, 소환, 아니면 자살하라는 명령이거나 어떤 다른 함정일지도 모른다. 하지만 또 다른 가능성은 보다 근거가 희박하지만, 그래도 자꾸 고개를 쳐들고 일어나는 것이었다. 그것은 그 메시지가 사상경찰에서 온 것이 아니라 어떤 지하단체로부터 왔을지도 모른다는 것이었다. 어쩌면 형제단은 실제로 존재하는지도 모른다! 그 여자는 형제단원일지도 모른다! 그것이 실없는 생각이라는 것은 확실하다. 하지만 손에 그 종이 쪽지가 집히는 순간, 맨 먼저 그런 생각이 떠올랐다. 2분쯤 지났을 때 또 다른 아주 그럴듯한 생각이 떠올랐다. 그러나 이 순간에도 이성적으로는 그 메시지가 죽음을 의미한다고 생각하면서도, 아직도 그렇게 믿고 싶지 않고 비합리적인 희망이 계속 남아 있어서 그의 가슴은 터질 것 같았고, 그래서 구술기록기에 대고 숫자를 중얼거리면서 목소리가 떨리는 것을 막으려고 몹시 애를 쓰지 않으면 안 되었다.

그는 작업을 다 끝낸 종이뭉치를 말아서 압축 전송관으로 떨어뜨렸다. 8분이 지났다. 그는 콧등까지 내려와 있는 안경을 다시 끌어올리고 한숨을 쉰 뒤, 작업을 할 서류뭉치 위에 그 종이 쪽지를 올려놓고 끌어당겼다. 종이 쪽지를 펼쳤다. 거기에는 멋없이 커다란 글씨로 이렇게 쓰여 있었다.

당신을 사랑해요.

한동안 그는 너무 놀라서 이 위험한 쪽지를 기억통 속에 넣는 것조차 잊어버렸다. 그는 기억통에 집어넣을 때 지나친 관심을 보이는 것은 위험하다는 것을 알면서도, 정말 거기에 그런 말이 쓰여 있는가를 확인하기 위해 다시 한 번 그 쪽지를 읽지 않을 수 없었다.

오전 일과의 나머지 시간 동안은 거의 일을 할 수가 없었다. 이어지는 자질구레한 일에 정신을 집중해야 하는 것보다 텔레스크린으로부터 자기 마음의 동요를 감추는 것이 더 힘들었다. 마치 뱃속에서 불이 훨훨 타오르고 있는 것 같은 느낌이 들었다. 무덥고 혼잡스럽고 소음으로 가득 찬 식당에서의 점심식사는 고역이었다. 그는 점심시간 동안만이라도 잠시 혼자 있고 싶었지만, 재수없게도 멍청이 같은 파슨스가 그의 옆에 털썩 앉아서 쇠냄새 나는 스튜보다 더 지독한 땀냄새를 풍기며 증오주간을 위한 준비에 대해 장광설을 늘어놓았다. 그는 특히 자기 딸이 속해 있는 스파이단이 증오주간을 위해 만들고 있는 2미터짜리 마분지로 만든 대형의 머리 부분에 대해 열을 올리고 있었다. 윈스턴이 더욱 짜증스러웠던 것은, 어찌나 소음이 심한지 파슨스가 하는 말을 거의 알아들을 수가 없어 다시 말해달라고 계속 얼빠진 요청을 해야 하는 것이었다. 그는 딱 한 번 식당 저쪽 끝에 다른 두 여자와 함께 식탁에 앉아 있는 그 여자를 흘끗 보았을 뿐이었다. 그녀는 그를 못 본 것 같았고, 그도 그쪽을 다시 보지 않았다.

오후에는 다소 견디기가 수월했다. 점심식사 직후에 몇 시간이 걸릴 까다롭고 어려운 일이 걸려 어쩔 수 없이 그 밖의 다른 일들은 제쳐놓았다. 지금은 의심을 받고 있는, 한 고위 내부당원을 비판하기 위해 2년 전의 생산 보고서를 날조하는 일이었다. 윈스턴은 이런 일에 능숙했고, 따라서 이 일에 두 시간 이상을 보내는 동안 마음속에서 그 여자에 대한 생각을 지울 수 있었다. 그런데 일이 끝나자 다시 그 여자의 모습이 떠올랐고 혼자 있고 싶다는 참을 수 없는 욕망에 사로잡혔다. 혼자 있게 되기 전에는 이 새로운 사태의 전개에 대해 생각할 수 없었다. 오늘 밤은 공회당에 나가야 하는 날이었다. 그는 식당에서 맛없는 저녁을 허겁지겁 먹어치우곤 급히 공회당으로 달려가서 '토론회'라는 엄숙한 장난에 참석한 후, 탁구를 두 게임 치고 술 몇 잔을 마신 다음 '장기와 관련된 영사'라는 제목의 강연을 듣기 위해 30분 동안 앉아 있었다. 너무 지루해서 몸이 비비 꼬였지만, 이 날 저녁의 공회당 집회에서 빠져나갈 충동은 한 번도 일지 않았다. '당신을 사랑해요.'라는 글을 본 순간부터 살아 남고 싶은 욕망이 그의 몸 안에서 용솟음쳤고, 쓸데없이 조금이라도 위험한 일을 하는 것이 멍청하게 생각되었다. 23시가 넘어 집에 돌아와 잠자리에 들고 나서야 그는 생각을 계속할 수 있었다. 어둠 속에서 조용히만 하고 있으면 텔레스크린으로부터도 안전할 수 있었다. 그가 해결해야 할 실질적인 문제는 어떤 방법으로 그녀에게 접근하여 밀회를 약속할 것이냐 하는 것이었다. 그 여자가 자기에게 어떤 함정을 파놓았을지도 모른다는 가능성에 대해서는 더 이상 생각하지 않았다. 그녀가 그에게 쪽지를 건네줄 때 당황하던 표정으로 보아 그럴 리는 없다고 확신했다. 분명히 그녀는 겁이 나서 어쩔 줄을 모르고 있었다. 당연히 겁이 났을 것이다. 그녀의 제안을 거절할 생각은 조금도 없었다. 불과 닷새 전만 해도 그는 그녀의 머리통을 돌멩이로 후려칠 생각을 했었지만, 그것은 이제 와선 중요한 일이 아니었다. 그는 꿈속에서 본 것처럼 그녀의 젊음이 넘치는 벌거벗은 육체를 그려보았다. 그는 다른 모든 사람들과 마찬가지로 그녀가 멍청하고, 머릿속에는 증오와 거짓이 가득 차 있고, 뱃속에는 얼음만 가득 차 있을 것이라고 상상했었다. 자칫하면 그녀를 놓쳐버릴지도 모른다, 어쩌면 희고 젊은 육체가 그로부터 멀리 떨어져나갈지도 모른다는 생각이 들자 후끈 열이 올랐다. 무엇보다도 두려운 것은, 속히 접촉하지 않으면 그녀가 변심할지도 모른다는 것이었다. 하지만 실제로 밀회를 하는 일은 너무 어려웠다. 그것은 마치 이미 외통수가 된 장기판에서 빠져나오려고 하는 것과 같았다. 어디로 가든 텔레스크린과 직면하게 된다. 실제로 그녀와 연락이 가능한 모든 방법들이 그 쪽지를 읽은 지 5분도 안 되어 그의 머리에 떠올랐었다. 그러나 그는 지금 다시 시간적 여유를 가지고 책상 위에 늘어놓은 도구들을 정리하듯이 그 방법들을 하나하나 검토하고 있었다.

오늘 오전과 같은 우연한 해후는 다시 되풀이될 수 없을 것이다. 만일 그녀도 기록국에서 일하고 있다면 문제는 비교적 간단하지만, 그는 창작국의 건물이 어디쯤 있는지 희미하게 알고 있을 뿐인데다 또 창작국에 들어갈 구실도 없었다. 그녀가 어디 살고 있는지, 그리고 그녀의 작업이 끝나는 시간을 알고 있다면 그녀가 집에 돌아가는 길목 어딘가에서 기다리다 만날 계획을 세울 수도 있었다. 하지만 그녀의 뒤를 따라가는 것도 안전한 방법은 아니었다. 그러려면 자연 청사 밖을 배회해야 하고 곧 남의 눈에 띌 염려가 있었다. 편지를 써서 우편으로 보내는 방법은 생각조차 할 수 없었다. 비밀이란 있을 수 없다는 관례에 따라 모든 편지는 수송 도중에 개봉된다. 실제로 거의 편지들을 안 쓴다. 이따금 소식을 보낼 필요가 있을 때를 대비해서 여러 가지 사연을 인쇄해놓은 우편엽서가 있는데, 이 경우에 적당한 것이 있을 리 없다. 아무튼 그는 그녀의 주소는 고사하고 이름조차 몰랐다. 마침내 그는 식당이 가장 안전한 장소라고 판단했다. 만일 텔레스크린에서 너무 가깝지 않고, 다른 사람들이 떠드는 소리로 시끄러운 식당 가운데 어딘가에 그녀 혼자 앉아 있다면, 그래서 그가 그 식탁에 함께 앉을 수만 있다면, 그리고 그와 같은 상황이 30초 동안만 계속된다면 그녀와 몇 마디 말을 나눌 수 있을지도 모른다.

그로부터 일주일 동안은 삶이 마치 부푼 꿈속과 같았다. 그 다음날 그녀가 식당에 그 모습을 나타낸 것은 일과 개시 호각 소리가 울려 그가 식당을 나올 무렵이었다. 아마 교대시간이 바뀐 것 같았다. 그들은 서로 못 본 척하고 지나쳤다. 그 다음날 그녀는 보통 때처럼 식당에 왔지만, 다른 세 여자와 함께였으며 텔레스크린 바로 밑에 있었다. 그 다음 3일 동안 그녀는 전혀 나타나지 않았다. 그의 모든 정신과 육체는 견딜 수 없을 만큼 예민해져서 모든 동작, 모든 소리, 모든 접촉, 듣거나 입으로 하는 모든 말이 바로 고통이었다. 심지어 잠을 자면서까지 그녀의 환상으로부터 빠져나올 수가 없었다. 그 동안 그는 일기장에는 손도 대지 않았다. 위안이 되는 것이 있다면 그것은 10여 분 동안 계속해서 자신마저도 잊어버릴 수 있는 일이었다. 그녀에게 무슨 일이 일어났는지 도대체 짐작조차 할 수가 없었다. 물어볼 곳도 없었다. 증발해버렸을지도 모르고, 자살했을지도 모르고, 어쩌면 오세아니아의 저쪽 끝으로 전근을 갔을지도 모른다. 하지만 가장 최악의 경우는 그녀가 변심해서 그를 회피할 결심을 했을지도 모른다는 사실이었다.

다음날 그녀는 다시 나타났다. 그녀는 팔의 붕대를 풀고 대신 팔목에 반창고를 붙이고 있었다. 그녀를 다시 보자 깊은 안도감이 들어 얼마 동안 똑바로 쳐다보지 않을 수 없었다. 그 다음날 그는 그녀에게 거의 말을 걸 수 있을 뻔했다. 그가 식당에 들어갔을 때 그녀는 혼자 벽에서 얼마쯤 떨어진 식탁에 앉아 있었다. 시간이 일러서 식당은 아직 차지 않았다. 거의 윈스턴의 차례가 올 때까지 배식을 기다리는 줄이 잘 나가더니, 그의 앞에 서 있던 어떤 사람이 사카린을 받지 못했다고 시비를 하는 바람에 약 2분 동안 지체되었다. 윈스턴이 식사 쟁반을 받아들고 그녀의 식탁 쪽으로 가려고 했을 때도 그녀는 여전히 혼자였다. 그는 태연하게 그녀 쪽으로 걸으면서, 그녀의 자리 뒤쪽에 있는 빈 자리를 찾았다. 거의 3미터 앞까지 갔다. 2초의 여유만 있으면 다가갈 수 있었다. 그때 뒤에서 누군가 "스미드!" 하고 부르는 소리가 들렸다. 그는 못 들은 척했다. 그러자 그는 "스미드!" 하고 더 큰소리로 다시 불렀다. 이제는 어쩔 수 없었다. 그는 뒤로 돌아섰다. 그가 잘 알지도 못하는 금발머리에 바보 같은 얼굴을 한 윌셔라고 하는 젊은 친구가 웃으면서 자기가 앉아 있는 식탁의 빈자리를 가리키며 앉으라고 했다. 거절할 수도 없었다. 윌셔가 오라고 한 것을 알고도 혼자 앉아 있는 여자의 식탁으로 가서 앉을 수는 없었다. 그것은 지나치게 남의 시선을 끄는 짓이었다. 그는 반갑다는 미소를 지으면서 앉았다. 그 바보 같은 금발의 얼굴이 그를 보고 활짝 웃었다. 윈스턴은 그 얼굴의 한가운데를 곡괭이로 내리찍고 싶은 충동을 느꼈다. 그 여자의 식탁은 몇 분 후에 꽉 찼다.

그러나 그녀는 그가 자기 쪽으로 가는 것을 분명히 보았을 것이고 아마 눈치를 챘을지도 모른다. 그 다음날 그는 일부러 일찍 식당에 닿았다. 분명히 그녀는 어제와 비슷한 위치에 있는 식탁에 역시 혼자 앉아 있었다. 배식을 기다리는 줄에서 바로 그의 앞에 서 있는 사람은 체구가 작고 동작이 재빠르고 납작한 얼굴에 의심이 많아 보이는 작은 눈을 가진 사내였다. 윈스턴이 쟁반을 들고 돌아섰을 때, 그 작은 사내가 그 여자의 식탁이 있는 쪽으로 곧바로 걸어가는 것이 보였다. 그의 기대는 또다시 무너지고 있었다. 그곳에서 좀 떨어진 곳에 빈 식탁이 있었으며, 어쩐지 그 조그만 사내가 그리로 갈 것 같은 생각이 들었다. 윈스턴은 가슴이 써늘한 채 뒤따랐다. 그녀가 혼자 있는 식탁에 앉지 않으면 아무 소용 없는 일이었다. 이때 갑자기 쿵 하는 소리가 났다. 그 작은 사내가 팔다리를 쭉 뻗으며 넘어져서 그의 식사 쟁반은 어디론가 날아가버렸고 수프와 커피가 바닥에 흐르고 있었다. 그는 윈스턴을 악의에 찬 눈으로 노려보며 일어섰다. 그는 틀림없이 윈스턴이 자기의 발을 걸어 넘어뜨렸다고 생각하는 모양이었다. 그러나 잘 된 일이었다. 5초 후 윈스턴은 두근거리는 가슴으로 그 여자의 식탁에 앉았다.

그는 그녀를 쳐다보지 않았다. 쟁반을 내려놓고 재빨리 먹기 시작했다. 누군가 오기 전에 지금 곧 이야기하는 것이 무엇보다도 중요했지만, 도대체 오금이 떨려서 말이 나오지 않았다. 그녀가 처음 접근해온 이후 일주일이 지났다. 그 동안 그녀는 변심했을지도 모른다. 아니, 분명히 변심했을 것이다! 이러한 일이 성공적으로 끝나기란 불가능하다. 이런 일은 실생활에서는 일어나지 않는다. 이때 귀에 털이 많은 시인 앰플포드가 쟁반을 들고 앉을 곳을 찾아 식당 안을 서성기리고 있는 것을 보지 않았다면, 그는 결국 말을 꺼내지 못했을 것이다. 막연하게나마 앰플포드는 윈스턴을 좋아하고 있었으므로 보기만 하면 당장 윈스턴이 앉아 있는 식탁으로 올 것이다. 행동할 시간은 1분뿐이었다. 윈스턴과 그녀는 꾸준히 먹기만 하고 있었다. 그들이 먹고 있는 것은 묽은 스튜의 일종이었는데, 실은 강낭콩으로 만든 수프였다. 윈스턴은 낮은 소리로 말하기 시작했다. 그들은 서로 쳐다보지 않고 여전히 그 국물을 스푼으로 퍼먹으면서 그 사이에 낮고 담담한 목소리로 몇 마디 말을 주고받았다.

"몇 시에 작업이 끝나죠?"

"18시 30분이에요."

"어디에서 만날까요?"

"승리 광장, 기념비 근처에서요."

"텔레스크린으로 가득 차 있는데."

"사람들이 많으니까 괜찮아요."

"무슨 신호라도?"

"필요없어요. 내가 군중들 속에 끼어 있는 것을 보기 전에는 다가오지 마세요. 쳐다보지도 말구요. 내 근처 어딘가에 서 계세요."

"몇 시에?"

"19시."

"알겠소."

앰플포드는 윈스턴을 보지 못하고 다른 식탁에 앉았다. 그녀는 재빨리 점심식사를 끝내고 일어났고, 윈스턴은 담배를 피우기 위해 계속 앉아 있었다. 그들은 더 이상 얘기하지 않고 어쩌다 같은 식탁에 마주앉아 있는 것처럼 서로 쳐다보지도 않았다.

윈스턴이 승리 광장에 도착한 것은 약속시간 전이었다. 그는 세로로 홈이 패여 있는 커다란 기둥의 대석(臺石) 근처에서 어슬렁거렸다. 그런데 이 돌기둥 꼭대기에는 제1공대 전투에서 유라시아 비행대(몇 년 전에는 이스트아시아 비행대였다)를 격파시킨, 남쪽 하늘을 바라보고 있는 대형의 동상이 있었다. 이 앞 거리에는 올리버 크롬웰의 말을 탄 동상이 있었다. 약속시간에서 5분이 지났는데도 그녀는 아직도 나타나지 않았다. 또다시 공포가 엄습해왔다. 그녀는 오지 않는다. 마음이 변했다! 그는 광장 북쪽으로 천천히 걸어올라가서 종이 울릴 때 ‘그대는 나에게 서 푼 빚을 졌지.’라고 울리는 성 마틴 성당을 바라보며 희미한 기쁨 같은 것을 느꼈다. 그때 그는 그녀가 기념비 대석 앞에 서서, 읽고 있는지 아니면 읽는 척하는지 모르지만 돌기둥에 나선형으로 붙어 있는 포스터를 보고 있는 것을 보았다. 사람들이 좀더 모여들기 전에 그녀에게 접근하는 것은 위험했다. 박공 둘레에는 텔레스크린이 꽉 차 있었다. 바로 그때 시끄러운 소리가 나더니, 왼쪽 어딘가에서 중화물차(重貨物車)가 웅웅거리는 소리가 들렸다. 갑자기 사람들이 광장을 가로질러 그쪽으로 뛰어갔다. 그녀도 재빨리 기념비의 대석 위에 있는 사자상을 돌아서 그 군중들 틈에 끼었다. 윈스턴도 따라갔다. 그는 뛰어가면서 그 떠들썩한 소리로 유라시아의 포로 수송 차량이 지나가고 있다는 것을 알았다. 벌써 많은 사람들이 광장의 남쪽을 봉쇄하고 있었다. 보통 때 같으면 윈스턴은 혼란의 와중에서 밖으로 밀려났었지만, 이번에는 밀고 부딪치고 몸부림치면서 군중들 속으로 끼어들었다. 그는 곧 그녀와 팔이 닿을 정도로 가까워졌지만, 둘 사이에 체구가 큰 노동자와 그의 아내인 듯한 역시 체구가 큰 여자가 끼어 있어 통과할 수 없는 육체의 벽을 이루고 있었다. 윈스턴은 가까스로 몸을 옆으로 돌려 거세게 부딪치며 그들 사이로 어깨를 들이밀었다. 잠시 동안 그는 두 개의 커다란 엉덩이 사이에 끼어 창자가 터질 것 같았는데, 겨우 빠져나오자 진땀이 났다. 그는 그녀 바로 옆에 섰다. 그들은 어깨를 나란히 하고 앞만 뚫어지게 쳐다보았다.

기관총으로 무장한 목석 같은 표정의 위병들의 호위를 받으며 트럭의 긴 행렬이 서서히 거리를 통과하고 있었다. 트럭에는 낡은 초록색 제복을 입은 왜소한 황색 인종들이 콩나물 시루처럼 쪼그리고 앉아 있었다. 슬픈 표정을 짓고 있는 몽고족 병사들이 멍하니 도로변을 내다보고 있었다. 이따금 트럭이 덜컹거릴 때 금속이 부딪치는 소리가 났다. 포로들은 모두 발목에 쇠사슬을 차고 있었다. 처참한 얼굴의 포로들을 실은 트럭이 계속하여 지나갔다. 윈스턴은 포로들이 트럭에 실려 있는 것을 알았지만, 그의 마음은 다른 데 가 있었다. 그녀의 어깨와 오른쪽 팔꿈치가 그에게 밀착되었다. 그녀의 뺨도 체온을 느낄 수 있을 정도로 가까이 있었다. 그녀는 금세 식당에서와 똑같은 분위기를 만들었던 것이다. 그녀는 전처럼 무표정하게, 입술은 거의 움직이지 않고 말하기 시작했는데, 사람들이 떠드는 소리와 트럭의 덜컹거리는 소리 때문에 쉽게 알아들을 수가 없었다.

"제 말 들리세요?"

"들려요."

"일요일 오후에 나올 수 있으세요?"

"나올 수 있소."

"그럼 잘 듣고 기억해두셔야 해요. 패딩턴 역으로 가서……."

그녀는 그가 놀랄 정도로 군대식으로 정확하게, 그가 찾아가야 할 길을 일러주었다. 기차를 타고 30분 동안 간 후, 정거장 왼쪽 방향의 길을 따라 2킬로미터를 가면 문설주가 없는 문이 있고, 들판을 가로질러 풀이 무성한 오솔길로 가면 덤불 사이로 길이 있으며 이끼 낀 고목 한 그루가 서 있는 곳, 그녀의 머릿속에는 지도가 그려져 있는 것 같았다.

"다 기억하실 수 있겠어요?" 그녀는 마지막으로 중얼거리듯이 말했다.

"물론."

"왼쪽으로 꺾어서 오른쪽, 다시 왼쪽으로 가는 거예요. 문설주가 없는 문이 있구요."

"알겠소. 몇 시에?"

"15시쯤. 거기서 좀 기다리세요. 나는 다른 길로 가겠어요. 정말
다 기억하시겠어요?"

"기억할 수 있소."

"그럼 빨리 제 곁을 떠나세요."

그렇게 말할 필요까지도 없었다. 그러나 잠시 동안 그들은 군중 속
에서 빠져나올 수가 없었다. 트럭은 여전히 줄지어 지나가고 있었
고, 사람들 역시 질리지도 않는지 입을 벌리고 계속 바라보고 있었
다. 처음에는 욕설이 터져나왔지만, 그것은 군중들 틈에 끼어 있는
당원들의 짓이었고 그나마 곧 그쳤다. 대부분의 사람들이 느끼는 감
정은 단순한 호기심이었다. 유라시아에서 오거나 이스트아시아에서
온 외국인들을 일종의 낯선 동물과 같았다. 외국인이란 글자 그대로
포로가 되었을 때만 볼 수 있었고 그나마도 때때로 이렇게 잠깐 보는
게 고작이었다. 그 포로들 중 일부가 전범으로 처형된다는 것 외에
나머지 포로들이 어떻게 되는지는 아무도 몰랐다. 나머지는 아마 강
제노동수용소로 사라질 것이다. 얼굴이 둥근 몽고인들 다음에는 유
럽인들과 닮은, 지저분하고 수염을 텁수룩하게 기른 피로에 지친 얼
굴들이 지나갔다. 그들은 수염투성이 볼에 뼈가 드러날 정도로 여윈
얼굴로 윈스턴을 쏘아보는 듯하다가 스쳐 지나갔다. 수송 차량의 행
렬이 끝나가고 있었다. 마지막 트럭에서 그는 한 노인을 보았는데,
반백의 수염이 텁수룩한 그 노인은 전에도 늘 그래왔다는 듯 팔짱을
끼고 꼿꼿이 서 있었다. 이제 윈스턴과 그녀가 헤어질 시간이 되었
다. 마지막 순간, 군중들이 여전히 그들을 둘러싸고 있는 동안 그녀
의 손이 윈스턴의 손을 더듬는 듯하더니 재빨리 꽉 쥐었다 놓았다.

그 동안이 10초도 안 되었다. 그러나 그들이 손을 마주잡고 있었던
시간이 꽤 오래 된 것 같았다. 그는 그녀의 손을 감싸쥐었다. 그는
긴 손가락과 뾰족한 손톱, 힘든 일로 못이 박힌 손바닥, 손목 위의
부드러운 살을 어루만졌다. 그냥 만져보기만 해도 눈으로 보는 것 같
았다. 동시에 그녀의 눈이 무슨 색깔인지 모른다는 생각이 떠올랐

다. 아마 갈색일 것이다. 하지만 머리가 검은 사람은 푸른 눈이 많다. 고개를 돌려서 그녀를 쳐다보는 것은 위험했다. 그들은 사람들의 몸이 밀치는 가운데서 남의 눈에 띄지 않게 손을 마주잡고 앞만 계속 바라보았다. 그녀의 눈 대신 늙은 포로의 눈이 수염투성이 얼굴 속에서 슬픈 듯이 윈스턴을 보고 있었다.

2

윈스턴은 햇빛과 그늘로 얼룩진 오솔길로 접어들었다. 나뭇가지가 갈라진 곳에 이르면 황금빛 햇살이 내리비쳐 갑자기 환해지곤 했다. 나무 아래 땅에는 안개가 끼여 있는 것처럼 블루벨 꽃이 잔뜩 피어 있었다. 대기는 피부에 입맞추는 것처럼 향기로웠다. 5월 2일이었다. 숲속 깊이 어디선가 산비둘기의 단조로운 울음소리가 들려왔다.

그는 좀 일찍 도착했다. 여행 도중에는 아무 어려움도 없었다. 틀림없이 그녀가 와본 적이 있는 것 같았기 때문에 두려움도 별로 없었다. 아마 그녀는 안전한 장소를 찾아놓았을 것이다. 일반적으로 런던보다 시골이 훨씬 더 안전하다고 할 수는 없었다. 물론 텔레스크린은 없었지만, 그 대신 목소리를 잡아서 누구의 것인지 확인할 수 있는 마이크로폰이 숨겨져 있을 위험성이 늘 도사리고 있었다. 게다가 남의 눈에 띄지 않고 혼자서 여행하기란 그리 쉬운 일이 아니었다. 1백 킬로미터 이내의 거리에서는 여행 증명서에 확인을 받을 필요가 없었지만, 간혹 경찰이 철도역 근처를 서성거리며 당원증을 조사하고 귀찮은 심문도 하곤 했다. 하지만 다행히 이번에는 경찰도 나타나지 않았고 역에서 내려 걸어오는 도중 뒤를 살펴보았지만 미행하는 사람도 없었다. 여름철의 일요일이었으므로 기차는 휴일 기분에 들뜬 노동자들로 붐볐다. 그가 타고 온 찻간의 나무 의자는 이빨이 빠진 증조할머니로부터 한 달밖에 안 된 갓난아기에 이르기까지 식구가 많은 일가족으로 꽉 찼다. 그들은 암시장에서 버터를 구할 겸 해서 일가가 총동원해서 야외에서 오후를 보내려고 나왔다고 윈스턴에게 거리낌없이 이야기했다.

길이 넓어지면서 곧 그녀가 말한 것과 같이 덤불 사이에 소의 발자국에 의해서 생긴 듯한 외딴길이 나왔다. 그는 시계가 없었지만, 아직 15시는 안 된 것 같았다. 발 아래 블루벨 꽃이 잔뜩 피어 있어서 밟지 않고는 걸음을 옮길 수가 없었다. 그는 무릎을 꿇고 꽃 몇 송이를 땄다. 시간도 보낼 겸 해서 그녀에게 줄 꽃다발을 만들고 싶었다. 그는 꽃을 따 모아서 커다란 꽃다발을 만든 다음 그 은은한 향기를 맡았다. 바로 그때 뒤에서 무슨 소리가 나서 깜짝 놀랐다. 분명히 작은 나뭇가지를 밟는 소리였다. 그는 계속 블루벨 꽃을 꺾었다. 그렇게 하는 것이 가장 현명한 수단이다. 그녀일지도 모르고, 아니면 자기를 뒤따라온 사람일지도 모른다. 주위를 둘러보는 것은 바로 죄가 있다는 것을 나타내는 것이다. 그는 꽃을 하나씩하나씩 땄다. 누군가 손으로 그의 어깨를 가볍게 쳤다.

그는 올려다보았다. 그 여자였다. 그녀는 조용히하라는 듯 고개를 흔들면서 덤불을 벗어나 재빨리 숲속으로 향하는 길로 안내했다. 익숙하게 물이 괸 웅덩이를 피해가는 것으로 보아 전에도 와본 적이 있는 것이 분명했다. 윈스턴은 꽃다발을 꼭 움켜쥐고 뒤따라갔다. 그는 처음에는 안도감을 느꼈지만, 엉덩이 곡선이 뚜렷이 드러날 정도로 단단히 허리에 주홍색 띠를 두르고 앞서가는 그녀의 발랄하고 날씬한 육체를 보자 열등감이 느껴졌다. 지금이라도 그녀가 돌아서서 자기를 쳐다보면 뒤로 물러설 것만 같았다. 대기의 향기로움과 나뭇잎의 푸르름마저도 그의 기를 꺾어놓았다. 벌써 역에서 걸어내려오는 동안에 그는 5월의 햇빛을 보고 자신을 런던의 더러운 먼지가 피부의 땀구멍에 가득 차 있고, 실내에서만 생활하는 더럽고 누렇게 뜬 존재라고 생각했었다. 그녀는 지금까지 환한 대낮에 밖에서 자기를 본 적이 없으리라는 생각이 떠올랐다. 그들은 그녀가 말했던 쓰러진 고목 근처에 이르렀다. 그녀는 나무를 훌쩍 뛰어넘어 넓은 데가 있을

124

것 같지 않은 숲속으로 헤집고 들어갔다. 그녀를 뒤따라가보니 키 큰 나무로 둘러싸이고 잔디가 깔린 채 완전히 밀폐된 작은 공지가 있었는데, 그곳은 천연적으로 평평한 곳이었다. 그녀는 걸음을 멈추고 뒤로 돌아섰다.

"다 왔어요." 그녀가 말했다.

그는 몇 발짝 거리에서 그녀를 바라보았다. 하지만 감히 더 이상 그녀에게 가까이 다가갈 수가 없었다.

"오솔길에서는 애기할 수가 없었어요." 그녀는 계속해서 말했다. "그런 데는 마이크가 숨겨져 있는 경우가 있거든요. 정말 있다고는 생각하지 않지만 그럴 수도 있어요. 그 돼지 같은 작자들 중 누군가가 우리 목소리를 알아차릴지도 모르잖아요. 하지만 여기는 괜찮아요."

그는 여전히 그녀에게 다가갈 용기가 나지 않았다.

"여기는 괜찮다구요?" 그는 바보처럼 되물었다.

"그래요. 저 나무들을 보세요."

어린 물푸레나무였다. 언젠가 벌목되었다가 다시 싹이 터서 자라 울타리 같은 숲을 이루고 있었는데, 굵기가 손목보다 못했다.

"마이크를 숨길 만한 큰 나무가 아니거든요. 게다가 나는 전에 여기에 온 적이 있어요."

그들은 겨우 이야기만 나누고 있었다. 그는 이제 그녀에게 다가갈 수 있었다. 그녀는 행동이 왜 그렇게 느린가 이상하게 여기는 것처럼 얼굴에 약간 짓궂은 미소를 담고 그의 앞에 당당히 서 있었다. 블루벨 꽃들이 우수수 떨어졌다. 저절로 떨어진 것처럼 보였다. 그는 그녀의 손을 잡았다.

"지금 이 순간까지 나는 당신의 눈이 무슨 색인지 몰랐소." 그는 말했다. 그가 예상했던 대로 그녀의 눈은 갈색이었지만 좀 연한 갈색이었고 속눈썹은 검은 색이었다.

"이제 당신은 내가 실제로 어떤 남자라는 걸 보았소. 그래도 내가 좋소?”

“물론이죠.”

“내 나이는 서른아홉이오. 게다가 도저히 떼버릴 수 없는 아내가 있고, 또한 정맥류성 궤양을 앓고 있소. 의치를 다섯 개나 해넣고.”

“그런 건 상관없어요.” 그녀는 말했다.

다음 순간, 누가 먼저랄 수 없이 두 사람은 껴안았다. 처음에는 도무지 믿어지지가 않았다. 싱싱한 육체가 그의 몸에 밀착돼 있고, 검은 머리채가 그의 얼굴에 와 닿다니. 그렇다! 그녀는 정말로 얼굴을 쳐들고 있었고 그는 그녀의 크고 붉은 입술에 키스를 하고 있었다. 그녀는 그의 목을 꼭 껴안고 사모하는 분, 소중한 분, 그리고 사랑하는 분이라고 말했다. 그는 그녀를 밀어 땅에 눕혔다. 그녀는 저항하지 않았다. 그는 하고 싶은 대로 할 수 있었다. 그러나 사실은 그저 안고 있는 것이 좋을 뿐 아무런 육체적 감각도 없었다. 그가 느끼는 감정은 믿어지지 않는 꿈 같은 느낌과 자부심이 전부였다. 그는 이럴 수 있다는 게 기뻤지만, 육체적 욕정이 일지는 않았다. 너무 갑자기 그녀의 싱싱하고 아름다운 육체가 다가와 당황했을 뿐만 아니라 너무 오랫동안 여자없이 사는 생활에 익숙해 있었기 때문이다. 하지만 그녀는 그 이유를 알 리 없었다. 그녀는 몸을 일으키고 머리에서 불루벨 꽃을 떼어냈다. 그리고 그의 허리에 팔을 두르고 그에게 기대앉았다.

“괜찮아요. 서두를 거 없어요. 오후 내내 우리의 시간이니까요. 여기는 훌륭한 은신처예요. 단체행군 때 길을 잃고 헤매다가 이곳을 발견했어요. 만일 누가 다가온다면 1백 미터 밖에서도 알 수 있어요.”

“이름이 뭐요?” 윈스턴이 물었다.

“줄리아예요. 당신 이름은 알아요. 윈스턴, 윈스턴 스미드지요?”

“그걸 어떻게 알았소?”

“뭘 알아내는 데는 제가 당신보다 한수 위일 거예요. 제가 쪽지를 드리기 전에 저에 대해서 어떻게 생각하고 있었는지 말씀해주세요.”

그는 그녀에게 거짓말을 하고 싶지 않았다. 나쁜 말로 싹이 트는 사랑도 있는 법이다.

"나는 당신을 미워했었소." 그는 말했다. "당신을 강간한 다음에 죽여버리고 싶었소. 2주일 전에는 당신의 머리를 돌로 내리칠 생각까지 했었지. 당신이 알고 싶어하니까 하는 얘긴데, 나는 당신이 사상경찰과 무슨 관계가 있다고 생각했었소."

그녀는 자기의 위장술이 훌륭했다고 여기는 듯 명랑하게 웃었다.

"저는 사상경찰이 아니에요. 정말 그렇게 생각하셨어요?"

"글쎄, 꼭 그런 건 아니지만 당신의 평상시 태도로 봐서…… 당신은 젊고 싱싱하고 건강하니까…… 그럴지도 모른다고 생각했던 거요."

"제가 훌륭한 당원이라고 생각했겠군요. 언행이 순수하고, 기(旗), 행진, 슬로건, 게임, 단체행군 등, 모든 것을 다 잘했으니까요. 그럼 제가 당신을 사상범으로 고발해서 처형시키리라 생각하셨군요?"

"그렇소, 그런 식으로 생각했었소. 당신도 알다시피, 대부분의 여자들은 다 그러니까."

"바로 이것 때문에 그랬군요." 그녀는 청소년반성동맹의 주홍색 허리띠를 풀어 나뭇가지에 걸면서 말했다. 그리고 허리를 만질 때 생각이 났는지 제복의 호주머니를 뒤져 작은 초콜릿을 꺼냈다. 그녀는 그것을 둘로 쪼개서 한 조각을 윈스턴에게 주었다. 그는 맛을 보기도 전에 냄새로 그것이 보통 초콜릿이 아니라는 것을 알 수 있었다. 그것은 검고 윤이 났으며 은박지로 포장되어 있었다. 보통의 초콜릿은 암갈색으로 푸석푸석했으며 구태여 말하자면, 그 맛이라는 게 쓰레기 태우는 냄새 같은 것이었다. 그러나 어쩌다가 한 번씩 그는 지금 그녀가 그에게 준 것과 같은 초콜릿을 맛본 적이 있었다. 그 초콜릿이 처음에 풍기는 냄새가 뭐라고 딱 꼬집어 말할 수 없는 추억을 일깨워주었다. 그 추억은 강렬하고 고통스러운 것이었다.

"이걸 어디서 구했소?" 그가 물었다.

"암시장에서요." 그녀는 무관심하게 말했다. "사실 저는 겉보기에는 그런 여자예요. 게임도 잘하는데다 스파이단의 분대장이고. 또 일주일에 3일 저녁은 청소년반성동맹을 위해 자진해서 봉사하지요. 저는 몇 시간씩 그들의 그 헛소리를 붙이기 위해 런던 거리를 돌아다니고 행진 대열에서는 언제나 깃발의 한쪽을 잡고 가지요. 저는 늘 명랑하고 무슨 일을 하든 꾀를 부리지 않아요. 그리고 군중들과 함께 고함을 지르기도 하고. 그게 안전하게 살기 위한 유일한 방법이니까요."

초콜릿 조각이 혀에서 녹았다. 맛이 아주 좋았다. 하지만 여전히 어떤 추억이 의식의 가장자리에서 맴돌고 있었다. 이 추억은 곁눈질로 보는 물체처럼 무언가 강렬하기는 했지만 똑똑히 떠오르지 않았다. 그는 그것이 되돌리고 싶었지만 되돌릴 수 없었던 행위에 대한 기억이라는 사실을 깨닫고 애써 떨쳐버렸다.

"당신은 아주 젊소." 그는 말했다. "나보다 열 살이나 열다섯 살은 어릴 거요. 그런데 나 같은 사람에게 무슨 매력이 있소?"

"당신 얼굴을 보고 한 번 모험해보리라 생각했어요. 저는 충복이 아닌 사람을 아주 잘 알아맞혀요. 당신을 보자마자 당신이 '그들'과 다르다는 것을 알았어요."

'그들'이란 당원, 특히 내부당원을 의미할 것이다. 그러나 윈스턴은 이곳이 안전한 장소라 하더라도 그녀가 노골적으로 조롱하고 증오하니 불안했다. 그는 그녀의 상스러운 말에 놀랐다. 당원들은 욕을 하지 않는 것으로 되어 있고, 윈스턴 자신도 어떤 경우에도 욕을 하거나 크게 소리를 친 적이 거의 없었다. 그러나 줄리아는 뒷골목에 분필로 낙서되어 있는 것과 같은 속된 말을 사용하지 않고는 당원, 특히 내부당원에 대해 말을 할 수가 없는 것 같았다. 그는 그녀가 그러는 게 싫지 않았다. 그것은 그녀가 당에 대해 반감을 갖고 있다는 증거이며, 썩은 건초 냄새를 맡은 말이 재채기를 하는 것처럼 자연스럽고 건강한 것이다. 그들은 평평한 곳을 떠나 둘이 나란히 걸을 수 있을 만큼 넓은 곳이 나올 때마다 서로 허리를 껴안으며 얼룩덜룩하게 그늘진 숲속을 거닐었다. 허리띠를 풀어버린 그녀의 허리는 훨씬 부드러웠다. 그들은 속삭이듯 이야기를 나누었다. 평평한 곳을 나오자 줄리아가 발자국 소리를 줄이라고 말했다. 그들은 곧 어린 나무로 둘러싸인 숲 가장자리에 이르렀다. 그녀가 그를 붙들었다.

"숲 밖으로 나가지 마세요. 누가 보고 있을지도 몰라요. 나뭇가지 뒤에 숨어 있는 게 좋아요."

그들은 개암나무 숲 그늘에 서 있었다. 수많은 나뭇잎들 사이로 비치는 햇빛은 아직도 따가웠다. 윈스턴은 들판 너머를 바라본 순간 그곳을 본 적이 있는 것 같은 이상한 충격적인 느낌이 일었다. 그는 풍경을 보고 알 수 있었다. 고색창연하고 완전히 황폐된 목장이 있었고, 목장을 가로질러 오솔길이 나 있었으며, 여기저기에 두더지굴이 있었다. 건너편 손질 안 한 생울타리 안에서 느릅나무 가지가 미풍에 살짝 흔들리고 있었고, 여자의 머리칼처럼 무성한 나뭇잎들이 살랑거리고 있었다. 보이지는 않지만 분명히 이 근처 어딘가에 황어떼가 헤엄치고 있는 푸른 웅덩이가 있는 개울이 흐르고 있을 것 같았다.

"이 근처 어딘가에 개울이 흐르고 있지 않소?" 하고 그는 속삭였다.

"그래요. 개울이 있어요. 저쪽 들판 끝에. 거기엔 물고기가 있어요. 아주 큰 놈도 있지요. 버드나무 아래 연못 속에서 꼬리를 흔들며 헤엄치는 물고기들을 볼 수 있어요."

"황금의 나라로군!" 하고 그는 중얼거렸다.

"황금의 나라라구요?"

"아무것도 아니오. 언젠가 꿈속에서 보았던 경치요."

"저것 좀 보세요!" 줄리아가 말했다.

개똥지빠귀 한 마리가 5미터도 안 떨어진 거리에 있는, 그들 얼굴 높이 정도의 나뭇가지에 앉아 있었다. 그 새는 그들을 보지 못한 것 같았다. 그놈은 햇빛 속에 있었고 그들은 그늘 속에 있었다. 개똥지빠귀는 날개를 폈다가 조심스럽게 접더니, 마치 해님에게 인사라도 하는 것처럼 잠시 머리를 숙였다 들더니 노래를 부르기 시작했다. 적막한 숲속에서 들리는 새소리는 깜짝 놀랄 만큼 크게 들렸다. 윈스턴과 줄리아는 꼭 껴안은 채 도취된 듯 그 새소리를 듣고 있었다. 그 새는 자기의 묘기를 과시하기라도 하듯이 결코 똑같은 것을 되풀이하지 않고 놀랄 만큼 변화를 주어가며 몇 분 동안 쉬지 않고 노래를 불렀다. 가끔 몇 초 동안 노래를 멈추고 날개를 폈다가 다시 접은 다음 얼룩진 가슴을 부풀리고는 다시 노래를 쏟아놓았다. 윈스턴은 일종의 경이로움으로 그것을 바라보았다. 저 새는 누구를 위해서, 무엇을 위해서 노래하고 있는 것일까? 자기를 보고 있는 친구도 적도 없는데, 무엇 때문에 저 새는 외로운 나뭇가지에 앉아서 허공을 향해 노래를 부르는 것일까? 그는 문득 근처 어디에 마이크로폰이 숨겨져 있는 게 아닐까 생각했다. 그와 줄리아는 낮은 소리로만 속삭였기 때문에 그들이 말한 것을 마이크로폰이 잡아내지는 못하겠지만 개똥지빠귀의 울음소리는 들릴 것이다. 아마 마이크로폰 장치의 저쪽 끝에서 그 작은 풍뎅이처럼 생긴 사람이 열심히 저 '소리'에 귀를 기울이고 있을지 모른다. 그러나 홍수처럼 더해지는 음악 소리가 점점 그의 마음속에 있는 상념들을 몰아내었다. 그것은 마치 끈끈한 액체가 나뭇잎 사이로 비쳐드는 햇빛과 뒤섞여 그의 몸 전체에 내리쏟아지는 것 같았다. 그는 생각을 멈추고 촉감만을 즐겼다. 그가 팔로 감싸 안고 있는 그녀의 허리는 부드럽고 따스했다. 그는 그녀를 가슴 가까이로 끌어당겼다. 그녀의 육체가 그의 몸 안으로 녹아드는 것 같았다. 그의 손이 움직이는 대로 그녀의 육체는 물처럼 흐느적거렸다. 그들은 입술을 포갰다. 이것은 먼저의 키스와는 아주 다른 것이었다. 얼굴이 다시 떨어졌을 때 그들은 둘 다 깊게 숨을 몰아쉬었다. 새가 놀라서 날개를 퍼덕이며 날아갔다.

윈스턴은 입술을 그녀의 귀에 바짝 대고 "자!" 하고 속삭였다.

"여기서는 안 돼요." 그녀도 속삭였다. "아까 그 은밀한 곳으로 돌아가요. 거기가 더 안전해요."

그들은 이따금씩 잔 나뭇가지를 밟아가며 급히 평평한 곳으로 돌아갔다. 어린 나무로 둘러싸인 곳에 이르자 그녀는 돌아서서 그를 마주보았다. 그들의 숨결은 급해지고 그녀의 입가에는 미소가 떠올랐다. 그녀는 잠시 동안 그를 쳐다보며 서 있더니 제복의 지퍼에 손을 댔다. 그렇다! 꿈속에서 본 그대로였다. 모든 문명이 그에 의해 전멸될 것 같은, 꿈속에서와 똑같은 그 의미심장한 몸짓으로 거의 그가 상상했던 것만큼 재빨리 그녀는 옷을 벗어 옆으로 내던졌다. 그녀의 육체는 햇빛 속에서 하얗게 빛났다. 그는 얼마 동안 그녀의 몸을 보지 않았다. 그의 눈은 아찔할 정도로 대담한 미소를 띠우고 있는 주근깨투성이의 얼굴에 고정되어 있었다. 그는 그녀 앞에 무릎을 꿇고 앉아 그 손을 잡았다.

"전에도 이런 일을 했었소?"

"물론이지요. 몇백 번, 아니 몇십 번은요."

"당원들하고?"

"네, 언제나 당원들하고."

"내부당의 당원들 말이오?"

"그 돼지 같은 놈들하고는 안 했어요. 기회만 있으면 하려고들 야단이죠. 겉보기처럼 점잖은 놈들이 아니에요."

그는 가슴이 뛰었다. 그녀가 수십 번이나 이런 짓을 했다니. 차라리 수백 번, 아니 수천 번이었으면 싶었다. 당원들이 부패했다는 징조만 보이면 그는 강렬한 희망이 솟구쳐오르는 것이었다. 누가 알겠는가? 아마도 당은 내부에서 썩어가고 있으며, 당원들이 투쟁을 숭배하고 자신을 부정하는 것은 단순히 이러한 부정을 숨기기 위한 속임수일 것이다. 만일 그들에게 문둥병이나 매독을 전체적으로 전염시킬 수만 있다면 그는 그러한 행위를 기꺼이 할 것이다! 그들을 부패시키고 약화시키고 전복시키기 위해서는 무슨 일이든지 할 것 같

았다. 그는 그녀를 끌어당겨서 함께 무릎을 꿇고 얼굴을 마주보고 앉
았다.

"이봐, 당신이 남자들과 관계가 많으면 많을수록 나는 당신을 더
욱 사랑할 거요. 무슨 뜻인지 이해하겠소?"

"물론이지요."

"나는 순결을, 선을 증오하오. 그리고 어떤 곳에도 도덕이 존재하
길 원치 않소. 나는 모든 사람이 철저하게 썩어빠지길 바라오."

"그럼 저는 당신에게 적격인 사람이군요. 저는 철저하게 썩었으니
까요."

"당신은 이런 짓을 하는 걸 좋아하오? 꼭 내가 아니라 이런 짓 자
체를 말이오."

"저는 이걸 찬양해요."

그것은 무엇보다도 그가 듣고 싶은 대답이었다. 사람을 사랑하는
것뿐 아니라 상대를 가리지 않는 단순한 동물적 본능. 이런 것이야말
로 당을 산산조각낼 수 있는 힘이었다. 그는 블루벨 꽃이 떨어져 있
는 풀밭 위에다 그녀를 눕혔다. 이제 거리낄 게 없었다. 점차 그들
가슴의 고동이 정상적인 속도까지 느려지고, 일종의 유쾌한 피로감
을 느끼며 그들은 몸을 뗴었다. 햇빛은 더욱 뜨거워졌다. 그들 둘 다
졸음이 왔다. 그는 팔을 뻗어 떨어져 있던 제복을 끌어당겨서 그녀의
몸 일부를 덮어주었다. 그들은 곧 홍건한 잠 속에 빠져 30분 정도 잠
을 잤다.

윈스턴이 먼저 눈을 떴다. 그는 일어나 앉아서 팔베개를 하고 아직
도 평화스럽게 잠자고 있는 주근깨투성이의 얼굴을 바라보았다. 그
녀는 입을 제외하면 결코 미인이라고 말할 수 없었다. 자세히 살펴보
니 눈가에 한두 개의 주름이 있었다. 짧고 검은 머리카락은 유난히도
숱이 많고 부드러웠다. 그는 여태 그녀의 성(姓)과 주소를 모르고 있
다는 생각이 떠올랐다.

지금은 깊은 잠에 빠져 무력한 이 젊고 발랄한 육체가 그에게 동정

심과 보호 감정을 일깨워주었다. 그러나 아까 개똥지빠귀가 노래하고 있을 때 개암나무 아래에서 느꼈던 그런 무분별한 생각은 다시 일지 않았다. 그는 덮었던 옷을 옆으로 제쳐놓고 그녀의 부드럽고 하얀 옆구리를 찬찬히 살펴보았다. 옛날에는 남자가 여자의 육체를 보고 갖고 싶다고 생각했고 또 그것으로 그만이었다. 그러나 오늘날엔 순수한 사랑도 순수한 욕정도 존재하지 않는다. 무엇이든 공포와 증오와 한데 섞여 있기 때문에 어떤 감정이든 순수할 수가 없다. 그들의 포옹은 일종의 전투였으며, 절정은 승리의 순간이었다. 그것은 당에 대해 치명적인 일격을 가하는 것이요, 또 정치적 행동이기도 했다.

3

"여기에 또 한 번 와도 괜찮을 거예요. 한 밀회 장소를 두 번 정도 사용해도 안전하거든요. 물론 한 달이나 두 달 안에 사용해서는 안 되지만요." 줄리아가 말했다.

그녀는 잠에서 깨어나자마자 태도가 바뀌었다. 민첩하고 사무적으로 변해 옷을 입고 허리에 주홍색 띠를 맨 후에 집에 돌아가는 길을 자세히 설명하기 시작했다. 이런 일은 자기에게 맡기는 게 당연하다는 듯한 태도였다. 그녀에게는 분명히 윈스턴에게 부족한 현실 문제를 처리하는 노련한 솜씨가 있었고, 수많은 단체행군 때 익힌 듯 런던 근교의 지리에 대해 해박한 지식을 갖고 있는 것 같았다. 그녀가 그에게 일러준 길은 그가 온 길과 전혀 다르고 기차역도 달랐다.

"절대로 집에서 나올 때와 같은 길로 가시면 안 돼요." 그녀는 마치 중요한 일반 원칙을 발표하듯이 말했다. 그녀가 먼저 떠나고, 윈스턴은 30분 정도 지난 후에 가기로 했다.

그녀는 나흘 후 저녁에 작업이 끝난 뒤 만날 장소를 정해주었다. 그곳은 빈민가 지대에 있는 거리로 언제나 사람들이 들끓고 소란스러운 공설시장이 있는 곳이었다. 그녀는 구두끈이나 바느질 실을 찾는 척하며 노점상들 앞에서 서성거리고 있겠다고 했다. 만일 그 주위가 안전하다고 판단되면 자기가 코를 풀 테니까 그때 다가오고 그렇지 않으면 모르는 체하고 지나쳐가라고 했다. 다행히 군중들 틈에 끼면 15분쯤 이야기하는 것은 안전하므로, 그때 다른 밀회 장소를 일러주겠다는 것이었다.

"그럼, 그만 가보겠어요." 그에게 다 일러주고 나서 그녀가 말했다. "저는 19시 30분까지는 돌아가야 해요. 청소년반성동맹에 가서 두 시간 동안 삐라를 나눠주어야 하거든요. 기막히지요? 옷좀 털어주세요. 제 머리에 검불이 붙지 않았어요? 됐어요? 그럼 안녕, 안녕히 가세요."

그녀는 그의 품속으로 뛰어들더니 격렬한 키스를 퍼부었다. 그리고 잠시 후에 어린 나무 사이를 빠져나가 기척도 없이 숲속으로 사라져버렸다. 아직도 그는 그녀의 성(姓)과 주소를 알지 못했다. 그러나 두 사람이 실내에서 만나거나 편지를 교환한다는 것은 상상도 할 수 없는 일이기 때문에 그것은 별로 중요하지 않았다.

그들은 그 숲속의 공터에 두 번 다시 가지 못했다. 5월 중에 그들이 정사를 할 수 있었던 기회는 단 한 번밖에 없었다. 그것은 줄리아가 알고 있는 또 다른 비밀 장소에서였는데, 그곳은 30년 전에 원자폭탄이 떨어져서 거의 황폐해진 지역에 있는 부서진 교회의 종루(鐘樓)였다. 그곳은 일단 가기만 하면 훌륭한 비밀 장소였지만, 거기까지 가는 길이 너무 위험했다. 그때를 제외하고는 단지 길거리에서만 만날 수 있었으며, 만날 때마다 다른 장소에서 만났고 그 시간도 30분을 넘기지 못했다. 그들은 사람들이 북적거리는 거리를 걸어내려갔기 때문에, 어깨를 나란히 하지도 서로 쳐다보지도 못한 채 당의 제복을 입은 사람이 다가오거나 텔레스크린 부근에 이르면 갑자기 입을 다물고 그러다 몇 분 후에 다시 계속하는, 등대 불빛이 잠깐씩 스쳐 지나가는 것 같은 기묘하고도 간헐적인 대화를 나누었다. 그러다 지정된 장소에 이르면 말을 중도에 끊고 헤어졌다가 다음날 만났을 때 다시 계속했다. 줄리아는 이런 식의 대화에 아주 익숙한 것 같아 보였으며, 이것을 '분할 대화(分割對話)'라고 불렀다. 그녀는 또 입술을 움직이지 않고 말하는 데도 익숙했다. 그들은 밤마다의 데이트가 계속되는 한 달 동안 딱 한 번 키스를 나눌 수 있었다. 그들이 말없이 뒷골목을 걸어내려가고 있을 때였다(줄리아는 큰길에서 벗어나면 결코 말을 하지 않았다). 갑자기 땅이 울리고 하늘이 캄캄해지는 것 같은, 귀청이 찢어질 듯한 굉음이 들렸다. 윈스턴은 나가떨어져 타박상을 입은 채 떨고 있었다. 로켓탄이 근처에 떨어진 것 같았다. 갑자기 그는 그로부터 몇 센티미터밖에 안 떨어진 곳에 죽은 사람처럼 창백해진 줄리아의 얼굴이 있다는 것을 깨달았다. 입술까지도 창백했다. 죽었구나! 그녀를 꼭 껴안고 키스를 하면서 그녀가 살아 있다는 것을 알았다. 하지만 그의 입술에 무슨 가루 같은 것이 묻어 있었다. 그들의 얼굴은 횟가루로 온통 뒤범벅이 되어 있었던 것이다.

그들은 약속장소에 이르러서도 서로 아는 척도 못 하고 지나쳐야만 했던 저녁도 여러 번 있었다. 그런 때는 경찰이 그 주위를 순찰하거나 헬리콥터가 위에서 감시하고 있었기 때문이다. 만나는 것도 위험했지만 서로 만날 시간을 내기도 역시 어려웠다. 윈스턴의 주당 작업시간은 60시간이었는데 줄리아는 그보다 더 많았고, 쉬는 날도 일의 많고 적음에 따라 일정치 않았으며, 둘이 함께 쉬는 날이 많지 않았기 때문이다. 게다가 줄리아에게는 완전히 자유로운 저녁이 거의 없었다. 그녀는 강의와 시위에 참석하고, 청소년 반성동맹을 위한 인쇄물을 분배하고, 증오주간을 위한 깃발을 준비하고, 절약운동을 위한 모금을 하는 따위의 일에 놀랄 만큼 많은 시간을 빼앗겼다. 그런 일은 정체를 감출 수 있어서 할 만하다고 그녀는 말했다. 사소한 규칙을 지키면 보다 큰 규칙을 위반할 수 있다는 것이었다. 그녀는 심지어 윈스턴에게까지도 열성당원들에 의해 자발적으로 행해지고 있는 시간제 군수공장 작업에 등록을 하여 며칠에 하루 저녁만이라도 봉사를 하라고 권유했다. 그래서 윈스턴은 일주일에 하루 저녁씩 텔레스크린의 음악에 망치 두드리는 소리가 뒤섞여 음울하게 들리고 통풍이 잘 안 되는 공장 안에서 폭탄 뇌관의 부속품이 될 작은 쇳조각들을 모아 나사로 죄는 지루하고 힘든 네 시간을 보냈다.

그들은 교회의 종루에서 만났을 때 단편적인 대화 때문에 하지 못한 이야기를 다 했다. 그때는 무더운 오후였다. 종루 위에 있는 작고 네모진 방의 공기는 무덥고 답답한데다가 비둘기 똥 냄새가 심하게 났다. 그들은 먼지가 수북하고 나뭇가지가 흩어져 있는 마룻바닥에 앉아서 몇 시간씩 이야기를 하면서 가끔 서로 교대로 좁은 틈을 통해 밖을 살피며 누가 오는가 확인하곤 했다.

줄리아는 스물여섯 살이었다. 그녀는 30명의 다른 여자들과 함께 합숙소에서 지내고 있었다. "늘 지독한 여자 냄새 속에서 살고 있어요! 전 여자를 증오해요!"라고 그녀는 말했다. 그녀는 그가 추측했던 대로 창작국에서 소설 제작기를 다루는 일을 하고 있었다. 그녀는 주로 강력하고 다루기 까다로운 전기 모터를 작동시키고 수리하는 자기의 일을 좋아했다. 그녀는 '영리하지 못한 대신' 손재주가 있어서 기계를 다루는 데에는 익숙했다. 그녀는 기획위원회에서 보내는 전반적인 지시로부터 수정반(修正班)에 의해 마지막 마무리가 되기까지의 소설이 제작되는 전과정을 알고 있었다. 하지만 그녀는 완성된 작품에 대해서는 관심이 없었다.

"읽고 싶은 마음이 조금도 없어요." 하고 그녀는 말했다.

소설이란 잼이나 구두끈처럼 생산해야 할 하나의 생활 필수품과 같은 것이었다.

그녀는 60년대 초반 이전에 대해서는 전혀 아는 바가 없었다. 혁명 이전에 대해서 가끔 이야기를 들려준 그녀가 알고 있는 유일한 사람은 여덟 살 때 실종된 그녀의 할아버지뿐이었다. 학교 다닐 때 그녀는 하키 팀의 주장이었는데, 2년 연속 우승컵을 탔다. 그녀는 스파이단의 단장이었으며, 청소년반성동맹에 입단하기 전에는 청년동맹의

지부장이기도 했다. 그녀는 항상 좋은 평을 받아왔다. 노동자들에게 배포하기 위해 싸구려 춘화소설을 만드는 춘화계(春畵係)에서 일한 적도 있었다(이것은 평판이 좋다는 확실한 증거다). 거기서 일하는 사람들은 춘화계를 '쓰레기집'이라고 부른다고 그녀는 말했다. 그녀는 《신나는 이야기들》 또는 《여학교에서의 하룻밤》과 같은 제목이 붙은 소책자와 꾸러미를 포장하는 일을 하며 춘화계에서 1년 동안 근무했었다. 이 소책자들을 노동자 계급의 젊은이들이 불온서적이라도 사 가듯 몰래 사 간다는 것이다.

"그건 어떤 책들이오?" 윈스턴이 재미있다는 듯 물었다.

"아주 지독한 쓰레기들이에요. 정말 재미없는 것들이죠. 줄거리는 모두 여섯 가지밖에 안 되는데 그걸 조금씩 바꾸는 거예요. 물론 저는 만화경에서만 일했어요. 그래서 수정반 쪽은 잘 몰라요. 문학적 소질이 없어서 수정반엔 맞지도 않아요."

그는 춘화계에서 일하는 직원들이 우두머리를 제외하고는 모두 여자들이라는 것을 알고 놀랐다. 남자는 여자보다 성본능 억제력이 없으므로, 그들이 취급하는 음탕한 것들에 의해 타락할 위험이 있기 때문이라는 것이었다.

"거기서는 결혼한 여자들을 좋아하지 않아요. 여자란 언제나 순결해야 한다고 생각들을 하지요. 여기 순결하지 않은 여자가 하나 있기는 하지만요." 하고 그녀는 덧붙였다.

그녀는 열여섯 살 때 첫사랑을 했는데, 상대는 후에 체포되지 않으려고 자살을 한 예순 살 먹은 당원이었다.

"잘 된 일이었어요. 그렇지 않았으면 그가 자백을 할 때 내 이름을 말했을 테니까요." 줄리아가 말했다.

그 후 그녀는 여러 명의 남자들과 관계를 가졌다. 그녀의 인생관은 아주 단순한 것이었다. 인간이란 쾌락을 원한다. 그러나 '그들', 즉 당은 사람들이 쾌락을 즐기지 않기를 원한다. 그래서 할 수 있는 한 당의 규칙을 깨뜨린다는 것이다. 그녀는 '그들'이 사람들로부터 쾌락을 빼앗으려 하는 것처럼 사람들은 당연히 체포되지 말아야 한다고 생각하는 것 같았다. 그녀는 당을 증오하고 그래서 혹독하게 욕을 했지만, 당 전체에 대한 비판은 하지 않았다. 자기 사생활에 직접 관련되지 않는 한 그녀는 당의 강령에도 관심이 없었다. 그는 그녀가 일상적으로 쓰는 것 외에는 신어를 사용하지 않는다는 것을 알았다. 그녀는 형제단에 대해서는 들어본 적도 없었으며, 그 존재 자체도 믿으려 하지 않았다. 결국 실패로 끝나게 되어 있는 당에 대한 어떤 종류의 조직적인 반항도 어리석은 것이라고 생각했다. 현명한 방법은 당의 규칙을 위반해가며 오래 살아 남는 것이다. 그는 그녀와 같은 사람들이 젊은 세대에 얼마나 많이 있을까 생각해보았다. 그들은 혁명 후의 세계에서 성장했고 혁명 외에는 아무것도 모르며, 토끼가 개를 피하듯 단순히 회피하는 것 외에는 당의 권위에 정면으로 반항하지 못하고, 당을 하늘과 같은 불변의 어떤 것으로 받아들이는 사람들이었다.

그들은 결혼한다는 문제에 대해서는 상의하지 않았다. 그것은 너무 엄청난 문제라서 생각해볼 수도 없었다. 윈스턴의 아내인 캐더린을 어떻게 떼어낼 수 있다 하더라도 그들의 결혼을 당국이 승인해준다는 것은 상상할 수가 없었다. 그것은 마치 백일몽처럼 가망이 없는 것이었다.

"당신의 아내는 어떤 사람이지요?" 줄리아가 물었다.

"그 여자는——신어로 '선심적'이란 말 알지? 천부적으로 정통적이어서 나쁜 생각을 할 수 없다는 뜻이지."

"전 그런 말은 몰라요. 하지만 그 여자가 어떤 형의 여자라는 건 아주 잘 알겠어요."

그는 자기의 결혼 생활에 대해서 그녀에게 이야기하기 시작했다. 그러나 묘하게도 그녀는 핵심적인 부분에 대해서는 이미 알고 있는 것 같았다. 그녀는 마치 보거나 들은 것처럼 그가 캐더린을 건드리면 육체가 굳어지고, 그녀가 그를 꼭 껴안고 있을 때조차도 그녀가 온 힘을 다해 그를 밀어내고 있는 것 같던 모습을 직접 그에게 설명해주는 것이었다. 그는 줄리아와 이런 이야기를 하는 데 별 어려움을 느끼지 않았다. 아무튼 캐더린에 대한 추억은 이제 고통스럽다기보다는 불쾌한 것이 되었을 뿐이다.

"한 가지 일만 없었더라도 어떻게든 견딜 수 있었을 거야." 그는 말했다. 그는 캐더린이 매주 같은 날 밤마다 강요했던 그 냉랭한 소의식(小儀式)에 대해 그녀에게 이야기했다. "그녀는 그 짓을 싫어했소. 하지만 하지 않을 수 없었던 모양이오. 그녀가 그걸 뭐라고 불렀는지, 당신은 상상도 할 수 없을 거요."

"당에 대한 우리의 의무라는 거겠죠." 줄리아가 재빨리 말했다.

"그걸 어떻게 알고 있소?"

"저도 학교에 다녔어요. 열여섯 살이 넘으면 한 달에 한 번씩 섹스에 대한 토론을 했어요. 그리고 청년운동에서도 하구요. 그걸 몇 년 동안 주입시키는 거죠. 여러 경우에 효과가 있다고 말할 수 있어요. 하지만 사람들은 결코 그렇게 말하지 않겠지요. 사람들은 모두 위선자니까요."

그녀는 이 문제를 확대하여 말하기 시작했다. 줄리아는 모든 것을 자신의 성과 관련시켰다. 이런 문제가 나오면 그녀는 아주 예민해진다. 윈스턴과는 달리 그녀는 당의 그 성적(性的) 순수주의의 이면의 의미를 파악하고 있었다. 그것은 단순히 성본능은 당의 통제 범위를 벗어나는 독자적인 세계를 구축하므로 가능하면 그것을 파괴시켜버려야 한다는 데 있는 것만은 아니었다. 더욱 중요한 것은 성욕 박탈로 히스테리를 유발하고, 이 히스테리를 전쟁열과 지도자 숭배로 전환시킬 수 있기 때문에 바람직하다는 것이었다. 그녀는 거기에 대해 다음과 같이 말했다.

"사랑의 행위를 하면 정력이 소모되고, 그 다음에는 마냥 즐거워져서 세상만사를 욕하고 싶은 생각이 안 나지요. 그들은 사람들의 그와 같은 기분을 참을 수 없다는 거예요. 그들은 사람들이 언제나 정력이 뻗치기를 원하지요. 행진을 하고 고함을 지르고 깃발을 흔드는 모든 것이 성의 변태예요. 만일 당신이 행복하다면 '대형', '3개년 계획', '2분간 증오' 따위의 썩어빠진 일에 왜 흥분을 하겠어요?"

그것은 옳은 말이라고 그는 생각했다. 순결과 정치적 정설(正說) 사이에는 직접적이고도 밀접한 관계가 있다. 강력한 본능의 힘을 축적하여 그걸 추진력으로 사용하지 않는다면 당이 당원들에게 요구하는 공포, 증오, 그리고 광적인 맹신을 어떻게 유자할 수 있을 것인가? 섹스의 충동은 당에 위험하다. 그래서 당은 그것을 자신들을 위해 이용했다. 그들은 부자(父子)의 정이라는 본능에 대해서도 비슷한 속임수를 써왔다. 사실상 가족 제도는 폐지될 수 없기 때문에 아이들을 거의 옛날 방식으로 사랑하도록 권장한다. 반면에 아이들로 하여금 조직적으로 부모에게서 등을 돌리게 하여 부모들을 감시하라고 가르치며 부모의 탈선을 보고하라고 가르친다. 가정은 결과적으로 사상경찰의 연장이 되었다. 이러한 수단에 의해 모든 사람들은 밤낮으로 자기를 잘 알고 있는 밀고자에 둘러싸여 있는 것이다.

불쑥 캐더린 생각이 났다. 만일 캐더린이 그의 견해가 비정통적이라는 것을 알아차릴 수 있을 정도로 눈치가 있었다면, 틀림없이 그녀는 그를 사상경찰에 밀고했을 것이다. 사실 이 순간에 그녀에 대한 회상을 하게 된 것은 이마에 땀이 내배게 만드는 오후의 숨막히는 더위 때문이었다. 그는 11년 전 어느 무더운 여름철에 일어났던, 아니 일어날 뻔했던 일에 대해 줄리아에게 말하기 시작했다.

그들이 결혼한 지 3, 4개월쯤 지나서였다. 그들은 켄트 지방에서 단체행군을 하다 길을 잃었다. 다른 사람들보다 불과 2분 정도밖에 뒤처지지 않았었는데, 모퉁이를 잘못 돌아서 그들은 오래 된 석회 채석장 근처에 이르렀다. 꼭대기에 둥근 돌이 있는, 10미터 내지 20미터쯤 되는 가파른 절벽이 있었다. 거기에는 길을 물어볼 만한 사람이라곤 아무도 없었다. 캐더린은 자기들이 길을 잃었다는 걸 깨닫자 안절부절못했다. 잠시 동안이지만 와글거리는 행군대원들로부터 떨어져 있다는 것이 마치 나쁜 짓이라도 하고 있는 듯 느껴졌던 모양이었다. 그녀는 급히 왔던 길로 되돌아가 다른 방향으로 찾아 나서기를 원했다. 그러나 그 순간 윈스턴은 그들이 서 있는 아래쪽의 절벽 틈에서 자라고 있는 한 포기 좁쌀풀을 발견했다. 분명히 같은 뿌리에서 나온 한줄기인데도 자홍색과 붉은 벽돌색의 두 가지 꽃이 피어 있었다. 그는 이런 종류의 식물을 본 적이 없었기 때문에 캐더린에게 그것을 보라고 했다.

"저봐, 캐더린! 저 꽃들 좀 보라구! 저 밑바닥 가까이 있는 꽃송이를 봐요. 두 가지 색깔을 띠고 있는 것이 보이지?"

그녀는 가려고 돌아섰다가 초조한 표정으로 잠깐 되돌아왔다. 그녀는 그가 가리키는 곳을 보기 위해 절벽 아래로 고개를 내밀었다. 그는 그녀의 바로 뒤에 서 있었으며, 그녀의 허리를 손으로 잡고 있었다. 그 순간 갑자기 거기에 자기들만 있다는 생각이 떠올랐다. 사람이라고는 하나도 없고 나뭇잎도 흔들리지 않고 새조차 지저귀지 않았다. 그런 곳에는 마이크로폰이 숨겨져 있을 위험도 적었다. 설령 마이크로폰이 있다 할지라도 그것은 오직 소리만을 잡아낼 수 있다. 무덥고 졸리운 오후시간이었다. 해는 그들의 머리 위에서 작렬했고, 그의 얼굴엔 땀방울이 맺혔다. 그리고 그 생각이 떠올랐다……

"왜 그녀를 밀어버리지 않았죠? 나 같으면 밀어버렸을 거예요." 줄리아가 말했다.

"그래, 당신 같으면 밀어버렸을 거야. 지금의 나라면 아마 나도 밀어버렸을 거요. 모르긴 몰라도……."

"그때 밀어버리지 못한 것을 후회하세요?"

"그렇소, 후회스럽소."

그들은 먼지 쌓인 마룻바닥에 나란히 앉아 있었다. 그는 그녀를 자기 쪽으로 가까이 끌어당겼다. 그녀가 머리를 그의 어깨에 기대자 향긋한 머리칼 냄새가 비둘기 똥 냄새를 압도했다. 그녀는 젊다. 그래서 여전히 인생으로부터 무엇인가를 기대하고 있고, 불편한 관계에 있는 사람을 절벽 아래로 떠밀어버리는 것이 결국은 아무런 해결책이 못 된다는 사실을 이해하지 못하고 있다.

"사실은 그렇게 했든 안 했든 별차이 없었을 거요." 하고 그는 말했다.

"그런데 왜 밀어버리지 못한 것을 지금 와서 후회하나요?"

"그건 다만 소극적인 것보다는 적극적인 것을 택하고 싶다는 이야기요. 우리가 지금 하고 있는 이런 게임에서 우리는 이길 수 없소. 하지만 같은 패배일지라도 더 나은 패배가 있는 법이오."

그녀의 어깨가 이의를 표시하는 듯 움찔했다. 그녀는 그가 이런 이야기를 하면 언제나 그에 반대했다. 그녀는 개인이 늘 패배한다는 것을 자연의 법칙으로 받아들이려고 하지 않았다. 어느 면에서 그녀는 머지않아 사상경찰이 자기를 체포해서 처형할 것이라는 것을 자신의 운명으로 인식하고 있었지만, 또 한편으로는 선택한 방식대로 살 수 있는 비밀스런 세계를 건설하는 것이 어느 정도 가능하다고 믿었다. 사람들에게 필요한 것은 행운과 기민성과 대담성이 전부라는 것이었다. 그녀는 행복 같은 것은 있을 수 없고, 승리가 있다면 자신들이 죽은 후 먼 훗날에야 올 수 있으며, 당에 대한 도전을 선언한 순간부터 자신은 이미 시체라고 생각하는 것이 현명하다는 것을 이해하지 못했다.

"우리는 죽은 몸이야." 그가 말했다.

"우린 아직 죽지 않았어요." 줄리아는 덤덤하게 말했다.

"육체적으로는 안 죽었겠지. 생각하기에 따라 6개월, 1년 또는 5년 후까지는. 나도 죽음이 두려워. 당신은 젊기 때문에 나보다 죽음을 덜 두려워하겠지. 물론 우리는 가능한 한 죽음을 연기시킬 것이오. 그러나저러나 마찬가지야. 인간이 인간으로서 남아 있는 한 죽음과 삶은 동일한 것이오."

"무슨 말씀을! 당신은 저하고 자겠어요, 아니면 해골하고 자겠어요? 당신은 살아 있다는 것을 즐기지 않을 셈이에요? 이건 나고, 이건 내 손이고, 이건 내 다리다 하는 걸 느끼지 않으세요? 나는 실존하고 있다 하는 것이 내겐 확고해요. 당신은 살아 있다는 게 좋지 않으세요?"

그녀는 몸을 비틀어 뒤로 돌려서 젖가슴을 그에게 밀착시켰다. 그는 옷을 통해서 풍만하고 단단한 그녀의 젖가슴을 느꼈다. 그녀의 육체가 그의 몸 안에 젊음과 활기를 불어넣고 있는 것 같았다.

"아니, 살아 있다는 걸 좋아하지." 그는 말했다.

"그럼 죽음에 대해서는 더 이상 이야기하지 마세요. 그리고 제 말을 들어보세요. 우리가 다음에 만날 장소를 정해야만 해요. 숲속의 그 장소에 다시 가도 괜찮을 거예요. 우리는 거기 오랫동안 가지 않았잖아요. 하지만 이번에는 반드시 다른 길로 가야 해요. 제가 벌써 계획을 세워놓았어요. 기차를 타고…… 보세요, 약도를 그려 드릴게요."

그녀는 익숙한 솜씨로 먼지를 끌어모아 네모지게 만든 다음 비둘기 둥지에서 나뭇가지 하나를 떼어내서 마루 위에 지도를 그리기 시작했다.

4

윈스턴은 채링턴 씨의 가게 위층에 있는 작고 초라한 방을 둘러보았다. 창가에는 커다란 침대가 놓여 있고 그 위에는 낡은 담요와 베갯잇이 없는 긴 베개가 하나 놓여 있었다. 12시간이 문자판에 쓰여 있는 구식 시계가 벽난로 위에서 똑딱거리고 있었다. 구석에 놓여 있는 접는 책상 위에는 지난번에 왔을 때 그가 산 유리 문진이 희미한 어둠 속에서 부드러운 빛을 발하고 있었다.

난로받이에는 채링턴 씨가 마련해준 찌그러진 양철 석유 난로와 스튜 냄비, 그리고 두 개의 컵이 놓여 있었다. 윈스턴은 난로에 불을 붙인 후에 냄비의 물을 끓이기 위해 올려놓았다. 그는 승리 커피 한 봉지와 사카린 조각 몇 개를 가지고 왔던 것이다. 시계는 7시 20분을 가리키고 있었다. 하지만 실제로는 19시 20분이었다. 그녀는 19시 30분에 오기로 되어 있었다. 어리석다, 어리석어! 그는 마음속으로 부르짖었다. 의식적이고 이유없는 자살적인 어리석음이여! 당원들이 저지르는 죄 중에서 이런 짓이 숨기기에 가장 힘든 것이다. 실제로 이런 생각이 먼저 접는 책상의 표면에 비친 유리 문진의 영상과 같은 형태로 그의 머리에 떠올랐다. 그가 예상했던 대로 채링턴 씨는 쉽게 이 방을 빌려주었다. 몇 달러를 받을 수 있다는 게 좋았던 모양이다. 윈스턴이 정사(情事)를 위해 이 방을 빌리고자 한다는 사실을 분명히 밝혔을 때, 그는 충격은커녕 불쾌해하지도 않았다. 그 대신 그는 그의 존재 같은 것은 눈앞에 없다는 듯 먼 곳을 바라보며 일반적인 이야기만 했다. 사생활은 매우 중요한 것이라고 그는 말했다. 모든 사람들이 때때로 혼자 있을 수 있는 장소를 원한다. 사람들이 그런 장소를 갖게 되면, 그 장소를 알고 있는 사람은 누구나 자기만 알고 그 비밀을 지켜주는 것이 상례인 것이다. 그는 마치 육체는 사라지고 목소리만 살아 있는 것 같은 말투로, 이 집에는 문이 두 개 있는데 그중 하나는 뒤뜰로 해서 골목길로 빠진다고 가르쳐주었다.

창 밑에서 누군가가 노래를 부르고 있었다. 윈스턴은 모슬린 커튼 뒤에 몸을 숨기고 슬쩍 밖을 내다보았다. 6월의 태양은 아직 중천에 떠 있었고 햇빛이 내리쬐는 저 아래서 허리에 올이 굵은 삼베 앞치마를 두르고 붉고 건장한 팔을 가진, 노르만식 건물의 기둥처럼 건장한 한 여자가 대야와 빨랫줄 사이를 왔다갔다하면서 네모난 흰 천을 계속 널고 있었는데, 윈스턴이 보기에는 어린애 기저귀 같았다. 그녀는 입에 빨랫집게를 물고 있지 않을 때면 으레 힘찬 알토로 노래를 부르는 것이었다.

덧없는 꿈이었네,

4월의 꽃처럼 스러져버렸네.
표정과 말과 꿈으로 흔들어
내 가슴 앗아가버렸네.

이 노래는 지난 몇 주 동안 런던에서 유행했었다. 이것은 음악국의 한 계에서 노동자들을 위해 지어낸 수없이 많은, 비슷한 노래들 중의 하나였다. 이들 노래들의 가사는 사람 손에 의해서가 아니라 작시기라고 알려진 기계가 작성한 것이었다. 그러나 이 여자는 지독하게 시시한 쓰레기 같은 노래를 멋들어지게 불러대는 것이었다. 그는 그녀의 노랫소리와 길거리에서 떠드는 아이들 소리, 그리고 마당에 깔려 있는 판석을 딛고 다니는 신발 소리를 들을 수 있었으며, 어딘가 멀리 있는 듯한 희미한 자동차 소리도 들을 수 있었다. 하지만 방안은 텔레스크린이 없는 덕분으로 묘한 침묵에 싸여 있었다.

어리석다, 어리석어, 바보 같으니라구! 그는 다시 생각했다. 그들이 체포되지 않고 이곳을 몇 주 동안 드나든다는 것은 상상할 수도 없는 일이었다. 그러나 실내나 혹은 가까운 곳에 자기들만의 은신처를 갖고 싶은 욕망이 너무나 강렬했다. 교회의 종루에 다녀온 후로 얼마 동안은 밀회를 가질 수 없었다. 증오주간에 대비하여 작업시간이 엄청나게 연장되었다. 그때까지는 아직 한 달 이상이나 남아 있었지만, 그에 따르는 방대하고 복잡한 준비로 누구나 특별 작업을 해야 했다. 마침내 그들 둘은 같은 날 오후에 자유로운 시간을 갖게 되었다. 그들은 숲속의 공터에 가기로 약속했었다. 그 바로 전날 밤에 그들은 거리에서 잠깐 만났다. 늘상 하던 대로 그들은 군중 속에서 이리저리 밀려다녔기 때문에 윈스턴은 줄리아를 거의 쳐다보지 못했다. 그러나 얼핏 본 것으로 그녀의 얼굴이 평상시보다 창백한 것 같아 보였다.

"다 틀렸어요. 내일 말이에요." 그녀는 말을 해도 안전하다고 판단하자 속삭였다.

"뭐라고?"

"내일 오후에 저는 갈 수 없어요."

"왜 못 간다는 거지?"

"언제나 같은 이유죠. 이번엔 빨리 시작하래요."

그 순간, 그는 화가 벌컥 났다. 그녀를 알게 된 한 달 동안 그녀에 대한 그의 욕망은 변질되어 있었다. 처음에는 사실 육욕(肉慾)은 거의 없었다. 그들의 첫 정사는 단순히 의지에 의한 행위였었다. 하지만 두번째 이후부터는 달라졌다. 그녀 머리카락의 냄새, 달콤한 입술의 맛, 피부의 감촉이 그의 몸 안으로 스며들거나 또는 그의 주위를 둘러싸고 있는 공기 속으로 스며드는 것 같았다. 그녀는 그에게 육체적으로 필요한 존재가 되었다. 그리고 그가 마땅히 가지고 원할 권리가 있다고 느끼는 대상이기도 했다. 그녀가 올 수 없다고 말했을 때 그는 그녀가 자기를 속이는 것 같은 느낌을 받았다. 그러나 바로 그 순간 군중에 밀려 그들은 서로 몸이 밀착되었고 손이 우연히 마주쳤다. 그녀는 그의 손가락 끝을 잡고 재빨리 비틀었는데, 그것은 단순히 육체적 욕망이 아니라 애정을 요구하는 행동이었다. 그녀의 이런 행동이 그에게 한 남자가 여자와 함께 살 때 이런 뜻하지 않은 실망은 정상적인 일이고 흔히 일어나는 일임을 일깨워주었다. 그녀에 대해 전에 느껴보지 못한 애정이 솟았다. 자기들이 10년 동안 살아온 부부간이라면 얼마나 좋을까 하고 그는 생각했다. 지금처럼 거리낌없이 터놓고 이런 일 저런 일 이야기를 나누며 살림에 필요한 일용품들을 사면서 둘이 거리를 거닐 수 있다면 얼마나 좋을까. 그는 무엇보다도 만날 때마다 정사를 해야 한다는 의무감없이 단둘이만 있을 수 있는 장소가 필요하다고 생각했다. 그러나 채링턴 씨의 방을 빌려야겠다는 생각이 떠오른 것은 그 순간이 아니라 그 다음날이었다. 그가 줄리아에게 그 이야기를 하자 그녀는 예상밖으로 쉽게 찬성했다. 그들 둘 다 그것이 미친 짓이라는 것을 알고 있었다. 그것은 마치 의도적으로 무덤 가까이 다가가고 있는 것과 같았기 때문이다. 그는 침대가에 앉아 기다리면서 다시 애정성 감방을 생각해보았다. 앞으로 닥칠 일에 대해 미리 공포를 느낀다는 것이 묘하게 느껴졌다. 99 다음에 1백이라는 숫자가 오는 것이 분명하듯, 미래의 어느 예정된 시간에는 죽음이 온다. 죽음을 피할 수는 없지만 연기시킬 수는 있을 것이다. 그러나 반면, 이따금씩 의식적이고 의지적인 행동으로 그 사이를 단축시키기도 하는 것이다. 그 순간 계단을 급히 올라오는 발자국 소리가 들렸다. 줄리아가 방으로 뛰어들어왔다. 그녀는 거친 갈색 천으로 만든 연장 가방을 들고 있었는데, 그는 그녀가 성 안에서 이 가방을 들고 다니는 것을 본 일이 있었다. 그가 포옹하려고 앞으로 다가서자, 그녀는 손에 연장 가방이 있기 때문이라는 듯 황급히 피했다.

"잠깐만요. 제가 가져온 걸 봐요. 당신은 그 맛없는 승리 커피를 가지고 오셨겠지요? 그렇겠죠. 그런 건 이제 필요없게 되었으니 버리셔도 돼요. 여길 보세요." 그녀가 말했다.

그녀는 무릎을 꿇고 가방을 열더니 스패너와 드라이버 따위를 먼저 꺼내놓았다. 그 밑에 깨끗한 종이 봉지 몇 개가 들어 있었다. 그녀가 윈스턴에게 건네준 첫번째 봉지는 이상하게도 막연하나마 친밀한 느낌이 드는 것이었다. 그 봉지에는 만지면 쑥쑥 들어가는 묵직한 모래 같은 것이 가득 들어 있었다.

"설탕이오?" 그가 물었다.

"진짜 설탕이에요. 사카린이 아닌 설탕이란 말이에요. 그리고 여기 빵도 있어요. 우리가 먹는 그 시시한 빵이 아니라 흰 빵이에요. 그리고 잼도 한 병 있고 우유도 한 통 있어요. 하지만 이걸 보세요! 이게 제가 정말 자랑하고 싶은 물건이에요. 이건 포장지로 싸야 했어요. 왜냐하면……"

그러나 그 이유는 설명할 필요도 없었다. 그 향기, 즉 그가 아주 어렸을 때 맡아보았던 것 같은 훈훈한 냄새가 벌써 방안에 가득 차 있었다. 그러나 지금도 가끔 이 냄새를 맡을 수 있는데, 방문이 닫히

기 전에 복도로 흘러나오거나 혹은 사람이 많은 거리로 퍼져서 잠시
나다가 곧 사라져버렸다.

"커피로군, 진짜 커피." 그가 속삭였다.

"내부당원용 커피예요. 이게 1킬로그램짜리예요." 그녀가 말했다.

"이런 것들을 다 어떻게 구했소?"

"이건 모두 내부당원용 물건이에요. 그 돼지 같은 작자들은 없는
게 없어요. 이건 물론 웨이터와 하인들이 훔쳐낸 거예요. 보세요, 여
기 홍차도 한 봉지 있어요."

윈스턴은 그녀 옆에 쭈그리고 앉았다. 그는 봉지의 한쪽 귀퉁이를
조금 찢었다.

"진짜 홍차로군. 흑딸기 잎으로 만든 게 아니야."

"요즈음은 홍차가 많아졌어요. 인도 같은 곳을 점령했나 봐요." 하
고 그녀는 막연하게 말했다. "그건 그렇고 제 말 좀 들어주세요. 3분
동안만 등을 돌리고 있어 주세요. 저쪽으로 가서 침대 끝에 앉아 계
세요. 창 쪽으로 너무 가까이 가지는 말고, 제가 말할 때까지 돌아보
지 마세요."

윈스턴은 모슬린 커튼 밖을 멍하니 내다보았다. 뜰 아래쪽에서 검
붉은 팔뚝의 부인이 아직 대야와 빨랫줄 사이를 왔다갔다하고 있었
다. 그녀는 입에서 빨랫집게 두 개를 빼내더니 감정을 풍부하게 넣어
노래를 불렀다.

시간이 모든 걸 해결해준다지만,
언제나 잊을 수 있다고들 하지만,
웃음과 눈물이 해를 거듭해
내 가슴을 여전히 울려주네!

그녀는 그 시시한 유행가를 완전히 다 알고 있는 것 같았다. 그녀
의 목소리는 일종의 행복한 우수를 띤 채 달콤한 여름 공기와 함께

멋지게 퍼져나갔다. 만일 6월의 저녁이 영원히 계속되고 빨랫감이 없어지지 않아서 천 년 동안 그 자리에서 기저귀를 널고 시시한 노래를 부르면서 남아 있으라고 하면 그녀는 더할 나위 없이 행복해할 것처럼 보였다. 그는 당원이 혼자 자발적으로 노래 부르는 것을 들어본 적이 결코 없다는 기이한 사실을 생각해냈다. 그것은 마치 혼자 중얼거리는 것과 같이 이단적이고 위험한 기벽으로 보일 것이다. 아마도 사람들은 아사상태에 가까워졌을 무렵에야 노래를 하게 되는 모양이었다.

"이제 돌아서도 좋아요." 줄리아가 말했다.

그는 돌아섰다. 그리고 한동안 거의 그녀를 알아볼 수가 없었다. 사실 그가 기대했던 것은 그녀의 나체였다. 그러나 그녀의 변신은 나체를 보는 것보다 훨씬 놀라운 것이었다. 그녀는 얼굴에 화장을 했던 것이다.

그녀는 노동자 구역에 있는 어떤 상점에 살짝 가서 화장품 한 세트를 사온 게 틀림없었다. 그녀는 입술을 새빨갛게 칠하고 뺨에는 연지를 발랐으며 코에도 분을 칠했다. 게다가 눈화장까지 했다. 화장을 멋지게 한 것은 아니었지만 윈스턴은 이 방면에 대한 안목이 별로 높지 않았다. 그는 얼굴에 화장을 한 여자당원의 얼굴을 본 적도, 상상해본 적도 없었다. 그녀의 외모는 놀랄 만큼 아름다워졌다. 가볍게 한 화장으로 그녀는 더욱 아름다워졌을 뿐 아니라 무엇보다도 훨씬 여자다워졌다. 그녀의 짧은 머리와 남자 같은 제복 때문에 그 효과가 더욱 컸다. 그녀를 껴안자 오랑캐꽃 향기가 콧속으로 밀려들어왔다. 그는 캄캄한 지하실 부엌과 그 여자의 굴 속 같던 입을 생각했다. 그 여자가 쓴 것과 똑같은 향수 냄새였다. 그러나 이번에는 그것이 별로 중요한 것 같지 않았다.

"향수까지 뿌렸군!" 그는 말했다.

"그래요, 향수도 뿌렸어요. 다음엔 제가 뭘 하려고 하는지 아세요? 진짜 여자 드레스를 구해서 이 지겨운 옷과 바꿔 입을 거예요.

또 실크 스타킹과 하이힐도 신을 거예요! 이 방안에서는 당원 동무가 아니라 진짜 여자가 되겠어요.”

그들은 옷을 훌훌 벗고 커다란 마호가니 침대 위로 올라갔다. 그는 처음으로 그녀 앞에서 알몸이 되었다. 지금까지는 장딴지에 툭 튀어나온 정맥과 발목 위에 얼룩덜룩하게 반창고를 붙이고 있는 자신의 창백하고 빈약한 육체를 수치스럽게 생각했었다. 시트도 없고 그들이 깔고 누운 담요는 털이 다 빠졌지만, 그 침대가 크고 푹신푹신해서 두 사람은 매우 만족스러웠다.

“빈대가 득실거리겠지요. 하지만 상관없어요.” 줄리아가 말했다.

요즈음은 노동자의 집 외에는 더블베드를 볼 수가 없었다. 윈스턴은 어렸을 적에 가끔 더블베드에서 잔 적이 있었다. 하지만 줄리아는 더블베드에서 자본 기억이 없었다.

그들은 얼마 동안 잠이 들었다. 윈스턴이 눈을 떴을 때 시계바늘은 9시 근처를 가리키고 있었다. 줄리아가 자기 팔을 벤 채 자고 있었기 때문에 그는 움직이지 않았다. 그녀가 한 화장의 대부분이 그의 얼굴과 베개에 옮겨 묻어 있었다. 하지만 연지 자국이 희미하게 남아 있는 그녀의 뺨은 여전히 아름다웠다. 석양의 노란 빛이 침대 끝을 지나 물이 펄펄 끓고 있는 냄비가 놓여 있는 난로를 비췄다. 뜰 아래 그 여자는 노래를 멈췄으나, 거리쪽에서 아이들이 떠드는 소리가 희미하게 들려왔다. 잊어버린 옛날, 시원한 여름밤에 남녀가 이렇게 벌거벗고 침대에 누워서 원하는 대로 사랑을 나누거나 이야기를 나누며 억지로 일어나야 한다는 어떤 압박감없이 바깥의 평화스런 소리에 귀를 기울이며 그냥 누워 있는 것이 일상적인 일이었는지 어땠는지에 대해 그는 생각해보았다. 확실히 이런 일이 일상적이었던 것 같지는 않았다. 줄리아가 눈을 비비고는 팔꿈치를 짚고 일어나 석유 난로를 보았다.

“물이 반으로 줄어들었어요. 일어나서 금방 커피를 탈게요. 이제 한 시간 남았어요. 당신의 아파트에서는 몇 시에 불이 나가죠?” 그녀가 물었다.

"23시 30분."

"합숙소에서는 23시에요. 하지만 그보다 빨리 가야 해요. 왜냐하면…… 야, 꺼져! 이 망할 것아!"

그녀는 갑자기 몸을 비틀며 침대에서 뛰어내려 마루에서 신발을 한 짝 집어들더니 '2분간 증오' 때 골드스타인에게 사전을 내던지듯 팔에 힘을 주어 방 구석을 향해 던졌다.

"뭐야?" 그가 놀라서 물었다.

"쥐예요. 그놈이 널빤지 밖으로 징그러운 코를 내미는 것을 보았어요. 널빤지 아래 구멍이 있나 봐요. 아무튼 그놈 놀랐을 거예요."

"쥐라고! 이 방에 말야?" 윈스턴은 중얼거리듯이 말했다.

"그놈들은 사방에 있어요." 줄리아는 다시 누우며 아무렇지도 않은 듯이 말했다. "합숙소의 부엌에도 있어요. 런던 일부 지역은 그놈들로 우글거리고 있어요. 당신은 쥐들이 아이들을 문다는 사실을 알고 있나요? 정말 문대요. 그런 지역에서는 엄마들이 단 2분도 아이를 혼자 놔둘 수가 없대요. 굉장히 큰 갈색 쥐들이 그런 짓을 한대요. 그런데 기분 나쁜 것은 그 더러운 놈들이 언제나……."

"그만!" 윈스턴이 두 눈을 꼭 감고 소리쳤다.

"여보! 얼굴이 창백해졌군요. 무슨 일이에요? 어디 편찮으세요?"

"세상에서 가장 무서운 게 쥐야!"

그녀는 자기 체온으로 그를 안심시키기라도 하려는 것처럼 그에게 몸을 밀착시키며 감싸안았다. 그는 눈을 바로 뜨지 않았다. 그는 얼마 동안 자기의 인생을 통해 수시로 겪었던 악몽 속으로 돌아간 느낌이 들었다. 악몽은 항상 똑같았다. 그는 캄캄한 벽 앞에 서 있었으며 반대쪽에는 참을 수 없고 마주 대하기가 너무 두려운 무엇인가가 있었다. 꿈속에서도 그는 사실 어두운 벽 뒤에 무엇이 있는지 알았기 때문에 자기가 스스로를 속이고 있다는 것을 가장 심각하게 느꼈다.

자신의 머리 한 조각을 잡아 비트는 것과 같은 필사적인 노력을 한다면 그것을 밝은 곳으로 끌어낼 수도 있었다. 그는 언제나 그것이 무엇인지를 알아내기 전에 꿈을 깼지만, 그것은 어떻든 줄리아가 말하려 할 때 그가 제지시킨 내용과 어느 정도 관계가 있을 것이다.

“미안해. 아무것도 아니야. 나는 단지 쥐가 싫을 뿐이오.” 그는 말했다.

“걱정 마세요, 여보. 이제 그 더러운 짐승들은 여기 얼씬도 못하게 하겠어요. 가기 전에 천으로 구멍을 막아버리겠어요. 그리고 다음에 여기 올 때 석회를 가지고 와서 완전히 막아버리겠어요.”

이제 그 공포의 캄캄한 순간도 반쯤은 잊혀졌다. 그는 약간 부끄러워져서 침대 머리맡에 일어나 앉았다. 줄리아는 침대에서 빠져나가 제복을 입고 커피를 탔다. 냄비에서 나는 냄새가 너무 강렬하고 자극적이어서 밖에 있는 사람들이 이 냄새를 맡고 캐물을까 봐 창문을 닫았다. 커피 맛보다 더 훌륭한 것은, 윈스턴에게는 몇 년 동안 사카린만 씀으로써 거의 잊혀진 설탕으로 인한 비단결 같은 감촉이었다. 줄리아는 한 손은 호주머니에 넣고 다른 한 손에는 잼을 바른 빵 조각을 들고 방안을 왔다갔다하며 책장을 무심하게 들여다보기도 하고, 접는 책상을 고치는 가장 좋은 방법을 이야기하기도 하고, 낡은 안락의자가 편안한지 알아보기 위해 털썩 앉아보기도 하고, 재미있다는 듯 우습게 생긴 12시간 시계를 만져보기도 했다. 그녀는 밝은 불빛 아래서 살펴보기 위해 유리 문진을 침대 쪽으로 가져왔다. 그는 그녀에게서 그 문진을 받아들고 그 유리의 부드럽고 빗방울 같은 모습에 새삼 감탄했다.

“이게 뭐예요?” 줄리아가 물었다.

“별것 아니오. 이게 어떤 목적으로 사용된 것 같지는 않아. 그래서 난 이걸 좋아하지. 이것은 그들이 미처 바꿔놓지 못한 역사의 한 단편이오. 만일 누가 이것을 읽는 방법만 안다면, 이건 1백 년 전의 메시지라 할 수 있지.”

"그림 저기 걸려 있는 그림은요? 저것도 1백 년 전의 것이란 말인가요?" 그녀는 맞은편 벽에 걸려 있는 판화를 고개로 가리키며 물었다.

"더 오래 된 것이지. 2백 년은 되었을 거야. 아무도 알 수는 없지만. 요즈음은 어떤 물건의 연대를 알아내기란 불가능한 일이야."

그녀는 그 그림을 보기 위해 방을 가로질러갔다.

"여기서 쥐가 콧잔등을 내밀었어요." 그녀는 그림 바로 밑에 있는 널빤지를 발로 차며 말했다. "이곳은 어디예요? 전에 어디선가 본 적이 있어요."

"교회야. 아니, 교회로 사용되던 곳이지. 이름은 성 클레멘트 데인이고." 채링턴 씨가 가르쳐준 노래의 한 구절이 그의 머릿속에 떠올랐다. 그는 다소 향수에 젖은 목소리로 노래를 불렀다.

"오렌지와 레몬이여, 성 클레멘트의 종이 말하네!"

놀랍게도 그녀가 그 다음을 이었다.

> 그대는 나에게 서 푼 빚을 졌지.
> 성 마틴의 종이 말하네.
> 그대는 언제 빚을 갚으려는가?
> 올드 베일리의 종이 말하네…….

"그 다음은 어떻게 되는지 모르겠어요. 그러나 끝부분은 알고 있어요. '그대 침실을 비춰줄 촛불이 오네. 그대 머리를 자를 도끼가 오네!'"

암호의 두 짝 같았다. 그러나 '올드 베일리의 종' 다음에 또 한 줄이 있을 것이다. 잘만 하면 채링턴 씨가 어떻게 기억해낼 수 있을 것이다.

"그걸 누가 가르쳐주었소?" 그가 물었다.

"할아버지가요. 할아버지는 제가 어렸을 때 늘 그 노래를 불러주시곤 했어요. 제가 여덟 살 때 할아버지는 증발됐어요. 어쨌든 사라지고 만 거예요. 그런데 저는 레몬이 뭔지 모르겠어요.” 하고 그녀는 엉뚱한 말을 덧붙였다. “오렌지는 본 적이 있어요. 껍질이 두껍고 둥글며 노란 과일이죠.”

“나는 레몬을 본 적이 있어. 50년대에는 아주 흔한 것이었지. 너무 시어서 냄새만 맡아도 침이 고여.” 윈스턴이 말했다.

“저 그림 뒤에 빈대가 있을 거예요.” 줄리아가 말했다. “언제 저걸 떼어서 깨끗이 닦아야겠어요. 이제 나갈 때가 다 된 것 같군요. 저는 이 화장을 지우고 떠나야만 해요. 어휴, 지겨워! 당신 얼굴에 묻은 루즈는 잠시 후에 닦아 드릴게요.”

윈스턴은 몇 분 후에 일어났다. 방은 어두워지고 있었다. 그는 밝은 쪽으로 돌아누워서 유리 문진을 들여다보았다. 싫증도 나지 않고 재미있는 것은 산호 조각이 아니라 유리 자체의 내부였다. 그것은 한없이 깊으면서도 거의 공기처럼 투명했다. 유리 표면은 마치 그 안에 완전한 대기를 가진 작은 세계를 둘러싼 하늘의 궁륭(穹隆)같았다. 그는 자신이 그 안으로 들어갈 수 있고, 사실 마호가니 침대, 접는 책상, 벽시계, 강철 판화, 그리고 유리 문진 그 자체와 함께 유리 안에 들어가 있는 듯한 느낌이 들었다. 그 유리 문진은 그가 들어 있는 방이고, 산호는 그 결정체 안에 영원히 고정된 줄리아와 그 자신의 생명이었다.

5

사임이 증발했다. 어느 날 아침 그는 작업장에 나오지 않았다. 몇몇 분별없는 사람들이 그의 결근에 대해 이러니저러니 지껄여댔다. 그 다음날은 아무도 그에 대해 이야기하지 않았다. 사흘째 되는 날, 윈스턴은 게시판을 보러 기록국의 현관으로 들어갔다. 게시물 중에 사임도 소속되어 있었던 장기위원회의 구성원 명단이 붙어 있었다.

그것은 전에 보았던 명단과 거의 같은 것처럼 보였다. 바뀐 사람은 아무도 없었는데, 한 사람의 이름이 빠져 있었다. 그것으로 충분했다. 사임은 존재하지 않게 된 것이다. 과거에도 존재한 적이 없다.

날씨는 몹시 무더웠다. 창문이 없는 청사의 미궁 같은 방은 냉방장치로 평상시와 같은 온도를 유지할 수 있었지만, 바깥 거리는 발바닥을 태울 정도로 뜨거웠으며 러시아워 때의 지하철에는 악취가 지독했다. 증오주간을 위한 준비가 한창이었기 때문에 모든 성의 직원들은 과외작업을 했다. 행진, 회합, 군대 사열, 강연, 밀랍 인형 전시, 영화 상영, 텔레스크린 프로그램 등 모든 것이 기획되어야 했다. 식장도 세워야 하고 초상화도 만들어야 하며 슬로건도 만들어내야 하고 노래도 지어야 했으며 유언비어도 퍼뜨려야 하고 사진도 위조해야 했다. 창작국의 줄리아가 속해 있는 계(係)는 소설 제작을 중단하고 잔학한 내용을 주제로 한 팜플렛 시리즈를 만드는 데 바빴다. 윈스턴은 정규 직무 외에도 하루 몇 시간씩 옛날 〈타임즈〉지 철을 뒤져서 연설에 인용될 기사를 변조하거나 윤색하는 데 많은 시간을 보내야 했다. 소란한 노동자 패가 거리로 몰리는 늦은 밤이면 시내는 이상한 열기로 휩싸였다. 로켓탄은 전보다 더 자주 터졌으며 가끔 멀리 떨어진 곳에서 굉장한 폭음이 들렸는데, 그것이 무엇인지 아는 사람은 하나도 없었고 소문만 왁자지껄했다.

증오주간의 주제가(〈증오가〉라고 한다)가 될 새 노래가 벌써 제작되어 텔레스크린에서 쉴새없이 방송되고 있었다. 이것은 엄밀하게 말하면 음악이라기보다는 드럼을 두드리는 것처럼 야만적이고 짖어대는 듯한 리듬을 갖고 있었다. 행군의 발소리에 맞춰 수백 명이 합창하는 소리는 간담이 서늘한 것이었다. 노동자들은 이 노래에 도취해 있었는데, 한밤의 거리에서는 아직 유행중인 〈희망없는 환상이었네〉라는 노래만큼 불리고 있었다. 파슨스네 아이들은 밤낮으로 빗과 화장지 조각으로 장단을 맞추며 이 노래를 불러댔다. 윈스턴은 밤이 되면 다른 때보다 더 바빴다. 파슨스가 조직한 봉사대는 증오주간을 위한 거리 장식을 맡아 깃발을 만들고 포스터를 그리고 지붕 위에 깃대를 세우고 길을 가로지르는 현수막을 달기 위해 줄을 매는 위험한 일 등을 하고 있었다. 파슨스는 승리 맨션만이 4백 미터짜리 장식막을 내걸 것이라고 자랑했다. 그는 천성적으로 이런 일을 좋아했으며 종달새처럼 명랑했다. 더위와 그런 작업을 핑계로 그는 저녁이면 그에게 반바지와 앞이 트인 셔츠를 입었다. 그는 동에 번쩍, 서에 번쩍하면서 밀고 잡아당기고 톱질하고 망치질하고 즉흥적으로 뜯어맞추고, 친절한 격려로 모든 사람을 기쁘게 해주며 몸을 움직일 때마다 심한 땀 냄새를 풍겼다.

갑자기 새로운 포스터가 런던 전역에 나붙었다. 이 포스터는 아무 설명도 없이 단지 키가 3, 4미터 정도 되는 유라시아 군인이 무표정한 몽고인의 얼굴로 커다란 군화를 신고 허리에 기관총을 걸치고 행군해오는 무시무시한 모습을 그린 것이었다. 포스터는 어느 각도에서 보든 원근법에 의해 확대된 기관총의 총구가 곧바로 자신을 겨냥하고 있는 것처럼 보였다. 이 포스터는 모든 벽마다, 빈 자리마다 붙어 있기 때문에 대형의 초상화보다 그 숫자가 더 많은 것 같았다. 일반적으로 전쟁에 냉담한 노동자들도 이 주기적으로 일어나는 광적인 애국심에 휘말리게 된다. 이런 전체적인 분위기에 맞추기라도 하듯이 로켓탄이 평상시보다 더 많은 사람들을 죽이고 있었다. 그중 하나는 사람이 가득 찬 스테프니의 한 영화관에 떨어져서 수백 명의 희생자를 폐허 속에 묻어버렸다. 이리하여 모든 이웃 사람들이 몇 시간 동안이나 계속되는 지리한 장례 행렬에 참여했으며 그것은 마침내 일종의 규탄대회로 발전했다. 또 다른 폭탄은 놀이터로 사용되던 황무지에 떨어져 수십 명의 아이들을 폭사시켰다. 이로 인해 더욱 분노에 찬 데모가 있었고 골드스타인의 초상을 불태웠으며 수백 장의 유라시아 군대의 포스터가 찢겨 불태워졌고 수많은 가게가 이 소동으로 수라장이 되었다. 이런 와중에 간첩이 무전으로 로켓탄을 떨어뜨릴 방향을 지시해준다는 소문이 퍼져 외국인의 혈통이란 혐의로 어떤 노부부의 집이 불태워졌고 그들은 그 안에서 질식해 죽었다.

채링턴 씨의 가게 위층 방에 이르기만 하면, 윈스턴과 줄리아는 더위 때문에 발가벗은 채 창문을 열어놓고 낡은 침대 위에 나란히 드러누웠다. 쥐는 다시 나타나지 않았지만, 더위 때문에 빈대는 무섭게 불어났다. 그러나 그런 건 별로 중요한 일이 아니었다. 지저분하든 깨끗하든 그 방은 천국이었다. 그들은 방에 도착하는 대로 암시장에서 사온 후춧가루를 구석구석에 뿌리고 옷을 벗어버린 다음 땀을 뻘뻘 흘리며 정사를 했다. 그리고 잠에 빠졌다가 깨어보면 빈대들이 떼를 지어 다시 모여 있는 것이 눈에 띄었다. 그들은 6월 중에 너댓 번, 아니 예닐곱 번 만났다. 윈스턴은 끊임없이 술을 마시던 버릇을 버렸다. 그럴 필요가 없어진 것 같았다. 그는 살이 오르고 정맥류성 궤양도 가라앉아 발목 위의 피부에 단지 갈색 반점만 남아 있었으며 이른 아침마다 발작적으로 일어나던 기침도 멈췄다. 산다는 것이 이제는 지루하지 않았고 텔레스크린 앞에서 억지 표정을 짓거나 목이 터져라 욕설을 퍼붓고 싶은 충동도 더 이상 일지 않았다. 가정이라고 할 만한 비밀장소를 확보해놓고 있는 이상, 이따금씩만 만날 수 있고 만나봤자 한 번에 두 시간 정도만 같이 있을 수 있다는 것조차도 고역스러운 일 같지 않았다. 중요한 것은 고물상 위에 있는 그 방이 그대로 존재해 있어야 한다는 것이었다. 그 방이 아무런 침해를 받지 않고 그대로 거기에 있다고 생각하면 바로 그 방에 가 있는 것처럼 느낀다. 그 방은 하나의 세계요, 사멸한 동물이 살아 돌아다니는 과거의 주머니였다. 윈스턴은 채링턴 씨도 하나의 사멸된 동물이라고 생각했다. 그는 언제나 충계를 올라가는 길에 채링턴 씨와 이야기를 나누기 위해서 몇 분 동안 멈추었다. 그 노인은 밖에는 거의 나가지 않는 것 같았고 그렇다고 찾아오는 손님이 있는 것도 아니었다. 그는 작고 어두운 가게와 음식을 준비하는 보다 더 좁은 뒤편의 부엌 사이를 왔다갔다하는 유령 같은 존재였다. 그런데 그 부엌에는 다른 물건들과 함께 커다란 나팔이 달린, 믿을 수 없을 만큼 구식인 축음기가 있었다. 그는 이야기하는 것을 즐기는 것 같았다. 기름한 코에 알이 두꺼운 안경을 끼고 구부정한 어깨에 검은 자켓을 입은 채 값없는 상품들 사이를 서성거릴 때면 그는 장사꾼이라기보다는 수집가 같은 인상을 풍겼다. 그는 시들해진 열성으로 하찮은 물건들을 이것저것 만지작거리곤 했다. 그 하찮은 물건들이란 중국 병마개, 부서진 코담뱃갑의 채색된 뚜껑, 오래 전에 죽은 어린애의 머리카락을 넣어놓은 작은 합금상자 등이었는데, 윈스턴에게 그것들을 사라는 말은 없이 다만 자랑할 뿐이었다. 그의 이야기를 듣는 것은 낡아빠진 자동주악기에서 나는 짤랑거리는 소리를 듣는 것과 같았다. 그는 기억을 더듬어 잊혀진 노래의 몇 구절을 더 끄집어냈다. 그 노래에는 스물네 마리의 개똥지빠귀에 관한 것도 있었고, 그리고 뿔이 굽은 암소, 불쌍한 코크 로빈 새에 관한 것도 있었다.

"당신이 좋아할 거라는 생각이 들었소."

그는 새로운 노래 구절을 알려줄 때마다 엷은 미소를 지으며 이렇게 말하곤 했다. 그러나 그는 어떤 노래든지 몇 구절밖에 회상할 수 없었다.

윈스턴과 줄리아는——어떻게 보면 이런 생각은 그들의 마음에서 떠난 적이 없었지만——지금의 이런 상태가 오래 지속되지 못할 것이라는 사실을 알고 있었다. 어떤 때는 죽음이 눈앞에 있다는 사실이 그들이 침대 위에 누워 있는 것처럼 명료해보였다. 그럴 때 그들은 저주받은 영혼이 죽음 직전에 마지막 위안물을 꽉 움켜잡듯이 절망적인 육욕에 탐닉하곤 했다. 그러나 그들은 안전할 뿐만 아니라 영원히 이런 관계가 지속될 수 있을 것이라는 환상을 가질 때도 있었다. 사실 그들은 이 방안에 있는 한 자기들에게는 어떤 재난도 닥치지 않을 것이라고 느꼈다. 여기까지 오는 데는 어려움과 위험이 있지만 일단 이 방에 들어오면 성역에 이른 것 같았다. 이것은 마치 윈스턴이 문진 속을 들여다볼 때, 그 유리의 세계 속으로 들어가는 것이 가능하고 일단 그 안으로 들어가면 시간도 멈출 수 있을 것이라고 생각한 것 그대로였다. 이따금 그들은 둘이서 도망칠 궁리도 해보았다.

그들의 행운이 영원히 지속되어서 그들의 나머지 생애 동안에도 지금과 같이 뜻대로 되어 갈 것이라고 생각해보기도 했다. 혹은 캐더린이 죽으면 묘안을 써서 결혼에 성공할 수 있으리라는 생각도 해보았다. 아니면 동반 자살을 할까, 그렇지 않으면 둘이 어디로 사라져 신분을 감추고 노동자의 말투를 배워 공장에 취직해서 뒷골목에서 발각되지 않고 살 수도 있으리라는 생각도 해 보았다. 하지만 이 모든 것이 실현 불가능한 일이라는 것을 그들은 잘 알고 있었다. 현실적으로 도피란 있을 수 없다. 실제로 가능한 단 한 가지의 방법인 자살마저도 그들은 실행할 의사가 없었다. 날마다, 그리고 매주마다 미래도 없이 현재에 매달려 산다는 것은 사람의 허파가 이용가능한 공기가 존재하는 한 숨을 쉬고 있는 것과 마찬가지로 억제하기 힘든 본능인 것 같았다.

때때로 그들은 당에 대한 적극적인 반란에 가담하자는 이야기도 해보았지만, 도대체 첫발을 어떻게 들여놓을지 몰랐다. 그 전설적인 형제단이 실제로 존재한다 해도 거기에 가입하는 방법을 찾는 어려움이 여전히 남아 있었다. 그는 그녀에게 그와 오브리언 사이에 있었던, 아니 있는 것 같아 보였던 묘한 친밀감에 대해 이야기했다. 그리고 때로는 오브리언 앞으로 걸어가서 자신은 당의 적이라는 것을 알리고 그의 도움을 청하고 싶었던 충동에 대해서도 이야기했다. 이상하게도 그녀는 그것을 불가능하고 경솔한 짓이라고 생각하는 것 같지 않았다. 그녀는 언제나 사람의 얼굴로 그 사람을 판단하곤 했었다. 그래서 윈스턴이 단 한 번 눈길이 서로 강하게 마주쳤다는 이유로 오브리언을 신뢰할 수 있는 사람이라고 생각하는 것이 그녀에게는 당연한 일처럼 보이는 모양이었다. 게다가 그녀는 모든 사람, 아니 거의 모든 사람이 남몰래 당을 증오하고 있으며, 행동하는 데 안전하다고만 생각되면 규칙을 위반하려 한다고 여기고 있었다. 그러나 그녀는 광범위하고 조직적인 반란단체가 존재한다는 것, 아니 존재할 수 있다는 것은 믿지 않았다. 골드스타인과 그의 지하군대에 관한 이야기는 당이 자신들의 목적을 위해 지어낸 것이고, 따라서 사람들은 이것을 믿는 척하지 않으면 안 된다고 그녀는 말했다. 그녀는 수없이 많은 당의 궐기대회나 자발적인 시위대열에서 이름을 들어본 적도 없고 발표된 대로 죄를 지었다고는 전혀 믿지 않는 사람들의 이름을 부르면서 처형하라고 목청을 높여 소리쳤었다. 공개 재판이 있을 때면 그녀는 아침부터 저녁까지 법정을 둘러싸고 있는 청년동맹의 파견대 속에 자리를 잡고 때때로 소리쳤다.

"저 반역자를 죽여라 ! "

'2분간 증오' 동안에도 그녀는 누구보다 큰소리로 골드스타인에게 욕을 퍼부었다. 그러나 아직도 그녀는 골드스타인이 누구이며, 그가 어떤 강령을 내세우고 있는지 어렴풋이밖에 모르고 있었다. 그녀는 혁명 이후에 자라났기 때문에 50년대와 60년대의 이념 전쟁에 대해서는 기억할 수 없었다. 이러한 개별적인 정치운동 같은 것은 그녀의 상상력밖에 있었다. 그리고 아무튼 당은 확고부동한 것이었다. 당은 언제나 존재할 것이며 언제까지나 똑같을 것이다. 사람들은 다만 은밀한 불복종, 기껏해야 몇 사람을 죽이거나 무엇인가를 폭파시키는 것과 같은 개별적인 파괴행위로써만 당에 대해 반항할 수 있었다.

어떤 점에서 그녀는 윈스턴보다 훨씬 더 예리하였고 당의 선전에 훨씬 덜 넘어가는 편이었다. 한번은 그가 우연히 유라시아와의 전쟁에 관계되는 말을 했을 때, 그녀는 자기 생각에는 전쟁을 하고 있는 것 같지 않다는 말을 하여 그를 놀라게 했다. 날마다 런던에 떨어지고 있는 로켓탄은 '사람들을 언제나 공포 상태에 있게 하기 위해' 오세아니아 정부 자신이 발사하는 것일 거라고 말했다. 이런 생각은 그로서는 한번도 해본 적이 없었다. 그리고 그녀는 '2분간 증오' 시간 동안 터져나오려는 웃음을 참느라 아주 애를 먹고 있다는 말을 함으로써 그에게 일종의 부러움을 느끼게 했다. 그러나 그녀는 당의 강령이 어떤 면에서든지 그녀 자신의 생활을 직접 간섭할 때만 반발을 느졌다. 때때로 그녀는 진실과 거짓의 차이는 자기에게 중요하지 않다는 단순한 이유로 당의 공식적인 신화를 수용하기도 했다. 예를들면 그녀는 학교에서 배운 대로 당이 비행기를 발명했다는 것을 믿고 있었다(윈스턴이 학교에 다니던 50년대 후반에는 당이 발명했다고 주장한 것은 오직 헬리콥터뿐이었는데, 10여 년 후 줄리아가 학교에 다닐 때는 비행기를 발명했다고 가르쳤다. 한 세대가 지나면 증기기관까지도 발명했다고 가르칠 것이다). 그래서 그가 자신이 태어나기 전, 즉 혁명이 일어나기 전에도 비행기가 있었다고 말했지만, 그녀는 아무런 관심도 나타내지 않았다. 누가 비행기를 발명했든지 간에 그게 무슨 상관이란 말인가 하는 태도였다. 4년 전 오세아니아는 이스트아시아와 전쟁을 했고 유라시아와는 화평했었다는 사실을 그녀가 기억하지 못하고 있다는 것을 우연히 알았을 때 그는 더 큰 충격을 받았다.

그녀가 모든 전쟁은 가짜라고 생각하는 것은 옳다. 그러나 분명히 그녀는 적의 이름이 바뀌었다는 사실조차도 기억하지 못하고 있었다.

"저는 우리가 늘 유라시아와 전쟁을 하고 있는 것으로 생각했어요." 하고 그녀는 분명치 않게 말했다.

이 말을 듣고 그는 적잖이 놀랐다. 비행기의 발명은 그녀가 태어나기 오래 전에 이루어진 일이지만 전쟁 상대국이 바뀐 것은 그녀가 다 자란 후인, 불과 4년 전에 일어난 일이었다. 그는 이 문제에 대해서 5분 가량 그녀와 토론을 했다. 마침내 그는 그녀로 하여금 한때는 전쟁 상대국이 유라시아가 아니라 이스트아시아였다는 것을 어렴풋이 회상하는 데까지 기억을 더듬게 하는 데 성공했다. 하지만 이런 문제는 여전히 그녀에게 별로 중요하지 않았다.

"그런 게 무슨 상관이에요?" 그녀는 견딜 수 없다는 듯 말했다. "전쟁은 언제고 계속되게 마련이에요. 그리고 뉴스는 어쨌든 모두 거짓말이구요."

그는 그녀에게 기록국과 자기가 거기서 하고 있는 그 뻔뻔스러운 허위 문서에 대해 가끔 이야기해주었다. 그러나 그런 일로 그녀를 놀라게 하지는 못할 것 같았다. 그녀는 거짓말이 진실이 된다는 것에 대해 대단찮게 여겼다. 그는 그녀에게 존스, 아론슨, 러더포드, 그리고 언젠가 한순간 그의 수중에 있었던 종이 쪽지에 대해서도 이야기했다. 그것도 그녀에게 깊은 인상을 주지는 못했다. 사실 처음에는 이야기의 핵심도 파악하지 못하는 것 같았다.

"그들이 당신의 친구들인가요?" 하고 그녀는 물었다.

"아니야, 나는 그들을 본 적도 없소. 그들은 내부당원들이야. 게다가 나보다 훨씬 나이가 많고, 그들은 혁명 이전의 구세대 사람들이오. 나는 단지 그들의 얼굴만 보았을 뿐이오."

"그럼 뭘 걱정하세요? 사람들은 늘 죽어가고 있잖아요?"

그는 그녀를 이해시키려고 애썼다.

"이건 예외적인 경우야. 누군가가 죽는다는 게 문제가 아니야. 당신은 바로 어제를 비롯해서 과거가 다 없어졌다는 것을 알고 있소? 설사 과거가 어디엔가 남아 있다 하더라도 그것은 저기 있는 저 유리 덩어리처럼 아무 증언도 하지 못하는 몇 개의 물체뿐이오. 벌써 우리는 혁명 당시와 혁명 이전의 시대에 대해서는 아는 것이 전혀 없소. 모든 기록은 파괴되거나 날조되었고, 모든 책은 다시 쓰여졌고, 모든 그림도 다시 그려졌으며, 모든 동상과 거리와 건물의 이름은 바뀌고, 모든 연대도 변조되었소. 그리고 이 변화 과정은 날마다 시시각각으로 계속되고 있소. 역사란 것은 정지해버렸소. 당이 늘 옳다고 하는 끊임없는 현재 외에는 아무것도 존재하지 않소. 물론 나는 과거가 날조되었다는 것을 알고 있소. 하지만 나 자신이 날조행위를 하면서도 내게는 그것을 증명할 능력이 없소. 일단 날조된 다음에는 어떤 증거도 남아 있지 않게 되오. 유일한 증거는 내 마음뿐인데, 누가 내 기억을 믿어주겠소. 내 전인생을 통해 딱 한순간 나는 그 사건 이후 실제로 구체적인 증거를 가졌었소. 그 후 몇 년이 지났지만 말이오."

"그래, 그게 무슨 소용이에요?"

"몇 분 후에 그 증거를 내버렸으니까 아무 소용도 없었지. 하지만 그런 일이 지금 일어난다면 나는 그걸 꼭 간직할 거야."

"전 그러고 싶지 않아요! 위험을 무릅쓸 각오는 충분히 되어 있지만, 그런 낡은 신문지 조각을 위해서가 아니라 위험을 무릅쓸 가치가 있는 것만을 위해서예요. 설사 그것을 간직하고 있다 해도 그것을 가지고 무얼 하겠어요?" 줄리아가 말했다.

"별건 아니겠지. 하지만 증거물은 되지. 내가 그것을 누구에게 보여줄 수만 있다면 아마 여기저기서 당을 의심하는 자들이 생길 거요. 우리 생전에 어떤 것을 변화시킬 수 있다고 생각지는 않소. 하지만 여기저기서 몇 번의 저항운동이 일어나는 것은 상상할 수 있소. 그들끼리 떼를 이루어 조그만 집단이 생기게 되고, 그것이 점차 커지면 다음 세대가 우리의 뒤를 이어 수행할 수 있도록 어떤 사소한 기록이라도 남겨두게 될 것이오."

"저는 다음 세대에 대해서는 별로 관심이 없어요. 전 그저 우리 자신에 대해서만 관심이 있어요."

"당신은 오직 허리 아래쪽으로만 반항할 뿐이지." 그가 그녀에게 말했다.

그녀는 이 말을 아주 재치있는 말이라고 생각했는지 기쁨에 들떠 그를 껴안았다.

그녀는 당의 강령 하나하나에 대해서는 전혀 관심을 보이지 않았다. 그가 영사의 원리, 이중 사고, 과거의 변조와 객관적 사실에 대한 부인, 그리고 신어의 사용법에 대해 이야기할 때마다 그녀는 지루해하고 혼란을 일으켰으며 그 따위 일들에 대해선 아무 관심도 없다고 말했다. 누구나 그런 것들이 시시하다는 걸 알고 있는데, 왜 그것 때문에 염려를 하느냐는 것이었다. 그녀는 기뻐해야 할 때와 경멸해야 할 때를 알고 있으니 그것으로 그만이라는 것이다. 그가 이런 문제에 대해서 고집스럽게 이야기를 하면 그녀는 딱하게도 그만 잠에

곯아떨어져버리는 습관이 있었다. 그녀는 시간과 장소를 가리지 않고 잠을 잘 수 있었다. 그녀와 이야기하는 동안 그는 정통성(正統性)이 무엇을 의미하는지조차 모르면서 정통적인 태도를 갖는다는 게 얼마나 쉬운 일인지를 깨달았다. 어떤 점에서 당의 세계관은 그것을 이해할 수 없는 사람들에게 가장 잘 납득이 되었다. 그들은 가장 잔인한 현실 침해도 받아들일 수가 있었다. 왜냐하면 그들은 자기들에게 요구되는 것이 얼마나 엄청난 일이고, 또 지금 일어나고 있는 공적 사건에 대해 충분히 관심을 보여야 한다는 것을 모르기 때문이다. 그들은 이해하지 못하기 때문에 정신이 정상적이다. 그들은 모든 것을 그냥 목구멍으로 삼켰으며, 그래도 아무 탈도 나지 않았다. 그것은 마치 한 알의 곡식이 소화도 되지 않고 새의 창자를 거쳐 그대로 나오듯이 뒤에 아무런 찌꺼기도 남기지 않기 때문이었다.

6

마침내 일이 벌어졌다. 기대했던 메시지가 왔다. 그는 전생애 동안 이런 일이 일어나기를 기다리고 있었던 것이다.

그는 청사의 긴 복도를 걷고 있었다. 줄리아가 그의 손에 쪽지를 건네주었던 지점 부근에 이르렀을 때 뒤에서 자기보다 체구가 큰 사람이 따라오고 있다는 것을 느꼈다. 누군지는 모르지만 그 사람은 분명히 말을 걸고 싶다는 듯 잔기침을 했다. 윈스턴은 갑자기 발을 멈추고 돌아섰다. 그는 오브리언이었다.

그들은 정면으로 마주보고 섰다. 그런데 그는 도망쳐버리고 싶은 충동이 일었다. 그의 가슴은 격렬하게 뛰었다. 말할 기력도 없었다. 하지만 오브리언은 윈스턴의 어깨 위에 잠깐 동안 정답게 손을 얹더니, 똑같은 보조로 계속 걸음을 옮겼다. 그래서 두 사람은 나란히 걷게 되었다. 그는 대부분의 내부당원들과는 달리 특별히 점잖은 태도로 말을 걸었다.

"자네하고 한번 이야기를 하고 싶었네. 언젠가 〈타임즈〉 지에서 신어에 대한 자네의 글을 읽었지. 신어에 대해 학문적인 흥미를 갖고 있는 것 같더군." 하고 그는 말했다.

윈스턴은 어느 정도 마음의 평정을 되찾았다.

"그렇지도 않습니다. 저는 초보자에 불과합니다. 그건 제 전공도 아닐 뿐더러 언어의 실질적인 구조와 관계되는 일을 해본 적도 없습니다."

"하지만 글을 아주 멋있게 썼더군." 오브리언이 말했다. "나 혼자만의 견해가 아닐세. 나는 그 방면에 전문가라 할 수 있는 자네 친구와 얼마 전에 이야기를 했었지. 그 친구 이름은 금방 떠오르지 않지만."

윈스턴의 가슴이 다시 고통스럽게 뛰었다. 사임 외에 다른 사람을 가리킨다고는 생각할 수 없었다. 그런데 사임은 죽은 사람이요, 사라져버린 '무인(無人)'이었다. 그를 아는 것처럼 말하는 것은 극히 위험한 일이다. 오브리언의 이 말은 분명히 어떤 신호, 즉 암호로 사용된 것이다. 사소한 사상죄를 함께 범함으로써 그는 그들 두 사람을 공범자로 만들어버린 것이다. 그들은 복도를 천천히 걸어갔다. 오브리언이 문득 걸음을 멈췄다. 그는 늘 친밀감이 몸에 밴 몸짓으로 묘하게도 상대방의 마음을 안심시켜주었는데, 이번에도 그는 그런 제스처를 써가면서 콧등의 안경을 고쳐 쓰고 말을 이었다.

"내가 정말 말하고 싶었던 것은 자네 글 속에서 벌써 없어진 단어를 두 개나 발견했다는 걸세. 하긴 그 단어가 없어진 건 최근의 일이지만. 자네는 신어 사전 제10판을 보았나?"

"못 봤습니다. 아직 발간되었다는 것도 모르고 있었는데요. 저희 기록국에서는 아직도 제9판을 쓰고 있습니다." 윈스턴이 말했다.

"제10판은 몇 달 후에나 나올 걸세. 하지만 견본으로 몇 권 먼저 배포된 것이 있지. 내게 그것이 한 권 있네. 자네도 그 책에 흥미가 있을 텐데?"

“봤으면 좋겠습니다.” 오브리언의 말이 의도하고 있는 바를 대뜸 알아채고 윈스턴이 대답했다.

“새로운 진전을 본 것 가운데는 몇 가지 아주 멋있는 것들도 있네. 동사의 수가 감소했는데 —— 바로 이것이 자네에겐 가장 흥미로운 점일 거야. 가만 있어라, 내가 인편으로 사전을 자네에게 보내줄까? 하지만 난 그런 일을 곧잘 잊어버리는데. 자네가 편리할 때 내 집에 들러서 가져가는 게 좋지 않을까? 잠깐만, 집주소를 알려줄 테니까.”

그들은 텔레스크린 앞에 서 있었다. 오브리언은 얼마쯤 얼빠진 듯이 호주머니를 두어 군데 뒤지더니 가죽으로 표지를 한 작은 수첩과 금빛 만년필을 꺼냈다. 그는 보라는 듯 텔레스크린 바로 아래에서 자기의 주소를 갈겨쓴 후 그것을 찢어서 윈스턴에게 건네주었다.

“저녁에는 대개 집에 있네. 만일 내가 없으면 하인이 대신 그 사전을 내줄 걸세.” 하고 그는 말했다.

그는 윈스턴에게 이번에는 감출 필요도 없는 종이 쪽지를 남겨주고 가버렸다. 그러나 윈스턴은 그 쪽지에 쓰여 있는 주소를 조심스럽게 외우고는 몇 시간 후에 그것을 다른 서류뭉치들과 힘께 기억통에 집어넣어버렸다.

그들이 대화를 나눈 것은 잘해야 2분 정도였다. 이 대화 장면이 가질 수 있는 의미는 단 한 가지뿐이었다. 그것은 오브리언이 윈스턴에게 자기 주소를 가르쳐주기 위한 방편으로서 꾸민 것이었다. 직접 물어보기 전에는 어떤 사람이 어디에 사는지 알 수가 없기 때문에 이러한 방법이 필요했던 것이다. 주소록 같은 것은 없었다. ‘나를 만나고 싶으면 이곳으로 오면 된다는’ 것이 오브리언이 그에게 말한 내용이었다. 아마 사전 속 어딘가에 메시지가 감춰져 있을 것이다. 그러나 아무튼 한 가지는 확실했다. 그가 꿈꾸어왔던 음모는 존재하고, 그는 그 음모의 실마리를 이제 잡은 것이다.

그는 머지않아 자신이 오브리언의 호출에 응하리라는 것을 알고 있었다. 내일이 되는지 아니면 오랜 후가 되는지는 모른다. 지금 일어난 일은 몇 해 전에 시작된 준비의 결과에 지나지 않는다. 첫번째 단계는 은밀하고 자발적인 생각이었다. 그리고 두번째 단계는 일기를 쓰기 시작한 것이었다. 그는 생각을 글로 옮겼고 지금은 글을 행동으로 옮기는 것이다. 마지막 단계는 애정성 안에서 일어날 것이다. 그는 그것을 받아들였다. 결과는 시작을 포함하고 있었다. 하지만 그것은 두려운 것이었다. 더 정확하게 말해서 그것은 죽음의 전조를 맛보는 것 같은, 이제 다 산 것 같은 느낌을 주었다. 오브리언과 말하고 있는 동안에도 그 말의 의미를 생각하자 오싹하는 듯한 전율감이 그의 몸안에 흘렀다. 그는 습기찬 무덤 속으로 한 발 들여놓은 느낌이었다. 그러나 그는 무덤이 언제나 저 앞에서 입을 벌리고 있다는 것을 알고 있었기 때문에 그것은 그렇게 견디기 어려운 것은 아니었다.

<h2 style="text-align:center">7</h2>

윈스턴은 눈물이 글썽해진 채로 잠을 깼다. 줄리아는 잠에 취한 채 그의 곁으로 굴러와 뭐라고 중얼거렸는데, "무슨 일이에요?"라고 말하는 것 같았다.

"꿈을 꾸었는데……." 그는 말을 시작하다가 뚝 그쳤다. 그 꿈은 너무 복잡해서 말로 옮길 수가 없었다. 꿈도 꿈이지만 잠에서 깨어난 다음에도 그는 얼마 동안 그 꿈과 관련된 추억에 사로잡혀 있었다.

그는 아직도 꿈속의 분위기에 푹 젖은 채 눈을 감고 누워 있었다. 그것은 비 온 뒤의 여름 저녁 풍경처럼 그의 전생애가 그 앞에 쭉 펼쳐지는 것 같은, 엄청나고 밝은 꿈이었다. 그것은 모두 유리 문진 속에서 일어났다. 유리의 표면은 하늘의 둥근 지붕이었고 그 둥근 지붕 안은 밝고 부드러운 빛이 넘쳐흘러 끝없는 거리 저쪽까지 볼 수 있었다. 꿈속에서는 어머니의 팔짓이 보였고 —— 사실 어떤 의미에서는 꿈은 이것을 중심으로 한 것이었다——30년 후에 그가 뉴스 영화에서 보았던, 헬리콥터가 유태인 모자(母子)를 산산조각내기 직전에 그 어머니가 어린 아들을 총탄으로부터 보호하려고 애쓰던 팔짓 장면도 보였다.

"난 지금까지 내가 어머니를 죽였다고 생각했었어." 그가 말했다.

"무엇 때문에 어머니를 죽였죠?" 줄리아가 졸린 목소리로 물었다.

"내가 죽인 건 아니지, 육체적으로는 말이오."

꿈속에서 그가 어머니를 마지막으로 본 것이 기억났고, 잠을 깨고 나서도 얼마 동안 그 일에 관련된 사소한 사건들이 모두 떠올랐다. 그것은 수년간에 걸쳐서 머릿속에서 일부러 떨쳐버리려고 애쓰던 기억이었다. 그는 그 일이 일어났던 연대는 확실히 기억할 수 없었지만, 아마 그의 나이 열 살은 넘어 열두 살쯤 되었을 때였을 것이다.

아버지는 그 일이 일어나기 얼마 전에 사라졌다. 얼마나 더 오래 전이었는지는 기억할 수가 없었다. 그는 그때의 소란스럽고 불안했던 분위기를 더 잘 기억했다. 즉, 주기적인 공습에 대한 공포, 지하철역으로 피난가던 일, 사방에 쌓여 있던 자갈더미, 거리 모퉁이마다 붙어 있던 이해하기 어려운 성명서, 모두 똑같은 색의 상의를 입은 청년단원들, 빵집 앞에 길게 늘어서 있던 대열들, 멀리서 끊임없이 들리던 기관총 소리 등이 기억났다. 그러나 무엇보다도 먹을 것이 충분하지 못했었다는 사실이 더 잘 기억되었다. 그는 다른 아이들과 함께 쓰레기통과 쓰레기더미를 헤치고 양배추 줄기나 감자 껍질을 줍고, 때로는 상해가는 빵조각을 주위 조심스럽게 썩은 부분을 떼어내던 일, 그리고 소먹이를 실은 트럭이 일정한 길로 다닌다는 것을 알고 거기서 기다렸다가 트럭들이 울퉁불퉁한 길에서 덜컹거릴 때 혹시 깻묵 조각을 흘리지나 않을까 하고 시간을 보내던 긴긴 오후를 기억하고 있었다.

그의 아버지가 사라졌을 때, 어머니는 어떤 놀라움이나 격렬한 슬품을 보이지는 않았지만 급격한 변화가 닥쳐왔다. 어머니는 완전히 넋이 나간 것 같았다. 윈스턴은 어머니가 반드시 일어날 거라고 믿는 어떤 일을 기다리고 있다는 것을 분명히 알 수 있었다. 그녀는 필요한 일——음식을 만들고 빨래를 하고 수선하고 잠자리를 봐주고 마루를 닦고 벽난로 위의 먼지를 터는 일 등을 아주 천천히, 마치 모델이 화가의 지시에 따라 움직이듯이 쓸데없는 동작은 삼가며 해나갔다. 그녀의 훤칠하고 맵시있는 몸은 자연히 정물(靜物)처럼 굳어가는 것 같았다. 어머니는 몇 시간이고 침대맡에 꼼짝도 않고 앉아 있는, 너무 야위어 원숭이 얼굴같이 된 두서너 살짜리 작고 병약하고 말없는 누이동생을 돌보아주곤 했다. 그리고 그녀는 곧잘 말 한마디 하지 않고 오랫동안 윈스턴을 품에 꼭 껴안고 있곤 했다. 그는 어리고 자기밖에 몰랐지만, 결코 말로 할 수 없는 어떤 일이 벌어질 것이라는 사실은 알 수 있었다.

그는 자기들이 살던, 하얀 시트가 씌워진 침대가 절반쯤 차지하고 있고 어둡고 냄새나는 방을 기억한다. 그 방에는 난롯가에 가스 풍로가 놓여 있었고, 음식을 넣어두는 찬장이 있었으며, 바깥 층계참에는 여러 가구가 공동으로 쓰는, 갈색의 흙으로 만든 수채통이 있었다. 그는 냄비 안에 있는 음식을 젓기 위해 가스 풍로 위로 몸을 구부리고 있던 어머니의 조각 같은 몸매를 기억한다. 무엇보다도 그는 한없이 배가 고팠고, 그래서 식사 때마다 아귀다툼하던 일을 잘 기억하고 있었다. 그는 어머니에게 몇 번이고 되풀이해서 어째서 음식이 더 없느냐고 귀찮게 물어보곤 했으며, 어머니에게 소리를 지르며 대들거나(그는 일찍 변성기에 접어들어 이상하게 울리던 자신의 목소리를 기억한다) 슬픈 듯 울먹거리며 자기 몫보다 더 차지하려고 애를 썼다. 그러면 어머니는 사내아이는 당연히 많이 먹어야 한다고 봐주었다. 그러나 어머니가 아무리 더 주어도 그는 언제나 더 많이 달라고 했다. 식사 때마다 어머니는 그에게 그렇게 자기만 아는 행동을 하지 말라고 했고 어린 누이동생이 아픈데 먹이기라도 해야 할 것이 아니냐고 타일렀지만 아무 소용 없었다. 그는 어머니가 더 주지 않으면 화가 나서 울음을 터뜨리며 냄비와 국자를 어머니 손에서 빼앗거나 누이동생의 접시에서 빼앗아다 먹거나 했다. 그는 자기가 어머니와 누이동생을 굶주리게 하고 있다는 걸 알았지만 그로서도 어쩔 수가 없었다. 그는 자기가 그렇게 할 권리가 있다고까지 생각했다. 뱃속의 허기진 쪼르륵 소리가 그것을 정당화시켜주는 것 같았다. 식사 시간 외에도 어머니가 보고 있지 않으면 그는 선반 위에 있는 하잘것없는 음식을 훔쳐 먹었다.

어느 날 초콜릿 배급이 나왔다. 지난 몇 주, 아니 몇 달 동안 초콜릿 배급이 없었다. 그는 그 귀중한 초콜릿 조각을 분명하게 기억한다. 그들 세 식구에게는 2온스짜리 한 조각이 배급되었다(그때도 여전히 온스라는 단위를 썼다). 이 초콜릿을 세 조각으로 나눠야 한다는 것은 자명한 이치였다. 갑자기 윈스턴은 남의 소리를 듣기라도 한 것처럼 자기 혼자 그 초콜릿을 다 먹어야 한다고 쩡쩡 울리는 소리로 주장했다. 어머니는 그에게 욕심을 부려서는 안 된다고 타일렀다. 소리를 지르고 울고 꾸짖고 달래도 결말이 안 나는 오랜 소동이 벌어졌다. 어린 누이동생은 마치 새끼원숭이처럼 두 손으로 어머니를 꼭 붙잡고 어깨 너머로 슬픈 눈을 커다랗게 뜨고 그를 쳐다보고 있었다. 마침내 어머니는 그 초콜릿의 4분의 3을 윈스턴에게 주었다. 어린 누이동생은 그 나머지를 손에 쥐고도 그것이 무엇인지 모르는 것처럼 멍하니 바라보고 있었다. 윈스턴은 잠시 동생을 쳐다보고 있었다. 그러다가 번개처럼 누이동생의 손에서 그 초콜릿 조각을 낚아채 가지고 문쪽으로 뛰었다.

“윈스턴, 윈스턴! 돌아와! 동생에게 초콜릿을 돌려줘!” 어머니가 그에게 소리쳤다.

그는 멈춰섰다. 하지만 되돌아가지는 않았다. 어머니의 간절한 눈이 그의 얼굴을 쳐다보고 있었다. 그 순간 그는 어머니가 그로서는 알지 못하지만, 아무튼 무언가 일어나려고 하는 일을 생각하고 있다고 느꼈다. 무엇인가를 빼앗겼다는 것을 알아챈 누이동생은 지지러지게 울음을 터뜨렸다. 어머니는 동생을 두 팔로 감싸고 가슴에 꼭 껴안았다. 그런 태도가 그에게 누이동생이 죽어가고 있다고 말했다. 그는 돌아서서 끈적끈적해진 초콜릿을 들고 층계를 내려갔다.

그는 어머니를 다시 보지 못했다. 초콜릿을 모조리 먹어치운 후 좀 부끄러운 생각이 들어 거리를 몇 시간 동안 싸돌아다니다가 배가 고파서야 비로소 집으로 돌아왔다. 그가 돌아왔을 때 어머니는 없었다. 그때는 보통 있는 일이었다. 어머니와 누이동생만 제외하면 방 안에서 없어진 것이라곤 없었다. 그들은 옷 한 벌도 가져가지 않았으며, 심지어 어머니의 외투까지 그대로 있었다. 오늘날까지도 그는 어머니가 죽었는지 살아 있는지 확실히 모른다. 어머니는 단순히 강제노동수용소로 보내졌을 가능성이 아주 높다. 누이동생은 윈스턴 자신처럼 내란으로 인해 늘어난 고아들의 집단수용소(교화원이라고 했다) 중의 한 군데로 보내졌을지도 모른다. 아니면 어머니와 함께 노동자수용소로 보내졌거나 어디 딴 데 있지 않으면 죽었을 것이다.

그 꿈은, 특히 모든 의미가 포함되어 있는 듯이 보이는 그 팔의 감싸고 보호하는 동작은 지금도 그의 마음속에 생생했다. 그의 생각은 다시 두 달 전에 꾼 꿈으로 돌아갔다. 누이동생을 꼭 안은 채 하얀 시트를 깐 지저분한 침대에 앉아 있던 것과 똑같이 어머니는 그보다 훨씬 아래쪽에서 매순간마다 깊이 빠져들어가는, 침몰하는 배 안에 앉아서 어두운 물을 통해 여전히 그를 올려다보고 있었다.

그는 줄리아에게 자기 어머니가 사라지던 때의 이야기를 해주었다. 그녀는 눈도 뜨지 않은 채로 몸을 뒤척여 더 편안한 자세로 누웠다.

"그땐 당신도 돼지 같았군요. 하기야 어린애들은 다 돼지지만." 그녀는 담담하게 말했다.

"그렇다고 할 수 있지. 하지만 이야기의 핵심은……."

숨소리로 보아 그녀는 다시 잠이 들려 하고 있는 모양이었다. 그는 어머니에 관한 이야기를 좀더 하고 싶었다. 그의 기억으로는 어머니는 뛰어난 여자도 아니었고 지성적이지도 않았다. 하지만 자기 나름의 기준으로 살았기 때문에 일종의 고상함과 순결함을 지니고 있었다. 그녀의 감정은 그녀 자신의 것이었으며, 외부의 영향으로 인해 변질될 수 없었다. 그녀는 쓸데없는 행동이라고 해서 꼭 무의미하다고는 생각지 않았다. 만일 누군가를 사랑하면 그를 끝까지 사랑했고, 그에게 줄 것이 아무것도 없을 때라도 여전히 사랑만은 주었다. 초콜릿을 다 빼앗겼을 때 어머니는 누이동생을 가슴에 꼭 껴안았다. 그것은 소용없는 일로 아무것도 변화시킬 수 없으며, 초콜릿이 더 생기는 것도, 누이동생이나 그녀 자신의 죽음을 막을 수도 없는 일이었다. 하지만 그녀는 아이를 꼭 껴안는 걸 당연한 일로 여기는 것 같았다. 보트에 타고 있던 그 피난민 부인도 실탄을 막는 데 종이 한 장만큼도 소용이 없는데도 어린애를 팔로 싸안았다. 당이 행하고 있는 무서운 짓은 이런 단순한 충동이나 감정은 아무 쓸모 없는 것이라고 설득하는 한편, 사람들에게서 물질세계를 지배하는 모든 힘을 빼앗아가는 것이었다. 일단 당의 손아귀에 들어가기만 하면 느끼는 것과 느끼지 못하는 것, 그리고 행동하는 것과 행동하지 못하는 것이 글자 그대로 아무런 차이도 없게 된다. 사람들이 사라질 때는 언제나 그 존재는 물론이고 그의 행적도 다시는 알 수 없게 된다. 그리하여 그 사람은 역사의 흐름에서 깨끗이 지워져버리는 것이다. 그러나 두 세대 전의 사람들은 역사를 변경시키려 하지 않았기 때문에 그들에겐 이러한 것은 그리 중요하지 않았다. 그들은 의문의 여지 없는 사사로운 충성심으로 살았다. 중요한 것은 개인간의 관계였으며 완전히 무력한 몸짓, 포옹, 눈물, 죽어가는 사람에게 하는 말 한 마디 등이 그 자체로서 의미를 지니고 있었다. 문득 노동자들은 아직 그런 상태로 남아 있다는 생각이 떠올랐다. 그들은 당이나 국가, 이념에 충성할 필요가 없고 상호간에 충성을 하는 것이다. 그는 비로소 노동자들을 경멸할 수 없고 그들이야말로 어느 날엔가 생명을 되찾아 세계를 재건할 수 있는 잠재적인 힘이라고 생각했다. 노동자들도 인간이다. 그들의 마음까지 굳어 있지는 않았다. 그들은 그가 의식적으로 다시 배워야 할 원초적인 감정을 지니고 있다. 이런 생각을 하다가 그는 별다른 이유없이 며칠 전 길에 떨어져 있던 잘려진 팔을 보고 양배추 줄기처럼 그것을 도랑 속으로 차넣은 일을 기억해냈다.

"노동자들이야말로 인간이야. 우리는 인간이라고 할 수 없지." 하고 그는 큰소리로 말했다.

"왜요?" 다시 잠에서 깬 줄리아가 말했다.

그는 잠시 생각하다가 말했다.

"당신은 우리가 서로를 위해 할 수 있는 최선의 일은 더 늦기 전에 이곳을 나가 다시는 서로 만나지 않는 것이라고 생각하지 않소?"

"저도 그런 생각을 몇 번이나 했어요. 하지만 전 아무튼 그러고 싶지는 않아요."

"우린 운이 꽤나 좋았소. 하지만 오래 지속될 수는 없지. 당신은 젊어. 그리고 정상적이고 순진하게 보여. 만일 당신이 나 같은 사람을 깨끗이 잊는다면 앞으로 50년은 더 살 수 있을 거요." 하고 그는 말했다.

"아니에요. 저도 다 생각해봤어요. 당신이 하시는 대로 저도 따라 하겠어요. 그러니 너무 낙담하지 마세요. 전 살아 남을 수 있으니까요."

"앞으로 6개월쯤은 함께 있을 수 있을 거요 —— 아니면 한 1년? 하지만 결국 우리는 헤어져야 할 거야. 당신은 우리가 홀로 될 경우를 생각해봤소? 언젠가 그들에게 붙잡히기만 하면 우리는 서로를 위해서 아무것도, 정말 아무것도 할 수 없을 거요. 만일 내가 자백을 하면 그들은 당신을 총살할 것이고, 설령 내가 자백을 하지 않는다 하더라도 그들은 마찬가지로 당신을 총살할 거요. 내가 어떤 행동을 하든, 어떤 말을 하든, 아니면 입을 다물고 있든 당신의 처형을 단 5분도 지연시킬 수 없을 거요. 우리는 심지어 서로가 죽었는지 살아

있는지조차 알 수 없을 거요. 완전히 무력해지는 거지. 다만 한 가지
중요한 것은 아무런 차이가 없다 할지라도 우리는 서로를 배신해서
는 안 된다는 것이오."

"자백이라고 하시니 말인데, 우리는 결국 자백하게 될 거예요. 누
구나 다 자백을 하고 말아요. 당신도 어쩔 수 없을 거예요. 그들은
고문을 하니까요." 그녀가 말했다.

"자백을 말하는 게 아니오. 자백은 배신이 아니야. 말하거나 행동
하는 것은 중요하지 않소. 중요한 건 감정이오. 만일 그들 때문에 내
가 당신을 사랑하지 않게 된다면 —— 그것이야말로 진짜 배신이야."

그녀는 그 말을 곱씹어 생각하더니 마침내 말했다.

"그들은 그렇게 할 수 없을 거예요. 그들이 할 수 없는 일이 한 가
지 있어요. 그들은 당신으로 하여금 결국 말을 하게 할 수는 있어요
—— 무슨 말이든 말이에요 —— 하지만 그들도 당신에게 그것을 믿
게 할 수는 없어요. 당신 마음속까지 지배할 수는 없을 테니까요."

"그렇지, 옳은 말이야. 그들이 당신 마음속까지 지배할 수는 없지.
만일 인간적으로 산다는 것이 가치있는 일이라고 느낄 수 있다면, 비
록 그것이 어떤 성과를 불러일으키지 못한다 하더라도 당신은 그들
을 패배시킨 셈이 되는 거요." 그는 다소 생기가 돌아서 말했다.

그는 결코 잠들지 않는 텔레스크린을 생각했다. 그들이 밤낮으로
감시를 하지만 정신만 똑바로 차리고 있으면 그들을 속여넘길 수도
있다. 그들이 아무리 영리하다 해도 다른 사람이 생각하고 있는 것까
지 알아낼 수는 없다. 사람들이 그들의 손아귀에 들어 있다는 것은
어쩌면 사실이 아닐지도 모른다. 애정성 안에서 무슨 일이 일어나고
있는지는 아무도 모른다. 그러나 추측은 할 수 있다. 고문, 마취, 신
경반응을 측정하는 정밀한 기계, 불면과 고독과 끊임없는 심문으로
차츰 기력을 잃도록 하는 것……. 어쨌든 사실을 숨겨둘 수는 없다.
그들은 심문으로 알아낼 수 있고 고문으로 족칠 수도 있다. 하지만
살아 남는 것이 아니라 인간적으로 사는 것이 목적이라면 그런 것이

궁극적으로 어떤 차이기 있단 말인가? 설령 우리가 원한다 할지라도 그들의 감정을 바꿔놓을 수 없듯이 그들 또한 우리의 감정을 바꿔놓을 수는 없다. 그들은 우리가 행동하고 말하고 생각하는 모든 것을 빼놓지 않고 적나라하게 알 수 있다. 그러나 우리 스스로도 어쩌지 못하는 신비스러운 속마음은 그들도 어쩔 수 없는 것이다.

8

그들은 단행했다. 드디어 단행하고 만 것이다.

그들이 서 있는 방은 기다랗고 불빛은 부드러웠다. 텔레스크린은 나지막한 소리로 중얼거리고 있었으며 값비싼 검푸른 양탄자의 감촉이 우단을 밟고 있는 듯한 느낌을 주었다. 방 저쪽 끝에는 오브리언이 초록색 램프 밑에 있는 책상 앞에 양옆으로 종이뭉치를 쌓아놓고 앉아 있었다. 하인이 줄리아와 윈스턴을 안내하여 들어왔을 때 그는 쳐다보지도 않았다. 윈스턴은 가슴이 너무 뛰어 말을 제대로 할 수 있을지 의심스러웠다. 우리는 단행했다. 마침내 단행하고 말았다 하는 것이 그가 생각할 수 있는 전부였다. 드디어 여기에 왔다는 것은 경솔한 행동일지도 모르며, 둘이 함께 왔다는 것은 정말 바보 같은 짓일지도 모른다. 물론 서로 다른 길로 와서 오브리언의 집 앞에서 만나기는 했지만, 아무튼 이런 곳에 오기 위해서는 온 신경을 소모해야 했다. 내부당원의 숙소를 구경하는 것은 물론이고, 그들의 거주 지역에 들어서는 것만도 아주 드문 경우였다. 커다란 집에서 풍기는 으리으리한 분위기, 호화롭고 큼직한 가구, 훌륭한 음식과 좋은 담배의 향기, 굉장히 빠르게 오르내리는 승강기, 급한 걸음으로 왔다갔다하는 하얀 조끼를 입은 하인들——모든 것이 기를 죽였다. 여기에 올 충분한 구실이 있었음에도 불구하고 그는 한 발짝씩 뗄 때마다 검은 제복을 입은 위병이 툭 튀어나와 신분증을 보자 하고 내쫓을까 봐 두려워했다. 그러나 오브리언의 하인은 주저하지 않고 그들을 맞이했다. 그는 작은 체구에 검은 머리, 그리고 흰 자켓을 입고 있었는데, 중국 사람처럼 다이아몬드형인 얼굴에는 전혀 표정이 없었다. 그들이 안내된 통로에는 푹신푹신한 양탄자가 깔려 있었고 우윳빛 벽지와 하얀 벽판은 더할 나위 없이 깨끗했다. 이것 역시 기를 죽이는 것이었다. 윈스턴은 사람의 손때로 더러워지지 않은 벽을 처음 보았던 것이다.

오브리언은 손가락 사이에 종이 한 장을 끼운 채 그것을 열심히 살펴보고 있는 것 같았다. 그는 커다란 얼굴은 코의 윤곽만 보일 정도로 깊이 숙이고 있어 단호하고 지성적으로 보였다. 한 20초 동안 그는 꼼짝도 하지 않고 앉아 있었다. 그러더니 그는 구술기록기를 끌어당겨 성(省)에서 쓰는 혼성특수용어로 메시지를 불러주기 시작했다.

"항목 1, 5, 7 완결 승인. 항목 6 포함된 내용 지극히 엉망 사상죄에 가까움. 취소 기계류 총경비 견적서 도착 전 건설 중단. 메시지 끝."

그는 침착하게 의자에서 일어나 조용히 양탄자를 밟으며 그들에게로 다가왔다. 다소 사무적이던 분위기는 신어와 함께 사라져버린 것 같았다. 하지만 그의 표정은 마치 방해를 받아 불쾌하다는 듯 평소보다 굳어 있었다. 윈스턴은 아까 느꼈던 공포가 번개처럼 머리를 스쳐 당황했다. 자신이 정말 어리석은 짓을 저질렀을 가능성이 매우 큰 것 같았다. 무슨 증거로 오브리언을 정치적 음모자로 생각했는가? 단한 번 마주친 눈길과 한 마디의 애매한 말뿐이었다. 그 외에는 꿈을 근거로 한 그 자신의 비밀스런 상상뿐이었다. 이제 와서는 사전을 빌리러왔다는 구실로 되돌아갈 수도 없었다. 줄리아의 존재를 설명할 수 없기 때문이다. 오브리언은 텔레스크린 앞을 지나갈 때 불현듯 어떤 생각이 떠오른 모양이었다. 그는 멈춰서서 옆으로 돌아 벽 위에 있는 어떤 스위치를 눌렀다. 끽 하는 날카로운 소리가 나면서 텔레스크린이 꺼졌다.

줄리아는 놀라서 나지막하게 비명을 질렀다. 공포의 와중에서도 윈스턴은 너무 놀라 마침내 입을 열었나.

"텔레스크린을 꺼버릴 수 있군요!" 그가 말했다.

"그렇다네. 우리는 끌 수 있지. 그 정도의 특권은 가지고 있다네." 오브리언이 말했다.

그는 이제 그들과 마주보고 서 있었다. 그의 우람한 체구가 그들 두 사람 앞에 우뚝 서 있었으며 그의 얼굴 표정은 여전히 불가사의했다. 그는 엄숙하게 윈스턴이 말하기를 기다리고 있었다. 그러나 무슨 말을 한단 말인가? 지금까지도 그는 바쁜 사람을 왜 방해하느냐고 의아해하고 있는 것 같았다. 아무도 말을 하지 않았다. 텔레스크린이 꺼지고 나니 방안에는 죽음과 같은 적막이 감돌았다. 시계 소리가 굉장히 크게 들렸다. 몇 초밖에 안 지났는데도 꽤 오랜 시간이 흐른 것 같았다. 윈스턴은 가까스로 오브리언의 눈에다 시선을 고정시키고 있었다. 그런데 갑자기 그 엄한 얼굴이 미소라도 지으려는 것처럼 약간 일그러졌다. 오브리언은 그 독특한 몸짓으로 콧잔등의 안경을 고쳐 썼다.

"내가 말할까, 아니면 자네가 말하겠나?" 그가 말했다.

"제가 말하죠. 저건 정말 꺼진 것인가요?" 윈스턴이 재빨리 말했다.

"물론 다 꺼졌네. 오직 우리뿐일세."

"저희가 여기에 온 것은……."

그는 비로소 자기의 방문 동기가 애매하다는 것을 깨닫고 말을 멈췄다. 사실 그는 자신이 오브리언으로부터 바라는 것이 어떤 종류의 도움인지 몰랐기 때문에 여기에 온 이유를 말하기가 쉽지 않았다. 그는 자기 말이 약하고 핑계처럼 들리지 않을까 생각하면서 말을 이었다.

"저희는 어떤 음모가 있으리라고, 당에 대항하여 활동하는 어떤 비밀단체가 있고 당신이 거기에 관여하고 있으리라고 믿고 있습니다. 저희도 그 단체에 들어가서 그 조직을 위해 일해보고 싶습니다.

저희는 영사의 강령을 불신합니다. 사상범들이죠. 게다가 간음자들이기도 합니다. 저희들의 운명을 당신에게 맡기고 싶어서 이런 말을 하는 겁니다. 만일 당신이 저희에게 어떤 다른 방법으로 범죄행위를 시키고 싶어하신다면 저희는 각오가 되어 있습니다.”

문이 열린 것 같아서 말을 멈추고 어깨 너머로 돌아보았다. 아니나 다를까, 그 체구가 작고 얼굴이 누런 하인이 기척도 없이 들어와 있었다. 윈스턴은 그가 술병과 잔을 담은 쟁반을 들고 있는 것을 보았다.

“마틴은 우리 편일세.” 오브리언이 태연하게 말했다. “술을 이리로 가져오게, 마틴. 저 둥근 탁자 위에 놓게. 의자는 충분한가? 그러면 앉아서 편안하게 이야기할 수 있을 텐데. 가서 자네 의자를 가져오게, 마틴. 이제부터 사무로 들어가니까 한 10분 동안 자네도 하인 노릇을 그만두게.”

그 작은 사내도 편안한 자세로 앉았다. 그러나 여전히 하인 같은 태도, 특권을 즐기는 하인의 태도가 남아 있었다. 윈스턴은 곁눈질로 그를 살펴봤다. 그는 평생 한 가지 역할만 해왔으며 잠시라도 자기의 가면을 벗어버리는 것은 위험하다고 생각하는 것 같았다. 오브리언은 포도주병의 목부분을 잡고 유리잔에다 검붉은 액체를 가득 따랐다. 윈스턴은 오래 전에 벽이나 광고판에서 본 적이 있는 한 장면—— 커다란 네온사인 술병이 위아래로 움직이면서 유리잔에다 술을 따르던 장면——이 희미하게 생각났다. 잔 위에서 보면 이 술은 거의 검은색으로 보였지만 병 안에 있을 때는 루비색으로 빛났다. 그것은 시고도 달콤한 향기가 났다. 그는 줄리아가 잔을 들어서 노골적인 호기심을 가지고 냄새를 맡고 있는 것을 보았다.

“포도주라네. 책에서 포도주에 관해 읽은 적이 있을 걸세. 아마 외부당원은 구하기 힘들걸.” 오브리언이 희미하게 미소를 지으며 말했다. 그는 얼굴 표정을 다시 엄숙하게 하고 술잔을 들었다. “우리의 건강을 위해 마시는 것은 좋다고 생각하네. 우리의 지도자, 임마누엘 골드스타인을 위해.”

윈스턴은 다소 흥분을 느끼며 잔을 들었다. 포도주라면 책에서 보았고 또한 상상으로만 그리던 것이었다. 유리 문진이나 채링턴 씨가 반밖에 기억하지 못하는 노래처럼 이 포도주도 그가 남몰래 혼자서 즐겨 회상하는, 지금은 사라져버린 옛날, 낭만적인 시대의 유물이었다. 그는 늘 포도주는 흑딸기 잼처럼 아주 달고 그러면서 곧 취하게 하는 효과가 있을 것이라고 생각했다. 그러나 실제로 마시고 나서 그는 그 맛에 적잖이 실망을 느꼈다. 사실 그는 몇 년 동안 진만 마셨기 때문에 거의 포도주의 제 맛을 볼 수 없었던 것이다. 그는 빈 잔을 내려놓았다.

“그런데 골드스타인라는 사람은 정말 있습니까?” 그가 물었다.

“있지, 그 사람은 정말 있다네. 게다가 살아 있다네. 어디에 있는지는 나도 모르지만.”

“그럼 그 음모도, 그 단체도 사실인가요? 사상경찰이 지어낸 것이 아니구요?”

“사실이고말고. 우리는 형제단이라고 부르지. 하지만 자네는 그 형제단이 존재하고 자네가 거기에 속해 있다는 사실 외에는 더 알 수 없을 걸세. 이 이야기는 나중에 다시 하지.” 그는 손목시계를 들여다보았다. “내부당원이라도 30분 이상 텔레스크린을 꺼놓고 있는 것은 좋지 않아. 자네들은 둘이 함께 여기 오지 말았어야 했네. 갈 때는 따로따로 가게. 동무가…….” 하고 그는 줄리아에게 고갯짓을 했다. “먼저 가시오. 아직 20분은 더 있을 수 있어. 자네들에게 몇 가지 질문을 하겠네. 자네들은 무슨 일이든 할 각오가 되어 있는가?”

“할 수 있는 건 무엇이든지요.” 윈스턴이 대답했다.

오브리언은 윈스턴의 얼굴을 마주볼 수 있도록 의자를 약간 돌렸다. 그는 윈스턴이 줄리아의 답까지 해줄 것이라고 생각했는지 그녀를 거의 의식하지 않았다. 그는 잠시 눈을 감았다 떴다. 그리고 낮고 침착한 목소리로 마치 교리문답이라도 하는 것처럼 대답의 대부분을 알고 있는 질문을 하기 시작했다.

“생명을 바칠 각오가 되어 있나?”

“예.”

“자살할 수도 있나?”

“예.”

“무고한 사람 수백 명을 죽일지도 모르는 태업행위도 할 각오가 되어 있나?”

“예.”

“외국 세력을 위해 조국을 배신할 수 있겠나?”

“예.”

“속이고 날조하고 사취하고 아이들 마음을 더럽히고 습관성 마약을 배포하고 매춘을 육성하고 성병을 전염시키고…… 당의 권력을 타락시키고 약화시킬 수 있는 것은 어떤 짓이라도 하겠는가?”

“예.”

“예컨대 우리에게 이익이 되는 일이라면 아이들 얼굴에 황산을 뿌리는 것같은 일도 할 각오도 되어 있나?”

“예.”

“현재의 신분을 상실하고 하인이나 부두 노동자로 남은 생애를 보낼 각오도 되어 있나?”

“예.”

“우리가 자네에게 명령한다면 자살할 각오도 되어 있나?”

“예.”

“자네들 둘이 헤어져서 다시는 서로 만나지 못한다 해도 괜찮겠나?”

“안 돼요!” 줄리아가 끼어들었다.

윈스턴은 한참 동안 대답을 하지 않고 있었다. 그는 거의 말할 힘조차 잃은 것 같았다. 혀가 한 단어의 첫 음절부터 발음을 했지만 소리가 나오질 않았다. 자신이 무슨 말을 하려 하는지도 알 수 없었다.

"안 되겠습니다." 그는 마침내 이렇게 대답했다.

"잘 대답해주었네. 우리는 모든 것을 다 알아야 하니까." 오브리언이 말했다.

그는 줄리아 쪽으로 돌아앉아서 다소 힘을 주어 물었다.

"윈스턴이 살아 있다 해도 전혀 다른 사람이 될지도 모른다는 것을 이해할 수 있겠소? 우리는 그를 새로운 사람으로 만들어야 하니까. 그의 얼굴, 동작, 손 모양, 머리 색깔, 심지어 목소리까지도 달라질 것이오. 그리고 당신 자신도 달라져야 할지 몰라요. 우리 의사들은 알아보지 못할 정도로 사람을 바꿔놓을 수 있어요. 어느 때든 필요하면 말이오. 경우에 따라 팔다리를 잘라버리기도 하지요."

윈스턴은 다시 그 몽고족 같은 마틴의 얼굴을 곁눈질하지 않을 수 없었다. 그의 얼굴에는 아무 흉터도 없었다. 줄리아는 얼굴이 파랗게 질려 주근깨가 더 뚜렷하게 보였지만 대담하게 오브리언을 바라보고 있었다. 그녀는 뭐라고 중얼거렸는데, 동의를 하는 것처럼 들렸다.

"좋아, 그럼 됐어."

테이블 위에는 은제 담배상자가 놓여 있었다. 오브리언은 담배상자를 그들에게 밀어주고 자기도 한 대 빼어 물더니, 그래야만 생각이 더 잘 떠오른다는 듯 자리에서 일어나 느린 걸음으로 왔다갔다 거닐었다. 몹시 두껍고 이상한 느낌이 들 만큼 부드러운 종이로 잘 포장된, 아주 질이 좋은 담배였다. 오브리언은 다시 손목시계를 들여다보았다.

"이제 주방으로 가보게, 마틴. 25분쯤 후에 텔레스크린 스위치를 켜겠네. 가기 전에 이 동무들 얼굴을 잘 익혀두게. 다시 이들을 보게 될 테니까. 나는 못 만날지도 모르지만." 그는 말했다.

아까 현관에서 만났을 때와 마찬가지로 마틴의 까만 눈이 그들의 얼굴을 보며 깜박거렸다. 그의 태도에서는 친밀감이라곤 전혀 찾아볼 수가 없었다. 그는 그들의 얼굴을 기억해두면서도 그들에겐 아무

관심도 없는 듯했다. 아니, 아무 감정도 느끼지 못하는 것 같았다. 윈스턴은 정형수술을 한 얼굴이라서 표정을 바꿀 수 없는 모양이다라고 생각했다. 마틴은 한 마디 말도, 그리고 인사도 없이 문을 조용히 닫고 나가버렸다. 오브리언은 한 손은 검은 제복의 호주머니에 넣고 다른 한 손으로는 담배를 든 채 이리저리 서성거리고 있었다.

"자네들은 암흑 속에서 투쟁한다는 사실을 기억해두게. 항상 암흑 속에서 살아야 할 걸세. 명령을 받으면 이유 불문하고 복종해야 할 거야. 나중에 우리가 살고 있는 사회의 참된 본질을 배우고 그 사회를 파괴할 수 있는 전략을 배우게 될 책을 보내주겠네. 그 책을 다 본 다음에야 비로소 형제단의 완전한 단원이 되는 걸세. 하지만 우리가 투쟁하고 있는 전체적인 목적과 지금 이 순간 눈앞에 있는 과업 외에는 자네들은 결코 더 이상은 알 수 없을 걸세. 자네들에게 형제단이 존재한다고 말은 했지만 그 구성원이 백 명인지 아니면 천만 명인지는 말할 수 없네. 개인적으로 알아봤자 아마 10여 명 정도도 말할 수 없을 걸세. 자네들은 서너 사람과 접촉을 할 텐데, 그 하나와 만나고 나면 다음엔 다시 새로운 사람과 접촉을 해야 할 걸세. 그런 식으로 접촉이 계속될 거야. 자네들이 명령을 받으면 그건 내가 내린 걸세. 연락할 필요가 생기면 마틴을 통해서 하겠네. 자네들이 마침내 체포되면 자백을 하겠지. 그건 어쩔 수 없는 일이야. 하지만 자네들이 자백할 거라곤 자네들 자신의 활동 이외에는 거의 없을 걸세. 자네들이 배신하는 것은 몇 명의 중요하지 않은 단원들 뿐일 거야. 내 이름을 대봐도 아무 소용 없을 거야. 나는 그때 이미 죽어 있거나 아니면 다른 얼굴을 가진 전혀 엉뚱한 사람이 되어 있을 테니까." 그는 말했다.

그는 여전히 부드러운 양탄자 위를 왔다갔다했다. 몸집이 큼에도 불구하고 그의 동작에는 우아한 품위가 있었다. 호주머니에 손을 찔러넣고 담배를 피워 무는 몸짓에서도 품위가 나타났다. 그는 힘이 세어 보인다기보다는 오히려 믿음직하고 재치도 있고 이해심 많은 사남이란 인상을 주었다. 그는 아무리 열렬하게 이야기할 때노 광신자와 같은 단순성을 보이지는 않았다. 살인이니 자살이니 성병이니, 팔다리를 절단한다느니 얼굴을 성형한다느니 하는 이야기를 할 때도 그는 약간의 농담기를 섞어 말했다. "이건 어쩔 수 없는 일이야. 우리가 단호하게 해야만 하는 일이지. 하지만 인생이 다시 살 만한 가치가 있는 것이 되면 그때는 하지 않아도 되는 일일세." 하고 말하는 것 같았다. 윈스턴의 가슴속에서는 오브리언에 대한 숭배에 가까운 존경심이 우러나왔다. 그 순간 그는 골드스타인의 유령 같은 모습을 잊어버렸다. 누구든 오브리언의 힘있어 보이는 어깨와 못생겼지만 교양있어 보이는 무뚝뚝한 얼굴을 보면 그는 결코 패배하지 않을 것이라는 신념을 갖게 된다. 그가 감당하지 못할 전략이란 결코 있을 수 없고 그가 예견하지 못할 위험 역시 있을 수 없었다. 줄리아도 깊은 인상을 받은 것 같았다. 그녀는 담뱃불을 끄고 열심히 귀를 기울이고 있었다. 오브리언이 계속해서 말했다.

"자네들은 형제단이 있다는 소문을 들었을 거야. 그리고 분명히 형제단에 대해 나름대로의 상상을 했겠지. 아마 지하실에서 비밀리에 만나고 벽에다 지령을 써놓고 암호나 무슨 손짓에 의해 서로를 알아보고 하는 음모자들의 거대한 지하세계일 거라고 상상했을 거야. 하지만 실제로 그런 일은 없어. 형제단의 단원들이 서로를 알아볼 수 있는 방법이라곤 없고, 또 어떤 단원이 몇 명의 단원 말고 다른 단원들의 신분을 알아차리는 일은 불가능하지. 골드스타인 자신이 사상경찰의 손에 붙들린다 해도 완전한 조직 명단을 대주거나 그들이 그걸 알 수 있도록 어떤 정보를 제공할 수가 없지. 그런 명단이란 게 없으니까 말이야. 형제단이란 우리가 알고 있는 일반적인 의미의 단체가 아니기 때문에 완전히 전멸당할 수가 없네. 분쇄되지 않는 하나의 이념 말고는 단결을 계속 유지할 수 있는 것이 없네. 자네들도 그 이념이 아니고는 절대로 견디어나갈 수 없을 거야. 그외에 동료애라든가 사기를 높여주는 따위의 일은 없어. 결국 자네들이 체포된다 해도 자네들은 아무런 도움도 받을 수 없네. 우리는 우리 조직원들을 도울 수가 없으니까. 고작 할 수 있는 일이라곤 어떤 단원이 입을 다물고 있어야 할 절대적인 필요가 있을 경우 죄수의 감방에 면도칼을 슬쩍 넣어주는 정도지. 자네들은 소득도 희망도 없는 삶을 살아야 하네. 자네들은 얼마 동안 활동을 하다가 잡혀서 자백을 하게 될 것이고, 그런 다음에는 죽음을 당할 거야. 그것이 자네들이 예견할 수 있는 오직 하나의 소득일세. 우리 생전에 어떤 변화가 일어난다는 것은 불가능한 일이야. 우리는 죽은 몸이야. 우리의 진정한 삶이란 오직 미래에 있을 따름이니까. 우리는 그때 한 줌의 먼지와 몇 조각의 뼈로 변해 있겠지. 하지만 그 미래가 얼마나 멀는지는 아무도 아는 사람이 없네. 어쩌면 몇천 년 후일지도 모르지. 현재로서는 올바른 정신의 영역을 조금씩 조금씩 넓혀 가는 것뿐이야. 우리는 집단행동을 할 수는 없네. 다만 우리의 이념을 개인에서 개인으로, 한 세대에서 다음 세대로 전해줄 수 있을 뿐이지. 사상경찰이 있는 한 다른 방도가 없어."

그는 말을 멈추고 세번째로 손목시계를 들여다보았다.

"가볼 시간이 거의 된 것 같네, 동무." 하고 그는 줄리아에게 말했다. "잠깐, 술이 아직 반이나 남아 있군."

그는 술잔들을 채우고 자기 잔을 들었다.

"이번에는 무엇을 위해서 건배하지? 사상경찰의 혼란을 위해서? 대형의 죽음을 위해서? 인간성을 위해? 과거를 위해서?" 그는 여전히 농담하듯 말했다.

"과거를 위해서요." 윈스턴이 말했다.

"과거가 더 중요하다고 할 수 있지." 오브리언이 무겁게 동의했다.

그들은 잔을 비웠다. 잠시 후에 줄리아가 떠나기 위해 일어섰다. 오브리언은 캐비닛 위에서 작은 상자를 내려 그 안에서 작은 알약을 꺼내 그녀에게 주며 입안에 넣으라고 말했다. 승강기 운전자들이 알아챌지도 모르니 술냄새가 나지 않도록 하는 것이 중요하다고 그는 말했다. 그녀가 나가고 문이 닫히자, 그는 이내 그녀의 존재를 잊어버린 것처럼 보였다. 그는 두어 걸음 떼어놓더니 멈춰서서 말했다.

"몇 가지 정해놓아야 할 세부적인 일들이 있네. 은신처 같은 곳이 있으리라고 생각되는데."

윈스턴은 채링턴 씨의 가게 위층 방에 대해 설명했다.

"우선은 그곳을 이용하게. 나중에 우리가 다른 장소를 정해주겠네. 은신처는 자주 바꾸는 게 중요하지. 그 동안 자네에게 '그 책'을 보내주겠네." 오브리언마저 '그 책'이라는 말을 강조하듯이 발음하는 것 같았다. "자네도 알지? 그 골드스타인의 책 말일세. 될 수 있는 대로 빨리 보내주겠네. 그 책을 구하려면 며칠 걸려야 할 거야. 자네도 짐작하겠지만 그 책은 부수가 많지 않아. 우리가 그 책을 발간하기 무섭게 사상경찰이 그걸 찾아내서 없애버리니까. 그래도 상관없지만. 그것은 결코 없어지지 않는 책이지. 최후의 한 권이 없어진다 하더라도 우리는 거의 한 마디도 틀리지 않고 다시 발간할 수가 있거든. 출근할 때 가방을 가지고 다니나?"

"대개는 가지고 다닙니다."

"어떻게 생긴 가방이지?"

"몹시 낡고 검은 가방입니다. 끈이 두 개 달리고."

"검은 색에 몹시 낡고 끈이 두 개라——됐어. 가까운 시일 안에——언제라고 정확한 날짜는 말할 수 없지만——자네가 아침에 처리해야 할 문서 중 잘못 인쇄된 것이 들어 있을 걸세. 그럼 자네는 다시 보내달라고 요청하게. 그 다음날은 가방을 들지 말고 출근하게. 그날 중 길에서 누군가 자네 팔을 건드리며 '가방을 떨어뜨리지 않았습니까?' 하고 말할 걸세. 그가 주는 그 가방 안에 골드스타인의 책이 들어 있을 거야. 자네는 그 책을 2주일 안에 돌려줘야 하네."

얼마 동안 침묵이 흘렀다.

"2분 정도 있다 나가게." 오브리언이 말했다. "우리는 다시 만날 걸세——우리가 다시 만나면……."

윈스턴은 그를 올려다보았다.

"어둠이 없는 곳에서요?" 그는 주저하며 물었다.

오브리언은 놀라는 기색도 없이 고개를 끄덕였다. 그리고 그 말이 암시하는 바를 알고 있다는 듯이 말했다. "어둠이 없는 곳에서. 그건 그렇고, 여기서 나가기 전에 내게 하고 싶은 말은 없나? 어떤 메시지, 아니면 질문이라도?"

윈스턴은 생각해보았다. 더 알고 싶은 것이 있는 것 같지 않았다. 오브리언이나 형제단과 직접 관련된 어떤 사실 대신 어머니를 마지막으로 본 어두운 침실, 채링턴 씨 가게 위층에 있는 작은방, 유리 문진, 그리고 장미나무로 틀을 짠 철판화 등이 번갈아가며 머릿속에 떠올랐다. 그는 나오는 대로 물어보았다.

"저 '오렌지와 레몬이여, 성 클레멘트의 종이 말하네'로 시작되는 옛날 노래를 들어본 적 있습니까?"

오브리언은 다시 고개를 끄덕였다. 그는 다소 침울한 표정으로 그 노래를 끝까지 외웠다.

오렌지와 레몬이여, 성 클레멘트의 종이 말하네.
그대는 나에게 서 푼 빛을 졌지, 성 마틴의 종이 말하네.
언제 빛을 갚으려나? 올드 베일리의 종이 말하네.
부자가 되면, 쇼어디치의 종이 말하네.

"마지막 구절까지 알고 계시군요!" 윈스턴이 소리쳤다.

"그럼, 알고 있지. 자, 그만 떠날 시간이 된 것 같네. 그런데 잠깐만, 자네도 이 알약 하나를 먹어두는 게 좋겠어."

윈스턴이 일어섰을 때 오브리언이 손을 내밀었다. 악수하는 힘이 너무 세어서 손바닥 뼈가 으스러지는 것만 같았다. 윈스턴은 문에서 뒤를 돌아보았다. 그러나 오브리언은 벌써 그를 마음속에서 몰아낸 것 같았다. 그는 텔레스크린 스위치에 손을 댄 채로 기다리고 있었다. 그의 뒤쪽 책상에는 초록빛이 감도는 램프와 구술기록기, 그리고 서류가 잔뜩 들어 있는 철사 바구니가 놓여 있었다. 이 사건은 이제 결말이 났다. 30초도 지나지 않아 오브리언은 당원으로서 하다가 만 중요한 일을 다시 시작할 것이라고 윈스턴은 생각했다.

9

윈스턴은 피곤해서 녹초가 되었다. '녹초'라는 말은 적절한 표현이었다. 자기도 모르게 그 말이 머릿속에 떠올랐다. 그의 몸은 젤리처럼 흐물흐물하고 투명해진 것 같았다. 손을 들면 그 손으로 빛이 통과할 것 같은 느낌이 들었다. 얼마나 일을 심하게 했는지 신경과 뼈와 허약한 가죽만 남고 피와 임파액은 몸에서 모조리 빠져나가버린 것 같았다. 또한 감각마저 다 축 늘어져버린 것 같았다. 제복의 무게가 어깨에 부담스럽게 느껴졌고 발은 땅바닥에서 비틀거렸으며 손을 폈다 오므렸다 하는데도 손마디가 시큰거릴 정도로 힘에 겨웠다.

그는 닷새 동안에 90시간 이상을 일했다. 다른 사람들도 마찬가지였다. 이제는 일이 다 끝나서 내일 아침까지는 글자 그대로 아무 할 일이 없었다. 그 은신처에서 6시간, 집에서 또 9시간을 보낼 수 있다. 그는 부드러운 오후의 햇살을 받으며 한편으로 경찰을 조심하면서 채링턴 씨의 가게 쪽으로 가는 지저분한 길을 천천히 걸어갔다. 그러나 왠지 오늘 오후에는 아무도 자기를 방해하지 않을 것이라는 묘한 확신이 있었다. 들고 있는 무거운 가방이 걸음을 옮길 때마다 무릎에 부딪혀서 다리 여기저기가 쿡쿡 쑤시고 쓰라렸다. 그 가방 안에 '그 책'이 들어 있었다. 그 책을 받은 지 벌써 6일째가 되었지만 아직 책을 펴보기는커녕 겉장도 구경하지 못했다.

증오주간 —— 행진, 연설, 함성, 노래, 깃발, 포스터, 영화, 밀랍인형, 북소리, 트럼펫 소리, 행군의 발자국 소리, 탱크 바퀴 굴러가

는 소리, 비행 편대의 폭음, 대포의 포성 따위로 진행된 6일이 지났
다. 엄청난 흥분이 절정에 이르렀고 유라시아에 대한 증오가 광적인
상태로 들끓어서 만일 군중들의 손이 행사의 마지막 날 공개 교수형
에 처하기로 한 2천 명의 유라시아 전범들에게 미치기만 한다면 말할
것도 없이 그들의 사지를 찢어버릴 정도까지 되었다. 바로 그 순간에
오세아니아는 유라시아와 전쟁을 하지 않는다는 발표가 있었다. 오
세아니아는 이스트아시아와 전쟁 중이며 유라시아는 동맹국이란 것
이었다.

　물론 어떤 변화가 일어났다는 해명 같은 것은 없었다. 그저 적은
유라시아가 아니라 이스트아시아라는 것이 너무 급작스럽게, 그리고
사방에 알려진 것이다. 윈스턴은 이 발표가 있던 순간에 런던 중심부
의 한 광장에서 시위에 참가하고 있었다. 때는 밤이었는데 하얀 얼굴
과 주홍색 깃발들이 불빛에 번득였다. 광장에는 스파이단 제복을 입
은 천여 명의 어린 학생들을 포함한 수천 명이 몰려 있었다. 주홍색
천으로 장식된 연단에서는 작고 호리호리한 몸매에 팔이 유달리 길
고 머리카락 몇 올이 헝클어져 있는 넓은 대머리의 내부당원 연사가
군중들을 향해 열변을 토하고 있었다. 얼굴이 증오로 온통 일그러져
전설 속의 작은 악마 같은 모습을 한 그는 한 손으로는 마이크를 잡
고 뼈마디가 굵은 또 한 손은 머리 위로 치켜들어 위협하듯 허공을
할퀴어댔다. 확성기 때문에 금속성이 나는 그의 목소리는 잔악성,
대량 학살, 추방, 약탈, 강간, 포로의 고문, 양민 폭격, 허위선전,
불법침략, 조약 파기 따위를 끝없이 열거하며 떠들어대고 있었다.
그의 연설을 듣다보면 처음에는 그저 그러려니 하다가 나중에는 열
광하게 된다. 매순간 군중들의 분노는 끓어넘치고 연사의 음성은 수
천 명의 목으로부터 참지 못하고 터져나오는 맹수의 포효와 같은 함
성에 파묻혀버렸다. 그 가운데 어린 학생들의 아우성이 가장 사나웠
다. 20여 분쯤 연설이 계속되었을 때 연락원이 급히 연단 위로 올라
가더니 연사에게 종이 쪽지를 건네주었다. 연사는 연설을 하면서 그

것을 펴서 읽었다. 그의 음성이나 태도, 그리고 말하고 있는 내용에
는 아무런 변화도 없었다. 다만 갑자기 명칭이 달라졌다. 아무 말도
없었으나 군중들 사이에서는 알았다는 듯, 조용한 파문이 일었다.
오세아니아는 이스트아시아와 전쟁을 한다! 다음 순간 굉장한 소동
이 일어났다. 광장에 장식된 깃발과 포스터들이 모두 잘못된 것이
다! 그중 반쯤은 얼굴이 잘못 그려져 있었다. 태업이다! 골드스타
인의 부하들이 활동을 개시했다! 아우성이 터지면서 벽에서는 포스
터가 떼어지고 깃발들은 갈가리 찢겨서 짓밟혔다. 스파이단이 재빨
리 지붕 위로 올라가 굴뚝에 매달린 채 흔들리던 현수막을 뜯어버렸
다. 하지만 채 2, 3분도 지나지 않아 모든 것이 끝났다. 그 연사는 여
전히 마이크를 잡은 채 어깨를 앞으로 내밀고 다른 한 손으로는 허공
을 할퀴면서 연설을 계속했다. 1분도 안 되어 다시 야수와 같은 분노
의 함성이 군중들 사이에서 터져나왔다. 목표가 바뀌었다는 사실을
제외하고는 증오는 여전히 계속되었다.

  윈스턴으로서는 연사가 연설을 하는 도중에 중단하지도 않고 문맥
도 흐트러뜨리지 않고 한 노선에서 다른 노선으로 바꿀 수 있다는 것
이 놀라운 일이었다. 하지만 이때 윈스턴에게 다른 일이 일어났다.
포스터를 찢어내는 등 한창 어수선할 때 한 낯선 얼굴의 남자가 그의
어깨를 치더니 말했다. "실례지만, 이거 당신이 떨어뜨린 가방 아닌
가요?" 그는 얼떨떨해서 아무 말도 못 하고 가방을 받았다. 그러나
며칠내로는 그 가방 안을 살펴볼 기회가 없으리라 생각했다. 데모가
끝나자 23시가 다 되었지만, 그는 곧장 진리성으로 갔다. 성내의 전
직원들도 마찬가지였다. 각자 자기 직장으로 돌아가라는 텔레스크린
의 명령이 이미 있었지만, 그것은 사실 거의 필요도 없는 것이었다.

  오세아니아는 이스트아시아와 전쟁중이다. 오세아니아는 항상 이
스트아시아와 전쟁을 해왔다. 지난 5년 동안에 나온 상당수의 정치
문서들이 이제는 완전히 휴지가 되어버린 것이다. 모든 종류의 보고
서와 기록 문서, 신문, 서적, 소책자, 영화, 녹음된 테이프, 사진 등

모든 것이 번개 같은 속도로 정정되지 않으면 안 된다. 어떤 지시가 있었던 건 아니다. 그러나 유라시아와 전쟁중이고 이스트아시아와는 동맹관계에 있다는 모든 자료를 일주일 내에 완전히 지상에서 제거하기를 각 국장들이 바라고 있다는 사실은 모두 알고 있었다. 이 작업은 처리과정에서 어떤 명목을 내세울 수 없으므로 그 분량이 더욱 엄청나게 보였다. 기록국의 모든 직원은 하루에 18시간을 일하고 3시간씩 두 번 잠깐씩 눈을 붙였다. 지하실에서 매트리스를 날라다가 복도에 쭉 깔고 샌드위치와 승리 커피뿐인 식사는 식당에서 일하는 사람들에 의해 손수레로 옮겨져 배식되었다. 윈스턴은 잠깐 잠을 자고 일어나면 곧 책상 위에 있는 일을 깨끗하게 처리하려고 애썼다. 하지만 뻑뻑한 눈과 쑤시는 몸으로 책상에 돌아가보면 서류 두루마리가 다시 눈덩이처럼 쌓여서 구술기록기를 반쯤 가리고 바닥에까지 넘쳐흐르고 있었다. 따라서 그는 언제나 맨 먼저 일할 수 있는 공간을 마련하기 위해 서류를 잘 정리해 차곡차곡 쌓아야만 했다. 무엇보다도 골치 아픈 것은 이 작업이 결코 단순하지 않다는 것이었다. 어떤 것은 그저 이름만 바꿔놓으면 되었지만 어떤 사건의 세부적인 보고서는 조심성과 상상력을 요구했다. 심지어는 전쟁을 세계의 한 지역에서 다른 지역으로 이동시켜야 하니 지리적인 지식까지 필요했다.

　사흘째가 되자 참을 수 없을 만큼 눈이 쓰라리고 몇 분마다 한 번씩 안경을 닦아야만 했다. 안 해도 괜찮다고 생각하면서도 일 자체에 끌려 정신적으로 완전히 끝내고 싶은 이 일은 육체적으로 너무 심한 부담이 되어 마치 싸움을 하고 있는 느낌이었다. 그가 기억하는 한 지금까지 자기가 구술기록기에 대고 불러준 모든 말, 그리고 볼펜으로 쓴 모든 글들이 고의적인 거짓말이라는 사실에 대해 신경을 쓸 여유가 없었고, 설령 그런 여유가 있다고 해도 마음이 불편할 정도는 아니었다. 그는 그저 기록국에 근무하는 다른 동료들과 마찬가지로 위조가 완전무결하게 되기를 바랄 따름이었다. 엿새째 되는 날 아침에야 비로소 서류가 전달되는 속도가 느려졌다. 수송관에서 아무것도 나오지 않다가 약 30분 만에 한 뭉지가 나오더니, 그 다음에는 다시 나오지 않았다. 다른 데서도 거의 비슷한 시간에 일이 한산해졌다. 깊고 은밀한 한숨이 국내(局內) 전체에서 흘러나왔다. 결코 말로 표현할 수 없는 굉장한 일이 끝난 것이다. 이제는 누구를 막론하고 유라시아와 전쟁을 했었다는 증거를 서류상으로 증명할 수 없다. 12시가 되자 뜻밖에도 모든 직원들은 내일 아침까지 자유시간을 가져도 좋다는 발표가 나왔다. 윈스턴은 일할 때는 다리 사이에 끼우고 잘 때는 몸 밑에 깔고 잤던 '그 책'이 든 가방을 들고 집에 돌아가 면도를 하고 반쯤 졸면서 미지근한 물로 목욕을 했다.

그는 채링턴 씨 가게의 위층 방으로 갔다. 계단을 올라갈 때 관절이 우두둑거리는 게 시원했다. 피곤하기는 했지만 더 이상 잠이 오지는 않았다. 창문을 열어놓고 지저분한 소형 석유난로에 불을 붙이고 커피 끓일 물을 얹었다. 줄리아가 곧 올 것이다. 그 동안 '그 책'이나 보자. 그는 더러운 안락의자에 앉아서 가방을 열었다.

무겁고 까만 책이었다. 서투른 제본에 표지에는 저자 이름도 제목도 없었다. 인쇄 역시 약간 고르지 못했다. 책장의 가장자리가 다 닳고 한 장 한 장 쉽게 넘어가는 것으로 보아 많은 사람의 손을 거친 듯했다. 첫 장에 제목이 씌어 있었다.

과두적 집단주의의 이론과 실제
임마누엘 골드스타인

윈스턴은 읽기 시작했다.

제1장 무지는 힘

유사 이래, 아니 신석기 말 이후로 사람들은 상·중·하의 세 계급으로 나뉘어 살아왔다. 그들은 다시 여러 갈래로 나뉘어졌고, 무수히 많은 다른 이름을 가지고 태어났다. 그리고 시대마다 그들 상호간의 태도와 상대적인 인구 수도 변해왔지만, 사회의 본질적인 구조는 결코 변하지 않았다. 굉장한 동란이나 회복하기 힘든 변란이 있었음에도 불구하고 동일한 사회의 양상이 언제나 재현되어 왔다. 이것은 마치 팽이가 이리 맞고 저리 맞아도 언제나 균형을 되찾는 것과 마찬가지 이치다. 이들 세 집단의 목표는 결코 화해할 수 없는…….

윈스턴은 자기가 지금 읽은 것을 편안히, 그리고 제대로 되새겨보기 위해 읽는 것을 중단했다. 그는 혼자였다. 텔레스크린도, 열쇠 구멍에 귀를 대고 엿듣는 사람도 없었으며, 자기 어깨 너머로 흘끗 뒤를 돌아보거나 책장을 손으로 가리고 싶은 충동도 일어나지 않았다. 싱그러운 여름 바람이 뺨에 와 닿았다. 어딘가 멀리서 아이들 노는 소리가 희미하게 들려오고 방안에는 시계의 째깍거리는 소리뿐이었다. 그는 의자에 더 깊숙이 몸을 파묻고 발을 난로 받침대 위에 올려놓았다. 축복받은 순간이요, 영원한 순간이기도 했다. 마침내 자기가 다 읽을 것이고 또 한 마디 한 마디 곱씹어 읽을 것이라는 사실을 알고 있는 사람이 책을 들었을 때 그러는 것처럼 갑자기 그는 책장을 넘겨 다른 장을 펼쳤다. 제3장이었다. 그는 읽어나갔다.

제3장 전쟁은 평화

　세계가 3대 초국가로 나뉘어지리라는 것은 20세기 중엽 이전부터 예견되어 온 바이고 또 실제로 그렇게 되어 왔다. 소련이 유럽을, 미국이 대영제국을 합병함으로써 3개 열강 중 유라시아와 오세아니아 두 열강은 이미 존재하게 되었다. 남은 열강인 이스트아시아는 10년 동안의 치열한 전쟁 이후 두드러진 통일국가로 등장하게 되었다. 이들 3대 초국가간의 국경은 곳에 따라 자의적이기도 하고 전황(戰況)에 따라 달라지기도 했다. 하지만 대체적으로 지리적 구분을 따랐다. 유라시아는 포르투갈에서부터 베링 해협에 이르기까지 유럽과 아시아 대륙의 북부 전지역을 장악하고 있다. 오세아니아는 아메리카 대륙과 영국, 오스트레일리아를 포함한 대서양 제도 및 아프리카의 남부지역을 장악한다. 다른 두 강국보다는 작고 서부 국경이 뚜렷하지 않은 이스트아시아는 중국과 그 남쪽 지역, 일본 및 유동적이긴 하지만 대부분의 만주, 몽고, 티벳 지역 등을 장악한다.

　이상의 세 초국가는 다른 한 초국가와 동맹을 맺어가면서 계속적으로 전쟁을 하고 있고 또 지난 25년 동안 줄곧 그래왔다. 하지만 전쟁은 이제 20세기 초기의 그것처럼 그렇게 절망적이고 전멸적인 것이 아니다. 그것은 각기 상대를 파괴시킬 수 없는 전투부대 사이의 제한된 목적을 가진 싸움으로, 뚜렷한 전쟁의 동기도 없고 어떤 순수한 이데올로기의 차이에 의해 갈린 것도 아니다. 그렇다고 해서 전반적인 전쟁의 양상이나 전쟁에 대한 태도가 덜 잔혹해졌다거나 더 신사적이 되었다고 말하는 것은 아니다. 그 반대로 전쟁열은 모든 나라에 계속적으로 고조되고 있으며, 또한 모든 나라에 공통적으로 약탈, 강간, 유아 살육, 전인구의 노예화, 끓여 죽이거나 생매장하는 데까지 확장된 포로에 대한 보복행위들이 정상적인 것으로 간주되고 있다. 그리고 적이 아닌 자기 편에 의해 이런 일이 행해지면 장한 일이 된다. 그러나 실제적으로 전쟁은 대부분 고도로 훈련된 극소수의 전문가들이 참여하고 따라서 비교적 사상자의 수가 적다. 전투는 일반 사람들이 다만 짐작으로만 알 수 있는 어떤 분명치 않은 국경 근처나 해로(海路)의 전략 지점을 지키는 부동요새 근처에서만 일어난다. 문명의 중심지에서는 전쟁의 의미가 만성적인 소비재의 결핍이나 때때로 수십 명의 사상자를 내는 로켓탄의 폭발사고 이상이 아니다. 전쟁의 성격은 실질적으로 달라졌다. 좀더 엄밀하게 말한다면 전쟁을 일으키는 이유의 중요성 순서가 달라진 것이다. 20세기 초의 대전(大戰)에서는 작은 동기에 지나지 않았던 것들이 지금은 중요하게 되고 또 그것이 의식적으로 인정되어 그에 따라 행동하는 것이다.

현대 전쟁의 근본적인 성격을 이해하기 위해서는(몇 년마다 전쟁 상대국은 달라지지만 전쟁의 양상은 늘 마찬가지이기 때문에) 우선 그것이 결정적인 것이 될 수 없다는 점을 알아야만 한다. 3대 초국가 가운데 어느 나라도 동맹관계에 있는 다른 두 나라에 의해 결코 정복될 수 없다. 그들의 전력은 서로 비슷비슷하고 자연 방벽이 철벽 같기 때문이다. 유라시아는 광대한 토지에 의해, 오세아니아는 대서양과 태평양에 의해, 이스트아시아는 그 주민의 다산성(多産性)과 근면함에 의해 보호를 받고 있다. 두번째는 이제는 더 이상 싸워야 할 실질적인 명분이 없다는 점이다. 생산과 소비가 서로 조화를 이루고 있는 자급자족 경제의 확립으로 전(前) 시대 전쟁의 주요 원인이 되었던 시장쟁탈전도 종식되었고 원자재 획득을 위한 경쟁도 이제는 더 이상 생사의 문제가 될 수 없다. 아무튼 3대 초국가들은 각자의 영토가 굉장히 넓기 때문에 자신의 영토 내에서 필요로 하는 거의 모든 물자를 확보할 수 있다. 전쟁에 있어서의 직접적인 경제 목적이라면 그것은 노동력 쟁탈전이다. 초국가의 경계 사이에는 탄지에, 브라질, 다윈, 홍콩을 연결하는 네모꼴의 지역이 있어 여기에 지구 전체 인구의 5분의 1 가량이 거주하는데 이곳은 영원히 어느 한 국가의

194

소유가 될 수 없었다. 세 열강이 끊임없이 싸우는 것은 이들 인구조 밀지역과 북극의 빙원을 차지하기 위해서다. 실제로 이들 분쟁지역을 완전히 장악해본 나라는 없다. 부분적으로는 점령자가 끊임없이 바뀌는데, 이것은 동맹국이 무상하게 변하는 데 따라 갑작스럽게 배신, 기습공격을 함으로써 어떻게 한 조각을 점령하기 때문이다.

이 분쟁지역들에는 다 중요한 광물(鑛物)이 매장되어 있고 곳에 따라 한랭한 지역에서는 비교적 비용이 많이 드는 방법으로 합성해야 할 고무 같은 중요 농산물이 산출된다. 하지만 무엇보다도 이들 지역은 값싼 노동력의 무한한 보고다. 어떤 나라든지 아프리카의 적도지방, 중동의 여러 나라들, 남부 인도, 인도네시아 제도를 장악하게 되면 싼 임금에 중노동을 시킬 수 있는 수천만의 노동자를 소유할 수 있게 되는 것이다. 이들 지역의 주민들은 다소 노골적인 노예 신분으로 전락하여 이 정복자에서 저 정복자의 손으로 계속 전전하며, 더 많은 무기 생산, 더 넓은 영토 확장, 더 많은 노동력을 확보하기 위한 끝없는 경쟁 대열 속에서 석탄이나 석유처럼 소모된다. 사실 전투는 이들 분쟁지역의 범위를 넘는 일이 없다는 것을 알아야 한다.

유라시아의 국경선은 콩고 분지와 지중해의 북부 해안 사이를 오락가락하고 인도양과 태평양의 섬들은 오세아니아와 이스트아시아가 번갈아가며 점령하고 있다. 그리고 몽고지역에서는 유라시아와 이스트아시아 사이의 경계선이 결코 안정되어 있지 않다. 세 강국들은 실제로는 거의 무인지대(無人地帶)이고 개척도 되지 않은 극지(極地)의 방대한 토지를 서로 자기네 땅이라고 주장한다. 하지만 세력은 언제나 균형을 유지하고 있으며 각국의 심장부를 이루는 지역은 언제나 침략당하지 않은 채로 남아 있다. 더구나 적도 부근에 사는 피착취민들은 세계 경제에 실질적으로 필요한 존재가 아니다. 그들이 생산하는 것은 모두 전쟁용으로 사용되며, 전쟁을 하는 목적이 언제나 다음 전쟁을 하는 데 있어 더 좋은 위치를 확보하기 위한 것이기 때문에 그들은 세계의 부(富)에 공헌하는 바가 전혀 없다. 노예

인구는 그들의 노동력과 함께 지속전(持續戰)의 속도를 가속화시킨다. 하지만 설사 그들의 존재가 없다 할지라도 세계 사회의 구조나 세계 자체의 존속과정에는 본질적으로 차이가 없을 것이다.

현대 전쟁의 최우선 목적은——이 목적은 이중 사고의 원칙에 의해 내부당의 지도급 수뇌들이 인정하기도 하고 안 하기도 한다——전반적인 생활수준은 향상시키지 않으면서 기계제품을 완전히 소모시키는 것이다. 19세기 말 이후 잉여 소비재를 어떻게 처리하는가 하는 문제가 산업사회 속에 잠재해왔다. 그러나 식량이 불충분한 오늘날의 세계는 1914년 이전의 세계에 비해서 헐벗고 굶주리고 황폐한 세계다. 그 당시 사람들이 예상했던 상상 속의 미래와 비교해보면 더욱 그렇다. 20세기 초의 미래 사회관은 확실히 부유하고 여유가 있으며 질서정연하고 효율적이며, 마치 유리와 강철과 하얀 콘크리트로 된 화려하고 영구적인 세계라고 대부분의 지성인들이 믿었다. 과학과 기술은 놀랄 만한 속도로 발전했고, 또 그렇게 계속적으로 진보하는 것을 당연하게 여기고 있었다. 그러나 실제로는 그렇게 되지 않았다. 이것이 실패하게 된 이유는, 일부는 오랜 전쟁과 혁명으로 인한 황폐 때문이었고, 일부는 과학과 기술의 발전 토대가 될 경험적 사고 방식이 엄격한 통제사회에서는 존재할 수 없었기 때문이다. 전반적으로 볼 때 오늘날의 세계는 50년 전보다 더 원시적이다. 분야에 따라 진보된 부분도 있고, 특히 전쟁과 경찰 스파이 망과 관련이 있는 여러 가지 방면에서는 진보했지만, 실험과 발명은 대부분 정체되었으며 1950년대의 원자전으로 인한 황폐가 아직도 완전히 복구되지 못했다. 그럼에도 불구하고 기계에 내재한 위험은 여전히 존재한다. 기계란 것이 처음 모습을 나타내면서부터 모든 지각있는 사람들은 기계는 인간의 단순하고 힘든 일을 위해 필요하며, 기계의 출현으로 어느 정도까지는 인간의 불평등이 사라졌다고 생각했다. 기계가 그러한 목적에 적절하게 사용되었더라면 기아, 과로, 불결, 문맹, 그리고 질병은 몇 세대 안에 근절될 수 있었을 것이다. 실제로는 기계가 그러한 목적을 위해 사용되지 않았음에도 때로는 분배하지 않을 수 없는 부를 생산하는 과정에 따라 그 부산물로 19세기 말과 20세기 초의 약 50년간 일반대중의 생활수준이 눈에 띄게 향상되긴 했다.

그러나 전반적인 부의 증가는 계급사회의 파괴를 초래할 위험이 자명하게 있는데, 어떤 의미에서는 그 자체가 파괴이다. 모두가 적게 일하고, 먹을 것이 많고, 목욕탕과 냉장고가 있는 집에서 살고, 자가용과 비행기까지 소유하는 세계에서는 불평등이라는 가장 자명하면서도 중요한 사회구조는 붕괴될 것이다. 만일 전반적으로 이런 세계가 된다면 부는 어떤 차이도 나타낼 수 없을 것이다. 물론 개인적 소유와 사치라는 의미에서 부가 공평하게 분배되는 한편 권력은 소수의 특권계급이 장악하는 사회를 상상할 수 있다. 그러나 실제로 그런 사회는 오랫동안 안정을 유지할 수 없다. 왜냐하면 시간적 여유와 안전을 모두가 똑같이 향유하게 되면 빈곤으로 인해 우매해져 있던 많은 사람들이 차츰 깨이고 그들 자신을 위해 생각하는 것을 배우게 되며, 언젠가 완성의 경지에 이르렀을 때 그들은 소수의 특권층이 특권을 누려야 할 하등의 이유가 없음을 깨닫게 되어 그들을 몰아내려고 하기 때문이다. 장기적으로 볼 때 계급사회는 오직 빈곤과 무지에 입각해서만 가능하다. 20세기 초에 몇몇 사상가들이 꿈꾸었던 것처럼 과거의 농경사회로 복귀한다는 것은 실질적인 해결책이 아니다. 이것은 거의 전세계에 걸쳐 준본능(準本能)이 되다시피 한 기계화 경향과 맞지 않을 뿐더러 공업에서의 후진국은 군사적 의미에서 무력하며, 따라서 직접적으로나 간접적으로나 공업이 더 진보된 선진국의 지배를 받게 된다.

그렇다고 재화의 생산을 억제함으로써 대중을 빈곤에서 벗어나지 못하게 하는 것도 만족스러운 해결책은 아니다. 이러한 방법은 자본주의의 최종 단계인 1920년부터 1940년 사이에 꽤 많이 채택되었다. 많은 나라들이 경제를 침체시켜 토지를 경작하지 않고 자본설비도 증가하지 않았으며 많은 수의 사람들이 일자리를 잃고 정부의 구호

금으로 연명했었다. 하지만 이것은 역시 군사적 약세를 초래했으며, 궁핍으로 인한 군사력 약화는 분명히 불필요한 것이기 때문에 그 반대현상이 불가피하게 일어났다. 문제는 세계의 부를 실제적으로 증가시키지 않으면서 어떻게 공업을 계속적으로 발전시킬 수 있느냐 하는 것이다. 재화는 생산되지 않으면 안 되지만, 그것을 분배할 필요는 없다. 따라서 실제로 이를 성취할 수 있는 유일한 방법은 계속적인 전쟁뿐이다.

전쟁행위의 본질은 인간의 생명이 아니라 인간 노동력의 산물만을 파괴하는 것이다. 전쟁은 대중을 안락하게 하는 데, 그리고 장기적으로 보아 그들을 유식하게 하는 데 사용될 물품들을 산산이 부셔버리거나 대기권 밖으로 날려버리거나 혹은 바다 속 깊이 던져버리는 것이다. 전쟁에 쓰이는 무기가 실제로 파괴되지 않는다 하더라도 무기공장은 소비물자를 생산하지 않고 노동력을 소모할 수 있는 편리한 방법이 되는 것이다. 예를들어 하나의 부동요새는 수백 척의 화물선을 만들 수 있는 노동력을 필요로 한다. 결국 그것은 아무에게도 물질적 혜택을 주지 않은 채 폐기되며, 또다시 엄청난 노동력을 들여 새로운 부동요새를 건설하는 것이다. 전쟁의 규모는 원칙적으로 국민의 수요를 최대한 충족시키고 항상 잉여물자를 소모할 수 있는 범위로 계획된다. 그러나 실제로 국민의 욕구는 언제나 과소평가되어 그 결과 생활 필수품은 미처 반에도 못 미치는 만성적인 궁핍상태가 이어지는 것이다. 하지만 이것은 일종의 이점으로 간주된다. 정부의 혜택을 받는 집단들까지도 거의 궁핍상태로 묶어두는 것이 적절한 정책이다. 왜냐하면 전반적으로 궁핍한 상태여야 소수 특권층의 중요성이 향상되고, 따라서 집단간의 차이를 확연히 할 수 있기 때문이다. 20세기 초의 기준으로 보면 내부당원조차도 검소하고 어려운 생활을 했다. 그러나 그들이 향유하고 있는 몇 가지 호화스러운 물품들, 즉 설비가 잘 된 넓은 집, 질이 좋은 옷, 좋은 음식, 술, 담배, 두어 명의 하인, 자가용차나 헬리콥터 등으로 외부당원들과는 다른 세계에 살고 있다고 느낄 것이며, 외부당원들은 또 그들대로 '노동자'라고 불리는 최하층 계급과 비교할 때 특혜를 누렸다. 사회의 분위기는 마치 말고기 한 덩어리를 갖느냐 못 갖느냐에 따라 빈부가 결정되는 포위된 도시의 분위기와 같다. 그리고 끊임없는 전쟁과 동시에 전쟁의 위험상태 때문에 모든 권력을 소수 특권계급에게 이양하는 것이 살기 위해서는 당연하고 불가피하다고 보게끔 만드는 것이다.

전쟁은, 나중에 언급하겠지만, 필요한 파괴행위를 할 뿐 아니라 심리적으로 이를 용납할 수 있는 방법으로 파괴를 성취한다. 원칙적으로 세계의 잉여 노동력을 성당이나 피라밋을 건설하는 데, 땅에 구멍을 팠다가 다시 메우는 데, 또는 거대한 재화를 생산했다가 다시 불로 태워버리는 데 허비한다면 이것은 너무 단순하다. 그러나 이 방법은 계급사회를 위해 경제적 기반을 제공해주기는 하겠지만 감정적 기반에는 도움이 되지 않는다. 여기에 관련이 되는 것은 꾸준히 일을 하는 한 그들의 태도는 조금도 중요하지 않은 대중의 사기가 아니라 당 자체의 사기다. 말단 당원이라 할지라도 능력이 있고 근면하고 어떤 한정된 범위 안에서 지성적이어야 하지만, 그와 동시에 공포, 증오, 아첨, 승리에의 도취감에 빠질 수 있는 맹목적이고 무지한 광신자가 되어야 할 필요가 있다. 다시 말해서 전쟁상태에 알맞은 정신상태를 가져야 한다는 것이다. 전쟁이 일어나든 일어나지 않든 실제로는 상관이 없다. 그리고 결정적인 승리란 불가능하기 때문에 전황이 좋든 나쁘든 상관이 없다. 무엇보다도 필요한 것은 전쟁상태가 유지되어야 한다는 것이다. 당이 보편적으로 당원들에게 요구하는, 그리고 전쟁 분위기 속에서 더 쉽게 성취될 수 있는 지성의 분열은 지금은 거의 만연되어 있지만, 사실 당원의 지위가 오르면 오를수록 이 분열현상은 더욱 두드러지게 나타난다. 따라서 전쟁열과 적에 대한 증오심은 내부당원이 가장 강하다. 위정자로서 그의 능력을 수행하기 위해 때로는 내부당원이 전쟁 뉴스 중 어떤 기사가 허위라는 것을 알 필요가 있고, 또한 전체 전쟁 자체가 허위이고 전쟁은 일어나지 않았다거나 발표된 목적과는 전혀 다른 목적을 위해 수행되고 있다는 것을 알 필요가 있겠지만, 이러한 정보는 이중 사고라는 테크닉에 의해 간단히 중화해버릴 수 있다. 그러는 동안 전쟁은 실제로 진행되고 있으며 오세아니아가 전세계의 확실한 지배자가 되어 전쟁의 승리자가 될 것이라는 신비한 신념에 대해 의심을 해본 내부당원은 없다.

내부당의 모든 당원들은 이와 같은 앞으로의 정복을 일종의 신조로서 믿어 마지않고 있다. 이것은 점차적인 영토 확장, 압도적인 세력 형성, 또는 필적할 수 없는 어떤 새로운 무기의 발명에 위해 이루어질 것으로 생각한다. 신무기에 대한 연구는 끊임없이 계속되고 있으며 이것은 인간의 발명적이고 사색적인 정신이 어떤 출구를 찾아낼 수 있는 소수의 활동 중의 하나인 것이다. 오늘날와 오세아니아에는 옛날 의미의 과학은 거의 존재하지 않는다. 신어에는 '과학'이라는 단어가 없다. 과거의 과학적 업적을 달성하는 데 기반이 되었던 경험적 사고방식은 영사의 가장 기본적인 원칙과 반대된다. 기술적인 진보마저도 그 산물이 인간의 자유를 감소시킬 수 있는 특정 분야에서만 이루어지고 있다. 모든 유용한 기술은 정체해 있거나 퇴보하고 있다. 책은 기계로 저술되는 반면 토지는 말이 끄는 쟁기에 의해 경작되고 있다. 하지만 중대한 분야에 있어서는, 즉 전쟁과 사찰(査察) 부문에서는 경험적 방법이 여전히 장려 내지 적어도 용인되고 있다. 당의 2대 목표는 지구 전체를 정복하는 것과 모든 독자적 사고의 가능성을 근절시키는 것이다. 이를 위해 당이 해결해야 할 두 가지 큰 문제가 있다. 하나는 다른 사람이 당의 의사에 반대되는 생각을 하고 있는가를 어떻게 알아내느냐 하는 것이고, 다른 하나는 사전에 아무 예고 없이 몇 초 안에 수억만 명을 어떻게 죽일 수 있는가 하는 것이다. 과학적 연구가 계속되는 한 이것이 연구 주제가 될 것이다. 오늘날의 과학자는 얼굴 표정, 몸짓, 목소리의 높낮이 등을 면밀하게 연구하고 약품, 충격 요법, 최면술, 육체적 고문 등으로 진실을 고백하게 하는 효과를 실험해보는 심리학자와 심문인의 혼합체이기도 하고 생명을 빼앗는 데 관계되는 특수과제의 한 분야에 종사하는 화학자나 물리학자, 또는 생물학자일 뿐이다. 평화성의 거대한 실험실에서 혹은 브라질의 숲속이나 오스트레일리아의 사막, 남극의 이름없는 섬에 은밀하게 설치한 실험소에서 일련의 전문가들이 끊임없이 연구를 하고 있다. 어떤 전문가는 단순히 미래의 전쟁에 설치될 병참(兵站)을 계획하는 데 관심을 갖고 있으며, 일부는 더욱 큰 로켓탄이나 더욱 강력한 폭탄, 더욱 방어력이 좋은 장갑판(裝甲板)을 고안하고 있고, 일부는 더욱 치명적인 새로운 독가스나 지구의 모든 식물을 멸종시킬 수 있는 독약이나, 모든 가능한 항독소에 대한 면역을 갖고 있는 병균 배양을 연구하기도 하고, 일부는 물 속의 잠수함과 같이 땅 속을 뚫고 다닐 수 있는 차나, 배처럼 활주로가 필요없는 비행기를 만들기 위해 고심하고 있으며, 일부는 수천 킬로미터의 상공에 매달린 렌즈를 통해 태양광선을 집중시키거나 지구 중심부의 열(熱)을 자극하여 인공적인 지진이나 해일을 일으키는 따위의 가능성이 희박한 것들조차 탐구하고 있다.

그러나 이러한 계획 중 어떤 것도 실현 가능성이 보이는 것은 없으며 3대 강국 중 어느 나라도 다른 나라에 비해 뚜렷이 앞설 만한 성과를 거두지 못하고 있다. 더욱 놀라운 사실은 이들 3대 강국이 현재의 연구 수준으로는 도저히 발명할 수 없을 듯한 대단히 강력한 원자폭탄을 이미 소유하고 있다는 것이다. 당은 상투적인 습성에 따라 자신들이 발명했다고 주장하지만, 원자탄은 일찍이 1940년대에 처음 등장해서 10여 년 후에 대규모로 사용되었다. 그 당시 수백 개의 폭탄이 주로 유럽 지역의 소련, 서부 유럽, 북아메리카의 산업 중심지에 떨어졌다. 그 결과 각국 지도 세력들은 계속적인 원자탄의 사용은 조직사회의 종말을 불러일으키고, 그로 인해 자신들의 권력도 끝장이 난다는 것을 알게 되었다. 그 후로 어떤 공식적인 협정이 맺어지거나 제안되지는 않았지만 더 이상의 폭탄은 투하되지 않았다. 3대 강국들은 단지 원자탄을 계속 생산해서 그들 모두가 머지않아 올 것으로 믿고 있는 결정적 시기에 대비하여 저장만 해두었다. 그리고 전쟁의 기술은 40년 동안 거의 답보상태에 있었다. 헬리콥터가 전보다 더 많이 생산되었고, 폭격기는 자체 추진 로켓으로 대체되었으며, 파괴되기 쉬운 전함 대신 거의 어떤 공격에도 침몰하지 않는 부동요새가 등장했다. 그러나 그외의 무기는 거의 발전이 없었다. 탱크, 잠수함, 어뢰, 기관단총, 심지어 소총과 수류탄까지도 옛날 것이 변함없이 사용되었다. 그리고 신문이나 텔레스크린의 끊임없는 살육 보도에도 불구하고 수천, 수백만 명이 몇 주 동안에 피살되곤 했던 전 시대의 격렬한 전쟁은 결코 다시 되풀이되지 않았다.

 3대 강국 중 어떤 나라도 치명적인 패배의 위험을 가지고 있는 기동 작전을 시도한 적이 없다. 어떤 대규모 작전이 수행되는 것은 대개 동맹국에 대한 기습공격을 할 때이다. 3대 강국이 채택하고 있거나 아니면 채택하는 척하고 있는 전략은 모두 똑같다. 이 전략은 전투와 협상, 그리고 시기 적절한 배신행위를 잘 결합하여 교전 상대국 중 어느 하나를 완전히 포위하는 고리모양의 기지를 획득한 다음 그 상대국과 우호조약을 체결하고 의심이 없어지도록 몇 년 동안 평화관계를 유지하는 것이다. 그 동안 원자탄을 실은 로켓을 모든 전략요지에 배치할 수 있으며, 마침내 이 로켓들은 일제히 발사되어 그 결과 보복이 불가능할 정도로 치명적인 타격을 가할 수 있다는 것이다. 그런 다음 새로운 공격을 준비하기 위하여 나머지 열강과 평화조약을 체결하는 것이다. 그러나 이런 전략은 말할 필요도 없이 실현 불가능한 백일몽에 지나지 않는다. 더구나 적도와 극지(極地) 부근에 있는 분쟁지역 외에서는 어떤 전투도 일어난 적이 없고 적국 영토 내로의 침략도 시도된 적이 없다. 이것은 강대국들 사이의 국경이 지역에 따라 제멋대로라는 사실을 말해준다. 예를들면 유라시아는 지리적으로 유럽에 속하는 영국을 쉽게 정복할 수 있는 반면 오세아니아는 그 국경을 라인 강이나 비스툴라 지방까지 확장시킬 수 있을 것이다. 이것은 결코 공식화되어 있지는 않지만 모든 나라가 따르고 있는 문화적 통일성을 침범하는 결과가 된다. 만일 오세아니아가 옛날 프랑스와 독일이라고 알려져 있던 지역을 정복하는 데는 실제로는 아주 어려운 문제가 따른다. 즉, 이 지역의 주민을 몰살시키거나 기술의 개발이 진행되는 한 1억의 인구를 오세아니아인의 수준으로 동화시켜야 한다는 것이다. 이러한 문제는 3대 강국에 마찬가지로 해당된다. 제한된 범위 안에서 전쟁포로나 유색인 노예들을 제외한 외국인들과는 접촉할 수 없도록 하는 것이 체제상 절대적으로 필요하다. 심지어는 공식적으로 동맹을 맺고 있는 순간에도 깊은 의심을 품고 바라보는 것이다. 오세아니아의 일반시민들은 전쟁포로를 제외하고는 유라시아나 이스트아시아의 시민들을 보아서는 안 되고, 외국어를 공부하는 것도 금지되어 있다. 만일 누구든 외국인들과 접촉하게 되면 그들도 자신과 비슷한 인간이고 그들에 관해 들은 이야기의 대부분이 거짓말이라는 것을 깨닫게 될 것이다. 그래서 그가 살고 있는 폐쇄된 세계는 무너질 것이며, 사기(士氣)의 바탕이 되던 공포, 증오, 독선은 증발되어버릴 것이다. 따라서 페르시아, 이집트, 자바, 실론 등에서는 지배자가 아무리 바뀌어도 주요 국경선에는 폭탄 이외에는 어떤 것도 교류되어서는 안 된다는 것을 각국이 알게 된 것이다.

이러한 상황하에서 결코 공공연하게 언급되지는 않지만 암암리에 이해되고 또 그에 따라 전개되는 하나의 사실이 있다. 즉, 3대 강국의 생활조건이 모두 똑같다는 것이다. 오세아니아에서의 지배적인 철학은 '영사'라 했고, 유라시아의 그것은 '신(新) 볼셰비즘', 이스트아시아는 보통 '죽음 숭배'라고 번역되는 중국말이지만 더 정확하게는 '자기말살'에 해당될 것이다. 오세아니아의 시민은 다른 두 나라 철학의 교리에 대해 아는 것이 허락되지 않지만 그것들은 도덕과 양식에 대한 야만적인 폭행이니 저주하라는 교육을 받는다. 실제로

이 세 가지 철학은 거의 다른 점이 없으며 이들이 지탱하는 사회체제도 전혀 차이가 없다. 어디에나 동일한 반신적(半神的)인 지도자에 대한 숭배, 끊임없는 전쟁에 의해, 그리고 그 전쟁을 위해 존재하는 동일한 경제체제가 있다. 그러므로 3대 강국들은 다른 한 나라를 정복할 수 없을 뿐만 아니라 그래봤자 아무 이익도 얻을 수 없다는 결론이 나온다. 이와는 반대로 세 강국이 대립을 계속하는 한, 그들은 세 개의 솥발처럼 서로를 떠받치고 있는 것이다. 그리고 이 세 강국의 지도층은 언제나 자기들이 무엇을 하고 있는지를 알고 있기도 하고 모르고 있기도 했다. 자신의 일생은 세계 정복에 바쳐지지만, 또한 전쟁은 승리없이, 영원히 계속되어야 한다는 것을 그들은 알고 있다. 한편, 정복될 염려가 없다는 사실 때문에 영사 및 다른 두 사상 체계의 특징인 현실 부정이 가능하게 된다. 여기서 먼저 말한, 전쟁이 계속됨으로써 그 성격이 근본적으로 변했다는 말을 되풀이할 필요가 있다.

전쟁은 과거의 정의에 의하면 머지않아 끝이 나며 반드시 승패가 있는 것이다. 또한 과거의 전쟁은 인간사회를 물리적 현실과 접촉할 수 있게 하는 중요한 도구의 하나였다. 어떤 시대를 막론하고 모든 지배자들은 그들의 추종자들에게 그릇된 세계관을 강요하려고 노력했다. 하지만 그들은 군사력을 약화시킬 경향이 있는 환상 같은 것을 조장할 수는 없었다. 패배가 독립성의 상실이나 일반적으로 바람직하지 못한 어떤 다른 결과를 의미하는 한, 패배하지 않을 예방책이 심각하게 강구되어야만 했다. 따라서 물리적 사실들이 무시될 수 없었다. 철학이나 종교, 윤리학이나 정치학에서는 둘 더하기 둘은 다섯이 될 수도 있지만, 대포나 비행기를 설계할 때는 둘 더하기 둘은 반드시 넷이 되어야만 한다. 능력이 없는 국가는 조만간 정복되는 것이 상례였고, 환상이란 능률을 위한 투쟁과 배치되는 것이었다. 더구나 능력을 쌓기 위해서는 과거로부터 배우는 것, 즉 과거에 일어났던 사상을 아주 정확하게 아는 것이 필요했다. 신문이나 역사책은 물론 항시 각색되고 어느 한쪽으로 치우치는 경향이 있지만 오늘날 시행되고 있는 것과 같은 날조는 불가능했을 것이다. 전쟁은 정상적인 정신의 보루였으며, 지배계급에 관한 한 가장 중요한 보루가 되었다. 한편, 전쟁에서 승리를 하든 패배를 하든 지배계급은 그에 대한 책임에서 자유로울 수가 없었다.

 그러나 전쟁이 문자 그대로 그치지 않고 계속될 때에는 위험하게 여겨지지도 않는다. 전쟁이 항상 계속되기 때문에 특별한 군사적 조처 같은 것도 필요없게 된다. 기술적 진보가 중단될 수도 있고, 가장 확실한 사실들이 부인되거나 무시될 수도 있다. 위에서 살펴보았듯이, 과학적이라고 할 수 있는 연구는 여전히 전쟁의 목적을 위해서 수행되고 있다. 하지만 이 연구들은 근본적으로 백일몽에 지나지 않고, 아무 소득 없이 실패한다 하더라도 전혀 심각한 일이 아니다. 능력, 심지어는 군사적 능력까지도 이제는 필요치 않다. 오세아니아에서는 사상경찰을 제외하고는 능력있는 것이라고는 아무것도 없다. 3대 강국은 각각 정복될 수 없기 때문에 결과적으로 각 나라는 사실상 독립된 하나의 우주로서 그 안에서는 어떤 사상이든 멋대로 왜곡시킬 수 있다. 현실은 단지 일상 생활의 욕구, 즉 먹고 마시고 싶은 욕구, 보금자리와 옷을 갖고 싶은 욕구, 독약을 마시려 하지 않거나 맨 꼭대기 층의 창문에서 멀리 떨어져 있으려는 욕구 등과 같은 것을 통해서만 나타난다. 삶과 죽음, 육체적 쾌락과 고통 사이의 구별은 여전히 있지만, 그러나 그뿐이다. 외부세계, 그리고 과거로부터 단절되어 있는 오세아니아의 시민은 올라가고 내려가는 방향을 알지 못하는, 별과 별 사이의 중간에 사는 사람과 같다. 이와 같은 나라의 지배자는 파라오나 케사르도 될 수 없었던 절대자다. 이들은 난처할 정도로 많은 추종자들을 굶어 죽지 않도록 먹여 살려야 하며, 적대국의 수준만큼 군사적 기술을 유지시켜야만 한다. 그러나 최소한도의 목표가 달성되면 자기들이 선택한 모양대로 현실을 제멋대로 왜곡시킬 수가 있다.

그러므로 옛날의 전쟁을 기준으로 한다면 현재의 전쟁은 단지 사기에 지나지 않는다. 이것은 서로를 해칠 수 없도록 뿔의 각도가 틀린 반추동물의 싸움과 같은 것이다. 그러나 그것이 비현실적이라 하더라도 무의미한 것은 아니다. 전쟁은 잉여 소비재를 처분하고 계급 사회에서 필요한 어떤 정신적 분위기를 조성하는 데 도움을 준다. 나중에 살펴보겠지만, 전쟁은 이제 단순한 국내 문제다. 과거에는 모든 나라의 지배계급들이 비록 공동의 이익을 인식하여 그 때문에 전쟁의 파괴 범위를 제한하기는 했지만, 그러나 서로 전쟁을 했고 승자는 늘 패자를 약탈했다. 그러나 오늘날에는 전혀 서로간의 전쟁 같은 것은 없다. 전쟁은 각 지배계급의 자기들의 국민들에 대한 싸움이며, 전쟁의 목적은 영토의 정복이나 영토가 정복당하는 것을 막기 위한 것이 아니라 사회구조를 그대로 유지시키기 위한 것이다. 따라서 ‘전쟁’이란 단어는 잘못된 것이다. 전쟁은 언제나 계속되고 있기 때문에 사실은 전쟁은 없다고 말하는 편이 정확한 표현일 것이다. 신석기 시대부터 20세기 초에 이르기까지 전쟁이 인간에게 가한 특수한 힘은 사라져버렸고 전혀 다른 어떤 것에 의해 대치되었다. 세 강국이 서로 전쟁을 하는 대신 영구적인 평화에 합의하고 다른 나라의 영토를 침범하지 않는다 하더라도 결과는 마찬가지일 것이다. 왜냐하면 그런 경우 외부의 위험으로부터 오는 냉혹한 영향으로부터는 영원히 자유로워진다 하더라도 그 자체 내의 문제는 여전히 남아 있기 때문이다. 따라서 진실로 영원한 평화는 영원한 전쟁과 똑같다. 대부분의 당원들은 희미하게 이해하고 있을 뿐이지만, 이것이 당이 내건 슬로건 ‘전쟁은 평화’라는 말의 진의(眞意)이다.

윈스턴은 잠시 읽는 것을 중단했다. 어딘가 멀리서 로켓탄이 폭발하는 요란한 소리가 들려왔다. 그는 텔레스크린이 없는 방에서 금서(禁書)를 들고 혼자 있다는 행복감에 젖어 있었다. 노곤한 몸, 안락한 의자, 창으로 들어와 뺨에 닿는 산들바람이 고독과 안락함과 어울려 안온한 기분을 주었다. 그 책은 그를 사로잡았다. 아니, 더 정확하게 말하자면 거기서 어떤 힘을 얻을 수 있었다. 어떤 의미에선 그 책은 새로운 것은 없었지만, 바로 그것이 매력이었다. 흩어진 생각들을 정리할 수만 있다면 그가 쓰고 싶었던 말들이 그 책 속에 있었다. 그 책의 저자는 그와 비슷한 생각을 가진 사람이었지만, 그보다 훨씬 더 강력하고 조직적이고 대담한 사람이었다. 훌륭한 책이란 독자가 이미 알고 있는 사실을 이야기해주는 것이리라. 그가 막 제1장을 폈을 때 계단을 올라오는 줄리아의 발자국 소리가 들렸다. 그래서 그는 그녀를 맞이하기 위해 의자에서 일어섰다. 그녀는 갈색의 연장 가방을 마루 위에 집어던지고 그의 품안으로 뛰어들었다. 서로 못 본 지 일주일이 넘었다.

"'그 책'을 가지고 왔소." 포옹을 풀면서 그가 말했다.

"아, 그래요? 잘됐군요." 그녀는 별 관심 없는 어조로 말했다. 그러더니 커피를 끓이기 위해 석유난로 옆에 무릎을 꿇고 앉았다.

약 30분 정도 침대에 누워 있은 다음에 다시 '그 책'에 관한 이야기를 했다. 저녁 공기가 선선해서 시트를 끌어당겨 덮어야 할 정도였다. 아래쪽에서 귀에 익은 노랫소리와 마당에 끌리는 신발 소리가 들려왔다. 윈스턴이 처음 왔을 때 보았던 그 검붉은 팔을 가진 억센 여자는 밤낮 뜰에서 사는 모양이었다. 그녀는 낮 동안은 줄곧 대야와 빨랫줄 사이를 왔다갔다하며 입에다 빨랫집게를 물지 않으면 힘차게 노래를 부르거나 하는 것 같았다. 줄리아는 옆으로 돌아눕더니 벌써 잠이 들려 하는 듯했다. 그는 마룻바닥에 놓여 있는 책을 집어들고 침대 맡에 기대앉았다.

"당신도 이 책을 읽어야 하오. 형제단의 모든 단원들은 이걸 반드시 읽어야 해." 그는 말했다.

"당신이 읽으세요." 그녀는 눈을 감은 채 말했다. "소리를 내어 읽으세요. 그게 좋겠어요. 그리고 읽은 만큼 설명을 해주세요."

시계는 18시, 즉 6시를 가리켰다. 아직 서너 시간의 여유가 있었다. 그는 책을 무릎 위에 올려놓고 읽기 시작했다.

제1장 무지는 힘

유사 이래, 아니 신석기 말 이후로 사람들은 상·중·하의 세 계급으로 나뉘어 살아왔다. 그들은 다시 여러 갈래로 나뉘어졌고, 무수히 많은 다른 이름을 가지고 태어났다. 그리고 시대마다 그들 상호간의 태도와 상대적인 인구 수도 변해왔지만, 사회의 본질적인 구조는 결코 변하지 않았다. 굉장한 동란이나 회복하기 힘든 변란이 있었음에도 불구하고 동일한 사회의 양상이 언제나 재현되어 왔다. 이것은 마치 팽이가 이리 맞고 저리 맞아도 언제나 균형을 되찾는 것과 마찬가지 이치다.

"줄리아, 자는 거야 ?" 윈스턴이 물었다.
"아뇨, 듣고 있어요. 계속 읽으세요. 재미있군요."
그는 계속 읽었다.

이들 세 집단의 목표는 결코 화해될 수 없는 것이다. 상층계급의 목표는 현재의 상태에 그대로 남아 있는 것이고, 중간계급의 목표는 상층계급의 지위로 올라가는 것이다. 하층계급의 목표는, 만일 그들이 목표를 가지고 있다면(그들의 삶은 너무 찌들었기 때문에 일상생활 이외의 어떤 것을 의식할 수 없는 것이 그들의 본성이다) 모든 차별을 폐지하여 모든 인간이 평등한 사회를 건설하는 것이다. 그리하여 유사 이래 본질적으로는 동일한 투쟁이 끊임없이 반복하여 일어나고 있다. 상층계급이 장기간 안전하게 권력을 장악하고 있는 것처럼 보이지만, 머지않아 그들 자신에 대한 신념이나 효율적인 통치 능력, 또는 이들 두 가지를 모두 상실해버릴 때가 온다. 이때가 되면 중간계급은 자유와 정의를 위해 투쟁하고 있다고 가장하여 하층계급을 자기 편으로 끌어들여 상층계급을 전복시킨다. 중간계급은 자기들의 목적을 달성하자마자 하층계급을 다시 예전의 노예 신분으로 몰아넣고 스스로 상층계급이 된다. 그리고 새로운 중간계급은 다른 두 계급 중 하나에서 충당되거나 또는 그 두 개의 계급에서 분리되어 나오고, 이리하여 투쟁은 다시 되풀이되는 것이다. 이들 세 계급 중 하층계급만이 일시적으로라도 자기들의 목표를 달성시킬 수가 없다. 전 역사를 통해서 물질적 방면의 진보가 전혀 없었다고 말한다는 것은 과장일지도 모른다. 심지어 쇠퇴기에 들어선 오늘날에도 일반시민들은 몇 세기 전의 시민들보다 물질적으로는 훨씬 유복하다. 부(富)가 늘고 서로간의 태도가 부드러워지고 개혁이나 혁명이 일어났지만 인간의 평등이라는 면에서는 단 한 치도 발전한 것이 없다. 하층계급의 관점에서는 역사적 변화라는 것은 그들의 주인이 바뀌는 것 외에는 아무 의미가 없다.

19세기 말까지는 많은 사람들이 이러한 양상이 반복되는 것을 명백하게 관찰할 수 있었다. 그리하여 역사를 순환과정으로 설명하고 불평등은 인간사회에 있어서 움직일 수 없는 법칙이라고 주장하는 사상학파도 있었다. 물론 이런 이론에는 언제나 지지자가 있게 마련이지만, 현재는 주장하는 방법에 뚜렷한 변화가 일어났다. 과거에는 사회의 계층적 형태가 필요하다는 것은 특히 상층계급의 이론이었다. 왕, 귀족, 사제, 법률가, 그리고 이들에게 기생하는 부류들에 의해 이것이 설교되어 왔으며, 다른 계급들은 죽은 다음 피안의 세계에서 보상을 받을 것이라고 위안을 받았다. 중간계급은 권력을 장악하기 위해 투쟁하는 한 언제나 자유, 정의, 동포애와 같은 용어들을 사용했다. 하지만 이제 인류애라는 개념은 지배계급에 속해 있지는 않지만 머지않아 그렇게 되기를 희망하는 사람들에 의해 맹렬한 공격을 받았다. 과거에는 중간계급이 평등이라는 깃발 아래 혁명을 일으켰고 그리하여 구체제가 붕괴되자마자 새로운 전제체제를 내세웠다.

결국 새로운 중간계급은 그들의 전제를 미리부터 선언한 셈이 된 것이다. 19세기 초에 나타난 사회주의는 고대의 노예 반란으로까지 소급되는 사상체계의 마지막 단계로서, 과거의 유토피아 이론에서 깊이 영향을 받은 것이다. 그러나 1900년 이후부터 사회주의 이론은 변형되어 자유와 평등을 확립하겠다는 목표를 더욱더 노골적으로 포기했다. 금세기 중엽, 오세아니아의 '영사', 유라시아의 '신 볼셰비즘', 이스트아시아의 소위 '죽음 숭배' 등으로 등장한 새로운 운동은 부자유와 불평등을 영속화시키자는 의도적인 목표를 가지고 있다. 물론 이러한 새로운 운동들은 과거의 이론으로부터 발전해온 것이고 또 과거의 이름을 그대로 보존하려 하며 과거의 이념에 대해 말로만 주장하고 있다. 그러나 이들 모든 이론의 목적은 발전을 중지하고 어떤 선택된 순간을 기점으로 역사를 동결시켜버리려는 것이다. 이것은 늘 진동하고 있던 추가 한 번 더 진동하고 정지해버리는 것과 같은 것이다. 일반적으로 중간계급은 상층계급을 몰아내고 스스로 상층계급이 된 다음, 의식적인 전략을 통해 영원히 자기 지위를 유지하게 될 것이다.

이 새로운 이론은 주로 역사 지식의 축적과 19세기 이전에는 거의 없었던 역사의식의 발전에 의해 일어났다. 역사의 순환운동은 이제 이해할 수 있는 것, 최소한 이해할 수 있는 것처럼 보였다. 만약 그것이 이해할 수 있는 것이라면 변경될 수도 있다. 그러나 원칙적이고 기본적인 명제는 일찍이 20세기 초에 이르러 인간의 평등이 기술적으로 가능해졌다는 것이다. 인간의 타고난 재질이 다르고 각 개인의 취향에 따라 기능이 전문화되어야 한다는 것은 여전히 타당하다. 그러나 계급의 구별이나 엄청난 부의 격차가 이루어져야 한다는 실질적인 필요성이 이제는 없어졌다. 전에는 계급의 구별이 불가피했을 뿐만 아니라 바람직한 것이기도 했다. 불평등은 문명의 대가다. 하지만 기계 생산의 발달에 따라 사태는 변했다. 인간이 서로 다른 종류의 일에 종사한다 해서 서로 다른 사회적, 경제적 수준에서 살아야 할 필요는 없는 것이다. 그러므로 이제 막 권력을 잡으려 하는 새로운 집단의 관점에 따르면 인간의 평등은 애써 추구해야 할 이상(理想)이 아니라 피해야 하는 위험인 것이다. 아주 먼 원시시대, 정의롭고 평화로운 사회가 사실상 불가능했던 시대에는 평등이란 것을 쉽게 믿을 수 있었다. 인류가 법 또는 가혹한 노동없이 형제애의 상태로 공동 생활을 할 수 있는 지상의 낙원에 대한 생각이 수천 년 동안 인간의 뇌리에서 떠나지 않았다. 이러한 생각은 역사가 바뀔 때마다 혜택을 받았던 집단들에게조차 어떤 지배력을 갖고 있었다.

프랑스, 영국, 미국의 혁명 후계자들도 자신들 나름대로의 공약을 믿어 인간의 권리, 언론의 자유, 법 앞에서의 평등과 같은 것을 어느 정도까지는 실천에 옮겼다. 그러나 1940년대에 이르러 정치사상의 주류는 권위주의가 되었다. 지상의 낙원은 바로 그것이 실현되려는 순간에 불신을 받게 되었다. 새로운 정치 이론은 어느 것이나 그 이름이 무엇이든 계급주의와 통제주의로의 복귀를 주장했다. 그리고 1930년 전후의 전반적인 고난기에는 몇백 년 동안 폐기해왔던 일들, 즉 재판없는 투옥, 전쟁 포로의 노예화, 공개 처형, 자백을 강요하기 위한 고문, 인질 이용, 전인구의 추방 따위가 다시 성행되었을 뿐만 아니라 스스로 계몽적이고 진보적이라고 하는 사람들에 의해 묵인 내지는 옹호되었다. '영사' 및 '영사'의 경쟁 이론들이 완전한 정치 이론의 형태로 나타난 것은 세계적으로 번진 전쟁, 내란, 혁명, 반혁명 등이 터진 10년 후였다. 그러나 이러한 이론들은 20세기 초에 등장한 이른바 전체주의라고 불리는 다양한 체제들에 의해 그 징후를 보였으며, 그 당시의 혼돈으로부터 이러한 결과가 나오리라는 것은 세계의 대세로 볼 때 자명했다. 새로운 귀족정치는 대부분 관리, 과학자, 기술자, 노동 운동가, 광고 전문가, 사회학자, 교사, 언론인, 그리고 전문 정치인들로 이루어졌다. 중산층 봉급자들과 노동자계급의 지도급 출신인 이들은 독점산업과 중앙집권으로 세계가 살벌해지자 함께 모여 세력을 형성한 것이다. 이들은 과거의 권력자들과 비교할 때 덜 탐욕스럽고 덜 사치스러우며, 순수한 권력에 대한 갈망이 더 크고, 무엇보다도 스스로 하고 있는 일이 무엇인지를 더 잘 알고 있고 반대 세력을 타도하는 데 더 적극적이었다. 이 마지막 차이점이 핵심이 되는 것이다. 현존하는 전제자와 비교해보면, 과거의 모든 전제자들은 냉담하고 비능률적이었다. 지배계급들은 늘 어느 정도는 자유주의적 사상에 물들어 있었고 무슨 일에나 끝맺음이 허술했으며, 단지 겉으로 드러난 행동만을 문제삼았으며, 자기들의 백성이 무엇을 생각하고 있는지에 대해 관심이 없었다. 중세의 가톨릭 교회 마저 오늘날의 기준으로 보면 너그러운 편이다. 이렇게 된 이유의 하나는 과거에는 어떤 정부든 국민을 끊임없이 감시할 힘이 없었다는 점이다. 그러나 인쇄술의 발명으로 보다 용이하게 여론을 조작할 수 있었고, 영화와 라디오의 발명은 이를 한층 더 촉진시켰다. 텔레비전의 발명으로 하나의 기계로 동시에 송수신을 할 수 있는 기술적 진보가 이루어짐으로써 사생활은 마침내 종말을 고했다. 모든 시민, 아니면 최소한 감시할 가치가 있는 요주의 인물들은 하루 24시간 내내 경찰의 감시 아래 둘 수도 있고 다른 모든 통신망은 완전히 단절시킨 채 정부 선전만 듣게 할 수도 있다. 국가의 의사에 대한 완전한 복종뿐만 아니라 모든 국민의 의사를 완전히 통일시킬 수 있는 가능성이 처음으로 나타난 것이다.

50년대와 60년대의 혁명기가 지나자 사회는 언제나와 마찬가지로 상·중·하의 세 계층으로 재편성되었다. 그러나 새로운 상층계급은 그들의 선배들과는 달리 본능에 따라 행동하지 않았고 자신들의 지위를 고수하는 데 어떤 안전장치가 필요하다는 것을 알았다. 과두정치를 유지하는 안전한 기반은 오직 집단주의뿐이었다. 부와 권력은 그 두 가지를 함께 소유하고 있을 때 가장 쉽게 보호된다. 금세기 중반에 행해진 소위 '사유재산 폐지'는 실제적으로 예전보다 더 소수의 사람들에게 부를 집중시키는 것을 의미했다. 그러나 이번에는 전과는 달리 새로운 소유주는 각 개인이 아니라 하나의 집단인 것이다.

212

당원들은 개인적으로는 사소한 개인 소지품 말고는 어떤 것도 소유할 수 없다. 그러나 전체적으로는 당이 모든 것을 통제하고 적절하다고 생각할 때에만 생산물을 분배하기 때문에 실은 오세아니아에 있는 모든 것은 당이 소유하고 있는 셈이다. 혁명 후 몇 년이 안 되어 모든 정책은 집단화의 일환으로서 처리되었기 때문에 거의 저항을 받지 않고 이 지배의 자리에 오를 수 있었다. 자본계급이 재산을 몰수당하면 사회주의가 뒤따르게 마련이라고 오래 전부터 예측되어 왔다. 그리고 의심할 여지없이 자본가들은 재산을 몰수당했다. 공장, 광산, 토지, 가옥, 교통 등 모든 것이 자본가들로부터 몰수되었고, 그러한 것들은 이제 사유재산이 될 수 없기 때문에 공동재산으로 변했다. 초기 사회주의 운동으로부터 성장하여 그 용어까지 그대로 물려받은 '영사'는 실상 사회주의 계획 중 주요 조항을 실행했으며, 그 결과 미리 예측하고 의도했던 대로 경제적 불평등이 영구화되었다.

그러나 이보다 더 어려운 것은 계급사회를 영속시키는 문제이다. 지배계급이 권력을 상실하는 데는 네 가지 길이 있다. 즉, 외부로부터 정복당하든가, 비능률적으로 통치를 해서 군중이 폭동을 일으키든가, 강력하고 불만에 차 있는 중간계급이 등장한다든가, 끝으로 통치할 자신이나 의지를 상실하는 것 등이다. 이러한 동기들은 독자적으로는 작용하지 않고 무슨 법칙처럼 네 가지 동기가 어느 정도 동시에 작용한다. 이 네 가지 동기들을 막아낼 수 있는 지배계층은 영원히 권력을 장악할 수 있다. 궁극적인 결정인자는 지배계급 자체의 정신적 자세이다.

금세기 중엽 이후 사실상 첫번째 위험은 없어졌다. 현재 세계를 분할 지배하고 있는 세 열강은 각기 정복할 수 없고, 설령 그것이 가능하다 해도 점진적인 인구 감소에 의할 뿐인데, 광범위한 권력을 가진 정부는 이것을 쉽게 피할 수 있다.

또한 두번째 위험도 이론적인 것에 지나지 않는다. 군중은 절대 자발적으로 폭동을 일으키지 않으며 또한 압박을 당하고 있다고 해서 폭동을 일으키지도 않는다. 그리고 실제로 비교할 수 있는 척도가 없는 한, 그들은 자신들이 압제를 당하고 있는 것조차도 깨닫지 못한다. 과거에 빈번하던 경제 공황은 전적으로 있을 수 없는 것이 되었고, 현재도 일어나지 않고 있다. 그러나 이와 비슷한 다른 대규모의 혼란은 아무런 정치적인 성과없이 일어날 수 있고, 실제로 일어나고 있다. 왜냐하면 불만을 표현할 수 있는 방법이 없기 때문이다. 기계 기술의 진보로 인해 우리 사회에 잠재해 있는 과잉 생산의 문제는 대중의 사기를 필요한 수준으로 유지시키는 데 결정적 역할을 하는 지속전(제3장 참조)이라는 방법에 의해 해결된다. 따라서 현 지배층의 관점에 의하면 유일한 진짜 위험은 유능하나 낮은 지위에 고용되어 있는, 권력을 갈망하는 사람들의 새로운 집단이 분열되어 나오는 것과, 그들 자신의 계급 내에 자유주의와 회의주의가 성장하는 것이다. 문제는 교육에 관한 것이다. 다시 말하면 명령을 내리는 집단과 바로 밑에서 집행하는 거대한 실무집단의 의식구조를 끊임없이 조종하는 문제인 것이다. 대중의 의식은 소극적인 방법으로 영향만 주면 된다.

이러한 배경을 알게 되면 누구라도, 설령 아직 모르고 있던 사람일지라도 오세아니아 사회의 전체적 구조를 추측할 수 있다. 피라밋의 정점에 대형이 있다. 대형은 완벽하고 전지전능한 존재이다. 모든 성공, 모든 성취, 모든 승리, 모든 과학적 발견, 모든 지식, 모든 지혜, 모든 행복, 모든 덕성이 다 그의 영도력과 영감으로부터 나온 것이다. 아무도 대형을 직접 본 적은 없다. 게시판에 붙어 있는 얼굴, 텔레스크린에서 나오는 목소리, 그것이 전부이다. 그는 결코 죽지 않을 것이라고 확신하는 것이 합당할지도 모른다. 우선 그가 태어난 날짜도 확실치 않다. 대형은 당 자체를 세계에 과시하기 위한 가공인물이다. 그의 역할은 집단에 대해서보다는 개인에게 더 느끼기 쉬운 사랑, 공포, 존경 등의 감정들을 집합화하는 초점이 되는 것이다. 대형 아래에는 오세아니아 인구의 2퍼센트 미만인 6백만으로 구성원이

214

제한되어 있는 내부당원이 있다. 내부당 아래에 외부당이 있는데, 내부당이 국가의 머리라고 한다면 외부당은 그 팔에 해당될 것이다. 그 아래에 전인구의 85퍼센트에 해당하는, 소위 '노동자'라고 불리는 벙어리 같은 대중이 있다. 전에 사용한 분류 용어를 쓰자면 노동자는 하층계급으로서 계속 이 정복자에서 저 정복자의 손으로 넘겨지던 적도지방의 노예 인구이며, 이들은 사회구조의 영구적 또는 불가결한 존재는 아니다.

이들 세 계층의 지위는 원칙적으로는 세습적인 것이 아니다. 이론적으로는 내부당원의 자식이라 해서 내부당원으로 태어난 것은 아니다. 내부당과 외부당에 입당하는 시험은 16세가 되어야 치른다. 여기에는 어떤 인종차별이나 지역적 특례도 없다. 당의 고위직에는 유태인도, 흑인도, 순수한 인디언 혈통을 가진 남미인들도 끼어 있고 한 지방의 행정가는 언제나 그 지방의 주민 중에서 선출된다. 오세아니아에서는 어디 사는 사람이든 자기들은 멀리 떨어진 수도(首都)로부터 통치를 받는 식민지인이라는 생각을 갖고 있지 않다. 오세아니아에는 수도가 없으며, 명목상의 시장(市長)은 어디에서든 실제로 볼 수 없는 사람이다. 영어가 주용어(主用語)이고 신어가 공용어라는 것 외에는 어떤 것도 중앙집권화되어 있지 않다. 각 지역의 지배자들은 혈연으로 맺어진 것이 아니라 공통적인 교리에 의해 결속되어 있다. 우리 사회는 얼핏 생각하기에 세습제도가 아닌가 할 정도로 엄격하게 계층화되어 있다. 서로 다른 계층간의 교류는 자본주의 시대 또는 산업화시대 전보다 훨씬 덜하다. 내부당원과 외부당원간에 어느 정도의 교류가 있지만 무능력자는 내부당에서 내쫓고, 야심있는 외부당원을 무마하기 위해 내부당원으로 진급시키는 정도일 뿐이다. 사실상 노동자들은 당에 가입하는 것이 허락되지 않는다. 노동자들 중 불만이 쌓인 사람들의 핵심이 될 소지가 있는 유능한 사람들은 사상경찰에게 지목되어 제거당하게 된다. 그러나 이러한 상태는 필연적으로 영구적일 수 없으며 또 원칙적인 문제가 될 수도 없다. 당은 구어(舊語)의 의미로 보자면 계급이 아니다. 당은 그들의 자손들에게 권력을 물려주는 것이 목적이 아니며, 지도부에 유능한 사람을 확보할 다른 방법이 없다면 노동자계급으로부터 전혀 새로운 세대를 받아들이는 데 조금도 망설이지 않을 것이다. 초창기의 어려웠던 시절에는 당이 세습체계가 아니라는 사실이 반대파를 진정시키는 데 상당한 작용을 했다. 소위 '계급특권'이라고 불리는 것과 투쟁해 온 옛날의 사회주의자들은 세습적이 아닌 것은 영구성이 없다고 생각했다. 또한 이들은 과두정치의 영속성이 반드시 물질적일 필요는 없다는 것을 생각 못했고 가톨릭 교회와 같은 양자(養子) 관계적 조직체는 때때로 수백 년 혹은 수천 년 동안 지속되어 온 데 반해 세습 귀족체제는 언제나 단명했다는 것도 알지 못했다. 과두정치적 통치의 본질은 부자세습이 아니라 죽은 사람에 의해 살아 있는 사람에게 부과된 특정 세계관과 특정 생활양식을 유지하는 것이다. 지배계급은 그 후계자를 지명할 수 있는 한 지배집단이다. 당은 그 혈통이 아니라 당 자체를 영속시키는 데 관심이 있다. 계층적 구조가 언제나 동일성을 유지하기만 한다면, 누가 권력을 장악하는가 하는 것은 중요하지 않다.

오늘날을 특징지어 주는 모든 신념, 습관, 취미, 감정, 정신자세 등은 당의 비밀을 유지하기 위해, 그리고 현대사회에 대한 참된 본질을 감지하지 못하도록 하기 위해 계획되고 있다. 현실적인 반란이나 그것을 위한 사전 움직임은 현재로서는 불가능하다. 노동자들을 두려워할 필요는 전혀 없다. 그대로 내버려두면 그들은 세대에서 세대로, 세기에서 세기로 끊임없이 반란을 일으킬 충동도 생기지 않을 뿐만 아니라 세상이 바뀌는 것을 파악할 힘도 없이 일하며 자식을 키우다가 죽어갈 것이다. 그들은 산업기술의 발달로 더 높은 교육을 받을 수 있을 때에만 위험한 존재가 된다. 그러나 이제는 군사적, 상업적 경쟁이 중요하지 않기 때문에 대중 교육의 수준은 실질적으로 저하되고 있다. 대중이 어떤 견해를 갖든 안 갖든 그것은 관심 밖의 일로 처금된다. 그들은 지성을 갖고 있지 않기 때문에 지적 자유를 허락해도 괜찮다. 그러나 당원에 있어서는 중요하지 않은 문제에 관한 아무리 사소한 견해의 이탈이라도 결코 용납될 수 없다.

당원들은 태어나서 죽을 때까지 사상경찰의 감시 속에서 살아야 한다. 혼자 있을 때조차도 자기가 혼자 있다는 것을 결코 확신할 수 없다. 그가 어디에 있든, 잠을 자든 깨어 있든, 일을 하든, 쉬고 있든, 목욕탕에 있든, 침대에 누워 있든 아무런 예고도 없이, 그리고 본인이 감시받고 있다는 사실을 모른 채 감시당할 수 있다. 그가 하는 일은 무엇이든 관심의 대상이 된다. 친구나 친척과의 관계, 아내와 자식들에 대한 행동, 혼자 있을 때의 얼굴 표정, 잠잘 때 지껄이는 잠꼬대, 몸짓에 나타나는 특성까지 무엇이든 세밀하게 조사당하고 있는 것이다. 실질적인 비행뿐만 아니라 아무리 사소할지라도 습관의 변화, 내적 갈등의 징조라고 할 수 있는 신경질적인 버릇까지도 탐지된다는 것은 자명하다. 그에게는 어떤 면에서든지 선택의 자유가 없다. 한편 그의 행동은 법이나 뚜렷하게 규정된 행동법칙으로 규제를 받지는 않는다. 오세아니아에는 법이 없다. 발각되면 사형감이 분명한 사상이나 행동마저 공식적으로 금지된 것이 아니다. 꼬리를 물고 이어지는 숙청, 체포, 고문, 투옥, 그리고 증발 따위도 실제로 저지른 죄에 대한 처벌로서가 아니라 장차 언젠가 죄를 지을지도 모르는 사람들을 제거하는 것이다. 당원은 올바른 사상뿐만 아니라 올바른 본능을 갖도록 강요당한다. 그러나 그에게 어떤 신념과 태도가 요구하는가는 간단히 설명할 수 없으며, 또 '영사'에 내재해 있는 모순들을 분명하게 드러내놓지 않고는 설명이 불가능하다. 만일 그가 타고난 정통파(신어로 선심자)라면 그는 어떤 환경 속에서도 무엇이 올바른 신념이며 무엇이 바람직한 감정인지 생각하지도 않고 알 수 있을 것이다. 아무튼 어렸을 때부터 신어로 죄중단(罪中斷), 흑백(黑白), 이중 사고 등으로 분류되는 면밀한 정신훈련으로 어떤 문제에 대해서도 깊이 생각할 의욕도, 능력도 없어져버린다.

당원은 사사로운 감정을 가져도 안 되고 열성적인 것에 대해 망설여서도 안 된다. 그는 마땅히 국외의 적과 국내의 반역자에 대한 증오감과 승리에 대한 환희, 그리고 당의 권력과 지혜에 대한 자기 굴욕감을 끊임없이 느껴야 한다. 헐벗고 만족스럽지 못한 생활로 인한 불만은 교묘하게 외부로 방출되고 '2분간 증오'와 같은 기회에 깨끗이 씻어지며 회의적이고 반항적인 태도를 만들어낼 수 있는 사색은 일찍부터 습득한 내적 훈련으로 미리 소멸시켜버린다. 이 훈련의 가장 초보적인 첫단계는 신어로 '죄중단'이라는 것으로 어린아이들에게까지도 가르칠 수 있다. '죄중단'이란 마치 본능처럼 어떤 위험한 생각을 하기 직전에 딱 멈추는 능력을 의미한다. 이것은 유추할 수 없고, 논리적인 오류도 깨달을 수 없으며, '영사'에 해로운 논쟁은 아무리 단순한 것이라도 이해하지 못하고 이단적인 방향으로 끌고 갈 수 있는 사고의 단련을 혐오 또는 반박하게 되는 것을 포함한다. 간단히 말하자면 '죄중단'은 예비적인 어리석음이다. 그러나 어리석음이라는 말만으로는 충분치 못하다. 이와는 반대로 완전한 의미의 정통성은 곡예사가 몸을 자유자재로 움직이듯이 완벽하게 자신의 심적과정을 조절하는 것이 요구된다. 오세아니아 사회는 궁극적으로 대형은 전지전능하고 당은 완벽하다는 신념 위에 서 있다. 그러나 실제로는 대형은 전지전능하지 못하고 당은 완벽하지 못하므로 사태의 처리에 있어서 끊임없이 융통성이 필요하다. 이것을 해결할 수 있는 말이 '흑백'이라는 것이다. 많은 다른 신어들처럼 이 단어는 서로 상반되는 두 가지 의미를 지니고 있다. 반대편에게 적용할 때는 명백한 사실을 반박하기 위해 흑을 백이라고 뻔뻔스럽게 주장하는 습관을 의미한다. 그러나 당원에게 적용될 때에는 당이 요구하기만 하면 흑을 백이라고 말하는 충성심을 의미한다. 그러나 더 나아가 이것은 흑을 백이라고 믿고, 게다가 흑을 백으로 알고 이전에 이와 반대로 믿었던 사실을 잊어버리는 능력을 뜻한다. 이것은 과거에 대한 끊임없는 개조를 요구하며 실제로 다른 모든 것을 포함하고 있는, 신어로

‘이중 사고’라고 일러진 사고체계에 의해 가능해진다.

과거를 개조하는 이유는 두 가지가 있는데, 그중 하나는 종속적인 것, 말하자면 예방적인 것이다. 종속적인 이유는 당원이 노동자처럼 비교할 척도가 없기 때문에 현재의 상황을 용납한다는 것이다. 그는 외국으로부터, 그리고 과거로부터 단절하지 않으면 안 된다. 왜냐하면 그는 자기 선조들보다 더 유복하며 물질적 안락의 평균 수준이 높아지고 있다고 믿어야 하기 때문이다. 그러나 과거를 재조정하는 더욱 중요한 이유는 당의 완벽함을 보장해야 할 필요 때문이다. 모든 종류의 연설, 통계, 각종 기록들은 당의 예언이 언제나 옳았다는 것을 보여주기 위해 끊임없이 현재에 맞추어 수정해야 할 뿐 아니라, 어떤 이론이나 정치노선은 결코 변화시킬 수 없는 것이다. 마음을 바꾼다거나 정책을 수정한다는 것은 스스로의 나약함을 고백하는 것이기 때문이다. 예를들어 유라시아나 이스트아시아(어느 나라든 상관없다)가 현재는 적이다. 따라서 이 나라는 언제나 적이어야 한다. 사실이 그렇지 않다고 한다면 이 사실을 개조해야만 한다. 이렇게 역사는 끊임없이 다시 기록되는 것이다. 이러한 과거에 대한 계속적인 날조행위는 진리성에 의해 수행되는데, 이것은 애정성이 담당한 억압과 압제와 사찰행위만큼 정권의 안정에 필요한 것이다.

과거의 가변성은 ‘영사’의 중심 교리다. 과거의 사건들은 객관적으로 존재하는 것이 아니라 오직 쓰여진 기록과 인간의 기억 속에 남아 있는 것이라고 주장한다. 과거는 그 자료와 기억이 한데 뭉친 것이다. 그리고 당은 그 모든 기록을 완전히 통제할 수 있고, 그와 동시에 당원들의 마음속까지 충분히 통제할 수 있기 때문에 과거는 당이 어떻게 만들려고 하느냐에 달려 있다. 또한 과거를 변경시킨다 해서 특별한 예외의 경유를 인정하는 것은 결코 아니다. 즉, 어떤 순간에 필요한 형태로 과거를 재창조했을 때 바로 이 새로운 설(說)이 과거요, 다른 과거는 결코 있을 수 없는 것이다. 흔히 있는 일이지만, 같은 사건이 1년 사이에 여러 차례 수정되는 것은 괜찮다. 언제나 당은 절대적인 진리를 소유하고 있고 이 절대진리라는 것은 현재에 존재하는 것과 결코 다를 수 없다는 것은 자명하다. 과거에 대한 지배는 무엇보다도 기억의 훈련에 달려 있다는 것을 알 수 있을 것이다. 모든 기록된 자료가 그 당시의 당의 교리와 일치한다는 것을 확실히 하는 것은 단순한 기계적 사고방식이다. 그러나 과거의 사건들이 현재 수정해놓은 허위 그대로 발생했다는 것을 기억해둘 필요가 있다. 그리고 기억을 재정리하고 기록된 자료를 허위로 변경할 필요가 있을 때에는 자신이 그렇게 변경했다는 사실마저 잊어버려야 할 필요가 있다. 이렇게 하는 재주를 다른 정신적 기법처럼 가르칠 수 있다. 대부분의 당원들이, 그리고 정통적이고 지적인 모든 사람들이 다 이것을 습득하고 있음이 확실하다. 구어로는 노골적으로 '현실 통제'라고 불린다. 신어로는 다른 뜻도 있지만 '이중 사고'라고 한다.

　'이중 사고'는 한 사람이 두 개의 상반되는 신념을 동시에 가지고 이 두 신념을 다 받아들이는 능력을 의미한다. 당의 지식층은 자기의 기억을 어떤 방향으로 변경시켜야 하는지를 알고 있다. 따라서 그는 실제로 속임수를 쓰고 있다는 것을 알고 있다. 그러나 '이중 사고'의 훈련에 의해 현실을 침해하지 않았다고 스스로 만족해한다. 이 과정은 의식적이어야 한다. 그렇지 않으면 정확하게 수행할 수 없기 때문이다. 그러나 또한 이 과정은 무의식적이어야 한다. 그렇지 않으면 날조를 하고 있다는, 따라서 죄의식을 느끼게 되기 때문이다. 당의 본질적인 행위가 완전히 정직하게 수행된다는 확고부동한 목적을 가지고 있으면서 의식적인 기만을 행하기 때문에 '이중 사고'는 '영사'의 핵심적인 부분에 속한다. 고의적인 거짓말을 하면서 이 거짓말들을 진실로 믿고, 불리하게 된 어떤 사실들을 잊어버렸다가 이것이 다시 필요하게 되었을 때 꼭 필요한 기간 동안만 망각 속에서 다시 끄집어내고, 객관적인 현실을 부정하면서 한편으로는 언제나 부정한 현실을 고려하는 등 이 모든 것은 절대적으로 필요한 것들이다. 심지어 '이중 사고'라는 말을 사용하는 데까지 '이중 사고'의 훈련이 필요하다. 이 밀을 사용함으로써 현실을 왜곡했다는 것을 인정하는 것이고, '이중 사고'의 첫 행동으로 인해 이러한 생각을 지워버리는 것이며, 그리하여 무한히 계속될수록 거짓말은 언제나 진실보다 한 걸음 앞서가기 때문이다. 궁극적으로 '이중 사고'라는 수단에 의해서 당이 역사의 흐름을 막아왔고, 앞으로 수천 년 동안 계속 그것이 가능할지도 모른다.

과거의 모든 과두정치체제는 지나치게 경화되었거나 연화되었기 때문에 실권하고 말았다. 또한 그들은 우매해지고 오만해져서 변화하는 환경에 적응하지 못해 몰락했다. 아니면 그들은 방임적으로 되거나 겁쟁이가 되어서 무력을 써야만 할 때 양보함으로써 또 한 번 몰락했던 것이다. 즉, 의식적이라서 몰락하고 무의식적이라서 몰락했다. 이 두 가지 조건이 동시에 존재할 수 있는 사상체계를 확립한 것이 당의 업적이다. 그리고 다른 어떤 지적 기반으로 당의 지배를 영속화시킬 수는 없다. 누구든 지배를 하려면, 그리고 그 지배를 계속하려면 현실 감각을 혼란시킬 수 있어야 한다. 왜냐하면 지배의 비결은 과거의 잘못으로부터 깨달을 수 있는 힘과 자신의 확고부동한 신념을 결합한 것이기 때문이다.

말할 것도 없이, '이중 사고'를 만들어낸 사람들이 바로 '이중 사고'를 가장 교묘하게 행하는 사람들이며 그것이 훌륭한 정신적 사기라는 것을 알고 있는 사람들이다. 우리 사회에서 현재 일어나고 있는 일에 대해 가장 잘 알고 있는 사람들이 현실 그대로의 세계를 가장 모르는 사람들이다. 일반적으로 이해력이 크면 클수록 더 많은 착각을 일으키며, 많이 알면 알수록 착란이 심해진다. 이것을 뒷받침할 수 있는 명백한 증거의 하나는 사회적 지위가 높은 사람일수록 전쟁에의 열광이 증가한다는 사실이다. 전쟁에 대해 거의 이성적인 태도를 취하는 사람은 분쟁지역에 사는 예속된 시민들이다. 그들에게는 전쟁이란 마치 파도처럼 그들의 몸에 밀려왔다 밀려나가는 끊임없는 재앙이다. 어느 편이 이기는가는 그들에게는 전혀 관심 밖의 일이다. 통치자가 바뀌었다 하더라도 전과 똑같은 취급을 받으며 새 주인을 위해 전과 같은 일을 하게 되리라는 것을 그들은 잘 알고 있다. '노동자'라고 일컬어지는, 그들보다 조금 더 나은 대접을 받는 사람들은 그저 어쩌다가 전쟁을 의식할 뿐이다. 그들은 필요할 때면 광적인 공포와 증오를 불러일으킬 수 있다. 그러나 혼자 있게 되면 때 전쟁 중이라는 사실을 오랫동안 잊어버리게 된다. 진짜 전쟁열에 휩싸일 수 있는 사람들은 당원급, 특히 내부당원들이다. 세계 정복이라는 것은 그것이 불가능하다는 것을 알고 있는 사람들에 의해 가장 굳게 믿어지고 있다. 이렇게 상반된 개념의 결합——무지와 지식, 냉소와 열광——이 오세아니아 사회의 가장 뚜렷한 특징 중의 하나다. 공식적인 이념은 그럴 만한 실질적인 이유가 없는 곳에까지 모순으로 가득 차 있다. 그리하여 당은 사회주의운동이 본래 주장하던 모든 원칙들을 반박하고 비방하면서 바로 그런 행위를 '사회주의'라는 이름으로 행하는 것이다. 당은 과거 몇 세기 동안 그 유례를 찾아볼 수 없을 만큼 노동자를 경멸하고 당원들에게는 한때 육체 노동자의 것이었던 작업복을 제복으로 입혔다. 당은 조직적으로 가족적 유대를 약화시키고 가족적 충성을 직접적으로 호소할 수 있는 이름으로 지도자를 부르게 한다. 우리를 통치하는 4개의 성(省) 이름마저 뻔뻔스럽게 사실을 고의적으로 뒤집고 있다. 평화성은 전쟁을, 진리성은 거짓말을, 애정성은 고문을, 풍부성은 굶주림을 담당하고 있다. 이러한 모순들은 우연한 것이 아니고, 평범한 의미의 위선의 산물도 아니다. 이것은 다만 이중 사고에 대한 교묘한 훈련일 뿐이다. 왜냐하면 권력은 오직 이런 모순들을 조화시킴으로써만 영원히 장악할 수 있기 때문이다. 다른 방법으로는 과거의 현상을 재현시킬 뿐이다. 만일 인간의 평등을 영원히 저지시키려면, 이른바 상층계급이 자기들의 지위를 영원히 보존하려면 일반적인 정신상태를 광적인 상태로 통제해야 한다.

그러나 지금 이 순간까지 우리가 거의 무시해온 문제 한 가지가 있다. 그것은 다름 아닌, 왜 인간의 평등을 막아야 하는가 하는 문제다. 만일 이런 과정의 역할을 제대로 설명했다고 한다면, 이렇게 치밀한 계획하에 굉장한 노력을 기울여 역사를 어느 특정 순간에 동결시키려고 하는 동기는 무엇인가?

여기에 바로 핵심적인 비밀이 있는 것이다. 이미 보아온 것처럼 당, 특히 내부당의 비의(秘義)는 이중 사고에 의존하고 있다. 하지만 그보다 더 깊은 곳에 근본적인 동기가 있는데, 그것은 먼저 권력을 장악하고, 후에 '이중 사고', '사상경찰', 끊임없는 전쟁, 그리고 그 밖의 모든 부수적인 필수품들을 생기게 한, 한 번도 회의를 가져본 적 없는 본능인 것이다. 이 동기는 실로……

무슨 새로운 소리를 듣고야 비로소 주위가 조용하다는 것을 깨닫듯, 윈스턴은 갑자기 사방이 조용하다는 것을 알아차렸다. 줄리아는 얼마 전부터 움직이지 않았던 것 같다. 그녀는 위를 모두 발가벗은 채 팔을 베개삼아 저편으로 돌아누워 있었다. 검은 머리카락 한 가닥이 그녀 눈 위에 흘러내려 있었다. 젖가슴이 천천히, 규칙적으로 움직였다.

"줄리아."

대답이 없다.

"줄리아, 자는 거야?"

대답이 없다. 그녀는 자고 있었다. 그는 책을 마루에 조심스레 내려놓고 침대에 누워 홑이불을 끌어 같이 덮었다. 아직 궁극적인 비밀은 알아내지 못한 것 같았다. 그는 '방법'은 이해했지만 '이유'는 이해하지 못했다. 제3장과 마찬가지로 제1장도 사실상 그가 모르고 있던 것을 가르쳐주지는 않았다. 단지 그가 이미 알고 있는 사실을 체계화했을 뿐이었다. 그러나 그 책을 읽고 나니 자기가 미친 사람이 아니라는 것을 전보다 더 확실히 알게 되었다. 소수파에 속한다 해서, 아니 단 혼자라고 해서 그 때문에 미친 사람이라고 할 수는 없다. 세상에는 진실과 허위가 있는데 설사 세계 전부와 반대되는 진실에 집착하고 있다고 해서 미친 사람이라고 할 수는 없는 것이다. 황금빛 석양이 창문을 통해 비스듬히 들어와 베개맡을 비췄다. 그는 눈을 감았다. 얼굴에 비치는 햇빛과 옆에 누운 여자의 부드러운 육체는 그에게 졸리우면서도 강렬한 자신감을 불어넣어주었다. 그는 안전했고 모든 것은 잘 되었다. 그는 그 말 속에 어떤 철리(哲理)라도 들어 있다는 듯 "올바른 정신이란 통계로 결정되는 것이 아니다."라고 중얼거리면서 잠에 빠졌다.

10

잠을 깨자 그는 꽤 오랜 시간 잔 것 같은 기분이 들었다. 그러나 구식 시계를 보니 겨우 23시였다. 그는 누운 채로 한동안 더 졸았다. 그때 아래 뜰에서 노랫소리가 들려왔다. 자주 듣던, 가슴속 깊이에서 나오는 듯한 그 노래였다.

> 허무한 환상이었네.
> 4월의 꽃처럼 스러져버렸네.
> 표정과 말과 꿈으로 흔들어
> 내 가슴 앗아갔네!

아직까지 이 시시한 노래가 인기가 있는 모양이었다. 어디를 가나 이 노래를 들을 수 있었다. 〈증오가〉보다 더 오래 불려지는 노래였다. 줄리아가 이 노랫소리에 잠을 깨어 늘어지게 기지개를 켜더니 침대에서 일어났다.

"배가 고파요! 커피를 좀더 마셔야겠어요. 쳇! 난로가 꺼져서 물이 식었네." 줄리아가 말했다. 그리고 그녀는 난로를 들어서 흔들어보았다. "기름이 없어요."

"채링턴 영감한테 좀 얻을 수 있을 거요."

"석유가 꽉 차 있을 거라고 믿고 있었으니 정말 우스운 일이군요. 옷을 입어야겠어요. 좀 쌀쌀한 것 같아요." 그녀가 말했다.

윈스턴도 일어나서 옷을 입었다. 싫증도 안 나는지 그 목소리는 노래를 계속했다.

> 시간이 모든 걸 해결해준다지만,
> 언제나 잊을 수 있다고 말들 하지만,
> 웃음과 눈물은 해를 거듭해
> 내 가슴을 여전히 울려준다네!

그는 혁대를 조이면서 창가로 걸어갔다. 해는 집 뒤로 숨어버렸는지 뜰엔 더 이상 햇빛이 들지 않았다. 자갈이 깔린 뜰은 지금 막 물로 씻어낸 것처럼 젖어 있었고, 굴뚝 사이로 보이는 하늘 또한 씻어낸 것 같은 느낌이 들 정도로 맑고 깨끗했다. 그 여자는 지친 기색도 없이 왔다갔다, 입을 벌렸다 오므렸다 하면서 노래를 부르다 그치고 또 부르면서 한편으로는 기저귀를 계속 널고 있었다. 그는 그녀가 세탁부 노릇을 하고 있는지 아니면 2, 30명의 손자 시중을 드는 할머니인지 알 수가 없었다. 줄리아가 그의 옆으로 다가왔다. 둘은 함께 아래쪽에 있는 건장한 여자에게 매혹되어 내려다보았다. 빨랫줄에 빨래를 널고 있는 그 굵은 팔이며 힘센 암말처럼 풍만한 엉덩이, 그리고 그 독특한 몸짓을 바라보고 있으려니까, 처음으로 그녀가 아름답다는 생각이 들었다. 임신을 해서 괴물처럼 뚱뚱해졌다가 너무 일을 많이 해서 딱딱해지고 거칠어져서 마침내는 시든 홍당무처럼 피부가 쭈글쭈글해진 쉰 살쯤 된 부인의 봄뚱이가 아름답게 보일 수 있으리라고는 한 번도 생각해본 적이 없었다. 그러나 그녀는 아무튼 아름다웠고, 또 그러지 말라는 법이 있는가? 화강암 덩어리처럼 딱딱하고 맵시없는 몸매, 살결은 거칠고 붉지만 처녀 시절에는 아름다웠을 것이다. 그것은 장미와 장미 열매를 비교하는 것과 같다. 어째서 열매가 꽃보다 더 못한 대우를 받아야 하는가?

"아름답군." 그가 중얼거렸다.

"엉덩이 둘레가 1미터는 넘을 것 같아요." 줄리아가 말했다.

"저 나이의 여자는 그게 아름다움이오." 윈스턴이 말했다.

그는 줄리아의 탄력있는 허리를 팔로 감싸안았다. 그녀의 무릎부터 허리까지가 그에게 붙었다. 그들은 아기를 갖지 못할 것이다. 이것만이 그들이 결코 할 수 없는 일이다. 그들은 오직 무언중에 이심전심으로 이 비밀을 전할 따름이다. 저 아래에 있는 여자는 어떤 생각도 갖고 있지 않다. 오직 튼튼한 팔과 따뜻한 가슴, 자식을 잘 낳을 수 있는 배가 있을 뿐이다. 저 여자는 아이를 몇이나 낳았을까 하고 그는 생각해보았다. 아마 15명쯤 될지도 모른다. 저 여자도 한때는 아마 1년 동안쯤 들장미처럼 아름답게 피었을 것이다. 그러나 갑자기 잘 익은 열매처럼 부풀었다가 점점 굳어지고 붉어지고 거칠어졌을 것이다. 그녀의 인생은 처음에는 자식을 위해, 다음에는 손자를 위해 빨래하고 걸레질하고 꿰매고 비질하고 닦고 수선하고 빨래하는 등의 연속이었으므로 30년을 조금도 쉬지 못했을 것이다. 그런 끝인데도 그녀는 여전히 노래를 부르고 있다. 그가 그녀에게 느끼는 신비스런 존경심이 굴뚝 뒤로 한없이 펼쳐진 티 하나 없이 푸른 하늘의 모습과 한데 어우러졌다. 저 하늘은 여기는 물론 유라시아나 이스트아시아에 있는 그 누구에게나 다 똑같을 것이라고 생각하니 기분이 묘했다. 그리고 그 하늘 아래 있는 사람들은 누구나 똑같은 것이다. 전세계에 퍼져 있는 수십억의 사람들, 서로의 존재를 모르고 증오와 허위의 벽으로 분리되어 있지만 거의 똑같은 사람들, 이들은 생각하는 법을 배운 적이 없지만 그 가슴과 배와 근육 속에 언젠가 세상을 뒤엎을 힘을 쌓고 있는 것이다. 만일 희망이 있다면, 그것은 노동자들이다! '그 책'을 끝까지 읽지 않고도 그는 골드스타인의 마지막 메시지는 바로 이것일 것이라고 생각했다. 미래는 노동자의 것이다. 그 시대가 되면 그들이 건설한 세계는 현재의 당의 세계보다 윈스턴 스미드의 마음에 늘 수 있을까? 그렇다! 그것은 최소한 올바른 정신의 세계일 것이기 때문이다. 평등이 있는 곳에 올바른 정신이 있다. 머지않아 그런 세계가 올 것이다. 노동자들은 불멸의 존재들이다. 저 뜰에 있는 건장한 여자의 모습을 보면 그 사실을 의심할 수 없다. 마침내 그들이 각성할 때가 올 것이다. 그때까지는 천 년이 걸릴지도 모르지만, 그들은 당이 가질 수도 없고 말살시킬 수도 없는 그런 생명력을 새들처럼 이 사람에게서 저 사람에게로 전달하며 모든 불평들에 대항해서 굳세게 살아 남을 것이다.

"기억하오? 우리가 처음 만나던 날 숲속에서 우리를 보고 노래하던 개똥지빠귀 말이야." 그는 말했다.

"그 새는 우리를 보고 노래한 게 아니에요. 스스로 즐거워서 노래한 것뿐이에요. 아니, 그것도 아니에요. 그저 노래하고 있었던 것뿐이에요." 줄리아가 말했다.

새는 노래를 부른다. 노동자도 노래를 부른다. 그러나 당은 노래를 부르지 않는다. 세계 곳곳에서, 런던과 뉴욕에서, 아프리카와 브라질에서, 국경선 저 너머에 있는 신비스런 금단의 땅에서, 파리와 베를린의 거리에서, 끝없는 러시아의 벌판 마을에서, 중국과 일본의 시장에서 —— 어디에서든 그녀처럼 정복당하지 않는 굳센 사람들이 일도 하고 어린애도 낳다보니 괴물 같은 꼴을 하고 태어나서 죽을 때까지 고생고생하면서도 그들은 여전히 노래를 부를 것이다. 저렇게 힘센 허리의 여자들에게서 언젠가 의식을 가진 종족이 태어날 것이다. 당신은 죽은 사람이다. 미래는 그들의 것이다. 그러나 그들이 육체를 잃지 않는 것처럼 당신들이 현재의 정신을 잃지 않는다면, 그리고 둘 더하기 둘은 넷이라는 은밀한 교리를 전달한다면 당신들도 미래에 참여할 수 있을 것이다.

"우린 죽은 사람이야." 그가 말했다.

"우린 죽은 사람이에요." 줄리아도 따라서 되풀이했다.

"너희들은 죽은 사람이다." 그들 뒤에서 금속성의 소리가 말했다.

그들은 소스라쳐서 떨어졌다. 윈스턴은 뱃속이 얼음처럼 싸늘해지는 것 같았다. 줄리아는 눈가가 하얘지고 얼굴은 노랗게 변했다. 양쪽 뺨에 아직도 남아 있는 연지의 얼룩이 마치 그 아래에 있는 살갗과는 아무 관련도 없는 것처럼 두드러져 보였다.

"너희들은 죽은 사람이다." 그 금속성의 소리가 되풀이했다.

"저 그림 뒤예요." 줄리아가 속삭였다.

"그 자리에 그대로 있어. 명령이 있을 때까지 꼼짝 말고 있어." 그 목소리가 명령했다.

일이 벌어졌구나, 마침내 벌어지고 말았구나! 그들은 꼼짝도 못한 채 서로의 눈을 바라보고 서 있었다. 너무 늦기 전에 이 집에서 빠져나가 목숨을 걸고 도망칠까 —— 그들은 그런 생각조차 해보지 않았다. 벽으로부터 나오는 금속성의 소리에 복종하지 않는다는 것은 생각할 수도 없는 일이다. 못이 빠지는 듯한 소리와 함께 유리가 깨지는 요란한 소리가 났다. 그림이 마룻바닥으로 떨어지고 그 뒤에 있던 텔레스크린이 모습을 드러냈다.

"이제 우리가 보이겠군요." 줄리아가 말했다.

"이제 너희들을 볼 수 있다." 그 소리가 말했다. "방 가운데로 나와. 그리고 등을 맞대고 서. 손을 머리 위로 올리고 서로 몸이 닿지 않도록 해."

그들의 몸은 서로 닿지 않았다. 그러나 윈스턴은 줄리아의 몸이 떨리고 있는 것을 느낄 수 있었다. 아니, 그 자신의 몸이 떨리고 있는 것인지도 모른다. 이가 덜덜거리는 것은 꽉 악물어 막을 수 있었지만 무릎이 떨리는 건 어쩔 수가 없었다. 아래쪽의 집 안팎에서는 요란한 구두 소리가 들렸다. 뜰에는 사람들이 가득한 것 같았다. 뜰에 깔린 자갈 위로 무엇인가 끌리는 소리가 났다. 그 여자의 노랫소리가 갑자기 뚝 그쳤다. 대야가 뜰 한쪽으로 치워지는 듯 무언가 굴러가는 소리가 길게 났다. 그리고 성난 소리가 요란하게 나더니, 고통스런 신음으로 바뀌면서 그쳤다.

"집이 포위되었어." 윈스턴이 말했다.

"집이 포위되었다." 그 소리가 받았다.

줄리아가 이를 가는 소리가 들렸다.

"이제 작별인사를 하는 게 좋겠어요." 그녀가 말했다.

"이제 작별인사나 하는 게 좋을걸." 그 소리가 말했다. 그러더니 윈스턴이 전에 들어본 적이 있는 듯한, 그러나 그와는 전혀 다른 가느다랗고 교양있는 목소리가 튀어나왔다.

"그 이야기는 이런 거야. '그대 침대를 비추는 촛불이 오네. 그대 목을 자를 도끼가 오네!'"

윈스턴 등뒤의 침대 위로 무언가가 떨어졌다. 사다리 끝이 창으로 뚫고 들어와 창틀을 부수었다. 누군가가 창문으로 들어왔다. 계단으로 올라오는 요란한 발소리도 들렸다. 방은 검은 제복을 입은 건창한 남자들로 가득 찼다. 그들은 징을 박은 구두를 신고 손에는 곤봉을 들고 있었다.

윈스턴은 이제 떨지 않았다. 그는 눈동자마저 움직이지 않았다. 움직이지 말고 있어야지, 움직이지 말고 있어야지, 한 대 칠 구실을 주지 말아야지! —— 오직 그 한 가지 생각뿐이었다. 턱이 프로 권투선수처럼 둥글고 입이 길게 찢어진 사내가 곤봉을 엄지와 집게손가락 사이에 끼우고 무언가 생각하는 듯한 표정으로 그 앞에 마주섰다. 윈스턴은 그의 눈을 쳐다보았다. 두 손을 머리 위로 올려 맞잡고 얼굴과 몸을 모두 드러내놓고 있어 마치 벌거벗은 몸을 보이는 것 같아 참을 수 없었다. 사내는 하얀 혀끝을 내밀어 입술을 핥더니 그대로 지나갔다. 또다시 요란한 소리가 들렸다. 누군가가 책상 위의 유리 문진을 집어 벽난로 받침돌에 던져 산산조각을 냈다. 설탕으로 만든 과자의 장미꽃 봉오리와 같은 분홍색의 작은 산호 무늬 조각들이 매트 위로 굴러갔다. 아주 조그맣구나! 하고 윈스턴은 생각했다. 뒤에서 힐떡거리며 쿵쿵거리는 소리가 나더니 누군가 그의 발목을 거칠게 걷어차 하마터면 넘어질 뻔했다. 한 사람이 줄리아의 관자놀이를 주먹으로 후려쳤다. 그녀는 접는 자(尺)처럼 몸을 앞으로 숙이더니 마루에 쓰러져 숨도 제대로 못 쉬고 헐떡거렸다. 윈스턴은 고개를 조금도 돌릴 수 없었지만 납빛으로 변해 헉헉거리는 그녀의 얼굴이 이따금씩 시야에 들어왔다. 그 공포 속에서도 그는 그녀 자신만큼은 아니지만 그래도 자기 몸이 당하는 듯 혹심한 고통을 느꼈다. 그는 그 고통이 어느 정도라는 것을 알고 있었다. 무엇보다도 먼저 호흡을 제대로 해야 하기 때문에 아직은 아프다는 것조차 느끼지 못하고 있을 혹독한 고통. 이때 두 사람이 그녀의 무릎과 어깨를 잡고 들어올리더니 마치 무엇인가 집어넣은 자루처럼 들고 방 밖으로 나갔다. 윈스턴은 아래로 축 늘어진 그녀의 얼굴을 힐끗 보았다. 그녀의 얼굴은 샛노란데다가 일그러져 있었으며, 눈은 꼭 감고 있었지만 양 볼에는 아직도 연지가 남아 있었다. 이것이 그가 그녀를 마지막으로 본 모습이었다.

그는 죽은 듯 움직이지 않고 서 있었다. 아직은 아무도 그를 때리지 않았다. 이런저런 생각들이 제멋대로 그의 머릿속을 스쳐 지나가기 시작했다. 채링턴 씨도 체포되었는지 궁금했다. 또한 뜰에 있던 그 여자는 어떻게 되었는지도 궁금했다. 참을 수 없을 정도로 오줌이 마려웠다. 불과 두어 시간 전에 소변을 보았는데 어쩐 일일까. 벽난로 위에 있는 시계가 9시, 즉 21시를 가리키고 있었다. 8월이라지만 21시면 어두워지지 않는가? 그는 혹시 자기와 줄리아가 시간을 잘못 알고 있었던 게 아닌가 하고 생각했다. 시계가 한 바퀴 돌도록 잠을 자고 실제로는 다음날 아침 8시 30분인 것을 20시 30분으로 알지 않았나 하는 생각이 들었다. 그러나 그는 더 이상 생각하지 않았다. 부질없는 일이었기 때문이다.

복도에서 다시 가벼운 발자국 소리가 났다. 채링턴 씨가 방으로 들어왔다. 검은 제복을 입은 사내들의 태도가 갑자기 점잖아졌다. 채링턴 씨의 얼굴이 어딘가 달라진 것 같았다. 그는 유리 문진의 깨진

조각을 부았다.

"저 유리 조각들을 주워." 그가 날카롭게 명령했다.

한 사내가 몸을 굽혀 그것을 주웠다. 런던 토박이 사투리가 사라졌다. 윈스턴은 그 목소리가 조금 천에 텔레스크린에서 들었던 목소리라는 것을 문득 깨달았다. 채링턴 씨는 여전히 그 낡은 우단 조끼를 입고 있었지만, 거의 하얗던 그의 머리카락은 검은색으로 바뀌어 있었다. 또한 안경도 끼지 않았다. 그는 확인이라도 하듯 윈스턴을 날카로운 눈초리로 한 번 쏘아보더니 다시는 시선을 주지 않았다. 그는 여전히 알아볼 수는 있었지만 이제는 더 이상 채링턴 노인이 아니었다. 허리를 곧게 펴서인지 체구가 훨씬 커진 것 같았다. 얼굴은 거의 달라진 것이 없었지만 전혀 다른 사람처럼 보였다. 검은 눈썹은 숱이 더 적어지고 주름도 없어져 얼굴 전체 윤곽이 변했다. 코도 좀 짧아진 것 같았다. 서른다섯 살쯤 된, 빈틈없고 냉정한 얼굴이었다.

난생 처음 윈스턴은 '사상경찰'을 보고 있다는 생각이 들었다.

제 3 부

1

　자기가 와 있는 곳이 어딘지 알 수 없었다. 아마도 애정성 같았으나 확인할 길이 없었다.

　윈스턴은 높은 천장과 하얗게 번쩍거리는 사기 벽으로 둘러싸인 창없는 감방 안에 있었다. 갓을 씌운 램프가 차가운 빛을 발했고 통풍하는 소리인듯 나직하게 웅웅거리는 소리가 끊임없이 들렸다. 문만 제외하고 나머지 벽 둘레에는 가까스로 앉을 만한 의자 혹은 판자가 죽 놓여 있었고, 문 맞은편 끝에는 깔개도 없는 변기가 하나 있었다. 그리고 벽마다 하나씩, 네 대의 텔레스크린이 있었다.

　그는 배에 통증을 느꼈다. 사방을 막은 수인차(囚人車)에 실려 이송될 때부터 죽 그랬다. 게다가 배가 고팠는데, 그 정도가 심해 쓰리기까지 했다. 식사를 못한 지 24시간, 어쩌면 36시간쯤 되었을 것이다. 그는 자신이 체포된 때가 아침이었는지 저녁이었는지 알 수 없었다. 아마 영영 알 수 없을 것이다. 그는 체포된 이후 식사를 못 한 셈이었다.

　손을 무릎 위에 깍지끼고 좁은 의자 위에 앉은 채 그는 될 수 있는 한 움직이지 않았다. 움직이지 말고 가만히 앉아 있어야 된다는 것을 벌써 알게 된 것이다. 무심코 조금만 움직여도 텔레스크린이 심하게 왕왕거렸다. 그러나 무엇인가 먹고 싶은 생각은 더욱 커져만 갔다. 그가 가장 바라는 것은 빵이었다. 제복 주머니 속에 빵부스러기 몇 조각이 있을 것 같았다. 다리에 닿는 감촉으로 보아 제법 큰 것이 있을 것 같았다. 이윽고 찾아보려는 마음이 생겨 두려움도 잊고 주머니에 손을 쑤셔넣었다.

"스미드! 6079 스미드! 감방에선 주머니에 손을 넣지 마." 텔레스크린이 쩌렁쩌렁 울리도록 소리를 질렀다.

그는 다시 손을 무릎 위에 깍지낀 채 가만히 있었다. 이곳으로 이송되기 전에 그는 일반 감옥인지 일시적으로 경찰이 사용하는 유치장인지 모르지만 다른 곳에 있었다. 거기서 얼마나 있었는지 확실히는 알 수 없지만, 아마 몇 시간은 될 것이다. 시계도 없고 햇빛도 들지 않으니 시간을 추측할 수 없었다. 그곳은 시끄럽고 심한 악취가 나는 곳이었다. 지금 있는 감방과 비슷한 곳이었는데, 무척 더러운데다 한 방에 10명 내지 15명의 죄수들이 득실거렸다. 그들은 대부분이 일반 범죄자들이었으나 정치범들도 몇 명 끼어 있었다. 그는 불결한 사람들에 떠밀려 벽에 등을 기댄 채 조용히 앉아 있었다. 심한 공포에 사로잡힌데다가 배까지 아파서 주변 상황에 대해서는 별로 신경을 쓸 겨를이 없었다. 그러나 당원과 일반 범죄자 사이에는 그 태도에 뚜렷한 차이가 있다는 것을 눈여겨보고 있었다. 당원들은 언제나 조용하고 겁에 질려 있었지만, 일반 범죄자들은 다른 사람들을 아랑곳하지 않았다. 그들은 간수에게 목청을 높여 욕지거리를 하기도 하고 소지품을 압수당할 때는 안 빼앗기려고 악착같이 덤벼들었으며 마룻바닥에다 음란한 낙서를 했고 옷 속에 깊이 감춰둔 먹을 것을 꺼내 먹고 텔레스크린이 조용히 하라고 하면 오히려 거기다 대고 소리를 질러댔다. 그런가 하면 몇몇은 간수들과 친해서 별명으로 그들을 부르며 문에 붙은 감시 구멍을 통해서 담배를 얻으려고 갖은 애를 쓰기도 했다. 간수들도 일반 범죄자들에게는 심하게 대해야 할 경우에도 분명히 관대한 태도를 보였다. 대부분의 죄수들이 이송될 강제노동수용소에 대해서 많은 이야기를 했다. 그가 들은 바에 따르면 수용소에서도 접선만 잘해 줄만 잡으면 '문제없다.'는 것이다. 그곳에는 온갖 뇌물, 특혜 및 공갈 협박이 난무하고, 동성연애와 매춘행위도 있으며, 감자로 빚은 밀주(密酒)까지 있다는 것이었다. 일반 범죄자들, 특히 강도범과 살인범이 죄수 가운데서 중책을 맡아 일종의 귀족 계급을 이루고 온갖 지저분한 일은 모두 정치범들의 것이라 했다.

별의별 죄수들, 즉 마약 장사, 도둑, 강도, 암시장 거래꾼, 술주정뱅이, 그리고 매춘부 등 별의별 죄수들이 다 들락날락했다. 어떤 술주정뱅이는 하도 난폭하게 굴어 죄수들이 합세해서 진정을 시켜야 했다. 예순 살쯤 된 몸집이 큰 여자가 커다란 젖가슴을 덜렁거리며 싸우다가 흰 머리카락을 산발한 채 네 명의 간수들에게 팔다리를 들려 들어왔다. 그 여자는 발버둥치며 고래고래 소리를 질렀다. 간수들은 발길질하는 이 노파의 신발을 벗기더니 그녀를 윈스턴의 무릎 위에 내팽개쳤다. 그 바람에 그는 거의 넓적다리뼈가 부러지는 듯한 아픔을 느꼈다. 노파는 벌떡 일어나더니, 간수들을 향해 "에이, 개새끼들!" 하고 욕을 퍼부었다. 그러더니 자신이 남의 무릎 위에 앉아 있다는 것을 깨달았는지 의자로 내려앉았다.

"미안하우. 내가 당신 위에 앉으려고 한 것이 아니고 저 새끼들이 나를 팽개친 거라우. 저놈들은 여자를 어떻게 대해야 하는지 모른단 말이야." 노파는 잠시 말을 멈추고 가슴을 치더니 트림을 했다. "용서하구려. 난 지금 뭐가 뭔지 통 모르겠소."

그녀는 몸을 앞으로 숙이더니 마룻바닥에 무엇인가 잔뜩 토해냈다.

"좀 괜찮군. 도저히 참을 수가 없었소. 토해내고 나니 속이 정말 시원하군." 하고 그녀는 눈을 감고 몸을 뒤로 젖혔다.

그녀는 정신이 드는 듯, 윈스턴에게로 다시 얼굴을 돌렸다. 그리고 곧 호감이 가는지 커다란 팔로 그의 어깨를 안아 자기쪽으로 끌어당기고는 술내와 구토한 음식 냄새를 윈스턴의 얼굴에다 뿜어댔다.

“이봐요, 이름이 뭐지?” 그녀가 물었나.

“스미드입니다.” 윈스턴이 대답했다.

“스미드? 그거 재미있군. 내 이름도 스미든데.” 그녀가 말했다. 그리고 정다운 목소리로 덧붙였다. “내가 당신 어머니일지도 모르겠군.”

윈스턴은 그럴지도 모른다고 생각했다. 나이도 몸집도 비슷했다. 강제노동수용소에서 20년을 보내고 나면 사람이 변할 수도 있는 것이다.

그 밖엔 아무도 윈스턴에게 말을 거는 사람이 없었다. 일반 범죄자들은 놀랄 정도로 정치범들을 무시했다. 그들은 관심없다는 듯 일종의 경멸조로 이들을 ‘정범(政犯)’이라고 불렀다. 정치범들은 누구에게 말 거는 것을, 특히 자기들끼리 이야기하는 것을 두려워했다. 꼭 한 번 그는 두 여자 당원들이 의자에 바짝 붙어앉아 소란을 틈타 급히 두서너 마디 주고받는 것을 엿들었을 뿐이다. 그들은 ‘101호실’에 대해 이야기를 했는데, 그는 그게 무슨 말인지 이해할 수 없었다.

윈스턴이 지금 있는 곳으로 이송된 지 두서너 시간이 지났다. 복통은 좀처럼 가라앉지 않았다. 약간 덜했다 더했다 하는 정도에 따라 그의 생각도 늘어났다 줄어들었다 했다. 아픔이 심해지면 아프다는 생각과 음식에 대한 갈망뿐이었고 약간 나아지면 공포가 그를 사로잡았다. 장차 자신에게 닥칠 일들을 생각하면 가슴이 뛰고 숨이 막혔다. 곤봉으로 팔꿈치를 얻어맞고, 징 박힌 구두로 정강이를 걷어차인 듯한 기분이었다. 그리고 마루를 엉금엉금 기면서 부러진 이빨 사이로 살려달라고 비명을 지르는 자신을 보는 것 같았다. 줄리아 생각은 거의 할 수 없었다. 그녀에 대해 마음을 집중할 수가 없었다. 그는 줄리아를 사랑하고 있으며 앞으로도 배신하지 않을 것이다. 그러나 그것은 그가 잘 알고 있는 수학의 공식처럼 하나의 사실에 지나지 않았다. 그녀에 대한 사랑은 느낄 수도 없었고, 그녀에게 무슨 일이 생겼을까 거의 궁금하지도 않았다. 때때로 한 가닥 희망 속에서 오브리언을 생각하곤 했다. 오브리언은 자기가 체포되었다는 걸 벌써 알고 있을 것이다. '형제단'은 결코 그 회원을 구하려고 애쓰지 않는다고 말했었지. 그러나 면도날이 있다. 가능하면 면도날을 보내줄 것이다. 간수들이 감방으로 뛰어올 때까지 5초의 여유는 있을 것이다. 면도날이 짜릿하게 자기를 베고 있는 듯한, 그 면도날을 쥐고 있는 손가락마저 뼈까지 잘리는 듯한 기분이 들었다. 예전에는 조금만 고통스러워도 죽는 시늉을 하던 그 몸에 최악의 고통이 닥쳐온 듯한 느낌이었다. 기회가 온다 하더라도 윈스턴은 면도날을 사용할 자신이 없었다. 결국에 가서는 고통만이 남을 게 확실하더라도 한순간이라도, 단 10분이라도 더 살려고 하는 것이 옳지 않을까.

그는 이따금 감방 벽의 사기 벽돌을 세어보려고 했다. 쉬운 일일 것 같은데도 어느 지점까지 가서는 늘 셈을 잊어버렸다. 무엇보다도 자신이 어디에 있으며 또 몇 시쯤 되었는지가 궁금했다. 한순간 밖은 환한 대낮이라고 여겨지다가 그 다음엔 캄캄한 밤이 분명하다고 생각되었다. 이곳에는 결코 전기가 나가지 않으리라는 것을 그는 직감적으로 깨달았다. 이곳은 어둠이 없는 곳이다. 그는 비로소 오브리언의 그 암시를 알 것 같았다. 애정성에는 창이 없다. 그가 갇힌 감방이 건물의 한가운데 있는지 바깥쪽에 있는지, 지하 10층인지 지상 30층인지 전혀 알 길이 없었다. 그는 머릿속으로 여기저기를 더듬으며 몸이 느끼는 균형감에 의해 자신이 공중 높이 떠 있는지, 아니면 지하 깊숙이 묻혀 있는지를 가늠해보려고 몹시 애를 썼다.

그가 갇혀 있는 방으로 걸어오는 구둣발 소리가 들렸다. 철문이 꽝 소리를 내며 열렸다. 깔끔한 검정 제복을 걸친 젊은 장교가 날렵하게 안으로 들어왔다. 윤이 나는 가죽으로 온몸이 번쩍거렸고 얼굴은 밀랍으로 만든 가면처럼 창백했으며 이목구비가 반듯했다. 그는 밖에 있는 간수들에게 죄수를 데리고 오라고 명령했다. 시인(詩人) 앰플포드가 감방 안으로 비틀거리며 들어왔다. 문이 다시 꽝 소리를 내며 닫혔다.

앰플포드는 마치 나가는 문이 또 하나 있으리라고 생각하는 것처럼 머뭇머뭇 옆으로 한두 걸음 가더니, 감방 안을 왔다갔다했다. 그는 아직 윈스턴을 보지 못한 듯 고통스러운 눈빛으로 윈스턴의 머리 위 1미터쯤 떨어져 있는 벽을 응시하고 있었다. 그는 구두도 신지 않고 있었다. 양말도 구멍이 나서 때묻은 커다란 발가락이 삐죽 나와 있었다. 며칠 동안 면도를 못한 듯 텁수룩한 수염이 광대뼈까지 덮어 크기는 하지만 약해보이는 그의 커다란 체구와 신경질적인 동작에 어울리지 않게 악한 같은 인상을 풍겼다.

윈스턴은 무기력한 상태에서 조금 정신을 차렸다. 텔레스크린이 왕왕거릴 게 분명했지만 그는 앰플포드에게 말을 걸어야겠다고 생각했다. 앰플포드가 면도날을 가지고 있을지도 모른다는 생각이 들었다.

"앰플포드." 그가 불렀다.

텔레스크린은 조용했다. 앰플포드는 멈칫하더니 조금 놀라는 기색을 보였다. 그는 시선을 천천히 윈스턴에게로 돌렸다.

"아, 스미드! 자네도 역시!" 그는 말했다.

"어쩌다 여기 들어왔나?"

"사실을 말하자면……." 그는 윈스턴의 맞은편 의자에 어색하게 앉아서 말했다. "단 한 가지 죄를 지었지. 왜 그거 있잖나."

"잘못이 있긴 하군."

"물론 있지."

그는 어떤 사실을 기억해내려는 듯, 손을 이마에 대고 잠시 동안 관자놀이를 눌렀다.

"그건 이런 일이라네. 한 가지 생각나는 일이 있는데 ── 내가 물론 경솔했지. 우리는 키플링의 시를 결정판으로 내고 있었다네. 나는 시 구절 끄트머리에 있는 '신(神)'이란 단어를 그대로 남겨두었다네. 어쩔 도리가 없었어!" 그는 얼굴을 들어 윈스턴을 쳐다보면서 화가 나는 듯 덧붙였다. "그 행을 고친다는 건 불가능했어. 각운(脚

韻)은 '회초리(rod)'였다네. 우리 말 가운데 그 운에 맞는 단어는 오직 열두 개뿐이라는 것은 자네도 알고 있겠지? 나는 며칠 동안 머리를 짜냈지만 다른 운(韻)이 없었다네."

그의 얼굴빛이 바뀌었다. 고통스러운 표정이 가시고 잠시 기쁜 표정이 나타났다. 지적인 너그러움이, 쓸모없는 사실을 발견한 현학자의 희열 같은 것이 더럽고 지저분한 머리카락 사이에서 반짝였다.

"자네, 이런 거 생각해본 적 있나? 영국 시문학사는 영어의 운이 모자라는 데 그 한계점이 있다는 것 말일세." 그가 물었다.

없었다. 윈스턴은 그런 생각은 한 번도 해본 적이 없었다. 더구나 이런 상황에서 그런 생각은 윈스턴에게 중요하지도 않고 관심을 끌지도 못했다.

"지금 몇 시나 되었나?" 그가 물었다.

앰플포드는 다시 깜짝 놀란 표정을 지었다. "그런 생각은 해본 적이 없네. 내가 체포된 게 아마 이틀 전, 아니 사흘 전이었는지도 모르겠군." 그의 눈은 마치 창문이라도 찾을 것처럼 벽을 두리번거렸다.

"여기선 밤낮의 구별이 없어. 어떻게 시간을 알아내야 할지 모르겠어."

그들은 몇 분 동안 이런저런 이야기를 나누었다. 그런데 갑자기 뚜렷한 이유없이 텔레스크린이 그들에게 조용히 하라고 야단을 쳤다. 윈스턴은 양손을 깍지낀 채 입을 다물었다. 앰플포드는 몸집이 너무 커서 좁은 의자에 편히 앉지 못하고 몸을 이리저리 움직이면서 안절부절못했으며, 여윈 손을 이쪽 무릎 위에 깍지끼었다 저쪽 무릎 위에 깍지끼었다 했다. 텔레스크린이 그에게 조용히 하라고 왕왕거렸다. 시간이 흘렀다. 20분이 됐는지 1시간이 됐는지 알 수 없었다. 다시 밖에서 구둣발 소리가 들려왔다. 윈스턴은 뱃속이 졸아붙는 듯했다. 머지않아, 5분 안에, 아니 지금이다. 그 쿵쿵거리는 구두 소리는 자기 차례라는 것을 말해주는 것 같았다.

문이 열렸다. 싸늘한 표정의 젊은 장교가 감방 안으로 들어왔다. 그는 빠른 손짓으로 엠플포드를 가리켰다.

"101호실로." 그가 지시했다.

엠플포드는 간수들 사이에 끼어 비틀거리며 나갔는데, 얼굴은 무슨 영문인지 납득이 안 간다는 표정이었다.

시간이 많이 지난 것 같았다. 윈스턴은 다시 배가 아파오는 것을 느꼈다. 잇따라 뚫린 똑같은 구멍을 따라 똑같은 궤도를 쳇바퀴 돌듯 돌아가는 구슬처럼, 그의 생각은 한 곳에서 맴돌았다. 그가 생각할 수 있는 것은 오직 복통, 빵 조각, 피와 비명, 오브리언, 줄리아, 그리고 면도날 등 여섯 가지뿐이었다. 뱃속에서 또 한 차례 경련이 일어났다. 무거운 구둣발 소리가 다시 가까워지고 있었다. 문이 열리더니 바람결에 땀 냄새가 물씬 풍겨왔다. 파슨스가 감방 안으로 들어왔다. 그는 카키색 반바지에 운동 셔츠 차림이었다.

윈스턴은 자기도 모르게 깜짝 놀랐다.

"자네가 여길 오다니!" 그는 말했다.

파슨스는 윈스턴을 흘끗 쳐다보았다. 그 눈초리에는 흥미나 놀라운 기색은 없이 오직 고통뿐이었다. 그는 가만히 있을 수 없다는 듯 야단스럽게 왔다갔다했다. 짤막한 다리를 펼 때마다 무릎에 경련이 일어났다. 그는 마치 방 한가운데 있는 무언가를 응시하듯 눈을 크게 뜨고 뚫어지게 쳐다보았다.

"어쩌다 들어왔나?" 윈스턴이 물었다.

"사상죄라네!" 파슨스가 우는 듯한 목소리로 말했다. 그의 목소리는 자신의 죄를 완전히 시인하면서도 자신에게 적용된 그런 죄목을 믿을 수 없다는 듯 공포에 사로잡혀 있었다. 그는 윈스턴 바로 앞에 서더니 호소하듯 열심히 말했다.

"그들이 나를 총살하진 않겠지, 응? 사실상 한 건 아무것도 없고 단지 생각뿐이었다면 총살하지는 않겠지? 생각이 드는 거야 할 수 없잖아. 사정 이야기를 하면 잘 들어줄 거야. 난 그 사람들을 믿어.

그들도 내 경력을 잘 알지 않겠나? 자네도 내가 어떤 사람인지 잘 알고 있지? 난 결코 나쁜 사람이 아니야. 물론 머리는 좀 둔하지만 열성적이지 않았나? 나보다 당을 위해 최선을 다한 사람이 또 어디 있나? 5년쯤 치러야 할까, 아니면 10년쯤? 나 같은 사람은 노동수용소에서도 꽤 쓸모가 있을 거야. 단 한 번 탈선했다고 나를 총살하지는 않겠지?"

"죄를 짓긴 했나?" 윈스턴이 물었다.

"물론 죄를 지었지! 당이 아무 죄도 없는 사람을 체포하겠나?" 파슨스는 비굴한 눈빛으로 텔레스크린을 흘끗 보면서 말했다. 그의 개구리 같은 얼굴이 평온해지더니 약간 엄숙한 표정까지 지었다. 그리고 훈계하듯 말했다. "사상죄란 무서운 거야. 그리고 음흉한 것이고. 사람들은 자신도 모르게 거기에 빠져들지. 내가 그 죄를 어떻게 지었는지 아나? 잠잘 때였지. 그래, 그렇게 됐어. 나는 맡은 일을 완수하려고 열심히 노력했지. 내 마음속에 못 된 생각이 든 줄은 꿈에도 모르고 말야. 그런데 잠꼬대를 했다네. 뭐라고 한 줄 아나?"

그는 치료를 받기 위해 어쩔 수 없이 치부(恥部)에 대해 말하는 사람처럼 목소리를 낮추어 말했다.

"'대형을 타도하라!'고 했다네. 그래, 내가 그 말을 했어. 그것도 여러 번 한 모양이야. 우리끼리니까 말이지만, 더 큰 죄를 짓기 전에 이렇게 체포된 게 오히려 다행이라는 생각이 들어. 내가 법정에 서면 뭐라고 할 줄 아나? '고맙습니다, 늦기 전에 저를 구해주셔서 고맙습니다.'라고 할 걸세."

"누가 자네를 고발했나?" 윈스턴이 물었다.

"어린 내 딸년이야." 파슨스는 자랑하듯 말했으나 표정은 침울했다. "그 애가 열쇠 구멍으로 엿들었어. 내가 말하는 걸 듣고 바로 그 다음날 경찰에 신고했다네. 일곱 살짜리치고는 상당히 똑똑하지? 그 일 때문에 딸년한테 불만 같은 건 없다네. 사실은 그애가 대견스럽다네. 그런 걸 봐도 내가 자식은 제대로 키운 거야."

그는 두서너 걸음 더 왔다갔다하더니, 변을 보고 싶은지 몇 번이나 변기를 쳐다보았다. 그러더니 갑자기 바지를 내렸다.

"여보게, 미안하네. 견딜 수가 없군. 너무 참았어." 그는 말했다. 그리고 커다란 엉덩이를 변기 위에 대고 주저앉았다. 윈스턴은 손으로 얼굴을 가렸다.

"스미드! 6079 스미드! 손을 내려! 감방 안에선 얼굴을 가리면 안 돼." 텔레스크린이 왕왕거렸다.

윈스턴은 손을 내렸다. 파슨스는 변기에 앉아 힘을 쓰더니 한 무더기나 누어놓았다. 그러고 나서야 세척 꼭지가 고장난 걸 알았다. 그 후 몇 시간 동안 지독한 악취가 감방 안에 가득했다.

파슨스는 옮겨갔다. 더 많은 죄수들이 들어왔다가는 나갔다. 한 여죄수는 101호실로 가라는 말을 듣자 몸을 떨면서 안색이 바뀌었다. 윈스턴이 여기에 온 시간이 아침이라면 지금은 오후쯤 되었을 것이고 오후에 왔다면 한밤중쯤 되었을 것이다. 감방 안에는 남녀 합쳐서 6명의 죄수가 있었다. 모두가 조용히 앉아 있었다. 윈스턴 맞은편에 한 사내가 앉아 있었는데, 턱이 없고 이가 드러나보이는 얼굴이 마치 몸집은 크나 궂은 짓은 하지 않는 토끼처럼 보였다. 얼룩진 뺨이 주머니처럼 아래로 축 처져서 입 안에 음식을 잔뜩 넣고 있는 것 같았다. 그는 잿빛 나는 눈으로 겁에 질린 듯 이 사람 저 사람을 쳐다보다가 다른 사람과 눈이 마주치면 얼른 고개를 돌리곤 했다.

문이 열리고 죄수가 또 한 명 들어왔다. 그의 모습을 본 순간, 윈스턴은 자기도 모르게 소름이 쫙 끼쳤다. 그는 기술자나 기사 정도로 보이는, 흔히 볼 수 있는 평범한 모습이었다. 그러나 그의 얼굴은 놀랍도록 수척해서 마치 해골 같았다. 너무 말라서 입과 귀가 보기 흉하게 커보였고, 눈에는 어떤 사람 혹은 무엇인가에 대한 살기와 걷잡을 수 없는 증오심이 가득 차 있었다.

그는 윈스턴으로부터 조금 떨어진 의자에 앉아 있었다. 윈스턴은 그를 다시 보지 않았지만, 그의 해골 같은 고통에 찬 얼굴이 너무 생생해서 바로 그의 눈앞에서 어른거렸다. 그는 문득 그 사람이 왜 그런지 알 수 있었다. 그는 굶어 죽어가고 있는 것이다. 감방 안에 있는 모든 사람들이 거의 동시에 그런 생각을 하는 것처럼 느껴졌다. 의자 주위에선 계속해서 약간의 동요가 일고 있었다. 턱이 없는 남자도 해골 같은 얼굴의 사내를 쳐다보다가, 죄나 지은 것처럼 고개를 돌리더니 참을 수 없는 듯 다시 쳐다보았다. 그는 제자리에서 안절부절못하다가, 마침내 일어서서 감방 안을 비척비척 걷더니 제복 주머니에 손을 쑤셔넣어 얼굴을 붉히며 거무스름한 빵을 꺼내 해골 바가지 같은 사내에게 내밀었다.

그 순간, 텔레스크린으로부터 고막이 터질 것 같은 호통이 터져나왔다. 턱이 없는 사내는 그 자리에서 펄쩍 뛰고 해골 같은 그 친구는 그 빵을 안 받겠다고 만천하에 시위라도 하는 듯이 재빨리 손을 뒤로 가져갔다.

"범스테드! 2713, 범스테드! 빵 조각을 버려." 텔레스크린이 소리를 질렀다.

턱없는 사내는 빵 조각을 마룻바닥에 떨어뜨렸다.

"그 자리에 그대로 서 있어. 얼굴을 문쪽으로 돌리고 움직이지 마." 텔레스크린이 명령했다.

턱없는 사내는 순순히 복종했다. 주머니같이 축 늘어진 뺨이 부들부들 떨리고 있었다. 문이 꽝 소리를 내면서 열렸다. 젊은 장교가 들어와 옆으로 비켜서자, 단단해보이는 팔과 어깨를 가진 땅딸막한 간수 하나가 나타났다. 그는 턱없는 사내 맞은편에 서더니 장교의 신호에 따라 온 힘을 다해 턱없는 사내의 입을 사정없이 한 대 후려쳤다. 그 한 대로 그는 마룻바닥에 푹 쓰러졌다. 그의 몸뚱이는 감방을 가로질러 변기통 쪽으로 나가떨어졌다. 입과 코에서 시뻘건 피를 흘리며 잠시 동안 기절을 한 듯 쓰러져 있었다. 자기도 모르게 갸냘픈 흐느낌과 신음이 입에서 새어나왔다. 그러더니 몸을 뒤척여 비틀거리벼 두 손과 발로 버티고 일어났다. 피와 침이 뒤범벅이 된 가운데 부러진 틀니 두 조각이 입에서 튀어나왔다.

쇠수들은 손을 무릎 위에 끽지긴 채 조용히게 앉아 있었다. 턱없는 그 사내는 엉금엉금 기어 제자리로 돌아갔다. 얼굴 아래 한쪽이 시커멓게 멍이 들었다. 입가는 꼴사납게 벌겋게 부어올라 입모양이 마치 시커먼 구멍처럼 보였다. 때때로 핏방울이 가슴에 떨어졌다. 그는 여전히 잿빛 눈을 굴리며 이 사람 저 사람을 살폈는데, 자기가 그렇게 창피당하는 걸 보며 다른 죄수들이 얼마나 비웃을까 생각하고 전보다 더 죄의식을 느끼는 것 같았다.

문이 열렸다. 장교가 손을 까딱하며 해골 같은 그 사내를 가리켰다.

"101호실로." 그는 말했다.

윈스턴 옆에서 숨을 헐떡거리며 당황해하는 소리가 났다. 그 사내는 마룻바닥에 털썩 무릎을 꿇더니 두 손을 모으고 소리쳤다.

"동무! 장교 동무! 제발 절 그리로 보내지 마십시오. 벌써 모든 걸 털어놓지 않았습니까? 뭘 더 알고 싶으십니까? 더 자백할 건 없어요, 하나도 없어요! 무슨 말씀이라도 해주십시오. 다 자백을 할 테니까요. 조서를 쓰십시오. 서명을 할 테니. 뭐든지! 하지만 101호실만은 제발!"

"101호실로." 장교가 명령했다.

애초부터 창백했던 그의 얼굴은 윈스턴이 차마 눈 뜨고 볼 수 없을 만큼 변했다. 그의 얼굴은 새파랗게 질려 있었다.

"멋대로 하라구!" 그는 소리쳤다. "몇 주일 동안이나 나를 굶겼지? 이제 그만 하고 죽여, 총살하란 말이야. 목을 매! 25년 징역을 내리라구. 내가 또 불어댈 사람이 있나? 누구든지 상관없어. 그리고 그들을 어떻게 하든 알 게 뭐야. 마누라도 있고 자식도 셋이나 있어. 맨 위의 놈이 여섯 살도 안 됐어. 그애들을 잡아다가 내 앞에서 목을 따더라도 참고 보겠어. 하지만 제발 101호실만은."

"101호실로." 장교가 다시 명령을 내렸다.

그는 자기 대신 희생시킬 자가 없을까 하고 찾는 듯이 핏발 선 눈으로 주위 죄수들을 휘둘러보았다. 그의 시선은 얻어맞아 엉망이 된 턱없는 그 사내 얼굴에서 멎었다. 그는 여윈 팔을 내뻗었다.

"데리고 가야 할 사람은 내가 아니라 저 작자요!" 그가 소리쳤다. "저 친구가 얼굴을 얻어맞고 뭐라고 했는지 아시오? 한 번만 기회를 주시오. 내가 모든 것을 일러바칠 테니. 저 사람이야말로 당의 적이오. 내가 아니란 말이오."

간수들이 앞으로 걸어나오자, 그 사내는 비명을 질렀다. "저 작자가 하는 얘기를 못 들었소? 텔레스크린이 고장났어. 잡아가야 할 건 저 작자요. 나 말고 저 작자를 데려가시오!"

험악해보이는 두 간수가 그의 팔을 잡으려고 몸을 굽혔다. 바로 그 순간 그는 감방 저쪽으로 몸을 날려 의자를 받치고 있는 철제 다리를 움켜잡았다. 간수들은 그의 팔을 비틀어 떼어내려 했지만 그는 엄청난 힘으로 붙들고 늘어졌다. 한 20초 정도는 그를 잡아끌었을 것이다. 죄수들은 두 손을 무릎 위에 올려놓은 채 앞을 똑바로 쳐다보며 꼼짝도 하지 않고 앉아 있었다. 그 승강이도 끝났다. 그는 매달리기만 할 뿐 기진맥진해 있었다. 간수가 구둣발로 차서 그의 손가락을 으스러뜨렸다. 그들은 그의 발을 질질 끌어당겼다.

"101호실로." 장교가 지시했다.

그 사내는 고개를 떨군 채 비틀거리며 짓이겨진 손을 어루만지면서 더 이상 저항하지 않고 끌려나갔다.

시간이 상당히 흘렀다. 해골 같은 사내가 끌려나간 것이 한밤중이었으면 지금은 아침일 테고, 아침이었으면 지금은 오후쯤 되었을 것이다. 윈스턴은 혼자였다. 몇 시간 동안을 혼자 있었다. 좁은 의자에 앉아 있자니 몸이 너무 저려 이따금 일어서서 이리저리 걸어다녔다. 텔레스크린도 뭐라고 하지 않았다. 턱없는 그 사내가 떨어뜨린 빵 조각이 아직도 그대로 내동댕이쳐진 상태로 남아 있었다. 처음에는 그것을 보지 않으려고 몹시 애를 썼는데, 지금 와서는 배고픔보다 갈증이 더 심했다. 입 안이 텁텁하고 쓴 내가 났다. 웅웅거리는 소리와 변함없이 하얗게 빛나는 전등이 머릿속을 텅 비게 하고 현기증 같은 것을 느끼게 했다. 뼈가 쑤시는 것을 더 이상 참을 수 없어서 일어나려 했지만 눈앞이 너무 어지러워서 그는 도로 주저앉았다. 몸을 좀 가눌 수 있게 되면 다시 공포가 살아났다. 꺼져가는 희망 속에서 오브리언과 면도날을 생각했다. 음식이 들어온다면 그 속에 면도날이 숨겨져 들어올 수도 있을 것이라는 생각을 했다. 아주 희미하게 줄리아 생각이 떠올랐다. 아마도 그녀는 어딘가에서 그보다 더 심한 고통을 당하고 있으리라. 이 순간 그녀도 고통을 못 이겨 비명을 지르고 있을지도 모른다는 생각이 들었다.

'내가 두 배의 고통을 받아 줄리아를 구할 수만 있다면, 난 그렇게 할 수 있을까? 물론 그렇게 해야지.'

그러나 그것은 당연히 그렇게 해야 한다고 알고 있기 때문에 내릴 수 있는 마음만의 결정일 뿐, 실제로 그럴 수 있으리라는 실감이 나지 않았다. 이 상황에서는 고통과 또 고통이 있을 것이라는 생각뿐이다. 그 밖에는 아무것도 생각할 수 없다. 그러나 그 문제에는 아직 대답을 할 수 없었다.

구두 소리가 다시 가까워졌다. 문이 열리고 오브리언이 들어왔다.

윈스턴은 깜짝 놀라 일어섰다. 그를 본 충격 때문에 주의사항을 몽땅 잊어버렸다. 몇 년 만에 처음으로 텔레스크린의 존재를 잊어버린 것이다.

"당신도 붙잡혀왔군요!" 그가 소리쳤다.

"오래 전에 잡혀왔지." 오브리언이 부드럽지만 거의 뉘우치는 듯한 말투로 조소를 띄우며 말했다. 그는 옆으로 비켜섰다. 그의 뒤에서 손에 길고 거무스름한 곤봉을 든, 어깨가 딱 벌어진 간수가 나타났다.

"이럴 줄 알았지, 윈스턴. 속이지 말게. 자네는 언제나 이럴 줄 알고 있었을 테니까." 오브리언이 말했다.

그렇다, 그는 지금 보고 있고, 언제나 이럴 줄 알고 있었다. 그러나 그것을 생각할 여유가 없었다. 그의 눈에 들어오는 것은 간수가 들고 있는 곤봉뿐이었다. 그것으로 어딘가를 내리칠 것이다. 머리나 귀나 팔이나 팔꿈치나…….

팔꿈치다! 그는 얻어맞은 팔꿈치를 다른 손으로 만지며 거의 힘이 빠져서 무릎을 꿇고 털썩 주저앉았다. 눈앞에서 노란 것이 반짝거렸다. 도무지 알다가도 모를 일이었다. 한 대 맞았다고 해서 이렇게 아프다니 믿어지지 않는군! 눈앞이 밝아지자 두 사람이 자기를 내려다보는 게 보였다. 자기가 몸을 비꼬는 것을 보고 간수가 웃었다. 어찌 되었든 한 가지 의문은 풀렸다. 결코 어떤 이유로든 자신의 고통이 더 커지기를 바라는 자는 없다. 고통에 대해서 바랄 수 있는 것은 오직 한 가지, 어서 그 고통에서 해방되는 것뿐이다. 세상에서 고통보다 더 고약한 것은 없다. 고통 앞에서는 영웅이 없다, 절대로 있을 수 없다. 그는 쓸 수 없이 된 왼팔을 부둥켜 잡고 마룻바닥에서 몸을 비틀며 되풀이해서 그런 생각을 했다.

2

그는 보통 것보다 약간 높은 간이침대 같은 곳에 누워 있었다. 무엇으로 묶어놓았는지 몸을 움직일 수가 없었다. 일반 등보다 더 강한 불빛이 얼굴에 비쳤다. 오브리언이 그의 옆에 서서 내려다보고 있고 그 맞은편에는 하얀 가운을 입은 남자가 피하 주사기를 든 채 서 있었다.

눈을 뜨고 나서도 얼마쯤 지난 다음에야 비로소 주위를 살필 수 있었다. 깊은 바다 속 같은 기분이 들었다. 그 아래에서 얼마나 오래 있었는지는 알 수 없었다. 그는 체포된 이후로 낮과 밤을 보지 못했다. 게다가 기억들도 연결이 되지 않았다. 의식, 잠잘 때 생기는 그런 의식조차 완전히 끊어지고 진공 같은 몽롱한 상태를 거친 다음 다시 깨어난 적도 몇 차례 있었다. 그러나 이런 의식의 진공상태가 며칠, 또는 몇 주, 혹은 단지 몇 초 동안 계속되었는지 알 노리가 없었다.

처음 팔꿈치를 얻어맞고서부터 악몽이 시작되었다. 나중에 비로소 알게 되었지만, 당시에 일어났던 일들은 거의 모든 죄수들이 겪어야만 하는 관례적인 예비 심문에 지나지 않았다. 간첩행위, 파업 등등 여러 가지 죄목들이 있는데, 그것들은 모든 죄수들이 마땅히 자백해야만 하는 것이었다. 자백은 하나의 형식이고 고문이 진짜였다. 얼마나 매를 많이 맞았는지, 그것이 얼마 동안이나 오래 계속되었는지 그는 기억할 수가 없었다. 언제나 그의 옆에는 검은 제복을 입은 대여섯 명이 있었다. 때로는 주먹질도 하고 때로는 곤봉으로 때리기도 하고, 또 어떤 때는 쇠몽둥이 찜질도 했으며 구둣발질도 있었다.

짐승처럼 수치스러운 줄도 모르고 몸을 비틀며 마룻바닥을 이리저리 뒹굴 때도 여러 번 있었고, 그치지 않는 발길질을 피하려고 발버둥치다 보면 오히려 갈비뼈, 복부, 팔꿈치, 정강이, 사타구니, 불알, 척추뼈 끝에 더욱 많은 매질을 당할 뿐이었다. 고문이 어찌나 지독한지 세상에 잔인하고 사악하고 용서할 수 없는 일은 간수들이 계속해서 자기를 매질하는 것이 아니라 그 매질로도 정신을 잃지 않는 일이라고 생각될 때도 있었다. 그는 거의 얼이 빠져서 때리기도 전에 살려달라고 애원을 했고 주먹으로 때리는 시늉만 해도 진짜든 가짜든 자기 죄를 술술 털어놓은 때도 여러 번 있었다. 어떤 때는 아무것도 고백하지 않겠다고 결심했다가도 고통에 못 이겨 숨을 몰아 쉬며 한 마디씩 내뱉었으며, 혼자서 '자백을 해야지. 하지만 지금은 안 돼. 참을 수 있을 때까지 버티어보자. 세 대만 더 맞자. 아니, 두 대만 더 맞고. 그 다음에 저들이 바라는 대로 말해주자.' 하고 생각하며 힘없이 타협할 때도 있었다.

어떤 때는 거의 서지 못할 정도로 얻어맞아 감방의 돌바닥 위에 감자 자루처럼 내팽개쳐진 채 몇 시간 동안 정신을 잃고 있다가 의식을 되찾으면 다시 끌려나가 얻어맞기도 했다. 회복되는 시간이 점점 더 길어졌다. 그는 그런 고문들을 희미하게 기억하고 있었다. 주로 잠이나 혼수상태에 빠져 있었기 때문이다. 벽에 붙은 선반 같은 감방의 널판 침대와 양철 세숫대, 따끈한 수프와 빵, 간혹 커피가 곁들여진 식사를 기억할 수 있었다. 또 무뚝뚝하게 생긴 이발사가 와서 턱수염을 밀어주고 머리를 깎아주었던 일, 사무적이고 비정하게 생긴, 하얀 가운을 입은 사내가 맥박을 재고 청진기를 대고 두들겨보고, 눈까풀을 뒤집어보고, 부러진 뼈를 찾아내려는 듯 손가락으로 난폭하게 온몸을 만지던 일, 그의 팔에 수면제를 주사하던 일 등을 기억했다.

　매질은 차츰 줄어들었고 대신 답변이 시원치 않으면 언제라도 다시 매질을 시작하겠다고 협박하며 공포 분위기를 조성했다. 심문자도 검은 제복 차림의 악당에서 행동이 날렵하고 번쩍이는 안경을 낀, 작고 땅딸막한 당의 지식층으로 바뀌었다. 그의 기억이 확실한 것은 아니지만, 그들은 한 번에 열 시간 내지 열두 시간씩 계속되는 심문을 교대로 했다. 이들 심문자 중 몇 명은 심한 것은 아니었지만 계속적으로 가벼운 고통을 주었다. 그들은 뺨을 때리거나 귀를 비틀거나 머리카락을 잡아당기거나 한 발로 서 있게 하거나 오줌을 누지 못하게 하거나 눈물이 흐르도록 얼굴에 강한 빛을 쏘이기도 했다. 그들이 이렇게 하는 의도는 단지 그의 자존심을 꺾어 자기 의견을 내세우는 힘과 사리를 분별하는 힘을 없애자는 것이었다. 진짜 지독한 심문은 몇 시간이고 계속하여 무자비한 질문을 퍼부으며 말끝마다 함정을 파놓고 꼬투리를 잡아 따지며 그가 하는 모든 말을 허위며 모순이라고 비꼬고 윽박지르는 것이었는데, 그러면 그는 결국 신경의 피로와 수치심으로 울음을 터뜨리고 마는 것이었다. 어떤 때는 한 번 심문하는 동안에 여섯 차례나 울기도 했다. 심문하는 동안 대부분 그들은 그에게 심한 욕을 퍼부었고, 대답을 어물거릴 때마다 간수들에게 도로 넘기겠다고 으름장을 놓았다. 그러다가도 갑자기 말투를 바꾸어 그를 동무라 불렀고, '영사'와 대형의 이름으로 호소하면서 애처러운 표정을 지으며 그가 지은 죄를 씻기 위해 이제부터라도 당에 충성을 다하지 않겠느냐고 묻기도 했다. 몇 시간의 심문으로 신경이 피로해지면, 그 정도의 호소에도 그는 울먹이며 눈물을 흘렸다. 마침내 넌더리나는 그들의 잔소리가 간수들의 주먹질과 발길질보다도 더 그를 녹초가 되게 만들었다. 그는 그들이 요구하는 모든 것을 말하고 손은 그것에 서명하는 도구가 되고 말았다. 그의 단 한 가지 관심사는 그들이 자백받기를 원하는 것이 무엇인가를 재빨리 알아내서 다시 귀찮게 굴기 전에 그것을 얼른 털어놓는 것이었다. 그는 고위당원의 암살, 불온책자 배포, 공금 횡령, 군사기밀의 암매, 각종 파업행위 등을 털어놓았다. 오래 전인 1968년 이스트아시아 정부로부터 돈을 받고 간첩 활동을 했다고 자백했다. 그는 자신이 신을 믿고 자본주의를 찬양하며 성도착자(性倒錯者)라고 자백했다. 그리고 자기 아내가 아직 엄연히 살아 있음을 자신은 물론 심문자들도 분명히 알고 있는데도 자기 아내를 살해했다고 자백했다. 또한 몇 년 동안 골드스타인과 개인적인 친분관계를 맺고, 자기가 알고 있는 거의 모든 사람들이 가담한 지하조직의 일원이라고 털어놓았다. 모든 것을 자백했다. 있는 사실 없는 사실 모조리 털어놓고 모든 사람들을 끌어넣는 것이 상책이었다. 더군다나 어떤 의미에서는 그것이 모두 사실이기도 했다. 그가 당의 적이었다는 것은 사실이었고 당의 입장에서는 사상과 행동에 차이가 없었던 것이다.

그는 다른 것들도 기억할 수 있었다. 마치 사방이 어두운 속에 흩어져 있는 그림처럼 두서없이 기억이 떠올랐다.

그는 감방에 있었는데 어두운 곳인지 밝은 곳인지 알 수가 없었다. 왜냐하면 두 눈밖에 보이지 않았기 때문이다. 가까운 곳에서 무슨 기계 같은 것이 규칙적으로, 천천히 똑딱거렸다. 그 눈은 점점 커지면서 더욱 빛났다. 갑자기 그는 자리에서 붕 떠올라 그 눈 속으로 빨려 들어가 그 안에 삼켜지는 것 같았다.

그는 눈부신 불빛 아래, 다이얼로 둘러싸인 의자에 묶여 있었다.

흰 가운을 입은 사내가 다이얼을 읽고 있었다. 밖에서 무거운 구두 발자국 소리가 들렸다. 문이 쾅 소리를 내며 열렸다. 밀랍같이 흰 얼굴을 한 장교가 간수들을 데리고 들어왔다.

"101호실로." 장교가 지시했다.

흰 가운의 사내는 돌아서지도, 윈스턴을 쳐다보지도 않았다. 단지 다이얼만 읽고 있을 뿐이었다.

폭이 1킬로미터는 될 것 같고 눈부신 황금빛으로 가득 찬 엄청난 복도를 굴러가면서 그는 낄낄거리고 고래고래 소리를 지르고 목청껏 자백을 하고 있었다. 그는 모든 것을, 심지어는 고문을 당하면서도 숨겨왔던 사실까지 자백하고 있었다. 이미 알고 있는 사람들에게 자기가 살아온 얘기를 털어놓았다. 그와 함께 간수들도 심문자들도 흰 가운의 사내들도 오브리언도 줄리아도 채링턴 씨도 모두 함께 복도를 굴러가면서 깔깔거리고 소리를 질렀다. 어쨌든 미래 속에 도사리고 있던 어떤 끔찍한 것이 건너뛰어졌고 일어나지 않았다. 모든 것이 잘 되었다. 더 이상은 고통이 없을 것이다. 그의 평생 이야기가 낱낱이 파헤쳐지고 이해되고 용서되었다.

오브리언의 음성을 희미하게 들은 것 같아 그는 널판 침대에서 몸을 일으켰다. 심문을 받는 동안 윈스턴은 한 번도 보지 못했지만 오브리언은 바로 자기 옆에 있고 다만 보이지 않을 뿐이라는 생각이 들었었다. 오브리언이 모든 것을 지시했다. 윈스턴에게 간수들을 보내서 죽이지 못하게 하는 자가 바로 그다. 윈스턴이 비명을 지르도록 고통을 주는 시간, 그것을 중지시키는 시간, 식사를 시키는 시간, 잠을 재우는 시간, 팔에 주사를 놓는 시간 등을 결정하는 자도 바로 그다. 질문을 던지고 답변을 제시하는 자도 그다. 그는 고문자이자 보호자이며, 심문자이자 친구이기도 했다. 언젠가 윈스턴이 수면제로 잠든 것인지 아니면 정상적으로 잠든 것인지 혹은 깨어 있는 순간이었는지는 기억이 나지 않지만, 어떤 사람의 목소리가 윈스턴의 귓가에 대고 이렇게 속삭이는 것이었다.

"윈스턴, 걱정하지 마. 내가 자네를 보호하고 있어. 몇 년 동안이나 자네를 관찰해왔어. 지금이야말로 전기(轉機)가 온 거야. 내가 자네를 구해주지. 자네를 완전한 사람으로 만들어 줄게."

그것이 오브리언의 목소리인지 아닌지는 알 수 없었지만 7년 전 꿈속에서 "우린 어둠이 없는 곳에서 만나게 될 거야." 하고 말하던 목소리와 똑같은 것이었다.

언제 심문이 끝났는지 알 수 없었다. 한동안 어둠이 있은 후에야 그는 비로소 자기가 있는 곳이 방인지 감방인지 서서히 주위의 모습을 구체적으로 알아볼 수 있었다. 그는 반듯하게 뉘어져 있었는데, 꼼짝달싹을 할 수 없었다. 몸은 힘을 쓸 수 있는 부분이 꽁꽁 묶여 있고 뒤통수에마저도 무엇인가 끼워져 있었다. 오브리언이 심각하게, 아니 슬픈 눈빛으로 그를 내려다보고 있었다. 밑에서 보는 그의 얼굴은 눈 밑의 살이 처지고 코에서 턱으로 주름살이 있어·꺼칠하고 지쳐 보였다. 그는 윈스턴이 생각했던 것보다 더 나이 들어보였다. 마흔 여덟이나 쉰 살쯤은 된 것 같았다. 그의 손에는 위에 손잡이가 달리고 앞쪽에는 연속적으로 숫자판이 돌아가는 다이얼이 들려 있었다.

"자네에게 말했었지. 우리가 다시 만난다면 바로 여기서일 거라고." 오브리언이 말했다.

"그렇습니다." 윈스턴이 대답했다.

오브리언이 슬쩍 손짓을 하는 것 같더니, 어떤 예고도 없이 고통이 물밀듯이 밀려왔다. 그것은 엄청난 고통이었다. 무슨 일이 생길 것인지 생각할 틈도 없이 갑자기 가해졌기 때문에 더한 것 같았다. 정말 치명상을 받고 있는 건지 아니면 전기로 그런 공포만 주는 건지는 알 수 없었지만 몸뚱이가 마구 뒤틀리고 뼈마디가 조각조각 부러져 흩어지는 것 같았다. 고통으로 이마에 식은땀이 흘렀지만 무엇보다 등뼈가 부러질지도 모른다는 공포감이 절실했다. 그는 이를 악물고 코로 가까스로 숨을 몰아쉬며 되도록 소리를 안 지르려고 애를 썼다.

"걱정되지? 곧 뭐가 부러질 것 같아서 말이야. 특히 등뼈가 부러질까 봐 걱정이 될 거야. 척추가 부러져 수액이 뚝뚝 떨어지는 모양이 눈에 선할 거야. 그렇지, 윈스턴 ?” 오브리언이 그의 얼굴을 내려다보면서 말했다.

윈스턴은 대답하지 않았다. 오브리언은 다이얼의 손잡이를 제자리에 돌려놓았다. 순식간에 고통이 사라졌다.

“이제 40도야.” 오브리언이 말했다. “이 다이얼의 숫자는 1백까지 올라갈 수 있다네. 자네와 이야기하는 도중에라도 언제든 내가 원하는 정도까지 마음대로 자네에게 고통을 줄 수 있다는 걸 기억해두게. 만약에 거짓말을 하거나 혹은 적당히 넘어가려 하거나 아니면 자네가 갖고 있는 평소 지식 이하의 말을 한다면 즉시 고통을 주어 소리를 지르도록 만들겠네. 내 말 알아듣겠나?”

“예.” 윈스턴이 대답했다.

오브리언의 태도가 약간 누그러졌다. 그는 생각에 잠긴 듯 안경을 고쳐 쓰고는 몇 걸음 어슬렁거렸다. 그의 목소리는 점잖으면서도 여유가 있었다. 그는 의사나 선생, 혹은 목사 같은 표정으로 그를 벌주기보다는 차라리 설득시키려고 애쓰는 듯했다.

“윈스턴, 나는 자네 때문에 고생하고 있네. 자네는 그럴 만한 사람이야. 어째서 이렇게 되었는지 자네는 잘 알 거야. 자네는 그런 사실들을 모른다고 버텨왔지만, 사실은 몇 년 전부터 알고 있었어. 자네는 정신적으로 혼란에 빠져 있어. 불완전한 기억으로 괴로워하고 있어. 실제로 일어난 사건은 기억하지 못하면서 결코 일어나지도 않은 다른 사건들을 기억한다고 우기고 있어. 다행히도 그건 치료할 수 있는 거야. 하지만 자네는 그걸 원하지 않았기 때문에 그 병을 고칠 수 없었지. 조금만 노력하면 될 것을 하지 않았어. 내가 알기에 자네는 지금까지도 그 병이 마치 무슨 미덕이나 되는 것처럼 집착하고 있어. 한 가지 예를 들어볼까? 지금 이 순간 오세아니아는 어느 나라와 전쟁을 하고 있나?”

“내가 체포될 때는 이스트아시아와 전쟁중이었습니다.”

“그래, 오세아니아는 언제나 이스트아시아와 전쟁을 하고 있었지. 그렇지 않나?”

윈스턴은 숨을 들이쉬었다. 그는 무슨 말을 하려다가 그만두었다. 그는 다이얼에서 시선을 돌릴 수가 없었다.

“윈스턴, 사실대로 말해 봐. 자네가 믿고 있는 사실을. 자네가 기억하고 있는 대로 말이야.”

“내가 체포되기 일주일 전까지만 해도 우리는 결코 이스트아시아와 전쟁을 하지 않았다고 기억됩니다. 우리나라는 그 나라와 동맹관계에 있었고, 전쟁은 유라시아와 했습니다. 그런 상태가 4년 동안 계속되었죠. 그 전에는……..”

오브리언이 손짓으로 말을 중단시켰다.

“다른 예를 들어볼까? 몇 년 전, 자네는 그야말로 굉장한 망상을 했었지. 자네는 한때 당원이었던 존스, 아론슨, 러더포드 등 세 사람이 조금도 거짓이라고 의심할 수 없는 자백을 하고 반역과 파업의 죄명으로 처형되었는데도 그들에게 죄가 없다고 믿었어. 자네는 그들의 자백이 거짓임을 증명하는 서류상의 명백한 증거자료를 보았다고 믿고 있었어. 물론 자네에겐 그런 착각을 일으킬 만한 사진이 있었지. 자네는 실제로 그걸 손으로 만져보았다고 믿었지. 그건 바로 이런 사진이었어.”

오브리언의 손가락 사이에 긴 네모꼴의 신문 조각이 끼워져 있었다. 그는 그것을 윈스턴에게 한 5초 정도 보여주었다. 그것은 사진이었는데, 의심할 바 없이 바로 그때 그 사진이었다. 그가 몇 년 전 우연히 손에 넣었다가 곧 없애버린, 뉴욕에서 열렸던 당의 한 의식에서 존스, 아론슨, 러더포드가 찍은 사진의 복사판이었다. 그것은 잠시 그의 시야에 들어왔다가 곧 다시 사라져버렸다. 그러나 그는 그것을 보았다. 틀림없이 보았던 것이다! 그는 상반신을 틀어서 몸을 편안히 하려고 몹시 애를 썼다. 그러나 아무래도 몸을 1센티미터도 움직일 수 없었다. 그 순간 그는 다이얼을 잊어버렸다. 그가 바라는 것은 오직 그 사진을 다시 손에 잡아보거나, 적어도 그것을 다시 보기만이라도 하는 것이었다.

"그게 있군요!" 그는 말했다.

"아니야." 오브리언이 부인했다.

그는 방 저편으로 걸어갔다. 그쪽 벽에는 기억통이 있었다. 오브리언이 뚜껑을 들어올렸다. 보이지는 않지만 그 가벼운 종이 쪽지는 뜨거운 기류에 휘말려 빙빙 돌다가 불길 속으로 사라질 것이다. 오브리언은 벽으로부터 몸을 돌리고 말했다.

"재가 됐어, 흔적조차 찾을 수 없는 재야. 먼지지. 그건 존재하지 않아. 전에도 결코 존재한 일이 없었어."

"하지만 전엔 있었어요! 존재했어요! 지금도 기억 속에 존재해요. 나는 기억해요. 당신도 기억하잖아요."

"난 기억하지 못해." 오브리언이 말했다.

윈스턴은 가슴이 철렁 내려앉았다. 그것이 이중 사고다. 그는 완전히 무력감에 휩싸였다. 오브리언이 거짓말을 하고 있다면 그것은 문제가 안 된다. 그러나 오브리언이 정말 그 사진에 대해 잊어버렸을 여지도 충분하다. 그렇다면 그는 자신이 그것을 기억하는 것을 부인한 사실마저 벌써 잊어버리고 있을 것이다. 어떻게 그것이 단순한 트릭이라고 확신할 수 있겠는가? 어쩌면 마음속에서 정말로 그런 환각이 일어났던 것인지도 모른다. 그런 생각이 그를 맥풀리게 만드는 것이었다.

오브리언은 생각에 잠긴 표정으로 그를 내려다보고 있었다. 그는 전보다도 더, 제멋대로이긴 하지만 장래가 촉망되는 아이를 위해 고심하는 선생과 같은 태도를 취했다.

"과거를 지배하는 데 대한 당의 슬로건이 있는데, 그걸 한 번 외워보게."

"과거를 지배하는 자는 미래를 지배하고 현재를 지배하는 자는 과거를 지배한다." 윈스턴은 순순히 외웠다.

“현재를 지배하는 자는 과거를 지배한다.” 오브리언은 수긍한다는 듯 천천히 고개를 끄덕였다. “과거가 실제로 존재한다는 것이 자네 의견인가, 윈스턴?”

또다시 무력감이 윈스턴을 내리눌렀다. 그는 눈을 다이얼 쪽으로 돌렸다. 고통을 당하지 않기 위해서는 ‘예’라고 대답해야 할지 아니면 ‘아니오’라고 대답해야 할지 알 수 없었지만, 그 자신 어떤 대답을 옳다고 믿고 있는지조차 알 수 없었다.

오브리언은 어렴풋이 미소를 띄우면서 말했다.

“자네는 형이상학자가 아니야, 윈스턴. 지금 이 순간까지도 자넨 존재가 무엇을 의미하는지 생각해본 적이 없어. 좀더 자세하게 이야기해 주지. 과거는 구체적으로 공간에 존재하나? 과거의 사건이 여전히 존재하고 있는 어떤 확고한 객체(客體)의 세계가 어딘가에 있단 말인가?”

“없습니다.”

“그렇다면 과거는 어디에 존재하나?”

“기록 속에. 과거는 기록되는 것입니다.”

“기록된다, 그러면⋯⋯?”

“마음속에요. 인간의 기억 속에.”

“기억 속이라, 그러면 좋아. 우리가, 즉 당이 모든 기록을 지배하고 또 모든 기억을 지배한다. 그렇다면 우리는 과거를 지배하는 거야. 안 그런가?”

“하지만 사람들이 기억하고 있는 것을 어떻게 중단시키죠?” 순간적으로 다시 다이얼에 대해 잊고 윈스턴이 소리쳤다. “그건 마음대로 할 수 없어요. 불가항력이에요. 기억을 어떻게 지배합니까? 당신들은 내 기억을 지배하지 못했어요!”

오브리언의 표정이 다시 굳어졌다. 그는 다이얼에 손을 얹고 말했다.

“그 반면 자네도 그걸 지배하지 못했네. 그래서 자네는 여기까지

온 거야. 자네는 겸손하지도, 자기수양도 못 했기 때문에 여기에 와 있는 거야. 자네는 정상적인 사람이면 마땅히 해야 하는 복종을 하지 않았어. 정신이상자가 되어 단 한 사람의 소수파가 되려고 한 거야. 윈스턴, 자기수양을 쌓은 사람만이 실재를 볼 수 있다네. 자네는 실재란 객관적이고 외적이며 그 자체대로 존재하는 것이라고 생각하고 있어. 실재의 본질은 자명한 것으로 믿고 있어. 자네는 자신이 뭔가를 보고 있다고 생각할 때, 다른 사람들도 자네와 똑같은 것을 보고 있다고 생각하겠지. 하지만 윈스턴, 말해두지만 실재는 외적인 것이 아니라네. 실재란 어디 다른 데 있는 게 아니라 인간의 마음속에 있는 거야. 실수를 저지를 수도 있고, 어떤 경우에든 곧 사라져버릴 개인의 마음속이 아니라 집단적이고 영속하는 당의 마음속에 있어. 당의 눈을 통하지 않고는 실재를 볼 수 없어, 윈스턴. 자네는 이것을 다시 배우지 않으면 안 돼. 여기에서 필요한 것은 자기파괴의 행위, 즉 의지의 노력이야. 자네가 정상인이 되려면 무엇보다도 겸손해야 해."

그는 마치 자기가 한 말이 스며들기를 기다리는 것처럼 잠시 말을 멈추었다가 다시 이었다.

"기억하나? 일기장에다가 '자유란 둘 더하기 둘을 하면 넷이 된다고 얘기할 수 있는 것이 자유다.'라고 쓴 것 말일세."

"예." 윈스턴이 대답했다.

오브리언은 왼손을 들어 손등을 윈스턴에게로 돌리고 엄지손가락을 감춘 채 네 손가락을 펴며 물었다.

"내가 지금 손가락을 몇 개 펴고 있지?"

"네 개입니다."

"만약 당이 네 개가 아니라 다섯 개라고 한다면, 그럼 몇 개가 되지?"

"네 개입니다."

그 말이 떨어지기도 전에 숨가쁜 고통이 엄습해왔다. 다이얼의 바늘이 55를 가리켰다. 윈스턴의 온몸에서 땀이 솟았다. 숨이 가빠지고 이를 악물었는데도 신음 소리가 새어나왔다. 오브리언은 아직도 네 손가락을 편 채 그를 내려다보고 있었다. 그는 손잡이를 약간 늦추었다. 그러자 고통이 조금 누그러졌다.

"윈스턴, 손가락이 몇 갠가?"

"네 개."

바늘이 60까지 올라갔다.

"윈스턴, 손가락이 몇 갠가?"

"네 개! 네 개! 내가 어떻게 다른 말을 할 수 있겠어요? 네 개요!"

바늘이 다시 올라갔지만, 그는 그것을 볼 수 없었다. 오브리언의 심각하게 굳은 얼굴과 네 개의 손가락이 시야를 가로막았다. 눈앞에 엄청나게 큰 손가락이 아른거리며, 떨리는 듯이 기둥처럼 우뚝 서 있었지만, 그것은 분명히 네 개였다.

"손가락이 몇 개지, 윈스턴?"

"네 개! 그만, 그만 멈춰요! 어쩔 셈입니까? 네 개요! 네 개라니까요!"

"윈스턴, 손가락이 몇 개냐구?"

"다섯, 다섯 개! 다섯 개요!"

"아니야, 윈스턴. 쓸데없어. 자네는 거짓말을 하고 있어. 여전히 네 개라고 생각하고 있어. 손가락이 몇 갠가?"

"네 개! 다섯 개! 네 개요! 마음대로 해요. 제발 멈춰줘요. 그만 하란 말이에요!"

갑자기 그는 오브리언의 팔에 어깨를 감싸인 채 일어났다. 아마 몇 초 동안 의식을 잃은 모양이다. 그의 몸을 묶었던 끈이 느슨해졌다. 참을 수 없이 추웠다. 몸이 마구 떨리고 이가 딱딱 마주쳤다. 뺨으로 눈물이 줄줄 흘러내렸다. 얼마 동안 그는 어린애처럼 오브리언에게 매달려 있었는데, 그가 힘센 팔로 어깨를 감싸자 이상하게 포근한 느낌이 들었다. 그는 오브리언이 자신의 보호자이고, 고통은 어디 다른 데서 오며 그 고통으로부터 자신을 구해줄 사람은 바로 오브리언일 것이라고 생각했다.

"윈스턴, 자네는 배우는 게 늦군." 오브리언이 상냥하게 말했다.

"그럴 수밖에 없잖아요." 그는 울면서 말했다. "눈앞에 보이는 게 그런데 어떡해요? 둘 더하기 둘은 넷이 분명한데."

"때로는, 윈스턴. 때로는 다섯일 때도 있는 거야. 셋도 되고. 때로는 한꺼번에 이것저것 다 될 수도 있어. 자네는 훈련을 더 해야겠어. 올바른 정신을 갖기란 쉬운 일이 아니야."

오브리언은 윈스턴을 다시 침대에 눕혔다. 그의 팔다리를 묶은 끈이 다시 조여졌다. 고통도 사라지고 떨리는 것도 멈췄지만, 기운이 없고 추웠다. 오브리언은 그때까지 꼼짝도 않고 서 있던 하얀 가운을 걸친 사내에게 고갯짓을 했다. 흰 가운의 사내는 몸을 굽히더니, 윈스턴의 눈을 자세히 살피고 맥박을 재고 가슴에 귀를 대고 여기저기 두드려보고는 오브리언에게 고개를 끄덕였다.

"다시." 오브리언이 말했다.

순식간에 고통이 윈스턴의 몸을 휩쓸었다. 바늘이 70이나 75를 가리키고 있을 것이다. 그는 이번에는 눈을 감았다. 손가락이 여전히 그곳에, 여전히 네 개임을 알고 있었다. 이 경련이 지나갈 때까지 어떻게 해서든 목숨을 잇는 것이 중요했다. 그는 자신이 소리를 지르고 있는지 어쩐지조차 알 수 없었다. 고통이 다시 누그러졌다. 그는 눈을 떴다. 오브리언이 손잡이를 다시 원위치로 돌려놓았다.

"손가락이 몇 개지, 윈스턴?"

"네 개, 네 개 같아요. 가능하면 다섯 개로 보고 싶어요. 다섯 개로 보려고 애쓰고 있어요."

"어느 쪽이야? 다섯 개로 보인다고 말만 하고 싶은 거야, 아니면 정말 다섯 개로 보고 싶은 거야?"

"정말 다섯 개로 보고 싶어요."

“다시.” 오브리언이 말했다.

바늘은 아마 80이나 90 정도에 와 있을 것이다. 윈스턴은 어째서 이런 고통을 당해야 하는지 이유를 알 수 없었다. 꼭 감은 눈꺼풀 위로 수많은 손가락들이 마치 춤을 추듯 이리저리 어울려 나타났다가는 다시 사라지곤 했다. 그는 다만 그것들을 헤아리기란 불가능하며, 어찌 된 일인지 모르지만 네 개와 다섯 개가 이상하게 엇갈리고 있기 때문이라는 것만 생각났다. 고통이 다시 없어졌다. 다시 눈을 떴을 때 그는 자신이 여전히 똑같은 것을 보고 있음을 알아차렸다. 수많은 손가락이 흔들리는 나무처럼 제멋대로 움직이며 서로 엇갈리고 또 엇갈렸다. 그는 다시 눈을 감았다.

“내가 지금 손가락을 몇 개 펴고 있나, 윈스턴?”

“몰라요, 모르겠어요. 차라리 나를 죽여줘요. 네 갠지, 다섯 갠지, 여섯 갠지…… 정말 모르겠어요.”

“좀 나아졌군.” 오브리언이 말했다.

윈스턴의 팔에 바늘이 꽂혔다. 그 순간, 아늑하고 살 것 같은 온기가 그의 온몸에 퍼졌다. 고통은 이미 거의 잊혀졌다. 그는 눈을 뜨고 감사하다는 눈빛으로 오브리언을 올려다보았다. 심각하고 주름진, 못생겼으나 훌륭한 지성미가 넘치는 그의 얼굴을 보자 그의 마음에 동요가 이는 것 같았다. 만약 움직일 수만 있다면 손을 뻗쳐 오브리언의 팔을 붙들었으리라. 그는 이 순간만큼 그를 깊이 사랑한 적이 없었다. 그것은 그가 자신의 고통을 덜어주었기 때문만은 결코 아니었다. 예전에 했던, 오브리언이 친구이든 적이든 본질적으로는 상관없다는 생각이 되살아났던 것이다. 오브리언은 대화를 나눌 수 있는 사람이었다. 사람이란 사랑받기보다는 이해되기를 더 바라는 것 같다. 오브리언은 자기에게 미칠 지경이 되도록 고통을 가하고 얼마 후에는 틀림없이 사형장으로 보낼 것이다. 그건 아무 상관없다. 실제로 말로 표현한 적은 없지만 어떤 의미에서는 친구보다 더 깊은 관계로 맺어진 절친한 사이다. 어디든 둘이 만나서 대화를 나눌 수 있는 장소가 있을 것이다. 오브리언도 그와 똑같은 생각을 하고 있다는 듯한 표정으로 그를 내려다보고 있었다. 다시 말을 시작했을 때 그의 목소리는 편안하게 담소를 즐기는 듯했다.

"윈스턴, 어디에 와 있는지 알겠나?" 그가 물었다.

"모르겠어요. 짐작컨대 애정성인 것 같은데."

"여기에 온 지 얼마나 되었는지 알겠나?"

"모르겠습니다. 며칠인지, 몇 주인지, 몇 달은 된 것 같아요."

"어째서 사람들을 이곳으로 데려오는지 알겠나?"

"자백을 받으려구요."

"아니 게 아니야. 다시 생각해보라구."

"벌을 주려구요."

"아니야!" 오브리언이 다시 고함을 질렀다. 그의 목소리는 홱 달라지고 얼굴은 갑자기 굳어졌다. "아니야! 자백을 받아내려는 것도, 벌을 주려는 것도 아니야. 우리가 왜 자네를 이곳으로 데려왔는지 얘기해줄까? 치료해주기 위해서야! 온전한 정신을 찾아주기 위해서야! 윈스턴, 여기에 들어온 사람은 누구든 완치되지 않고 떠난 자가 없다는 걸 이해할 수 있겠나? 우리는 자네가 저지른 그런 어리석은 범죄에 대해서는 관심이 없네. 당은 겉으로 드러난 행위에는 관심이 없어. 우리가 다루는 것은 정신뿐이야. 우린 적을 분쇄할 뿐만 아니라 그들을 개조시키고 있어. 내 말이 의미하는 바를 알겠나?"

그는 윈스턴 쪽으로 몸을 굽혔다. 가까이에서 보니 그의 얼굴은 엄청나게 커보였고 밑에서 보아서인지 소름이 끼칠 만큼 추해보였다. 게다가 그의 얼굴엔 흥분과 광적인 열정이 넘쳐흘렀다. 다시 윈스턴의 가슴이 죄어들었다. 가능하면 그는 침대 속으로 깊이 숨어버리고 싶었다. 오브리언이 흥분에 못 이겨 제멋대로 다이얼을 틀어댈 것 같은 생각이 들었다. 하지만 바로 이 순간 오브리언은 얼굴을 돌렸다. 그는 두어 걸음 옮기더니 약간 침착하게 말을 이었다.

"무엇보다 먼저 자네가 알아두어야 할 것은 여기선 순교(殉敎)가 없다는 점일세. 과거의 종교적 박해 사건에 대해 읽어보았겠지? 중세에는 종교 재판이 있었어. 그건 실패작이야. 이교(異敎)를 뿌리뽑기 위해 시작된 이 종교 재판은 결과적으로 이교를 영구화시켰지. 이교도들에 대한 본보기로 이단자 한 사람을 화형에 처할 때마다 다른 수천 명이 들고일어났어. 왜 그랬겠는가? 종교 재판은 그들의 적을 공개적으로, 그것도 회개를 받아내지 못하고 죽였기 때문이야. 사실은 회개를 하지 않는다고 죽인 거지. 그들은 자신의 진실한 신념을 포기하려 들지 않았기 때문에 죽어간 거야. 따라서 모든 영광은 희생자들에게 돌아갔고, 그들을 화형시킨 재판관들에게는 비난과 치욕이 돌아갔지. 그 후 20세기에 이르러 소위 전체주의자라는 게 등장했어. 독일의 나치와 소련의 공산주의자들이지. 소련은 종교 재판 때보다 더 잔인하게 이단자들을 처형했어. 그들은 과거의 실책으로부터 많은 것을 배웠다고 생각했고 사실 순교자를 만들어서는 안 된다는 것을 알고 있었어. 그들은 그 희생자들을 인민 재판에 붙이기 전에 용의주도한 수법으로 그들의 위엄을 완전히 벗겨놓았지. 고문과 감금으로 만신창이가 된 그들은 결국 비열하고 형편없이 비참한 존재로 변해, 입에서 나오는 대로 무엇이든지 털어놓고, 자기들끼리 서로 욕하고 비방하고 숨기며 살려달라고 울부짖게 되었네. 하지만 이번에도 몇 년이 지난 후 마찬가지 결과가 일어났지. 죽은 자들은 순교자가 됐고 그들에 대한 경멸도 잊혀졌어. 그러면 어째서 그렇게 됐겠나? 무엇보다 그들의 자백이 강요된 것이었고 사실이 아니었기 때문이야. 우리는 그런 잘못을 저지르지 않아. 여기서 얻는 자백은 모두 진실이야. 우리가 진실로 만들지. 무엇보다 죽은 자들이 우리에게 맞서 반항하지 못하게 만드는 거야. 윈스턴, 후손들이 자네를 변호해줄 것이라고 생각해서는 안 되네. 후손들은 그 선조에 대한 얘기를 전혀 못 들을 걸세. 자네는 역사의 흐름에서 깨끗이 말살될 거야. 공기로 변해 하늘로 사라져버리는 거지. 흔적조차 남지 않게 돼. 기록 속에 이름도, 산 사람의 기억 속에 추억으로 남을 수도 없어. 미래에서처럼 과거 속에서 완전히 소멸되는 거야. 자네는 결코 존재한 적이 없게 되는 거야.”

그렇다면 어째서 나를 고문으로 괴롭히는가? 윈스턴은 순간적으로 씁쓸한 기분이 들었다. 오브리언은 윈스턴이 이 생각을 입 밖으로 크게 떠들어댄 것처럼 걸음을 멈췄다. 그의 넙적하고 못생긴 얼굴이 다가섰다. 그리고 두 눈을 가늘게 뜨고 말했다.

“자네는 생각하겠지. 우리가 자네를 완전히 파멸시키려는 이상 자네가 한 말이나 행동은 아무 소용이 없을 텐데, 어째서 이렇게 고문하고 심문하는가 하고 말이야. 지금 그런 생각을 하고 있지, 안 그래?”

“그렇습니다.” 윈스턴은 대답했다.

오브리언이 희미하게 미소를 지었다.

“윈스턴, 자네는 마치 견본에 난 흠과 같아. 없애버려야 할 오점이야. 우리는 과거의 처형자들과는 다르다고 내가 방금 말했었지? 우리는 소극적인 복종이나 비굴한 굴복으로는 만족하지 않아. 마침내 자네가 우리에게 항복한다 해도 그것은 자네의 자유의지에 의한 것이어야 해. 우리는 이단자들이 우리에게 반항한다고 해서 그들을 처형하지는 않아. 그들이 반항하는 한, 우리는 결코 처형하지 않는단 말일세. 우리는 그들을 전향시켜 속마음을 사로잡고 새사람으로 만들지. 그들이 가지고 있는 모든 죄와 환상을 불태워버리고, 겉모양뿐만 아니라 진짜로 그들의 마음과 영혼까지 우리 편으로 만드는 거야. 우리는 그들을 죽이기 전에 우리와 같은 사람으로 만들지. 비록 알려지지 않고 무력하더라도 잘못된 생각이 이 세상 어딘가에 존재한다는 것은 참을 수 없는 일이야. 죽는 순간까지 우리는 결코 어떤 탈선도 용납하지 않아. 옛날에는 이단자는 여전히 이단자인 채 자기는 이단자라고 선언하며 화형장으로 걸어나갔고 그 가운데서 희열을 느꼈지. 소련의 숙청 희생자들도 총살장으로 가면서도 머릿속에 반항의식을 갖고 있었지. 하지만 우리는 없애기 전에 두뇌를 완전히 개조시키지. 옛날 전제군주의 명령은 '너희들은 이렇게 해선 안 된다.'는 것이었고, 전체주의자의 명령은 '너희들은 이렇게 해야 한다.'는 것이었던 데 반해 우리들의 명령은 '너희들은 이렇게 되어 있다.'는 거야. 여기에 끌려온 녀석치고 우리에게 끝까지 대항한 녀석은 아직 없었어. 모두가 깨끗이 세뇌되었지. 자네가 한때 무죄라고 믿었던 불쌍한 세 반역자들, 즉 존스, 아론슨, 러더포드도 결국에 가서는 우리에게 굴복하고 말았지. 나도 그들의 심문에 참가했었어. 나는 그들이 점점 약해지면서 엉엉 울고 설설 기면서 비탄의 눈물을 흘리는 것을 보았어. 그것은 고통과 공포 때문이 아니라 정말 회개한 것이었어. 심문이 끝났을 때 그들은 단지 인간의 껍데기에 불과했어. 그들에게 남은 것이란 오직 자신들이 범한 죄에 대한 슬픔과 대형에 대한 애정뿐이었지. 그들의 대형에 대한 사랑은 감동적일 정도였어. 그들은 자신들의 마음이 청결할 동안에 죽을 수 있도록 빨리 총살시켜 달라고 애걸했었지."

그의 목소리는 점점 꿈꾸는 것 같았다. 그의 얼굴에는 아직도 흥분과 광적인 정열이 번뜩였다. 윈스턴은 그가 거짓말을 하고 있다고 생각하지 않았다. 위선자도 아니다. 그는 자기가 한 모든 이야기를 고스란히 믿고 있다. 무엇보다 윈스턴을 억누르는 것은 자신의 지적 열등의식이었다. 그는 듬직하면서 품위가 있고 자신의 시야에 들어왔다 나갔다 하면서 앞뒤로 거니는 그의 모습을 지켜보았다. 오브리언은 어떤 면으로나 자기보다 훨씬 훌륭한 존재다. 그가 지금까지 지녀왔고, 또 지닐 수 있는 생각치고 오브리언이 오래 전에 이미 터득하고 검토해서 극복하지 않은 것은 하나도 없었다. 그의 마음은 윈스턴의 마음을 완전히 포용하고 있었다. 그런데 어떻게 오브리언을 미쳤다고 할 수 있겠는가? 오히려 미친 사람은 바로 자기, 윈스턴이다. 오브리언은 걸음을 멈추고 그를 내려다보았다. 그의 목소리는 다시 굳어 있었다.

"윈스턴, 자네가 우리에게 완전히 항복한다고 해서 살아남으리라고는 생각하지 말게. 일단 엇나갔던 사람은 아직까지 한 사람도 살려 준 적이 없네. 그리고 설사 우리가 자네를 천명대로 살도록 내버려둔다 하더라도 결코 우리에게서 벗어날 수는 없네. 여기에서 자네에게 일어난 일은 영원히 계속될 걸세. 미리 그걸 알아두는 게 좋아. 우리는 자네를 회복할 수 없을 정도로 파멸시킬 거야. 천 년을 산다 할지라도 회복할 수 없는 일이 자네에게 일어날 걸세. 다시는 보통 사람들이 지니는 감정을 지닐 수 없을 거야. 사랑, 우정, 삶의 기쁨, 웃음, 호기심, 용기, 성실성 등을 다시는 가질 수 없게 될 걸세. 텅 비게 되는 거지. 우리는 자네를 텅 비게 만든 다음 우리 자신의 것으로 자네를 채우는 거야."

오브리언은 여기서 말을 멈추고 흰 가운을 입은 사내에게 신호를 했다. 윈스턴은 자신의 머리 뒤로 무엇인가 묵직한 기계장치를 집어 넣는 것을 느꼈다. 오브리언은 침대 옆에 앉아 있었으므로 그의 얼굴이 윈스턴의 얼굴과 거의 같은 높이에 있게 되었다.

"3천." 그는 윈스턴의 머리 너머로 흰 가운을 입은 사내에게 지시했다.

조금 축축하게 느껴지는 부드러운 두 개의 분첩 같은 것이 윈스턴의 광대뼈에 와 닿았다. 그는 두려웠다. 새로운 고통이 오고 있구나. 오브리언은 안심시키려는 듯 그의 손을 잡으며 상냥하게 말했다.

"아프지 않을 거야. 내 눈만 똑바로 쳐다보고 있으라구."

그 순간 소리가 났는지 안 났는지는 확실치 않았지만 굉장한 폭발 같은 것이 일어났다. 분명히 눈이 멀 듯 불빛이 번쩍 했다. 상처를 입지는 않았으나 윈스턴은 맥이 탁 풀렸다. 아까부터 등을 대고 누워 있었는데도 마치 세게 얻어맞고 이렇게 뻗은 것 같은 묘한 기분이 들었다. 고통이 없는 무시무시한 충격이 그를 쭉 뻗게 만든 것이다. 그리고 머릿속에서도 뭔가가 일어났다. 눈의 초점이 잡히자 자기가 누구이고 어디에 와 있는지 기억이 나고 자기를 쳐다보고 있는 얼굴도 알아보긴 했지만, 마치 머릿속에서 뭔가가 빠져나가 커다란 구멍이 뚫린 것 같았다.

"곧 괜찮아질 걸세. 내 눈을 보게. 오세아니아는 어느 나라와 전쟁 중이지?" 오브리언이 물었다.

윈스턴은 생각했다. 그는 오세아니아가 무엇을 의미하는지, 그리고 자기가 오세아니아 시민이라는 것은 알 수 있었다. 또한 유라시아와 이스트아시아도 기억할 수 있었지만, 누가 누구와 전쟁을 하고 있는지는 기억할 수 없었다. 사실 그는 전쟁이 있는 것조차 몰랐다.

"기억이 안 나요."

"오세아니아는 이스트아시아와 전쟁중이다. 이제 기억이 나나?"

"예."

"오세아니아는 언제나 이스트아시아와 전쟁을 하고 있었어. 자네가 태어난 이후로, 당의 출범 이후로, 역사의 시초부터 전쟁은 한 번도 중단되지 않고 언제나 계속되어 왔어. 기억하겠나?"

"예."

"자네는 11년 전 반역죄로 사형선고를 받은 세 사람에 대해 하나의 전설을 꾸며냈어. 자네는 그들의 무죄를 증명할 수 있는 신문 쪽지를 보았다고 생각했어. 하지만 그런 신문 쪽지는 존재하지 않았어. 자네가 그것을 꾸며냈고, 나중에는 그 내용을 믿었던 거야. 지금 자네는 그걸 처음 꾸며내던 바로 그때를 기억하고 있어. 기억하지?"

"예."

"아까 내가 자네한테 손가락을 펴보였지. 자네는 다섯 개로 보았어. 기억하겠지?"

"예."

오브리언은 엄지손가락을 감춘 채 왼손을 들어보였다.

"여기 다섯 개의 손가락이 있어. 보이나?"

"예."

그는 분명히 그렇게 보았다. 자신의 정신상태가 바뀌기 전, 눈 깜짝할 동안 다섯 개의 손가락을 보았다. 기형적이란 생각도 들지 않았다. 그러더니 다시 정상적인 상태로 돌아왔다. 조금 전에 느꼈던 공포, 증오심, 당혹감이 다시 엄습해왔다. 하지만 얼마 동안인지는 확실히 알 수 없지만 약 30초쯤 오브리언의 새로운 가르침이 그의 텅 빈 마음을 채워서 절대적인 진리가 되고, 둘 더하기 둘이 필요에 따라서는 셋도 되고 다섯도 될 수 있음을 확신할 수 있는 순간이 있었다. 이런 상태는 오브리언이 손을 내리기도 전에 벌써 사라져버렸다. 그러나 비록 그 상태로 되돌아갈 수는 없겠지만, 먼 옛날 실제로 제정신이 아니었을 때의 생생한 체험을 본디 상태로 돌아왔을 때 기억하듯 그도 그 순간을 기억할 수 있었다.

"이제는 알겠지? 아무튼 그런 것이 가능하다는 걸 말이야." 오브리언이 물었다.

"예." 윈스턴이 대답했다.

오브리언은 흡족한 표정으로 일어섰다. 윈스턴은 자신의 왼편에서 흰 가운을 입은 사내가 약병을 열어 주사기에 약을 넣고 있는 것을 보았다. 오브리언은 미소를 띠며 윈스턴 쪽으로 돌아섰다. 그는 습관대로 콧등의 안경을 고쳐 썼다.

"자네가 일기장에 쓴 것을 기억할 수 있겠지? 자네를 이해하고 자네와 대화를 나눌 수 있는 사람이라면, 친구든 적이든 상관없다고 쓴 것 말일세. 자네가 옳았어. 나는 자네와 이야기하는 것이 즐거워. 자네의 정신은 내게 공감을 줘. 자네가 제정신이 아니란 것만 빼고는 자네 정신은 나의 것과 비슷해. 이야기를 마치기 전에 물어볼 말이 있으면 해보게."

"무엇이든 괜찮습니까?"

"무엇이든." 그는 윈스턴이 다이얼을 흘낏거리는 것을 보았다. "저건 꺼버렸어. 첫번째 질문은 뭐지?"

"줄리아는 어떻게 되었습니까?" 윈스턴이 물었다.

오브리언은 다시 미소를 지었다.

"그 여자는 자네를 배신했어. 조금도 망설임 없이. 나는 그렇게 빨리 우리 편으로 붙는 사람은 처음 보았네. 자네는 그녀를 본다고 해도 거의 알아보지 못할 거야. 반항의식, 기만, 우매, 불결한 정신, 이 모든 것이 그녀에게서 깨끗이 사라졌어. 완전한 전향으로 교과서에 실을 만큼 모범적인 예야.”

“고문을 했겠지요.”

오브리언은 이 말에는 대답하지 않았다.

“다음 질문은?”

“대형은 정말 존재합니까?”

“물론이지. 그분은 존재하고 있네. 당도 존재하지. 대형은 당의 화신이야.”

“그분은 내가 존재하는 것과 마찬가지로 존재합니까?”

“자네는 존재하지 않아.” 오브리언이 말했다.

다시 무력감이 그를 엄습해왔다. 그는 자신이 존재하지 않음을 증명하는 이론을 알고 있었다. 최소한 상상할 수는 있었다. 하지만 그것은 부질없는 짓이다. 말장난일 뿐이다. ‘너는 존재하지 않는다.’라는 말 자체가 논리적으로 불합리하지 않은가? 하지만 그렇게 말한다 해서 무슨 소용이 있는가? 그는 오브리언이 대답할 수도 없는 정신나간 논리로 자기를 꼼짝 못 하게 할 것에 생각이 미치자 마음이 위축되었다.

“나는 내가 존재하고 있다고 생각해요.” 그는 힘없는 목소리로 말했다. “나는 나 자신을 의식합니다. 나는 태어났고 또 죽을 겁니다. 나는 팔다리가 있어요. 나는 공간의 한 부분을 차지하고 있습니다. 어떤 다른 견고한 물체도 내가 차지하고 있는 부분을 동시에 차지할 수는 없어요. 그런 의미로 대형은 존재합니까?”

“그런 건 중요한 게 아니야. 그분은 존재하고 있어.”

“대형도 죽을까요?”

“그분은 돌아가시지 않아. 그분이 어떻게 돌아가실 수 있겠나? 다음 질문은?”

"형제단은 존재합니까?"

"윈스턴, 자넨 그것을 영원히 알 수 없을 걸세. 이 조사가 끝나 자네가 석방되어 아흔 살까지 산다 할지라도 그 질문에 대한 해답은 여전히 얻을 수 없을 거야. 자네가 살아 있는 한, 그것은 자네의 마음속에 풀리지 않는 수수께끼로 남을 걸세."

윈스턴은 입을 다물었다. 가슴이 약간 빠르게 뛰었다. 그는 아직도 맨 먼저 마음속에 떠오른 질문을 하지 못했다. 그는 그것을 물어보려 했지만 마치 혀가 굳어진 것처럼 말을 꺼낼 수가 없었다. 오브리언의 얼굴에 유쾌한 기색이 나타났다. 그가 끼고 있는 안경마저도 조롱하는 듯한 빛을 발했다. 그는 알고 있다! 윈스턴은 갑자기 자기가 물어보려는 것을 오브리언이 알고 있을 것이라는 생각이 들었다. 생각이 거기에 이르자, 갑자기 말이 튀어나왔다.

"101호실에는 무엇이 있습니까?"

오브리언의 표정은 달라지지 않았다. 그는 냉담하게 대꾸했다.

"자네는 101호실에 무엇이 있는지 이미 알고 있어. 모든 사람이 다 알고 있는 거야."

그는 흰 가운의 사내에게 손가락을 들어보였다. 분명히 심문은 끝났다. 주사바늘이 윈스턴의 팔에 꽂혔다. 그는 그대로 깊은 잠 속으로 빠져들었다.

3

"자네가 회복되려면 세 단계가 필요해." 오브리언이 말했다. "학습, 이해 및 수용의 순서지. 이제 자네는 두번째 단계로 접어들었어."

언제나와 마찬가지로 윈스턴은 등을 대고 반듯이 누워 있었다. 그러나 요즘 들어서는 그를 묶고 있는 끈이 조금 느슨해졌다. 그는 여전히 침대에 묶여 있었지만, 무릎을 조금은 움직일 수 있었고 머리를 이쪽저쪽으로 돌릴 수도 있었으며 팔도 팔꿈치까지는 들어올릴 수 있었다. 다이얼로 인한 공포감도 차츰 줄어들었다. 그가 요령만 피우면 고통도 피할 수 있었다. 주로 그가 바보처럼 굴 때 오브리언이 손잡이를 잡아당기는 것이었다. 가끔 그들은 다이얼을 한 번도 사용하지 않고 심문을 끝냈다. 그는 몇 번이나 심문을 당했는지 헤아릴 수가 없었다. 심문의 전과정은 꽤 오랫동안, 아마도 몇 주일 정도는 계속된 것 같다. 그리고 심문과 심문 사이의 간격은 며칠, 어떤 때는 불과 한두 시간 정도로 느껴졌다.

"거기에 누워 있다 보면——내게 물어보기도 했네만——어째서 애정성이 장시간에 걸쳐 자네를 괴롭히는가 하고 때때로 궁금했을 걸세. 그리고 자네가 자유로울 때도 근본적으로 같은 문제로 어리둥절할 걸세. 자네는 자네가 살고 있는 사회의 구조는 이해할 수 있지만 기본적인 동기는 이해하지 못하고 있어. 자네가 일기장에다 '나는 방법은 알지만 이유는 모른다.'라고 쓴 걸 기억하나? 자네가 자신의 정신이 온전한가를 의심하는 때는 '이유'에 대해서 생각하는 바로 그 순간이야. 자네는 '그 책', 골드스타인의 책을 읽었지. 적어도 그 일부만이라도 말이야. 그 책이 자네가 아직 몰랐던 어떤 것을 가르쳐주던가?" 오브리언이 말했다.

"당신도 그것을 읽었습니까?" 윈스턴이 물었다.

"내가 그것을 썼지. 그것을 저술하는 데 관여했다고 할 수 있겠지. 자네도 알겠지만 어떤 책이든 개인적으로는 발간할 수 없어."

"거기에 쓰여 있는 게 사실입니까?"

"해설한 것은 옳아. 하지만 거기에 제시된 계획은 엉터리야. 비밀리에 지식을 축적하고 점차적으로 계몽하여 궁극적으로 무산계급이 반란을 주도해서 당을 전복시킨다는 계획 말야. 자네도 그것이 무얼 얘기하는지 예측하고 있었겠지. 무산계급은 결코 반란을 일으키지 못해. 수천 년, 아니 백만 년이 지나도. 그들은 하지 못해. 자네도 벌써 그것을 알고 있을 테니 새삼 설명할 필요는 없겠지. 만약 자네가 지금까지 어떤 격렬한 폭동을 꿈꾸었다면, 아예 단념을 하는 게 좋아. 당을 전복시킬 방도는 없어. 당의 지배는 영원하니까. 이것을 자네 생각의 기점으로 삼게.”

그는 침대 곁으로 다가서면서 반복했다.

“영원히 ! ”

윈스턴이 잠자코 있자 그는 덧붙여 말했다.

“그러면 ‘방법’과 ‘이유’라는 문제로 되돌아가볼까 ? 자네는 당이 어떻게 권력을 유지하는지 잘 알고 있어. 그러면 어째서 우리가 권력에 집착하는지 말해봐. 우리의 근본 동기는 무엇이지 ? 왜 우리는 권력을 원하지 ? 자, 말해보라구.”

그러나 윈스턴은 한동안 입을 열지 않았다. 피로감이 전신에 엄습해왔기 때문이다. 열정이 서린 광적인 빛이 다시 오브리언의 얼굴에 희미하게 떠올랐다. 그는 오브리언이 말하고자 하는 것을 미리 알고 있었다. 당은 자체의 목적을 위해서가 아니라 오직 대다수의 행복을 위해서 권력을 추구하는 것이다. 대부분의 인간은 나약하고 비겁한 동물들로 자유를 감당할 수도, 또한 진리와 대결할 힘도 없어, 그보다 강한 자에 의해 통치를 받거나 체계적으로 기만을 당해야 하므로 당은 권력을 추구하는 것이다. 인간은 자유와 행복 중 어느 한쪽을 선택해야 하는데, 대다수의 인간은 행복을 더 좋아한다. 당은 약자의 영원한 수호자이고, 다른 사람의 행복을 위해선 자신의 행복을 희생하며, 선을 구현하기 위해서 악을 행하는 헌신적인 집단이다——라고 할 것이다. 윈스턴은 소름이 끼쳤다. 그것은 오브리언이 이렇게 말할 때 그는 그것을 믿어야 한다는 사실 때문이었다. 그의 얼굴을 보면 알 수 있다. 오브리언은 모든 걸 다 알고 있다. 그는 세상이 실제로 어떻게 돌아가고 있고, 대다수의 인간이 얼마나 타락된 상태에서 살고 있으며, 당이 어떤 거짓과 야만적 행위로 인간을 그 상태로 붙잡아두는지 윈스턴보다 천 배 정도는 더 잘 알고 있었다. 그는 그것을 다 이해하고 감안해보았지만 아무런 차이도 나지 않았다. 모든 것은 궁극적인 목적에 의해 정당화되었다. 자신보다 더 지성적이고, 자기의 광적행위만을 고집하는 이 미친 인간에 대항하여 무엇을 할 수 있을까 하고 윈스턴은 생각했다.

"당신들은 우리 자신의 선을 위해서 우리를 지배하고 있습니다." 그는 힘없이 말했다. "당신들은 인간들이 스스로를 통치하기에는 적합치 못하다고 생각하고 있어요. 그래서……."

그는 하마터면 소리를 지를 뻔했다. 급격한 고통이 그의 전신을 쑤셔댔다. 오브리언이 다이얼의 손잡이를 35로 올려놓았던 것이다.

"바보! 윈스턴, 바보같이! 넌 그보다 더 잘 알고 있을 텐데." 그는 말했다. 그리고 손잡이를 제자리로 돌려놓은 다음 말을 이었다.

"내 질문에 대한 대답을 내가 하지. 그건 바로 이런 거야. 당은 오직 권력 그 자체를 위해서 권력을 추구하는 거야. 우리는 타인의 행복에는 관심이 없고, 단지 권력에만 흥미가 있어. 재산, 사치, 장수, 행복, 다 아니야. 오로지 권력, 순수한 권력이야. 이제 자네도 순수한 권력이 무얼 말하는지 이해할 수 있게 될 걸세. 우리는 우리가 뭘 하고 있는지 안다는 점에서 과거의 과두정치와는 차이가 있어. 옛날 사람들은, 심지어는 우리를 닮은 사람들마저도 겁쟁이들이고 위선자들이야. 독일 나치와 소련 공산당은 그 방법에 있어선 우리와 지극히 비슷하지만, 그들은 결코 자신들의 동기를 자인할 만한 용기가 없었어. 그들은 마지못해 제한된 기간 동안 정권을 장악했으며, 게다가 인간이 자유스럽고 평등하게 살 수 있는 낙원이 어디엔가 있을 거라고 꾸며댔고, 심지어는 그렇게 믿기까지 했었지. 우리는 그들과는 달라. 지금까지 권력을 장악했던 사람치고 그것을 포기할 의사를 갖고 있던 사람은 없었다는 것을 우리는 알고 있어. 권력은 수단이 아니야. 하나의 목적이지. 우리는 혁명을 보장하기 위해서 독재를 하는 것이 아니고 독재를 하기 위해서 혁명을 일으킨 거야. 박해의 목적은 어디까지나 박해야. 고문의 목적은 고문이고. 그와 마찬가지로 권력의 목적은 권력이야. 이제 내 말을 알아듣겠나?"

　오브리언의 얼굴에 피로한 기색이 감도는 걸 보고 윈스턴은 전처럼 충격을 받았다. 피로를 느끼기 전에는 그 얼굴이 억세고 살찐 짐승 같았으며, 거기에 지성미가 넘치고 절제된 열정이 엿보였으나, 이제는 지쳐보였다. 눈밑에 덧살이 붙고 광대뼈 밑으로 살가죽이 축 늘어져 있었다. 오브리언은 그에게 몸을 굽히고 지친 얼굴을 가까이 했다.

　“자네는 내 얼굴이 늙고 피로해보인다고 생각하고 있지? 내가 권력에 관해 떠들어대지만, 내 자신의 육체가 쇠멸해가는 것은 어쩔 수 없을 거라고 생각하겠지. 윈스턴, 자네는 개인이 하나의 세포에 지나지 않는다는 것을 모르겠나? 세포의 쇠퇴는 유기체에 활력을 주지. 손톱을 깎았다고 해서 사람이 죽는가?”

　그는 침대에서 몸을 돌리고는 한 손을 주머니에 넣은 채 다시 왔다 갔다하기 시작했다.

　“우린 권력의 성직자야. 신은 권력이고. 하지만 자네가 보기에 현재의 권력은 단지 말뿐일 거야. 이제는 자네가 권력의 의미에 대해 몇 가지 생각을 정리해볼 때가 되었어. 맨 먼저 자네가 알아야 할 것은 권력이란 집단적이라는 걸세. 개인은 오직 개인임을 포기할 때 권력을 갖게 되지. 자네는 ‘자유는 예속’이라는 당의 슬로건을 알고 있지? 그것을 뒤집어 생각해본 적이 있나? 예속은 자유라고. 혼자 있는, 즉 자유로운 인간은 언제나 패배하지. 모든 인간은 죽게 마련이고, 죽음은 바로 가장 커다란 패배니까. 그러나 인간이 철저하게 완전히 복종을 할 때, 그리하여 자신의 존재를 버리고 스스로 당이 될 만큼 당의 일에 발벗고 나서게 되면 그는 불멸의 전능한 존재가 되는 거야. 둘째로 알아야 할 것은 권력은 인간 위에 군림하는 것이라는 점이야. 인간의 육체뿐만 아니라 특히 그 정신을 지배하는 권력이어야 해. 물질에 대한 권력, 자네 식으로 하자면 외적인 실재에 대한 권력은 중요하지 않아. 사물에 대한 우리들의 지배는 이미 절대적이니까.”

그는 말했다.

윈스턴은 잠시 다이얼을 무시했다. 그는 일어나 앉으려고 애를 썼으나 몸을 비트는 바람에 고통스럽기만 했다.

"그런데 어떻게 사물을 지배할 수 있습니까?" 그는 갑자기 입을 열었다. "날씨나 인력의 법칙조차도 지배하지 못하잖습니까. 그리고 질병, 고통, 죽음…….."

오브리언은 손짓으로 그의 입을 막고 말을 계속했다.

"우린 인간의 정신을 지배하기 때문에 사물을 지배할 수 있어. 실재는 우리 머릿속에 내재하지. 윈스턴, 자네는 조금씩 알게 될 거야. 우리가 하지 못하는 건 없어. 눈에 보이지 않게 할 수도, 공중을 날게 할 수도 있어. 무엇이든지 할 수 있어. 내가 원하면 비누 방울처럼 이 마루 위를 떠다닐 수도 있어. 당이 원하지 않으니까 내가 안할 뿐이지. 자네는 자연법칙에 대한 19세기적인 관념들을 버려야만 해. 우리가 자연법칙을 창조하고 있으니까."

"하지만 당신들은 하지 못해요! 당신들은 이 지구의 지배자도 못 되잖아요. 유라시아와 이스트아시아는 뭡니까? 아직 그들을 정복하지 못했잖아요."

"그런 건 별로 중요하지 않아. 그렇게 해야 할 때가 오면 우리는 정복할 거야. 설령 우리가 정복하지 못한다고 해도, 그게 어떻다는 거야? 우리는 그들을 전멸시킬 수 있어. 오세아니아가 세계야."

"하지만 세계 그 자체는 하나의 흙덩이에 불과해요. 그리고 인간은 왜소하고 무력합니다. 인간이 존재한 지가 얼마나 됩니까? 수백만 년 동안 지구엔 인간이 살지 않았어요."

"무슨 헛소린가? 지구의 나이는 우리와 같아. 더 오래 되지 않았어. 어떻게 더 오래 될 수가 있어? 인간의 의식을 통하지 않고는 어떤 것도 존재할 수 없어."

"그렇지만 이미 멸종된 동물의 뼈가 박힌 화석이 있잖아요. 매머드와 마스토돈과 같은 파충류 말입니다. 그것들은 인간이 태어나기 훨씬 전에 이 지구에 살고 있었어요."

"자네는 그런 뼈다귀들을 본 일이 있나, 윈스턴? 물론 없겠지. 그건 19세기 생물학자들이 꾸며낸 거야. 인류가 나타나기 전에는 아무것도 없었어. 만약 인간이 멸종된다면 그 후에는 아무것도 존재하지 않을 거야. 인간을 떠나서는 어떤 것도 존재할 수 없어."

"그렇지만 지구 밖에는 우주가 있습니다. 별들을 보십시오! 어떤 별은 백만 광년(光年)이나 떨어진 것도 있어요. 그것들은 영원히 인간의 한계 밖에 존재할 것입니다."

"별이 뭔가?" 오브리언이 냉정하게 말했다. "그것들은 몇 킬로미터 떨어져 있는 불덩이와 같은 거야. 원하기만 하면 우리는 거기에 갈 수 있어. 또 없애버릴 수도 있고. 지구가 우주의 중심이야. 해와 별이 지구 주위를 돌고 있으니까."

윈스턴은 또다시 발작적으로 움직였다. 이번에는 아무 말도 하지 않았다. 오브리언은 마치 반박이라도 당한 것처럼 계속해서 이야기를 했다.

"물론 어떤 점에서는 그건 진실이 아닐 수도 있어. 우리가 바다를 항해할 때나 일식(日蝕)을 예보할 때는 간혹 지구가 태양 주위를 돌고 별들이 수백억 킬로미터나 떨어져 있다고 가정하는 것이 편리하기도 해. 하지만 그게 뭐 그리 대순가. 자네는 천문학의 이원적 체계를 만드는 것이 불가능하다고 생각하나? 우리의 필요에 따라 별들은 가까이 있을 수도, 멀리 있을 수도 있어. 우리 수학자들이 그런 일쯤 감당 못할 줄 아나? 자네는 이중 사고를 벌써 잊었나?"

윈스턴은 누운 채 몸을 움츠렸다. 그가 뭐라고 하든 오브리언은 재빨리 곤봉으로 치는 것처럼 그를 꼼짝 못하게 만들었다. 하지만 그는 알고 있었다. 자신이 옳다는 것을 '알고' 있었다. 인간의 의식을 떠나서는 어떤 것도 존재하지 않는다는 신념 —— 그것이 허위가 틀림없다는 것을 증명할 수 있는 어떤 길이 모색되어야 한다. 그것은 오래 전에 하나의 오류로 밝혀지지 않았던가? 잊어버렸지만 그에 대한 이름까지도 있었다. 오브리언은 그를 내려다보면서 입가에 야릇한 미소를 띠었다.

"내가 이야기했었지? 형이상학이 자네의 유리한 점이 될 수 없다고 말이야. 자네가 지금 생각해내려고 애쓰는 단어는 유아론(唯我論)이라는 거야. 하지만 자네는 착각을 하고 있어. 이것은 유아론이 아닐세. 자네 식으로 한다면 집단적 유아론이라고 할까. 하지만 그것은 다르지. 사실은 정반대야. 다 빗나갔어." 그는 어조를 바꾸어 말을 이었다. "우리가 밤낮으로 추구해야 하는 권력, 그 진정한 권력은 사물에 대한 권력이 아니고 인간에 대한 권력이야."

그는 말을 멈추고 잠시 장래가 촉망되는 학생에게 질문하는 선생과 같은 표정을 지으면서 물었다.

"윈스턴, 어떻게 하면 타인에게 자기의 권력을 내세울 수 있겠나?"

윈스턴은 생각해보고 나서 말했다.

"타인을 고통스럽게 함으로써요."

"그래. 타인을 고통스럽게 함으로써야. 복종으로는 불충분해. 만약 고통스럽게 하지 않는다면, 어떻게 그가 자기의 의사가 아닌 내 의사에 복종한다고 확신할 수 있겠는가? 권력은 고통과 모욕을 가하는 데 있는 거야. 권력은 인간의 마음을 갈기갈기 찢어서 우리가 원하는 새로운 형태로 다시 짜맞추는 데 있는 거야. 그러면 자네는 우리가 어떤 세계를 창조하려는지 이제 좀 알겠나? 그것은 옛날의 개혁자들이 상상했던 어리석은 쾌락주의적 유토피아와 정반대되는 거지. 공포와 배신과 고통의 세계, 짓밟고 짓밟히는 세계, 정련이 되면 될수록 더욱더 무자비해지는 세계, 바로 그것이야. 우리가 창조하는 세계에서의 진전은 고통을 향한 진전이야. 옛날에는 문명이 사랑과 정의 위에 세워졌다고 주장했지. 하지만 우리의 문명은 증오 위에 세워져 있어. 우리의 세계에는 공포와 분노와 승리, 그리고 자기 비하 등의 감정을 제외하고는 어떤 것도 존재하지 않게 될 거야. 그 나머지는 모두 우리가 때려부술 거야. 몽땅. 우린 혁명 전부터 내려오던 사고의 습관을 이미 부수고 있어. 우리는 자식과 부모, 인간과 인간, 남편과 아내의 관계를 끊어놓았지. 아무도 더 이상 아내와 자식, 그리고 친구를 믿으려 하지 않아. 하지만 앞으로는 아내도, 친구도 없게 될 거야. 아이들은 암탉 둥우리에서 알을 꺼내오듯 태어나자마자 그 어미 품에서 빼앗아오는 거야. 성본능도 없어져. 성교는 배급통장을 재발급해주듯이 일 년에 한 번 하는 공식 행사가 될 거야. 우리는 성교시의 오르가즘도 없앨 거야. 신경학자들이 현재 거기에 대해 연구하고 있어. 충성심도 당에 대한 것 이외에는 존재 못 하게 될 거야. 사랑 또한 대형에 대한 사랑 이외에는 어떤 사랑도 있을 수 없게 돼. 웃음두 적을 패배시키고 승리감에 취해 웃는 웃음만이 있게 될 거야. 예술도 문학도 과학도 모두 없어질 거야. 우리가 전능해지면 과학도 더 이상 필요하지 않게 될 거야. 아름다움과 추함 사이의 구별도 없어지고, 호기심도, 세상을 사는 가운데 느끼는 즐거움도 없어져. 서로 겨루며 느끼는 모든 쾌락도 없어지게 될 거야. 하지만 이걸 잊으면 안 돼, 윈스턴. 끊임없이 커가고 미묘해가는 권력에 대한 도취감을 맛보게 되리라는 것을 말일세. 언제나 어느 순간에나 승리감이 주는 전율, 무력한 적을 짓밟는 쾌감이 있을 뿐일 거야. 만약 미래상을 보고 싶다면, 영원히 한 인간의 얼굴을 짓밟는 구둣발을 상상해보라구.”

그는 윈스턴이 이야기하기를 기다리는 것처럼 말을 멈췄다. 윈스턴은 다시 침대 속으로 파고들어 몸을 움츠리려고 애썼다. 아무것도 말할 수 없었다. 가슴이 얼어붙는 듯했다. 오브리언이 말을 이었다.

“영원히 그럴 것이라는 사실을 잊지 말게. 짓밟힌 이단자의 얼굴은 항상 거기에 있을 거야. 사회의 적인 이단자는 계속해서 패배하고 모욕을 받도록 늘 그런 꼴로 억압될 거야. 자네가 체포된 이후로 겪은 모든 일이 그치지 않고 앞으로 더욱 심해질 거야. 간첩행위, 배신, 체포, 고문, 처형, 행방불명 등은 결코 끝나지 않을 거야. 그것은 승리의 세계인 동시에 공포의 세계지. 당의 권력이 강해지면 강해질수록 관용은 더욱 줄어들고, 반대파가 약하면 약할수록 전제주의는 더욱 철저해지게 돼. 골드스타인과 그를 따르는 이단자들도 영원히 없어지지 않아. 날마다, 순간마다 그들은 패배를 맛보고 불신, 조소, 모욕을 당하게 되지만, 그래도 그들은 언제나 살아남게 될 거야. 지난 7년 동안 내가 자네에게 꾸민 이 연극도 대대로 후세까지 훨씬 더 교묘한 형태로 되풀이될 거야. 우리는 이단자들을 우리 손아귀에 넣고 고통으로 비명을 지르게 하고, 만신창이로 만들고 경멸할 거야. 결국은 완전히 참회를 시켜, 스스로 우리 다리를 붙들고 제발 살려달라고 애원하게 만들 거야. 윈스턴, 그것이 바로 우리가 준비하고 있는 세계야. 승리 또 승리, 개선 또 개선이 거듭되는 세계권력기구가 다져지고 또 다져지고 한없이 다져져가는 그런 세계. 그 세계가 어떤 것인지 이제 자네도 깨닫기 시작하는 모양이군. 하지만 결국 자네는 그것을 이해하는 이상으로 알게 될 걸세. 자네도 그걸 받아들이고 환영하고 그것과 혼연일체를 이룰 거야.”

윈스턴은 말을 할 수 있을 만큼 기운을 차렸다.

“그럴 수 없을 거예요!”

그는 힘없이 말했다.

“무슨 소리를 하는 건가, 윈스턴?”

“당신이 지금 이야기한 그런 세계는 만들어지지 않을 겁니다. 그것은 하나의 꿈에 지나지 않아요. 불가능합니다.”

“왜?”

“문명을 공포와 증오와 잔인성 위에 세운다는 것은 불가능합니다. 그건 결코 오래 가지 않을 거예요.”

“왜 그렇지?”

“생명력이 없으니까요. 붕괴되고 말 겁니다. 그런 문명은 자멸하고 말 겁니다.”

“천만에. 자네는 증오가 사랑보다 심신을 더 피로하게 만든다는 생각을 하고 있어. 왜 그래야 하지? 설령 그렇다손 치더라도 그건 대단한 게 아니야. 우리가 더 빨리 늙는다고 생각해보게. 생명의 속도를 촉진시켜 서른 살에 노쇠한다고 생각해보라구. 그렇다고 뭐가 달라지겠나? 개인의 죽음은 죽음이 될 수 없다는 것을 이해하지 못하겠나? 당은 불사(不死)의 존재야.”

다른 때와 마찬가지로 그의 목소리는 윈스턴을 마구 두들겨 무기력하게 만들었다. 더구나 그는 자신의 반론을 고집했다가는 오브리언이 다이얼을 다시 돌릴까 봐 겁을 내고 있었다. 그러나 침묵할 수는 없었다. 그는 다만 오브리언의 이야기가 주는 막연한 공포에 못이겨 반론이라기보다 항의에 가까운 반박을 했을 뿐이었다.

“모르겠어요. 관심도 없고. 아무튼 당신들은 실패할 겁니다. 무엇인가가 당신들을 좌절시킬 겁니다. 삶이 당신들을 패배시킬 거예요.”

“윈스턴, 우리는 완전히 생명을 지배하고 있어. 자네는 우리가 하는 일에 분노해서 우리에게 대항할, 인간성이라 불리는 어떤 것을 생각하고 있어. 하지만 우린 인간성을 창조한다구. 인간이란 무한한 신축성이 있는 거야. 아마 자네는 무산계급이나 노예들이 들고일어나 우리를 전복시킬 거라는 옛 관념으로 돌아가 있는 모양인데, 그런 생각은 아예 버려. 그들은 짐승처럼 무력해. 인간성은 곧 당이야. 그 밖의 것은 아무 상관도 없어.”

“모르겠어요. 하지만 결국 그들은 당신들을 쳐부수고 말 겁니다. 머지않아 그들은 당신들이 어떤 사람인지를 깨닫고 곧 당신들을 갈기갈기 찢어놓고 말 겁니다.”

“그런 일이 발생하리라는 증거가 있나? 아니면 그렇게 되리라는 어떤 이유라도?”

“그런 건 없습니다. 하지만 나는 그걸 믿습니다. 당신들이 실패하리라는 걸 난 알고 있어요. 이 세상에는 뭔가, 잘은 모르지만 어떤 정신, 어떤 원칙 같은 것이 있어요. 당신네들은 그걸 결코 정복할 수 없을 겁니다.”

“자네는 신을 믿는가?”

“안 믿습니다.”

“그렇다면 우리를 패배시킬 거라는 그 원칙은 무엇인가?”

“모르겠습니다. 인간의 정신 같은 것이라고 할까요?”

“그러면 자네는 자네 자신을 인간이라고 생각하나?”

“예.”

“자네가 인간이라면, 윈스턴, 자네는 최후의 인간이야. 자네와 같은 인간들은 멸종됐어. 우리는 그 후계자지. 자네는 ‘혼자’라는 걸 알고 있나? 자네는 역사 밖에 있고 존재하지도 않아.” 그는 태도를 바꾸어 더욱 거칠게 말했다. “우리가 거짓말을 하고 잔인하다고 해서 자네는 자신이 도덕적으로 더 우월하다고 생각하고 있지?”

“그렇습니다. 내가 더 우월하다고 생각합니다.”

오브리언은 입을 다물었다. 다른 두 목소리가 들려왔다. 잠시 후 윈스턴은 그 두 목소리 중 하나가 자신의 것과 같다는 것을 깨달았다. 그것은 그가 형제단에 가입하던 날 밤 오브리언과 나누었던 대화를 녹음한 것이었다. 그는 거짓말하고 훔치고 위조하고 살인하고 마약 사용과 매춘행위를 장려하고 성병을 퍼뜨리고 황산을 어린애의 얼굴에 뿌리겠다고 약속하는 자신의 음성을 듣고 있었다. 오브리언은 이런 시위가 거의 필요없다는 듯 약간 초조한 표정을 지었다. 스위치를 끄자 그 목소리도 그쳤다.

“침대에서 일어나!”

그가 지시했다.

그를 묶은 끈은 저절로 느슨해져 있었다. 윈스턴은 마룻바닥으로 내려와 비틀거리며 일어섰다.

“자네는 최후의 인간이야. 자네는 인간 정신의 수호자야. 이제 자네는 자신이 어떤 인간이라는 걸 알게 될 거야. 옷을 벗어.”

오브리언이 말했다.

윈스턴은 제복을 졸라맨 허리띠를 풀었다. 지퍼는 벌써부터 망가져 있었다. 체포된 이후로 그는 한 번도 옷을 다 벗어 본 적이 없었던 것 같았다. 제복 속의 그의 몸에는 더럽고 누런 누더기가 걸쳐져 있었다. 곧 그것들이 내복 조각이라는 걸 알아차릴 수 있었다. 옷을 마저 벗어서 바닥에 놓다가 방 끝에 삼면경(三面鏡)이 있는 것을 발견했다. 그는 그쪽으로 다가가다 흠칫 발을 멈췄다. 자신도 모르는 사이에 비명이 새어나왔다.

"더 가. 거울 가운데 서. 옆몸도 잘 볼 수 있을 거야."

오브리언이 명령했다.

그는 놀라서 걸음을 멈춘 것이다. 꾸부정하고 잿빛을 띤 해골 같은 물체가 그의 앞으로 다가왔다. 그 모습은 그야말로 소름 끼치는 것이었다. 그것은 단순히 그게 바로 자기 자신이라는 사실 때문만은 아니었다. 그는 거울 앞으로 더 가까이 다가섰다. 그 얼굴은 꾸부정한 몸 때문에 툭 튀어나온 것 같았다. 이마에서 머리 꼭지까지 훤한 대머리, 구부러진 코, 찌그러진 광대뼈, 그 위의 날카롭게 부릅뜬 경계하는 듯한 눈매 —— 그것은 틀림없이 절망에 빠진 죄수의 몰골이었다. 양쪽 뺨에는 기운 것처럼 상처 자국이 나 있었고, 입은 쑥 들어가 있었다. 그것은 분명히 자신의 얼굴이었다. 하지만 외모는 생각했던 것보다 더 심하게 변한 것 같았다. 그가 지니고 있는 감정과 자신의 외모에 나타난 감정은 전혀 다를 것 같았다. 그는 부분적으로 대머리가 되어 있었다. 처음에는 머리가 희어진 것으로 생각했으나, 그것은 머리털이 빠졌기 때문이었다. 손과 둥근 얼굴을 빼놓고는 몸 전체가 쌓이고 쌓인 묵은 때로 인해 잿빛으로 보였다. 그런 가운데 여기저기 빨간 상처 자국이 나 있었고, 발목 근처에는 정맥류성 궤양이 곪아 터져 살갗이 허옇게 벗겨져 있었다. 그러나 정말 놀라운 것은 살이 빠져 피골이 상접한 모습이었다. 갈빗대는 해골처럼 바싹 말랐고, 다리는 쪼그라들어 무릎이 넓적다리보다 굵었다. 그는 비로소 오브리언이 옆모습을 보라고 한 의도를 알 수 있었다. 척추는 놀라울 정도로 굽어 있었다. 앙상한 어깨가 앞으로 튀어나와 가슴이 움푹 들어갔고, 가늘다란 목은 머리의 무게에 눌려 징그럽게 구부러져 있었다. 언뜻 보면 고질병에 시달리는 60세 노인의 몸뚱이 같았다.

"자네는 이따금 내부당원인 내 얼굴이 늙고 지쳐보인다고 생각했었지? 자네 자신의 얼굴은 어떤가?" 오브리언이 물었다.

그는 윈스턴의 어깨를 잡아 돌려 자기 앞에 세웠다. 그리고 말했다.

"거울에 비친 자네 꼴을 보게! 그 몸뚱이를 뒤덮고 있는 더러운 때좀 보라구. 발가락 새의 때도. 자네 다리에 퍼져 있는 징그러운 부스럼을 보게. 자네 몸에서 염소 같은 악취가 풍긴다는 걸 알고 있나? 아마 그건 알지 못할 거야. 뼈만 남은 꼴 좀 봐. 보이지? 자네의 팔은 한 줌밖에 안 돼. 나는 자네의 목을 홍당무처럼 부러뜨릴 수도 있어. 자네가 체포된 이후로 체중이 25킬로그램이나 빠진 걸 아나? 머리털도 한 움큼씩 빠지고 있어. 보라구!" 그는 윈스턴의 머리를 잡더니 머리털을 한 움큼 뽑아냈다. "입을 좀 벌려 봐. 아홉, 열, 열한 개 남았군. 체포될 당시 이가 몇 개였나? 몇 개 안 남은 것마저 빠지려고 하네. 자, 보라구!"

그는 굵은 엄지와 집게손가락으로 윈스턴의 남은 앞니 한 개를 잡았다. 턱이 빠질 것같이 심한 아픔이 느껴졌다. 오브리언은 흔들리는 이빨을 비틀어 뿌리째 뽑아버렸다. 그리고 그걸 감방 저편으로 내던졌다.

"자네는 썩어가고 있어. 만신창이지. 자네는 뭔가? 더러운 때 덩어리야. 몸을 돌려 다시 거울을 봐. 마주 선 형체가 보이나? 최후의 인간이야. 만약 자네가 인간이라면, 저것이 인간의 모습일세. 그럼 다시 옷을 입어."

윈스턴은 서투른 동작으로 천천히 옷을 입기 시작했다. 지금까지 그는 자신이 얼마나 여위고 허약해졌는지 주의해본 적이 없었다. 마음속에 오직 한 가지 생각만 떠올랐다. 즉, 자신이 생각보다 여기 들어온 지 꽤 오래 된 것 같다는 사실이었다. 너덜너덜한 옷을 몸에 걸칠 때, 문득 망가진 몸에 대한 연민이 왈칵 솟구쳤다. 그는 자기도 모르게 침대 옆에 있는 작은 의자에 무너져 내리듯 주저앉아 울음을 터뜨렸다. 그는 자신의 추한 꼴과 더러운 모습, 그리고 강렬한 백열등 불빛 아래 더러운 내의로 한 묶음밖에 안 되는 뼈다귀를 가리고 주저앉아 울고 있다는 것을 알고 있었다. 그러나 울음을 멈출 수가 없었다. 오브리언이 그의 어깨에 손을 올려놓으며 상냥하게 말했다.

"오래 계속되지는 않을 거야. 자네가 원하기만 하면 언제든지 이 일을 모면할 수 있어. 모든 게 자네에게 달려 있어."

"당신이 그랬어! 당신이 나를 이 지경으로 만들었어요." 윈스턴이 흐느끼며 말했다.

"아니야, 윈스턴. 자네 스스로 이렇게 만든 거야. 자네는 당에 반항하고 나설 때 이미 이 꼴이 되리라는 것을 각오했었잖아. 이 일은 제1막에 모두 포함되어 있었어. 자네가 예상하지 않았던 일이 일어난 건 아니야."

그는 잠깐 말을 멈췄다가 다시 계속했다.

"우리는 자네를 매질했어. 녹초가 되도록 때렸지. 자네 꼴이 어떤지 보았지? 자네 마음도 그와 똑같은 상태야. 자네에게는 이제 자존심 따위는 남아있지 않을 걸세. 자네는 발길로 채이고 매질당하고 모욕을 받았어. 너무 고통스러워서 비명을 지르고 피를 흘리고 토해내면서 마룻바닥에 나뒹굴었지. 자네는 살려달라고 애원하며 모든 사람을 배반하고 모든 일들을 털어놓았어. 자네가 품위를 지켰다고 생각할 수 있는 게 하나라도 있나?"

윈스턴은 울음을 그쳤다. 하지만 눈에서는 여전히 눈물이 흘렀다. 그는 오브리언을 올려다보았다.

"나는 줄리아를 배반하지 않았습니다."

오브리언은 생각에 잠긴 얼굴로 그를 내려다보다가 말했다.

“그래, 그건 사실이야. 자네는 줄리아를 배반하지 않았지.”

어떤 방법으로도 막을 수 없을 듯한 오브리언에 대한 특이한 존경심이 윈스턴의 가슴속에 다시 솟았다. 그는 생각했다. 얼마나 지성적인가! 오브리언은 그가 말한 모든 것을 다 이해하고 있었다. 오브리언 말고 누가 그는 줄리아를 배반하지 않았다고 그렇게 재빨리 대답할 수 있겠는가. 그런 고문으로 그들이 강제로 짜내지 못할 게 무엇이 있겠는가? 그는 그들에게 그녀에 관해 알고 있는 모든 것을 털어놓았다. 그녀의 습관, 성격, 과거의 생활까지 다 말했다. 자기들이 데이트할 때 일어난 모든 일을, 그가 그녀에게 애기하고 그녀가 자신에게 애기한 모든 사실들을, 암시장에서 구입한 식품이며 간통행위며 당에 대항해서 꾸몄던 은밀한 음모 등 모든 것을 죄다 털어놓았다. 그러나 그가 말하려는 의미에서 보면 줄리아를 배신한 것이 아니었다. 그는 그녀를 여전히 사랑했고, 그녀에 대한 애정 또한 전과 똑같았다. 오브리언은 설명을 듣지 않고도 그가 말하고자 하는 뜻을 알고 있었다.

“언제쯤 나를 총살시킬 거죠? 말해주십시오.” 그는 물었다.

“오래 있어야 할 거야. 자네는 곤란한 케이스거든. 하지만 희망을 버리지는 말게. 머지않아 완치될 걸세. 결국 우리는 자네를 총살할 거야.”

4

그는 많이 좋아졌다. 하루가 다르다고 할 정도로 살이 오르고 건강해졌다.

강렬한 불빛과 웅웅거리는 소리는 여전했지만, 이 감방은 전에 수감되어 있던 어떤 방들보다 편했다. 편편한 침대 위에는 베개와 요가 있고 앉을 자리도 있었다. 그는 목욕도 할 수 있었고 양은 대야로 자주 세수를 할 수도 있었다. 그들은 심지어는 따뜻한 물까지 주었다.

새 내복과 깨끗한 제복도 주었다. 정맥류성 궤양으로 인한 상처 부위에 고약도 발라주고 붕대를 감아주기도 했다. 이빨도 남은 것을 다 뽑고 새로 틀니를 맞춰주었다.

몇 주일, 아니면 몇 달은 지났을 것이다. 규칙적으로 식사를 하기 때문에 그가 조금만 관심을 가졌더라면 얼마나 시간이 흘러갔는지 헤아릴 수도 있었을 것이다. 그가 추측하기에는 24시간 동안 세 번 식사를 하는 듯싶었다. 때때로 밤에 식사를 하는 건지 낮에 하는 건지 의아심이 생기기도 했다. 음식은 놀랄 만큼 좋아서 세 번에 한 번은 고기가 나왔다. 한번은 담배 한 갑이 나오기도 했다. 성냥이 없었지만, 그에게 식사를 날라다주면서도 입 하나 뻥긋 않던 간수가 불을 붙여주었다. 처음 한 모금 빨았을 때는 메스꺼웠지만 그대로 계속 피웠다. 식후마다 담배를 반 대씩 피워 그 한 갑을 꽤 오랫동안 피울 수 있었다.

그들은 구석에 연필이 달린 하얀 석판(石板)도 주었다. 그는 처음에는 그것을 전혀 사용하지 않았다. 깨어 있을 때마저도 완전히 무감각 상태였기 때문이다. 이따금 그는 식사를 끝낸 후부터 다음 식사 때까지 거의 손 하나 까딱 않고 누워 때로는 잠을 자거나 때로는 깨어 있으면서 눈도 뜰 수 없는 몽롱한 공상 속에 묻혀 지내곤 했다. 그는 강한 불빛을 얼굴에 받으면서도 잠을 잘 수 있도록 익숙해졌다. 불이 밝으면 몽상이 더 일관성있게 연결된다는 것 외에는 별다른 차이가 없었다. 그러는 동안 그는 굉장히 많은 꿈을 꾸었는데, 그것은 언제나 행복한 꿈이었다. 그는 어머니나 줄리아, 또는 오브리언과 함께 '황금의 나라'나 웅대하고 찬란하며 햇빛이 잘 드는 유적지에 앉아 아무것도 하는 일 없이 가만히 있거나, 햇빛이 잘 드는 곳에 앉아 평화롭게 이야기를 나누었다. 깨어 있을 때 한 생각들이 대부분 꿈에 나타났다. 고통의 자극이 없어지니까 의식적으로 머리를 쓰는 힘마저 상실된 것 같았다. 지루하지도 않았다. 대화를 나누거나 오락을 즐기고 싶은 생각도 일지 않았다. 그저 혼자 있고, 구타나 심문을 당하지 않고, 충분히 먹을 수 있고, 모든 것을 깨끗하게 할 수 있는 것으로 완전히 만족스러웠다.

차츰 잠자는 시간은 줄어들었으나 여전히 침대에서 일어나고 싶은 생각은 없었다. 조용히 누워서 몸에 근력이 생겨 기운이 돋우어지는 데만 관심을 두었다. 손가락으로 이곳저곳을 찔러 근육이 점점 나오고 피부가 팽팽해지는 것이 꿈이 아닌가 확인해보곤 했다. 살이 오르고 넓적다리가 눈에 띌 만큼, 무릎보다 굵어진 것이 의심의 여지 없이 분명해졌다. 그러자 그는 처음에는 마음이 내키지 않았으나 규칙적으로 운동을 시작했다. 얼마 후에는 감방 안에서 걸음걸이로 계산해서 3킬로미터는 걸을 수 있었고, 굽었던 어깨도 차츰 똑바로 펴져 갔다. 그는 좀더 복잡한 운동을 시도해 보았다. 그러나 자기가 할 수 없는 일이 있다는 것을 깨달았을 때는 창피함을 느끼기도 했고 놀라기도 했다. 뛸 수도 없었고, 한 팔을 쭉 편 채 의자를 들 수도 없었으며, 한 발로 서려고 할 때마다 곧 넘어져버렸다. 뒤꿈치를 대고 쪼그려 앉으면 넓적다리와 장딴지가 몹시 당기고 아팠다. 엎드려 팔굽혀펴기를 해보려고 기를 썼다. 그러나 1센티미터도 몸을 들어올리기가 힘들었다. 그렇지만 며칠이 지나자, 그러니까 식사를 몇 번 더 하고 나자, 바로 성공할 수 있었다. 팔굽혀펴기를 여섯 번이나 계속할 수 있게 된 것이다. 차츰 자기 신체에 대해 자신감이 생겼다. 얼굴도 정상적으로 돌아가고 있다는 생각이 들었다. 다만 어쩌다 손으로 벗겨진 머리를 만져볼 때면 거울에 비쳤던 해골처럼 뼈만 앙상하던 자기 얼굴이 생각나곤 했다.

그의 마음도 차차 생기를 띠게 되었다. 널빤지 침대에 앉아 벽에 등을 기댄 채 무릎 위에 석판을 놓고 천천히 자신을 재교육하는 일에 착수했다.

그는 항복했다. 그렇게 작정한 것이다. 실은 그런 결정을 내리기 오래 전부터 기꺼이 항복할 마음의 자세가 되어 있었던 것이다. 그는 애정성에 들어올 때부터, 아니 그와 줄리아가 텔레스크린으로부터

나오는 금속성의 비정한 지시에 꼼짝 못 하고 서 있던 바로 그 순간
부터 당의 권력에 대항하여 일어서보겠다고 애쓰던 것이 철없고 경
박한 짓이었다는 것을 깨닫고 있었다. 그는 비로소 사상경찰이 7년
동안이나 확대경으로 딱정벌레를 관찰하듯 자기를 감시하고 있었다
는 것을 알았다. 그들은 신체적인 행동이나 입 밖에 낸 말을 모조리
알고 있었고 어떤 생각을 하고 있는지조차 추측하고 있었다. 심지어
그들은 그의 일기장 표지에 살짝 올려놓았던 흰 먼지 덩어리까지도
주의깊게 제자리로 돌려놓았던 것이다. 그들은 그에게 녹음을 들려
주기도 했고 사진을 보여주기도 했다. 그중 몇 장은 줄리아와 함께
있는 사진이었다. 그렇다, 그런 것까지……. 그는 더 이상 당에 대항
해서 싸울 수 없었다. 게다가 당은 옳았다. 그럴 수밖에 없다. 불멸
의 집단적 두뇌가 어떻게 오류를 범할 수 있단 말인가? 어떤 외적
기준으로 그들의 판단을 가늠할 수 있겠는가? 온전한 정신을 가지
고 있다는 것은 통계적인 것이다. 단지 그들이 생각하는 것처럼 생각
하는 법을 배우는 것이 문제이다. 오로지!

　손가락 사이에 낀 연필이 투박하고 거북하게 느껴졌다. 그는 머릿
속에 떠오르는 생각들을 적어나갔다. 그는 우선 서투른 글자로 대문
짝만하게 적었다.

　자유는 예속

그리고 쉬지 않고 그 아래쪽에 또 썼다.

　둘 더하기 둘은 다섯

그러나 그 다음에는 약간 멈칫했다. 그의 생각은 무언가로부터 빠
져나가려는 것 같아서 집중시킬 수가 없었다. 그 다음에 무엇을 써야
할지 알고 있다고 생각했지만, 잠시 동안은 생각이 나지 않았다. 그

것은 일부러 따져본 다음에야 생각이 났다. 저절로 떠오른 것은 아니었다. 그는 썼다.

신(神)은 권력

그는 모든 것을 수용했다. 과거는 변경시킬 수 있다. 그렇지만 과거는 절대로 변경된 적이 없다. 오세아니아는 이스트아시아와 전쟁을 했다. 오세아니아는 언제나 이스트아시아와 전쟁을 해왔다. 존스, 아론슨, 러더포드는 처벌을 받을 만큼 죄를 지었다. 그는 결코 그들의 죄를 부인할 만한 사진을 본 적이 없다. 그런 것은 있지도 않았고, 자신이 꾸며낸 것이다. 그는 상반되는 일들을 기억하고 있다고 기억했으나 그것들은 틀린 기억이고 자기기만의 산물이었다. 이 모두가 얼마나 쉬운가! 항복만 하면 모든 일은 저절로 풀린다. 이것은 마치 물결을 거슬러올라가려고 제아무리 애를 써 봐도 반대로 밀리다가 문득 마음을 바꿔 물결을 따라 헤엄치는 것과 같다. 자신의 자세를 바꾼 것 이외는 바뀐 게 아무것도 없었다. 어떤 경우에도 예정된 일은 일어나게 마련이다. 그는 어째서 자신이 지금까지 반항해왔는지 알 수 없었다. 모두 쉬운 일이다. 다만……!

무엇이든 진실일 수 있다. 이른바 자연법이란 엉터리다. 인력의 법칙도 엉터리다. '내가 원하면 비누 방울처럼 이 마루 위를 둥둥 떠다닐 수도 있다.'고 오브리언이 말한 적이 있다. 윈스턴은 이 말의 의미를 알았다. '그가 마루 위를 둥둥 떠다닐 수 있다고 생각하고 동시에 나도 그럴 수 있다고 '생각'한다면 그런 일은 일어나는 것이다.'라고 푼 것이다. 갑자기 난파선의 잔해가 수면을 가르고 위로 솟아오르듯 이런 생각이 불쑥 마음에 떠올랐다. '이건 실제로 일어날 수 없는 일이야. 상상할 뿐이다. 그건 환상이야.' 그는 곧 이런 생각을 억눌렀다. 잘못된 생각임이 분명했다. 그것은 우리 외계(外界) 어딘가에 '진짜' 사건이 일어나는 '진짜' 세계가 있다는 것을 전제한 것이다. 어떻게 그런 세계가 존재할 수 있단 말인가? 자기 자신의 정신을 거치지 않고 어떻게 사물을 인식할 수 있단 말인가? 모든 사건은 마음 속에서 일어난다. 마음속에서 일어나는 일은 모두 진짜로 일어나는 것이다.

그는 쉽게 그런 오류를 해결할 수 있었고 그것에 말려들 위험성도 없었다. 그렇지만 그는 이런 생각이 절대로 그에게 일어나서는 안 된다는 것을 깨달았다. 위험한 생각이 들 때마다 무조건 이런 마음이 생겨야 한다. 이런 과정은 자동적이고 본능적이이어야 한다. 이걸 신어로는 '죄중단'이라고 한다.

그는 '죄중단' 훈련을 시작했다. 몇 가지 명제, 즉 '당은 지구가 평평하다고 말한다.', '당은 얼음이 물보다 무겁다고 말한다.'와 같은 명제를 제시하고 그것들을 반박하는 논거를 보지도 이해하지도 않도록 스스로를 훈련시켰다. 그것은 쉽지 않았다. 추리력과 임기응변의 능력이 상당히 필요했다. 수학적인 문제들이 야기되었다. 예컨대 '둘 더하기 둘은 다섯'이라는 문장은 그의 지적 이해 수준을 능가하는 것이었다. 이것은 또한 일종의 정신적인 훈련을 필요로 했다. 즉, 어떤 순간에는 가장 미묘한 논리를 사용할 수 있고 그 다음 순간에는 가장 노골적인 논리상의 오류를 의식하지 않을 수 있는 능력을 요구했다. 우매성이 지성만큼 필요한데, 그것을 얻기가 그만큼 어려웠다.

그러는 동안에도 그의 마음 한구석에는 언제쯤 자신이 총살될 것인지에 대한 궁금증이 자리잡고 있었다. '모든 것이 자네에게 달려 있어.'라고 오브리언은 말했었다. 그러나 그는 그 시기를 앞당길 수 있는 의식적인 행동을 할 수 없음을 알고 있었다. 10분 후가 될지, 10년 후가 될지 짐작키 어려웠다. 그들은 몇 년이고 독방에 감금할지도 모르고, 노동수용소에 보낼지도 모른다. 전처럼 얼마 동안 자유를 줄지도 모른다. 총살시키기 전에 그가 체포되어 심문이 끝날 때까지 겪은 연극과 같은 전과정을 다시 한 번 재연할 가능성도 있었다. 한 가지 확실한 것은, 죽음이란 결코 예기했던 순간에 닥쳐오지 않는다는 것이었다. 관례에 따르면 —— 발표되지도 않았고 들어보지도 못했지만 어느 정도 알고 있던 일인데 —— 감방 사이의 복도를 걸어갈 때 예고도 없이 뒤에서 머리를 쏘아 죽인다는 것이었다.

어느 날 —— 하지만 '어느 날'이란 정확한 표현이 아닐 것이다. 한밤중일 수도 있으니까……. 한번은 미묘하고도 행복한 공상에 빠져들어 있었다. 그는 날아올 총알을 기다리면서 복도를 걸어가고 있었다. 다음 순간 무슨 일이.일어날지 그는 알고 있었다. 모든 것이 해결되고 마음이 편안해지고 순조롭게 일이 풀렸다. 이제 의심도 논란도 고통도 공포도 없었다. 그는 건강하고 힘도 있었다. 그는 몸을 움직이는 것이 즐거웠고, 햇빛 속을 거니는 기분으로 편안하게 걸었다. 그는 더 이상 애정성의 좁고 흰 복도에 서 있지 않았다. 아편에 취한 것처럼 황홀감에 젖어 넓이가 1킬로미터나 되는 햇빛이 환히 내리비치는 널찍한 길을 걷고 있었다. '황금의 나라'였다. 그는 토끼가 뛰놀며 풀을 뜯던 초원을 가로질러 나 있는 오솔길을 따라 걷고 있었다. 발밑에는 짧고 탄력있는 잔디가 깔려 있었고 부드러운 햇살이 얼굴을 어루만지고 있었다. 들판 끝에 느릅나무들이 가볍게 떨고 있었고, 그 너머 어딘가에는 시내가 있어 버드나무 아래 파란 물 속에서 황어떼가 놀고 있었다.

갑자기 그는 큰 충격을 받고 깜짝 놀라서 침대에서 벌떡 일어났다. 등줄기에서 땀이 솟아났다. 그는 자신이 크게 소리치는 것을 들었던 것이다.

"줄리아! 줄리아! 줄리아! 나의 사랑 줄리아!"

한순간 그는 그녀에 대한 환상에 사로잡혀 있었던 것이다. 그녀는 자기와 함께 있을 뿐 아니라 자신의 내부에 있는 것 같았다. 마치 그녀가 자신의 피부조직 속에 스며든 것 같았다. 그 순간 그는 둘이 함께 있고 자유롭게 교제할 때보다 훨씬 더 그녀에 대한 사랑을 느꼈다. 또한 그는 어딘가에서 그녀가 아직도 목숨을 부지한 채 자신의 도움을 바라고 있다는 것을 깨달았다.

그는 침대에 누워서 마음을 진정시키려고 애썼다. 그는 무엇을 했단 말인가? 한순간의 나약함으로 이 굴종의 세월이 얼마나 더 연장될 것인가?

금방이라도 밖에서 구둣발 소리가 들려올 것만 같았다. 이런 감정 폭발을 처벌하지 않고 넘어갈 리 없다. 그들이 만약 전혀 눈치채지 못했다면 지금이라도 자신이 그들과 맺은 약속을 어기고 있음을 알게 되리라. 그는 당에 복종했지만 여전히 당을 미워하고 있다. 옛날에는 겉으로는 복종하는 체하면서 내심으로는 이단적인 생각을 감추고 있었다. 그러나 이제 그는 한 발짝 더 물러나서 마음속으로도 항복을 해버렸으나, 깊은 속마음은 침범당하지 않기를 바랐었다. 그는 자신이 잘못했음을 알았고, 잘못되는 것을 더 좋아했다는 것을 알았다. 그들은 그것을 이해할 것이다. 오브리언이 이해할 것이다. 이것이 그 어리석은 외마디 소리로 모두 자백된 것이다.

그는 처음부터 다시 시작해야 할지도 모른다. 그것은 몇 년이 걸릴지도 모른다. 그는 손으로 얼굴 구석구석을 어루만지며 자신의 새롭게 변한 모습을 익히려고 애썼다. 뺨에는 깊은 주름살이 패어 있었고, 광대뼈는 날카롭게 튀어나와 있었으며, 코는 납작해져 있었다. 게다가 거울 속에 비친 자신의 마지막 모습을 본 이후로 완전하게 틀니를 해박았다. 자기 얼굴이 어떻게 생겼는지도 모르고 무표정한 모습을 하기란 쉬운 일이 아니었다. 어떤 경우든 단지 감정을 통제하는 것만으로는 불충분했다. 처음으로 그는 누구든지 비밀을 간직하고자 한다면 자기 자신에게도 마찬가지로 그 비밀을 감추어야 한다는 것을 깨달았다. 비밀이 항상 거기에 있다는 것은 알아야 하지만, 그것이 필요할 때까지는 아무튼 이름을 붙일 수 있는 형태로 의식 속에 나타나게 해서는 결코 안 된다. 지금부터는 바른 생각만 해야 하고 바르게 느끼며 바른 꿈을 꿔야만 한다. 그리고 자신의 일부분이면서도 다른 부분과는 무관한, 포낭같이 둥근 물체처럼 자신의 증오심을 마음속 깊이 감춰둬야만 한다.

언젠기는 그를 총살하기로 결정할 것이다. 그것이 언제가 될지는 말할 수 없다. 그러나 몇 초 전에는 이를 예측할 수 있을 것이다. 그건 언제고 복도를 걸어갈 때 등뒤에서 일어난다. 10초면 족할 것이다. 그 순간 그의 내면 세계는 뒤집힐 것이다. 그리고는 갑자기 한마디 말도 없이, 한 걸음도 쉬지 않고 그의 얼굴의 주름살 하나 흐트러뜨리지 않고, 별안간 가면이 벗겨지면서 꽝! 하고 그의 증오심이 폭발할 것이다. 증오심은 거대한 불길처럼 그의 마음을 가득 채울 것이다. 그리고 거의 동시에 탕! 하고 총알이 너무 늦거나 빨리 날아올 것이다. 그리하여 그들은 증오심을 돌려보기도 전에 그의 머리통을 산산이 부수어버릴 것이다. 이단적인 사상은 영원히 그들의 손 밖에 있어, 벌을 받지도 회개당하지도 않을 것이다. 따라서 그들의 완벽성에는 하나의 구멍이 뚫리게 될 것이다. 그들을 증오하면서 죽는 것, 그것이 바로 자유이다.

그는 눈을 감았다. 하지만 그것은 어떤 지적인 훈련을 받는 것보다 더 어려웠다. 그것은 자신을 퇴화시키고 불구로 만드는 문제였다. 그는 더러운 것 중에서도 가장 더러운 것 속으로 몸을 던져야만 했다. 세상에 가장 끔찍하고 고통스러운 것은 무엇인가? 그는 대형을 생각했다. 그 거대한 얼굴(언제나 벽에 붙은 것을 보았기 때문에 그는 늘 너비가 1미터 정도 되는 것으로 생각했다), 숱 많고 검은 콧수염, 사람들을 따라 이리저리 움직이는 눈 등이 저절로 그의 마음속에 떠오르는 듯했다. 대형에 대한 그의 진정한 감정은 어떤 것일까?

복도에서 무거운 구둣발 소리가 들려왔다. 철문이 꽝 하는 소리와 함께 회전하며 열렸다. 오브리언이 감방 안으로 들어왔다. 그 뒤에는 밀랍같이 흰 얼굴의 장교와 검은 제복을 입은 간수들이 서 있었다.

"일어나, 이리 와." 오브리언이 명령했다.

윈스턴은 그의 맞은편에 섰다. 오브리언은 힘센 두 손으로 윈스턴의 어깨를 잡고 자세하게 그를 살폈다.

"자넨 나를 속일 생각을 갖고 있어. 그건 어리석은 짓이야. 똑바로 서. 내 얼굴을 똑바로 쳐다보고."

그는 말을 멈췄다가 상냥한 어조로 계속했다.

"자네는 점점 나아지고 있어. 지적으로 잘못된 것은 거의 없어. 다만 감정적으로는 진전이 없네. 윈스턴, 말해봐. 거짓말은 하지 말고. 자네는 거짓말을 하면 내가 언제나 알아챈다는 걸 알지? 말해 보라구. 대형에 대한 자네의 진정한 감정은 어떤 거야?"

"그를 증오합니다."

"그분을 증오한다고? 됐어. 그렇다면 자네를 위해 마지막 방도를 취할 때가 왔어. 자네는 대형을 사랑해야 돼. 그분께 복종하는 것만으로는 부족해. 자네는 그분을 사랑해야만 한다구."

그는 윈스턴을 간수 쪽으로 약간 밀면서 말했다.

"101호실로."

5

감방을 옮길 때마다 그는 창없는 건물의 어디쯤에 자신이 갇혀 있는지 알았다. 아니, 알 것 같았다. 기압에 조금씩 차이가 있었다. 간수들이 그를 구타하던 감방은 지하에 있었고, 오브리언에게 심문당했던 곳은 지붕 가까이 높이 있었다. 지금 있는 곳은 땅 속 몇 미터 아래 가장 깊은 곳 같았다.

이 방은 그가 수용되어 있던 대부분의 방들보다 훨씬 컸다. 그러나 그는 거의 주위를 돌아볼 수 없었다. 그가 알 수 있는 것은 바로 정면에 두 개의 작은 탁자가 초록빛 탁상보에 덮여 있다는 것뿐이었다. 탁자 한 개는 그에게서 불과 2, 3미터 떨어져 있었고, 다른 한 개는 저 멀리 문 가까이에 있었다. 그는 의자에 꼿꼿한 자세로 묶여 있었다. 너무 단단히 묶어서 조금도 움직일 수가 없었다. 고개도 돌릴 수 없었다. 받침대 같은 것이 뒤에서 머리를 죄고 있어서 앞만 똑바로 쳐다볼 수밖에 없었다.

얼마 동안 그는 혼자 있었는데 문이 열리며 오브리언이 들어왔다.

"자네가 내게 물은 적이 있었지. 101호실 안에 무엇이 있느냐고 말이야. 나는, 자네는 벌써 그 해답을 알고 있다고 말했었지. 그리고 모든 사람이 그것을 알고 있다고 말했지. 101호실 안에 있는 것은 세상에서 가장 지독한 것이야." 오브리언이 말했다.

문이 다시 열리더니, 간수 하나가 철사줄로 만든 상자 같기도 하고 바구니 같기도 한 물건을 들고 들어와서는 멀리 떨어진 탁자 위에 내려놓았다. 오브리언이 중간에 가로막고 서 있어서 윈스턴은 그것이 무엇인지 볼 수가 없었다.

"세상에서 가장 지독한 것은 사람에 따라 달라. 생매장시키는 것, 화형에 처하는 것, 물에 빠뜨려 죽이는 것, 말뚝을 박아 죽이는 것 이외에도 50가지 정도 다르게 죽이는 방법이 있지. 하지만 치명적인 것은 아니고 아주 시시한 것일 경우도 있지."

그가 한쪽으로 조금 비켜서자 윈스턴은 탁자 위에 놓인 물체를 좀 잘 볼 수 있었다. 그것은 들고 다니게끔 꼭대기에 손잡이를 달아놓은 장방형의 철사로 만든 상자였다. 앞쪽은 펜싱용 마스크처럼 생겼고, 옆면은 볼록 튀어나왔다. 그것은 비록 3, 4미터 떨어진 곳에 있었지만, 그는 그 상자가 두 부분으로 분리되어 있고 각각 그 속에 어떤 동물 같은 것이 들어 있음을 알았다. 그것들은 바로 쥐였다.

"자네의 경우에는 세상에서 가장 지독한 게 쥐일 거야." 오브리언이 말했다.

윈스턴은 그 상자를 처음 보는 순간 자신도 알 수 없는 전율과 공포를 예감했었다. 하지만 바로 그 순간 그것의 전면에 마스크처럼 부착된 물체의 의미를 깨닫자 가슴이 철렁했다. 뱃속이 서늘해졌다.

"안 돼요!" 그는 찢어지는 듯한 소리로 외쳤다. "그러면 안 돼요! 안 된단 말이에요! 그래선 안 됩니다!"

“자네 꿈속에 자주 나타났던 공포의 순간을 기억하겠지? 자네 앞에는 시커먼 벽이 있었고 포효하는 소리가 귓가에 들려왔지. 벽 저편에는 무언가 무시무시한 것이 있었어. 자네는 그것이 무엇인지 알고 있다고 생각했지만, 감히 그걸 끌어낼 수는 없었어. 벽 저편에 있는 것은 바로 쥐들이었어.”

“오브리언, 이럴 필요가 없잖아요. 당신이 내게 바라는 게 뭡니까?” 윈스턴은 목소리를 가다듬으려고 애쓰면서 말했다.

오브리언은 바로 답변을 하지 않았다. 그가 이야기를 시작했을 때는 전에도 종종 그랬던 것처럼 학교 선생 같은 태도를 취했다. 그는 윈스턴의 등뒤에 있는 청중에게 연설을 하듯이 생각에 잠긴 채 먼 데를 쳐다보았다.

“고통 그 자체만으로는 충분치 않은 경우가 있어. 인간이란 심지어 죽을 지경에 빠져서도 고통을 참고 버티어가는 경우가 있지. 그러나 누구든 견딜 수 없는 것, 생각조차 하기 싫은 것이 있게 마련이야. 용기나 비겁과는 아무 상관도 없어. 만약 절벽에서 떨어질 경우라면 밧줄을 잡는 것은 비겁한 짓이 아니야. 또 깊은 물 속에서 나왔다면 숨을 크게 들이마시는 것도 비겁한 짓이 아니야. 그것은 어쩔 수 없는 본능일 뿐이야. 쥐의 경우에도 마찬가지야. 자네에게는 쥐들이 참을 수 없는 존재겠지. 자네가 아무리 저항하려 해도 이건 어쩔 수 없는 압력의 한 형태야. 자네는 자네에게 필요한 짓을 하게 될 거야.”

“그게 뭡니까? 뭐냐구요? 그게 뭔지 모르는데 어떻게 그걸 할 수 있단 말입니까?”

오브리언은 그 상자를 집어들고 보다 가까이 있는 탁자 위로 가지고 왔다. 그는 그것을 가만히 탁상보 위에 내려놓았다. 윈스턴은 귀에서 피가 끓는 소리를 들을 수 있었다. 그는 완전히 혼자 앉아 있는 기분이었다. 그는 텅 빈 벌판 한가운데, 햇빛이 쏟아지는 광막한 사막 한가운데 앉아 있어 모든 소리가 아득하게 먼 곳에서 들려오는 것 같았다. 그러나 쥐가 든 상자는 그로부터 2미터도 떨어져 있지 않았다. 그것들은 굉장히 큰 쥐였다. 나이가 차서 주둥이에 독바늘이 돋아나고, 털은 잿빛이 아닌 갈색을 띠고 있었다.

"쥐야." 오브리언이 여전히 보이지 않는 청중에게 연설하는 것처럼 말했다. "쥐는 설치류지만 육식도 하지. 자네도 그걸 알고 있을 거야. 이 도시의 빈민가에서 일어나고 있는 일들에 대해 들은 적이 있을 거야. 어떤 지역에서는 여자들이 단 5분간도 아이를 집에 혼자 놓아두지 못해. 쥐들이 덤벼들거든. 순식간에 그놈들이 뜯어먹고 뼈만 남겨놓을 테니까. 그놈들은 병든 사람이나 죽어가는 사람도 공격해. 쥐란 놈들은 사람이 힘이 있고 없고를 구별하는 데서는 놀라운 지능을 보인단 말씀이야."

상자 안에서 찍찍거리는 격렬한 소리가 들려왔다. 윈스턴에게는 그 소리가 꽤 먼 곳에서 들려오는 것 같았다. 쥐들은 싸우고 있었다. 그놈들은 칸막이를 통해 서로 잡아먹으려고 기를 썼다. 그는 깊은 절망의 신음 소리를 들었다. 그것 역시 자신이 아닌 다른 사람이 내는 소리처럼 느껴졌다.

오브리언은 상자를 집어들었다. 그리고 무언가를 그 상자 속으로 밀어넣었다. 찰칵 하는 날카로운 소리가 들렸다. 윈스턴은 의자에서 몸을 풀려고 미친 듯이 몸부림쳤다. 소용없는 짓이었다. 그의 몸 전체가, 심지어 머리까지도 꼼짝 못 하게 묶여 있었다. 오브리언은 상자를 더 가까이 가져왔다. 윈스턴의 얼굴에서 1미터도 안 되는 거리였다.

"첫번째 레버를 눌렀어." 오브리언이 말했다. "자네는 이 상자의 구조를 이해해야 돼. 이 마스크가 자네 머리를 덮는다. 빠져나갈 틈도 없어. 내가 다른 레버를 누르면 상자 문이 스르르 열릴 거야. 그러면 이 굶주린 짐승들은 상자 밖으로 총알처럼 뛰어나오겠지. 자네는 쥐가 공중으로 뛰어오르는 것을 본 적이 있나? 쥐들은 자네의 얼굴에 덤벼들어 곧장 파먹어들어갈 거야. 어떤 놈은 눈부터 공격하기

도 하고, 어떤 놈은 뺨에 구멍을 뚫고 들어가 혓바닥을 먹어치우기도
하지.”

　상자가 더 가까워졌다. 문이 닫혀 있었다. 윈스턴은 머리 위의 허
공에서 계속 찍찍거리는 소리를 들었다. 그러나 그는 공포감에서 벗
어나려고 미친 듯이 자신과 싸웠다. 생각하자, 생각하자, 단 1초 만
이라도 생각하는 것이 오직 한 가지 희망이었다. 갑자기 짐승들의 더
러운 썩는 냄새가 코를 찔렀다. 그는 구역질로 속이 심하게 울렁거려
서 거의 의식을 잃었다. 모든 것이 까맣게 보였다. 그는 한동안 제정
신을 잃고 동물처럼 소리를 질러댔다. 그러나 그는 어둠 속에서도 한
가지 생각에 매달려 있었다. 자신을 구하는 방법은 한 가지, 단 한
가지밖에 없다. 다른 사람을, 자신과 쥐 사이에 다른 사람의 ‘몸뚱
이’를 갖다놓아야 한다!

　마스크가 너무 커서 다른 것은 전혀 볼 수가 없었다. 철사로 짠 상
자 문이 그의 얼굴에서 두 뼘 정도밖에 떨어져 있지 않았다. 쥐들은
무슨 일이 벌어질는지 알고 있는 것처럼 한 놈은 위아래로 펄쩍펄쩍
뛰었고, 또 한 놈, 시궁창에 사는 쥐들의 할아버지뻘쯤 되는 듯한
물때가 묻은 늙은 놈은 분홍색 앞발을 철망에 걸친 채 일어서서는 코
를 공중으로 쳐들고 사납게 킁킁거렸다. 윈스턴은 그 수염과 누런 이
빨들을 볼 수 있었다. 다시 막막한 공포감이 그를 휩쌌다. 그는 볼
수도 움직일 수도 없이 완전히 무력감에 빠졌다.

　“제정시대의 중국에서 유행하던 형벌이지.”

　오브리언은 여전히 설교하듯 말했다.

　마스크가 그의 얼굴로 접근해왔다. 철사가 그의 뺨을 긁었다. 그
리고 그때, 아니, 그것은 구원이 아니라 희망, 한 가닥 가냘픈 희망
일 뿐이었다. 너무 늦었다. 너무 늦었을 것이다. 하지만 그는 이 세
상에 자기의 형벌을 떠넘길 수 있는 꼭 ‘한’ 사람, 자기와 쥐 사이에
밀어넣을 수 있는 ‘한’ 사람이 있다는 것을 갑자기 깨달았다. 그러자
그는 미친 듯이 마구 외쳐댔다.

"줄리아에게 하세요! 줄리아에게! 내게는 하지 말아요! 줄리아에게! 그녀에게 무슨 짓을 해도 상관없어요. 그녀의 일굴을 찢어도, 그 살갗을 벗겨 뼈가 드러나게 해도 괜찮아요. 난 안 돼요! 줄리아에게 해요! 난 안 된다구요!"

그는 뒤로, 쥐들로부터 멀어져 거대한 심연으로 빠져들어갔다. 그는 여전히 의자에 묶여 있었지만, 넘어져서 마룻바닥을 뚫고, 땅을 뚫고, 바다를 뚫고, 대기를 뚫고, 외계의 공간 속으로, 별 사이의 우주로 한없이 쥐들로부터 멀어지고 있었다. 그는 몇 광년이나 떨어져 있었지만 오브리언은 여전히 그의 곁에 서 있었다. 그의 뺨에는 아직도 철사의 차가운 감촉이 남아 있었다. 그러나 자신을 에워싸고 있는 어둠 속에서 그는 또 한 번 찰칵 하는 금속성을 들었다. 그것은 상자 문이 열리는 것이 아니라 닫히는 소리라는 것을 알았다.

6

카페 체스트넛 트리에는 거의 손님이 없었다. 창문으로 비스듬히 들어온 햇살이 먼지가 뽀얀 탁자 위를 누렇게 비추고 있었다. 한적한 15시였다. 텔레스크린에서 양철통을 두드리는 듯한 음악이 흘러나왔다.

윈스턴은 텅 빈 잔을 바라보며 항상 앉는 구석자리에 앉아 있었다. 이따금 그는 맞은편 벽에서 자신을 쏘아보는 커다란 얼굴을 힐끗 올려다보았다. '대형은 당신을 주시하고 있다.'라는 표어가 적혀 있었다. 시키지도 않았는데 웨이터가 와서 그의 잔을 승리주로 채웠고, 코르크 마개에 빨대가 붙어 있는 다른 병을 흔들어서 그것을 몇 방울 떨어뜨렸다. 그건 이 카페의 명물인 정향(丁香)으로 맛을 낸 사카린이었다.

윈스턴은 텔레스크린에 귀를 기울이고 있었다. 지금은 음악만 흘러나오고 있지만 언제 평화성에서 특별한 공지사항을 보도할지 알

수 없었다. 아프리카 전선에서 오는 뉴스는 극도로 불안했다. 그는
하루종일 문득문득 그것에 대해 걱정하고 있었다. 유라시아 군대는.
(오세아니아는 유라시아와 전쟁중이다. 오세아니아는 언제나 유라시
아와 전쟁을 해 왔다) 무서운 속도로 남쪽을 향해 진군하고 있었다.
정오의 보도에서는 어떤 지역이라고 분명하게 언급하지는 않았지만,
이미 콩고 입구에서 전쟁이 벌어졌을 가능성이 있었다. 브라자빌과
레오폴드빌이 위험에 빠져 있었다. 그것이 의미하는 바를 알기 위해
지도까지 볼 필요는 없다. 그것은 단순히 중앙 아프리카를 잃는 데
그치는 것이 아니라 전쟁 이후 처음으로 오세아니아 영토 자체가 위
협받고 있음을 의미했다.

  공포라기보다 일종의 흥분이라고 할 수 있는 격렬한 감정이 그의
마음속에서 타오르다가 곧 사라졌다. 그는 전쟁에 대한 생각을 더 이
상 하지 않았다. 요즘 들어 그는 어떤 한 주제에 대해 몇 분 이상 생
각을 집중시키기가 힘들었다. 그는 잔을 들고 단숨에 들이켰다. 다
른 때와 마찬가지로 몸이 떨리고 속이 좀 메스꺼웠다. 그 술은 독했
다. 정향을 넣은 사카린은 그 자체가 구역질이 나도록 기름 냄새가
물씬했다. 그러나 무엇보다 싫은 것은 밤낮으로 그에게 붙어다니는
진 냄새였는데, 그것은 그의 마음속에서 어떤 냄새와 뒤섞여 있었
다.

  그는 그 어떤 냄새에 대해 결코 알려고 하지도, 생각해보려고도 하
지 않았으며, 가능한 한 마음속으로 그려 보지도 않았다. 그것은 그
가 희미하게 알고 있고, 얼굴 근처에서 맴돌며, 콧구멍에 매달려 있
는 듯한 냄새였다. 진이 뱃속에서 부풀어오르자 퍼런 입술 사이로 트
림이 나왔다. 그는 풀려난 후로 점점 살이 찌고 예전의 혈색을 되찾
았다. 아니, 그 이상이라고도 할 수 있었다. 그의 몸은 뚱뚱해졌고,
코와 빰의 거친 피부에도 혈색이 돌았으며, 심지어 벗겨진 대머리에
도 분홍빛이 감돌았다. 웨이터는 다시 시키지도 않았는데 장기판과
장기 문제가 실린 페이지가 펼쳐진 최신판 〈타임즈〉 지를 갖다주었

다. 웨이터는 윈스턴의 잔이 비어 있는 것을 알아채고 진이 든 병을 가져다가 따라주었다. 수분할 필요가 없있다. 그들은 그의 습성을 잘 알고 있었기 때문이다. 장기판은 언제나 사용할 수 있게 해주었고, 구석에 있는 탁자를 항상 그를 위해 준비해두었다. 사람이 붐빌 때도 그는 그 자리에 혼자 앉아 있을 수 있었다. 왜냐하면 그 누구도 그와 가까운 자리에 앉으려고 하지 않았기 때문이다. 그는 자신이 마신 술잔 수를 헤아릴 필요도 없었다. 이따금 그들은 소위 계산서라는 지저분한 종이 조각을 그에게 갖다주었지만, 그들은 그에게는 언제나 싸게 파는 듯했다. 비록 그것이 비싸다 해도 상관없는 일이었다. 요즈음 그는 늘 많은 돈을 갖고 있었다. 그는 직업을, 옛날 직업보다 보수가 훨씬 많은 한직을 갖고 있었다.

텔레스크린에서 나오는 음악이 그치고 목소리가 흘러나왔다. 윈스턴은 고개를 들어 귀를 귀울였다. 그러나 전선으로부터의 뉴스는 아니었다. 풍부성에서 발표하는 짤막한 공고였다. 지난 4분기 동안에 제10차 3개년 계획의 구두끈·할당량이 98퍼센트 초과달성되었다는 것이다.

그는 장기 문제를 들여다보다가 장기 말을 놓았다. 그것은 말(馬) 두 개를 쓰는 어렵고 결정적인 수였다. '백을 두 번 움직여 외통장을 부른다.' 윈스턴은 대형의 초상화를 올려다보았다. 백이 항상 외통장을 부른다는 것이 불가사의한 일로 생각되었다. 늘, 예외없이 그것은 그렇게 되어 있었다. 세상이 생겨난 이래 지금까지 장기 문제에 있어서 흑이 이겨본 적은 없었다. 그것은 선이 악에 대해 영원히, 그리고 예외없이 승리한다는 것을 상징하는 것이 아닐까? 대형의 커다란 얼굴이 위엄에 찬 시선으로 그를 지켜보고 있었다.

텔레스크린의 목소리가 그치더니, 또 다른 보다 심각한 음성이 흘러나왔다.

"15시 30분에 중대 발표가 있을 것입니다. 15시 30분! 이것은 매우 중요한 뉴스입니다. 이 뉴스를 놓치는 사람이 없기 바랍니다. 15

시 30분입니다!"

찍찍거리며 다시 음악이 흘러나왔다.

윈스턴의 가슴은 두근거렸다. 그것은 전선에서 온 뉴스일 것이다. 그는 직감적으로 발표될 보도가 좋지 않은 뉴스일 거라고 느꼈다. 온종일 별다른 흥분도 없이 아프리카에서 치명적인 패배를 당했을 것이라는 생각이 들락날락했다. 유라시아 군대가 철통 같은 전선을 뚫고 개미 떼처럼 아프리카 대륙으로 쇄도하는 것을 실제로 눈앞에 보는 것 같았다. 어째서 그들을 포위하지 못하는 걸까? 무슨 방법이 있을 텐데. 서(西)아프리카 연안의 지도가 머릿속에 생생하게 떠올랐다. 그는 백말을 들어 장기판 위로 움직였다. '이곳'이 적소다. 새까맣게 남쪽으로 진격하는 적군을 상상하는 한편으로 또 다른 병력이 어떤 방법으로든 집결해서 갑자기 적의 후방에 나타나 육지와 바다 사이의 적 통신망을 끊는 모습이 떠올랐다. 그렇게 되기를 바람으로써 그 다른 우군(友軍)이 실제로 존재하는 것처럼 느껴졌다. 그러나 잽싸게 움직여야 한다. 만약 그들이 아프리카 전역을 장악하고, 케이프타운에 있는 비행장과 해군기지를 점령한다면 오세아니아는 둘로 분열될 것이다. 그렇게 되면 패배, 몰락, 세계의 재분할, 당의 파괴! 그중 어떤 일이 일어날지 모른다. 그는 숨을 깊이 들이마셨다. 묘하게 착잡한 기분이 들면서 마음속이 부글부글 끓었다. 아니, 그것은 착잡한 기분이라기보다 여러 가지 감정이 층층이 쌓여 어느 것이 가장 밑바닥에 있는 감정인지 분간할 수 없는 그런 기분이었다. 경련이 스쳤다. 그는 백말을 제자리에 놓았으나, 얼마 동안 장기 문제의 연구에 생각을 집중할 수가 없었다. 그의 생각은 다시 흐트러졌다. 거의 무의식적으로 그는 먼지 쌓인 탁자 위에 손가락으로 글씨를 썼다.

2+2＝5

"그들은 당신 속까지 어떻게 할 수는 없어요."라고 줄리아는 말했었다. 그러나 그들은 마음속까지 파고들 수 있었다. "여기서 자네에게 일어난 일은 '영원'한 거야."라고 오브리언이 말했었다. 그것은 맞는 말이다. 그가 돌이키지 못한 행동이 있었다. 무엇인가가 가슴속에서 죽고 타버리고 마비되었다.

그는 그녀를 만났다. 대화까지 나누었다. 그러나 어떤 위험도 없었다. 그는 본능적으로 그들이 자기 행동에 대해서 지금은 거의 관심을 두지 않는다는 것을 알고 있었다. 두 사람 중 누군가 원하기만 했다면 그는 다시 그녀와 만날 약속을 했을 것이다. 사실 그들의 만남은 우연한 것이었다. 3월, 몹시 쌀쌀한 어느 날 공원에서였는데, 땅은 쇳덩이처럼 얼어붙어 있었고, 잔디는 모두 말라 죽었으며, 바람에 한들거리는 크로커스 꽃 몇 송이 외에는 나무에 싹도 돋지 않았었다. 그는 꽁꽁 언 손과 추위로 눈물을 줄줄 흘리며 급히 길을 가다가 10미터도 떨어지지 않은 거리에서 다가오는 그녀를 보았던 것이다. 그는 그녀가 추한 꼴로 변한 것에 충격을 받았다. 그들은 거의 아는 척도 하지 않고 서로를 지나쳐갔다. 그런 다음 그는 그다지 내키지 않는 마음이었으나 발길을 돌려 그녀를 따라갔다. 아무런 위험도 없고, 아무도 자기들에게 관심을 가지고 있지 않다는 것을 그는 느꼈다. 그녀는 잠자코 있었다. 그녀는 그를 피하려는 것처럼 풀밭을 가로질러 비스듬히 걸어갔지만, 곧 다시 생각한 듯 그가 자기 곁으로 오는 것을 내버려두었다. 이윽고 그들은 잎사귀 하나 없는, 바람을 피할 수도, 몸을 감출 수도 없는 앙상한 덤불 숲속에 함께 있게 되었다. 그들은 걸음을 멈추었다. 날씨는 지독하게 추웠다. 바람은 나뭇가지 사이를 스치고 지나 드문드문 피어난 더러워보이는 크로커스 가지를 흔들었다. 그는 그녀의 허리를 팔로 안았다.

텔레스크린은 없었지만, 마이크로폰은 분명히 숨겨져 있었을 것이다 게다가 그들은 남들이 훤히 볼 수 있는 곳에 있었다. 그것은 별 문제가 아니었다. 아무것도 문제될 것이 없었다. 원하기만 했다면 그들은 땅바닥에 누워 '그 짓'도 할 수 있었으리라. 그 생각을 하자 공포로 살이 얼어붙어 마비되는 듯했다. 그녀는 그가 끌어안아도 아무 반응을 보이지 않았으며, 포옹을 풀려고도 하지 않았다. 그는 비로소 그녀가 변했다는 것을 깨달았다. 그녀의 얼굴은 누렇게 떠 있었고, 이마에서 관자놀이를 가로질러 머리털로 한쪽을 가리긴 했지만 기다란 흉터가 있었다. 그러나 변한 것은 그것뿐만이 아니었다. 허리도 굵어지고 놀랄 만큼 뻣뻣했다. 언젠가 로켓탄이 터진 다음 한 폐허에서 시체를 꺼낸 적이 있는데, 그것이 몹시 무거운데다가 다루기 거북하게 뻣뻣하고, 살 덩어리라기보다는 돌덩이처럼 느껴져 놀랐던 생각이 났다. 그녀의 피부도 전과는 딴판으로 보였다.

그는 그녀에게 키스를 할 생각도 하지 않았고, 서로 말도 하지 않았다. 문을 지나 되돌아나올 때, 비로소 그녀는 처음으로 그를 똑바로 쳐다보았다. 경멸과 증오심이 가득 찬 순간적인 시선이었다. 그는 그 경멸이 순전히 과거의 일에서 비롯된 것인지, 아니면 누렇게 부어오른 얼굴과 바람을 맞아 흘러내리는 눈물 때문인지 알 수 없었다. 그들은 철제 의자에 서로 조금 떨어져 앉았다. 그녀가 뭐라고 이야기를 꺼낼 것 같은 느낌이 들었다. 그녀는 끝이 뭉툭한 구두를 몇 센티미터 정도 움직이더니 일부러 나뭇가지 하나를 밟아 으스러뜨렸다. 그녀의 발은 더 넓어진 것 같았다.

"전 당신을 배신했어요."

그녀가 또렷하게 말했다.

"나도 당신을 배반했소."

그도 말했다.

그녀는 다시 증오에 찬 시선으로 그를 힐끗 쳐다보며 말했다.

"그들은 때때로 당신을 참기 어려운, 생각조차 하기 싫은 것으로 위협했을 거예요. 그래서 당신은 어쩔 수 없이 '내게 그렇게 하지 마세요. 다른 사람에게 그러세요. 이러이러한 사람에게 그러세요.'라고 말했겠죠. 그러고는 나중에 그건 속임수였고 고통에서 벗어나려고 그랬다, 사실은 그게 아니었다고 변명하지만, 그건 거짓말이에요. 그런 일이 생기면 어쩔 수 없이 그렇게 돼요. 목숨을 건지려면 다른 방법이 없고, 그러자니 그런 방법으로 목숨을 건지려 하게 되죠. 그런 고통이 다른 사람에게 옮겨지길 바라지요. 다른 사람이 고통받는 것은 개의치 않고 오직 자신만 생각하게 돼요."

"오직 자신만 생각하게 되지."

그는 그대로 되풀이했다.

"그 이후로는 그 사람에 대한 감정이 전과 같을 수가 없어요."

"그래, 전과 같을 수 없지."

그는 말했다.

더 이상 할 말도 없는 것 같았다. 바람이 얇은 제복을 통해 몸 안으로 파고들었다. 거기 그렇게 말없이 앉아 있는 것이 문득 난처해지고, 더구나 너무 추워서 가만히 있을 수가 없었다. 그녀는 지하철을 타야겠다느니 하면서 몇 마디 하더니 가겠다고 일어섰다.

"다시 만나겠지."

그가 말했다.

"다시 만나겠죠."

그녀도 말했다.

그는 반 걸음쯤 뒤처져서 비실비실 그녀를 따라갔다. 그들은 더 이상은 이야기를 하지 않았다. 그녀는 노골적으로 그를 떨쳐버리려고 애를 쓰지는 않았지만, 나란히 걷지 못하게 할 정도의 속도를 유지하며 걸어갔다. 그는 지하철역까지 그녀를 바래다주어야겠다고 작정했지만, 갑자기 이런 추위에 그녀를 쫓아가는 것은 실없고 참을 수 없는 일이라는 느낌이 들었다. 그는 줄리아로부터 떨어지고 싶다기보다는 카페 체스트넛 트리로 돌아가고 싶은 생각에 압도되어 있었다. 지금처럼 그곳을 매력있게 생각한 적은 없었다. 신문과 장기판과 언제라도 따라 주는 술이 있는 그 구석자리가 그리워지는 것이었다. 무엇보다도 그곳은 따뜻할 것 같았다. 다음 순간, 우연만은 아닌 듯,

몇몇 사람들이 끼어드는 바람에 그는 그녀와 좀 떨어져 따라가게 되었다. 그는 얼마쯤 그녀를 따라가려고 해보다가 걸음을 늦추고 발길을 돌려서 반대 방향으로 걸었다. 50미터쯤 가다가 뒤를 돌아보았다. 거리가 붐비지는 않았으나 그는 이미 그녀를 알아볼 수가 없었다. 급히 걸어가는 여남은 사람 중 하나가 그녀일지도 모른다. 그녀의 뚱뚱하고 뻣뻣해진 몸뚱이를 더 이상 뒤에서 알아볼 수 없게 된 것이다.

"그런 일을 당하면 어쩔 수 없이 그렇게 돼요." 하고 그녀는 말했었다. 그도 그랬었다. 그는 말로만 아니라 정말 그러기를 바랐었다. 자신이 아닌 그녀에게로 고통이 옮겨지기를 원했었다.

텔레스크린의 음악이 달라졌다. 찢어지는 듯, 비웃는 듯한 선정적인 곡이 흘러나왔다. 그러더니 —— 실제가 아니라 곡이 비슷해서 착각한 기억이리라 —— 노랫소리가 들려왔다.

우거진 밤나무 아래서
난 그대를 팔고 그대는 나를 팔았네.

두 눈에서 눈물이 솟았다. 웨이터가 지나가다가 그의 잔이 비어 있는 것을 보고 진이 든 병을 가지고 왔다.

그는 잔을 들고 냄새를 맡았다. 그 술은 마실수록 더 기분이 나빠져 몸서리가 쳐질 정도였다. 하지만 이젠 술을 마시지 않고는 견딜 수 없게 되었다. 술은 생명이요 죽음이자 부활이었다. 매일밤 그가 정신없이 잠들 수 있는 것도, 다음날 아침 다시 일어나 움직일 수 있는 것도 다 술 덕분이었다. 거의 11시가 되어 깨어나면 눈꺼풀이 달라붙고 입 안은 타는 듯하고 등은 부러지는 것 같았지만, 간밤에 침대 옆에 놓아둔 술병과 컵 때문에 누운 자리에서 일어날 수 있었다. 그는 대낮에도 줄곧 벌겋게 달아오른 얼굴로 술병을 옆에 두고 앉아서 텔레스크린에 귀를 기울였다. 15시부터 문을 닫는 시간까지 그는 체스트넛 트리에 틀어박혀 있었다. 이젠 아무도 더 이상 그가 하는 일에 주의하지 않았고 어떤 호루라기 소리도 그를 깨우지 못했으며 텔레스크린도 그를 야단치지 않았다. 가끔, 아마 일주일에 두 번 정도는 진리성의 먼지가 뽀얀, 잊혀지다시피 한 사무실에 나가 일이라고도 할 수 없는 일을 했다. 그는 신어 사전 제11판을 편찬하는 데 따르는 사소한 문제를 다루고 있는, 수많은 위원회 중 하나에서 갈라져 나온 분과위원회의 위원으로 임명되었다. 그들은 〈중간 보고서〉라고 하는 것을 작성하는데, 그는 그들이 보고하는 것이 무엇인지 명확하게 알아낼 수가 없었다. 그것은 구두점을 괄호 안에 찍는가 밖에 찍는가 하는 문제 따위와 관련된 것이었다. 그 분과위원회에는 그와 비슷한 처지에 있는 다른 네 명이 있었다. 그들은 모여서 실제로 해야 할 일이 없다는 것을 솔직하게 인정하며, 바로 헤어지는 날도 여러 번 있었다. 그러나 어떤 날은 주저앉아서 세부적인 데까지 열심히 파고들어 결코 끝나지도 않을 긴 비망록을 작성하는 데 대단한 열성을 보이기도 했다. 그런 때는 토의하던 논점들이 묘하게 복잡하고 난해해서 정의(定義) 문제를 놓고 다투고 크게 상반된 주장을 하며 티격태격하고 상부에 호소하겠다고 위협하기까지 하는 것이었다. 그러다 갑자기 맥이 풀리면, 닭 우는 소리를 들으면 사라지는 유령처럼 퀭한 눈으로 탁자 주위에 빙 둘러앉아 서로의 얼굴을 쳐다보는 것이었다.

텔레스크린이 잠시 멈추었다. 윈스턴은 다시 고개를 들었다. 전황 발표다! 하지만 아니었다. 단지 음악만을 바꾼 것이었다. 그의 눈앞에 아프리카의 지도가 떠올랐다. 군대의 움직임이 도표로 나타났다. 검은 화살표가 수직으로 남진하고, 하얀 화살표가 수평으로 동진하여 검은 화살표를 먹어들어갔다. 그는 재확인을 하려는 듯 초상화 속의 태연한 얼굴을 올려다보았다. 두번째 화살표가 없어질 수 있을까?

관심이 다시 사그라졌다. 그는 술 한 모금을 마시고 백말을 들어서 시험삼아 움직여보았다. 장군, 그러나 그것은 분명히 좋은 수가 아니었다. 왜냐하면⋯⋯.

갑자기 한 가지 생각이 머리에 떠올랐다. 하얀 시트를 깐 넓은 침대가 놓여 있고 촛불을 켜놓은 방이었다. 그는 아홉 살인가 열 살이었는데 마룻바닥에 주저앉아 주사위통을 흔들며 기쁨에 겨워 깔깔거리고 있었다. 그의 어머니도 맞은편에 앉아서 웃고 있었다.

어머니가 증발되기 한 달쯤 전이었던 것이 분명하다. 쥐어짜듯 심한 배고픔도 잊고, 어머니에 대한 예전의 애정도 잠시 되살아난 포근한 순간이었다. 비가 억수같이 퍼붓고 창가에 물이 흘러내려 흠뻑 젖었는데도 방안의 불빛이 너무 어두워 그것을 알아채지 못했던 그날을 그는 뚜렷이 기억하고 있었다. 두 아이들은 어둡고 비좁은 방에서 뒹구는 것이 참을 수 없이 따분했다. 윈스턴은 킹킹거리며 보채고 먹을 것을 달라고 조르고 안달이 나서 방 안을 뛰어다니고, 뭐든지 끌어내 팽개치다가 이웃집으로부터 벽을 쾅 치며 조용히 하라는 야단을 맞았다. 그러는 동안 어린 동생은 때때로 가냘프게 울어댔다. 마침내 어머니가 말했다.

"자, 얌전히 해. 장난감을 사줄게. 아주 멋진 걸로…… 네가 좋아하는 걸로."

그러더니 어머니는 빗속으로 나가 아직도 드문드문 문이 열려 있는 근처의 작은 잡화상에 가서 '뱀과 사다리'가 한 벌 들어 있는 마분지 상자를 사 가지고 왔다. 그는 지금도 그때의 축축하던 마분지 냄새가 기억났다. 그것은 초라한 장난감이었다. 판은 깨어졌고, 나무로 만든 주사위는 너무 엉성하게 만들어서 거의 바로 세울 수도 없었다. 윈스턴은 실쭉해서 흥미없이 그걸 쳐다보았다. 그러나 어머니는 초에 불을 당기고 그들은 놀이를 하기 위해 마룻바닥에 둘러앉았다. 그는 곧 말이 기운좋게 사다리를 올라가다가 뱀한테로 미끄러져 거의 출발점으로 되돌아올 때는 신바람이 나서 소리를 지르며 웃고 떠들어댔다. 그들은 여덟 판 시합을 해서 각각 네 번씩 이겼다. 누이동생은 너무 어려서 놀이가 어떻게 돌아가는지 이해하지 못했지만 베개를 타고 앉아 다른 사람들이 웃으면 자기도 따라 웃었다. 그날 오후 내내 그들은 그가 아주 어렸을 때처럼 모두 행복했다.

그는 마음속의 그 회상 장면들을 지워버렸다. 그것은 잘못된 기억이었기 때문이다. 그는 때대로 이런 잘못된 기억으로 곤란을 겪었다. 그러나 그것이 잘못된 것임을 알고 있는 이상 별로 문제가 될 것은 없었다. 어떤 일이 일어났고 어떤 일이 안 일어날 것인지 알 수 있었다. 그는 다시 장기판으로 돌아가 백말을 집어들었다. 그 순간, 그것이 덜커덕 소리를 내면서 판 위에 떨어졌다. 그는 바늘에 찔린 것처럼 깜짝 놀랐다.

날카로운 나팔 소리가 울려나왔다. 전황 보고다! 승리다! 뉴스 전에 나팔 소리가 나면 곧 전승을 의미한다. 전율 같은 것이 전류처럼 카페 안에 흘렀다. 웨이터들마저도 놀라서 귀를 세웠다.

나팔 소리가 꽤 시끄러워졌다. 벌써 텔레스크린은 흥분된 목소리로 떠들어대고 있었지만 그 소리는 밖에서 들리는 우레 같은 환호성에 묻혀 거의 들을 수가 없었다. 그 뉴스는 마술을 부리는 것처럼 이 거리 저 거리로 퍼져나갔다. 텔레스크린에서 방송되는 상황의 소식을 듣자, 그는 자기가 예상했던 대로라는 것을 알았다. 바다 속에서 나타난 거대한 함대가 비밀리에 집결해서 적의 후미를 급습했다. 하얀 화살표가 검은 화살표의 꼬리를 먹어들어간 것이다. 승전했다는 뉴스가 소음을 뚫고 단편적으로 들려왔다.

"일대 기동작전 —— 완벽한 합동작전 —— 패주 —— 포로 50만 ——완전한 사기 저하 —— 아프리카 전역의 장악 —— 눈앞에 다가온 전쟁의 종결 —— 승리 —— 인류 역사상 유례가 없는 최대의 승리 ——승리, 승리, 승리!"

테이블 밑에서 윈스턴의 다리가 후들후들 떨렸다. 그는 자리에서 움직이지 않았지만, 마음속으로는 펄펄 뛰면서 밖에 있는 군중들과 한패가 되어 귀가 따갑게 환호성을 지르고 있었다. 그는 다시 대형의 초상화를 쳐다보았다. 세계를 장악한 거인! 아시아 유목민들의 공격을 깨끗이 막아낸 거석(巨石)! 10분 전, 그렇다, 바로 10분 전까지 그는 전선에서 오는 소식이 승리일까 패배일까 하고 마음 졸이던 것을 생각했다. 아, 패망한 것은 유라시아 군대뿐만이 아니다! 애정성에서 첫날을 보낸 이후로 그는 많이 변했지만, 이 순간에 결정적이고 불가피한 구원의 변화가 일어난 것이다.

텔레스크린에서 흘러나오는 목소리는 여전히 포로, 노획품, 사살자 등에 관한 이야기를 하고 있었지만, 밖의 환호성은 약간 누그러들었다. 웨이터들도 다시 자기 일로 돌아갔다. 그들 중 하나가 술병을 가지고 그에게 다가왔다. 윈스턴은 행복한 몽상에 잠긴 채 자기 잔에 술이 채워진 것에도 신경을 쓰지 않았다. 그는 이제 더 이상 달리지도, 환호성을 올리지도 않았다. 애정성으로 돌아가 모든 걸 용서받고, 그 영혼을 눈처럼 깨끗하게 했다. 그는 공개 재판의 피고석에 앉아 모든 것을 자백하고 모든 사람을 공범으로 연루시켰다. 그는 햇빛 속을 걷는 기분으로 하얀 타일을 깐 복도를 걸어가고 있었다. 그때, 무장한 간수가 그의 뒤에서 나타난다. 오랫동안 소망해오던 바로 그 총알이 그의 머리에 박힌다.

그는 대형의 커다란 얼굴을 올려다보았다. 그 검은 콧수염 속에 감춰진 미소의 의미를 알아내는 데 40년이란 긴 세월이 걸렸다. 아, 잔인하고 불필요한 오해여! 아, 저 사랑이 넘치는 품을 벗어나 고집스럽게 스스로 취해온 유형(流刑)이여! 술에 젖은 두 줄기 눈물이 코 옆으로 흘러내렸다. 그러나 모든 것은 잘 되었다. 싸움은 끝난 것이다. 그는 자신과의 싸움에서 승리한 것이다. 그는 대형을 사랑했다.

부　록

신어(新語)의 원리

　신어는 오세아니아의 공용어로 영사(英社), 즉 영국사회주의의 이념적인 필요에 부응해 창안되었다. 1984년까지는 말을 하거나 글을 쓰는 데 있어서 신어를 유일한 의사소통의 수단으로 사용하는 사람은 아직 없었다. 〈타임즈〉 지의 사설은 신어로 쓰여졌지만, 이것은 단지 전문가들만이 할 수 있는 어려운 일이었다. 2050년 경까지는 신어가 구어(이른바 표준 영어)를 완전히 대신할 것으로 보인다. 그 동안 신어는 꾸준하게 기반을 넓혀가고 있으며, 모든 당원들은 일상용어에서 점점 더 신어의 어휘와 문법상의 구조를 사용하는 추세를 보이고 있다. 1984년에 사용된 신어는 신어 사전 제9판과 제10판에 수록된 잠정적인 것으로 후에 삭제되어야 할 많은 불필요한 어휘와 고어체(古語體)가 남아 있다. 여기서 언급하려는 것은 신어 사전 제11판에 수록된 최종적이고 완벽한 언어다.

　신어의 목적은 영사의 신봉자들에게 어울리는 세계관과 사고 습성에 대한 표현 수단을 제공함과 동시에 영사 이외의 다른 사고방식을 갖지 못하게 하는 데 있다. 적어도 사상이 언어에 의존하는 한 신어가 일단 채택되어 전면적으로 사용되고 구어를 완전히 잊게 될 때, 이단적 사상 —— 영사의 교리에 위반되는 사상은 글자 그대로 생각할 수도 없게 하려는 의도인 것이다. 신어의 어휘는, 당원이 당의 교리 한도 내에서 표현하고자 하는 모든 의미를 정확하게 표현할 수 있도록 정확하고 교묘하게 만들어진 반면 모든 다른 의미나 간접적인 방법으로 돌려 말할 수 있는 가능성을 배재해버렸다. 이 일은 부분적으로는 새로운 어휘를 만들어냄으로써 이루어졌지만, 주로 바람직하지 못한 어휘를 삭제하고 비정통적인 의미를 지닌 어휘를 없애며 한 어휘의 제2차적 의미를 삭제함으로써 이루어지게 되었다. 하나의 예를 들면 신어에는 아직도 〈자유로운(free)〉이라는 단어가 남아 있다. 그렇지만 이 말은 오직 "이 개는 이가 없다(This dog is free from lice)"라든지, "이 밭에는 잡초가 없다(This field is free from weeds)"라는 문장에서만 사용될 수 있다. 이 단어는 〈정치적으로 자유로운(politically free) 혹은 〈지적으로 자유로운 (intellectually free)〉이라는 옛 의미로는 사용될 수 없다. 왜냐하면 정치적. 지적 자유는 이제 더 이상 개념조차 존재치 않으므로 이런 어휘는 존재할 필요가 없기 때문이다. 확실하게 이단적인 뜻을 갖고 있는 어휘를 삭제하는 문제를 떠나서 어휘의 삭제 그 자체가 목적이 되었고 따라서 필요없게 된 어휘들은 모두 없애버렸다. 신어는 사고의 영역을 넓히기 위해서 만들어진 것이 아니라 〈줄이기〉 위해 창안되었으며, 이러한 목적은 단어의 선택을 최소한도로 줄이는 것에 의해 간접적으로 촉진되었다.

우리가 알고 있듯이 신어는 표준 영어에 근거를 두고 있지만, 새로 창안된 단어를 하나도 쓰지 않는다 할지라도 오늘날 영어를 사용하는 사람들은 신어를 사용한 많은 문장들을 거의 이해하지 못한다. 신어의 어휘는 A어군(語群), B어군(복합어라고도 한다), C어군이라고 하는 세 종류로 뚜렷하게 나누어진다. 이것은 각 어군을 분리해서 설명하는 것이 보다 간단하다. 그러나 신어의 문법적 특성은, 똑같이 규칙이 세 어군 모두에 적용되기 때문에 A어군을 다루는 부분에서 설명하겠다.

〈A어군〉 A어군은 일상 생활의 활동에 필요한 어휘들로 구성되어 있다. 말하자면 먹고 마시고 일하고 옷을 입고 계단을 오르내리고 차를 타고 정원을 손질하고 요리를 하는 것 등과 같은 일에 필요한 것들이다. 이것은 전석으로 거의 우리들이 빌써 갖고 있었던 어휘들——〈치다〉, 〈달리다〉, 〈개〉, 〈나무〉, 〈설탕〉, 〈집〉, 〈들판〉 등으로 구성되어 있지만, 오늘날의 영어 어휘와 비교해서 그 수가 극히 적고 또 한편으로는 그 의미도 더욱더 엄격하게 제한되어 있다. 의미의 모든 모호성과 음영(陰影)도 완전히 없애버렸다. 이루어질 수 있는 한, 이 어군의 신어는 〈단 하나〉의 명백한 사고 개념을 표현하는 단음(斷音)일 뿐이다. A어군의 어휘를 문학적인 목적이나 정치적. 철학적 논쟁의 목적으로 사용한다는 것은 거의 불가능하다. 이것은 보통 구체적인 대상이나 물리적인 행위를 포함한 단순하고 의도적인 사고만을 표현할 수 있게 하려는 의도에서 만들어졌다.

신어의 문법에는 두 가지 뚜렷한 특성이 있다. 이중 첫번째 특성은 서로 다른 품사를 거의 자유자재로 전용을 할 수 있는 점이다. 신어에서는 어떤 단어(원칙상 이것은 만약(if)이나 언제(when)와 같이 추상적 단어에조차도 적용된다)라도 동사, 명사, 형용사 혹은 부사로 사용될 수 있다. 동사형과 명사형이 서로 어근(語根)이 같다면 이들 상호간에는 결코 어떤 변화도 있을 수 없으며, 이 규칙을 적용하면 고어의 많은 어휘 형태가 파괴된다. 예를들면 〈사상(thought)〉이라는 말은 신어에 존재치 않고 그 대신 명사와 동사의 역할을 함께하는 〈생각하다(think)〉라는 어휘가 사용된다. 여기에는 어떤 어원적(語源的) 원칙도 적용되지 않는다. 즉 어떤 경우에는 그것은 보존을 위해 선택한 원명사일 수도 있고, 다른 경우에는 동사일 수도 있다. 심지어 유사한 의미를 갖는 명사나 동사가 어원적으로 전혀 관련이 없는데도 이 중 어떤 하나는 흔히 폐지된다. 예를들면 〈자르다(cut)〉와 같은 단어는 없지만 명, 동사(名, 動詞)인 〈칼(knife)〉이라는 단어로 충분히 의미를 나타낼 수 있다. 형용사는 명, 동사에 접미사〈～롭게(wise)〉첨가시켜 만든다. 이러한 것의 예를들면 〈속도로운(speedful)〉은 〈빠른(rapid)〉을, 〈속도롭게(speedwise)〉는 〈빨리(quickly)〉를 의미하는 것이다. 현재 우리가 사용하고 있는 〈좋은(good)〉, 〈튼튼한(strong)〉, 〈큰(big)〉, 〈검은(black)〉, 〈부드러운(soft)〉과 같은 특정한 형용사들은 그대로 남아 있지만, 형용사의 전체 숫자는 아주 적다. 어떤 형용사의 의미라도 대개 명, 동사에 〈~로운〉을 첨가시킴으로써 만들 수 있기 때문에 형용사들이 거의 필요없게 된 것이다. 현재 쓰이고 있는 부사는 〈~롭게〉로 끝나는 몇 개를 제외한다면 남아 있는 것이 하나도 없다. 〈~롭게〉라는 접미사에는 예외가 없다. 예를 들면 〈잘(well)〉이라는 단어는 〈좋다롭게(goodwise)〉로 대체되었다.

게다가 어떤 단어든──이것은 원칙상 신어의 모든 어휘에 적용된다──접두사 〈안(un)〉을 첨가해서 부정(否定)으로 만들 수 있고, 또는 〈더욱(plus)〉을 붙여서 의미를 강조할 수 있으며, 이것을 한층 더 강조하기 위해서는 〈더욱더(doubleplus)〉를 첨가하면 된다. 이러한 것의 예를 들면 〈안 추운(uncold)〉은 〈따뜻한(warm)〉을 의미하는 반면에, 〈더욱 추운(pluscold)〉과 〈더욱더 추운(doublepluscold)〉은 각각 〈매우 추운(very cold)〉과 〈가장 추운(superlatively cold)〉을 의미한다. 또한 현재의 영어에서처럼 〈전(ante-)〉, 〈후(post-)〉, 〈위(up-)〉, 〈아래(down-)〉 등과 같은 전치사적 접두사를 사용해서 거의 모든 단어의 의미를 바꿀 수가 있다. 이런 방법을 사용함으로써 어휘를 대폭적으로 감소시키는 것이 가능하게 된 것이다. 예를들면 〈좋은(good)〉이라는 단어가 주어진다면 〈나쁜(bad)〉과 같은 단어는 존재할 필요가 없는 것이다. 왜냐하면 필요한 의미가 〈안 좋은(ungood)〉이라는 단어에 의해 훌륭하게──실제로 더 훌륭하게 표현될 수 있기 때문이다. 필요한 모든 경우에 있어, 즉 본디부터 반대의 뜻을 가진 한 쌍의 낱말이 있을 경우에는 언제든 이중 어느 한쪽은 폐지되게 된다. 예를들면 필요에 따라 〈어두운(dark)〉은 〈안 밝은(unlight)〉으로, 혹은 〈밝은(light)〉은 〈안 어두운(undark)〉으로 바꿔 쓸 수가 있는 것이다.

신어 문법의 두번째 두드러진 특성은 규칙성에 있다. 다음에 언급할 몇 가지 예외를 제외하고는 모든 어미 변화는 동일한 규칙을 따른다. 그래서 모든 농사의 과거형과 과거분사형은 시로 같고 〈-ed〉로 끝난다. 〈훔치다(steal)〉의 과거형은 〈훔쳤다(stealed)〉이고, 〈생각하다(think)〉의 과거형은 〈생각했다(thinked)〉이며, 모든 동사의 과거가 이렇게 되므로, 〈수영했다(swam)〉, 〈주었다(gave)〉, 〈가져왔다(brought)〉, 〈말했다(spoke)〉, 〈취했다(taken)〉 등과 같은 형태들은 없어졌다. 모든 복수형은 상황에 따라 〈-s〉나 〈-es〉를 첨가해서 만든다. 〈인간(man)〉, 〈황소(ox)〉, 〈생(life)〉 등의 복수형은 〈mans〉, 〈oxes〉, 〈lifes〉로 된다. 형용사의 비교형도 모두 〈-es〉, 〈-est〉(good, gooder, goodest)를 첨가해서 만들기 때문에 불규칙형과 〈more〉, 〈most〉를 취하는 형태는 사라졌다.

어미 변화와 여전히 허용되는 몇몇 종류의 어군은 대명사, 관계사, 지시형용사 및 조동사들 뿐이다. 이중 〈whom〉은 불필요해서 삭제되고, 〈shall〉, 〈should〉가 없어지고 그 대신 〈will〉, 〈would〉가 사용되고 있는 것을 제외한다면, 이들 모두는 각각 옛날의 용법을 그대로 따르고 있다. 또한 빠르고 쉬운 대화를 위한 필요에서 생긴 조어(造語)에 몇 가지의 불규칙이 있다. 발음하기 곤란하거나 엉뚱한 의미로 돌리기 쉬운 단어는 바로 이런 이유 때문에 좋지 못한 단어로 간주되었다. 따라서 종종 조음(調音)을 위해 특정 단어에 특정한 글자가 삽입되거나 혹은 고어체가 그대로 사용되었다. 그러나 이런 것이 필요한 이유는 주로 B어군과 관련지어 언급해야 할 것 같다. 또한 발음을 쉽게 해야 하는 것이 〈왜〉 그렇게 중요한 것인가는 이 글의 뒷부분에서 언급하겠다.

〈B어군〉 B어군은 정치적 목적을 위해 용의주도하게 만든 단어들로 구성되어 있다. 말하자면 이 단어들은 어떤 경우에나 정치적 의미를 함축하고 있을 뿐만 아니라, 이것을 사용하는 사람에게 바람직한 정신적 자세를 갖도록 하려는 것들이다. 영사의 교리를 완전히 이해하지 못하고는 이 단어들을 정확하게 사용하기 어렵다. 어떤 경우엔 이 단어들은 구어나 심지어는 A어군에서 차용한 말들로 번역될 수도 있지만, 이때 이것은 통상 긴 문장을 요구하며 또한 언제나 문장이 갖고 있는 특정의 부대적 의미가 상실되게 된다. B어군은 구술적 속기 문자의 일종이며, 종종 전사고 영역(全思考領域)을 몇 개의 음절로 축약시키는 동시에 평상시 언어보다 더욱 정확하고 강력하게 표현된다.

B어군은 모두 복합어다(原註 : 구술기록(speakwrite)과 같은 복합어는 물론 A어군에 속하지만, 이런 것은 단지 편의상의 약어이지 어떤 특별한 이념적 색채를 띠고 있지 않다). 이것들은 둘 이상의 단어 혹은 단어의 부분들로 구성되어 있으며 발음하기 쉬운 형태로 결합되어 있다. 이렇게 해서 생긴 복합어는 항상 명, 동사로 일반 규칙에 따라 어미가 변한다. 하나의 예를들면 〈선심(goodthink)〉이라는 단어는 대략 〈정통(orthodoxy)〉이란 뜻을 나타내고, 만약 이것을 동사로 사용한다면 〈정통적 방법으로 생각하다(to think in an orthodox manner)〉란 뜻을 갖게 된다. 이 단어는 다음과 같이 어미가 변한다. 명, 동사는 〈goodthink〉, 과거 및 과거분사는 〈goodthinked〉, 현재분사는 〈goodthinking〉, 동명사는 〈goodthinker〉이다.

B어군은 어떤 어원적 구상 아래 만들어진 것은 아니다. 합성(合成)되어 만들어진 이 단어들은 어떤 품사로도 사용 가능하고 어떤 순서로도 놓을 수 있으며, 원뜻을 파괴하지 않는 한도 내에선 발음을 쉽게 할 수 있도록 임의로 절단해버릴 수도 있다. 예를들면 〈사상죄(crimethink(thoughtcrime))〉란 단어에서는 〈(think)〉가 뒤에 온 반면에, 〈사상경찰(Thinkpol(Thought Police))〉에서는 앞에 오며, 뒷부분의 〈경찰(police)〉이란 단어에서는 둘째 음절을 절단해버렸다. B어군에서는 조음을 보장하는 데 따르는 많은 어려움 때문에 A어군에서보다 더욱 많은 불규칙형을 사용한다. 예를들면 〈진성(眞省, Minitrue)〉, 화성 (和省, Minipax)〉, 〈애성(愛省), Miniluv〉〉의 형용

사형은 단지 〈-trueful〉, 〈-paxful〉, 〈-loveful〉로 발음하기가 약간 어색하기 때문에 각각 〈Minitruthful〉, 〈Minipeaceful〉, 〈Minilovely〉로 된 것이다. 그러나 원칙적으로 B어군의 모든 단어들은 어미 변화가 가능하며 모두가 똑같은 식으로 변화된다.

B어군 중 몇몇 단어는 매우 미묘한 뜻을 가지고 있어서 언어에 대해 전체적으로 통달하지 못한 사람은 거의 이해하기가 힘들다. 예를 들면 〈타임즈〉 지 사설 속에 있는 "구사고인은 영사를 불감한다(Oldthinkers unbellyfeel Ingsoc)."라는 전형적인 문장을 살펴보자. 이것을 구어로 가장 짧게 번역한다면 "혁명 전에 사고가 형성된 사람들은 영국사회주의의 교리를 마음속 깊이 충분하게 이해하지 못한다."라는 것이 될 것이다. 그러나 이것은 적절한 번역이 못 된다. 우선 위에 인용한 신어의 완전한 의미를 파악하기 위해서는 〈영사(Ingsoc)〉가 무엇을 뜻하는가, 즉 그것의 분명한 개념을 알아야 한다. 게다가 영사에 완전히 뿌리를 박은 사람만이 오늘날 상상할 수도 없는 맹목적이면서도 열성적인 수용(受容)을 뜻하는 〈감하다(bellyfeel)〉라는 단어의 위력을 충분히 이해할 수 있다. 그러나 어떤 신어 어휘의 특수한 기능은, 〈구사고(oldthink)〉도 그중 하나이지만, 의미들을 표현하기보다는 파괴하는 데 있다. 어쩔 수 없이 이러한 단어들의 수는 적지만 과범위한 뜻을 가진 하나의 어휘로 충분히 뜻을 나낼 수 있기 때문에 이미 잊혀지거나 말살되어버린 어휘들의 전체 의미를 포함할 수 있도록 이들 단어들의 의미는 확대된다. 신어 사전을 만드는 편집인들이 직면하는 가장 큰 어려움은 새로운 어휘들의 의미를 확정짓는 데 있다. 다시 말하면 이 어휘들이 사용됨으로써 삭제해야 할 어휘의 범위를 결정하는 데 있는 것이다. 우리가 이미 〈자유로운(free)〉이라는 단어의 경우에는 살아 남게 되지만, 바람직하지 못한 의미는 모두 제거해버린 뒤에 남게 된다. 〈명예〉, 〈정의〉, 〈도덕〉, 〈국제주의〉, 〈민주주의〉, 〈과학〉 및 〈종교〉 등과 같은 헤아릴 수 없이 많은 낱말들이 없어져버렸다. 몇 개의 포괄적 어휘가 이들을 대

신하지만, 이것들을 대신한다는 것은 이것들을 말살한다는 의미가
있는 것이다. 예를들면 〈자유〉와 〈평등〉의 개념과 유사한 모든 단어
들은 〈사상죄(crimethink)〉라는 한 단어 속에 포함되고, 객관성과 합
리주의의 개념과 유사한 단어들은 〈구사고(oldthink)〉라는 한 단어
속에 포함된다. 의미를 보다 정확하게 하려는 것은 위험하기 때문이
다. 당원들에게 요구되는 것은 잘 알지도 못하면서 자신들 이외의 다
른 민족들이 숭배하는 것은 〈거짓 신(false gods)〉이라 믿었던 고대
히브리인들과 외관적으로 비슷한 사고방식을 갖는 것이다. 히브리인
들은 소위 〈거짓 신〉들이 〈바알〉, 〈오우사이어리스〉, 〈모로코〉, 〈아
쉬타로스〉 등으로 불린다는 것을 알 필요조차 없었다. 아마도 히브
리인들은 이런 것들에 대해 모르면 모를수록 자기네의 정통성을 위
해서는 더욱 좋았을 것이다. 그들은 〈야훼〉와 〈야훼의 계명〉만을 알
았다. 그렇기 때문에 그들은 다른 이름이나 다른 속성을 갖고 있는
신들은 거짓 신이라 믿었다. 거의 그와 마찬가지로 당원들은 어떻게
하는 것이 바른 행위인지를 알고 있으며, 아주 애매하고 포괄적인 용
어에 있어서도 어떤 식으로 처신하면 그것에서 벗어나는 행동인가를
알고 있다. 예를들면 당원들의 성생활은 두 개의 신어, 〈성죄
(sexcrim, 성적 부도덕성)〉와 〈선성(goodsex, 정절)〉에 의해서 완전
히 규제되고 있다. 〈성죄〉라는 단어는 모든 성적 비행(非行)을 포함
한다. 이것은 사통(私通), 간통, 동성애 및 다른 성도착을 의미하고,
게다가 정상적인 성행위 자체를 위해 성행위를 하는 것까지도 의미
한다. 이런 행위들은 모두가 마땅히 처벌을 받아야 하고, 원칙적으
로는 사형에 처해야 하는 것이기 때문에 하나하나 열거할 필요가 없
는 것이다. 과학적 및 기술적 용어들로 구성된 C어군에서는 어떤 성
적 탈선에 대해 특별한 명칭을 부여할 필요가 있을지 모르나, 일반
시민에게는 그런 것은 필요없다. 그들은 〈선성(goodsex)〉이 무엇을
뜻하는지 알고 있다. 말하자면 여자는 쾌감을 느끼지 못한 채, 단지
어린애를 갖기 위한 목적으로 행하는 성행위만이 〈선성(goodsex)〉이

고, 이밖의 모든 성행위는 〈성죄(sexcrime)〉인 것이다. 신어에 있어
서는 어떤 사상이 이단적이라고 단지 지각만 하는 것 이상으로 이단
적 사상을 추구하는 것은 불가능하다. 이 선을 넘어서면 필요한 어휘
들이 아예 없기 때문이다.

B어군에 있는 어떤 단어도 이념적으로 중립적인 것이 없다. 많은
단어들이 완곡어법을 사용하고 있다. 예를들면 〈쾌락수용소(Joyca-
mp, 강제노동수용소)〉, 〈화성(Minipax, 평화성 즉 전쟁성)〉과 같은
어휘들은 겉으로 나타나는 의미와는 정반대의 의미를 갖고 있다. 반
면에 몇 개의 어휘들은 오세아니아 사회의 진실된 본질을 노골적이
고 경멸적으로 나타내고 있다. 하나의 예가 〈무산자 사육(prolefe-
ed)〉인데, 이것은 당이 하찮은 오락과 거짓 뉴스를 대중들에게 제공
하는 것을 의미한다. 또 다른 어휘들은 양면성을 지니고 있어서 당에
적용하면 〈선(good)〉이 되고, 적에게 적용하면 〈악(bad)〉을 의미하
는 것도 있다. 게다가 첫눈에 보아서는 단지 약어처럼 느껴지는 단어
들이지마는 실제로는 그 의미보다는 구조로부터 이념적 색채가 파생
된 단어도 상당수 있다. 조금이라도 정치적 의미를 지녔거나 지닐 수
있는 모든 단어는 가능한 한, B어군에 넣었다. 모든 조직, 인체, 강
령, 지방, 제도, 공공건물의 명칭은 항상 친숙한 형태로 축약된다.
음절로 발음하기에 용이한 형태로 축약된다. 예를들어 윈스턴 스미
드가 근무한 진리성 내에 있는 기록국은 〈기국(記局, Recdep)〉으로,
창작국은 〈창국(創局, Ficdep)〉으로, 텔레스크린 프로그램국은 〈텔
국(Teledep)〉 등으로 불린다. 이러한 것은 단지 시간 절약을 목적으
로 한 것만은 아니다. 20세기 초 몇십 년 동안에도 축약된 어휘와 구
절을 사용하는 것이 정치적 언어의 특질 중 하나였다. 그리고 이런
식의 약어를 사용하는 추세는 전체주의 국가나 전체주의 체제 내에
서 가장 두드러지게 나타났다. 〈나찌〉, 〈게슈타포〉 〈코민테른 (국제
공산당)〉, 〈인프레코르(코민테른 기관지)〉, 〈아지트프로프(선동 활
동)〉와 같은 단어가 그 예다. 처음에는 이런 것들이 마치 본능적인

것처럼 채택되어 사용되었지만, 신어에서는 의식적인 목적에서 사용
됐다. 이렇게 명칭을 약어화하면, 그 명칭이 가지고 있던 다른 연상
적 의미의 대부분이 제거됨으로써 뜻이 좁아지고 미묘하게 바뀌어질
것으로 생각됐었다. 예를들면 〈국제공산당(communist international)〉
이라는 단어는 보편적인 인류애, 붉은 깃발, 바리케이트, 칼 마르크
스 및 파리 코뮌 등의 복합적인 상(像)을 떠올리게 된다. 반면에 코
민테른이란 말은 단순히 엄격하게 조직되어진 기관과 명백하게 정의
된 강령체라는 의미를 시사해준다. 이것은 의자나 탁자의 의미처럼
아주 쉽게 인식할 수 있고, 목적이 제한된 어떤 것을 언급하고 있다.
〈코민테른〉이라는 단어는 거의 생각하지 않고도 입에서 나올 수 있
는 말이지만, 반면에 〈국제공산당〉이라는 단어는 순간적으로나마 머
뭇거리게 하는 구절이다. 마찬가지로 〈진성〉이란 단어는 〈진리성〉이
란 단어에 비해 연상 작용이 더 적고 통제하기도 더 쉽다. 이런 까닭
으로 가능하면 언제든지 생략하려는 습성이 나타나게 되고 모든 단
어를 쉽게 발음할 수 있도록 하기 위해서 지나칠 정도로 신경을 쓰는
것이다.

　신어에 있어서는 조음이 의미의 정확성 다음으로 비중을 차지하고
있다. 조음이 필요하다고 여겨질 때는 문법적 규칙들은 항상 희생되
게 마련이다. 그리고 이렇게 하는 것이 당연했다. 왜냐하면 특히 정
치적 목적을 위해서는 반드시 빠르게 말할 수 있고 화자(話者)의 마
음속에 최소한의 연상 작용을 유발할 수 있는 틀림없는 뜻을 지닌 짧
은 축약어들이 요구되기 때문이다. B어군의 단어들은 거의 모두가
아주 유사하다는 사실로 인해 영향력을 갖기도 한다. 거의 한결같이
이런 단어들——goodthink, minipax, prolefeed, sexcrime, joycamp,
ingsoc, bellyfeel, thinkpoll 등 헤아릴 수 없이 많은 단어들——은
똑같이 첫 음절과 마지막 음절 사이에 강세가 붙은 둘 혹은 세 개의
음절로 된 것들이다. 이런 단어들을 사용하면 즉시 단음과 단조성을
느껴 조잘거리듯이 말을 빨리 하게 된다. 그리고 이것이 바로 신어가

목적하는 바다. 이러한 것이 의도하는 것은 말, 특히 이념적으로 중립이 아닌 어떤 주세에 관해 의식을 떠나서 말을 하게 하려는 네 있다. 일상 생활에서는 말하기 전에 생각하는 것이 꼭 필요할 수도 있고 가끔 필요할 수도 있지만, 정치적 혹은 윤리적 판단을 해야 할 처지에 있는 당원은 기관총에서 실탄이 튀어나오듯이 정확한 의견을 자동적으로 지껄일 수 있어야 한다. 당원의 훈련이 이렇게 말하는 데 적절하다면 언어는 그에게 거의 완전무결한 도구가 될 것이며, 영사의 정신과 일치하는, 귀에 거슬리는 발음과 어떤 고의적인 추잡성을 지닌 단어의 조직은 훨씬 더 도움을 줄 것이다.

선택할 단어 수가 아주 적다는 사실도 이에 도움이 된다. 우리의 언어와 비교하면 신어의 어휘는 아주 적으며 그 숫자를 줄이려는 새로운 방안들이 끊임없이 모색되고 있다. 사실 신어는 매년 어휘 수가 늘어나지 않고, 줄어들고 있다는 점에서 다른 모든 언어와는 다르다. 선택의 영역이 줄어들면 줄어들수록 생각해보려고 하는 마음도 그만큼 적어지기 때문에 어휘의 감소는 곧 하나의 이득이다. 뇌중추를 전혀 사용하지 않고 후두로부터 발생되는 말을 바라는 것이다. 이 의도는 “오리처럼 꽥꽥거리다.”라는 뜻을 가지고 있는 〈오리 언어(duckspeak)〉라는 신어 속에 솔직하게 인정되고 있다. B어군 내의 다른 단어들처럼 〈오리 언어〉라는 단어도 양면적인 의미를 가지고 있다. 꽥꽥거리는 의견들이 정통적인 것들이면 그것은 바로 칭찬을 의미한다. 따라서 〈타임즈〉 지가 당의 연사 중 한 사람을 “더욱더 훌륭한 오리 언어를 사용하는 사람”이라고 표현한다면 이것은 비할 데 없이 따스한 찬사를 받는 것이다.

〈C어군〉 C어군은 A어군과 B어군을 보충해주는 것이고 순전히 과학적, 기술적 용어로 구성되어 있다. 이것들은 오늘날 사용되고 있는 과학적 용어와 유사하고 동일한 어근(語根)에서 파생되었지만, 정확하게 정의를 내리고 바람직하지 못한 의미들을 제거하는 데 끊임없이 신경을 썼다. C어군도 다른 두 어군의 단어들처럼 똑같은 문법적 규칙을 따른다. C어군의 단어는 일상어와 정치어에서는 좀처럼 사용되지 않는다. 과학자나 기술자는 자기가 필요한 모든 단어들을 자신의 전문 분야용 목록에서 찾을 수 있지만, 다른 목록에 나오는 단어들은 수박 겉핥기식으로밖에 모른다. 오직 극소수의 단어들이 모든 목록에 공통적으로 쓰일 뿐이며 과학의 기능을 전공 분야를 떠나 정신의 습성이나 사고의 방식과 같이 나타낼 어휘는 없다. 사실 〈과학〉이란 단어도 없고, 〈영사〉라는 단어에 의해 이미 충분하게 대체되고 있다.

이상의 설명에서, 신어에서는 극히 미약한 것을 제외하고는 비정통적 의견을 표현할 길이 거의 불가능하다는 것을 알 수 있을 것이다. 물론 매우 난폭한 이단적 말이나 모욕적이 말을 하는 것은 가능하다. 예를들면 "대형은 안 좋다."라고는 말할 수 있다. 그러나 정통주의자의 귀에는 분명하게 허황된 소리로 들릴 이러한 말은 논쟁에 필요한 단어들이 없기 때문에 합리적인 논쟁으로 인정될 수가 없는 것이다. 영사에 대해 적의(敵意)를 갖는 생각은 단지 말로 표현할 수 없는 막연한 형태로만 할 수 있고 설사 그것을 표면적으로 나타낼 수 있다 해도 그것은 모든 이단적 어휘를 한꺼번에 통틀어서도 정의할 수 없는 막연한 말로 할 수밖에 없다. 사실상 몇 개의 어휘를 불법적으로 구어로 번역하여 신어를 비정통적 목적에 사용할 수는 있다. 예를들면 "모든 인간은 동등하다(All mans are equal)."라는 것은 가능한 신어 문장이다. 그렇지만 구어에서 가능한 문장인 "모든 인간은 붉은 머리를 갖고 있다(All men are redhaired)."라는 말과 똑같은 의미일 뿐이다. 이문장은 문법적으로는 틀린 곳이 없지만 분명히 틀린 사실을 표현하고 있다. 즉 모든 인간은 신장과 체중과 체력이 똑같다는 말이 된다. 이제 정치적 평등이라는 개념은 존재하지 않는다. 따라서 〈동등하다(equal)〉란 단어의 이차적 의미는 말살된 것이다. 아직도 구어가 보통의 의사소통 수단이었던 1984년에는 이론적으로 신어를 쓰는 가운데도 그들의 원뜻을 기억하고 있을 위험이 있었다. 실제로 〈이중 사고〉에 깊이 빠져 있는 사람이면 누구나 이런 위험을 대하기가 어렵지 않았지만, 두 세대가 지나기 전에 그런 실수를 범할 가능성은 없어질 것이다. 예를들어 신어를 자신의 유일한 언어로 쓰며 자라온 사람은, 장기에 대해 결코 들어본 바가 없는 사람이 포〈(包)〉나 〈상(象)〉에 속한 이차적 의미를 모르듯이 〈동등한(equl)〉이라는 단어가 한때는 〈정치적으로 평등한〉이라는 이차적 의미를 가졌었고 또는 〈자유로운(free)〉이란 말이 한때는 〈정신적으로 자유로운〉이란 의미를 가졌었다는 것을 전혀 알지 못할 것이다. 단지 명칭이 없음으로 해서 상상이 불가능하기 때문에 인간이 범할 수 있는 능력 한계를 넘는 많은 죄와 오류가 있게 된 것이다. 시간이 흐름에 따라 신어의 특징은 더욱더 뚜렷해지고, 단어 수는 점점 줄어들며, 의미는 훨씬 더 엄격해지고, 잘못 사용될 기회는 점점 줄어 거의 없어지리라 예견된다.

구어가 완전히 말살되면 과거와의 마지막 유대도 단절될 것이다. 이미 역사는 다시 쓰여졌지만 검열이 불완전한 탓으로 과거의 문학 작품이 단편적으로 여기저기 남아 있어서 구어에 대한 지식을 갖고 있는 사람은 그것들을 읽을 수 있다. 미래에는 설사 이러한 단편들이 용케 남아 있다 하더라도 그것은 이해할 수도 번역할 수도 없을 것이다. 구어의 어떤 문구를 신어로 변역하는 것은, 만약 어떤 기술적 과정이나 아주 단순한 일상생활의 행위나 혹은 정통적(선의로운(goodthinkful)은 신어적 표현)인 추세로 되어버린 것과 관련을 짓지 않는다면 불가능하게 될 것이다. 실제로 이것은, 대략 1960년 이전에 쓰여진 책은 어떤 것도 완전히 번역될 수 없음을 의미한다. 혁명 이전의 문학은 오직 이념적 번역 —— 언어뿐만 아니라 의미도 모두 개조시킨 것 —— 으로만 제시될 수 있을 것이다. 미국 독립 선언문 중 유명한 구절을 예로 들어보자.

우리는 다음의 사실을 자명한 것으로 주장한다. 모든 인간은 평등하게 태어났고, 창조주로부터 남에게 양도할 수 없는 권리를 부여받았으며, 이 가운데 생명과 자유와 행복을 추구할 수 있는 권리가 포함되어 있다. 이러한 권리를 보장하기 위해 정부를 수립하고, 정부의 권력은 국민의 동의로부터 나온다. 어떤 형태의 정부든 이런 목적을 파괴하면 그것을 즉시 변경 또는 폐지하고 새로운 정부를 수립하는 것은 국민의 권리다.

이글의 원래의 취지를 유지하면서 신어로 번역한다는 것은 거의 불가능하다. 가장 유사한 번역은 모든 문구를 〈사상죄〉라는 단 한 마디 말로 귀착시키는 것이다. 완전한 번역은 오직 이념적 번역일 뿐이므로 제퍼슨의 말은 절대정부에 대한 찬사로 바뀔 것이다.

사실상 과거의 많은 문학작품들이 이미 이런 방법으로 번역되었다. 위신상 어떤 역사적 인물에 대한 기억은 보존시키는 것이 바람직하였지만, 동시에 그들의 업적을 영사의 철학적 노선과 일치시켜버렸던 것이다. 이 때문에 셰익스피어, 밀턴, 스위프트, 바이런, 디킨스 등 많은 작가들의 작품이 번역되고 있다. 이 일이 완성되면 그들의 작품들은 아직 남아 있는 과거의 모든 문학작품들과 함께 말살되어버릴 것이다. 이러한 일은 오래 걸리고 어려운 작업이기 때문에 이 일이 21세기의 10년대나 20년대 전에 끝날 것이라고는 기대하지 않는다. 또한 이와 같은 방법으로 처리되어야 할 거대한 양의 이용 가치가 있는 문학작품들——없어서는 안 될 기술 계통의 입문 서적 등——이 있다. 신어의 최종적 채택이 2050년으로 늦추어 결정된 것은 주로 이 번역의 예비작업을 위한 시간을 벌기 위해서인 것이다.

동물농장

제 1 장

매너 농장의 존스 씨는 밤이 되자 닭장에 자물쇠를 채웠으나 잔뜩 술에 취해 있었기 때문에 깜박 잊어버리고 출입구를 닫지 않았다. 그는 랜턴의 둥근 불빛을 좌우로 흔들며 비틀비틀 뜰을 가로질러 뒷문에서 장화를 벗어던진 후, 주방에 있는 맥주통에서 마지막으로 한 잔을 쭉 들이켜고 이층 침실로 올라갔다. 존스 부인은 벌써 침대에서 코를 골고 있었다.

침실의 불이 꺼지자 곧 농장 건물 전체에서 웅성웅성하는 소리가 들리기 시작했다. 품평회에서 입상한 미들 화이트 수퇘지 메이저 영감이 전날 밤 이상한 꿈을 꾸었는데, 그 꿈이야기를 다른 동물들에게 들려주고 싶다는 전언(傳言)이 낮 동안에 빙 돌았던 것이다. 동물들은 존스 씨가 잠자리에 들면 모두 큰 창고로 모이기로 합의했었다. 메이저 영감(이것은 평상시에 통하는 이름이고, 품평회에 나갔을 때는 윌링든 뷰티로 불렸다)은 농장에서 가장 존경을 받고 있었으므로 모두들 한 시간 정도 잠을 덜 자더라도 그의 이야기를 들어보기로 마음먹고 있었다.

큰 창고 한쪽 끝 높게 쌓은 일종의 단상에는 메이저 영감이 벌써 짚으로 만든 자리에 편안히 앉아 있었고, 그의 머리 위로는 대들보에서 늘어뜨린 등이 걸려 있었다. 올해 열두 살인 그는 요즘 들어 굉장히 살이 쪘지만 여전히 위풍당당했고, 한 번도 송곳니를 자른 적이 없지만 현명하고 인자한 얼굴을 지니고 있었다. 곧 다른 동물들도 모여들어 각자 편안한 자세로 자리를 잡기 시작했다. 맨 먼저 블루벨,

제시, 핀처 등 개 세 마리가 오고 이어서 돼지들이 왔는데, 그들은 연단 바로 앞 짚을 깐 자리에 앉았다. 암탉들은 창턱에 홰를 쳤고, 비둘기들은 서까래 있는 쪽에서 푸드득거렸으며, 양과 암소들은 돼지 뒤쪽에 비스듬히 누워 되새김질을 시작했다. 짐마차를 끄는 말인 복서와 클로버는 짚더미에 가려진 작은 동물들이 다치지 않게 천천히 아주 조심스럽게 그 커다란 털투성이의 발굽을 옮겨 디디면서 함께 들어왔다. 클로버는 중년기에 접어든 통통하고 자애가 넘치는 암말로 네번째 새끼를 낳은 후로는 전과 같은 몸매를 되찾지 못했다. 키가 72인치에 가까운 복서는 보통 말 두 마리를 합한 정도로 힘이 세었다. 그는 코의 흰 줄무늬 때문에 어딘가 모자라는 듯한 인상이었는데, 실상 지능도 높다고는 할 수 없었다. 그러나 성실한 성격에 엄청난 노동력으로 인해 널리 존경을 받고 있었다. 말 뒤에 들어온 것은 흰 염소 뮤리엘과 당나귀 벤자민이었다. 벤자민은 이 농장에서 가장 나이가 많고 성질도 가장 까다로웠다. 그는 말수가 적은 편이었는데, 간혹 하는 말도 비꼬는 내용이기 일쑤였다. 예를 들자면, 하느님은 자기에게 파리를 쫓으라고 꼬리를 주었지만, 자기는 꼬리도 파리도 없었으면 좋겠다고 말하곤 했다. 농장의 동물 가운데 유독 그만 웃지를 않았다. 어째서 웃지 않느냐고 물으면 그는 웃을 일이 없기 때문이라고 대답했다. 그러면서도 그는 표나게 내색하지는 않았지만 복서에게는 속을 주었다. 그들 둘은 일요일마다 과수원 건너편에 있는 작은 목장에서 나란히 풀을 뜯으며 묵묵히 함께 시간을 보내곤 했다.

두 마리의 말이 자리를 잡자마자 어미 잃은 새끼오리 한 떼가 몰려들어와 가냘픈 소리로 삐악거리며 짓밟히지 않을 만한 곳을 찾아 이리 갔다 저리 갔다 했다. 클로버가 그 커다란 앞다리로 새끼오리들 주변에 칸막이 같은 것을 만들어주자, 그들은 그 안으로 몰려들어 곧 잠이 들었다. 그때 존스 씨의 마차를 끄는, 맹하면서도 예쁘장한 모습의 흰 암말 몰리가 설탕 한 덩어리를 씹으면서 뽐내는 듯한 걸음걸이로 들어왔다. 앞쪽에 자리를 잡은 그녀는 갈기를 맨 붉은 리본에 주의를 집중시키려는 듯 머리를 흔들었다. 고양이가 맨 마지막으로 들어와 다른 때와 마찬가지로 가장 따뜻한 자리를 찾아 사방을 둘러보더니, 이윽고 복서와 클로버 사이로 파고 들어갔다. 고양이는 메이저의 말은 듣는 것 같지도 않은데 연설하는 동안 줄곧 만족스러운 듯 목을 가르릉거렸다.

이제 길들인 갈가마귀 모제스를 제외하고는 모든 동물이 다 모였다. 그는 뒷문 뒤 횃대에서 자고 있었다. 모두가 편히 자리를 잡고 앉아 자기를 주목한 채 기다리는 것을 확인하고 메이저는 목을 가다듬은 다음 연설을 시작했다.

"동지들, 여러분은 이미 내가 어젯밤에 이상한 꿈을 꾸었다는 이야기를 들으셨을 것입니다. 하지만 그 꿈이야기는 다음에 하고, 다른 이야기부터 먼저 하겠습니다. 동지들, 나는 아무래도 여러분과 오랫동안 함께 살 수는 없을 것 같습니다. 따라서 죽기 전에 내가 체험으로 얻은 지혜를 여러분에게 전해주는 것이 내 의무라고 생각합니다. 나는 오래 살았고, 우리에 혼자 있는 시간에는 많은 명상을 했습니다. 그러므로 나는 지금 이 지상에 살고 있는 어떤 동물보다 훨씬 더 삶의 본질을 잘 이해하고 있다고 생각합니다. 내가 여러분에게 말하고자 하는 것은 바로 그 점에 관해서입니다.

자, 동지들, 우리의 삶의 본질은 무엇입니까? 이 점에 대해 진지하게 생각해봅시다. 우리의 삶은 비참하고 고생스럽고 또 짧습니다. 우리는 세상 밖으로 나와 가까스로 목숨만 이어갈 정도로 주는 먹이를 얻어먹고, 일할 능력이 있는 자는 그 힘이 다할 때까지 일하도록 강요받고 있습니다. 그리고 나중에 쓸모가 없어지면, 그와 동시에 우리는 더할 수 없이 잔인하게 학살당합니다. 영국의 모든 동물은 태어난 지 1년이 지나면 행복이나 여가란 말의 의미를 모르게 됩니다. 영국의 동물들에게는 자유가 없고, 그 생애는 불행과 예속 바로 그것입니다. 이것은 명백한 사실입니다.

그렇지만 이것이 단순한 자연의 질서일까요? 아니면 이 땅이 너무 가난해서 여기에 살고 있는 사람들로부디 풍족한 생활을 제공받지 못하기 때문일까요? 아닙니다. 동지들, 결코 그런 것이 아닙니다! 영국 땅은 비옥하고 기후 또한 좋아서 현재보다 훨씬 더 많은 동물들에게 넉넉한 식량을 공급할 수도 있습니다. 우리 이 농장 하나만 해도 말 열두 마리, 암소 스무 마리, 양 수백 마리는 먹여 살릴 수 있으며, 그것도 지금의 우리로선 상상할 수 없을 만큼 안락하고 품위 있는 생활을 할 수 있습니다. 그런데 우리는 어째서 이렇게 비참한 생활을 이어가고 있을까요? 우리의 노동에 의해 생산된 거의 모든 것을 인간들이 도둑질해가기 때문입니다. 동지들, 우리의 모든 문제에 대한 해답이 바로 여기에 있습니다. 그것은 한마디로 요약해서——인간입니다. 인간은 우리의 유일한, 그리고 진정한 적입니다. 인간을 이 농장에서 추방합시다. 그러면 굶주림과 과로의 근원은 영원히 제거될 것입니다.

인간은 생산은 하지 않고 소비만 하는 유일한 동물입니다. 그들은 젖도 짜지 못하고 알도 낳지 못하고, 또 쟁기를 끌 정도로 힘이 있는 것도 아니고 토끼를 잡을 정도로 빨리 뛰지도 못합니다. 그러면서도 그들은 동물의 왕입니다. 그들은 동물들을 혹사하고 그 대가로 가까스로 목숨을 이어갈 정도의 식량만 주고 나머지는 자신들을 위해 쌓아둡니다. 우리는 죽을 힘을 다해 땅을 갈고 우리의 배설물로 그 땅을 비옥하게 만듭니다. 그럼에도 불구하고 우리는 벌거숭이 가죽 말고는 가진 것이 없습니다. 이 앞줄의 암소 여러분, 당신들이 1년 동안에 짜낸 우유가 몇천 갤런이나 됩니까? 송아지를 튼튼하게 키웠어야 할 그 우유가 다 어떻게 되었습니까? 한 방울도 남김 없이 우리 적들의 목구멍으로 넘어갔습니다. 또 암탉 여러분, 당신들은 1년 동안에 얼마나 많은 알을 낳았으며 그 가운데 병아리로 깬 것이 몇 개나 됩니까? 그 나머지는 다 존스와 그 일당들에게 돈을 벌어주기 위해 시장으로 팔려나갔습니다. 그리고 클로버, 당신이 낳은 네 마리의 망아지, 당신이 늙었을 때 의지가 되고 기쁨이 될 그 망아지들은 지금 어디 있습니까? 다들 한 살 때 팔려갔고 —— 그래서 당신은 그애들을 다시는 만나지 못할 것입니다. 네 차례나 해산을 하고 농장에서 힘들여 일을 했지만, 그 대가라고는 겨우 연명할 정도의 여물과 마구간 말고 또 무엇이 있습니까?

그리고 현재 우리가 누리고 있는 이 비참한 생활마저도 그 수명을 다하지 못하게 되어 있습니다. 나로 말하자면 비교적 운이 좋은 편이니까 그다지 불만은 없습니다. 12년이나 살았고 자식도 4백은 넘으니까요. 이것이 돼지 본래의 자연스러운 생애입니다. 하지만 어떤 동물도 결국 잔인한 칼을 피할 수는 없습니다. 이 앞에 앉아 있는 젊은 식용 돼지 여러분, 여러분도 모두 1년 이내에 비명을 지르며 도살대의 이슬로 사라지고 말 것입니다. 우리 모두 언젠가는 그런 공포를 겪어야 할 것입니다 —— 암소도 돼지도 암탉도 양도 모두 말입니다. 말과 개라고 해서 더 나은 운명을 타고난 것은 아닙니다. 복서, 당신도 그 단단한 근육이 힘을 잃게 되는 바로 그날, 존스는 당신을 백정에게 팔아넘길 것이고, 백정은 당신 목을 따서 삶아가지고 사냥개의 먹이로 만들어버릴 것입니다. 개에 대해서 말하자면, 존스는 그들이 늙어서 이빨이 빠지게 되면 그 목에 벽돌을 매달아 근처 연못에 빠뜨려 죽일 것입니다.

동지들, 이렇게 볼 때 우리 삶의 모든 재앙이 인간의 횡포에서 비롯된다는 것은 너무도 명백한 사실 아닙니까? 인간을 추방하는 수밖에 없습니다. 그러면 우리 노동의 산물은 우리 소유가 될 수 있습니다. 하룻밤도 지나기 전에 우리는 부유하고 자유로워질 것입니다. 그러기 위해 우리는 어떻게 해야 할까요? 그것은 오직 밤낮으로 뼈가 가루가 되도록 인류의 타도를 꾀하는 것뿐입니다. 동지들, 이것이 내가 여러분에게 전하고자 하는 메시지입니다. 봉기합시다! 나는 그 봉기가 언제가 될지, 일주일 후가 될지, 아니면 백 년 후가 될지 모릅니다. 그러나 내 발 밑의 짚더미를 보는 것처럼 명백한 사실

330

은 언젠가는 정의가 실현되리라는 것입니다. 동지들, 짧은 여생이지만 여기에 시선을 고정시킵시다! 그리고 특히, 여러분 뒤에 오는 세대에 나의 이 메시지를 전해서 그들로 하여금 최후의 승리를 거둘 때까지 투쟁을 계속하도록 합시다.

그리고 동지들, 여러분의 결의가 흔들려서는 안 된다는 사실을 잊지 마십시오. 어떤 의견에도 넘어가서는 안 됩니다. 인간과 동물 사이에는 공동의 이해 관계가 성립된다든지, 한쪽의 번영이 곧 다른 한쪽의 번영이 된다고 말하더라도 결코 거기에 귀를 기울여서는 안 됩니다. 그건 모두 새빨간 거짓말입니다. 인간은 자기들 말고 다른 어떤 동물의 이익을 위해서 일하지는 않습니다. 그러니만큼 우리 동물들은 투쟁을 위해 일치단결, 철저한 동지애를 발휘하도록 합시다. 인간은 다 적이고, 동물은 다 동지입니다."

바로 그 순간, 큰 소동이 일어났다. 메이저가 연설을 하고 있는 틈을 타서 커다란 쥐 네 마리가 구멍에서 기어나와 두 개의 뒷다리로 버티고 앉은 채 그의 말에 귀를 기울이고 있었다. 개들에게 발견되자 쥐들은 재빨리 구멍 속으로 뛰어들어 목숨을 건졌다. 메이저가 조용히 하라는 뜻으로 앞발을 들었다.

"동지들." 하고 그는 말을 이었다. "여기서 짚고 넘어가야 할 문제가 있습니다. 쥐나 토끼 같은 들짐승은 우리의 친구일까요? 아니면 적일까요? 이것을 표결에 붙입시다. 나는 이 의제를 정식으로 제안하는 바입니다. 쥐는 우리의 동지일까요?"

곧 실시된 투표의 결과, 압도적인 다수로 쥐가 동지라는 것이 가결되었다. 반대한 동물은 겨우 넷, 곧 세 마리의 개와 고양이 한 마리였다. 그런데 고양이는 찬부 양쪽에 표를 던졌다는 사실이 나중에 밝혀졌다. 메이저는 말을 이었다.

"더 이상은 할 말이 없습니다. 다만 거듭 말하지만, 인간과 그 행실에 대해 적개심을 가지는 것이 여러분의 의무임을 늘 잊지 마십시오. 두 다리로 걷는 자는 모두 우리의 적이고, 네 다리나 날개를 가진 자는 모두 우리의 친구입니다. 그리고 또 한 가지 명심할 것은 인간과 싸울 때 우리는 그들을 본받아서는 안 된다는 것입니다. 여러분이 그들을 정복한 다음에라도 그들의 악습을 따라서는 안 됩니다. 어떤 동물이든 집에서 살고 침대에서 자고 옷을 입고 술을 마시고 담배를 피우고 돈을 만지고 물건을 파는 따위의 일을 해서는 안 됩니다. 인간의 습관은 하나같이 좋지 않은 것뿐입니다. 그리고 무엇보다, 어떤 동물이든 다른 동물을 탄압하지 마십시오. 강하거나 약하거나, 슬기롭거나 어리석거나 우리는 모두 형제입니다. 또한 어떤 동물도 다른 동물의 목숨을 빼앗는 일을 해서는 안 됩니다. 모든 동물은 평등합니다.

자, 동지들, 이제부터 나는 지난밤의 꿈이야기를 하겠습니다. 여러분에게 자세히 묘사할 필요는 없겠지요. 그것은 인간이 사라지고 난 다음의 지상에 대한 꿈이었습니다. 하지만 그 꿈은 오랫동안 내 기억에서 잊혀졌던 어떤 사실을 생각나게 해주었습니다. 몇 해 전, 내가 아직 어린 돼지였을 적에 우리 어머니와 다른 암퇘지들은 겨우 그 곡조와 처음 세 마디 가사만 아는 옛날 노래를 자주 불렀습니다. 어렸을 때는 나도 그 노래를 알았었는데, 오래 전에 기억에서 지워졌지요. 그런데 어젯밤 꿈 속에서 그 노래가 생각났습니다. 더구나 그 가사까지 생각난 겁니다. 생각건대, 오래 전의 동물들이 불렀던 것인데 몇 세대를 거치는 동안 기억 속에서 사라진 것이 분명한 그 노래가 말이오. 동지들, 이제 내가 그 노래를 불러보겠습니다. 나는 늙고 목소리도 쉬었지만, 여러분들에게 그 노래를 가르쳐주면 여러분은 아마 더 잘 부를 수 있을 것입니다. 노래 제목은 〈영국의 동물들〉입니다.”

메이저 영감은 목소리를 가다듬고 나서 노래를 부르기 시작했다. 그가 말한 것처럼 목소리는 쉬었지만 노래는 아주 잘 불렀다. 어딘지 모르게 〈클레멘타인〉〈라 쿠카라차〉와 닮은 감동적인 곡조의 노래였다. 그 가사는 다음과 같았다.

영국의 동물들아, 아일랜드의 동물들아
온 천하 모든 나라의 동물들아
내 기쁜 소식에 귀를 기울이라
황금빛 미래가 다가온다는 소식에.

언젠가 그날이 오리라
폭군 인간은 추방되고
비옥한 영국의 들판에는
동물들만 활보하는 그날이.

우리의 코에서는 코뚜레가 사라지고
등에서는 멍에가 벗겨지고
재갈과 박차는 영원히 녹슬고
더 이상 가혹한 채찍질도 없으리라.

상상조차 못 했던 재산이,
밀, 보리, 건초, 귀리가
클로버, 콩, 그리고 당상추도
그날이 오면 모두 우리 것이 되리라.

영국의 들판은 찬란하게 빛나고
강물은 더 한층 맑아지고
미풍은 더할 수 없이 달콤하리라.

우리 모두 그날을 위해 일해야 하리라.
비록 그날을 보지 못하고 죽을지라도.
암소, 말, 오리, 칠면조

모두 자유를 위해 힘써 일해야 하리.

영국의 동물들아, 아일랜드의 동물들아
온 천하 모든 나라의 동물들아
내 소식에 귀를 기울여 온 천하에 전하라.
황금빛 미래가 다가온다는 것을.

이 노래를 부르자 동물들은 모두 야성적인 흥분의 도가니에 빠져들었다. 메이저가 채 노래를 끝내기도 전에 그들은 따라 부르기 시작했다. 아무리 우둔한 동물도 어느 새 그 곡조와 두서너 마디 가사를 외웠고, 돼지나 개처럼 영리한 동물들은 몇 분 지나지 않아 그 노래를 모두 익혔다. 그런 다음 몇 번의 연습을 거쳐 온 농장이 떠나가라 우렁찬 목소리로 〈영국의 동물들〉을 함께 불렀다. 암소는 음매, 개는 멍멍, 양은 매애, 말은 히힝, 오리는 꽥꽥 하며 노래를 불렀다. 그들은 너무 신이 나서 이 노래를 다섯 번이나 연달아 불렀는데, 아마 방해받지만 않았다면 밤새껏 불렀을 것이다.

이 소동 때문에 불행히도 존스 씨가 잠이 깨어, 그는 뜰에 여우라도 들어왔나 하여 자리를 박차고 일어났다. 그는 침실 한구석에 늘 세워두는 총을 들고 어둠 속을 향해 여섯 발이나 쏘았다. 총알은 창고 벽에 박혔고 동물들의 모임은 순식간에 깨졌다. 각자 제 잠자리로 흩어졌다. 새들은 횟대로 올라가고, 동물들은 짚더미 속으로 기어들어 곧 농장 전체가 잠에 빠졌다.

제 2 장

사흘 후, 메이저 영감은 잠을 자다가 편안하게 숨을 거두었다. 그는 과수원 아래 기슭에 묻혔다.

그것은 3월 초순의 일이었다. 그로부터 석 달 동안 은밀한 가운데 어떤 움직임이 활발하게 진행되었다. 메이저 영감의 연설은 이 농장의 영리한 동물들에게 새로운 가치관을 심어주었다. 그들은 메이저가 예언한 '봉기'가 언제 일어날는지, 또 그들 생전에 그것이 일어날는지 확신할 수가 없었다. 그러나 그들은 그것을 위해 준비하는 것이 자기들의 의무라는 것만은 분명히 깨닫고 있었다. 돼지들은 동물들 중 가장 지혜로운 것으로 평판이 나 있었으므로, 다른 동물들을 교육시키고 또 조직하는 일은 당연히 그들에게 맡겨졌다. 돼지 가운데서 가장 뛰어난 것이 스노볼과 나폴레온이라는 두 마리의 젊은 수퇘지로, 그들은 존스 씨가 팔아먹기 위해 기르고 있었다. 큰 몸집에 사나운 얼굴을 한 나폴레온은 이 농장 유일의 버크셔 종(種) 수퇘지로, 말솜씨는 없지만 생각한 대로 밀고나가는 것으로 평판이 나 있었다. 스노볼은 나폴레온에 비해 성격이 밝고 말솜씨도 좋고 뛰어난 창의성을 가지고 있지만, 나폴레온처럼 생각이 깊지는 못한 것으로 알려져 있었다. 그 밖의 수퇘지들은 모두 식용 돼지였다. 그 가운데 가장 유명한 것이 스퀼러라는 이름의 몸집이 작고 뚱뚱한 돼지였는데, 둥근 뺨에 반짝거리는 눈, 게다가 행동은 재빠르고 목소리는 날카로웠다. 그는 뛰어난 웅변가로 무엇인가 어려운 문제에 대해 토의할 때는 이리 뛰고 저리 뛰며 꼬리를 흔들어대는 버릇이 있었는데, 그것이 꽤 설득력이 있었다. 다른 동물들은 그에 대해, 스퀼러라면 검은 것도 흰 것으로 바꿀 수 있을 거라고 말하곤 했다.

이 세 마리의 돼지들은 메이저 영감의 가르침을 완벽한 사상체계로 정립, 거기에 '동물주의'라는 이름을 붙였다. 그들은 일주일에도 몇 차례씩 존스 씨가 잠이 든 뒤 창고에서 은밀하게 회합을 가지고 다른 동물들에게 동물주의의 원리를 설명해주었다. 다른 동물들은 처음에는 우둔과 무반응 속에 그들의 이야기를 들었다. 개중에는 자기들이 '주인님'이라고 생각하는 존스 씨에 대한 충성의 의무를 내세우기도 하고, "존스 씨가 우리를 먹여 길러주고 있습니다. 만일 그가 없어지면 우리는 굶어죽고 말 겁니다." 하는 따위의 어리석은 말을 하기도 했다. 또 어떤 동물들은 "무엇 때문에 우리가 죽은 다음의 일까지 걱정하는 거죠?" 그렇지 않으면 "어차피 이 봉기가 일어나게 되어 있는 것이라면, 우리가 그것을 위해 노력하고 안 하고 무슨 차이가 있는 겁니까?" 하는 따위의 질문을 하기도 했다. 돼지들은 그런 생각들이 동물주의 정신에 위배된다는 사실을 진땀을 흘리며 설명했다. 그러나 다른 어떤 동물보다 바보 같은 질문을 한 것은 흰 암말 몰리였다. 그녀가 스노볼에게 맨 처음 물어본 것은 "봉기 후에도 설탕이 있을까요?" 하는 것이었다.

"없소." 하고 스노볼은 딱 잘라 말했다. "이 농장에는 설탕을 만들 설비가 없기 때문이오. 아니, 당신에겐 설탕이 필요없게 될 거요. 그 대신 원하는 대로 귀리나 건초를 먹을 수 있을 거요."

"그럼 내 갈기에 리본을 매는 것은 괜찮을까요?" 몰리가 물었다.

"동지." 하고 스노볼이 말했다. "당신이 그토록 소중하게 생각하는 그 리본들은 예속의 상징이오. 자유가 리본보다 더 가치있는 것이라는 걸 이해 못 하겠소?"

몰리는 스노볼의 의견에 동의했다. 그러나 충분히 납득을 한 것 같지는 않았다.

돼지들은 길들인 까마귀 모제스가 퍼뜨린 거짓말 때문에 더욱 힘든 싸움을 했다. 모제스는 존스 씨가 특별히 귀여워하는 스파이이자 밀고자였는데, 그 또한 돼지들 못지않은 능변가였다. 그는 모든 동물이 죽으면 가게 되는, 이른바 '슈가캔디 산'이라는 신비스러운 곳이 있음을 안다고 떠벌였다. 그 산은 하늘 높이, 구름 너머 어딘가에 있다고 모제스는 말했다. 슈가캔디 산에서는 일주일 내내 일요일이고, 사시사철 토끼풀이 무성하고, 울타리에는 각설탕과 박하과자가 열린다는 것이었다. 동물들은 일은 하지 않고 수다만 떠는 모제스를 싫어했다. 그러나 몇몇 동물들은 슈가캔디 산에 대해 믿었기 때문에, 돼지들은 그런 곳은 없다는 사실을 설득시키느라고 진땀을 흘려가며 토의를 벌여야 했다.

가장 충성스러운 돼지들의 추종자는 짐마차 말인 복서와 클로버였다. 그들은 무슨 일이든 자기들 스스로 생각해내는 것은 몹시 힘들어했지만, 돼지들을 스승으로 받아들인 후로는 그들의 말은 무엇이든 수긍하고 그것을 간단히 요약해서 다른 동물들에게 전했다. 그들은 창고에서의 비밀 회합에 무슨 일이 있어도 참석했고, 회합이 끝날 때는 언제나 〈영국의 동물들〉을 선창했다.

봉기는 모두의 예상보다 더욱 빨리, 그리고 더욱 쉽게 일어날 것 같았다. 존스 씨는 지난 몇 년 동안 비록 동물들에게는 심하게 굴었지만 유능한 농장주였는데, 최근에 이르러 불행한 처지에 빠졌다. 그는 소송 사건에 말려들어 재산을 잃고 나서 낙심한 나머지 자기 주량보다 많은 술을 마시기 시작했다. 며칠 동안 계속 식당의 윈저식 의자에 털썩 주저앉아 신문을 읽으며 술을 마시기도 하고, 이따금 모제스에게 맥주에 적신 빵을 먹이기도 했다. 일하는 사람들은 부지런하지 못하고 주인을 속였으며, 밭에는 잡초가 무성하고 건물 지붕은 비가 샜으며, 울타리는 무너진 채로 손질이 안 되고 동물들은 제대로 얻어먹지를 못했다.

건초용 풀을 베는 6월이 되었다. 성(聖) 요한 축일(6월 24일) 전날은 마침 토요일이었으므로, 존스 씨는 윌링톤으로 나갔다가 레드 라이온 주점에서 과음을 했다. 그래서 일요일 점심때가 지나서야 겨우 집으로 돌아왔다. 아침 일찍 우유를 짠 다음, 일꾼들은 동물들에게 먹을 것도 주지 않고 토끼 사냥을 나가버렸다. 존스 씨는 집에 돌아오자마자 응접실 소파에서 〈월드 뉴스〉 지로 얼굴을 가린 채 이내 잠이 들었다. 그 바람에 동물들은 저녁이 되었는데도 아무것도 얻어먹지 못했다. 동물들은 더 이상 참을 수가 없었다. 암소 한 마리가 식량 창고의 문을 뿔로 부수고 들어가는 것을 신호로, 모든 동물들은 일제히 곡물 상자에 머리를 틀어박고 먹이를 먹기 시작했다. 그때 존스 씨가 잠을 깼다. 그는 재빨리 일꾼 넷과 함께 식량 창고 안으로 들어가 채찍을 이리저리 휘둘렀다. 배고픈 동물들에게 그것은 참기 힘든 일이었다. 미리 계획을 세운 것은 아니었지만, 동물들은 한꺼번에 박해자들에게 덤벼들었다. 존스와 그의 일꾼들은 별안간 사방에서 뿔로 받히고 발길에 채였다. 이미 걷잡을 수 없는 상태였다. 동물들이 이런 행패를 부리는 것을 한 번도 본 적이 없고, 또 자기들 기분 내키는 대로 채찍질하며 학대해온 동물들이 갑자기 난동을 부리는 데 놀란 그들은 거의 정신이 나갈 지경에 이르렀다. 결국 그들은 대항을 포기한 채 달아나고 말았다. 1, 2분쯤 지났을 때, 그들 다섯 명은 기세등등하게 추격하는 동물들에게 쫓겨 큰 도로로 통하는 마찻길로 정신없이 도망쳤다.

침실 창문으로 밖을 내다보던 존스 부인은 곧 사태를 알아차리고 소지품 몇 가지를 허둥지둥 가방에 챙겨가지고 다른 길로 해서 농장을 빠져나왔다. 모제스는 횃대에서 뛰어내려 큰 소리로 까악까악 울면서 그녀를 뒤쫓아 날아갔다. 그때, 존스와 그 일꾼들을 큰길로 쫓아버린 동물들은 판자 다섯 개로 엮어 만든 문을 쾅 닫아버렸다. 동물들 자신도 무슨 일이 일어났는지 잘 알지 못하는 사이에 '봉기'는 성공적으로 이루어졌다. 존스는 쫓겨나고 매너 농장은 동물들의 것이 되었다.

동물들은 처음 몇 분 동안은 자신들의 행운을 거의 믿을 수가 없었다. 그들이 맨 먼저 한 행동은 모두가 한데 어울려 농장의 경계선을 뛰어돌아다니는 것이었다. 마치 이 농장에는 사람이라곤 하나도 없다는 사실을 확인하려는 것 같았다. 그런 다음, 동물들은 농장 건물로 뛰어들어 밉살스러운 존스의 지배 흔적을 말끔하게 닦아냈다. 외양간 한쪽 구석에 있는 마구간이 부서져서 열려 있었다. 재갈과 코뚜레와 개사슬, 그리고 존스 씨가 돼지와 양의 거세에 썼던 무시무시한 칼 같은 것은 모조리 우물 속에 던져버렸다. 또한 고삐와 굴레와 눈가리개와 치욕스러운 꼴망태 따위는 마당에서 타고 있는 쓰레기 더미 속에 던졌다. 채찍도 그렇게 처분했다. 채찍이 불 속에서 타는 것을 본 동물들은 모두 기뻐서 날뛰었다. 스노볼은 장날마다 말갈기와 꼬리에 치장하는 리본을 불 속에 던졌나.

"리본은……" 하고 그는 말했다. "의복과 같은 인간의 표지라고 할 수 있어요. 동물들은 모두 옷을 입어서는 안 되오."

그 말을 듣고 복서는, 여름이면 파리가 귓가에 몰려드는 것을 막기 위해 썼던 작은 밀짚모자를 가져다가 다른 것들과 함께 불 속에 집어넣었다.

동물들은 눈 깜짝할 사이에 존스 씨를 기억나게 하는 것들을 모조리 없애버렸다. 그런 다음, 나폴레온은 동물들을 식량 창고로 데리고 가서 각자에게 정량의 두 배나 되는 옥수수를 나누어주었다. 그리고 개에게는 비스킷 두 개씩을 나누어주었다. 그후 동물들은 〈영국의 동물들〉을 연달아 일곱 번이나 처음부터 끝까지 부르고, 밤이 되자 잠자리에 들어 지금껏 맛본 적이 없는 단잠을 잤다.

그러나 이튿날은 다른 날과 마찬가지로 새벽에 잠을 깨어, 문득 어제의 영광스러운 일을 생각해내고 모두 함께 목장으로 달려나갔다. 목장에서 조금 아래쪽에 농장 전체를 거의 한눈에 내려다볼 수 있는 언덕이 있었다. 동물들은 그 언덕 위에 올라 밝은 아침 햇살 속에서 주위를 둘러보았다. 그래, 이건 우리 거야——눈에 보이는 모든 것이 우리 거라구! 그들은 그런 황홀한 생각에 젖은 채 빙글빙글 돌기도 하고 흥분해서 공중으로 펄쩍펄쩍 뛰어오르기도 했다. 이슬 방울 맺힌 풀밭을 뒹구르며 달짝지근한 여름풀을 한입 뜯어먹기도 하고, 검은 흙덩이를 들어올려 그 기름진 냄새를 맡아보기도 했다. 그런 다음, 온 농장 안을 돌아다니며 뭐라 말할 수 없는 감격에 젖어 경작지와 풀밭, 그리고 과수원, 연못, 숲 등을 둘러보았다. 그런 것들은 마치 지금까지 한 번도 본 적이 없는 듯한 기분이 들었고, 그런 것들이 모두 자기들 것이라는 사실이 믿어지지 않았다.

그리고 나서 그들은 줄지어 농장 건물로 되돌아와 그 문 밖에서 걸음을 멈추었다. 이 집 역시 그들의 것이었다. 하지만 안으로 들어가기가 두려웠다. 잠시 후, 스노볼과 나폴레온이 어깨로 들이받아 문을 열었다. 동물들은 무엇 한 가지라도 부수면 어쩌나 걱정하며 조심스럽게 일렬로 들어갔다. 그리고 이 방 저 방 발끝으로 다니며 소곤거리는 것 외에는 가능한 한 말소리를 내지 않도록 조심하면서, 믿을 수 없을 만큼 사치스러운 물건들, 깃털 매트리스를 깔아놓은 침대, 거울, 말털 소파, 브뤼셀 양탄자, 응접실 벽난로 위의 빅토리아 여왕 석판화 등을 일종의 경외심을 가지고 바라보았다. 층계를 내려오다 보니 몰리가 없었다. 되돌아간 그들은 가장 화려한 침실에 처져 있는 그녀를 발견했다. 그녀는 존스 부인의 옷장에서 푸른 리본을 꺼내어 어깨에 걸친 채 더할 수 없이 바보 같은 태도로 거울에 비친 자기 모습을 홀린 것처럼 바라보고 있었다. 동물들은 그녀를 호되게 비난하고 밖으로 나왔다. 식당에 걸린 햄조각을 땅 속에 파묻기 위해 끌어내렸고, 취사대의 맥주통은 복서가 발로 차서 깨뜨렸다. 집 안의 다른 물건은 전혀 건드리지 않았다. 이 집을 박물관으로 보존하자는 안이 즉석에서 만장일치로 통과되었다. 어떤 동물이든 이 집에서 살아서는 안 된다는 제의에도 다들 동의했다.

아침 식사가 끝난 후, 스노볼과 나폴레온은 다시 동물들을 불러모았다.

"동지들." 하고 스노볼이 말했다. "지금은 여섯 시 반입니다. 우리 앞에는 긴 하루가 남아 있습니다. 오늘 우리는 건초 수확을 시작합니다. 그런데 그 전에 해야 할 일이 있습니다."

비로소 밝히는 사실이지만, 돼지들은 지난 석 달 동안 존스 씨의 아이들이 쓰다가 쓰레기통에 버린 헌 철자 교본을 가지고 독학으로 읽고 쓰는 법을 익혔다는 것이었다. 검은색과 흰색 페인트통을 가지고 오라고 한 다음, 나폴레온은 큰길로 통하는 다섯 개의 가로대가 붙은 문 쪽으로 모두를 데리고 갔다. 스노볼이(그가 글씨를 제일 잘 썼다) 앞발의 발톱 사이에 붓을 끼우고 문짝 맨 위에 있는 '매너 농장'이라는 글자를 페인트로 지운 후 그 자리에 '동물 농장'이라고 썼다. 그것이 이제부터 이 농장의 이름이 되었다. 그 일이 끝나자 그들은 농장 건물로 되돌아왔고, 스노볼과 나폴레온은 사다리를 가지고 오게 해서 그것을 큰 창고 한쪽 벽에 걸쳐놓았다. 그들은 지난 3개월 동안의 연구 결과, 동물주의의 원칙을 '칠계명(七戒命)'으로 요약했다고 설명했다. 그 '칠계명'을 이제부터 벽에 쓸 텐데, 그것은 '동물농장'의 모든 동물이 앞으로 살아가는 데 있어서 영원히 지켜야 할 불변의 율법이 된다는 것이었다. 스노볼은 적잖이 힘들게(사다리 위에서 돼지가 균형을 잡는다는 것은 쉬운 일이 아니었기 때문이다) 사다리로 기어올라가서 글씨를 쓰기 시작했고, 그 아래 몇 계단 밑에서 스퀼러가 페인트통을 들고 있었다. 그 계명은 커다란 흰 글자로 타르칠을 한 벽에 씌어졌으므로 30야드 거리에서도 읽을 수 있었다. 그 내용은 다음과 같았다.

칠계명
1. 두 발로 걷는 자는 적이다.
2. 네 발로 걷거나 날개를 가진 자는 친구다.
3. 어떤 동물도 옷을 입으면 안 된다.
4. 어떤 동물도 침대에서 자면 안 된다.
5. 어떤 동물도 술을 마시면 안 된다.
6. 어떤 동물도 다른 동물은 죽이면 안 된다.
7. 모든 동물은 평등하다.

그것은 매우 단정하게 씌어졌고, friend가 freind로, 's'자 하나가 거꾸로 구부러진 것 말고는 철자도 모두 정확했다. 스노볼은 그것을 큰 소리로 읽어주었다. 다른 동물들은 모두 고개를 끄덕이며 완전히 동의했고, 좀 영리한 동물들은 그 자리에서 계명을 외우기 시작했다.

"자, 동지들." 스노볼이 붓을 아래로 던지면서 말했다. "모두 건초밭으로 갑시다! 우리는 명예를 걸고 존스와 그의 일꾼들보다 더 빨리 건초를 거둬들입시다.”

그런데 바로 그때, 얼마 전부터 불편하게 보이던 암소 세 마리가 ‘음매!’ 하고 크게 소리를 질렀다. 24시간 동안 젖을 짜지 않았기 때문에 그들은 젖통이 거의 터질 것 같은 상태였던 것이다. 돼지들은 잠깐 생각해본 끝에, 양동이를 가져오라 하여 제법 솜씨있게 암소 젖을 짜주었다. 젖을 짜는 데는 돼지들의 네 다리가 아주 안성맞춤이었다. 삽시간에 거품이 이는 크림 같은 우유가 다섯 양동이나 생겼다. 많은 동물들은 그 우유에 흥미로운 눈초리를 보냈다.

“그 우유를 다 어떻게 할 겁니까?” 하고 누군가 물었다.

“존스는 우리 먹이에 이따금 우유를 섞어주기도 했지요,” 암탉 한 마리가 말했다.

“이 우유에는 신경 쓸 것 없어요, 동지들!” 나폴레온이 양동이 앞에 서서 소리쳤다. “어떻게든 처리가 될 테니까. 그보다 건초 수확이 더 중요하오. 스노볼 동지가 선도할 거요. 나도 잠시 후에 뒤따라가겠소. 동지들, 앞으로! 건초가 여러분을 기다리고 있소.”

그래서 동물들은 건초를 거두기 위해 건초밭으로 갔는데, 저녁에 돌아왔을 때 그들은 우유가 없어졌음을 알아차렸다.

제 3 장

동물들이 건초를 거둬들이는 데 얼마나 많은 땀과 노력을 기울였던가! 그들의 노력은 그만한 대가가 있었다. 기대 이상으로 수확량이 많았던 것이다.

일은 힘에 겨울 때도 있었다. 농기구란 동물들을 위한 것이 아니라 사람들을 위해 만들어진 것이었다. 가장 큰 장애는 뒷다리에 걸치게 되어 있는 기구를 아무도 사용할 수 없다는 것이었다. 하지만 돼지들은 매우 영리하여 어려움이 닥칠 때마다 극복하는 방법을 생각해냈다. 말들은 밭에 대해 샅샅이 잘 알고 있었고, 실상 풀을 베고 거두어들이는 일은 존스 씨와 그의 일꾼들보다 더 잘 알고 있었다. 돼지들은 직접 일을 하지 않고 다른 동물들을 지휘하고 감독했다. 탁월한 지식을 가지고 있는 그들로는 그것은 지극히 당연한 일이었다. 복서와 클로버는 풀 베는 기계와 써레를 몸에 묶고(이제 재갈이나 고삐 따위는 필요없었다) 때때로 "이랴, 동지!" 또는 "워워, 동지!" 하고 소리치며 뒤따르는 돼지와 함께 열심히 들판을 빙빙 돌았다. 그리고 가장 힘없고 약한 것에 이르기까지 모든 동물이 건초를 간추리고 모으는 일을 했다. 즉, 오리와 암탉까지도 온종일 뙤약볕 아래 오가며 건초를 한 줌씩 부리로 물어 날랐다. 드디어 그들은 존스와 그의 일꾼들보다 이틀이나 빨리 건초를 거둬들였다. 더구나 그 양에 있어서도 전례없이 많은 수확이었다. 버린 것은 전혀 없었다. 암탉과 오리가 그 밝은 눈으로 마지막 한 줄기까지 모았기 때문이다. 그리고 어떤 동물도 풀을 한입도 몰래 먹지 않았다.

농장의 일은 여름 동안 줄곧 별다른 어려움 없이 진행되었다. 동물들은 그럴 수 있으리라고 상상한 이상으로 행복했다. 목으로 넘기는 음식마다 가슴 벅찬 기쁨을 느끼게 해주었다. 그것은 인색한 주인이 마지못해 조금씩 나누어주던 먹이가 아니라 그들 스스로가 자급자족하는 것이었기 때문이다. 쓸모없이 기생하던 인간들이 사라지자 각자가 먹을 식량이 더 많아졌다. 동물들이 그것을 적절히 이용하지는 못하지만 여가 역시 더 많아졌다. 그런 한편으로 그들은 많은 어려움에 부딪쳤다. 예를들어 그 해 가을 곡식을 거둬들였을 때, 농장에 탈곡기가 없었기 때문에 그들은 곡식을 옛날 식으로 발로 밟아서 털고 후후 불어서 껍질을 날려버릴 수밖에 없었다.

그러나 돼지들의 지혜와 복서의 엄청난 힘으로 번번이 이런 어려움을 극복했다. 복서는 모든 동물들의 찬탄의 대상이었다. 그는 존스 때에도 성실한 일꾼이었지만, 이제는 말 세 마리 몫 이상의 일을 해내는 것 같았다. 그의 튼튼한 어깨에 농장의 모든 일이 걸려 있는 것처럼 여겨지는 날들도 있었다. 그는 아침부터 밤까지 열심히 일했고, 가장 힘든 일이 있는 곳에 항상 그의 모습이 보였다. 그는 젊은 수탉 한 마리와 약속을 해서 다른 동물들보다 반 시간 빨리 깨워달라고 한 다음, 정규 일과가 시작되기 전에 가장 필요하다고 생각되는 일을 스스로 찾아서 하곤 했다. 어떤 문제가 생기거나 어려움에 부딪칠 때마다 그는 언제나 "좀더 열심히 일해야지 !" 하고 말했는데, 그는 그것을 자신의 좌우명으로 삼았던 것이다.

그러나 모든 동물들은 각자 능력에 따라 일을 했다. 즉, 암탉과 오리들은 수확 때 떨어진 이삭을 주워 모아 곡식을 열 말 정도 늘였다. 그 누구도 훔치거나 자기 배급량에 대해 불평하지 않았다. 전 같으면 흔히 싸우고 물어뜯고 시기하는 일을 볼 수 있었으나, 지금은 그런 일들이 거의 눈에 띄지 않았다. 아무도——아니, 거의 아무도 자기 책임을 회피하지 않았다. 사실 몰리는 아침에 일찍 일어나지 않았고, 발굽에 돌이 끼었다는 핑계로 남보다 먼저 일을 걷어치우는 버릇이 있었다. 그리고 고양이의 행동도 미심쩍은 데가 있었다. 해야 할 일이 있을 때마다 고양이의 모습이 보이지 않는다는 사실을 곧 알게 되었다. 고양이는 몇 시간 동안 사라졌다가 식사 때, 혹은 일이 다 끝난 저녁 무렵에 태연한 얼굴로 다시 나타나곤 했다. 하지만 고양이는 늘 그럴 듯한 핑계를 댔고 또 아주 다정스럽게 속살거렸기 때문에 모두들 그 선의를 의심할 수가 없었다. 당나귀 벤자민 영감은 봉기 후에도 조금도 변한 것 같지 않았다. 그는 맡겨진 일에 게으르지도 않고 그렇다고 자진해서 여분의 일을 맡으려 하지도 않고 존스 시대와 마찬가지로 느릿느릿 고집스러운 태도로 일했다. 그는 봉기와 그 결과에 대해 어떤 의견도 표명하지 않았다. 존스가 없어져서 행복하지 않으냐는 질문을 받자, 그는 다만 "당나귀는 오래 산다오. 당신들 가운데 아무도 죽은 당나귀는 본 적이 없을 거요." 하고 말했다. 다른 동물들은 수수께끼 같은 그 대답에 만족할 수밖에 없었다.

일요일에는 일을 하지 않았다. 아침 식사는 평소보다 한 시간 늦게 하고, 식사 후에는 매주 꼬박꼬박 의식을 행했다. 맨 첫 순서는 기(旗)의 게양식이었다. 스노볼이 마구간에서 존스 씨가 사용했던 녹색의 헌 식탁보를 찾아내어 거기에 흰색으로 발굽과 뿔을 그렸던 것이다. 그 기가 매주 일요일 아침마다 농장 저택의 마당에 있는 게양대에 꽂혔다. 스노볼의 설명에 따르면, 기의 바탕색인 녹색은 영국의 푸른 들판을 나타내고 발굽과 뿔은 인류가 마침내 멸망한 후에 세워질 미래의 '동물 공화국'을 나타낸다. 기의 게양이 끝나면 모든 동물들은 '회합'이라는 이름의 총회에 참석하기 위해 큰 창고로 줄지어 들어간다. 거기서 다음 주의 작업 계획이 세워지고 여러 가지 방안이 제출, 토의되었다. 방안을 제출하는 것은 언제나 돼지들이었다. 다른 동물들은 투표 방법까지는 이해할 수 있었지만, 그들 나름의 방안을 내놓지는 못했다. 토의에서 가장 적극적인 것은 스노볼과 나폴레온이었다. 그러나 그들 둘의 의견이 하나가 된 적은 한 번도 없다는 것을 알게 되었다. 어느 한쪽이 의견을 내놓으면 다른 한쪽은 번번이 거기에 반대하는 것이었다. 작업 연령이 지난 동물들의 휴식처로서 과수원 뒤의 작은 목장을 확보해놓자는 제안(이 제안 자체에는 어떤 동물도 반대하지 않았다)이 있었을 때도 각종 동물들에 대한 적절한 정년(停年)을 두고 열띤 토론이 벌어졌다. 회합은 언제나 〈영국의 동물들〉의 합창으로 끝나고 오후는 오락 시간으로 주어졌다. 돼지들은 마구간을 자기들의 본부로 삼았다. 그들은 그곳에서 저녁마다 농장집에서 가져온 책을 가지고 대장장이 일, 목공 일, 그리고 기타 필요한 기술을 연구했다. 스노볼은 다른 동물들을 그 자신이 이름붙인 '동물 위원회'라는 조직으로 묶는 일에 바빴다. 그는 그 일에 대해 열의를 가지고 있었다. 그는 읽고 쓰는 학급을 만든 외에 암탉들에게는 '달걀 생산 위원회', 암소들에게는 '꼬리 청결 동맹' 그리고 '야생 동지 재교육 위원회'(이 위원회의 목적은 쥐와 토끼를 길들이는 것이었다), 양들에게는 '순백모(純白毛) 운동' 등 여러 가지 조직을 만들었다. 이런 계획들은 대부분 실패로 끝났다. 예를들어 야생 동물들을 길들이려는 시도는 당장 무산되었다. 그들은 예전과 다름없는 행동을 계속했으며, 너그럽게 대해주면 단지 그걸 이용할 따름이었다. 고양이는 이 '재교육 위원회'에 참여하여 얼마 동안은 매우 적극적이었다. 어느 날, 고양이는 지붕 위에 앉아 멀리 떨어져 있는 참새들과 대화를 나누었다. 고양이는 모든 동물은 이제 동지가 되었으므로 원한다면 참새들도 자기 발등에 앉을 수 있다고 말했다. 하지만 참새들은 가까이 다가오려고 하지 않았다.

그러나 읽고 쓰는 학급은 큰 성공을 거두었다. 가을이 왔을 때 농장에 있는 거의 모든 동물이 어느 정도는 읽고 쓸 수 있게 되었다.

돼지들은 벌써부터 완벽하게 읽고 쓸 수 있었다. 개들도 제법 잘 읽었지만, 그들은 칠계명 외에 다른 것을 읽는 데는 별다른 흥미를 느끼지 않았다. 염소 뮤리엘은 개들보다 좀더 잘 읽었다. 그는 이따금 쓰레기더미에서 찾아낸 신문지 조각을 다른 동물들에게 읽어주기도 했다. 벤자민은 어느 돼지 못지않게 잘 읽을 수 있었으나, 자기 실력을 드러낸 적은 없었다. 그는 자기가 아는 한, 읽을 만한 가치를 지닌 것이 아무것도 없다는 것이었다. 클로버는 알파벳을 모두 익혔지만 그것을 연결시켜서 읽을 줄 몰랐다. 복서는 D자 이상은 나가지 못했다. 그는 그 큰 발굽으로 땅바닥에 ABCD를 쓰고 나서 귀를 뒤로 젖힌 채 이따금 고개를 흔들면서 글자를 골똘하게 바라보며 열심히 그 다음 것을 생각해내려고 했지만 결국 성공하지 못했다. 사실 그는 여러 차례 EFGH를 배웠지만, 그 글자들을 익힌 순간 어느 새 ABCD를 잊어버렸던 것이다. 결국 그는 처음 네 글자를 아는 것으로 만족하기로 마음먹고, 하루에도 한두 차례 기억을 되살려 그 글자들을 써보곤 했다. 몰리는 자기 이름에 쓰이는 여섯 글자 이상은 배우려고 하지 않았다. 그녀는 가는 나뭇가지로 자기 이름을 보기 좋게 맞춰놓고 그것을 꽃 몇 송이로 꾸민 후 그 주위를 빙빙 돌며 감탄하곤 했다.

기타 다른 동물들은 A자 이상을 배우지 못했다. 양, 암탉, 오리처럼 머리 나쁜 동물들은 칠계명조차 외우지 못한다는 사실이 밝혀졌다. 생각 끝에 스노볼은 칠계명을 '네 다리는 좋고 두 다리는 나쁘다.'는 한마디 격언으로 요약할 수 있다고 언명했다. 그는 이 격언에 '동물주의'의 기본 원칙이 들어 있다고 설명했다. 누구든 이 말을 깊이 파악하고 있으면 인간의 영향을 받지 않는다는 것이었다. 새들은 처음에 자기들도 다리가 둘이라고 생각했기 때문에 여기에 이의를 제기했다. 그러자 스노볼은 그렇지 않다고 설명해주었다.

"동지들, 새의 날개는 말이오." 하고 그는 말했다. "조작 기관이 아니라 추진 기관이오. 따라서 날개는 다리로 보아야 옳소. 일체의 악덕을 저지르는 도구인 '손'이 바로 인간을 동물과 구별하는 표적이오."

스노볼의 긴 설명을 새들이 이해한 것은 아니었다. 그러나 그들은 그것을 받아들였고, 우둔한 동물들은 이 새로운 격언을 암기하기 시작했다. 창고 벽 한쪽 구석, 칠계명이 씌어진 곳 위쪽에 '네 다리는 좋고 두 다리는 나쁘다.'라는 말이 그보다 더 큰 글씨로 씌어졌다. 이 격언을 외우고 나자 양들은 그것이 아주 마음에 들었다. 그래서 때때로 들판에 누워서 '네 다리는 좋고 두 다리는 나쁘다! 네 다리는 좋고 두 다리는 나쁘다!'라고 외쳤는데, 계속 몇 시간이고 지칠 줄 모르고 그것을 되풀이했다.

스노볼의 위원회에 대해 나폴레온은 아무 관심을 보이지 않았다. 그는 어린 동물들에 대한 교육이 다 자란 동물을 교육하는 것보다 훨씬 중요하다고 말했다. 건초를 수확한 직후 제시와 블루벨이 새끼를 낳았다. 양쪽을 합하면 건강한 강아지가 아홉 마리나 되었다. 나폴레온은 새끼 강아지들이 젖이 떨어지자마자 그들의 교육은 자기가 맡겠다면서 어미로부터 모두 떼어갔다. 그는 그 강아지들을 마구간에서 사다리를 놓아야 올라갈 수 있는 지붕 밑 다락방으로 데리고 가숨겨두었으므로, 다른 동물들은 곧 그들에 대해 잊어버리고 말았다.

사라진 우유의 행방에 대한 비밀은 곧 밝혀졌다. 그것은 날마다 돼지들의 먹이 속에 섞여들어갔다. 풋사과가 익기 시작하면서 과수원 풀밭에는 바람에 떨어진 과일들이 여기저기 뒹굴고 있었다. 동물들은 당연히 그 사과를 고루 분배할 것으로 생각했다. 그런데 어느 날, 떨어진 사과를 빠짐없이 주워서 돼지용으로 마구간으로 가져오라는 명령이 내려졌다. 몇몇 다른 동물들은 이 명령을 듣고 불만을 나타냈지만 아무 소용이 없었다. 이 점에 대해 돼지들은 모두, 나폴레온과 스노볼조차 완전히 의견이 일치했다. 다른 동물들에게 필요한 설명을 위해 스퀼러가 파견되었다.

"동지들!" 하고 그는 소리쳤다. "설마 우리 돼지들이 이런 일을 하는 것이 이기심과 특권 의식 때문이라고 생각하지는 않겠지요? 우리 가운데 상당수는 사실 우유와 사과를 좋아하지 않습니다. 나 자신도 마찬가집니다. 그런 것을 우리가 차지하는 오직 한 가지 이유는 우리의 건강을 유지하기 위해서입니다. 동지들, 이것은 과학적으로 증명된 바이지만, 우유와 사과에는 우리 돼지들의 건강에 절대적으로 필요한 물질이 함유되어 있습니다. 우리 돼지들은 두뇌를 주로 쓰는 일꾼들입니다. 우리에게 이 농장의 모든 경영과 조직이 달려 있습니다. 우리는 밤낮을 가리지 않고 여러분의 복지를 위해 일하고 있습니다. 우리가 우유를 마시고 사과를 먹는 것은 전적으로 여러분을 위해서란 말이오. 만일 우리가 의무를 다하지 못하면 어떤 사태가 벌어질지 여러분은 알고 있소? 존스가 되돌아올 거요! 그렇소, 그가 돌아올 거요! 동지들, 이건 분명한 일이오." 스퀼러는 왔다갔다 펄쩍펄쩍 뛰고 꼬리를 흔들며 호소하듯 소리쳤다. "물론 여러분 중에서 존스가 돌아오기를 원하는 자는 아무도 없겠지요?"

지금 동물들이 절대적으로 확신하는 것이 한 가지 있다면, 그것은 모두가 존스가 돌아오는 것을 바라지 않는다는 사실이었다. 이런 식의 설명 앞에서 그들은 할 말이 없었다. 자명한 사실은 돼지들의 건강 유지가 무엇보다 중요하다는 것이었다. 따라서 우유와 떨어진 사과(또한 다 익은 후에 거둬들일 사과까지도)는 돼지들만의 것으로 비축해두어야 한다는 것은 더 이상의 토의를 거치지 않고 승인되었다.

제 4 장

동물 농장에서 일어난 사건 뉴스가 늦여름쯤에는 주(州)의 중간까지 알려졌다. 스노볼과 나폴레온은 날마다 비둘기들을 날려보냈는데, 그들은 이웃 농장의 동물들에게 봉기 이야기를 전해주고 〈영국의 동물들〉 노래를 가르쳐주라는 지령을 받았다.

존스 씨는 그 동안 윌링톤의 〈레드 라이온〉 주점에 틀어박혀 대부분의 시간을 보내며 자기 이야기를 들어주는 사람 누구에게나 하찮은 동물 패거리에게 자기 소유지를 빼앗기고 내쫓기는 무도한 처사를 당했다는 불평을 늘어놓았다. 다른 농장주들은 원칙적으로는 그의 처지를 동정했지만, 처음에는 별다른 도움을 주려 하지 않았다. 그들은 제각기 존스 씨가 당한 불행을 어떻게든 자기에게 유리한 방향으로 이용할 수 없을까 하는 은근한 속셈을 가지고 있었다. 동물 농장과 붙어 있는 두 농장의 농장주들이 항상 사이가 나빴던 것이 다행이었다. 그중 하나인 폭스우드 농장은 땅은 넓지만 관리가 제대로 되어 있지 않은 구식 농장으로 대부분이 무성한 삼림이고 목초지는 척박하고 울타리도 엉성했다. 그 농장의 주인인 필킹톤 씨는 낙천적인 성격의 소유자로 계절따라 낚시질이나 사냥으로 대부분의 시간을 보냈다. 핀치필드라는 또 하나의 농장은 크기는 그보다 작지만 관리가 잘되어 있었다. 그 농장주 프레데릭 씨는 야무지고 빈틈없는 성격으로 늘 소송 사건에 걸려 있고 흥정을 붙이기 까다롭다는 평판을 듣고 있었다. 이 두 농장주들은 서로를 극도로 싫어해서 공동의 이익 옹호에 관한 일에 있어서조차 의견이 상반되었다.

　그러면서도 그들 두 사람은 동물 농장의 봉기 소식에 깜짝 놀라 자기네 농장의 동물들에게 그 사실이 알려질까 봐 몹시 걱정했다. 그들은 처음에는 동물들이 농장을 경영한다는 것을 비웃으며 경멸했다. 두 주일 정도 지나면 모든 일이 제자리로 돌아갈 것이라고 그들은 말했다. 그들은 매너 농장(동물 농장이라는 이름은 인정할 수 없었기 때문에 그들은 계속 매너 농장이라고 불렀다)의 동물들이 서로 싸우다가 결국 굶어죽을 것이라고 내다보았다. 때가 가고 또 동물들이 굶어죽지 않은 것이 확실해지자 프레데릭과 필킹톤은 태도를 바꾸어 동물 농장에서 한창 행해지고 있는 무시무시한 잔학상에 대해 이야기하기 시작했다. 그 농장에 있는 동물들은 서로 잡아먹는 일을 자행하고 벌겋게 단 편자로 서로를 고문하며 암놈들을 공동 소유한다고 퍼뜨렸다. 그들은 자연의 법칙을 거스르면 이런 일이 생긴다고 말했다.

　그러나 그런 이야기를 곧이곧대로 믿는 이는 없었다. 인간들이 추방되고 동물들이 모든 것을 관리하고 있다는 기적의 농장에 관한 소문은 막연히 왜곡된 상태로 끊임없이 퍼져나갔고, 그 해에는 그 지방 일대에 줄곧 봉기의 물결이 파문을 일으켰다. 그때까지 고분고분하던 황소들은 별안간 거칠어지고 양은 울타리를 부수고 클로버를 뜯어먹었으며, 암소들은 우유통을 발길로 차고 사냥말은 담 뛰어넘기를 거부하고 타고 있는 사람을 흔들어 팽개쳤다. 또한 〈영국의 동물들〉의 곡조와 가사가 사방에 알려졌다. 그것은 놀랄 정도로 급속히 퍼져갔다. 이 노래를 듣고 사람들은 내심 비웃었지만 한편으로는 화가 치밀었다. 아무리 동물들이지만 어떻게 그런 천박한 생각을 노래로 부르게 되었는지 이해할 수 없다고 그들은 말했다. 그 노래를 부르다 발각된 동물들은 어떤 종류건 채찍을 맞았다. 하지만 그 노래를 막을 수는 없었다. 개똥지빠귀들은 울타리에 앉아 그 노래를 지저귀고 비둘기는 느릅나무에서 구구거려, 그 소리는 대장간의 시끄러운 소리와 교회의 종소리에 섞여들었다. 그 노래에 귀를 기울이다가 사람들은 미래의 운명에 대한 예언을 감지하고 남몰래 몸을 떨었다.

한 떼의 비둘기가 하늘을 날아와 몹시 흥분한 상태로 동물 농장의 뜰에 내려앉았다. 때는 10월 초, 곡식은 거두어 낟가리로 쌓아놓고 그중 일부는 이미 타작을 해놓았을 무렵이었다. 존스와 그의 일꾼들이 폭스우드와 핀치필드에서 온 다른 다섯 명과 함께 다섯 개의 가로대가 붙어 있는 문으로 들어와 농장으로 통하는 마찻길을 올라오고 있다는 것이었다. 그들은 손에손에 몽둥이를 들고 있었는데, 존스만은 총을 든 채 앞장서서 전진하고 있었다. 말할 것도 없이 그들의 목적은 농장의 탈환이었다.

이런 일은 오래 전부터 예상해왔고 따라서 모든 준비가 갖추어져 있었다. 스노볼은 농장집에서 찾아낸 줄리어스 시저의 오래 된 전기(戰記)를 연구해왔으므로 방어 작전을 담당했다. 그는 신속하게 명령을 내렸고 수분 이내에 모든 동물들은 각자 맡은 자리로 갔다.

사람들이 농장 건물로 가까이 왔을 때, 스노볼은 첫 공격을 시작했다. 서른 다섯 마리의 비둘기들은 한꺼번에 사람들 머리 위로 날아올라 공중에서 그들을 향해 똥을 내리갈겼다. 사람들이 거기에 대처하고 있는 사이에 울타리 뒤에 몸을 숨기고 있던 거위들이 일제히 뛰어나와 그들의 종아리를 마구 쪼아댔다. 하지만 그것은 어느 정도 혼란을 주기 위한 가벼운 전초전에 지나지 않았고 사람들은 몽둥이를 휘둘러 거위들을 힘들이지 않고 물리쳤다. 스노볼은 곧 두번째 공격으로 들어갔다. 스노볼을 선두로 뮤리엘과 벤자민, 그리고 모든 양들이 사방에서 사람들에게 덤벼들어 받기도 하고 찌르기도 했는데, 벤자민은 뒤로 빙 돌아 그 작은 발굽으로 사람들을 호되게 차주었다. 그러나 몽둥이와 징 박은 구두를 신은 사람들은 역시 그들에겐 강적이었다. 후퇴하라는 신호로 스노볼이 갑자기 소리를 지르자, 동물들은 일제히 몸을 돌려 문을 거쳐 마당으로 도망쳤다.

사람들은 승리의 환호성을 올렸다. 예상대로 적들이 달아나는 것을 보자 그들은 앞뒤 돌아보지 않고 추격했다. 그것이야말로 스노볼이 노리던 바였다. 그들이 마당 한가운데로 들어선 순간, 외양간에 잠복해 있던 세 마리의 말과 세 마리의 암소, 그리고 돼지들 모두가 갑자기 뒤에서 나타나 그들의 퇴로를 막았다. 바로 그때 스노볼이 공격의 신호를 보냈다. 스노볼 자신은 존스를 맡았다. 스노볼이 달려들자 존스는 총을 들어 쏘았다. 총알은 스노볼의 등을 스치고 지나가 뒤에 있던 양 한 마리를 맞춰 죽였다. 스노볼은 그 순간을 놓치지 않고 15스톤(1스톤은 약 14파운드)이나 나가는 육중한 몸으로 존스의 다리를 덮쳤다. 그 바람에 존스는 거름더미로 쓰러지면서 총을 놓쳤다. 그러나 뭐니뭐니해도 가장 무시무시한 장면은 복서가 마치 종마(種馬)처럼 뒷발로 일어서서 징 박은 커다란 발굽으로 공격하는 모습이었다. 그는 최초의 일격에 폭스우드에서 온 마구간지기 소년의 정수리를 쳐서 진흙 바닥에 쭉 뻗도록 만들었다. 이 광경을 목격하고 여러 사람이 몽둥이를 버리고 달아나려 했다. 그들은 공포에 사로잡혔고, 다음 순간 모든 동물들이 다함께 마당을 빙빙 돌며 그들을 뒤쫓았다. 그들은 뿔로 받고 발로 차고 물고 짓밟았다. 농장의 동물들은 모두 자기 나름대로 사람들에게 복수를 했다. 심지어는 고양이까지 느닷없이 소몰이꾼 어깨 위로 뛰어내려 발톱으로 그 목을 할퀴었다. 그는 무섭게 비명을 질렀다. 그 순간 달아날 길이 생겼다. 사람들은 기회를 놓치지 않고 마당을 벗어나 큰길로 달아났다. 그리하여 사람들은 공격에 나선 지 5분도 채 안 되어 거위 떼의 야유 속에 종아리를 마구 물어뜯기면서 자기들이 왔던 길로 치욕적인 후퇴를 하고 말았다.

한 명만 제외하고 사람들은 모두 달아났다. 마당으로 돌아오자 복서는 진흙 속에 얼굴을 처박은 채 엎드려 있는 마구간지기 소년을 발굽으로 건드리며 바로 눕히려고 애썼다. 그러나 소년은 꼼짝도 하지 않았다.

"죽었어." 하고 복서가 서글픈 어조로 말했다. "그럴 생각은 아니었는데. 내 발에 징이 박혀 있다는 걸 깜박 잊었어. 내가 일부러 이러지 않았다는 걸 누가 믿어 줄까?"

"농지, 감상은 금물이오!" 상처에서 아직도 피를 뚝뚝 흘리며 스노볼이 소리쳤다. "전쟁은 전쟁이오. 선량한 인간이란 죽은 자뿐이란 사실을 잊지 마오."

"난 누굴 죽이고 싶지는 않아요. 그 상대가 비록 사람이라도 말입니다." 복서는 되풀이해서 말했는데, 그의 눈에는 눈물이 가득 고여 있었다.

"몰리는 어디 갔지?" 누군가가 소리쳤다.

그러고 보니 몰리가 없었다. 잠시 긴장감이 감돌았다. 사람들이 몰리에게 상처를 입혔거나 아니면 끌고 갔을지도 모른다고 모두들 걱정했다. 그러나 이윽고 몰리는 여물통 건초 속에 머리를 처박고 외양간에 숨어 있다가 발견되었다. 몰리는 총소리가 나는 것과 동시에 달아났던 것이다. 그런데 몰리를 찾아가지고 돌아온 그들은, 실상은 잠시 기절했을 뿐이었던 마구간지기 소년이 의식을 되찾아 벌써 도망쳐버린 것을 알았다.

동물들은 거의 미친 듯이 흥분한 상태로 다시 모여 제각기 소리를 높여 자신의 무공을 떠들어댔다. 즉석에서 승전 축하회가 열렸다. 기를 게양하고 〈영국의 동물들〉을 몇 번인가 부르고 나서 전사한 양을 위해 엄숙한 장례식을 거행하고 그 무덤에 아가위나무를 한 그루 심어주었다. 스노볼은 무덤 옆에서 짤막하게 연설을 했는데, 그는 모든 동물은 동물 농장을 위해 필요하다면 목숨을 바칠 각오가 되어 있어야 한다고 역설했다.

동물들은 무공 훈장 '제 1 급 동물 영웅'을 제정할 것을 만장일치로 결의하고, 그 자리에서 그 훈장을 스노볼과 복서에게 수여했다. 그것은 놋쇠로 만들어진 메달로(그것은 마구간에서 발견한 마구의 놋쇠판이었다) 일요일과 휴일에 착용하도록 했다. 그리고 '제 2 급 동물 영웅' 훈장도 제정했는데, 그것은 전사한 양에게 추서했다.

이 전투에 어떤 이름을 붙여야 할 것인지에 대해서는 상당한 논란이 있었다. 결국 복병이 뛰어나온 곳의 이름을 따서 '소 외양간 전투'라고 명명했다. 존스 씨의 총은 진흙 속에 묻혀 있었고, 농장집 탄약통에는 총알이 남아 있는 것이 확인되었다. 그 총은 마치 대포처럼 깃대 밑에 꽂아두고 일 년에 두 차례, 즉 '소 외양간 전투' 기념일인 10월 12일과 봉기 기념일인 6월 24일(성 요한 제일)에 축포를 쏘기로 했다.

제 5 장

겨울이 가까워지면서 몰리는 점점 더 골치 아픈 존재가 되었다. 그녀는 매일 아침마다 작업장에 늦게 나타나서 늦잠을 잤다고 핑계를 대었고, 또 이름도 모르는 병에 대해 투덜거리면서도 식욕은 대단히 왕성했다. 그녀는 온갖 구실을 다 붙여 일을 안 하려고 꾀를 부리고 물 마시는 우물로 가서 물 속에 비친 제 모습을 멍하니 들여다보곤 했다. 그러나 그보다 더 심각한 소문이 나돌기 시작했다. 어느 날 몰리가 즐거운 듯한 표정으로 긴 꼬리를 흔들고 건초 줄기를 질정질정 씹으며 마당으로 들어서자, 클로버가 그녀를 한쪽으로 데리고 갔다.

"몰리." 하고 클로버가 말했다. "심각한 이야기가 있어요. 난 오늘 아침 당신이 동물 농장과 폭스우드 농장의 경계인 울타리를 넘겨다보는 것을 봤어요. 울타리 건너편에는 필킹톤 씨의 일꾼이 서 있었어요. 그리고 제법 거리가 멀었지만 나는 분명히 보았다고 자신하는데, 그 사람이 당신에게 무슨 말인가 하면서 당신 코를 어루만져주는데도 당신은 가만히 있더군요. 그게 어떻게 된 일이죠, 몰리?"

"그 사람은 그러지 않았어요! 나는 거기 없었어요! 그건 거짓말이에요!"

몰리는 오히려 큰소리를 치며 땅바닥을 긁어댔다.

"내 얼굴을 똑바로 봐요, 몰리. 그가 당신의 코를 어루만지지 않았다는 걸 명예를 걸고 말할 수 있어요?"

"그건 사실이 아니에요!"

몰리는 되풀이했으나 클로버의 얼굴을 바로 쳐다보지 못했다. 다음 순간, 그녀는 들판 쪽으로 달아나버렸다.

클로버의 머릿속에 어떤 생각이 떠올랐다. 그녀는 다른 동물들에게는 아무 말도 하지 않고 몰리의 외양간으로 가서 발굽으로 짚더미를 헤쳐보았다. 짚더미 밑에 작은 각설탕 한 덩어리와 여러 가지 색깔의 리본이 숨겨져 있었다. 사흘 후 몰리가 모습을 감추었다. 그녀가 어디 있는지 몇 주일 동안은 아무도 몰랐으나, 비둘기들이 윌링톤 건너편에서 몰리를 보았다고 보고해왔다. 그녀는 어느 술집 밖에 멈추어 있는 붉은색과 검은 페인트를 칠한 작은 이륜 마차의 굴대 사이에 서 있었다. 바둑무늬 바지에 반장화를 신고, 뚱뚱하고 얼굴이 불그스름한, 술집 주인으로 보이는 남자가 그녀의 코를 어루만지며 각설탕을 먹여주고 있었다. 그녀는 털을 새로 손질했고 앞머리에는 자주색 리본을 달고 있었다. 비둘기는 그녀가 즐거워 보이더라고 말했다. 동물들은 더 이상은 몰리에 대해 이야기하지 않았다.

1월이 되면서 맹추위가 기세를 부렸다. 흙은 쇳덩어리처럼 딱딱하게 되고 들에서는 아무 일도 할 수 없었다. 큰 창고에서는 자주 회합이 열렸고, 돼지들은 봄철에 할 일을 계획하느라 정신이 없었다. 다른 어떤 동물보다 영리한 돼지가, 비록 다수결로 비준을 받기는 해야 했지만 농장 경영에 관한 모든 문제를 결정해야 한다는 것이 기정사실로 굳어졌다. 이런 결정은 스노볼과 나폴레온 사이의 분쟁만 아니었으면 원활하게 시행되었을 것이다. 그들은 의견 대립의 가능성이 있는 문제에 있어서는 반드시 의견이 맞지 않았다. 둘 중 하나가 넓은 땅에 보리를 심자고 하면 다른 한쪽은 어김없이 귀리를 심어야 한다고 주장하고, 어느 한쪽이 이러이러한 밭에는 양배추를 심는 것이 좋다고 하면 다른 한쪽은 거기엔 근채류(根菜類) 외에는 맞지 않는다고 고집했다. 그들은 제각기 지지자가 있었기 때문에 때로는 격론

이 벌어졌다. 회합에서는 스노볼이 그 탁월한 언변으로 자주 다수표를 얻었지만 나폴레온은 은근히 표를 끌어모으는 데 재주가 있었다. 그는 특히 양들의 포섭에 성공했다. 최근에 양들은 "네 다리는 좋고 두 다리는 나쁘다."고 자주 소리를 질렀는데, 그들은 이런 방법으로 회의를 방해하는 일이 가끔 있었다. 그들은 특히 스노볼의 연설이 중요한 대목에 이른 순간에 "네 다리는 좋고 두 다리는 나쁘다."고 소리치는 경향이 있었다. 스노볼은 농장집에서 발견한 〈농민과 목축업자〉라는 묵은 잡지 몇 권을 샅샅이 검토한 끝에 여러 가지 혁신과 개선에 대한 많은 계획을 가지고 있었다. 그는 농장 배수로와 목초를 신선하게 저장하는 법, 그리고 인산 석회 등에 관해 전문가처럼 설명했고, 짐수레 운반의 노동력을 덜기 위해 모든 동물이 날마다 들판의 다른 곳에 가서 직접 배설을 하는 복잡한 계획을 생각해냈다. 스스로 계획을 세우지는 못했지만, 나폴레온은 스노볼의 계획이 실패할 것이라고 조용히 말하고 때를 기다리는 것 같았다. 그러나 그들 사이의 수많은 논쟁 중 풍차에 관한 것만큼 격렬한 것은 없었다.

농장 건물에서 별로 멀지 않은 긴 목장 안에 이 농장에서 가장 높은 작은 언덕이 있었다. 스노볼은 그 지형에 대해 설명하고 나서, 그곳이 풍차를 세우기에 가장 알맞은 장소이며 그 풍차로 발전기를 돌려 농장에 전력을 공급할 수 있다고 말했다. 그렇게 되면 축사에 불을 켜고 겨울에는 난방을 할 수 있을 뿐만 아니라 둥근 톱, 절단기, 여물 자르는 기계, 전기 착유기 등을 사용할 수 있다는 것이었다. 동물들은 지금까지 그런 기계에 대해 들어본 일이 없었다(이 농장은 구식이라서 아주 원시적인 기계밖에 없었다). 그래서 그들은 자기들이 목장에서 풀을 뜯어먹거나, 한가로이 독서를 하거나 이야기를 나누며 교양을 쌓는 동안 자기들을 대신해서 일을 해준다는 환상적인 기계들에 대해 설명하는 스노볼의 말에 넋을 잃고 귀를 기울였다.

2, 3주일 후, 스노볼의 풍차 건설 계획이 완전히 수립되었다. 기계에 관한 세부적 지식은 대부분 존스 씨가 가지고 있던 〈주택 개선의

1천 가지 예〉, 〈벽돌 쌓는 법〉, 〈전기학 입문〉 등 세 권의 책에서 얻은 것이었다. 스노볼은 예전에는 인공 부화기가 있었던, 제도하기에 적당하게 마룻바닥이 매끈한 작은 방을 자기 서재로 썼다. 그는 그곳에 틀어박혀 몇 시간이고 꼼짝하지 않는 일이 많았다. 그는 책을 펼쳐 돌로 눌러놓은 채 발가락 사이에 분필을 끼우고 이쪽저쪽으로 재빨리 움직이며 연달아 선을 긋고 흥분해서 코를 킁킁거리며 그 일을 했다. 차츰 그 설계도는 크랭크와 톱니바퀴의 복잡한 단계에 이르러 마룻바닥의 반 이상을 차지했는데, 다른 동물들은 그것을 전혀 이해할 수 없었지만 무척 강한 감동을 받았다. 최소한 하루에 한 번 정도는 모든 동물이 스노볼의 설계도를 구경하러 왔다. 암탉과 오리까지 와서 분필로 표시한 부분을 밟지 않으려고 애썼다. 그러나 나폴레온만은 그곳에 접근하지 않았다. 그는 애초에 풍차에는 반대 의견을 표했다. 그러던 어느 날, 그는 예고없이 그 설계도를 보러왔다. 그는 작은 방안을 무거운 걸음으로 빙 돌며 설계도를 자세히 들여다보고 한두 차례 코를 킁킁거리더니 잠시 서서 곁눈질을 했다. 그러더니 갑자기 한쪽 다리를 들고 그 설계도 위에 오줌을 내갈기고 한 마디 말도 없이 나가버렸다.

풍차 건설 문제 때문에 농장 전체가 완전히 둘로 갈라졌다. 스노볼은 그것이 힘든 사업이라는 사실을 부인하지 않았다. 돌을 깨뜨려 벽을 세워야 하고 풍차 날개도 만들어야 했으며, 그 다음엔 발전기와 전선이 필요했다(스노볼은 그것들의 조달 방법에 대해 아무 말도 하지 않았다). 하지만 그는 1년이면 전부 완성된다고 주장했다. 그 후에는 노동력이 많이 절약되어 동물들은 일주일에 사흘만 일하면 된다고 말했다. 그 반면, 나폴레온은 지금 가장 시급한 문제는 식량 증산이며 만일 풍차 때문에 시간을 낭비한다면 모두 굶어죽게 된다고 역설했다. 동물들은 '스노볼에 투표해서 일주일에 3일 노동하기'와 '나폴레온에 투표해서 배불리 먹기'라는 두 개의 표어 아래 두 패로 나뉘었다. 어느 편에도 들지 않은 것은 벤자민뿐이었다. 그는 식량이 더욱 넉넉해질 것이라는 사실도, 또 풍차가 노동을 절약해줄 것이라는 사실도 믿지 않았다. 풍차가 있든 없든 생활은 변함없이 고달플 것이라고 그는 말했다.

풍차 건설로 인한 논쟁 말고도 농장의 방위라는 또 한 가지 문제가 있었다. 비록 '소 외양간 전투'에서 패배하기는 했지만, 사람들이 농장을 되찾고 존스 씨를 복권시키기 위해 다시 보다 결정적인 계획을 세우고 있을 것이라는 사실은 충분히 납득할 수 있는 일이었다. 그들의 패배 소식은 그 일대의 지방으로 퍼져나갔고 이웃 농장의 동물 다루기가 전에 비해 훨씬 힘들어졌기 때문에 사람들이 그런 계획을 세워야 할 이유는 더욱 타당성을 갖게 되었다. 스노볼과 나폴레온은 여느 때와 마찬가지로 이 문제에 있어서도 의견의 일치를 보지 못했다. 나폴레온의 주장에 의하면, 동물들은 무기를 입수해서 그들 스스로 그것을 사용할 수 있도록 훈련해야 한다는 것이었다. 스노볼은 더 많은 비둘기들을 보내서 다른 농장 동물들에게 봉기를 선동해야 한다고 주장했다. 한쪽은 그들 스스로 방위하지 못하면 반드시 정복당한다고 주장하는 반면, 다른 한쪽은 사방에서 봉기가 일어난다면 스스로 방위해야 할 필요성이 없어진다고 주장했다. 동물들은 처음에는 나폴레온에게 동조했고 다음에는 스노볼의 이야기에 귀를 기울였는데, 어느 쪽이 옳은지 판단하기 힘들었다. 사실 그들은 늘 그 순간에 말하고 있는 쪽에 동의했다.

마침내 스노볼의 계획이 완성되는 날이 왔다. 다음 일요일의 회합에서 풍차 건설 공사에 착수할 것인가 말 것인가를 표결에 붙이기로 했다. 큰 창고에 동물들이 집합하자, 스노볼이 일어나서 간간이 음매 소리를 내는 양들의 방해를 받으며 풍차 건설의 당위성을 설명했다. 그 다음에 나폴레온이 일어나서 반박했다. 그는 매우 조용한 어조로 풍차란 아무짝에도 쓸모없는 것이며, 따라서 아무도 찬성 투표를 하지 말라고 말한 다음 곧 자리에 앉았다. 그는 겨우 30초 동안 연설을 했는데 자기 발언의 효과 같은 것은 전혀 개의치 않는 것처럼 보였다. 그때 스노볼이 벌떡 일어나서 다시 음매 소리를 내기 시작하는 양들에게 고함을 지른 뒤 풍차 건설에 찬성해달라고 열렬하게 호소했다. 그때까지는 동물들의 의견이 거의 반반으로 나뉘어 있었으나 눈 깜짝할 사이에 스노볼의 열변이 그들의 마음을 사로잡았다. 그는 유창한 언변으로 천한 노동의 굴레가 동물들의 등에서 벗겨질 때 나타날 동물 농장의 모습을 아름답게 묘사했다. 바야흐로 그의 상상력은 작두나 여물 자르는 기계를 훨씬 능가하고 있었다. 전기는 모든 축사에 전등, 냉온수, 전기난방기를 설치할 수 있고, 또한 탈곡기, 쟁기, 써레, 땅고르개, 수확기, 단을 묶는 기계를 움직이게 할 수 있다고 설명했다. 그가 연설을 끝냈을 때는 어느 쪽으로 표결될 것인지에 대해서는 의심할 여지가 없었다. 그런데 바로 그 순간, 나폴레온이 일어나서 특이한 곁눈질로 스노볼을 노려본 다음, 일찍이 누구도 들어본 적이 없는 째지는 듯한 높은 목소리를 냈다.

그러자 문 밖에서 무섭게 으르렁거리는 소리가 나면서 놋쇠 장식이 달린 목걸이를 한 커다란 개 아홉 마리가 창고 안으로 뛰어들었다. 개들은 곧장 스노볼에게 덤벼들었다. 스노볼은 가까스로 그 자리를 벗어나 개들에게 물어뜯기는 화를 피했다. 그는 재빨리 문 밖으로 뛰어나갔고 개들은 그를 추격했다. 모든 동물들은 너무 놀라고 겁에 질려 문 쪽으로 몰려선 채 그 추격전을 지켜보았다. 스노볼은 큰길로 나가는 긴 목장을 가로질러 달렸다. 그는 돼지가 낼 수 있는 최고 속력으로 달렸지만, 개들이 이내 그 뒤꿈치에 가까워졌다. 그가 갑자기 미끄러졌다. 개들이 틀림없이 그를 붙잡을 것 같았다. 그러나 그는 다시 일어나 앞서보다 더 속력을 냈다. 개들은 또다시 그를 따라붙었다. 그중 한 마리가 스노볼의 꼬리를 거의 물어뜯을 뻔했으나 얼른 꼬리를 휘두르는 바람에 간신히 화를 면했다. 그런 다음 스노볼은 남은 힘을 다해 불과 몇 인치를 사이에 두고 울타리 구멍으로 빠져나가 자취를 감추었다.

동물들은 겁에 질려 말을 잃은 채 슬금슬금 창고로 되돌아왔다. 그

때 개들도 달려서 되돌아왔다. 처음에는 누구도 그 개들이 어디서 왔는지 알지 못했다. 그러나 의문은 이내 풀렸다. 그들은 나폴레온이 제 어미로부터 떼어 몰래 기른 강아지들이었다. 아직 다 자란 것은 아니었지만 큰 몸집에 늑대처럼 사나운 얼굴을 하고 있었다. 그들은 나폴레온 곁에 딱 붙어 있었다. 존스 씨에게 다른 개들이 그랬던 것과 마찬가지로 그들이 나폴레온에게 꼬리를 치고 있었다.

나폴레온은 개들을 거느리고 전에 메이저가 연설을 한 높은 단상으로 올라갔다. 그는 앞으로 일요일 아침의 회합은 중지한다고 선언했다. 그런 회합은 불필요하고 시간의 낭비라는 것이었다. 그리고 농장 운영에 대한 모든 문제는 앞으로는 자신이 주재하는 돼지들의 특별 위원회에서 결정하겠다고 말했다. 그 위원회의 회의는 비공개로 하며 거기서 결정된 사항은 후에 다른 동물들에게 전달한다는 것이었다. 동물들은 변함없이 일요일 아침에 모여 기에 경의를 표하고 〈영국의 동물들〉을 제창하며 그 주일의 일에 대한 명령을 하달받지만 토론은 일체 하지 않는다는 것이었다.

스노볼의 축출로 인한 충격에도 불구하고 동물들은 이 성명에 실망했다. 정당한 의견만 생각이 났으면 항의했을 동물이 상당수 있었다. 복서조차 어쩐지 기분이 언짢았다. 그는 귀를 뒤로 젖힌 채 고개를 몇 번이나 흔들어 생각을 정리하기 위해 애썼다. 그러나 결국 아무 말도 할 수가 없었다. 그래도 돼지들 몇이 비교적 똑똑했다. 앞줄에 앉은 젊은 네 마리의 돼지가 그 불만을 찢어지는 목소리로 내뱉더니 한꺼번에 벌떡 일어나 지껄이기 시작했다. 그러나 그 순간 나폴레온 주위에 앉아 있던 개들이 위협적으로 으르렁거리자 돼지들은 아무 소리 못 하고 도로 주저앉았다. 그 뒤를 이어 양들이 큰소리로 "네 다리는 좋고 두 다리는 나쁘다!" 하고 외치며 15분 동안이나 소란을 피우는 바람에 토론의 기회가 막히고 말았다.

나중에 스퀼러가 농장 곳곳에 파견되어 다른 동물들에게 새로운 조치에 대해 설명했다.

 "동지들." 하고 그가 말했다. "여기 있는 모든 동물이 자진해서 귀찮은 일을 맡은 나폴레온 동지의 희생 정신에 대해 감사하고 있다는 것을 나는 확신합니다. 동지들, 지도자가 된다는 것이 즐거운 일이라고는 결코 생각하지 마십시오. 반대로 그것은 무거운 책임을 의미하는 것입니다. 나폴레온 동지 이상으로 모든 동물들이 평등하다는 것을 확고하게 믿는 이는 없을 것입니다. 그는 동지들이 자신들의 일을 스스로 결정하게 되면 더할 수 없이 기뻐할 것입니다. 하지만 여러분은 가끔 잘못 판단할 수도 있을 것이며, 그렇게 되면 우리는 어떻게 될까요? 여러분이 저 풍차라는 어리석은 공상에 빠진 스노볼을 지지하기로 결정을 내렸을 경우를 생각해보시오. 그는 지금 우리가 알고 있는 바대로 죄를 지은 자가 분명하지 않습니까?"

 "그는 '소 외양간 전투'에서 누구보다 용감하게 싸웠어요." 하고 누군가가 말했다.

 "용감한 것만으로는 안 돼요." 하고 스퀼러가 말했다. "그보다 충성과 복종이 더욱 중요해요. 그리고 '소외양간 전투'만 해도 나는 그 싸움에서 보여준 스노볼의 활약이 과장되었음을 언젠가는 깨닫게 될 것이라고 믿고 있소. 동지들, 규율, 철통 같은 규율입니다! 이것이 오늘의 표어요. 자칫 잘못하면 적들이 우리를 억압할 것입니다. 동지들, 여러분은 존스가 돌아오기를 원하는 건 아니겠지요?"

 이런 의견에 반박이 있을 수 없었다. 분명히 동물들은 존스가 돌아오는 것을 원치 않았다. 일요일 아침의 토론을 고집하는 것이 존스를 돌아오게 만드는 일이라면 그런 토론은 중지하는 것이 옳았다. 지금까지 복서는 여러 가지로 생각해볼 시간이 있었기 때문에 다음과 같은 한마디로 전체적인 분위기를 대변했다.

 "나폴레온 동지가 그렇게 말한다면 그것이 옳겠지요."

 그 이후로 그는 '좀더 열심히 일해야지.'라는 그 개인적인 표어에 덧붙여 '나폴레온은 언제나 옳다.'라는 격언을 만들었다.

 그 무렵 날씨가 풀렸고 봄갈이가 시작되었다. 스노볼이 풍차를 설계하던 작은 방은 폐쇄되었고 마룻바닥의 설계도는 지워졌을 것으로 여겨졌다. 동물들은 일요일마다 아침 10시에 큰 창고에 모여서 그 주일의 명령을 받았다. 살점이 다 떨어져 나간 메이저 영감의 두개골을 과수원에서 파내어 깃대 아래 있는 그루터기에 총과 나란히 세워놓았다. 기를 게양한 다음, 동물들은 창고로 들어가기 전에 엄숙한 태도로 이 두개골 앞을 행진했다. 요즘은 전처럼 모두 함께 모여 앉지 않았다. 나폴레온은 스퀼러, 미니머스(노래와 시를 짓는 데 뛰어난 재능을 가진 젊은 돼지다)와 함께 높다랗게 쌓은 연단 앞줄에 앉고, 그 주위에 아홉 마리의 젊은 개들이 반원형으로 진을 치고 있었으며, 다른 돼지들이 그 뒤에 앉았다. 나머지 동물들은 창고 중앙에 그들과 마주하여 앉았다. 군인같이 무뚝뚝한 태도로 나폴레온이 그 주일의 명령을 읽으면 모든 동물들은 〈영국의 동물들〉을 한 번 부른 다음에 해산했다.

스노볼이 추방되고 나서 세번째 맞는 일요일, 동물들은 무슨 일이 있더라도 풍차를 세울 것이라는 나폴레온의 발표를 듣고 약간 놀랐다. 그는 생각을 바꾼 데 대해 한마디 해명도 하지 않고 다만 이 특별 사업은 매우 어려울 것이고, 동물들에게 할당되는 식량도 줄일 필요가 있을지 모른다고 경고했을 뿐이었다. 하지만 그 설계는 맨 마지막 부분까지 다 준비되어 있었다. 지난 3주일 동안 돼지들의 특별 위원회가 연구를 해왔던 것이다. 풍차 건설은 다른 여러 가지 개량 사업과 함께 2년이 걸릴 것으로 예상되었다.

그날 밤 스퀼러는 사실은 나폴레온이 풍차 건설에 반대했던 것이 아니라고 비공식적으로 다른 동물들에게 설명해주었다. 아니, 오히려 맨 처음 그 안을 생각해낸 것은 나폴레온이었으며, 스노볼이 인공 부화기가 있던 작은방의 마룻바닥에 그린 설계도는 실상 나폴레온의 서류에서 훔친 것이라고 말했다. 풍차는 실제로 나폴레온의 독창적인 생각이라는 것이었다. 그렇다면 어째서 그렇게 강력하게 거기에 반대했느냐고 누군가가 물었다. 여기서 스퀼러는 더할 수 없이 교활해보였다. 그는 그것이 바로 나폴레온 동지의 재치라고 말했다. 나폴레온이 풍차 건설에 반대하는 것처럼 '보여준' 것은 단지 위험하고 나쁜 영향력을 가진 나폴레온을 배제하기 위한 책략이었을 뿐이라는 것이었다. 스노볼이 없어졌기 때문에 이제 이 계획은 그의 방해 없이 시행될 수 있을 것이라고 말했다. 이것이 소위 전략이라는 것이라고 스퀼러는 말했다. 그는 쾌활하게 웃으며 꼬리를 흔들고 이리저리 뛰어다니면서 "전략입니다, 동지들. 전략입니다." 하고 몇 차례나 반복했다. 그 말이 무슨 뜻인지 동물들은 잘 알아들을 수가 없었다. 그러나 스퀼러의 말이 워낙 설득력이 있었고, 그와 함께 있는 세 마리 개가 위협적으로 으르렁거렸기 때문에 그들은 더 이상 묻지 않고 그의 해명을 받아들였다.

제 6 장

동물들은 그 한 해 동안 줄곧 노예와 다름없이 일했다. 하지만 그들은 일을 하면서도 즐거웠다. 그들은 자기들이 하는 모든 일은 자신들은 물론 다음 세대들의 이익을 위해서이지 결코 게으르고 착취를 일삼는 인간들을 위한 것이 아니라는 사실을 알고 있었기 때문에 어떤 노력이나 희생도 마다하지 않았다.

봄과 여름에는 주당 60시간씩 일하고, 8월에는 나폴레온이 앞으로는 일요일 오후에도 작업을 할 것이라고 발표했다. 이 작업은 엄밀하게 이야기하자면 자진해서 하는 것이었지만 거기에 결석하는 동물은 누구나 식량 배급이 반으로 줄어들었다. 그렇게까지 일을 했음에도 불구하고 손도 대지 못한 일들이 많이 있었다. 수확은 작년보다 신통치 못했고 초여름에 근채류를 심었어야 할 두 밭에는 밭갈이가 제대로 되지 않아 아직 씨를 뿌리지 못했다. 이번 겨울을 나기가 고생스러울 것이라는 점을 미리 짐작할 수 있었다.

풍차 건설은 뜻밖의 문제점들에 부딪쳤다. 건축에 소용되는 모든 재료는 잘 갖추어져 있었다. 즉, 농장에는 질 좋은 석회암 채석장이 있었고 모래와 시멘트는 창고에 가득 들어 있었다. 하지만 동물들이 맨 처음 해결할 수 없었던 문제는 그 돌들을 알맞은 크기로 자르는 방법이었다. 그러려면 곡괭이와 쇠지렛대를 사용할 수밖에 없었는데, 동물들은 뒷다리만으로는 서 있을 수가 없었으므로 그런 도구의 이용이 불가능했다. 몇 주일에 걸친 헛된 노력 끝에 누군가의 머릿속에 그럴듯한 생각이 떠올랐다 —— 즉, 지구의 인력을 이용하는 것이었다. 그들이 쓰기에는 너무 큰 돌들이 채석장 바닥에 층층이 쌓여 있었다. 동물들은 이 돌덩이에 밧줄을 매어 암소, 말, 양, 그밖에도 밧줄을 잡을 수 있는 모든 동물을 다 동원해서 —— 때로 급할 경우에는 돼지조차 가담해서 —— 죽을 힘을 다해 조금씩 조금씩 채석장의 비탈을 이용해서 꼭대기까지 끌어올려 놓고, 위에서 밑으로 떨어뜨려 잘게 부수는 것이었다. 잘게 부서진 돌을 옮기는 일은 비교적 간단했다. 말들은 마차에 실어 날랐고 양들은 한 덩어리씩 끌어당겼으며 뮤리엘과 벤자민조차 자진해서 낡은 이륜 마차에 멍에를 매고 맡겨진 일을 했다. 늦여름이 되어 돌이 넉넉하게 쌓이자 돼지들의 감독 아래 공사가 시작되었다.

그러나 그것은 어렵고 더딘 공정(工程)이었다. 돌 하나를 채석장 꼭대기까지 끌어올리는 데 있는 힘을 다해도 하루종일 걸린 때가 여러 차례나 되었고, 그것을 밀어 떨어뜨려도 깨지지 않은 적도 있었다. 어떤 일이든 복서가 없이는 불가능했다. 그 혼자의 힘이 나머지 동물의 힘을 다 합친 것과 맞먹을 정도였기 때문이다. 끌어올린 돌덩어리가 구르기 시작해서 동물들이 질질 끌려 언덕 밑으로 떨어져가면서 절망에 찬 비명을 지를 때, 밧줄을 팽팽하게 당겨 돌덩이를 멈추게 하는 것은 언제나 복서였다. 가쁘게 숨을 몰아쉬며 발굽 끝으로 흙을 벅벅 긁고 커다란 배를 땀으로 흠뻑 적시며 한 발짝 한 발짝 언덕을 올라가는 그의 모습을 볼 때면 모두가 찬탄을 금할 수가 없었다. 클로버는 종종 그에게 너무 무리하지 말라고 충고했지만 복서는 그 말을 귀담아 들으려고 하지 않았다. '좀더 열심히 일해야지.'와 '나폴레온은 언제나 옳다.'는 모든 질문에 대한 그의 대답으로 충분한 것 같았다. 그는 젊은 수탉에게 지금까지 다른 동물보다 30분 일찍 깨우던 것을 45분 일직 깨워달라고 부탁했다. 그리고 요즘에는 그다지 많지도 않은 휴식 시간에도 혼자 채석장에 가서 부서진 돌덩이를 한 무더기 모아 아무의 도움도 받지 않고 풍차를 세울 자리로 끌고가곤 했다.

그 여름 내내 힘들게 일하긴 했지만 생활이 향상되지는 않았다. 존스 시절보다 더 많은 식량을 배급받지는 못했지만 최소한 그보다 적지는 않았다. 자기들끼리만 먹으면 되었고 사치스러운 다섯 명의 인간을 먹여 살릴 필요가 없는 데서 생기는 이득이 매우 컸기 때문에 웬만한 실패는 보상이 되고도 남았다. 그리고 동물들이 일을 처리하는 방식도 여러 가지 면에서 더욱 능률적이고 힘도 덜 들었다. 예를 들어 잡초를 뽑는 것과 같은 일은 인간들로서는 불가능할 정도로 철저하게 해냈다. 그리고 이제는 아무도 훔치는 일이 없었으므로 경작지와 목장 사이에 울타리를 할 필요가 없었다. 그것은 울타리와 문을 건사하는 데 드는 상당량의 노동력을 덜어주었다. 그럼에도 불구하고 여름이 지나면서 예상치 않은 여러 가지 결핍 현상들을 피부로 느끼기 시작했다. 파라핀 유(油), 못, 끈, 개가 먹는 비스킷, 그리고 말발굽의 징이 필요했지만 그 어느 것도 농장에서 만들어낼 수가 없었다. 나중에는 여러 가지 연장 이외에 종자(種子)와 인조 비료도 떨어지고 마침내 풍차에 쓸 기계도 필요하게 되었다. 그러나 그 필요한 것들을 어떤 방법으로 만들어내야 할지 아무도 알 수가 없었다.

동물들이 작업 명령을 듣기 위해 모인 어느 일요일 아침, 나폴레온은 새로운 정책이 결정되었다고 발표했다. 동물 농장은 앞으로 이웃 농장들과 교역을 하기로 했다는 것이었다. 그것은 물론 상업적인 목적 때문이 아니라 긴급히 필요한 원자재를 얻기 위해서였다. 풍차에 필요한 물품들이 다른 모든 것에 우선해야 한다고 그는 말했다. 따라서 그는 건초더미와 올해 수확할 밀의 일부를 팔기로 작정했고, 나중에 돈이 더 필요하게 되면 윌링톤에 있는 상설 시장에 달걀을 팔아서 보충해야 한다고 말했다. 풍차 건설을 위해 그들 나름대로 특별한 기여를 하기 위해 암탉들은 그 정도의 희생은 감수해야 한다고 나폴레온은 말했다.

동물들은 다시 막연한 불안감에 휩싸였다. 사람들과는 어떤 거래도 하지 않는다는 것, 교역을 하지 않는다는 것, 돈을 사용하지 않는다는 것 —— 이런 것들이야말로 존스를 추방하고 나서 열린 승리의 첫 회합에서 맨 먼저 결정된 사항이 아니었던가. 동물들은 모두 이런 결의가 통과되었던 것을 기억하고 있었다. 아니, 적어도 기억하고 있다고 생각했다. 나폴레온이 회합을 폐지했을 당시 항의를 제기했던 젊은 돼지들이 머뭇거리며 말을 꺼냈으나 개들이 무섭게 으르렁거리는 바람에 입을 다물었다. 그러자 언제나와 마찬가지로 양들이 "네 다리는 좋고 두 다리는 나쁘다!" 하고 소리를 질렀고 일시적으로 험악했던 분위기도 풀렸다. 이윽고 나폴레온은 앞발을 쳐들어 조용히 하라고 하더니 이미 모든 준비가 끝났다고 발표했다. 동물 중 누구도 인간과 직접 접촉할 필요는 없으며 그것은 말할 것도 없이 가장 바람직하지 못한 일일 것이라고 말했다. 그는 모든 짐을 자기 혼자 질 생각이었다. 윌링톤에 사는 윔퍼 씨라는 변호사가 동물 농장과 외부 세계와의 중계 역할을 맡아주기로 했으며 매주 월요일 아침에 지시를 받기 위해 이 농장을 방문하게 되어 있다는 것이었다. 나폴레온은 다른 때와 마찬가지로 "동물 농장 만세!"를 외치고 연설을 끝냈고, 동물들은 〈영국의 동물들〉을 부른 다음 해산했다.

나중에 스퀼러가 농장을 한 바퀴 돌며 동물들의 마음을 가라앉히려고 애썼다. 그는 교역을 하지 않겠다는 것과 돈을 사용하지 않겠다는 것에 대한 결정은 통과된 적도, 아니 제안조차 된 일이 없다고 잘라 말했다. 그것은 말하자면 상상의 산물이며 그럴 만한 근거가 있다면 그것은 스노볼이 애초에 퍼뜨린 거짓말에서 비롯된 것일 거라고 말했다. 몇몇 동물들이 여전히 막연하게나마 의심을 품은 듯하자, 스퀼러가 그들에게 날카로운 질문을 던졌다.

"동지들, 그건 여러분들이 꿈을 꾼 게 아니라고 확신할 수 있습니까? 그런 결정에 대한 기록이라도 있습니까? 그게 어디에 명기되어 있습니까?"

그런 것들이 기록으로 남아 있지 않은 것이 분명했으므로 동물들은 자기들이 잘못 알았던 것으로 납득했다.

약속대로 윔퍼 씨는 월요일마다 농장을 방문했다. 구레나룻을 기른 교활해보이는 얼굴에 체구가 작은 그는 대단치 않은 일만 맡는 지방 변호사였지만, 동물 농장에 중개인이 필요할 것이고 그 수수료 또한 적지 않을 것이라는 점을 누구보다 먼저 알아차릴 만큼 눈치가 빨랐다. 동물들은 일종의 두려움을 가지고 그가 드나드는 것을 지켜보았으며, 되도록 그와 마주치는 것을 피했다. 그러나 한편으로는 네 다리로 서 있는 나폴레옹이 두 다리로 선 윔퍼에게 지시를 내리는 모습은 그들의 자부심을 일깨워주었고 이 새로운 협정에 어느 정도 만족감을 가지게 했다. 이제는 인간과의 관계가 전과는 달랐다. 그러나 현재 번창하고 있는 동물 농장에 대한 인간들의 증오심이 줄어든 것은 아니었고 오히려 전보다 더 미워했다. 사람들은 모두 이 농장이 머지않아 붕괴될 것이며, 무엇보다 풍차는 반드시 실패할 것이라는 것을 하나의 신조로 삼고 있었다. 그들은 술집 같은 데서 만나면 풍차는 무너질 것이며 설사 세워진다 해도 절대로 가동되지는 못할 것이라고 도표를 그려가며 서로에게 증명해보이곤 했다. 그러나 그들은 다른 한편으로는 동물들이 자기네 일을 능률적으로 처리해 나가는 데 대해서는 어떤 존경심을 가지게 되었다. 이런 징조의 하나로, 그들은 매너 농장 대신 '동물 농장'이라는 이름을 쓰기 시작했다. 그들은 또 자기 농장을 되찾겠다는 희망을 포기하고 다른 지방으로 이주해버린 존스를 더 이상 옹호하지 않게 되었다. 아직까지는 윔퍼를 통해서만 동물 농장과 외부 세계와의 접촉이 이루어졌다. 그러나 나폴레온이 폭스우드의 필킹톤 씨나 핀치필드의 프레데릭 씨 가운데 어느 한쪽과 일정한 거래 협정을 맺으려 하고 있다는(그러나 두 사람과 동시에 협정을 맺으려는 것은 결코 아니라는 사실이 주목되었다) 소문이 끊임없이 나돌았다.

바로 그 무렵, 돼지들은 별안간 농장집으로 이사를 해서 그곳을 거처로 삼았다. 동물들은 다시 여기에 반대하는 결의가 초기에 통과되었다는 사실을 상기하는 듯했지만, 이번에도 스퀼러는 그들에게 그것이 사실 무근임을 납득시킬 수 있었다. 그는 돼지들이 농장의 두뇌들이므로 일할 수 있는 조용한 장소를 갖는 것이 절대적으로 필요하다고 말했다. 또한 지도자(근래 스퀼러는 나폴레온에 대해 말할 때는 '지도자'라는 호칭을 사용했다)의 권위로 볼 때도 보통의 돼지 우리보다 이 집에 사는 것이 더욱 합당하다고 말했다. 그럼에도 불구하고 돼지들이 식당에서 식사를 하고 응접실을 휴게실로 사용할 뿐만 아니라 침대에서 잠을 잔다는 말을 들었을 때 마음이 언짢은 동물들도 있었다. 복서는 여느 때와 마찬가지로 "나폴레온은 언제나 옳다!"는 것으로 지나쳐버렸으나, 클로버는 침대 사용을 금한다는 분명한 규칙을 기억하고 창고 끝으로 가서 거기에 적혀 있는 칠계명을 읽어보려고 했다. 그러나 그녀는 글자를 한 자씩밖에 읽을 수 없었기 때문에 뮤리엘을 데리고 갔다.

"뮤리엘." 하고 그녀가 말했다. "넷째 계명을 좀 읽어줘요. 침대에서 자서는 안 된다는 이야기가 있죠?"

뮤리엘은 더듬거리면서 그것을 읽었다.

"'어떤 동물도 침대에서 시트를 사용해서는 안 된다.'고 적혀 있어요." 하고 마침내 그녀는 말했다.

참으로 묘하게도 클로버는 넷째 계명에 시트에 관한 언급이 있었다는 사실을 기억해낼 수가 없었다. 그러나 벽에 그렇게 적혀 있으면 그것은 그럴 수밖에 없었다. 그때 마침 두서너 마리의 개를 데리고 그곳을 지나가던 스퀼러가 사태의 전무를 제대로 설명해줄 수 있었다.

"동지들, 들었군요." 하고 스퀼러가 말했다. "요즘 우리 돼지들이 농장집의 침대에서 잔다는 거 말이죠? 그런데 그러지 못할 이유가 있을까요? 여러분은 설마 침대 금지의 규칙이 있었다고 생각하는 것은 아니겠지요? 침대라는 것은 그저 잠자는 곳을 뜻합니다. 외양간에 있는 짚더미도 정확하게 말하자면 침대지요. 규칙은 인간이 만들어낸 시트를 금지한 겁니다. 우린 농장집 침대에서 시트를 걷어 버리고 담요를 덮고 잔답니다. 그것도 정말 편한 침대더군요! 하지만 요즘 우리가 해야 하는 두뇌 작업에 비추어보면, 동지들, 그건 결코 우리에게 필요한 만큼 편한 건 아닙니다. 동지들, 여러분은 설마 우리에게서 휴식을 빼앗을 생각은 아니겠지요? 우리가 너무 피곤해서 의무를 수행하지 못하게 하지는 않겠지요? 여러분은 누구도 분명히 존스가 되돌아오기를 원하지는 않겠지요?"

동물들은 이 점에 대해 재빨리 그를 안심시키고 더 이상 돼지들이 농장집 침대에서 자는 일에 대해 말하지 않았다. 또한 그로부터 며칠이 지났을 때 앞으로 돼지들은 다른 동물보다 한 시간 늦게 일어날 것이라고 발표했을 때도 거기에 대해 아무 이의도 제기하지 않았다.

가을이 되자 동물들은 고되기는 했으나 행복했다. 그들은 고달픈 한 해를 보냈고, 건초와 옥수수 일부를 판 뒤에는 식량의 재고가 결코 넉넉한 편이 아니었지만 모든 것을 풍차가 보상해주었다. 이제 거의 반이 완성되어 있었다. 수확을 끝낸 후로는 날마다 건조하고 맑은 날씨가 계속되었다. 그리고 동물들은 벽을 한 자쯤만 더 높이 쌓을 수 있다면 온종일 돌덩이를 들고 왔다갔다할 가치가 있다고 생각하면서 전보다 더 열심히 일했다. 복서는 밤에도 가을 달빛을 받으며 한두 시간씩 혼자 일을 하곤 했다. 틈이 나면 동물들은 반쯤 완성된 풍차 주위를 돌면서 그 벽의 튼튼함과 우뚝 선 자태에 감탄하고 자기들이 어떻게 이와같이 훌륭한 것을 세울 수 있었을까 경이롭게 생각하곤 했다. 다만 벤자민 영감만은 당나귀들은 오래 산다는 예의 그 애매한 말 외에는 아무 이야기도 하지 않고, 풍차에 대해서는 도무지 열의를 보이지 않았다.

11월이 되면서 심한 남서풍이 불어왔다. 너무 습기가 많은 날씨라서 시멘트를 섞을 수 없어 건축을 중단해야만 했다. 그러던 어느 날 밤, 심한 강풍에 농장 건물 전체가 흔들리고 창고 지붕에서는 기왓장이 여러 장 날아가 버렸다. 암탉들은 모두들 멀리서 총소리가 들려오는 꿈을 꾸고 공포에 떨며 잠을 깼다. 날이 밝아 동물들이 축사에서 나와 보니 게양대는 쓰러져 있고 과수원 밑에 있는 느릅나무는 무처럼 뽑혀 있었다. 눈앞에 펼쳐진 장면에 모든 동물들의 목구멍에서는 일제히 절망적인 비명이 터져나왔다. 놀라운 광경이 그들 눈에 들어왔다. 풍차가 무너져 있었던 것이다.

동물들은 일제히 현장으로 달려갔다. 여간해선 뛰는 법이 없었던 나폴레옹이 앞장서서 달렸다. 풍차는 정말 쓰러져 있었다. 그들의 모든 고투(苦鬪)의 결실이 바닥에 무너져 있고 그들이 그토록 애써서 깨고 운반해왔던 돌들이 사방으로 흩어져 있었다. 그들은 말문이 막힌 채 무너진 돌더미를 비통한 표정으로 바라보았다. 나폴레옹은 잠자코 왔다갔다 걸음을 옮기며 이따금 땅에 코를 대고 쿵쿵거리며 냄새를 맡기도 했다. 그의 꼬리는 빳빳하게 굳어졌다가 부르르 경련을 일으키며 좌우로 움직였는데, 그것은 극렬한 정신 활동이 이루어지고 있다는 증거였다. 이윽고 그는 결심이라도 한 것처럼 멈추어 섰다.

"동지들!" 하고 그는 조용히 말했다. "이게 누구 탓인지 알고 있습니까? 여러분은 밤중에 들어와서 우리의 풍차를 무너뜨린 적이 누군지 알겠습니까? 스노볼이오!" 그리고 그는 갑자기 벼락같이 소리쳤다. "이런 짓을 한 건 스노볼이란 말이오! 완전히 악의적으로 우리 계획을 뒤엎어버리고 치욕적인 추방에 대한 분풀이로 그 반역자는 어둠을 틈타서 이곳으로 숨어들어 거의 1년에 걸친 우리의 공사를 파괴한 것입니다. 동지들, 나는 지금 이 자리에서 스노볼에게 사형을 선고하는 바이오. 그에게 이런 형벌을 실행하는 동물에게는 누구를 막론하고 '제2급 동물 영웅' 훈장을 수여하고 사과 반 부셸을 상으로 주겠소. 생포해 오는 자에게는 1부셸을 주겠소!"

스노볼조차 이런 행위로 죄를 저지를 수 있는가 하고 동물들은 말로 표현하기 힘든 충격을 받았다. 분노에 찬 고함이 터졌고 제각기 만일 스노볼이 돌아온다면 어떤 방법으로 잡을 것인가 생각하기 시작했다. 그때 언덕에서 조금 떨어진 풀밭에서 한 마리의 돼지 발자국이 발견되었다. 그 발자국은 몇 야드 떨어진 울타리 구멍으로 이어져 있었다. 나폴레온은 그 발자국에 대고 코를 쿵쿵거리더니 그것이 스노볼의 것이라고 단정했다. 그는 스노볼이 폭스우드 농장 쪽에서 온 것이 틀림없다는 견해를 밝혔다.

"동지들, 더 이상 지체하지 맙시다!" 그 발자국을 조사한 뒤 나폴레온이 소리쳤다. "해야 할 일이 있습니다. 바로 오늘 아침부터 우리는 풍차 재건을 시작해야 합니다. 비가 오거나 해가 나거나 겨울 내내 공사를 할 것입니다. 우리는 이 비열한 반역자에게 우리의 일이 그렇게 쉽게 무너질 수 없다는 사실을 가르쳐줍시다. 동지들, 우리 계획에는 절대로 변경이 있을 수 없다는 것을 명심합시다! 예정대로 추진하는 겁니다. 전진합시다, 동지들! 풍차 만세! 동물 농장 만세!"

제 7 장

유독 추위가 심한 겨울이었다. 폭풍우가 불던 날씨가 진눈깨비로 바뀌더니 된서리가 내려 2월이 되어서도 녹을 생각을 안 했다. 동물들은 풍차 재건에 전력을 다했다. 외부 세계가 자기들을 주시하고 있으며, 질투심에 불타는 인간들은 풍차가 예정된 시일 안에 끝나지 않는다면 기뻐 날뛰며 즐거워할 것이라는 것을 너무도 잘 알고 있었기 때문이었다.

악의에 찬 사람들은 풍차를 무너뜨린 것이 스노볼이라는 사실을 믿으려 하지 않았다. 그들은 벽이 너무 얇아서 무너진 것이라고 말했다. 동물들은 그 말을 그대로 받아들이지 않았다. 하지만 그들은 벽 두께를 전과 같이 18인치가 아니라 3피트로 두껍게 쌓기로 결정했으므로 전보다 훨씬 더 많은 돌을 주워 모아야 했다. 채석장에는 오랫동안 눈이 쌓여 있어서 아무 일도 할 수가 없었다. 서리가 내린 건조한 날 조금 진전이 있었지만 그것은 참으로 힘든 일이었다. 그리고 동물들은 전과는 달리 그 일에 희망을 가질 수가 없었다. 그들은 늘 추웠고 또 항상 배가 고팠다. 복서와 클로버만이 기운을 잃지 않았다. 봉사의 기쁨과 노동의 신성함에 대해 스퀼러가 훌륭한 연설을 했지만 다른 동물들은 그보다 복서의 힘과 '더욱 열심히 일하자.'는 변함없는 외침에서 더 큰 격려를 받았다.

1월에는 식량이 부족했다. 옥수수 배급량은 눈에 띄게 줄어들었고 그것을 보충하기 위해 감자를 배급해주겠다는 발표가 있었다. 그러나 대부분의 감자가 흙과 짚더미로 두껍게 덮어주지 않아서 움 속에서 얼어버렸음이 밝혀졌다. 감자는 물렁물렁하고 색깔이 변해 먹을 수 있는 것은 얼마 안 되었다. 동물들은 어떤 때는 며칠 동안 왕겨와 당상추만 먹었다. 굶주림이 그들에게 정면으로 달려드는 것 같았다.

외부 세계에 이런 사실이 알려지지 않도록 할 필요가 있었다. 풍차의 붕괴로 용기를 얻은 인간들은 동물 농장에 대해 새로운 거짓말을 만들어냈다. 동물들은 모두 굶주림과 질병으로 죽어가고 있으며 밤낮없이 싸우고 서로 잡아먹고 새끼들을 죽인다는 소문이 또다시 떠돌았다. 식량 사정이 좋지 않다는 사실이 알려짐으로써 빚어질 나쁜 결과에 대해 잘 알고 있었던 나폴레옹은 윔퍼 씨를 이용해서 정반대의 인상을 심어줄 소문을 퍼뜨리기로 했다. 동물들은 지금까지는 매주 찾아오는 윔퍼 씨와 거의, 아니 전혀 접촉이 없었다. 그러나 앞으로는 거의가 양들로 이루어진 몇몇 선발된 동물들이 그가 듣는 앞에서 우연을 가장하여 식량 배급이 늘었다는 말을 하라는 지시를 받았다. 그리고 나폴레온은 창고 속의 빈 상자를 모래로 가득 채우고 남은 곡식과 밀기울로 그 위를 덮게 했다. 그들은 그럴듯한 구실을 만들어 윔퍼를 창고로 안내하여 식량 상자를 슬쩍 보게 했다. 여기에 속은 그는 동물 농장에는 결코 식량이 부족하지 않다고 계속해서 외부 세상에 알렸다.

그럼에도 불구하고 1월 말쯤에는 어디서든 곡식을 조달해야 할 형편이 되었다. 나폴레온은 최근에는 거의 동물들 앞에 모습을 드러내지 않고 농장집 안에서 시간을 보냈는데 문마다 그 사납게 보이는 개들이 지키고 있었다. 그가 나타날 때는 의식을 갖추어 여섯 마리의 개들이 호위를 했으며 그들이 그의 신변을 에워싸고 누구든 가까이 다가가려고 하면 으르렁거렸다. 그는 일요일 아침에조차 종종 나타나지 않았고, 다른 돼지, 보통은 스퀼러를 통해 지시 사항을 전달했다.

어느 일요일 아침, 스퀼러는 그 무렵 알을 낳기 시작한 암탉들에게 계란을 바치라고 명령했다. 나폴레온은 윔퍼를 중개인으로 하여 매주 4백 개의 계란을 팔겠다는 계약을 맺었다. 그 계란의 판매 수익금으로 여름이 되어 사정이 좋아질 때까지 농장을 유지하기에 충분한 곡식과 밀기울을 사겠다는 것이었다.

이 말을 듣고 암탉들은 마구 고함을 질렀다. 그들은 일찍이 이런 희생이 필요하게 될지도 모른다는 통고를 받은 바 있지만, 실제로 일이 이렇게 되리라고는 믿지 않았기 때문이다. 그들은 봄병아리를 까기 위해 알을 한 배 품고 있었는데, 지금 계란을 가져가는 것은 살육 행위라고 항의했다. 존스의 추방 이후 처음으로 반란과 비슷한 사건이 일어났다. 세 마리의 검은 미노르카 종 암탉들의 지휘 아래 암탉들은 나폴레온의 요구를 물리치기 위해 노력하기로 결정했다. 그들이 취한 방법은 서까래 위로 날아가 거기서 알을 낳아 바닥에 떨어뜨려 깨뜨리는 것이었다.

나폴레온은 재빨리 무자비한 조치를 취했다. 그는 암탉들의 식량 배급을 중지하도록 명령하고 누구든 암탉에게 옥수수 한 알이라도 준다면 사형에 처한다고 엄포를 놓았다. 개들은 이 명령이 준수되도록 감시했다. 닷새 동안 버티던 닭들은 결국 항복하고 닭장으로 돌아왔다. 그 사이에 암탉 아홉 마리가 죽었다. 그들은 과수원에 매장되었고 기생충에 감염되어 죽었다고 발표했다. 윔퍼는 이 사건에 대해 전혀 눈치채지 못했으며, 계란은 약속대로 일주일에 한 번씩 식료 잡화상 마차에 실려나갔다.

그러는 동안에도 스노볼의 모습은 전혀 나타나지 않았다. 그가 폭스우드나 핀치필드의 어느 한 농장에 숨어 있다는 소문이 나돌았다. 그 무렵 나폴레온은 다른 농장들과의 관계를 전보다 약간 개선시켰다. 동물 농장의 마당에는 10년 전 너도밤나무 숲을 벌목할 때 쌓아둔 재목더미가 있었다. 그것은 아주 잘 건조되어 있었기 때문에 윔퍼가 나폴레온에게 그것을 팔라고 권했다. 필킹톤 씨와 프레데릭 씨가 똑같이 그것을 사고 싶어했다. 나폴레온은 누구에게 팔 것인지 결정하지 못하고 망설였다. 그가 프레데릭과 계약을 맺으려고 하면 스노볼이 폭스우드에 숨어 있다는 소문이 들려왔고, 필킹톤 쪽으로 마음이 기울어지면 이번에는 스노볼이 핀치필드에 있다는 풍문이 들렸다.

이른봄에 뜻밖의 놀라운 사실이 밝혀졌다. 밤을 틈타 스노볼이 은밀하게 농장을 들락거린다는 것이었다. 동물들은 너무 불안해서 도무지 편한 잠을 이룰 수가 없었다. 그는 매일 밤 어둠을 이용해 숨어들어와 온갖 악행을 다 저지른다는 것이었다. 그는 옥수수를 훔치고 우유통을 뒤엎었으며 계란을 깨뜨리고 묘목을 짓밟았으며 과일나무의 껍질을 벗겨놓았다는 것이었다. 이제 그들은 무엇인가 좋지 않은 일이 생길 때마다 모두 스노볼의 탓으로 돌리게 되었다. 유리창이 깨지거나 배수구가 막혀도 틀림없이 누군가가 스노볼이 밤에 들어와 그런 짓을 했다고 말했고, 식량 창고의 열쇠를 잃어버렸을 때도 전 농장이 스노볼이 그것을 우물에 던져버린 것으로 믿었다. 정말 이상하게도 잃어버렸다던 열쇠가 곡식 부대 옆에서 발견되었을 때조차도 그들은 여전히 그것이 스노볼의 짓이라고 생각했다. 암소들은 입을 모아 스노볼이 우리 속으로 기어들어와 자기들이 잠든 사이에 우유를 짜갔다고 주장했다. 그 겨울 동안 골칫거리였던 쥐들이 스노볼과 한패라는 말도 있었다.

나폴레옹은 스노볼의 행동을 철저하게 조사하라고 지시했다. 그는 개들을 거느리고 농장 건물들을 세밀하게 조사했고 다른 동물들은 일정한 거리를 두고 그 뒤를 따랐다.

나폴레옹은 몇 발자국 걷다가는 걸음을 멈추고 스노볼의 발자취를 찾아 코를 땅에 대고 킁킁거렸는데, 그는 냄새로 확인할 수 있다고 말했다. 그는 구석구석에서, 창고에서, 외양간에서, 닭장에서, 채소밭에서 냄새를 맡느라고 킁킁거렸고, 거의 곳곳에서 스노볼의 흔적을 찾아냈다. 그는 코를 땅에 대고 몇 차례 깊은 숨을 들이마시며 무시무시한 목소리로 외쳤다. "스노볼이다! 그놈이 여기 왔었어! 분명히 냄새가 난다!" 스노볼이란 말이 나올 적마다 개들은 모두 이빨을 드러내며 소름끼치는 소리로 으르렁거렸다.

동물들은 모두 공포에 휩싸였다. 스노볼이 마치 주위의 공기 속으로 퍼져 온갖 위난으로 협박하는 어떤 보이지 않는 힘처럼 생각되는 것이었다. 저녁 무렵 스퀼러는 그들을 한자리에 모아놓고 경악에 찬 표정을 지으며 모종의 중대한 소식을 전한다고 말했다.

"동지들!" 하고 스퀼러는 약간 신경질적으로 펄쩍펄쩍 뛰면서 소리쳤다. "아주 무서운 일이 밝혀졌소. 스노볼은 우리를 침략하여 우리들의 농장을 빼앗으려는 핀치필드의 프레데릭에게 제 몸을 팔아버렸소! 공격이 시작되면 스노볼은 안내역을 맡는다는 겁니다. 하지만 그건 아무것도 아니오. 우리는 스노볼의 배신이 그의 야심과 허영 때문이라고 생각해왔소. 그런데 그것은 잘못된 생각이었습니다.

동지들, 진짜 이유가 뭔지 알고 있습니까? 스노볼은 처음부터 존스와 공모했던 것입니다! 그는 늘 존스의 비밀 첩자였던 것입니다. 그가 달아날 때 두고 간 문서를 우리가 지금 발견했는데 그것이 증거가 되고 있소. 동지들, 이것으로 많은 것이 증명되었다고 생각합니다. 동지들, 그가 저 '소 외양간 전투'에서 어떻게 우리에게 패배와 파멸을 안겨주려고 했는지 우리 스스로 목격하지 않았습니까? —— 다행히도 그의 시도는 실패했지만 말입니다."

동물들은 아연실색했다. 그것은 풍차를 부수었던 일을 훨씬 능가하는 악행이었다. 그러나 그것은 잠시 후 그 일에 대해 충분히 설명을 들은 다음에 가진 생각이었다. 그들은 스노볼이 '소 외양간 전투'에서 앞장서서 싸우고, 어려운 고비마디 군세를 잘 정비하고 자기들을 고무했으며, 존스의 총알이 그의 등에 상처를 냈을 때조차 망설이지 않고 투쟁했던 것을 지금도 뚜렷하게 기억하고 있었다. 처음에는 그런 일이 그가 존스 편에 붙었다는 사실과 어떻게 일치하는지 이해하기가 몹시 힘들었다. 거의 의심을 품어보지 않았던 복서조차 당황했다. 그는 앞발굽을 꿇고 앉아서 눈을 감은 채 자기 생각을 정리해보려고 애썼다.

"난 그런 일이 믿어지지 않는데요." 하고 그가 말했다. "그는 '소 외양간 전투'에서 용감하게 싸웠습니다. 내 눈으로 직접 보았습니다. 그 직후에 우리 자신이 그에게 '제 1 급 동물영웅' 훈장을 주지 않았습니까?"

"그게 바로 우리의 잘못이었소, 동지. 그걸 지금에 와서 알게 된 거요. 우리가 발견한 비밀 문서에 그런 모든 사실이 적혀 있소. 사실 그는 우리를 파멸로 끌어들이려고 했던 거요."

"그렇지만 그는 부상을 당했습니다." 복서가 말했다. "우리는 모두 그가 피를 흘리는 것을 보았습니다."

"그게 다 얕은 수작이었소!" 하고 스퀼러가 소리쳤다. "존스의 총알은 그를 슬쩍 스쳐갔을 뿐이오. 당신들이 읽을 수만 있다면 그 자신이 쓴 그 문서를 직접 보여줄 수도 있소. 위기가 닥쳤을 때 스노볼이 도망가라는 신호를 하고 적에게 진지를 넘겨주는 것이 그 음모의 요지요. 그리고 하마터면 그렇게 될 뻔했소. 동지들, 우리들의 영웅적인 지도자 나폴레온 동지가 아니었더라면 그는 성공했을 거요. 존스와 그 일꾼들이 마당으로 들어선 순간 스노볼이 갑자기 돌아서서 도망쳤고 많은 동물들이 그 뒤를 따랐던 것을 여러분은 기억하지 않소? 그리고 또 만사가 끝장났다고 생각하며 얼이 빠졌던 바로 그 순간에 나폴레온 동지가 '타도 인간!'을 외치며 뛰어나와 존스의 다리를 물어뜯었던 것도 여러분은 기억하지 않소? 동지 여러분, 그 사실을 분명히 기억하죠?"

그 장면을 스퀼러가 너무도 생생하게 묘사하자 동물들은 그 사실이 생각나는 것 같았다. 아무튼 그들은 가장 위급했던 순간에 스노볼이 돌아서서 도망했던 것을 기억해냈다. 하지만 복서는 아직도 무엇인가 다소 미심쩍은 듯했다.

"나로선 스노볼이 처음부터 반역자였다는 사실이 믿어지지 않아요." 그는 마침내 말했다. "그가 나중에 한 짓은 달라요. 하지만 '소외양간 전투'에서의 그는 훌륭한 동지였다고 생각합니다."

"우리의 지도자 나폴레온 동지는." 하고 스퀼러는 확신에 찬 어조로 아주 천천히 말했다. "스노볼이 처음부터—— 그러니까 봉기를 구상하기 훨씬 전부터 존스의 첩자였다는 것을 명백히 말했습니다."

"아, 그렇다면 다르죠!" 복서가 말했다. "나폴레온 동지가 그렇게 말했으면 그게 옳을 겁니다."

"그게 올바른 생각이오, 동지!" 하고 스퀼러가 소리쳤다.

그러나 그는 그 번뜩이는 작은 눈으로 복서를 험상궂게 노려보았다. 그는 돌아서서 가다가 걸음을 멈추고 강한 인상을 주려는 듯 덧붙였다. "경고하건대 이 농장의 모든 동물들은 눈을 크게 뜨고 있어야 하오. 우리는 스노볼의 비밀 첩자가 지금 이 순간에도 우리들 사이에 숨어 있다고 생각할 만한 증거를 가지고 있으니까요!"

그로부터 나흘 뒤 오후 늦게 나폴레온은 동물들에게 모두 마당으로 모이라고 명령했다. 동물들이 다 모이자 나폴레온은 두 개의 훈장을 달고(최근에 그는 자신에게 ‘제1급 동물 영웅’ 훈장과 ‘제2급 동물 영웅’ 훈장을 수여했다) 농장집에서 나왔다. 커다란 개 아홉 마리가 그의 둘레를 이리저리 뛰어다니며 모든 동물들이 소름이 끼치도록 으르렁거렸다. 동물들은 무언가 무서운 일이 벌어질 것을 미리 알고 있는 것처럼 각자 제자리에 쭈그리고 앉아 있었다.

나폴레온은 우뚝 서서 일동을 둘러보더니 째질 듯 높은 소리를 냈다. 그와 동시에 개들이 앞으로 뛰어나와 돼지 네 마리의 귀를 물고 고통과 공포로 울부짖는 그들을 나폴레온 앞으로 끌어냈다. 돼지들은 귀에서 피를 흘리고 있었다. 그 피맛을 본 돼지들은 얼마 동안은 아예 미친 것처럼 보였다. 그 개들 중 세 마리가 복서에게 덤벼드는 바람에 모두들 깜짝 놀랐다. 그들이 덤벼들자, 복서는 커다란 앞발굽을 들어 날듯이 뛰어드는 개 한 마리를 잡아채어 땅바닥에 짓눌렀다. 그 개는 살려달라고 비명을 질렀고 다른 두 마리는 꼬리를 다리 사이로 끼우고 도망쳤다. 이 개를 짓밟아 죽여버릴까 아니면 살려 줄까 묻는 것처럼 복서는 나폴레온을 쳐다보았다. 나폴레온은 언짢은 얼굴로 복서에게 개를 놔주라고 날카롭게 명령했고, 그에 따라 복서는 발굽을 쳐들었다. 그러자 상처입은 개는 낑낑대면서 도망쳤다.

소란은 이내 가라앉았다. 네 마리의 돼지는 몸을 사시나무처럼 떨며 기다리고 있었는데, 그 얼굴에는 유죄라고 씌어 있는 것 같았다. 나폴레온은 그들에게 범행을 자백하라고 명령했다.

그들은 나폴레온이 일요일의 회합을 폐지했을 때 항의했던 바로 그 네 마리의 돼지들이었다. 더 윽박지르지 않았는데도, 그들은 스노볼이 추방당한 이후 그와 은밀히 접촉을 가져왔으며 그와 공모해서 풍차를 부수었고 동물 농장을 프레데릭 씨에게 넘겨주기로 이미 그와 협정을 맺었다고 자백했다. 그리고 스노볼이 지난 몇 년 동안 존스의 비밀 첩자였음을 그들에게 넌지시 인정했다는 말을 덧붙였다.

그들의 자백이 끝나자마자 개들이 재빨리 그 목을 물어뜯었고, 나폴레온은 소름 끼치는 목소리로 다른 동물들에게 자백할 것이 없느냐고 물었다.

그러자 계란 문제로 반란을 기도했던 세 마리 암탉이 앞으로 나와서 꿈에 스노볼이 나타나 그들에게 나폴레온의 명령에 복종하지 말라고 선동했다고 말했다. 그들 역시 학살당했다.

그 다음에 거위 한 마리가 나와서 작년 수확기에 옥수수 여섯 알을 숨겨두었다가 밤중에 몰래 먹었다고 털어놓았다. 그리고 양은 모두가 마시는 우물에 오줌을 누었다고 자백했다 —— 스노볼이 그 일을 선동했다고 양은 말했다. 다른 두 마리의 양은 나폴레온의 충실한 숭배자인 늙은 숫양이 감기에 걸려 고생할 때 그를 모닥불 주위로 빙빙 돌리다가 붙잡아 죽였다고 자백했다. 그들은 모두 그 자리에서 처형되었다.

이렇게 자백과 처형이 계속됨에 따라서 나폴레온의 발밑에는 시체가 산더미처럼 쌓였고, 존스의 추방 이래 맡아본 적이 없는 피냄새가 사방에 퍼졌다.

모든 일이 끝나자 돼지와 개들을 빼놓은 나머지 동물들은 모두 한 덩어리가 되어 슬금슬금 물러갔다. 그들은 침통한 표정으로 몸을 떨었다. 스노볼과 공모한 동물들의 반역과 방금 자신들이 목격한 잔인한 처형 중 어느 쪽이 더 충격적인지 그들은 알 수가 없었다.

전에도 이에 못지않게 끔찍한 유혈 사건이 종종 일어났지만, 그들 모두는 동지들 사이에서 일어난 이번 일이 훨씬 더 끔찍하게 여겨졌다. 존스가 농장에서 추방당한 후 오늘날까지 어떤 동물이든 다른 동물을 죽여본 일이 없었다. 쥐 한 마리도 죽인 적이 없었다.

그들은 반쯤 완성된 풍차가 있는 언덕으로 올라가서, 마치 몸을 덥히기 위해 한데 모이듯 나폴레온의 집합 명령이 내리기 직전 자취를 감춘 고양이를 제외하고 클로버, 뮤리엘, 벤자민, 암소들, 양들, 그리고 거위와 암탉들 모두가 한 덩어리가 되어 누웠다. 얼마 동안 아무도 입을 열지 않았다. 복서만이 혼자 서 있었다. 그는 바삐 왔다갔다하며 기다란 검은 꼬리로 옆구리를 탁탁 치며 이따금 놀란 듯 낮게 한숨을 쉬었다. 이윽고 그가 말했다.

"나는 아무래도 이해할 수가 없어요. 우리 농장에서 이런 일이 일어나다니 도대체 믿어지질 않는다니까요. 우리가 뭔가 잘못했기 때문이겠지요. 해결책은 좀더 열심히 일하는 것이라고 생각합니다. 앞으로 나는 아침에 한 시간 더 일찍 일어나겠습니다."

그리고 그는 뚜벅뚜벅 걸어서 채석장 쪽으로 갔다. 그곳에서 그는 쉬지 않고 돌을 두 짐쯤 모으더니 밤이 되어 물러가기 전에 풍차있는 곳으로 끌고 내려왔다.

동물들은 말없이 클로버 둘레에 모여 앉아 있었다. 그들이 앉아 있는 언덕에서는 근처 마을을 널리 바라볼 수 있었다. 동물 농장은 대부분이 눈에 들어왔다 —— 한길까지 뻗친 긴 목장, 건초밭, 덤불, 물마시는 우물, 어린 밀들이 자라 파랗게 보이는 밭, 그리고 굴뚝에서 연기가 뭉게뭉게 오르는 농장 건물의 붉은 지붕들이 보였다.

맑게 갠 봄날 저녁이었다. 풀과 싹이 돋기 시작한 생울타리가 저녁 햇살을 받아 오렌지 색으로 빛나고 있었다. 이 농장이 동물들에게 얼마나 멋지게 보였던가. 그리고 그것이 그들 자신의 농장이며 구석구석까지 자기네 소유라는 것을 생각하자 일종의 경이감을 느꼈었다. 언덕 아래를 내려다보는 클로버의 눈에는 눈물이 가득했다. 만일 그녀가 자기 생각을 말할 수 있었다면 그들이 몇 년 전 인간을 멸망시키려고 일어났을 때 목표했던 일은 결코 이런 것이 아니었다는 말이었을 것이다. 이와같은 공포와 학살의 장면은 메이저 영감이 맨 처음 봉기하라고 선동하던 날 밤에는 예상치 못했던 것이었다. 만일 클로버에게 미래의 꿈이 있었다면 그것은 동물들이 굶주림과 채찍에서 해방되고 모두가 평등하며 제각기 능력에 맞게 일하고, 메이저의 연설이 있던 날 밤 자기가 앞다리로 어미없는 새끼오리들을 보호해주었던 것처럼 강자가 약자를 감싸주는 그런 동물 사회였다. 그런데 그와는 반대로, 어째서 이렇게 되었는지는 알 수 없지만, 누구나 자기 속마음을 털어놓지 못하며, 또 사납게 으르렁거리는 개들이 사방으로 휘젓고 다니고, 충격적인 범죄를 자백한 후 갈기갈기 찢겨 죽는 참상을 목격해야 하는 그런 때가 된 것이다. 클로버의 마음속에는 반란이나 불복종 따위의 생각은 없었다. 비록 사태가 여기에 이르렀지만 존스 시대보다는 훨씬 낫고 무엇보다도 인간들이 되돌아오는 것을 막아야 할 필요가 있다는 것을 잘 알고 있었다. 무슨 일이 있든 그녀는 충실하게 열심히 일하며 주어진 명령을 수행하고 나폴레온을 지배자로 인정할 것이다.

그러나 그녀를 비롯한 모든 동물들이 희망을 가지고 애써 온 것이 결코 이렇게 되기 위해서는 아니었다. 그녀의 속마음은 말로 적절하게 표현할 수는 없었지만 대강 이와 같았다.

이윽고 그녀는 말로 표현하지 못하는 대신 그와 같은 마음을 달래려는 것처럼 〈영국의 동물들〉을 부르기 시작했다. 주위에 앉아 있던 다른 동물들도 그녀를 따라 매우 음악적으로, 그러나 전에 없이 구성지게 그 노래를 세 번이나 반복해서 불렀다.

그들이 막 세번째 노래부르기를 끝냈을 때였다. 스퀼러가 개 두 마리를 거느리고 무슨 중요한 말이라도 있다는 표정으로 다가왔다. 그는 나폴레온 동지의 특별 지시에 따라 〈영국의 동물들〉이 폐지되었다고 발표했다. 앞으로는 그 노래를 금지한다는 것이었다. 동물들은 깜짝 놀랐다.

"왜 그러는 거죠?" 뮤리엘이 소리쳤다.

"이제 그런 건 필요없소, 동지." 하고 스퀼러가 무뚝뚝하게 말했다. "〈영국의 동물들〉은 봉기의 노래요. 하지만 봉기는 완성되었소. 그 마지막 행동이 오늘 오후의 반역자 처형이오. 이제 외부의 적과 내부의 적은 모두 패배하고 말았소. 〈영국의 동물들〉에서 우리는 장차 이루어질 더 좋은 사회에 대한 동경을 표현했던 겁니다. 그런데 그런 사회가 이제 건설되었소. 따라서 이 노래는 더 이상 아무런 의의도 없게 된 거요.”

그들은 비록 두려움을 가지고 있었지만 몇몇 동물들은 항의를 하려고 마음먹었다. 그런데 그 순간 양들이 여느 때와 같이 ‘네 다리는 좋고 두 다리는 나쁘다.’고 외치기 시작했고 그것이 몇 분이나 계속되어 토론은 끝나고 말았다.

그래서 〈영국의 동물들〉은 더 이상 들을 수 없게 되었다. 그 대신 시를 쓰는 미니머스가 다른 노래를 지었는데, 그것은 다음과 같이 시작되었다.

동물 농장, 동물 농장
그대 우리가 지켜주리라 !

이 노래는 매주 일요일 아침에 기를 게양하고 난 다음에 합창했다. 그러나 동물들로서는 그 가사나 곡조가 아무래도 〈영국의 동물들〉만 못한 것처럼 느껴졌다.

제 8 장

며칠 후, 처형으로 인한 공포 분위기가 차츰 진정되어 가고 있을 때, 몇몇 동물들은 제 6 계명 ‘어떤 동물이든 다른 동물을 죽이면 안 된다.’를 기억했다——아니, 기억한다고 생각했다. 그리고 누구도 돼지나 개들이 듣는 앞에서 그 이야기를 꺼내려고 하지는 않았지만 앞서 일어났던 처형 사건은 이 계명을 깨뜨린 것이라고 생각했다.

클로버는 벤자민에게 제6계명을 읽어달라고 부탁했지만, 언제나와 마찬가지로 벤자민은 이런 일에 관여하고 싶지 않다고 거절했다. 그래서 클로버는 뮤리엘을 데리고 갔다. 뮤리엘이 그녀에게 그 계명을 읽어주었다. 거기에는 '어떤 동물이든 이유없이 다른 동물을 죽이면 안 된다.'고 씌어 있었다. 어찌 된 일인지 동물들의 기억에는 '이유없이'라는 말이 남아 있지 않았다. 아무튼 그들은 그 계명이 위반된 일이 없다는 것을 알게 되었다. 스노볼과 공모한 반역자들을 죽일 만한 이유는 충분했기 때문이다.

동물들은 그 해 내내 지난해보다 훨씬 더 열심히 일했다. 전에 비해 벽이 두 배나 두꺼운 풍차를 건설하는 데는, 더구나 정규적인 농장 일과 병행하여 그것을 예정된 날짜에 끝내는 데는 굉장한 노동력이 필요했다.

그들은 존스 시대보다 더 많은 시간 일하면서도 음식은 그 당시보다 더 나아진 것이 없다고 생각할 때가 있었다. 스퀼러는 일요일 아침이면 긴 종이 두루마리를 앞발로 들고 각종 식량 생산이 경우에 따라 2백 퍼센트, 3백 퍼센트, 혹은 5백 퍼센트 증가했다는 것을 증명해주는 통계표들을 동물들에게 읽어주었다. 봉기 전의 생활이 어땠었는지 이미 뚜렷하게 기억하지 못하는 동물들은 스퀼러의 말을 믿지 않을 수 없었다. 그러면서도 숫자는 줄더라도 식량만 많아졌으면 좋겠다고 생각될 때도 있었다.

이제 모든 명령들은 스퀼러나 다른 돼지들을 통해서 내려졌다. 나폴레온 자신은 두 주일에 한 번 정도로 공개석상에 나타날 뿐이었다. 어쩌다 나타날 때는 수행원 격인 개뿐만 아니라 검은 수탉을 데리고 다녔는데, 이 수탉은 나폴레온 앞에서 행진을 했고 나팔수처럼 그가 연설을 하기 전에 큰 소리로 '꼬꼬댁 꼬꼬!'하고 울어댔다.

나폴레온은 농장집에서조차 다른 동물들과는 별개의 방을 쓰고 있다는 소문이 나돌았다. 그는 두 마리의 개가 시중을 드는 가운데 혼자서 식사를 하고 응접실 장식장에 있던 크라운 더비 제(製) 식기를 사용한다는 것이었다. 매년 나폴레온의 생일에는 다른 두 기념일과 마찬가지로 축포를 쏘겠다는 발표도 있었다.

이제 나폴레온은 그냥 '나폴레온'이라고 불리는 적이 없었다. 그는 공식적으로는 언제나 '우리의 지도자 나폴레온 동지'라고 불렸으며 돼지들은 그에게 '모든 동물의 아버지', '인류의 공포', '양 떼들의 수호자', '오리들의 친구' 따위와 같은 명칭을 만들어 붙이기를 좋아했다.

스퀼러는 연설을 할 때 나폴레온의 지혜, 그의 따뜻한 마음씨, 그리고 모든 동물들, 특히 다른 농장에서 아직 무지와 노예 상태로 살고 있는 불행한 동물들에 대해 품고 있는 그의 깊은 사랑을 말할 때는 두 뺨에 눈물을 줄줄 흘렸다.

모든 성공적인 실적과 모든 행운은 나폴레온의 공로로 돌려지는 것이 보통이었다. 한 암탉이 다른 암탉에게 다음과 같이 말하는 걸 흔히 들을 수 있었다.

"나는 우리의 지도자 나폴레온 동지의 지도로 6일 동안에 알을 다섯 개나 낳았어."

또 암소 두 마리가 우물에서 물을 마시면서 이렇게 지껄이곤 했다.

"이런 맛있는 물을 먹을 수 있는 것도 다 나폴레온 동지의 영도력 덕분이야!"

농장의 전반적인 분위기는 미니머스가 작곡한 〈나폴레온 동지〉라는 시에 잘 나타나 있는데, 그 시는 다음과 같았다.

아버지없는 자들의 친구!
행복의 샘!
여물통의 제왕! 온유하고 위엄있는
하늘의 태양 같은
그대의 눈을 바라볼 때
내 영혼은 불타오르나니
아, 나폴레온 동지여!

그대 모든 동물들이 좋아하는

그 모든 것을 주는 이어,
하루 두 번 배불리고 깨끗한 짚에서 잠들게 하니
크고 작은 모든 동물들이
편안하게 그들 우리 속에서 잠잔다.
그대 모든 것을 돌보아주시니
나폴레온 동지여!

내가 젖먹이 돼지를 낳으면
큰 병이나 국수방망이만큼
크게 자라기 전에
그대에게 충성스럽고
진심을 다해야 할 것을 배워야 하나니
그렇다, 그가 맨 먼저 외칠 소리는
'나폴레온 동지여!'

나폴레온은 이 시를 만족스럽게 생각하여 칠계명 맞은편 끝, 큰 창고 벽에 써놓게 했다. 그 위에는 스퀼러가 흰 페인트로 그린 나폴레온의 옆얼굴 초상화가 걸려 있었다.

그러는 한편으로, 나폴레온은 윔퍼를 통해 프레데릭과 필킹톤을 상대로 복잡한 협상을 벌이고 있었다. 잔뜩 쌓인 재목은 아직 팔리지 않았다. 두 사람 중 프레데릭이 더 그것을 사고 싶어했지만 적당한 가격을 주려고 하지 않았다. 그와 때를 같이하여 프레데릭과 그의 일꾼들이 동물 농장을 습격하여 풍차를 부수려고 한다는 새로운 소문이 돌았다. 풍차 건물이 그들에게 분노와 함께 질투심을 불러일으키고 있다는 것이었다. 스노볼은 아직도 핀치필드 농장에 숨어 있는 것으로 알려졌다.

여름이 반쯤 지나갔을 때 동물들은 암탉 세 마리가 앞으로 나와 스노볼의 선동으로 나폴레온 암살 음모에 가담했었다고 자백하는 소리

를 듣고 깜짝 놀랐다. 그들은 즉시 처형되었고 나폴레온의 안전을 위
한 새로운 예방 조치가 취해졌다. 개 네 마리가 밤마다 그의 침대 귀
퉁이를 지켰고, 핑크아이라는 젊은 돼지가 나폴레온의 음식에 독이
들어 있나를 검사하기 위해 그가 먹기 전에 미리 맛을 보는 직책을
맡았다.

　바로 그 무렵, 나폴레온이 재목더미를 필킹톤 씨에게 팔기로 했다
는 소문이 돌았다. 그는 또 동물 농장과 폭스우드 농장 사이에 일정
생산물을 교환하자는 계약을 정식으로 맺으려 하고 있었다. 비록 윔
퍼를 중개인으로 하여 이루어지긴 했으나, 나폴레온과 필킹톤의 관
계는 이제 거의 우호적이었다. 동물들은 인간이라는 이유로 필킹톤
을 믿고 있지는 않았지만 그들이 두려워하고 미워하는 프레데릭보다
는 낫게 생각했다.

　여름이 가고 풍차가 거의 완성될 무렵, 반역자들의 공격이 임박했
다는 소문이 강력하게 나돌기 시작했다. 소문에 의하면, 프레데릭은
총으로 무장한 사람 20명을 거느리고 그들을 공격할 예정이며, 동물
농장의 부동산 권리증만 손에 넣으면 아무 문제도 삼지 않도록 이미
치안판사나 경찰을 매수해놓았다는 것이었다. 게다가 프레데릭이 자
기 농장의 동물들에게 자행하고 있는 잔인한 행위에 대한 무시무시
한 이야기가 핀치필드 쪽에서 흘러나왔다. 그는 늙은 말을 채찍질해
서 죽였으며 암소를 굶겨 죽이고 개를 난로에 던져 죽였으며 밤에는
발톱에 면도날 조각을 붙인 수탉들의 싸움 구경을 즐긴다는 것이었
다.

　자기 동지들에게 저질러지고 있는 이런 만행에 대한 이야기를 듣
자 동물들은 온몸의 피가 분노로 끓어올랐고, 때때로 떼를 지어 핀치
필드 농장을 습격해서 인간들을 쫓아내고 동물들을 해방시키자고 소
리쳤다. 그러나 스퀼러는 가볍게 행동하지 말고 나폴레온 동지의 전
략을 믿으라고 충고했다.

　그럼에도 불구하고 프레데릭에 대한 동물들의 반감은 계속 고조되

어 갔다. 어느 일요일 아침이었다. 창고에 모습을 나타낸 나폴레온은 프레데릭에게 재목더미를 팔겠다고 생각한 적은 한 번도 없었다고 밝혔다. 그런 악당과 거래하는 것은 자기 체면이 손상되는 일로 생각한다고 그는 말했다. 지금껏 봉기의 소식을 퍼뜨리기 위해 외부로 파견되어 오던 비둘기들은 폭스우드 농장에는 아예 발을 들여놓지 말 것이며 '타도 인간'이란 슬로건은 '타도 프레데릭'으로 바꾸도록 명령을 받았다.

늦여름에 스노볼의 또 다른 음모가 밝혀졌다. 밀밭에 잡초가 잔뜩 자랐는데, 그것은 스노볼이 밤에 몰래 들어와 밀 씨에 잡초 씨를 섞어놓았기 때문이라는 것이었다. 이 음모에 관련된 숫거위 한 마리가 스퀼러에게 범행을 자백하고 난 후 곧 독이 든 벨라도나를 먹고 자살했다. 동물들은 이제 스노볼이 '제1급 동물 영웅' 훈장을 받은 일이 없다는 것을 알게 되었다. 많은 동물들은 벌써부터 그렇게 믿어왔다 ── 그것은 '소 외양간 전투'가 있은 지 얼마 후에 스노볼 자신이 퍼뜨린 소문에 지나지 않았다. 훈장은커녕 그는 싸울 때 비겁한 행동을 보여서 오히려 견책을 받았다는 것이었다. 이번에도 몇몇 동물들은 이런 이야기를 듣고 새삼 당혹감을 느꼈으나, 스퀼러는 곧 그들이 잘못 기억하고 있는 것이라고 납득시킬 수 있었다.

가을이 되어 ── 거의 비슷한 시기에 곡식도 거두어들여야 했으므로 ── 온 힘을 다한 막대한 노력 끝에 풍차가 완공되었다. 이제부터 기계를 설치해야 하고 윔퍼가 기계 구입을 교섭하고 있었지만, 아무튼 건물은 완성되었다. 온갖 난관과 무경험과 낡은 도구와 불운과 스노볼의 반역행위에도 불구하고 이 작업은 예정된 바로 그날 끝났던 것이다. 비록 지쳤지만 동물들은 자랑스럽게 자기들의 걸작품 주위를 빙빙 돌았다. 그들의 눈에는 그것이 처음 지었던 것보다 훨씬 멋지게 보였다. 더구나 그 벽은 먼저 것보다 두 배나 두꺼웠다. 이제 폭약이 아니고는 어떤 것도 이 벽을 무너뜨릴 수 없으리라! 그들은 얼마나 많은 노력을 했고 어떻게 그 좌절들을 극복했던가. 그리고 풍

차의 날개가 돌아 발전기가 가동되면 생활에 얼마나 큰 변화가 일어
날 것인가를 생각하자, 피로가 말끔하게 가셨다. 그들은 풍차 둘레
를 빙빙 돌며 승리의 함성을 질렀다. 나폴레온 자신도 개와 수탉들을
거느리고 완성된 공사를 시찰하러 왔다. 그는 직접 동물들의 노고를
치하하고 이 풍차를 '나폴레온 풍차'로 명명한다고 발표했다.

이틀 후, 동물들은 창고에서 특별 회합이 있으니 모두 모이라는 지
시를 받았다. 나폴레온이 프레데릭에게 재목더미를 팔기로 했다고
발표했을 때, 동물들은 깜짝 놀라 입을 딱 벌렸다. 내일 프레데릭이
마차를 가지고 와서 그걸 실어간다는 것이었다. 표면적으로는 필킹
톤과 우호 관계를 유지하는 동안 줄곧 나폴레온은 실제로는 프레데
릭과 비밀리에 협상을 해왔던 것이다.

폭스우드 농장과의 모든 관계는 단절되었다. 필킹톤에게 모욕적인
메시지가 보내졌다. 비둘기들은 핀치필드 농장을 피해 다니고 그들
의 슬로건을 '타도 프레데릭'에서 '타도 필킹톤'으로 바꾸라는 명령
을 받았다. 그와 동시에 나폴레온은 동물들에게 동물 농장에 대한 공
격이 임박했다는 소문은 사실이 아니며 프레데릭이 자기 농장의 동
물들에게 잔학행위를 한다는 이야기도 상당히 과장된 것이라고 단언
했다. 이런 모든 소문들은 아마도 스노볼과 그의 첩자들이 만들어 냈
으리라는 것이었다. 결국 이제 스노볼이 핀치필드 농장에 숨어 있지
않다는 것이 밝혀졌다. 사실은 한 번도 거기에 있었던 적이 없다는
것이었다. 소문에 의하면 그는 폭스우드에서 비교적 사치스럽게 지
내고 있는데, 실제로 지난 몇 년 동안 필킹톤의 식객으로 지내왔다는
것이었다.

돼지들은 나폴레온의 수완에 넋을 잃었다. 그는 필킹톤과 가까운
척하면서 프레데릭에게 12파운드나 값을 올려 재목을 팔았던 것이
다. 그러나 나폴레온의 뛰어난 머리는 그가 아무도, 실제로는 프레
데릭조차 믿지 않는다는 사실에서 잘 나타난다고 스퀼러는 말했다.
프레데릭은 재목 대금을 지불 약속이 적힌 종이 조각, 즉 수표라는

것으로 주려고 했다. 하지만 나폴레온은 그보다 영리했다. 그는 재목을 실어가기 전에 5파운드짜리 지폐로 지불해달라고 요구했다. 프레데릭은 이미 지불을 끝냈고, 그가 지불한 돈은 풍차에 필요한 기계를 구입하기에 충분할 정도였다.

한편, 재목은 신속하게 실려나갔다. 그 일이 다 끝난 후 동물들에게 프레데릭의 지폐를 보여주기 위해 창고에서 또 한 번의 특별 회합이 열렸다. 나폴레온은 두 개의 훈장을 달고 흐뭇한 미소를 띠운 채 연단 위의 짚더미 위에 편안한 자세로 앉아 있었다. 지폐는 농장집 부엌에서 가지고 온 도자기 접시 위에 쌓인 채 나폴레온 옆에 놓여 있었다. 동물들은 열을 지어 그 옆으로 천천히 지나가며 실컷 구경했다. 복서는 코를 들이대고 킁킁거리며 돈냄새를 맡았고 그의 숨결에 따라 엷고 흰 종이가 살랑살랑 흔들렸다.

그로부터 사흘 후 무서운 소동이 벌어졌다. 자전거를 타고 새파랗게 질린 얼굴로 샛길을 달려온 윔퍼가 자전거를 마당에 내팽개치고 곧장 농장집으로 뛰어들어갔다. 다음 순간, 나폴레온의 방에서 숨이 넘어갈 듯한 분노의 소리가 터져나왔다. 이 사건에 대한 소식은 눈 깜짝할 사이에 농장 전체에 퍼졌다. 돈은 위조 화폐였던 것이다! 프레데릭은 재목을 거저 가져간 것이다!

나폴레온은 즉시 동물들을 소집해서 무서운 목소리로 프레데릭에게 사형을 선고했다. 프레데릭을 체포하게 되면 산 채로 삶아 죽이겠다고 그는 말했다. 그와 동시에 그는 이런 배신행위 뒤에 올 최악의 사태를 각오해야 한다고 동물들에게 경고했다. 언젠가는 프레데릭과 그의 일꾼들이 장기전의 양상을 띤 공격을 해올지도 모를 일이었다. 농장으로 통하는 요소마다 보초를 세웠다. 그리고 비둘기 네 마리가 필킹톤과의 우호 관계 회복을 기대하는 화해 메시지를 가지고 폭스우드 농장으로 파견되었다.

그 이튿날 아침 바로 공격이 시작되었다. 동물들이 아침식사를 하고 있는데 보초들이 뛰어와 프레데릭과 그의 일꾼들이 어느 새 다섯 개의 가로대가 붙어 있는 문을 통과했다고 알렸다. 동물들은 용감하게 나가서 싸웠지만 이번에는 '소 외양간 전투'에서처럼 그렇게 간단히 이길 수가 없었다. 적은 15명의 남자들로 그중의 반은 총을 가지고 있어 50야드 이내로 접근하자 발포를 시작했다. 동물들은 엄청난 폭음과 금방이라도 꿰뚫고 들어올 듯한 총알을 감당할 수 없었고, 나폴레옹과 복서가 그들을 규합하려고 애를 썼음에도 불구하고 곧 쉽게 물러나고 말았다. 그 사이에 그들 중 상당수가 부상을 당했다. 농장 건물로 피신한 그들은 벽 틈과 마디 구멍으로 조심스럽게 내다보았다. 풍차를 비롯하여 거대한 목장 전체가 적의 수중에 들어 있었다.

한동안은 나폴레옹조차 어떻게 해야 좋을지 모르는 것 같았다. 그는 말없이 빳빳한 꼬리를 움직이며 왔다갔다했다. 그리고 이따금 생각에 잠긴 시선을 폭스우드 농장 쪽으로 던졌다. 만일 필킹톤과 그의 일꾼들이 도와준다면 그날의 싸움에서 이길 수 있을 것 같았다. 바로 그때, 어제 보냈던 비둘기 네 마리가 돌아왔다. 그중 한 마리가 필킹톤에서 보낸 종이 쪽지를 가지고 있었다. 거기에는 연필로 '그거 참 잘됐다.'고 적혀 있었다.

그때 프레데릭과 그의 일꾼들은 풍차 근처에서 발을 멈추었다. 그들을 지켜보던 동물들이 당황하여 웅성거리기 시작했다. 두 남자가 쇠지레와 큰 망치를 풀어놓았다. 풍차를 두드려 부술 모양이었다.

"그렇게는 안 될 거야!" 나폴레옹이 소리쳤다. "그럴 줄 알고 벽을 두껍게 만들었거든. 동지들, 용기를 냅시다!"

그러나 벤자민은 말없이 그들을 주시하고 있었다. 망치와 쇠지레를 든 두 사람이 풍차 밑등 가까이에 구멍을 뚫고 있었다. 벤자민은 천천히, 거의 재미있어 하는 듯한 표정으로 긴 코를 끄덕끄덕했다.

"내 그럴 줄 알았어." 하고 그가 말했다. "저들이 뭘 하려고 하는지 모르겠소? 잠시 후면 저 구멍에 폭약을 넣을 거요."

동물들은 몸을 부들부들 떨며 기다리고 있었다. 이제 숨어 있는 건물에서 뛰어나간다는 것은 불가능했다. 몇 분 후 사람들이 사방으로 뛰어가는 것이 보였다. 그러자 곧 귀청이 터질 듯한 폭음이 들렸다. 비둘기들은 하늘 높이 날아올랐고 나폴레온을 제외한 모든 동물은 납작하게 엎드려 땅바닥에 얼굴을 댔다. 그들이 다시 일어났을 때 검은 연기가 구름이 되어 풍차가 있던 자리에서 뭉게뭉게 피어오르고 있었다. 연기는 바람에 날려 서서히 흩어졌다. 풍차가 사라져버렸다!

그 광경을 보고 동물들은 용기를 되찾았다. 그들이 조금 전까지 느꼈던 공포와 절망은 이 비열하고 치사한 행위에 대한 분노 앞에서 사라졌다. 더 이상 명령을 기다리지 않고 그들은 우렁찬 복수의 함성을 지르며 한 덩어리가 되어 적을 향해 돌진했다. 이번에는 우박처럼 쏟아지는 무자비한 총알 따위에도 아랑곳하지 않았다. 그것은 참혹하고 격렬한 전투였다. 사람들은 계속 총을 쏘았고, 동물들이 그들 쪽으로 접근하자 몽둥이로 때리고 구둣발로 차기 시작했다. 암소 한 마리와 양 세 마리, 그리고 거위 두 마리가 죽고, 거의 모든 동물이 부상을 당했다. 후방에서 작전을 지휘하고 있던 나폴레온조차 총알을 맞아 꼬리 끝이 잘려나갔다.

그러나 사람들도 부상을 당했다. 복서의 발굽에 맞아 세 사람이 머리가 터지고, 또 한 사람은 암소 뿔에 배를 받혔으며, 다른 한 사람은 제시와 블루벨에게 바지를 다 찢겼다. 그리고 나폴레온의 호위병인 아홉 마리의 개가 그의 지시에 따라 생울타리 그늘로 숨어서 돌아가 갑자기 측면으로 돌격하며 무섭게 짖어대자, 사람들은 공포에 사로잡혀 몸을 떨었다. 자기들이 포위될 위험성이 많다고 생각한 프레데릭은 일꾼들에게 틔어 있는 쪽으로 도망치라고 소리쳤다. 그러자 겁쟁이 적들은 걸음아 나 살리라고 도망쳤다. 동물들은 들판 끝까지 쫓아가서 그들이 가시나무 울타리를 빠져나갈 때 마지막으로 몇 차례 더 걷어찼다.

그들은 이겼다. 하지만 지치고 피를 흘리고 있었다. 그들은 다리를 질질 끌며 천천히 농장으로 돌아가기 시작했다. 몇몇은 풀밭에 쓰러져 있는 전사한 동지들의 시체를 보고 눈물을 흘렸다. 그리고 그들은 풍차가 있던 자리에서 잠시 걸음을 멈추고 침묵에 잠겼다. 그렇다 풍차가 사라져버렸다. 그렇게 공을 들인 것이 마지막 흔적도 남기지 않고 사라져버렸다! 기초마저 부분적으로 부서져 있었다. 그것을 다시 지으려면 이번에는 전번처럼 무너진 돌들을 이용할 수 없었다. 돌마저 없어진 것이다. 폭발하는 힘으로 인해 돌들이 수백 야드 거리까지 날아가버렸다. 풍차는 처음부터 그 자리에 없었던 것 같았다.

그들이 농장으로 다가가자, 싸울 때는 코빼기도 보이지 않았던 스퀼러가 꼬리를 흔들고 만족스러운 듯 싱글벙글 웃으면서 껑충껑충 뛰어왔다. 그와 동시에 농장 건물 쪽에서 탕 하는 엄숙한 총소리가 들렸다.

"저건 무슨 총소리요?" 복서가 물었다.

"우리의 승리를 축하하기 위해서요!" 스퀼러가 소리쳤다.

"무슨 승리란 말입니까?" 복서가 물었다.

그의 무릎에서는 피가 흐르고 있었다. 그는 편자 한 개를 잃은데다 발굽은 으스러지고, 뒷다리에는 총알 열두 개가 박혀 있었다.

"동지, 무슨 승리냐구요? 우리는 적을 우리의 신성한 땅에서 이 동물 농장에서 쫓아내지 않았습니까?"

"하지만 그들은 풍차를 파괴했소. 우리가 2년이나 걸려서 세워놓은 걸 말이오!"

"그게 어쨌다는 거요? 우리는 또 풍차를 세울 거요. 마음만 먹으면 풍차 여섯 개라도 세울 수 있소. 동지는 우리가 이룩한 훌륭한 업적을 인정하지 않는 모양이군요. 적은 우리가 서 있는 바로 이 땅을 점령하고 있었소. 그런데 지금 우리는 그걸 나폴레옹 동지의 영도력에 힘입어 한 뼘도 남기지 않고 되찾았단 말이오!"

"그건 우리 것을 되찾은 데 불과합니다." 복서가 말했다.

"그게 우리의 승리라는 거요." 하고 스퀼러가 말했다.

동물들은 다리를 질질 끌며 마당으로 들어섰다. 복서는 살 속에 박힌 총알 때문에 다리가 몹시 쑤셨다. 그는 처음부터 다시 시작해야 할 풍차 건축이라는 무거운 노동이 자기 앞에 있는 것을 깨달았고, 또 그로 인해 긴장했다. 그러나 이때 비로소 그는 자기가 열한 살이나 되었으며 그 거대한 근육도 예전과는 전혀 다르다는 것을 알았다.

그러나 동물들은 펄럭이는 녹색 깃발을 보고, 또다시 울리는 예포 소리를 들으며 —— 그것은 모두 일곱 발이었다 —— 자기들의 공적을 치하하는 나폴레온의 연설을 듣자, 어쨌든 자기들이 대단한 승리를 거둔 것으로 여겨졌다. 이번 싸움에서 목숨을 잃은 동물들을 위해서는 엄숙한 장례를 치러주었다. 복서와 클로버는 영구차가 된 짐마차를 끌었고, 나폴레온 자신은 행렬의 맨 앞에서 걸었다. 꼬박 이틀 동안 승리의 축하연이 벌어졌다. 노래와 연설이 이어졌고, 축포도 많이 쏘아올렸으며, 모든 동물에게는 사과 한 개, 새들에게는 2온스의 옥수수, 그리고 개들에게는 비스킷 세 개씩이 특별 선물로 배급되었다.

이번 전투는 '풍차 전투'라고 명명될 것이며, 나폴레온은 '녹기(綠旗) 훈장'을 새로 제정했는데 그것을 자신에게 수여했다고 공포되었다. 이런 떠들썩한 축하 분위기로 불운했던 지폐 사건은 잊혀지고 말았다.

그로부터 2, 3일 지났을 때, 돼지들은 농장집 지하실에서 우연히 위스키 한 상자를 찾아냈다. 이 집을 처음 점령했을 때는 발견하지 못한 것이었다. 그날 밤 농장집으로부터 커다란 노래 소리가 들려왔는데, 그중에 〈영국의 동물들〉이라는 노래가 섞여 있어 모두를 놀라게 했다. 아홉 시 반쯤 나폴레온이 존스 씨의 낡은 모자를 쓰고 뒷문에서 나와 재빨리 마당을 한 바퀴 달려보고 다시 집안으로 사라지는 것이 똑똑히 보였다. 하지만 아침에는 농장집 주위에 무거운 침묵만이 흐르고 있었다. 돼지 한 마리 눈에 띄지 않았다.

거의 아홉 시쯤 되었을 무렵에야 스퀼러가 흐리멍텅한 눈에 꼬리를 축 늘어뜨린 채 마치 중병이라도 든 것처럼 천천히 걸어나왔다. 그는 동물들을 소집하고는 중대한 뉴스를 전하겠다고 말했다. 나폴레온 동지가 다 죽게 생겼다는 것이었다!

비탄의 절규가 터져나왔다. 동물들은 농장집 문 밖에 짚을 깔아 놓고 소리나지 않게 발끝으로 걸어다녔다. 그들은 눈에 눈물이 가득하여 지도자가 죽으면 자기들은 어떻게 될 것인지 서로 물으며 걱정했다. 스노볼이 나폴레온의 음식에 독을 넣도록 했다는 소문이 돌았다. 11시가 되자 스퀼러가 또다시 발표를 하러 나왔다. 나폴레온 동지는 이 세상에서의 마지막 조치로, 술을 마시는 자는 사형에 처한다는 엄한 포고를 내렸다는 것이었다.

그러나 나폴레온은 저녁 무렵에는 조금 나아진 것처럼 보였고, 이튿날 아침 스퀼러는 동물들에게 그가 회복 단계에 있음을 전했다. 나폴레온은 그날 저녁부터 다시 집무를 시작했다. 그 다음날은 그가 윔퍼에게 윌링턴에서 양조와 증류에 관한 책을 몇 권 사오라고 지시했다는 사실이 알려졌다.

일주일 후, 나폴레온은 과수원 너머의 작은 목장을 달라고 명령했다. 그 땅은 전에 정년 퇴직한 동물들의 방목장으로서 남겨둔 것이었다. 그 목장에는 풀이 다 없어져서 새로 씨앗을 뿌려야 한다고 발표되었다. 그러나 얼마 후 나폴레온이 그곳에 보리를 심으려고 한다는 사실이 밝혀졌다.

그 무렵, 아무도 이해할 수 없는 이상한 사건이 일어났다. 어느 날 밤 12시쯤 되어 마당에서 요란한 소리가 들려 동물들은 우리 밖으로 뛰어나왔다. 달빛이 밝은 밤이었다. 칠계명이 씌어진 큰 창고 끝의 벽 밑에 두 동강난 사다리가 있었다. 기절한 스퀼러가 그 밑에 쭉 뻗어 있었고, 그 옆에는 램프와 페인트 붓과 뒤엎어진 페인트통 등이 굴러 있었다. 곧 개들이 스퀼러를 둘러쌌고, 그가 걸을 수 있게 되자 그를 호위해서 농장집까지 데리고 갔다. 동물들은 모두 이게 어찌 된 영문인지 몰랐다. 오직 벤자민만이 알겠다는 듯 콧등을 끄덕거렸으나 아무 이야기도 하려고 하지 않았다.

그런데 며칠 후 혼자서 칠계명을 읽어본 뮤리엘은 동물들이 또 한 가지 잘못 기억하고 있는 구절이 있음을 깨달았다. 그들은 제 5 계명을 '어떤 동물도 술을 마시면 안 된다.'라고 생각했는데, 그들은 두 마디를 잊고 있었다. 즉, 그 계명은 '어떤 동물도 너무 많이 술을 마시면 안 된다.'고 되어 있었다.

제 9 장

으스러진 복서의 발굽이 아무는 데는 꽤 많은 시간이 필요했다. 동물들은 승리의 축하 파티가 끝난 다음날부터 풍차 재건에 착수했다. 복서는 하루라도 일을 쉬는 것을 거부했으며, 고통스러운 표정을 보이지 않는 것을 명예로 생각했다. 밤이 되자 그는 클로버에게 슬며시 발굽 때문에 상당히 고통스럽다고 말했다. 클로버는 직접 씹어서 만든 약초를 그의 발굽에 붙여주었다. 그리고 그녀와 벤자민은 복서에게 너무 심하게 일하지 말라고 충고했다.

"말의 폐라고 해서 그렇게 오래가는 건 아니에요." 하고 클로버는 그에게 말했다. 그러나 복서는 그 말을 귀담아 듣지 않았다. 그는 자기에게 남은 단 한 가지 참된 야심은 자기가 정년을 맞기 전에 풍차가 잘 돌아가는 모습을 보는 것이라고 말했다.

동물 농장의 법률이 제정되던 초기에는 퇴직 정년이 말과 돼지는 열두 살, 개는 아홉 살, 양은 일곱 살, 닭과 거위는 다섯 살로 정해졌었다. 양로연금(養老年金)도 넉넉하게 책정되어 있었다. 그러나 지금까지 어떤 동물도 실제로 퇴직하여 연금을 받은 자는 없었다. 하지만 최근에는 이 문제가 더욱 자주 거론되었다. 과수원 너머의 작은 땅이 보리밭으로 바뀌었으므로, 큰 목장 한구석을 울타리로 막아 노후의 동물들을 위한 목초지로 만들 것이라는 소문이 돌았다. 말의 경우 연금은 하루에 옥수수 5파운드, 겨울에는 건초 15파운드, 그리고 공휴일에는 홍당무 한 개 또는 가능하면 사과 한 개라는 이야기였다. 복서의 열두번째 생일은 이듬해 늦여름에 맞이하게 된다.

그 동안의 생활은 몹시 고생스러웠다. 겨울은 지난해만큼 추웠고 식량은 오히려 부족했다. 그리고 돼지와 개를 제외하고 배급량이 또다시 줄었다. 식량 배급에 있어서 너무 엄격한 평등은 동물주의의 원칙에 어긋난다는 것이 스퀼러의 설명이었다. 아무튼 스퀼러는 겉으로야 어떻게 보일지라도 실제로는 식량이 부족하지 않다는 것을 어렵지 않게 다른 동물들에게 증명해보였다.

얼마 동안은 확실히 식량의 재조정이 필요했다——스퀼러는 언제나 그것을 '감소'라고 하지 않고 '재조정'이라고 표현했다——그러나 존스 시대에 비하면 개선된 정도가 엄청나다는 것이었다. 그는 째지듯 목소리를 높여 숫자들을 읽어가며 그들이 존스 시절보다 훨씬 더 많은 귀리, 건초, 순무를 먹게 되었으며 작업 시간은 짧아지고 마시는 물의 질은 더 좋아졌으며 수명이 길어지고 새끼들이 어려서 죽는 확률도 줄었으며 우리에는 짚이 더 많아졌고 벼룩에게 덜 시달리게 되었음을 그들에게 설명해주었다.

동물들은 그 말을 낱낱이 믿었다. 사실대로 말하자면 존스와 그가 대표하는 모든 것이 그들의 기억에서 사라져버렸던 것이다. 그들은 이제 생존이란 가혹하고 고달픈 것이며, 때로는 굶주림과 추위를 느끼기도 하고 잠자지 않을 때는 언제나 일을 해야 하는 것으로 알고 있었다. 그러나 의심할 여지없이 옛날에는 훨씬 더 가혹했었다. 그렇게 믿는 편이 편했다. 더구나 그때는 노예였지만 지금은 자유스러웠다. 스퀼러가 언제나 지적하는 것처럼 그것이 큰 차이점이었다.

지금은 먹여 살려야 할 식구도 훨씬 많아졌다. 가을에 네 마리 암돼지가 거의 동시에 해산을 해서 서른한 마리나 새끼를 낳았다. 그 돼지들은 흑백 얼룩이었고 나폴레온은 이 농장에서 유일한 수돼지였으므로 아비가 누구인지 추정하는 것은 쉬웠다. 나중에 벽돌과 재목을 구입하면서 농장집 정원에 교실을 세울 것이라는 발표가 있었다.

얼마 동안은 나폴레온 자신이 농장집 부엌에서 직접 새끼돼지들을 가르쳤다. 그들은 정원에서 운동을 했고 다른 새끼 동물과 놀지 말라는 주의를 받았다. 그 무렵, 돼지와 다른 동물이 길에서 마주치면 다른 동물들이 길을 비켜주어야 한다는 규칙이 제정되었고, 또 모든 돼지는 계급의 고하를 막론하고 일요일에는 꼬리에 녹색 리본을 매는 특권을 갖는다는 규칙도 만들어졌다.

농장 수확은 꽤 성공적이었다. 그러나 여전히 자금은 딸렸다. 교실을 짓기 위해 벽돌, 모래, 석회를 사들여야 했고, 다시 풍차 건설에 필요한 기계를 구입하기 위해 저축을 시작해야만 했다. 그리고 농장집에서 쓰는 등잔 기름과 초, 나폴레온의 식탁에 놓을 설탕(그는 설탕을 먹으면 살이 찐다는 이유로 다른 돼지들에게는 그것을 금했다)이 필요했으며, 게다가 연장, 못, 끈, 석탄, 철사, 쇳조각, 개가 먹을 비스킷 등 모든 일상적인 것들을 보충해야만 했다. 그래서 건초한 더미와 수확한 감자 일부를 팔았고, 계란의 출하 계약은 일주일에 6백 개로 늘어났다. 그 때문에 이 해에는 암탉들이 지난해와 겨우 같은 수를 유지할 정도로만 병아리를 까야 했다. 12월에 줄어들었던 식량 배급량은 2월이 되자 다시 줄어들었고, 우리 속의 램프도 기름을 아끼기 위해 불 켜는 것이 금지되었다. 그러나 돼지들은 아주 안락한 생활을 하는 것 같았고 사실 체중이 늘고 있었다.

2월 하순의 어느 날 오후였다. 동물들은 구수하고 달콤한, 식욕을 돋구는 냄새를 맡았다. 그 냄새는 부엌 뒤쪽에 있는, 존스 시대에는 거의 사용되지 않던 양조장으로부터 마당을 거쳐 흘러나오고 있었다. 누군가가 이건 보리를 삶는 냄새라고 말했다. 동물들은 허기진 듯 쿵쿵대며 그 냄새를 맡으며 혹시 저녁 식사로 구수한 여물을 준비하고 있는 것이 아닌가 생각했다. 그러나 저녁 식사 때 구수한 여물 같은 것은 보이지 않았다. 그리고 그 다음 일요일에는 앞으로 보리는 모두 돼지들에게만 할당될 것이라는 발표가 있었다. 과수원 너머의 들판에는 벌써 보리를 뿌렸다. 그리고 곧 돼지들은 매일 세 홉의 맥주를 배급받으며 나폴레온 자신에게는 반 갤런이 할당되어 크라운 더비 제 수프 그릇으로 먹는다는 소문이 돌았다.

그러나 감내해야 할 여러 가지 어려운 일들은 현재의 생활이 전에 비해 훨씬 품위가 있다는 사실로서 어느 정도 상쇄되었다. 예전보다 노래도 더 많이 부르고 연설도 더 많으며 행진 회수도 더 잦았다. 나폴레온은 일주일에 한 번씩 '자주적 시위 행진'이라는 것을 열어야 한다고 명령했다. 그 목적은 동물 농장의 투쟁과 승리를 축하하는 것이었다. 지정된 시간이 되면 동물들은 하던 일을 중단하고 돼지들을 선두로 말, 소, 양, 그리고 가금(家禽)의 순서로 군대식 대열을 이루어 농장 구내를 행진하면서 돌았다. 개들은 이 대열의 측면에 나란히 섰고 전체의 대열 선두에 나폴레온의 검은 수탉이 섰다. 복서와 클로버는 언제나 그 사이에 서서 발굽과 뿔의 그림이 그려져 있고 '나폴레온 동지 만세!'라고 씌어진 녹색 깃발을 들고 있었다. 그 후 나폴레온의 영광을 찬양하는 시가 낭독되고, 최근의 식량 증산에 관한 스퀼러의 상세한 보고와 연설이 있었으며, 때로는 총으로 예포를 쏘기도 했다.

자주적 시위 행진의 가장 열성적인 지지자는 양들로서, 누구든 불만스러운 얼굴로(몇몇 동물들은 돼지나 개가 없는 자리에서는 가끔 불평을 했다) 추위에 떨며 공연히 시간만 낭비한다고 말하면 어김없이 큰소리로 "네 다리는 좋고 두 다리는 나쁘다!"고 외치면서 그 입을 막는 것이었다. 그러나 동물들은 대체적으로 이 축제를 좋아했다. 그들은 그런 행사를 통해 어찌 되었든 자기들은 실질적인 주인이며 자기들이 하는 일은 오직 자신들의 이익만을 위한 일이라는 사실을 상기하고는 즐거워했다. 그래서 노래, 행군, 스퀼러의 숫자 나열, 우렁찬 예포 소리, 수탉의 꼬꼬댁거리는 소리, 펄럭이는 깃발 등등으로 적어도 그 시간만은 자기들의 뱃속이 비었다는 사실을 잊을 수 있었다.

동물 농장은 4월에 공화국으로 선포되었다. 그래서 내통령을 선출하게 되었다. 후보자는 나폴레온 단 하나로 그는 만장일치로 대통령이 되었다. 바로 그날, 스노볼과 존스의 공모를 더욱 상세히 밝혀주는 새 문서가 발견되었다. 스노볼은 전에 동물들이 생각했던 것처럼 단순히 계략을 써서 '소 외양간 전투'에서 패배하도록 기도했을 뿐만 아니라 노골적으로 존스 편에 서서 싸웠다는 사실이 비로소 드러났다. 실상 그는 인간 군대의 지휘자로서 "인간 만세 !"를 외치며 전투에 참가했다는 것이다. 몇몇 동물들이 지금도 생생하게 기억하고 있는 스노볼의 등에 난 상처는 나폴레온이 이빨로 문 것이었다.

여름이 반쯤 지나갔을 때 몇 년 동안 보이지 않던 갈가마귀 모제스가 갑자기 농장에 나타났다. 그는 전혀 변하지 않았고 여전히 일도 안 하면서 옛날과 똑같은 말투로 슈가캔디 산에 대해 지껄였다. 그는 자기 말에 귀를 기울이는 자만 있으면 몇 시간이고 나무 그루터기에 앉아 검은 날개를 퍼덕이며 이야기를 했다.

"동지들, 저쪽에는." 하고 모제스는 커다란 부리로 하늘을 가리키며 엄숙하게 말했다. "검은 구름 너머 저쪽에는, 우리 동물들이 노동에서 해방되어 영원히 안식을 누릴 수 있는 슈가캔디 산이라는 행복의 나라가 있습니다 !"

그는 하늘을 높이 날다가 실제로 그 나라에 간 적이 있는데, 토끼풀이 언제나 자라 있고 생울타리에 박하과자와 각설탕이 열려 있는 것을 보았다고 주장하기도 했다. 많은 동물들이 그의 말을 믿었다. 자기들의 현재의 생활이 굶주림과 과로의 연속이라는 것을 깨달았다. 그 어딘가에 더 좋은 세상이 있다고 하는 게 잘못되고 옳지 않은 생각인가? 동물들로 하여금 그 판단을 어렵게 하는 것은 모제스에 대한 돼지들의 태도였다. 그들은 슈가캔디 산에 대한 모제스의 이야기를 거짓말이라고 단정하고 경멸했으나, 한편으로는 그가 농장에 그대로 있게 내버려둘 뿐 아니라 아무 일도 하지 않는데 하루에 약 한 홉의 맥주를 배급했다.

복서는 발굽이 아문 뒤로 전보다 더 열심히 일했다. 사실 모든 동물들은 그 해에 노예처럼 일했다. 정규적인 농장의 작업과·풍차 재건일 이외에도 3월부터 시작된 새끼돼지들의 교실 건축 작업이 있었다. 배불리 먹지 못하면서 오랜 시간 일하는 것은 때로 견디기 힘들었지만 복서는 조금도 굽힘이 없었다. 그의 말이나 행동에서는 그의 힘이 전만 못하다는 징조를 전혀 발견할 수가 없었다. 조금 변한 것이 있다면 그것은 외모뿐이었다. 그의 피부는 전처럼 윤기가 흐르지 않았고 거대한 엉덩이는 약간 줄어든 것같이 보였다.

다른 동물들은 "봄에 햇풀이 자라면 복서는 다시 좋아질 거야." 하고 말했지만, 봄이 왔는데도 복서는 살이 찌지 않았다. 때로 채석장 꼭대기로 올라가는 비탈길에서 커다란 돌 무게를 근육으로 버티고 서 있을 때, 그의 다리는 오직 끈질긴 의지력만 있는 것 같았다. 그럴 때 그의 입술은 '좀더 열심히 일해야지.'라는 말을 되뇌고 있는 것 같았다. 그러나 그는 그것을 입 밖으로 내어 말하지는 않았다. 클로버와 벤자민은 다시 복서에게 몸조심을 하라고 충고했지만 그는 귀담아 듣지 않았다. 그의 열두번째 생일이 다가왔다. 그는 연금을 받기 전에 돌을 넉넉히 모아놓기만 한다면 다른 일은 아무래도 좋았다.

그 해 여름 어느 날, 저녁 늦게 복서에게 무슨 일이 일어났다는 소문이 농장 전체에 퍼졌다. 그는 혼자서 돌무더기를 풍차있는 데로 끌어가기 위해 내려갔던 것이었다. 그리고 그 소문은 사실이었다. 몇 분 후, 비둘기 두 마리가 급히 날아와서 소식을 전했다. "복서가 쓰러졌어요! 옆으로 쓰러져서 꼼짝을 못 하고 있어요!"

농장의 동물들 반수 가량이 풍차가 있는 언덕으로 뛰어나갔다. 복서는 마차의 굴대 사이에 끼어 머리를 들지도 못하고 목을 늘인 채 누워 있었다. 눈은 흐릿하고 옆구리는 땀으로 흠뻑 젖어 있었다. 입에서 가느다란 핏줄기가 흘러나왔다. 클로버가 그의 옆에 무릎을 꿇고 앉았다.

"복서, 어떻게 된 거예요?" 그녀가 소리쳤다.

"폐를 다친 것 같아요." 하고 복서가 간신히 말했다. "하지만 괜찮아요. 내가 없어도 당신들이 풍차를 완성할 수 있을 거요. 돌을 제법 많이 모아놓았으니까. 아무튼 나는 한 달밖에 남지 않았어요. 사실 나는 마음속으로 정년을 기다려 왔답니다. 벤자민도 이제 늙었으니까 그들은 아마 함께 은퇴하게 해서 내 말동무가 되도록 해줄 거요."

"얼른 손을 써야겠어요." 클로버가 말했다. "누구든 달려가서 스퀼러에게 이 사건을 전해줘요."

다른 동물들은 모두 스퀼러에게 이 소식을 전하기 위해 당장 농장 집으로 뛰어갔다. 클로버와 벤자민만 남아 있었는데, 벤자민은 복서 옆에 앉아 잠자코 꼬리로 파리를 쫓아주었다.

15분쯤 지났을 때, 스퀼러가 동정과 걱정이 가득한 얼굴로 나타났다. 그는 나폴레온 동지가 농장에서 가장 충실한 일꾼에게 일어난 이 불행한 일에 대해 깊은 유감의 뜻을 표했고 윌링톤의 병원에 복서를 보내 치료를 받도록 벌써 준비를 하고 있는 중이라고 말했다. 이 이야기를 듣고 동물들은 조금 불안해졌다. 몰리와 스노볼을 제외하고는 아직 어떤 동물도 이 농장을 떠난 적이 없었다. 그리고 그들은 병든 자기들의 동지를 인간의 손에 맡긴다는 것이 어쩐지 기분 나빴다. 그러나 스퀼러는 윌링톤의 수의사가 농장에서 하는 것보다 훨씬 더 복서를 잘 치료해줄 것이라는 말로 쉽게 동물들을 납득시킬 수 있었다. 그로부터 30분 정도 지나자 복서는 약간 회복되어 가까스로 우리 까지 걸어갈 수 있었다. 클로버와 벤자민이 그를 위해 푹신푹신한 밀짚 침대를 마련해놓았다.

그 후 이틀 동안 복서는 우리 속에서 꼼짝도 하지 않고 있었다. 돼지들은 목욕탕 약상자 속에서 찾아낸 분홍색 약 한 병을 보내왔다. 클로버는 하루에 두 번씩 식사 후에 그것을 복서에게 먹였다. 그녀는 저녁마다 복서의 우리로 건너와서 그와 이야기를 나누었고 그럴 때 벤자민은 파리를 쫓아주었다. 복서는 이 사고에 대해 슬퍼하지 않는다고 말했다. 만일 완쾌되기만 하면 앞으로 3년은 더 살 수 있을 것이고 그렇게 되면 그 큰 목장 한구석에서 평화스러운 나날을 보낼 수 있을 것이라고 믿었다. 그는 처음으로 사색에 잠기며 마음의 수양을 쌓을 수 있는 시간적 여가를 가질 것이었다. 그는 남은 생애를 알파벳의 나머지 스물두 글자를 배우는 데 보낼 작정이라고 말했다.

그러나 벤자민과 클로버가 복서와 함께 있을 수 있는 것은 작업이 끝난 후뿐인데 그를 데리고 갈 짐마차가 온 것은 대낮이었다. 동물들은 모두 한 마리 돼지의 감독 아래 순무밭의 잡초를 뽑고 있었다. 바로 그때 벤자민이 농장 건물 쪽으로부터 달려오며 있는 대로 소리를 지르는 것을 보고 모두들 깜짝 놀랐다. 흥분한 벤자민의 모습을 보는 것은 처음이었다.

"빨리, 빨리!" 하고 그가 소리쳤다. "빨리요! 복서를 데려가려고 한다니까."

동물들은 감독하는 돼지의 명령을 기다리지도 않고 하던 일을 팽개친 채 농장 건물 쪽으로 달려갔다. 과연 마당에는 두 마리의 말이 끄는 커다란 유개(有蓋) 짐마차가 서 있었다. 그 측면에는 무슨 글씨가 씌어 있고 마부석에는 교활해보이는 얼굴에 낮은 중산모를 쓴 남자가 앉아 있었다. 복서의 우리는 어느 새 텅 비어 있었다.

동물들이 짐마차 주위를 둘러쌌다. "복서, 잘 가요!" 하고 그들은 합창하듯 말했다. "잘 가요!"

"이 멍청이들! 멍청이 같으니라구!" 벤자민은 그들 주위를 뛰어다니며 그 작은 발굽으로 땅을 굴렀다. "이 멍청한 것들! 저 마차 옆에 뭐라고 씌어 있는지 알아?"

그러자 동물들은 입을 다물고 조용해졌다. 뮤리엘이 더듬더듬 글자를 읽기 시작했다. 그러나 벤자민은 그녀를 밀치고 숨소리조차 들리지 않을 만큼의 조용한 침묵 속에서 그것을 줄줄 읽었다.

"'알프렛 시몬즈, 폐마 도살 및 아교 제조업, 윌링톤. 피혁과 골분 매매. 개집 공급' 저게 무슨 말인지 모르겠소? 저들은 복서를 폐마 도살업자에게 넘겨주려 하고 있단 말이오!"

동물들 사이에서 공포에 찬 비명 소리가 터져나왔다. 바로 그때 마부석에 앉아 있던 남자가 말에 채찍질을 했다. 그러자 짐마차는 빠른 속력으로 마당에서 빠져나갔다. 동물들은 모두 있는 힘을 다해 소리를 지르며 그 뒤를 따랐다. 클로버가 맨 앞으로 헤치고 나갔다. 마차는 속력을 내기 시작했다. 클로버는 힘차게 다리를 놀렸지만 생각만큼 빨리 달릴 수가 없었다. "복서!" 하고 그녀가 소리쳤다. "복서! 복서! 복서!"

마침 그때 바깥의 소동을 알아차린 것처럼 콧등에 흰 줄무늬가 있는 복서의 얼굴이 마차 뒷문의 작은 창에 나타났다.

"복서!" 클로버가 공포에 질린 목소리로 외쳤다. "복서! 뛰어내려요! 어서요! 저들이 당신을 죽이려 하고 있어요!"

"내려요, 복서! 어서요!" 하고 모든 동물이 입을 모아 소리쳤다.

그러나 마차는 이미 속력을 내어 그들로부터 멀어져가기 시작했다. 복서가 클로버의 말을 알아들었는지 어쩐지는 알 수 없었다. 그러나 잠시 후 그의 얼굴이 창문에서 사라지고 대신 마차 안에서 쿵쿵거리는 발굽 소리가 들려왔다. 그는 마차를 발길로 차서 부수고 밖으로 나오려 했던 것이다. 복서가 두서너 번 차기만 하면 그런 짐마차쯤은 성냥갑처럼 부술 수 있는 시절이 있었다. 그러나 슬프게도 그런 힘은 이제 남아 있지 않았다.

쿵쿵거리던 발굽 소리는 차츰 희미해지더니 마침내 완전히 사라졌다. 동물들은 마차를 끄는 두 마리 말에게 제발 멈추어달라고 애원하기 시작했다. "동지들, 동지들!" 하고 그들은 소리쳤다. "당신들의 형제를 죽을 곳으로 끌고가지 말아요!"

그러나 바보 같은 그 동물들은 너무 무지해서 사태를 알아차리지 못하고, 귀를 뒤로 젖히고 걸음을 재촉했다.

복서의 얼굴은 다시 창에 나타나지 않았다. 누군가가 앞서 달려가서 다섯 개의 가로대가 붙어 있는 문을 닫을 생각을 해냈지만 때는 이미 늦었다. 짐마차는 그 문을 통과하여 급히 한길 쪽으로 자취를 감추었다. 복서는 두 번 다시 보이지 않았다.

그로부터 사흘 후, 복서는 윌링톤의 병원에서 온갖 치료를 다 받았음에도 불구하고 결국 죽었다고 발표되었다. 스퀼러가 이 소식을 다른 동물들에게 전하기 위해서 왔다. 그는 복서의 마지막 몇 시간을 지켜보았다고 말했다.

"그건 내 평생에서 가장 감동적인 장면이었습니다." 스퀼러는 앞다리를 쳐들어 눈물을 닦으며 말했다. "나는 임종의 순간 그의 침대 곁에 있었습니다. 마지막에는 거의 말도 할 수 없을 정도로 힘이 빠진 복서는 입을 내 귀에 대고 풍차가 완성되는 것을 보지 못하고 죽는 것이 가슴 아프다고 속삭였습니다. 그리고 이렇게 말했습니다. '전진합시다, 동지들! 봉기를 잊지 말고 전진합시다. 동물 농장 만세! 나폴레온 동지 만세! 나폴레온은 항상 옳다.' 이것이 그의 마지막 말이었습니다, 동지들."

그 순간 스퀼러의 태도가 갑자기 바뀌었다. 그는 잠시 입을 다물고 작은 눈으로 이리저리 야릇한 시선을 던지더니 말을 이었다.

그는 복서가 이곳을 나갈 때 어리석고 악의에 찬 소문이 떠돌았다는 것을 자기가 알게 되었다고 말했다. 동물들 중에는 복서를 싣고 가는 짐마차에 '폐마 도살업'이라 씌어 있는 것을 보고 경솔하게도 복서가 도살장으로 끌려가는 것이라고 비약해서 결론을 내린 자도 있었다는 것이었다. 어떤 동물이든 그렇게 어리석은 생각을 하다니 믿을 수 없다고 스퀼러는 말했다. 그는 분함을 참지 못해 꼬리를 빳빳이 하고 이리저리 흔들며 친애하는 지도자 나폴레온 동지가 그 정도로밖에 생각되지 않느냐고 소리를 질렀다. 그러나 그의 설명은 그야말로 지극히 간단했다. 그 짐마차는 전에는 폐마 도살업자의 것이었는데 그것을 수의사가 사들였고, 수의사는 아직 페인트로 옛 이름을 지워 없애지 못했다는 것이었다. 오해가 생긴 것은 그 때문이었다.

이 말을 듣고 동물들은 크게 안심이 되었다. 그리고 스퀼러가 또다시 임종 당시 복서가 누워 있던 침대, 그가 받았던 훌륭한 치료, 나폴레온이 아까운 줄 모르고 지불한 비싼 약품들에 대해 마치 눈앞에서 보는 것같이 생생하게 설명하자 동물들의 마지막 의심도 사라지고, 동지의 죽음에서 느낀 슬픔은 적어도 그가 행복하게 죽었다는 생각으로 진정되었다.

그 다음 일요일 아침 회합에 나폴레온이 직접 나타나 복서를 찬양하는 짤막한 연설을 했다. 그는 죽은 동지의 유해를 운반하여 농장에 매장하는 것은 불가능한 일이지만, 농장집 정원의 월계수로 커다란 화환을 만들라고 지시하여 복서의 무덤에 놓아두도록 보냈다고 말했다. 그리고 2, 3일 안에 돼지들은 복서를 기리는 추모연을 갖기로 했다는 것이었다. 나폴레온은 복서가 좋아하던 두 개의 좌우명, 즉 '좀 더 열심히 일해야지. '와 '나폴레온은 언제나 옳다. '를 상기시키면서 다른 동물들도 이 금언을 자신들의 것으로 만들면 좋을 것이라는 말로 연설을 끝냈다.

추모연을 열기로 예정한 날, 윌링톤에서 온 식료품상의 유개 마차가 농장집에 커다란 나무 상자를 배달했다. 그날 밤, 시끄러운 노래 소리에 이어 거칠게 싸우는 듯한 소리가 들렸고 열한 시경에 유리 그릇 깨지는 요란한 소리로 끝이 났다.

그 이튿날 점심때까지 농장집에는 아무도 얼씬거리는 자가 없었으며, 돼지들이 어디선지 돈을 마련하여 자기들이 마실 위스키 한 상자를 샀다는 소문이 들렸다.

제 10 장

몇 년이 지났다. 계절이 여러 번 바뀌었고 수명이 짧은 동물들은 세상을 떠났다. 클로버와 벤자민, 갈가마귀 모제스, 그리고 상당수의 돼지들을 빼고는 '봉기' 이전의 옛날 일을 기억하는 자가 아무도 없는 시절이 된 것이다.

뮤리엘은 죽었다. 블루벨, 제시, 핀처도 죽었다. 존스도 죽었다. 그는 이 주(州)의 다른 지방에 있는 알콜 중독자 수용소에서 죽었다. 스노볼은 기억에서 사라졌다. 복서에 대한 기억도 그를 직접 알고 있던 몇몇에게만 남아 있었다. 클로버는 이제 관절이 굳고 눈곱이 자주 끼는 나이 들고 뚱뚱한 암말이 되었다. 그녀는 정년을 2년이나 넘겼다. 그러나 실제로 은퇴한 동물은 아무도 없었다. 정년 은퇴한 동물들을 위해 목장 일부를 할당한다는 이야기도 오래 전에 흐지부지되어 버렸다.

나폴레온은 이제 몸무게가 24스톤이나 나가는 성숙한 수퇘지가 되었다. 스퀼러는 너무 살이 쪄서 눈을 제대로 뜨기 어려울 정도가 되었다. 벤자민 영감만은 전과 거의 다름이 없었다. 다만 콧등 쪽이 약간 허옇게 되고 복서가 죽은 이후로 더욱 침울하고 말이 없어졌을 뿐이었다.

초기에 예상했던 만큼은 아니지만, 농장의 동물은 이제 제법 숫자가 늘어났다. 후에 이 농장에서 태어난 동물들에게 있어서 '봉기'는 입에서 입으로 전해지는 희미한 전통에 지나지 않았으며, 다른 데서 팔려온 동물들은 이 농장에 오기 전에 그런 이야기를 들어본 적도 없었다는 것이었다. 농장에는 현재 클로버 말고 세 마리의 말이 있었다. 그들은 체격이 늘씬한데다 건강하고 부지런하고 선량했지만 머리는 둔했다. 그들 누구도 알파벳을 B자 이상 외우지 못한다는 사실이 증명되었다. 그들은 거의 어머니처럼 존경하고 따르는 클로버로부터 봉기와 동물주의의 원칙에 대해서 들을 때는 무엇이나 그대로 받아들였지만, 그것을 어느 정도나 이해했는지는 자못 의심스러웠다.

농장은 전에 비해 더욱 번창하고 조직도 잘 되어 있었다. 필킹톤 씨로부터 밭을 두 뙈기나 사들였기 때문에 농장 규모도 확장되었다.

풍차도 마침내 성공적으로 완성되었다. 탈곡기와 건초 운반기도 소유하게 되었으며 새 건물도 여러 채 세워졌다. 윔퍼는 자가용 이륜마차를 사들였다. 그러나 풍차는 결국 발전(發電)에는 사용되지 않았다. 그것은 곡식을 빻는 데 사용되어 많은 이윤을 남겼다. 동물들은 또 하나의 풍차를 세우느라고 아직도 열심히 일하고 있었다. 그것이 완성되면 발전기를 설치하게 될 것이라는 이야기가 있었다. 전에 스노볼이 꿈처럼 설명해주었던 전등과 냉온수가 설치된 우리와 1주 3일 노동과 같은 사치스러운 이야기들은 더 이상 화제거리가 되지 못했다. 나폴레온은 그런 생각은 동물주의에 위배된다고 비난했다. 가장 참된 행복은 열심히 일하고 검소하게 생활하는 데 있다고 그는 말했다.

아무튼 농장은 점점 부유해졌지만 동물들 자신은 더 이상 부유해지지 않았다. 물론 돼지와 개들은 예외였다. 그것은 아마 돼지와 개의 수가 지나치게 많은 탓도 있을 것이었다. 그들도 자기들 나름대로 일을 안 하는 것은 아니었다. 스퀼러가 끈기있게 설명하는 것과 같이 그들은 농장의 감독과 조직을 위해 많은 일을 했다. 그런 일의 대부분은 다른 동물들로서는 무식해서 이해하기 어려운 것이었다. 돼지들은 날마다 '문서', '보고서', '의사록', '각서' 등 수수께끼 같은 일을 하느라고 굉장한 노력을 기울인다고 스퀼러는 그들에게 말했다. 그런 것들은 커다란 종이에 글씨를 쓴 것으로, 다 쓰고 나면 난롯불에 처넣어졌다. 스퀼러는 그런 것들이 농장의 복지를 위해 매우 중요한 것이라고 말했다. 그러나 개나 돼지들은 여전히 스스로의 노동으로는 조금도 식량을 생산해내지 못했다. 그들은 숫자가 굉장히 많고 식욕도 언제나 왕성했다.

다른 동물들로 말하면 그들의 생활은 자신들이 알고 있는 한 전과 달라진 것이 전혀 없었다. 그들은 대부분 굶주렸고 짚더미 위에서 잠을 잤으며 우물에서 물을 마시고 들에서 일을 했다. 겨울이면 추워서, 여름이면 파리 때문에 고생을 했다. 몇몇 나이든 동물들이 때때로 희미해진 기억을 열심히 더듬어 존스가 추방된 지 얼마 안 되었던 '봉기' 초기의 사정이 현재에 비해 좋았던가 나빴던가를 판단해보려고 애썼다. 하지만 그들은 기억해낼 수가 없었다. 현재의 생활과 비교해볼 만한 자료가 없었기 때문이다. 그들에게는 스퀼러의 통계표가 유일한 근거였다. 그 통계표는 모든 것이 훌륭하게 개선되어 가고 있다는 것이었다.

동물들에게 있어서 이 문제는 해결할 수 없는 것이었다. 아무튼 그들은 이제 그런 일들을 생각할 여유가 거의 없었다. 다만 벤자민 영감만은 자신의 긴 생애를 낱낱이 기억하며 사정은 좋아지지도 나빠지지도 않았으며 또 나빠질 수도 없다고 말했다. 굶주림, 고생, 실망이 세상살이의 불변의 법칙이라는 것이었다.

그러나 동물들은 결코 희망을 버리지 않았다. 더구나 그들은 한순간도 자기들이 동물 농장의 구성원이라는 명예와 특권 의식을 잊어본 적이 없었다. 이 농장은 이 지방에서, 아니 영국을 통틀어 동물들이 소유하고 경영하는 유일한 농장이었다. 그들 중 누구도, 가장 어린 새끼도, 10 내지 20마일 떨어진 농장에서 데리고 온 신참자들도 이제 이 사실에 대해서 경탄하지 않을 수 없었다. 예포가 울려퍼지는 소리를 듣고 녹색 깃발이 펄럭이는 것을 볼 때 그들의 가슴은 한없는 자부심으로 부풀어올랐고 화제는 언제나 옛날의 영웅적인 시절, 존스의 추방, 칠계명의 계시, 침략자 인간들을 패배시킨 위대한 전투 이야기로 돌아갔다. 옛날의 꿈으로서 포기된 것은 하나도 없었다. 메이저가 예언했던, 영국의 푸른 들판이 인간들의 발에 짓밟히지 않을 '동물 공화국'의 도래는 여전히 믿어지고 있었다. 언젠가 반드시 오리라. 그렇게 빨리 오지 않을지도 모른다. 지금 살아 있는 동물들의 생애에는 오지 않을지도 모른다. 하지만 그날은 오고 있다. 〈영국의 동물들〉도 여기저기서 은밀하게 불려졌다. 소리 내어 용감하게 부를 수는 없었지만 어쨌든 농장의 동물들은 모두 다 그 노래를 알고 있는 것이 사실이었다. 그들의 생활은 고달프고 그 희망이 모두 이루어졌다고 할 수는 없었지만, 그들은 자기들이 다른 동물들과는 다르다는 것을 의식하고 있었다. 굶는 일이 있다면 그것은 포악한 인간들에 의해 사육되지 않기 때문이며 고생스레 일한다 해도 그것은 적어도 그들 자신을 위해 일하는 것이었다. 그들 중 누구도 두 다리로 걷지 않았다. 어떤 동물도 다른 동물을 '주인님'이라고 부르지 않았다. 모든 동물은 평등했다.

초여름의 어느 날, 스퀼러는 양들에게 자기를 따라오라고 한 다음 그들을 농장 한구석, 어린 자작나무들이 무성하게 자란 황무지로 데리고 갔다. 양들은 하루 종일 스퀼러의 감독 아래 나뭇잎을 먹으며 지냈다. 저녁때 스퀼러는 혼자 농장집으로 돌아오면서 양들에게 날씨가 따뜻하니 거기서 자라고 지시했다. 그리하여 양들은 꼬박 일주일 동안 그곳에서 머물렀는데, 그 동안 다른 동물들은 양들을 전혀 보지 못했다. 스퀼러는 날마다 많은 시간을 양들과 함께 지냈다. 그는 그들에게 비밀에 붙일 필요가 있는 새 노래를 가르쳤다고 말했다.

양들이 격리 생활에서 돌아온 직후의 어느 상쾌한 저녁의 일이었다. 일을 끝낸 동물들이 농장 건물로 돌아오고 있는데, 마당에서 무시무시한 말의 울음소리가 들려왔다. 동물들은 깜짝 놀라 그 자리에 우뚝 섰다. 그것은 클로버의 소리였다. 그녀가 다시 소리를 지르기 시작했다. 동물들은 모두 마당으로 달려들어갔다. 거기서 동물들은 클로버가 목격한 것을 보았다.

돼지 한 마리가 뒷다리로 걷고 있었다.

그렇다, 그것은 스퀼러였다. 그런 자세로 그 커다란 몸집을 지탱하는 데는 아직 익숙지 않아 약간 위태로워 보였지만, 그래도 그는 완벽하게 균형을 잡으며 마당을 천천히 왔다갔다했다. 잠시 후, 농장집 문으로부터 긴 돼지의 행렬이 나타났는데 모두 뒷다리로 걷고 있었다. 그중에는 더 잘 걷는 자도 있었고 한둘은 조금 뒤뚱거리며 지팡이에 의지하고 싶어하는 모습을 보이기도 했지만 대부분은 성공적으로 마당을 걸어다니고 있었다. 그리고 마침내 무시무시한 개 짖는 소리, 검은 수탉의 높은 울음소리 속에 나폴레온 자신이 당당하게 일어서서 좌우로 오만한 시선을 던지며 나타났다. 개들은 그의 주위를 뛰어다니고 있었다.

그는 앞다리에 채찍을 들고 있었다.

죽음과 같은 침묵이 흘렀다. 동물들은 놀라움과 공포로 간담이 서늘해져 한 군데 몰려선 채 돼지들의 긴 행렬이 천천히 마당을 돌며 행진하는 것을 바라보고 있었다. 마치 세상이 뒤집힌 것 같았다. 가까스로 최후의 충격에서 헤어난 동물들은 개들에 대한 공포심에도 불구하고, 또한 오랜 동안에 형성된, 무슨 일이 있어도 불평하지 않고 비판하지 않는다는 습관에도 불구하고 몇 마디 항의의 말을 하기 위해 입을 열려고 했다. 그런데 바로 그 순간, 어떤 신호라도 받은 것처럼 양들이 일제히 입을 모아 큰소리로 외치기 시작했다.

"네 다리는 좋고 두 다리는 '더욱' 좋다! 네 다리는 좋고 두 다리는 '더욱' 좋다! 네 다리는 좋고 두 다리는 '더욱' 좋다!"

그 소리는 쉬지 않고 5분 동안이나 되풀이되었다. 양들이 조용해졌을 때는 벌써 돼지들이 농장집으로 돌아간 뒤여서 항의할 기회가 없었다.

누군가 자기 어깨에 코를 문지르는 것을 느끼고 벤자민은 뒤를 돌아보았다. 클로버였다. 늙은 그녀의 눈은 더욱 흐릿해져 있었다. 그녀는 잠자코 벤자민의 갈기를 끌고 칠계명이 씌어 있는 큰 창고 끝으로 그를 데리고 갔다. 그들은 1, 2분 동안 타르 칠을 한 벽에 쓰인 하얀 글씨를 쳐다보고 있었다.

"내 시력이 나빠졌어요." 하고 그녀가 마침내 말했다. "하기야 젊었을 때도 저기 쓰인 것을 읽을 줄 몰랐지만. 그런데 저 벽이 아주 달라진 것처럼 보이는군요. 벤자민, 저 칠계명은 전과 똑같은가요?"

벤자민은 이번만은 자기 규율을 깨뜨리기로 작정하고 벽에 쓰인 것을 그녀에게 읽어주었다. 거기에는 오직 하나의 계명밖에 없었다. 그것은 다음과 같았다.

모든 동물은 평등하다.
그러나 어떤 동물들은
다른 동물보다 더욱 평등하다.

그런 일이 있은 다음날, 농장 작업을 감독하는 돼지들은 모두 앞발에 채찍을 들고 있었다. 그런데도 그것이 별로 이상하게 보이지 않았다. 돼지들이 라디오를 사들이고 전화 가설을 의뢰하고 잡지 〈존 불〉과 〈팃 비츠〉, 〈데일리 미러〉 신문 구독을 신청한 사실이 알려졌는데도 이상하게 느껴지지 않았다. 파이프를 입에 문 나폴레온이 농장집 정원을 산책하는 것을 보아도 아니, 돼지들이 존스 씨의 옷장에서 옷을 꺼내 입고 나폴레온 자신은 검은 상의에 승마용 바지를 입고 가죽 각반을 한 채 나타나도, 그리고 그가 귀여워하는 암퇘지가 존스 부인이 일요일에나 입었던 물결 무늬의 비단옷을 걸치고 나타나도 전혀 이상하게 생각되지 않았다.

그로부터 일주일 후의 어느 날 오후, 몇 대의 이륜 마차가 농장으로 들어왔다. 이웃 농장주 대표단이 시찰 여행의 초대를 받았던 것이다. 그들은 농장을 두루 돌아보면서 보는 것마다 칭찬을 늘어놓았다. 특히 풍차에 대해서는 찬사가 대단했다. 동물들은 순무밭에서 잡초를 뽑고 있었다. 그들은 거의 얼굴을 들지 않고, 돼지와 인간 방문객 중 어느 쪽이 더 무서운 존재인지도 알지 못하고 부지런히 일을 했다.

그날 저녁, 농장집 안에서 커다란 웃음소리와 노래 소리가 흘러나왔다. 인간과 동물의 뒤섞인 소리를 듣고 동물들은 문득 호기심이 일었다. 처음으로 동물과 인간이 평등한 위치에서 만나고 있는 지금 저 집 안에서 도대체 무슨 일이 벌어지고 있는 것일까? 그들은 농장집 정원을 향해 되도록 소리를 내지 않고 일제히 살금살금 기어들어가기 시작했다.

문가에 이르자, 그들은 안으로 들어가는 것이 약간 두려워져 망설였지만 클로버가 선두에 서서 들어갔다. 그들은 살그머니 농장 건물로 다가갔고 키가 큰 동물들은 식당 창문으로 안을 들여다보았다. 긴 식탁 주위에 농장주 여섯 명과 여섯 마리의 고위층 돼지들이 앉아 있고 나폴레온은 식탁 머리의 상석에 자리를 잡고 있었다. 돼지들은 의자에 앉은 것이 아주 편해보였다. 그들은 카드놀이를 하다가 건배를 하기 위해 그것을 일시 중단하고 있었다. 큰 주전자가 돌면서 잔에는 맥주가 채워졌다. 아무도 창문으로 들여다보며 이상하게 생각하고 있는 동물들에게 주의하는 자는 없었다.

폭스우드 농장의 필킹톤 씨가 손에 잔을 든 채 자리에서 일어났다. "잠시 후에 먼저 일어설 분들을 위해 건배를 하기 전에 몇 마디 하고 싶은 이야기가 있습니다." 하고 그는 말했다. "오랜 불신과 오해가 이제 풀어졌다는 데 대해 나는 매우 만족스럽게 생각하고 있으며, 이 자리에 있는 다른 이들도 같은 생각일 것임을 확신합니다. 나 자신이나 여기 있는 어느 누구도 그런 감정을 가지고 있지는 않지만, 한때는 근처에 사는 인간들이 이 동물 농장의 존경하는 주인들을 적개심이라고까지 할 수는 없지만 어느 정도 의구심을 가지고 지켜보았던 적이 있습니다. 불행한 사태도 일어났고 오해도 있었습니다. 돼지들이 소유하고 경영하는 농장이라는 것이 어딘가 비정상적이고 근처에 불안감을 주기 쉽다고 생각한 적도 있었습니다. 상당수의 농장주들은 제대로 알아보지도 않고 이러한 농장에서는 방종과 무질서의 분위기가 조성될 것이라고 속단했습니다. 그들은 자기들의 동물들, 심지어 고용하고 있는 일꾼들에게까지 영향을 끼칠까 봐 신경을 곤두세워 왔습니다. 하지만 그와 같은 의심은 이제 완전히 사라졌습니다.

오늘 나와 동료들이 동물 농장을 방문해서 우리 자신의 눈으로 구석구석 시찰했는데, 그 결과 우리가 발견한 것은 무엇일까요? 최신식 영농 방법뿐만 아니라 모든 농장주의 모범이 될 만한 규율과 질서를 발견했습니다. 동물 농장의 하급 동물들이 이 지방의 어떤 동물보다도 일은 많이 하고 식량은 적게 받는다고 해도 나로선 그것이 정당하다고 믿습니다.

사실 나와 동료들은 오늘 우리들의 농장에 당장이라도 도입하고 싶은 여러 특징들을 발견했습니다. 나는 동물 농장과 이웃한 농장들 사이에 있어 왔고 또 마땅히 있어야 할 우의를 재차 강조하는 것으로 오늘의 연설을 끝낼까 합니다. 돼지와 인간 사이에는 어떤 형태로든 이해의 충돌이 없으며 또 있을 필요도 없습니다. 우리의 투쟁과 당면한 어려움은 같습니다. 노동 문제는 어디서든 마찬가지가 아닙니까?"

여기까지 말하고 나서 필킹톤 씨는 미리 생각하고 있던 재담을 털어놓으려고 했는데 그런 이야기를 할 수 있다는 게 너무 흐뭇해서 얼른 말을 이을 수가 없었다. 그는 두둑한 턱을 벌겋게 물들이며 한참 숨을 내쉬고는 가까스로 말을 꺼냈다.

"여러분이 여러분의 하급 동물들과 다투어야 하는 것과 마찬가지로 우리에게도 다투지 않으면 안 될 하층 계급이 있단 말입니다!"

좌중은 이 재치있는 말에 큰 웃음을 터뜨렸다.

필킹톤 씨는 자신이 농장에서 관찰한 적은 식량 배급, 긴 작업 시간, 그리고 전반적으로 지나친 방종이 허락되지 않는 데 대해 돼지들에게 다시 한 번 치하의 말을했다.

그런 다음 그는 마지막으로 모두 일어나서 잔에 맥주를 채워 건배하자고 말했다. "신사 여러분." 하고 필킹톤 씨는 연설을 끝냈다. "여러분을 위해 건배합시다! 그리고 동물 농장의 번영을 위해 건배!"

열광적인 박수와 함께 발 구르는 소리가 들렸다. 나폴레온은 대단히 흐뭇하여 자기 자리를 떠서 필킹톤 씨 쪽으로 돌아와 그와 잔을 부딪치고 맥주를 쭉 들이켰다. 박수 소리가 진정되자 그때까지 계속 서 있던 나폴레온은 자기도 몇 마디 하고 싶다고 말했다.

언제나와 마찬가지로 나폴레온의 연설은 짤막하고 요령이 있었다. 그는 자기 역시 오해의 시대가 끝난 것을 기쁘게 생각한다고 말했다. 오랫 동안 나와 나의 동료들의 사고방식에는 파괴적인, 심지어는 혁명적인 요소가 있다는 소문이 떠돌았는데 이것은 분명히 악의를 품고 있는 어떤 적이 퍼뜨린 것임을 알고 있다, 그들은 우리가 이웃 농장의 동물들 사이에 '봉기'를 선동하려 했다고 믿어왔다, 이렇게 진실과 거리가 먼 것은 없을 것이다 ! 우리의 유일한 소망은 과거에 있어서나 현재에 있어서나 이웃과 평화롭고 정상적인 거래 관계를 맺으며 사는 것이다. 그리고 나폴레온은 이렇게 덧붙였다. 내가 영광스럽게 통치하고 있는 이 농장은 일종의 협동 기업체다, 내 자신의 소유로 되어 있는 부동산 권리증서는 돼지들의 공동 소유다, 라고 말했다.

그는 예전의 의혹이 아직까지 남아 있다고는 생각하지 않지만 최근 이 농장의 일상사에는 어떤 변화가 일어났는데, 그 변화는 신뢰감을 더욱 굳건하게 하는 데 효과가 있을 것이라고 말했다. 즉, 지금까지 이 농장의 동물들은 서로를 '동지'라고 부르는 바보 같은 습관을 가지고 있었는데 그것이 금지되었다, 그리고 기원을 알 수 없는 괴상한 습관이 있어서 일요일 아침마다 정원의 기둥 못에 걸려 있는 수퇘지의 두개골 앞을 행진해왔는데, 그것 역시 금지될 것이며 두개골은 이미 땅 속에 묻어버렸다. 또한 손님들은 게양대에서 펄럭이는 녹색 깃발을 보았을 것이다, 그것을 보았다면 전에 그려져 있던 발굽과 뿔이 이미 없어진 것을 알아차렸을 것이다, 앞으로 그것은 단순한 녹색 깃발이 될 것이다, 라고 말했다.

그리고 그는 필킹톤 씨의 우정 어린 훌륭한 연설에 대해 단 한 가지 이의를 제기할 것이 있다고 말했다. 필킹톤 씨는 시종 '동물 농장'이라는 호칭을 사용했다. 물론 그는 사실을 알 수 없겠지만—— 나폴레온 자신이 지금 처음으로 그 말을 하는 것이기 때문이다—— '동물 농장'이란 이름은 폐지되었다. 앞으로는 '매너 농장'이란 이

414

름으로 알려질 것이고, 이것이 본래의 올바른 이름이다, 라고 그는 말했다.

"여러분." 하고 나폴레온은 마지막으로 말했다. "나는 여러분에게 앞서와 마찬가지로, 그러나 다른 형식으로 건배를 청하겠습니다. 잔을 가득 채우십시오. 여러분, 건배합시다. '매너 농장'의 번영을 위해!"

앞서와 마찬가지로 박수가 터져나왔다. 그리고 술잔을 마지막까지 비웠다. 하지만 이 장면을 지켜보고 있는 밖의 동물들에게는 어떤 이상한 일이 일어나고 있는 것처럼 느껴졌다. 돼지들의 얼굴을 변하게 한 것은 무엇인가? 늙은 클로버의 흐릿한 눈동자가 돼지들의 얼굴을 차례로 훑어보았다. 어떤 자는 다섯 턱, 어떤 자는 네 턱, 어떤 자는 세 턱이 져 있었다. 그런데 모양이 달라진 것처럼 보이게 만드는 것은 무엇 때문일까? 박수가 끝나자, 일동은 카드를 꺼내어 중단했던 게임을 계속했다. 동물들은 슬그머니 그 자리를 빠져나왔다.

그러나 그들은 20야드도 못 가서 걸음을 멈추었다. 농장집에서 시끄러운 소리가 터져나왔다. 동물들은 되돌아 뛰어가 창문으로 들여다보았다. 과연 격렬한 논쟁이 벌어지고 있었다. 고함을 지르고 책상을 두드리며 날카로운 의심의 눈초리를 번뜩이며 거칠게 부정하는 소리로 소란스러웠다. 나폴레온과 필킹톤 씨가 동시에 스페이드 에이스 패를 낸 것이 싸움의 원인이었다.

열두 개의 노한 목소리가 터져나왔는데 그 소리들은 다 똑같은 것 같았다. 이제는 돼지들의 얼굴에 어떤 변화가 있었는지 의심할 여지가 없었다. 밖의 동물들의 시선은 돼지로부터 인간에게, 인간으로부터 돼지에게, 다시 돼지로부터 인간에게 오락가락했다. 하지만 이미 어떤 게 어떤 건지 분간하기가 힘들었다.

1984년 · 동물농장

- 저 자 / 조 지 오 웰
- 역 자 / 이 경 애
- 발행자 / 남 용
- 발행소 / 一信書籍出版社

주소 : 121-110
서울 마포구 신수동 177-3
등 록 : 1969. 9. 12. (No. 10-70)
전 화 : 703-3001~6
FAX : 703-3009
© ILSIN PUBLISHING Co. 1990.

ISBN 89-366-0331-0　　03840　　값 10,000원